DROEMER

TSOKOS & TSOKOS

HEINZ LABENSKY – UND SEINE SICHT AUF DIE DINGE

ROMAN

DROEMER

Besuchen Sie uns im Internet:
www.droemer.de

Aus Verantwortung für die Umwelt hat sich die Verlagsgruppe Droemer Knaur zu einer nachhaltigen Buchproduktion verpflichtet. Der bewusste Umgang mit unseren Ressourcen, der Schutz unseres Klimas und der Natur gehören zu unseren obersten Unternehmenszielen. Gemeinsam mit unseren Partnern und Lieferanten setzen wir uns für eine klimaneutrale Buchproduktion ein, die den Erwerb von Klimazertifikaten zur Kompensation des CO_2-Ausstoßes einschließt. Weitere Informationen finden Sie unter: www.klimaneutralerverlag.de

FSC www.fsc.org MIX Papier | Fördert gute Waldnutzung FSC® C083411

Originalausgabe Februar 2024

Dieses Werk wurde vermittelt durch die AVA international GmbH Autoren- und Verlagsagentur, München.
www.ava-international.de
Das Zitat »Die Liebe ist ein Schmetterling ...« von Gojko Mitić stammt aus einem Interview im Stern Magazin vom 2. August 2009
Das Zitat in Kapitel 12 stammt aus dem Lied »Mokka-Milch-Eisbar« von Thomas Natschinski und seiner Gruppe, Text: Hartmut König
© by Lied der Zeit GmbH Musikverlag und Bühnenvertrieb
Das Zitat in Kapitel 17 stammt aus dem Lied »Was willst du denn in Rio?« von Günter Geißler und Orchester Jürgen Hermann, Text: Siegfried Osten
© by Lied der Zeit GmbH Musikverlag und Bühnenvertrieb
Das Zitat in Kapitel 21 stammt aus »Das Konzept Stadtguerilla« von Ulrike Meinhof aus dem Jahr 1971
Das Zitat in Kapitel 21 stammt aus »Über den bewaffneten Kampf in Westeuropa« von Kollektiv RAF,
© 1971, R29, Verlag Klaus Wagenbach Berlin
Das Zitat in Kapitel 21 von Ulrike Meinhof stammt aus einem Artikel im Spiegel Magazin vom 14. Juni 1970
Redaktion: Angela Kuepper
Covergestaltung: SO YEAH DESIGN, Gabi Braun
Coverabbildung: © Collage unter Verwendung von Motiven von Manuela Deigert / plainpicture und Shutterstock.com
Satz: Adobe InDesign im Verlag
Druck und Bindung: CPI books GmbH, Leck
ISBN 978-3-426-28419-3

2 4 5 3 1

Die Liebe ist ein Schmetterling,
der sich setzt und dann wieder wegfliegt.
Gojko Mitić

Komplettere Esel als diese Arbeiter gibt es nicht.
Karl Marx

1

ERDMÖBEL

Gönnen Sie sich Holz doch schon zu Lebzeiten!

Die sargbreite Reklametafel sprang ihm ins Auge wie eine doppelte Veräppelung. Sie hing im Bahnhofseingang von der gewölbten Hallendecke, direkt über den Fahrscheinautomaten lachte sie ihn an: eine Baumarktwerbung für Dielenböden.

An anderen Tagen, an denen er nicht ans Sterben dachte, wäre er nie hier aufgekreuzt. An diesem Tag, da immerhin die Möglichkeit davon in seinem Kopf rumspukte, konnte er nicht darüber lachen.

Er senkte den Blick, nahm sich fest vor, kein zweites Mal aufzusehen. Verblüfft betrachtete er seine kunstledernen Klettschuhe, die sich zielsicher über die Kacheln schoben, Taubendreck und Kaugummis auswichen wie *Superball*-Kandidaten den Hindernissen im Frühstücksfernsehen. Er war aufgekratzt, aber nicht in Panik. Er tastete sich langsam vor, als würde er nach einer jahrelangen Tauchstation nun eine ferne, unbekannte Welt entdecken.

Die warme Luft in dieser Welt roch immer noch nach Hektik, Aufbruch und Urinstein. Er sog sie gierig ein, als hätte er sie seit einer Ewigkeit nicht mehr geatmet. Heinz Labensky, noch gut im Strumpf, ein alter und grundeinfacher Mann, der sein Leben lang die unwahrscheinlichsten Geschichten gekannt hatte, aber von keinem Menschen je danach gefragt worden war, trippelte mit kurzen, o-beinigen Schritten durch den Bahnhof. Nur ein paar Meter noch, dachte er, dann würde er sich ein ermäßigtes Seniorenticket Richtung Ostsee kaufen. Dort, nahm sich Labensky vor, würde er dem größten Rätsel seiner eigenen Geschichte auf die Spur kommen.

Er hatte erst am Tag zuvor davon erfahren. Ganz aus dem Nichts hatte er eine Nachricht erhalten, genauer gesagt einen Brief, der ihn und auch sein kleines, unscheinbares Dasein, das sich mit Tütensuppen und Gelenkverschleiß eigentlich schon sachte seinem Ende neigte, noch einmal weit in die Vergangenheit zurückkatapultierte.

Den meisten Menschen würde so etwas vielleicht Angst bereiten. Sie könnten fürchten, die Geschichte, die sie für ihr Leben hielten und die sie sich ihr Leben lang über sich selbst erzählten, ganz zum Schluss noch einmal genauer zu beleuchten; in den dunklen Gerödelkeller der eigenen Erinnerungen hinabzusteigen und das Neonlicht anzuknipsen. Aber Labensky, der mindestens so schlichten wie sorglosen Gemüts war und außerdem der Eintönigkeit des Alters müde, zählte nicht zu diesen Menschen. Er hatte es satt, die Tage zu verdämmern, hatte noch Hummeln im Hintern. Angst war noch nie seine Sache gewesen, und auch mit dem Grübeln wollte er gar nicht erst beginnen. Seit zehn Jahren lebte er in einem Seniorenheim am Erfurter Stadtrand. Er nannte es sein »Feierabendheim«, so, wie man früher in seiner Heimat, der DDR, dazu gesagt hatte. Und wann immer er dort im Fernsehsessel saß und sich in allzu schwere Gedanken verstrickte, kam er sich dumm vor wie ein junger Hund, der Lastwagen auf der Straße nachjagt: Er wüsste ja doch nichts damit anzufangen, so dachte er, bekäme er je einen zu fassen.

Heinz Labensky war, wenn er sich in nur fünf Worten selbst beschreiben sollte, aber höchstens drei Worte dazu brauchte, ein stinknormaler Kauz. Also hatte er das Für und Wider gar nicht groß abgewogen, sondern sich einfach aufgemacht und extra für diese Reise – seine erste Reise seit mindestens zehn Jahren – die allerbeste Kleidung angezogen, jedenfalls das, was er für seine mit Abstand beste Kleidung hielt: Er trug mausgraue Schuhe zu grauen Kniestrümpfen, die bei jedem Schritt unter der eine Handbreit zu kurzen, zinngrauen Bundfaltenhose hervorguckten. Über ein gestreiftes taubengraues Kurzarmhemd, das wie ein Segel bei Flaute von seinen runden Schultern hing, hatte er zur Sicherheit, obwohl die Luft im Morgengrauen bereits schwül war – Labensky nannte diese klebrige Junihitze insgeheim »Klabusterbeerenwetter« –, eine hellgraue Blousonjacke angezogen, aus deren Ärmeln seine Arme heraushingen wie Aale. Eigentlich, so hätten Reisende am Bahnhof denken müssen, wenn sie ihn im Vorbeieilen beachtet hätten, war fast alles an ihm grau, so grau, als wäre er dafür gemacht worden, dass ihn niemand ein zweites Mal ansah. Auch sein verwüstetes Gesicht war fahl und faltig wie ein Elefantenbauch. Er hatte Tränensäcke unter den Augen und so etwas Ähnliches unter dem Kinn. Nur seine Augen selbst, die waren kindlich blau. Seine freundlichen, neugierigen Züge, die hatten manchmal, wenn er in Aufregung geriet wie jetzt, beinahe etwas Rosiges. Und auch sein gewelltes, einst rostrotes Resthaar glänzte noch fast friedhofsblond.

Der Fahrscheinautomat, vor dem er stoppte, empfing Labensky mit den Worten *Deutsche Bahn, herzlich willkommen.* Planlos wie eine Kuh, wenn's donnert, beugte er den Kopf über den Bildschirm. Er selbst war der Welt über die Jahre abhandengekommen, und wie andere neumodische Dinge, die er nicht verstand – Fleischlosdiäten, Zumba-Training oder Online-Kniffel –, gab der Automat ihm das Gefühl, ein Überbleibsel aus einer verloren gegangenen Zeit zu sein. Er entdeckte nirgends einen Schalter oder wenigstens einen großen runden Knopf, wie er es von allen Automaten kannte, die nach der Wende nicht nur im Osten, sondern in ganz Deutschland installiert worden waren. Er streckte die Arme aus, presste beide Daumen auf den Bildschirm, ohne Erfolg, und dann, abwechselnd, die Zeigefinger, nichts tat sich. Er wischte von links nach rechts und wieder zurück. Er probierte es mit kreisenden Handbewegungen. Mit den Handballen. Mit den Fäusten. Hilflos kratzte er sich am Kopf wie ein seniler grauer Zauberer, der vor sehr langer Zeit den Trick vergessen hatte.

Heinz Labensky erinnerte sich jetzt, da er vor diesem neuartigen Gerät stand, an die guten alten Apparate aus der DDR. Der letzte Fahrscheinautomat, dem er als echtes Ostzonengewächs noch in der Deutschen Demokratischen Republik gegenübergestanden hatte, war ein sogenannter MFA, ein Mikrorechnergesteuerter Fahrkartenautomat der Deutschen Reichsbahn, gewesen. Der war, soweit er sich erinnern konnte, kurz nach der Inbetriebnahme des MSD, des Mikrorechnergesteuerten Schalterdruckers, eingeführt worden und glich rein technisch dem MDA, dem Mikrorechnergesteuerten Dialogautomaten. Labensky musste daran denken, dass die Auswahl des Zielbahnhofs damals über ein großes, übersichtliches Tastenfeld erfolgt war, durch Eingabe einer Bahnhofskennziffer, die der Postleitzahl des Zielortes entsprach und an einer Wandtafel neben dem Automaten aushing. Der sogenannte Dialogautomat konnte zwischen mehreren Fahrtmöglichkeiten unterscheiden und erstmals sogar Ermäßigungen erfragen. Vor allem erinnerte Labensky sich an jenen Tag, an dem die weltweit erste Version dieser Maschine in der Vorweihnachtswoche 1979 im Berliner Bahnhof Schöneweide getestet worden war. Labensky erinnerte sich so genau daran, als wäre er selbst dabei gewesen – obwohl er in Wahrheit nur auf Radio DDR 1 davon gehört hatte –, wie neugierige Zuschauer den Dialogautomaten zunächst wie ein gelandetes Raumschiff umlagert hatten und wie es schließlich Schulkinder gewesen waren, die das System sofort begriffen und die gesamte Bahnhofskennzahlenliste fehlerfrei durchgespielt hatten. Das Reichsbahn-Ausbesserungswerk *Roman Chwalek,* auch an den Namen erinnerte sich Labensky gut, produzierte in den Jahren darauf Hunderte Dialogautomaten und benannte sie in Fahrkartenautomaten um. Ein quadratischer roter Kasten, eindeutig beschriftet mit einer Bedienungsvorschrift in gelber

Signalfarbe und gerade mal drei Worten: *Wählen, Zahlen, Nehmen.*

Idiotensicher ist das gewesen, dachte Labensky jetzt. Aber hier, an diesem Bahnhof vor diesem einarmigen Banditen, den Kopf voll mit verklumpten Geräuschen, schien überhaupt nichts idiotensicher.

Wählen, Zahlen, Nehmen, wiederholte er in Gedanken, als wollte er sich Mut zusprechen. Es war erst sieben Uhr, aber sein Kurzarmhemd klebte bereits wie mit der Haut verleimt. Er hatte vor lauter Aufregung ja vorsorglich drei Schichten angezogen, Zwiebelprinzip. Jetzt schwitzte er blödsinnig wie ein Pudding beim Picknick. Das körpereigene Kondenswasser rann seinen Rücken hinab, bis in die Untiefen seiner Hose. Wo du bist, geht immer alles den Bach runter, dachte Labensky. Der Satz stammte von seiner Mutter. Sie hatte das früher, als er noch ein Junge gewesen war, oft zu ihm gesagt. Er dachte an diesem Morgen viel an seine Kindheit, an eigentlich alles, was mal gewesen war. Hinter ihm, spürte er, lag nicht nur sein Leben, hinter ihm bildete sich auch eine Menschentraube. Er stellte sich die Wartenden in seinem Rücken vor, wie sie von einem Bein aufs andere traten, ihm über die Schulter schauten, ihn mit wachsender Ungeduld beäugten. Doch er konnte jetzt nicht klein beigeben. Das hatte er noch nie getan.

Gönnen Sie sich Holz doch schon zu Lebzeiten.

Labensky sah wieder auf zu der sargbreiten Reklametafel. Sie hing nicht mehr über ihm wie eine Veräppelung, eher wie eine Erinnerung: Er war diese Reise, die wahrscheinlich letzte Reise seines Lebens, nicht nur sich selbst schuldig. Dumpf fühlte er, dass er sie auch noch einem anderen, ganz bestimmten Menschen schuldete.

Erdmöbel, dachte er jetzt. Erdmöbel, so hatte man Särge in der DDR genannt. Er wusste auch nicht, warum er auf einmal daran denken musste. Vielleicht aus demselben Grund, aus dem man in der DDR eben nicht Särge, sondern sogenannte Erdmöbel besichtigt und bestellt hatte, wenn jemand gestorben war: weil dieses Wort einen irgendwie beruhigte. Weil es wohl einfach freundlich und gemütlich klang, fast so, als würde man nicht kalt unter der Erde liegen und die Radieschen von unten betrachten, sondern sich in seiner Wohnstube hübsch einrichten.

Labensky hatte nie groß darüber nachgedacht, was eigentlich kam, nachdem einem die Lichter ausgingen. Das Einzige, das ihm immer ganz sicher erschienen war, das waren die Erdmöbel gewesen. Auf die konnte man sich verlassen. In die konnte man sich reinlegen. Das hatte ihn irgendwie beruhigt. Was aber, dachte er nun, wenn am Ende nicht mal die ganz sicher waren? Was, so überlegte er, wenn man das Pech hatte, nicht mal eine anständige Beerdigung zu kriegen, also auch kein Erdmöbelstück, um sich geruhsam darin langzumachen? Was, wenn man stattdessen sang- und klanglos einfach unterging, ohne Holzkahn oder Grabstein spurlos von der Bildfläche verschwand, genauso wie einst auch die DDR?

Labensky fixierte den Fahrscheinautomaten, jetzt noch entschlossener, den rot-weißen Kaventsmann durch bloßes Anstieren zu bezwingen. Wie Labensky sich kannte, hartnäckig bis zur Sturheit, wenn es sein musste – und hier musste es sein –, wäre er irgendwann sogar zum Äußersten bereit gewesen. Was immer das hieß. Er fand es nicht heraus, da irgendwer, der hinter ihm anstand, in sein Ohr rülpste.

Labensky drehte sich um und blinzelte in die Augen einer jungen Frau mit blondem, lang gewelltem Haar. Sie trug eine Krone wie eine Prinzessin und ein Kleid, das in der Bauchgegend ein wenig spannte.

Ihre Schienbeine waren dick wie Fußgängerampeln, und auf ihrem Brustkorb wuchsen Haare. Auch ihre Stimme klang eigenartig tief für eine Frau, weshalb Labensky kombinierte, dass sie in Wirklichkeit ein Mann sein musste, der sich als

Frau verkleidet hatte. Dieser Mann kaute ein Mettbrötchen und trank ein Schluntz-Bier, eine Lokalmarke, die Labensky selbst gern getrunken hatte, ehe sein Harndrang ihm dazwischenfunkte und auch nur einen Hopfentee am Abend zu einem riskanten Unterfangen machte.

Der Mann im Kleid schien nicht allein zu sein, sondern im Schlepptau einer achtköpfigen Reisegruppe aus lauter jungen Männern, die sich nun mit Sonnenbrillen und kurzen Hosen näherten und mit einem Bollerwagen, in dem sie zwei Kästen Schluntz-Bier wie eineiige Zwillinge transportierten. Einer der Männer, der die Anhängergabel führte, balancierte ein Radiogerät auf seiner Schulter, und alle Männer, außer dem Mann im Kleid, trugen das gleiche Hemd: BRÄUTIGANG – *Da braut sich was zusammen. Er muss an die Leine und wir sind nur zum Saufen hier.*

»Ich?«, murmelte Labensky fahrig, als sei er gerade aus einem wirren Traum erwacht. Er kannte dieses Gefühl. Es überkam ihn häufiger in letzter Zeit, meist dann, wenn er im Feierabendheim nicht einen Menschen zum Reden fand. Wenn er allein in seinem Zimmer hockte, in die planierte Betonwüste vor seinem Fenster starrte, bei dieser Tätigkeit in seichten Schlummer sank und dann, plötzlich, vom Bimmeln zur Kaffee- oder Spielstunde aus seinen Tagträumen geweckt wurde; nicht selten der Höhepunkt des Tages.

Der Mann im Kleid fragte Labensky nach seinem Ziel, und Labensky ließ die Arme sinken. Er stotterte etwas, was er selbst nicht ganz verstehen konnte. Er war so aufgekratzt wie ein Langzeitsträfling auf Hafturlaub. Seit einer Ewigkeit war er nicht mehr auf eigene Faust draußen gewesen, unter Menschen im echten Leben. Erst war es ihm in dieser komplizierten Welt nicht gelungen, den Fahrscheinautomaten zu bedienen, ein einfaches Zugticket zu lösen. Nun wollte ein Mann, auf dessen Krone in Glitzerschrift *Game Over* stand, wissen, wohin er verreisen wollte. Labensky tat, was er in solchen Momenten meistens tat, um Zeit zu gewinnen. Er wiederholte einfach noch mal die Frage: »Wo ich hinwill?«

Genüsslich ließ der Mann im Kleid einen langen, klebrigen Spuckefaden zu Boden fallen, während Labensky bohrend in sich hineinhorchte und auch für sich selbst nach einer Antwort suchte.

Die ausführliche Antwort begann damit, dass er, Heinz Labensky, neunundsiebzig Jahre alt, ein knappes Jahr vor Kriegsende in einem kleinen ostpreußischen Bauerndorf geboren worden war, in zufällig genau dem Ort, in dem ein paar Kriege zuvor angeblich die Pommfritz erfunden worden waren. Und während das erst mal nichts weiter zur Sache tat, war umso wichtiger zu wissen, dass er sein Leben lang nicht gerade den tiefen Teller erfunden hatte und gripsmäßig eher hell war wie ein Tunnel. Dass er, wie er glaubte, wohl deswegen nie viele Freunde und Bekannte hatte und nach einem insgesamt sehr unauffälligen Leben in einem stinklangweiligen Feierabendheim wohnte, einem Betonklotz, den er so selten verließ, dass er jeden Winkel davon kannte wie ein Tiger seinen Käfig. In all den Jahren hatte er kein einziges Mal Besuch erhalten und auch keinen Telefonanruf, bis am vergangenen Nachmittag, also erst gestern, plötzlich ein Brief in seinem sonst immer leeren Postfach gelegen hatte.

Der weitere, in Wahrheit wichtigste Teil dieser komplizierten Antwort lautete, dass er, Heinz Labensky, diesen Brief vorsichtig geöffnet hatte und den Inhalt, ein beidseitig beschriebenes Blatt Papier, anschließend in seinem Fernsehsessel auseinandergefaltet und trotz lebenslanger Leseschwäche gelesen hatte. Zuerst ein paar Mal bei Tageslicht und nachts im Bett, als die Dunkelheit herabgesunken war, noch mal genauso oft unter der Nachttischlampe, atemlos, Zeile um Zeile mit dem Finger abfahrend, aber noch ohne wirklich zu begreifen. Erst mitten in der Nacht, als er den Brief unter sein Kopfkissen geschoben, das Licht ausgeknipst und auf die alte Raufasertapete des Feierabendheims gestarrt hatte, war ihm immerhin dumpf klar geworden, was es damit auf sich hatte: Eine völlig fremde Person hatte ihm diesen Brief geschrieben und ihn darin um ein persönliches Gespräch gebeten. Eine Frau, die er nicht kannte und die laut Absenderanschrift in Rostock-Warnemünde an der Ostsee wohnte. Sie hatte sich selbst kaum weiter vorgestellt. Sie hatte ihm eigentlich fast nur von ihrer Mutter berichtet. Von einer Frau, die sie selbst nie kennengelernt habe. Einer Frau, der jedoch er, Heinz Labensky, ihren Recherchen nach vor vielen, vielen Jahren in einem Dorf der DDR begegnet sein musste, als vielleicht bester Freund, den ihre Mutter in ihrer Jugend gehabt hatte.

Ihre Mutter, so hatte die Absenderin ihn wissen lassen, sei Jahre später nach Berlin gezogen, um dort zu studieren. Sie sei dort nicht nur schwanger geworden. Sie sei im Jahr 1975, kurz nach ihrer eigenen Geburt, auch als vermisst gemeldet worden, ganz plötzlich rätselhaft und spurlos von der Bildfläche verschwunden. Und nun, vor Monaten erst, sei ihre Mutter, genauer gesagt womöglich deren sterbliche Überreste, im Berliner Bezirk Pankow in einer wegen Bauarbeiten ausgehobenen Klärgrube vielleicht wieder aufgetaucht.

Die Absenderin des Briefes, also die Tochter, schrieb, die Identität der gefundenen Person sei sehr wahrscheinlich kaum mehr eindeutig zu klären. Sie hatte ihren Briefzeilen trotzdem den Ausschnitt eines Zeitungsartikels beigelegt. Der Artikel, der laut Datum aus dem letzten Winter stammte und also schon ein halbes Jahr alt war, handelte vom Fund eines beinahe vollständig erhaltenen Frauenskeletts und zeigte sogar ein Foto der Klärgrube, aus der nicht nur die Knochen der Toten geborgen worden waren, sondern auch ein Fahrschein der Berliner Verkehrsbetriebe aus dem Jahr 1975 sowie Schuhe, Strümpfe und zersetzte Kleidungsfasern, Fasern von Malimo-Strickware, die Mitte der Sechzigerjahre nur in der DDR hergestellt worden war. Berliner Rechtsmediziner, so schrieb die Absenderin außerdem, hätten das Skelett untersucht, den Zahnstatus erhoben und ein biologisches Profil erstellt, um Alter und Todeszeitpunkt der Verstorbenen einzugrenzen: Demnach müsse es sich bei der gefundenen Person um eine damals ungefähr dreißigjährige Frau gehandelt haben, die vermutlich im Jahr 1975 – also vor fast fünfzig Jahren, als auch ihre Mutter verschwunden war – auf rätselhafte Weise ums Leben gekommen sei.

Was all das mit ihm zu tun haben sollte, das hatte Labensky zuerst nicht wirklich wahrhaben wollen wie Krampfadern oder Gesäßwarzen – weshalb er den Namen jener Frau, die ihrer Tochter nach möglicherweise diese gefundene, unbekannte Frau sein könnte, zuerst stoisch ignoriert und überlesen hatte, als hätte er ihm nie etwas gesagt und als hätte jener Mensch, der diesen Namen trug, ihm nicht sein ganzes Leben lang die Welt bedeutet.

Der Mann im Kleid rülpste erneut, laut genug, um Labensky aus seiner Starre zu lösen und aufzuwecken. Im Bahnhof ertönte die Durchsage »Vorsicht bei der Einfahrt«, unten am Gleis rollte der nächste Zug ein. Labensky spürte den Fahrtwind im Gesicht, er hörte das Kreischen der Bremsen, und sein Gedankenstrom riss ab.

»Warnemünde …«, sagte er wie weggetreten, als sehe er durch den Mann hindurch. Er wischte mit der Hand über sein Gesicht. »Ich muss so schnell es geht nach Rostock-Warnemünde.«

Die Männer mit dem Bollerwagen prosteten ihm zu. Ihr Anführer mit der Krone hielt ihm nun einen Zettel vors Gesicht, erklärte ihm, dass sie zu neunt seien, aber ein Gruppenticket für zehn Personen hätten, mit dem sie ihn für zwanzig Euro bis nach Berlin mitnehmen könnten. Danach, erklärten sie Labensky, könne er mit demselben Ticket einfach allein weiterfahren bis nach Rostock-Warnemünde oder wohin auch immer es ihn verschlage.

Labensky fühlte sich geehrt von Magdeburg bis in die Lausitz, dass diese jungen Burschen von allen Bahnhofsseelen ausgerechnet ein altes Schaukelpferd wie ihn auserkoren hatten, sie zu begleiten.

Er hörte ihren Erklärungen so konzentriert zu, als versuchte er einer sehr schwierigen Rechenaufgabe zu folgen. Wie immer verstand er höchstens die Hälfte, aber immerhin so viel, dass sie nicht mit dem Zug fahren würden, sondern mit einem großen grünen Reisebus, der quer durch das halbe Land fahre. Labensky hatte allein schon wegen dieser erstaunlichen Bezeichnung – Flixbus! – ein ziemlich zügiges Fernverkehrsmittel vor Augen.

Er gab sich geschlagen und griff nach der Geldbörse in seiner Jacke, während er dem Fahrscheinautomaten einen letzten, herausfordernden Blick zuwarf wie einer, der etwas Besseres gefunden und es sich anders überlegt hatte. Aufgeregt hielt er einen graublauen Geldschein in die Luft.

»Heinz Labensky«, stellte er sich vor, »abfahrbereit!«

2

HOTEL NEPTUN

Der Zentrale Omnibusbahnhof lag am südlichen Ende der Bahnhofshalle, nur eine Rolltreppe und eine halbe Fressmeile entfernt.

Labensky folgte den Männern mit dem Bollerwagen, ein grauer Mann neben neun bunten. Mit rundem Rücken und neugierigem, vornübergebeugtem Gang, die Arme verschränkt wie ein greiser kleiner Obelix hinter einem als Frau verkleideten Asterix und seinen Galliern, stromerte er einfach hinter seiner Reisegruppe her.

Alle Fertigbäckereien, an denen sie so vorbeikamen, warben mit Schildern, auf denen stand: *Ofenfrisch geliefert.* Labensky, der in seinem ganzen Leben noch kein richtiges Buch gelesen, der aber zu alten DDR-Zeiten die Mosaik-Bildgeschichten der Abrafaxe regelrecht vergöttert hatte, dachte an den legendären Bäckermeister Mürbet Haik und beobachtete die Kundschaft.

Die meisten Kunden, die an diesem Morgen ofenfrische Lieferungen am Erfurter Bahnhof kauften, waren Männer mit Aktenkoffern und eng sitzenden Anzügen, die rundherum adrett wirkten und Energie, Erfolg und Tatendrang ausstrahlten. Junge, flinke Geschäftemacher, dachte Labensky. Zu strichförmigen Krawatten trugen sie hellbraune Lederschuhe, in denen keine Socken steckten. Im Vorbeigehen nippten sie an Eiskaffee mit Karamelldressing, während sie weiße Kabel oder Knöpfe in den Ohren hatten und sich schnellen Schrittes mit ihrem Revers oder sich selbst unterhielten. Labensky kannte diese verlockenden, meistens zu keinem fertigen Gedanken führenden Gespräche mit sich selbst, nur hatte er noch nie ein Hörgerät dazu gebraucht.

Er hatte seinen eigenen Stöpsel – er nannte ihn auch Ohrwurm, Luchs oder Spion – neben dem alten grauen Ruhla-Miniwecker auf seinem Nachttisch vergessen. Das fiel ihm jetzt auf. Er hatte das Heim im Morgengrauen verlassen, ohne sich abzumelden, und zuvor hatte er nicht einmal daran gedacht, wenigstens eine kleine Reisetasche mit einer Zahnbürste, Kniestrümpfen, kurzärmeligen Wechselhemden und Eukalyptus-Lutschbonbons zu packen.

Zum einen besaß er gar keine Reisetasche. Die einzige Reise, die er in den vergangenen Jahren unternommen hatte, war ein organisierter Feierabendheimausflug zum antifaschistischen Strickverein *Erfurt Kunterbunt* gewesen; ein Erlebnis, auf das er gut und gern verzichtet hätte. Zum anderen war er an diesem Morgen, nachdem er den Brief gelesen hatte, durch den Wind wie ein altes Segelschiff: Er hatte die Nacht lang wach gelegen, kein Auge zugetan, versucht, nicht an diese gefundene Frau zu denken, sich diese Vorstellung wieder aus dem Kopf zu schlagen. Er hatte aber trotzdem in einer Tour an diesen Namen aus dem Brief denken müssen.

Rita Warnitzke, so lautete der Name.

Labensky hatte ihn seit einer Ewigkeit nicht mehr in den Mund genommen. Er hatte sich eines Tages verboten, ihn auszusprechen, was nicht bedeutete, dass er nicht ständig an den Menschen, der diesen Namen trug, gedacht hätte. Gedanken an Rita waren ihm, obwohl er Schwermut ja ansonsten mühelos beiseiteschieben konnte, immer wieder durch den Kopf geschossen. Von Zeit zu Zeit waren diese Gedanken auch tagelang darin herumgeschwirrt wie träge Brummer, die er unter Anstrengung verscheuchen musste. Sogar im Alter hatte er, ob er nun wollte oder nicht, noch regelmäßig von ihr geträumt und sich in seinen Träumen ausgemalt, wie ihr Leben wohl verlaufen war, nachdem er sie zum letzten Mal gesehen hatte.

Er hatte sie immer noch vor Augen: eine junge Frau mit dem zartesten, bildhübschesten Gesicht, das man sich vorstellen konnte. Mit winzigen Zahnlücken wie ein Backfisch und mit vielen kleinen Grübchen, die ihrem Lächeln etwas Lausmädchenhaftes gaben. Ihre Augen und auch ihre Haare, erinnerte sich Labensky, hatten die Farbe von DDR-Ersatzkaffee mit leichtem Schimmer. Ihre Hände dufteten nach Kleehonig und nach Florena-Creme. Wäre sie nicht als Bürgerin der DDR geboren, sondern als Indianerin, das hatte sich Labensky, der von klein auf die Indianerfilme der DEFA liebte, häufig vorgestellt, so hätte ihr Stammesname höchstwahrscheinlich »Schöne Taube« oder »Kleines Reh« oder »Helle Sonne« oder »Bunte Blume« gelautet oder auch »Schöner kleiner Schmetterling mit sehr schönen Flügeln«. So schön war sie gewesen.

Doch dann, eines Tages, war sie auf einmal weg, war sie ganz plötzlich wie vom Erdboden verschwunden, hatte er nie wieder von ihr gehört, war ihre Freundschaft wie ein Gummiband gewesen, das auf- und zugegangen und irgendwann gerissen war. Wieso?

Labensky war sich nie sicher gewesen. Doch jetzt, so viele Jahre später, war da auf einmal dieser Brief, und nun hatte er vielleicht die Antwort, zumindest einen Teil davon: weil Rita buchstäblich vom Erdboden verschluckt worden war? Weil sie vielleicht die gefundene Frau aus diesem Zeitungsartikel war und also die ganze Zeit ganz ohne Erdmöbel in einer Klärgrube gelegen hatte. Labenskys Bauch zog sich zusammen. Er schämte sich, das nur zu denken.

Aber warum?, überlegte er. Warum saß sie jetzt nicht auch gemütlich in irgendeinem Feierabendheim und bereitete sich mit reichlich Knabberkram aufs Ende vor so wie er? Was war aus ihr geworden?

Es war diese Frage, die sein rüstiges Herz – eine Gefühlsurne, die er sich schon lange nicht mehr anzutasten traute – noch vor Sonnenaufgang ins Stolpern gebracht hatte. Die ihn aus dem Bett getrieben und veranlasst hatte, sich aufzurichten, seine Füße in die Pantoffeln zu stecken und über Jahre eingeübte Abläufe der Morgentoilette zu durchbrechen: Er hatte mal wieder geduscht, war mit einer Pinzette gegen die Altherrenhaare vorgegangen, die wie krause Spinnenbeine aus seiner Nase und aus seinen Ohren wuchsen. Er hatte sich rasiert, gekämmt und schick gemacht, um herausgeputzt in aller Frühe mit dem Seniorentaxi zum Hauptbahnhof zu fahren.

Der große grüne Reisebus parkte direkt gegenüber dem Bahnhofsausgang, in einer Haltebucht neben einem halben Dutzend grüner Busse, die in dieseltuckernder Ungeduld auf ihren nächsten Ausritt warteten wie eine Schar Pferde an der Tränke. Hinter den Windschutzscheiben der Fahrerkabinen las Labensky ihre Ziele: Stuttgart, München, Prag, Hannover. Vor einem Bus sah er ein paar Halbstarke mit Hörgeräten und ofenfrischen Lieferungen zusteigen, gähnend, als würden sie bloß eben in die Altstadt fahren.

Verdutzt beobachtete er den Vorgang. Ihm, dessen Gesicht zerknittert war wie eine alte Landkarte, kamen die Orte ja so fern vor, dass er nicht sicher war, ob es sie wirklich gab. Dabei kannte er sie aus dem Fernsehen, vom Wetterbericht, den er sich jeden Abend mit Leberwurstschnittchen auf den Knien im Feierabendheim ansah. Er liebte Wetterberichte, weil sie seine kleine Welt groß machten. Weil er den Osten Deutschlands in seinem ganzen Leben nie verlassen hatte. Weil der Osten die einzige Welt war, die er kannte.

Der Bus, der über Leipzig und Berlin nach Rostock fahren sollte, war bereits so gut wie voll besetzt. Durch eine Ladeluke auf der rechten Busseite wurden Gepäckstücke in den Bauch geschleudert.

Daneben, unter der Fensterfront, klebte das riesige Reklamegesicht eines dunkelhäutigen Mannes mit sehr grüner Krawatte.

Schwer zu sagen, warum, aber der aufgeklebte Mann lächelte Labensky zu und streckte ihm sogar den Daumen entgegen wie ein Fußballstürmer, der sich für eine Flanke bedankte. Neben seinem Reklamegesicht stand: *Kleiner Lenkanstoß: Ich verstehe nicht perfekt Deutsch, aber vom Busfahren verstehe ich alles. Verkehrsregeln spreche ich fließend. Muhibija, Busfahrer und Mensch.*

Labensky sah zu ihm auf wie zu einem Weisen aus dem Morgenland. Er hatte keine Vorstellung, was diese Reise brachte, was er durch sie herausfinden würde, aber bis hierhin hatte er es schon mal geschafft.

Am Bussteig vermischten sich Abgasdämpfe und Aromen von Frittierfett zu einem Geruch, der metallisch in seiner frisch gezupften Nase pulsierte. So riecht das Leben, dachte Labensky, während die Männer mit dem Bollerwagen den Geldschein, den er ihnen auf die Hand gegeben hatte, in Zigarettenschachteln investierten, auf denen stand, dass sie wahrscheinlich daran sterben werden. Sie stiegen, als hätten sie sich sehr schnell damit abgefunden, in den Bus, und Labensky stieg einfach hinterher. Als Einziger begrüßte er den Busfahrer, einen dunkelhäutigen Mann mit grüner Krawatte, der sich gerade hinter dem Lenkrad einrichtete, persönlich.

»Heinz Labensky, ist mir 'ne Ehre«, sagte er und reichte dem Busfahrer die Hand wie ein langjähriger Bewunderer seiner Kunst.

»Ticket?«, ignorierte der Busfahrer die Hand vor seinem Gesicht.

Labensky hob die Augenbrauen, sein Stubenhockerteint bekam auf einmal Farbe. Er deutete in den Bus. Seine Reisegruppe war schon nach ganz hinten vorgeprescht, hatte sich auf der Rückbank breitgemacht und johlte, als wäre es für alle Mitreisenden wichtig, sie auf jeden Fall von Anfang an zu verstehen. Labensky wollte sich zu den jungen Leuten durcharbeiten, er hoffte, sie hätten ihm noch einen Sitzplatz frei gehalten, aber sie hatten den Bollerwagen mit dem Bier durch die Hintertür geschmuggelt und auf dem letzten freien Sitz platziert; die Anhängergabel hing quer im Gang, gesenkt wie der Kopf eines Hundes, der sich seiner Besitzer schämte.

Unsicher blickte sich Labensky um. Der Bus roch nach Goldbroiler, Schläfrigkeit und nassen Socken. Ganz vorne links saß ein plattgesichtiger Herr in Anglermontur, der mit offenem Mund schlief, und gleich daneben ein fülliger Kerl mit Lockenmähne, der lustlos an einem Müsliriegel kaute und in Labenskys Augen aussah wie der junge Achim Mentzel. Rechts daneben saßen zwei Männer in Unterhemden und über Kreuz geführten Hosenträgern, vierschrötig wie Preisboxer. Hinter ihnen ächzten zierliche Rentnerinnen über das Wetter, klagten über die Hitze draußen, priesen die Kühle drinnen, trugen lilablaue Tüpfchenblusen und plapperten wie Äffchen auf der Drehorgel. Gleich dahinter hatten sechs dralle, pfirsichfarbene Frauen Platz genommen, die angetütert durcheinandergiggelten und kleine Rotkäppchen-Sektflaschen in der Hand hielten wie Fackeln. *Life is a Beach* und *Morgens Fango, abends Tango* war auf ihren pink glitzernden Oberteilen zu lesen. Dahinter, in den Mittelreihen links und rechts, erspähte Labensky ein paar Familien mit Kleinkindern, die vermutlich, so sagte man ja früher in der DDR, mit ermäßigten Karnickelpässen unterwegs waren.

Labensky wollte sich auf keinen Fall irgendwo aufdrängen, lieber hätte er die ganze Fahrt über gestanden. Aber dann erhob sich eine Frau aus der fünften oder sechsten Reihe links von einem Vierersitz und schob ihn, ohne dass er sich dagegen wehren konnte, auf ihren Platz. Die Frau, vielleicht um die vierzig, trug trotz aufkommender Hitze einen schwarzen Hosenanzug, als hätte sie noch Termine, und fragte: »Könnten Sie ein Auge auf die zwei hier haben?«

Labenskys Blick fiel auf ein Mädchen mit Brille, Zopf und Regenbogenkleid, daneben saß ein Junge, der noch einen Kopf kleiner war und weißblond wie eine Distel, mit Zahnspange und Gel im Haar, an den Schläfen weggeraspelt. Labensky saß den Kindern in Fahrtrichtung gegenüber. Das Mädchen musterte ihn, sein Blick fuhr wie ein Röntgenscanner an seiner grauen Erscheinung auf und ab. Der Junge bohrte selbstvergessen in der Nase, zog einen Popel daraus hervor, betrachtete ihn zufrieden und schmierte ihn dann unter den Sitz. Die Auster des kleinen Mannes, dachte Labensky, während die Frau, wahrscheinlich ihre Mutter, den Kindern auf den Kopf tippte wie zu groß geratenen Tipp-Kick-Figuren. »Die beiden fahren nur bis Leipzig, zu ihrem Erzeuger«, erklärte sie und verzog beim Wort »Erzeuger« das Gesicht zu einem gönnerhaften Lächeln.

Labensky schaffte es, zu nicken, ehe die Frau auf ihre Uhr sah wie eine Schiedsrichterin vor'm Abpfiff. Dann stieg sie, ohne abzupfeifen und ohne sich noch einmal umzudrehen, aus dem Bus.

Labensky starrte die Kinder an. Er wusste selbst nicht, warum, aber er musste dabei unweigerlich an diese Frau denken, die ihm ohne Vorwarnung den Brief geschrieben hatte. An Ritas Tochter.

Wer hatte sich wohl um sie als Kind gekümmert, wenn Rita, also ihre Mutter, direkt nach ihrer Geburt verschwunden war? Die Frau hatte in dem Brief so gut wie nichts über sich selbst verraten, nur ihre Telefonnummer, ihre Adresse und natürlich ihren Namen.

Auf dem Briefumschlag, den Labensky in seiner Jackentasche verwahrte, stand, wie er sich nun noch einmal vergewisserte: *Rosa Warnitzke, Rostock-Warnemünde, Seestraße 19, Hotel Neptun.*

Labensky wurde schwindelig. Normalerweise kam ihm sein Kopf luftig vor wie Dämmwolle und leicht wie eine Schüssel Haferflocken. Jetzt fühlte er sich schwer an wie ein Sack Trockenfrüchte und verdreht wie eine Bratwurstschnecke. Das Hotel Neptun an der Ostsee war ihm bei aller Begriffsstutzigkeit, die ihn sein Leben lang begleitete, natürlich ein Begriff.

Früher, als er jung gewesen war, war es das berühmteste Hotel der DDR gewesen, ein legendärer Nobelbunker für Staatsgäste und Devisenschlepper, um den sich allerlei Geschichten rankten. Und jetzt wollte ausgerechnet er auf seine alten Tage so eine piekfeine Bettenburg ansteuern?

Was wusste er schon von dieser fremden Briefabsenderin, außer dass sie anscheinend Ritas Tochter war? Wie hatte sie ihn überhaupt ausfindig gemacht? Und was wollte sie von ihm, warum wollte sie mit ihm sprechen? Wieso hatte sie ihn kontaktiert?

Labensky fühlte plötzlich ein Drücken in der Brust, einen kurzen, unerwarteten Widerstand, vielleicht doch gar nicht erst loszufahren.

Dann, von einer Sekunde auf die nächste, geriet sein schlaffes Hinterteil in Wallung, zitterte wie Wackelpudding. Der graue Stoffsitz unter ihm vibrierte. Hustend erwachte der Bus zum Leben. Die Türen schlossen automatisch. Rote Anschnallzeichen blinkten auf.

Labensky legte den Gurt um und presste sich in den Sitz, suchte nach einem Haltegriff. Er hielt sich mit beiden Händen am Tisch fest und zwinkerte den Kindern zu, als seien sie nervös, nicht er. Auf keinen Fall wollte er wie ein weltfremder alter Tropf erscheinen, der seine Tage in einem Feierabendheim verbrachte und zum ersten Mal mit einem Flixbus fuhr. Aber genauso war es. Labensky kam sich vor wie ein Raumfahrer auf einsamer Mission, so wie einst Sigmund Jähn, der erste deutsche Kosmonaut, in seiner Raumkapsel. Er machte sich auf eine ungewisse Reise und hatte damit unversehens etwas begonnen, was er selbst noch nicht durchschaute. Aber der junge Mann in ihm, der Rita nie vergessen hatte, sah keinen Grund, damit aufzuhören. Für Rückzieher war es zu spät.

3

POMMES DE TERRE À LA FRÉDÉRIC

Der Bus rollte in Schrittgeschwindigkeit vom Parkplatz, nahm bereits im Bahnhofsviertel Fahrt auf und verließ die Innenstadt ostwärts über die vierspurige Weimarische Straße. Die Luft draußen hatte noch einen leichten Stich ins Blaue. Die aufsteigende Morgensonne fiel waagerecht und milchig bleich durch die Frontscheibe. Altbauten und Hochhäuser wichen bald Flachbauten und Möbelhallen, und in den Seitenfenstern franste Erfurt schon nach wenigen Minuten aus in eine Industrievorstadt, die so tot dalag wie von der Bundesstraße 7 erstochen, und kein Mensch hätte es bemerkt.

Über Lautsprecher hörte Labensky die Stimme von Busfahrer Muhibija, wie er ihn bewundernd nannte. Er wünschte eine angenehme Fahrt und gab bekannt, dass die Toilette ab sofort geöffnet sei. Er bat alle Mitfahrer, sich hinzusetzen und das Klo nur rückwärts zu betreten, da kein Platz zum Wenden sei. Aus den Reihen erhob sich unverständliches Gemurmel, das nach Protest klang und das Busfahrer Muhibija geduldig überging, indem er erklärte, dass jedem Fahrgast, der bei einer Polizeikontrolle nicht vorschriftsmäßig angeschnallt sei, sechzig Euro Bußgeld drohten.

Die Frauen mit den Prickelwasserflaschen, die Labensky mit ihren frechen ananasgelben Kurzhaarfrisuren an einen besonders frechen Moderator von *Verstehen Sie Spaß?* erinnerten, gieksten.

»Das sind sechs Flaschen Sekt«, rechnete Busfahrer Muhibija vor, mitten hinein in das Gewieher und Redegeplätscher, und während zwei Frauen daraufhin den Gurt umlegten, ließen die anderen es gerne mal darauf ankommen, als hätten sie genug intus, um die zweistündige Fahrt bis Leipzig auch nur halb vollgetankt zu überleben.

Labensky sah als Einziger aus dem Fenster. Er sah gläserne Autohäuser, und er sah Gymnastikhallen, aus denen ihn Menschen, die rannten, ohne voranzukommen, anglotzten wie Karpfen im Aquarium. Er sah zwei einstöckige Gebäude mit roten Lichtern hinter zugezogenen Gardinen, sie nannten sich *Laufhaus Erfurt* und *Arabellas Hühnerstall.* Er sah eine Matratzenfabrik, ein Fliesenzentrum, einen Sonderposten-Markt namens *Jawoll,* ein Bestattungsunternehmen namens *Holzheim* und ein Sonnenstudio namens *Sun World,* das o trug eine Sonnenbrille.

Abgelenkt von den vorbeirauschenden Eindrücken, atmete Labensky gleichmäßig ein und aus. Der Geruch frisch gepellter Eier und aufgeheizter Wurstbrote lag in der Luft, machte sich aufdringlich zwischen den Sitzen breit, während Busfahrer Muhibija einhändig das Lenkrad hielt. In Labenskys Augen sah er aus wie ein Held aus den guten alten DEFA-Indianerfilmen, die er als Kind so geliebt hatte, wie ein Cowboy, der in die Sporen trat, wann immer sein Gefährt nicht spurte; das riesige Lenkrad war sein Lasso. Von Zeit zu Zeit bog er gekonnt von rechts nach links und überholte einen Wohnwagen oder einen Sattelschlepper oder einen Lkw. Labensky, auf der Überholspur und auf einem rechten Fensterplatz, drückte bei jedem Überholmanöver den rechten Fuß nach unten, als würde er selbst Gas geben, während er Ausschau hielt nach Flitzer Blitzern. Nach diesen Geräten, von denen im Radio immer die Rede war, wenn Leute mit Schnappatmung in der Sendung anriefen, als hätten sie entlang der Leitplanken gerade Späher aus dem Feindesland entdeckt. Als stünde der Ivan noch nicht vor der eigenen Haustür, aber immerhin schon am Straßenrand. Ob sie noch jemanden grüßen dürften, fragten die Anrufer – todsicher immer Männer – nach dem Rapport von der Radarfallenfront noch häufig, und meistens grüßten sie dann ihre Frauen. Diese Frauen hießen »Kerstin« oder »Silke« oder »Nadine«. Und wenn Moderatoren die Anrufer dann fragten, wo oder wie ihre Frauen denn so seien, dann lautete die Antwort immer: »Zu Hause« oder »Eigentlich ganz normal«.

Rita war nicht so, dachte Labensky. Seine Gedanken an diesem Morgen waren noch schwerer dingfest zu machen als ein Stück Seife in der Badewanne. Rita war, wenn es nach ihr ging, nie zu Hause und auch überhaupt nicht ganz normal gewesen. Sie war so anders als alle anderen, dachte er, dass er eine Gebrauchsanweisung für sie hätte gebrauchen können. Ein Wildfang, immer unterwegs, immer auf der Rolle. Da hatte er, der am liebsten faul gewesen wäre wie ein Esel um die Mittagszeit, sich häufig gewaltig strecken müssen.

Holzheim, sprang er in Gedanken zurück zu dem Bestattungsunternehmen, an dem der Bus gerade vorbeigerauscht war. Holzheim war ein guter Name für einen Bestatter, fand Labensky und dachte, dass er sich demnächst mal dort melden sollte. Bald würde der Sensenmann ja auch ihn zum ewigen Matratzenhorchdienst abkommandieren, und dann würde er in so ein Holzheim einziehen. Bange war ihm darum nicht. Bange wurde ihm nur, wenn er an Rita dachte und an diese Grube, in der die Frau gefunden worden war.

Er konnte den Gedanken, dass Rita bereits vor vielen, vielen Jahren etwas zugestoßen sein könnte, immer noch nicht zulassen. Er weigerte sich, zu glauben, dass sie womöglich diese namenlose, unbekannte tote Frau war, von der dieser Zeitungsartikel handelte.

Wenn Rita die Frau war, also wenn sie wirklich nicht mehr am Leben war, dachte er nun doch einmal ganz kurz, dann wollte er vielleicht auch nicht mehr unbedingt am Leben sein. Dann war ja alles, was sein Leben einmal schön gemacht hatte, für immer weg.

Der Bus bog auf die Autobahn nach Leipzig, rechter Hand

auf die A4, wo sich das Heizkraftwerk Erfurt-Ost und die Resteabfall-Verbrennungsanlage RABA aneinanderklammerten, als fürchteten sie auch ums Überleben. Und da, während der Bus abbog, bog auch Labensky in seinen Gedanken ab. Na ja, Gedanken. Es waren eher Vorstellungen, aber das Heizkraftwerk und die Resteabfall-Verbrennungsanlage erinnerten ihn an Rita und sich selbst. Seltsamerweise nicht als alte oder resteabfallähnliche Menschen, sondern als blutjunge. An ihre Freundschaft schon als Kinder und daran, wie sie immer füreinander da gewesen waren. Er dachte nicht mehr an das Ende, sondern an den Anfang, und es war ihm, als käme in Bildern und Gerüchen jetzt langsam alles wieder zurück, als würde all das in ihm wieder lebendig: die Jahre nach dem Krieg. Die herrlichen, nach reifem Korn schmeckenden, von Badegeschrei durchzogenen Sommer in der DDR. Die Nacht, in der ein schnauzbärtiger Mann namens Josef Stalin starb und in der er Rita zum allerersten Mal begegnete.

Labensky war es im Feierabendheim oft vorgekommen, als gebe es in seinem Hinterkopf so eine Art Abstellkammer, die nur mit diesen Erinnerungen gefüllt war. Er hatte sie schon sehr lange nicht mehr betreten. Aber nun, da er ganz langsam die Tür aufmachte, war wieder alles da, obwohl das ja schon Ewigkeiten her war.

Es war im Jahr 1953 gewesen, vor schon rund siebzig Jahren. Labensky lehnte den Kopf gegen die Fensterscheibe, machte die Augen zu. In Gedanken reiste er weit in die Vergangenheit zurück.

Er war damals acht Jahre alt gewesen, wenn seine Erinnerung ihn nicht täuschte. Er lebte allein mit seiner Mutter in einem mickrigen, holzverschalten Häuschen, einem echten Kleineleutehaus, das im ganzen Dorf als »Schuhschachtel« bezeichnet wurde.

Dieses Dorf, in dem er aufwuchs, nannte sich Briesen. Ein Bauernkaff in Brandenburg, das zwar noch nicht am Arsch der

Welt lag, aber man konnte ihn von dort schon sehen. Gerade mal zweitausend Seelen hausten in dem Ort, darunter auch Männer vom sogenannten Großen Bruder. CA stand auf den roten Schulterstücken ihrer Uniformen, was angeblich für die geheimnisvolle Zeichenfolge *Советская армия* stand und wie *Sowjetskaja Armija* ausgesprochen wurde, denn angeblich waren die Männer sowjetische Soldaten, die als Besatzer stationiert waren und den Deutschen auf die Finger schauen sollten.

»Circus Aljoscha«, so nannten die Leute im Dorf hinter vorgehaltener Hand diese Armee, wegen der Abkürzung CA. Und für Labensky machte das mit dem Zirkus ja auch Sinn, denn die Männer, die diesem Zirkus angehörten, sorgten tagein, tagaus für Spaß und Unterhaltung: Sie sprachen eine lustige, ganz nuschelige Sprache, und sie verteilten Lakritze, Lutschbonbons und Schokolade. Dazu führten sie ständig Kunststücke mit ihren Gewehren auf, ballerten auf Spatzen, Katzen oder einfach in den Himmel und wirkten bereits am helllichten Tag, als seien sie sternhagelvoll.

Als Knirps dachte Labensky an einen Wanderzirkus. Aber die Männer in den Uniformen wanderten zu seinem Glück nie weiter. Sie blieben einfach jahrelang am selben Ort, was für die Dorfkinder ein großer Spaß war und für die Erwachsenen, vor allem für die Kriegsheimkehrer aus Gefangenschaft, nicht immer ganz so lustig.

Die Briesener konnten sich leidenschaftlich über den Zirkus des Großen Bruders ärgern. Es war, als hätte der verlorene Krieg eine Lust zum Schimpfen, Fluchen und hemmungslosen Saufen in ihnen geweckt. Das Einzige, was sie mal davon abhielt, war das Lästern. Wenn es anderen schlechter ging als ihnen, dann ging es ihnen gut, und so sorgten sie dafür, dass es fast immer was zu schnattern gab.

Wie gierige Vögel stürzten sie sich auf Gerüchte. Bei der Ernte auf den Feldern zerrissen sie sich das Maul. Nach Scheunenfesten fällten sie Urteile am Gartenzaun, auch über ihn, den »schwachsinnigen Labensky-Jungen«, wie er vom ganzen Dorf genannt wurde.

So weit er zurückdenken konnte, waren sich die Leute einig, er sei nicht normal, er sei dummköpfig, gehirnamputiert, bescheuert.

Es fing schon mit seiner Geburt an. Er hätte nicht geschrien oder geweint, so, wie es sich gehörte, sondern seiner Mutter auf den Bauch gepinkelt. Zu dumm zum Weinen, erzählten sich die Leute.

Einige glaubten, sein Dachschaden rühre daher, dass er bei seiner Geburt zu wenig Luft bekommen habe. Andere, die heimlich an Gott glaubten, sprachen von einer Strafe. Wieder andere mutmaßten, er sei als Säugling hochgeworfen und nicht wieder aufgefangen worden, da sei was kaputtgegangen. Die meisten waren sich sicher, seine Mutter hätte mit ihm im Bauch zu tief ins Glas geschaut, sogar absichtlich Spülmittel und Terpentin getrunken, um ihn auf den letzten Drücker loszuwerden, ihn wegzumachen. Seine Mutter selbst erklärte ihm das alles so, dass er eben seine ganz eigene Sicht auf die Dinge hätte und dass er ganz einfach da, wo Herz und Hirn vergeben wurden, leider nur einmal seine Hand gehoben habe.

Labensky genügte das schon als Erklärung. Er zerbrach sich nicht den Kopf darüber, dass die Leute ihn für einen Dummkopf hielten, blöd wie zehn Meter Feldweg. Das Einzige, was ihn oft traurig machte, war das Getuschel über seine Mutter, die ihn ganz allein großziehen musste, weil sein Vater nicht mehr aus dem Krieg zurückgekommen war. Angeblich war er nur Monate vor seiner Geburt bei Stalingrad – das lag irgendwo im tiefsten Schnee – mit einem ganzen Bataillonszug in die Luft geflogen. Labensky wollte nicht daran glauben, dass sein Vater im Eis von Krähen gefressen worden war, also stellte er sich das so vor, dass sein Vater seitdem auf einer Wolke hockte, von der er nicht mehr runterkam. Mehr wusste er nicht von ihm, außer dass er die Sommersprossen und die Segelohren, die wie Topfhenkel von seinem Kugelkopf abstanden, von ihm geerbt hatte. Von seiner Mutter hatte er die nicht. Seine Mutter galt als Schönheit, was sie nicht davor bewahrte, dass das halbe Dorf sie eine Rabenmutter nannte.

Sie warfen ihr vor, nicht anständig für ihren Sohn zu sorgen und sich mit Lebensmittelmarken durchzuschnorren. Und tatsächlich, erinnerte sich Labensky, hätte er sich als kleiner, ostzonaler Junge gerne einmal kugelrund und satt gegessen, aber mehr als Rüben, Rettich und Konsumbrot gab es nicht zu kauen, und häufig knirschte es zwischen den Zähnen. An Geburtstagen mal Falsches Hirn, Rührei mit Zwiebeln. An Feiertagen mal eine Tote Oma, Blutwurst mit Sauerkraut. Von Kaltem Hund, Kekskuchen mit Schokolade, konnte er nur träumen. Halloren Kugeln oder die gute alte Vitilade, Ersatzschokolade vom VEB Rotstern, aus Haferflocken, Braumalz und angeblich Stierblut statt Kakao, das war das krümelige Ende der Fahnenstange. Eine Kriegswitwenrente gab es nicht, aber die Ebbe auf den Tellern kam auch daher, so meinte sich Labensky zu erinnern, dass seine Mutter an einer unsichtbaren Krankheit litt. An einem gebrochenen Herzen oder so was Ähnlichem, weshalb sie an gar nichts im Leben Freude hatte, schon gar nicht am Kochen.

Ihr Name war Erna. Die Männer im Dorf, deren Ehebetten als »verkehrsberuhigte Zonen« galten, nannten sie die »wilde Erna«, obwohl sie in seinen Augen gar nichts Wildes an sich hatte. Es war eher, als lastete ganz schweres Gepäck auf ihr, weshalb sie meist im Bett rumlag, so wie kaputt, so wie zertrümmert, was ihr anscheinend auch noch den Zweitspitznamen »Trümmerfrau« einbrachte.

Die Briesener hatten es so mit den Namen. Es gab nicht eine einzige Kirche im Dorf, weil der Große Bruder keine Kirchen in der Zone wollte. Dafür aber gab es gleich drei schummrige

Dorfstampen, sie hießen »Bierhimmel«, »Durststrecke« und »Bärenquelle«.

Seine Mutter ging meistens, wenn sie sich einmal die Woche aus dem Bett aufraffen konnte, in den Bierhimmel. Wahrscheinlich, glaubte Labensky, um seinem Vater, der seit der Ostfront ja auch im Himmel war, auf irgendeine geheimnisvolle Weise nahe zu sein.

Er selbst, neugierig wie ein Waschweib, schlich seiner Mutter dann oft heimlich hinterher, weil er unbedingt dabei sein wollte, falls sich sein Vater seiner Mutter dort vielleicht für ein paar Augenblicke am Tresen zeigte, und sei es nur als Flaschengeist. In Schlafkleidern stiefelte er aus dem Haus, die Straße hinunter bis zu der Wirtschaft, vor der sich die Mifa-Fahrräder schon stapelten. Im Bierhimmel war immer fix was los, nicht nur zu Erntedankfesten oder zur Männerfastnacht, auch an Sonntagen zum Frühschoppen traf sich das Dorf, um sich gemeinsam zuzulöten. Auf Zehenspitzen linste Labensky durch beschlagene Fensterscheiben in einen Schankraum voll rotnasiger, zermörserter Gesichter, die in dickbäuchige Gläser sprachen. Seinen Vater, mutmaßlich einen Mann mit Kugelkopf und Segelohren, erspähte er dort nie. Dennoch blieb er nächtelang wie angewurzelt vor dem Fenster stehen, um seiner Mutter beim Schäkern mit anderen Männern zuzusehen.

Es geschah eines Nachts, in der letzten Nacht seiner Grundschulferien im Frühjahr 1953, so erinnerte sich Labensky, da blieb er ein einziges Mal nicht heimlich draußen vor dem Kneipenfenster, sondern tat etwas, was er im Nachhinein bereuen sollte. Es war in jener Nacht, in der das ganze Land in eine angeordnete mehrtägige Staatstrauer verfallen sollte, weil der langjährige, schnauzbärtige Chef des Großen Bruders, der angeblich auch für die DDR den Krieg gewonnen hatte – sein Name war Josef Stalin, seine Spitznamen »Koba«, »Der Stählerne« oder auch »Onkel Joe« –, in seiner Datscha bei Moskau einem Schlaganfall erlegen war.

Wie so häufig war Labensky seiner Mutter auch in dieser geschichtsträchtigen Nacht zum Bierhimmel gefolgt. Frierend stand er am Fenster des rappelvollen Dorfkrugs und beobachtete das Treiben in der holzvertäfelten Spelunke. Die Staatstrauer im Bierhimmel sah so aus, dass die Einheimischen und auch die Männer vom Circus Aljoscha ruckartig aus langstieligen Gläsern tranken, ein Korn jagte den anderen. Vom Schellackplattenspieler lief der Schlager »Der schönste Platz ist immer an der Theke«, und seine Mutter, hatte Labensky das Gefühl, schien seinem Vater an der Theke diesmal in ihrem Herzen ganz besonders nahe zu sein, so nahe, dass sie in wilder Ausgelassenheit sogar ihr Kleid hochzog, vor Freude auf den Tischen tanzte und irgendwann ganz merkwürdig die Augen verdrehte, umkippte und rücklings auf den Boden krachte, was ihren Spitznamen »Trümmerfrau« unsterblich machte. Und da, plötzlich, hielt Labensky nichts mehr draußen. Da marschierte er, aus reiner Angst und ohne groß darüber nachzudenken, als Knirps in Schlafkleidern einfach hinein.

Und das hätte er lieber bleiben lassen. Das war nämlich überhaupt keine gute Idee. Die Musik knackte, die Nadel auf der Schellackplatte drehte auf der letzten Rille ihre Runden. Verraucht und träge stand die Luft unter der tief hängenden Decke, und die Sumpfhühner und Tresenritter, die sich im Schankraum zutranken, bemerkten ihn erst gar nicht. Nur seine Mutter, die sich mit Schlagseite zwischen den Stühlen und Holzhockern aufrappelte wie ein Kirmesboxer in der neunten Runde, sah ihn an. Sie stürmte taumelnd auf ihn zu, um ihn zu schütteln. »Was ist nur mit dir los, Heinzi?«, schrie sie, ihr Atem roch nach Club-Zigaretten und heißen Schnapskirschen und nach dem Zeug, mit dem der Herr Warnitzke, der Motorrad-Aufmotzer im Dorf, die rostigen Simson-Karosserien lackierte. »Idiotenbengel! Was fällt dir ein, hier aufzukreuzen? Wer hat dir ins Hirn geschissen? Kannst von Glück sagen, dass dein Vater nicht weiß, wie dumm du bist! Dumm wie Bohnenstroh«, lallte sie voll Zorn.

»Heinzi, wieso in aller Welt bist du nur so dumm geworden?«

Labensky blies seine Pausbacken auf. So war er eben. So war er immer schon gewesen. Es ging nichts rein in seinen Schädel, oder alles ging gleich wieder raus, dachte er, während seine Mutter ihn am Schlafittchen nahm, damit die versammelte Kneipenmannschaft zusehen konnte, wie es links und rechts an seinen Ohren knallte.

»Is dit deener?«, rief einer hinterm Tresen, als wäre er ein Hund.

»Gibt's bei Uwubu was umsonst?«, rief seine Mutter mit rauer, fremd klingender Stimme, ehe sie ihn gleichgültig wieder fallen ließ wie einen Sack fauler Kartoffeln. »Nee … meener is dit nich.«

Die Gesichter ringsum verzerrten sich vor Lachen. Nur Labensky selbst bekam ganz glasige Augen. Er biss sich auf die Lippe, nahm ihr den Satz gar nicht mal krumm. *Er* war *ihr* ja hinterhergeschlichen. *Er* stand ja nach Mitternacht in Schlafkleidern in dieser Kneipe. *Er* hatte seine Mutter blamiert und wollte nicht, dass sie sich schämte. Lieber war ihm, sie tat so, als würde sie ihn nicht kennen.

Mit glühenden Ohren, die von den Backpfeifen brannten, stürmte er davon. Er rannte aus der Kneipe in die Dunkelheit, die laternenlose Dorfstraße hinauf. Es war stockfinster, und am Himmel über Briesen ballte sich allerhand zusammen. Ein unheimliches Tosen, aus dem sich ein plötzlicher Wolkenbruch ergoss, der Labensky höchstpersönlich nach Hause verfolgte. Er fror in seinem Schlafhemd und fragte sich, wo der Himmel endete. Gehetzt von den unheimlichen Geräuschen, musste er höllisch aufpassen, auf dem nassen Pflaster nicht auszurutschen. Er trug nur Häschenpantoffeln an den Füßen, Plüschpantoffeln mit aufgestellten Hasenohren, die seine Mutter im Konsument-Warenhaus zu seinem achten Geburtstag für ihn geklaut hatte. Mit gesenktem Kopf stapfte er von Stein zu Stein und dachte, dass seine Mutter recht hatte mit dem, was sie im Bierhimmel gesagt hatte; dass es wirklich ein Glück war, dass sein Vater nichts von seiner Dummheit wusste.

Stalingrad gleich Minusgrad. So hatte er sich immer gemerkt, dass es dort, wo sein Vater in die Luft geflogen war, ganz furchtbar kalt sein musste, und so stellte er sich manchmal sogar vor, dass sein Vater nicht etwa oben im Himmel auf einer Wolke herumsaß, sondern noch immer im tiefsten Schnee feststeckte. Dann wollte er glauben, dass Väterchen Frost in Wahrheit gar keine Gestalt aus einem Märchen war, sondern sein Vater, der sich vor lauter Frostbeulen leider nicht mehr um ihn kümmern konnte, aber doch immer an ihn dachte und ihm sogar einmal im Jahr seine Geschenke brachte.

So was war typisch für ihn. Er konnte sich die Welt in seinem Kopf zurechtbauen, dass sich die Balken bogen. Er war in der Lage, sich den abwegigsten Unfug zusammenzureimen, sich ganz in seinen Einbildungen zu verstricken. Wo die Grenzen eng waren wie in der Besatzungszone, machten sich die Träume breit, und weil er ja keine Freunde hatte, musste er selbst für Unterhaltung sorgen, also verstieg er sich fast schluckaufartig zum allergrößten Quatsch. Erzählte er den anderen Kindern davon, erntete er Gelächter. Erzählte er den Spinnkram seiner Mutter, schimpfte sie über seine Wolkenkuckucksheime. Aber die Geschichten, die tagein, tagaus wie Seifenblasen seinem Hirn entwuchsen, beruhigten ihn. Sie gaben ihm die Sicherheit, dass alles irgendwie in Ordnung war.

Auch in jener Nacht, als er vom Bierhimmel allein nach Hause stapfte und über ihm der Donner grollte, wollte er sich am liebsten in seine Spinnereien flüchten. Er bog um das Gemeindehaus, dort, wo die Dorfstraße einen Knick machte, vorbei am alten Löschteich und am Spritzenhaus der Feuerwehr, da hörte er irgendwo in der Dunkelheit ein Wimmern, kaum lauter als der Märzregen. Er dachte zuerst an ein Kätzchen, an diese wild laufenden Viecher, auf die die Männer vom Circus Aljoscha mit ihren Pistolen zielten.

Doch dann sah er, dass ihn von der Steintreppe zum Spritzenhaus zwei kleine glänzende Katzenaugen ansahen, die zu einer Stupsnase und zu einem weichen, mondbeschienenen Gesicht gehörten.

Vorsichtig, auf schmatzenden Häschensohlen, näherte er sich und sah ein Mädchen, das ganz allein im Dunkeln hockte. Es hatte keine Jacke und keine Schuhe. Es trug nur ein regennasses Schlafkleid, das an der Haut klebte, als sei es mitten in der Nacht von zu Hause abgehauen, hinein in das Gewitter. Bibbernd umfasste es seine Knie, verbarg den Kopf zwischen den Beinen.

»Seid bereit!«, sagte Labensky halblaut, weil ihm nichts einfiel und weil die Jungpioniere das so sagten, bereit, wozu auch immer.

»Allzeit … bereit«, raunte das Mädchen gleichgültig zurück und hielt die Hand vor den Mund, um sich daran zu hindern aufzuschluchzen. Aus seinen Katzenaugen, sah Labensky, fielen Tränen.

Er hatte dieses Mädchen noch nie zuvor gesehen. Es hatte sich aber herumgesprochen, fiel ihm wieder ein, dass seine Schulklasse gleich nach den Frühjahrsferien einen Neuzugang erwartete. Dass der Karosserie-Aufmotzer Warnitzke angeblich eine Tochter hatte, die seit ihrer Geburt nicht bei ihm aufgewachsen war, sondern in einem Ort, der Obhut hieß. Und der Grund, warum das Mädchen nicht direkt bei seinen Eltern, sondern erst mal ein paar Jahre in Obhut aufwachsen musste, war laut den schnatternden Gerüchten der, dass Herr Warnitzke angeblich jahrelang nichts von seiner Tochter wissen wollte. Das lag daran, so wurde im ganzen

Dorf getuschelt, dass seine Frau und er beide kalkweiße Haut und strohblondes Haar hatten, die Tochter aber dunkles Haar und braune Haut. Es hieß – besser gesagt, es geisterte durch alle Münder –, dass das Mädchen rein gar nichts von seinem Vater habe. Es sei, so hatte Labensky die Leute beim Tratsch wortwörtlich sagen hören, in Wahrheit gar nicht seine Tochter, sondern ein »Kuckuckskind«, die »Tochter eines Rotarmisten«, die »Brut eines Mongolen«.

Die Menschen in Briesen waren geübt darin, die schmutzige Wäsche ihrer Nachbarn durchzuhecheln. Und so hatte natürlich auch die Mutter des Mädchens ihr Fett wegbekommen: »Russenhure«, »Kosakenstute«, so hatte das halbe Dorf sie jahrelang genannt, angeblich, weil sie zugelassen hatte, dass irgendein Dahergelaufener vom Circus Aljoscha sie »in die Horizontale« befördert und ihrem Ehemann »die Hörner aufgesetzt« hatte. Labensky wusste nicht, was das wieder bedeuten sollte. Als Achtjähriger hatte er genug damit zu tun, sich den Weg vom Bierhimmel nach Hause zu merken. Was er aber wusste, war, dass die Mutter, die in der Siedlung als »Mongolen-Liebchen« galt, sich eines Tages in der Werkstattscheune ihres Mannes, des Autoschraubers Warnitzke, vor Scham und Schande am Galgen aufgeknüpft hatte, genauer gesagt an einem Bremskabel oder an einem Gurt. Was das Tatwerkzeug betraf, gingen die Gerüchte auseinander. Jedenfalls hatte der gehörnte, frisch verwitwete Herr Warnitzke erst jetzt, nachdem die Mutter sich erhängt hatte, dieses Mädchen aus Obhut, das ja gar nicht seine Tochter war, warum auch immer plötzlich bei sich aufgenommen.

»Ich heiß Heinzi«, tastete Labensky sich vorsichtig heran.

Das Mädchen sah halbherzig zu ihm auf. Es hatte wirklich braune Haut, so, wie es erzählt wurde, und aus seiner Stupsnase rann Blut. Labensky erschrak, nicht wegen der Blutstropfen, sondern weil er in seinem Leben noch kein schöneres Gesicht gesehen hatte.

»Heinz? So wie der Mann von der Schlagerlotterie?«

»Weiß nicht, kann sein«, murmelte er. Wusste er ja wirklich nicht, da seine Mutter ihm verbot, das Röhrenradio einzuschalten, wenn er von der Schule kam und sie noch ihren Rausch ausschlief.

»Ist doch kein Name für einen Jungen!«, zischte das Mädchen ungehalten, als wollte es tausend Flüche in den Regen schreien.

»Nich?«, fragte Labensky und kratzte sich an seinem Kürbiskopf.

Er ging die Namen seiner Klassenkameraden durch. Die anderen hießen Norbert, Bodo oder Uwe, es gab auch einen Harry und sogar einen Waldemar. Da war er mit Heinz doch eigentlich ganz gut bedient.

»Bist du die Tochter vom Warnitzke?« Labensky deutete den stockdusteren Feldweg hinunter, der zur Motorradwerkstatt führte.

»Und wenn … Was geht's dich an?«, fauchte das Mädchen. Seine Augen zogen sich abwehrbereit zusammen zu wutengen Schlitzen.

»Frag ja nur«, murmelte Labensky und trat von einem Bein aufs andere. Er führte den Finger, mit dem er gerade noch den Feldweg hinunter gezeigt hatte, in sein Gesicht. »Du hast da überall Blut.«

»Pff …«, machte das Mädchen und verdrehte die Augen. »Blitzmerker! Und du hast nur ein Schlafhemd an, Schlaumeier.«

Labensky sah an sich herab, auf das hellblaue Malimohemd, in dem sein neun Jahre alter, nie satt gewordener Körper steckte. Schlaumeier, dachte er stolz, das hatte ja wirklich noch niemand zu ihm gesagt. Durch seine lange Leitung spürte er, dass das Mädchen nicht die geringste Lust hatte, ihm zu erklären, weshalb es hier mitten in der Nacht herumsaß und blutete und weinte.

Er konnte sich gar nicht vorstellen, wie es sein musste, keine Mutter zu haben. Er wusste ja nur, wie es war, keinen Vater zu haben. Er zeigte wieder auf den Feldweg, der zur Motorradwerkstatt und zum Haus der Warnitzkes führte, in dem das sonderbare Mädchen offenbar neuerdings wohnte, wenn die Gerüchte stimmten.

»Rat mal«, sagte Labensky, »was auf dem Feld da wächst!«

Das Mädchen blinzelte, nicht interessiert an Ratespielen. »Nix«, antwortete es schroff, »im Winter wächst da nix.«

Stimmt, dachte er dummköpfig. »Aber im Sommer?«

»Weiß der Geier«, schnaubte das Mädchen und wischte sich mit einem Handballen unter der Nase entlang, so, wie es die Männer im Bierhimmel taten, wenn sie das erste Braunbier des Feierabends in einem Zug leerten, als sei es ihre lästige, aber notwendige Pflicht.

»Im Sommer«, ließ Labensky nicht locker, »wachsen da überall Pommfritz.« Er machte ein Gesicht, als wüsste er als Einziger von einem geheimen, für den Rest des Dorfes unsichtbaren Schatz.

Das Mädchen sah ihn nicht mal an, aber er fabulierte trotzdem weiter. In Briesen, holte er jetzt aus, kenne doch jeder die Legende vom Kartoffelkönig: Dieser König, erklärte er in gestelzten Worten, wurde von allen Fritz genannt. Vor zweihundert Jahren, so ging die Geschichte, war dieser König Fritz mit seinen Kriegern durch das Dorf gekommen, um sich nach einer Schlacht am Feuer auszuruhen. Dabei bestaunte dieser König Fritz zufällig den Anbau einer Hackfrucht namens Kartoffel, und die Briesener machten ihm ein leckeres Gericht daraus. Statt die Kartoffel in Asche zu backen, spalteten sie sie in Teile, gaben sie in heißes Schmalz und servierten sie mit dunklem Bier und ordentlich Salz. Der König, so erzählten es sich die Briesener von diesem Tag an, war so begeistert, dass er das Gericht in allen Häusern seines Königreichs einführte und sogar auf Französisch nach sich selbst benannte. Labensky hielt eine Hand in die Luft, presste die Fingerspitzen gegen den Daumen, so, wie es die Männer vom Circus Aljoscha machten, wenn ihnen der Wodka schmeckte: »Pommdetär alla Freeederik!«

Das Mädchen sah ihn an wie einen Bekloppten.

»Pommfritz!«, sagte Labensky stolz. Er konnte kein Französisch, streng genommen konnte er nicht mal anständiges Deutsch, aber die Geschichte von Fritz, dem Kartoffelkönig, kannte er auswendig. Nicht nur, weil die Geschichte so oft von jedermann im Dorf erzählt wurde, sondern auch weil ihm dabei immer das Wasser im Mund zusammenlief. Weil jedes Mal die Frage wie eine Nessel in ihm brannte, wie dieses goldgelbe Gericht wohl schmeckte. Schon beim Gedanken tropfte ihm der Zahn. Die Briesener Bauern bauten zwar noch immer fleißig Kartoffeln an, aber gehackt oder gebraten gab es sie nirgendwo zu essen. Und Labensky hatte dafür auch eine Erklärung: »Irgendwer«, verkündete er dem Mädchen, »klaut die Pommfritz vom Acker, um sie für sich allein zu haben!«

»So? Wer denn?«, fragte ihn das Mädchen.

»Der Mann mit dem Spitzbart und der Piepsstimme«, antwortete Labensky fest überzeugt. »Der Große Vorsitzende der DDR!«

»Und warum soll der hier die Pommfritz klauen?«

»Na weil: Der redet doch immer von den drei großen V…«

»Was für drei große V?«

»Na, Volk, Verzicht, Verstaatlichung«, meinte Labensky, drei seiner Finger sprangen nacheinander auf. »Meine Mutter sagt immer, das Volk, das sind wir, und Verzicht, das heißt Hunger, und Verstaatlichung, das heißt einfach nur Wegnehmung.«

»Wegnehmung von Pommfritz?«

»Wachsen auf dem Acker neben eurem Haus Pommfritz, ja oder nein?«, versuchte Labensky das Mädchen zu überzeugen.

»Wenn schon, dann wachsen da Kartoffeln.«

»Aber König Fritz hat genau hier seine Pommfritz gekriegt!«

»Weiß der Geier, war doch vor hundert Jahren …«

»Hast du schon mal Pommfritz gekriegt?«

Das Mädchen stöhnte auf und schüttelte den Kopf.

»Hast du schon mal Pommfritz gesehen?«

Kopfschütteln.

»Siehste«, meinte Labensky jubelnd, als hätte er gerade den Beweis erbracht, »weil der Große Vorsitzende sie alle wegfuttert!«

»Du bist 'ne Marke«, sagte das Mädchen. Über sein verheultes Katzenaugengesicht zog beinahe so was wie ein Lächeln, und Labensky nahm den Spruch als Kompliment. Seine Mutter sagte immer, von Marken könne man in diesem Land gar nie genug haben.

»Ich heiß Rita«, sagte das Mädchen jetzt.

Labensky grinste zufrieden, denn ganz offensichtlich hatte er es mit seinen Hirnrissigkeiten dazu gebracht, nicht mehr zu weinen.

»Wenn du sie kriegen könntest … also die Pommfritz«, sagte das Mädchen namens Rita nun, »mit was würdest du sie essen?«

Labensky überlegte lange, so lange, als hinge viel von der richtigen Antwort ab. Er hatte darüber noch nie nachgedacht. Er ging alles durch, was er so kannte. Schließlich, er sah das Mädchen an, die blutroten Flecken auf seinem Kleid, antwortete er: »Tomatensoße.«

Und da, plötzlich, wie auf Knopfdruck, lachte Rita wirklich. Sie lächelte nicht nur, sondern schüttelte sich und lachte so ansteckend drauflos, dass er auf der Stelle mitlachen musste und dass alles an ihr, was hart und schroff gewesen war, auf einmal weich wurde und sie gleich wieder weinen musste. Jedenfalls hörte es auf zu regnen, und doch purzelten kleine kugelrunde Tropfen über ihre Grübchen.

Am Himmel über Briesen zuckten Blitze, zwei oder drei

Atemzüge später folgte ein krachendes, lange anhaltendes Grollen. Gemeinsam legten sie die Köpfe in den Nacken und betrachteten das Gewitter. Es war die Nacht, in der drüben beim Großen Bruder ein Mann namens Josef Stalin gestorben war, und die Nacht, in der sich Heinz Labensky in seinen geklauten Häschenplüschpantoffeln schwor, Rita, dieses Mädchen, das wohl auch vom Großen Bruder kam, für immer zu beschützen. Er wusste nur noch nicht, wovor.

4

ROTE-ARMEE-FRAKTION

Als Rita schon am Tag darauf zum ersten Mal in die Schule kam, auch daran erinnerte Labensky sich wie gestern, glotzten alle in der Klasse das Mädchen mit den dunklen Katzenaugen und der mandelbraunen Haut an, als käme es nicht aus einem fremden Ort, der Obhut hieß, sondern von einem anderen Planeten. »Russenkind«, das war in der Grundschule vom ersten Schultag an ihr Spitzname. So, wie Labensky als »Trümmerkind«, als »komisch im Kopf« oder als »strunzdumm« bezeichnet wurde, galt Rita von Anfang an als »undeutsch« oder »Promenadenmischung«.

Die Gerüchte im Dorf hatten die Runde gemacht. Über ein Mädchen, das vollkommen anders aussah als seine Eltern, konnten sich die Leute ewig und drei Tage lang das Maul zerreißen – und taten es auch. Nur Labensky gab nichts auf das Gerede. Er stellte seine Segelohren einfach auf Durchzug. Bis zu diesem Tag war der Platz neben ihm stets frei geblieben, es war, als wäre seine Schwachsinnigkeit ansteckend und als wollte deswegen niemand in seinem Dunstkreis sitzen. Aber nun, da Rita sich freiwillig neben ihn setzte, freute er sich dusselig, endlich nicht mehr allein zu sein.

Er mochte alles an ihr, von Anfang an: dass sie lieber auf Bäume kletterte, als Prinzessin zu spielen. Dass sie auf zwei Fingern pfeifen konnte, ihre Töne kamen wie bei einer Flöte. Er mochte, dass sie um die Wette laufen und sich raufen konnte, besser als die meisten Jungen. Am meisten mochte er die Art, wie sie ihr gelocktes Haar aus dem Gesicht strich, wenn er sie heimlich von der Seite ansah.

In den Jahren darauf, so erinnerte sich Labensky, waren Rita und er wie Pech und Schwefel. Sie saßen nicht nur am selben Klassentisch und teilten den Schulweg – einen Fußmarsch vom Ortsrand, wo die einfachsten Leute hausten, hinein ins pieksaubere Dorfzentrum –, sie halfen einander auch bei den Hausaufgaben.

Rita, die blitzschnell denken konnte, noch schneller als die meisten Lehrer, versuchte, Labensky in all den Fächern zu helfen, in denen Gehirnschmalz gefragt war, also in so ziemlich allen, nämlich in Deutsch, Russisch, Rechnen, Geschichte, Erdkunde und Musik.

Im Gegenzug half er ihr dort, wo er sich auskannte, also wo zu viel Denken eher störte, nämlich in Turnen und in Werken. Eine gute Aufteilung, fand Labensky. Und auch Rita war einverstanden, obwohl der gehörnte Herr Warnitzke – der ihr Vater sein sollte, aber wohl nicht ihr Vater war – ja sogar eine Werkstatt hatte. Sie wollte jedoch gar nicht, dass der Alte ihr zur Hand ging. Sie nannte ihn auch nie ihren Vater, und nach der Schule wollte sie nie zu ihm nach Hause, ihrem Ersatzvater gar nicht erst unter die Augen treten.

Labensky fragte sie nie auf den Kopf zu, wieso nicht. Er rührte auch das Thema, wer wohl ihr richtiger Vater war, lieber nicht an. Er beobachtete nur häufig gelbe, grüne oder lilablaue Flecken auf Ritas Haut, faustbreite Schwielen an ihren Handgelenken, an ihren Armen, an ihrem Hals. Die ganzen Farben konnten unmöglich vom Klettern, Rangeln oder Toben kommen. Und jedes Mal, wenn Labensky die Flecken auffielen, sah er wieder das kleine Mädchen aus jener Gewitternacht vor sich: das Mädchen im Schlafkleid, das allein im Regen hockte und aus dessen Nase Blut tropfte; Rita, die wohl auch deshalb so viele gute Verstecke kannte, weil sie sich oft vor ihrem Ersatzvater, der nicht ihr richtiger Vater war, verstecken musste.

Obwohl Labensky selbst gar keinen Vater hatte, wusste er, dass die meisten Väter dazu neigten, ihre Söhne und auch

Töchter zu verdreschen. Bei einem Anschiss blieb es nie, denn viele Väter waren durch den Krieg angeblich zu Saufbrüdern geworden. Die meisten hatten eine Wut in sich, so sagte man, und viele brauchten für eine Tracht Prügel nicht mal einen Anlass. Es genügte ein Problem bei der Arbeit, eine neue Parteivorschrift im Volkseigenen Betrieb oder ein Vollrausch im Bierhimmel, und schon tanzte der Rohrstock Foxtrott auf den Hintern. Auch Teppichklopfer oder Gürtel waren schnell zur Hand, und wenn die Mütter sich beteiligten – was gar nicht selten geschah –, kam auch der Kochlöffel ins Spiel.

Gegen Gemeinheiten in der Schule wusste Rita sich zu wehren. Nannten andere Kinder sie ein »Kuckuckskind« oder »Besatzerblag«, so drückte sie ihnen Sprüche drauf, die sich gewaschen hatten und die man anscheinend nur in Obhut lernte: »Bettnässer!«, »Hurensöhne!«, »Pestbeulen!«, »Kackfressen!«, »Missgeburten!«, »Vieräugige Scheißhaufen!«. Von dem Kaliber hatte sie einiges auf Lager. Aber zu Hause beim Alten, der oft einen über den Durst trank, kam Rita mit Schlagfertigkeit nicht gegen Schläge an. Sprüche halfen ihr da nicht, und nie sprach sie ein Wort darüber, was ihr Ersatzvater hinter zugezogenen Gardinen mit ihr machte.

Die Schule schaffte Rita mit links. Sie tat sich mit Worten und mit Zahlen leicht und konzentrierte sich auf Noten, als sei ein makelloses Zeugnis so was wie ein Passierschein, um eines Tages dem Dorf und damit auch dem Alten und seinem Gürtel zu entkommen.

Was den Grips anging, so konnte Labensky nie mit Rita mithalten. Das spürte er. Und dennoch passten sie zusammen wie der Deckel auf den Topf. Wann immer Rita traurig war, erzählte er ihr eine seiner vogelwilden Spinnereigeschichten, bis er sie zum Lachen brachte. Und wann immer er davon träumte, ein Piratenschiff zu bauen, eine Räuberbande zu gründen und den Pommfritzschatz des Großen Vorsitzenden zu stehlen, holte Rita ihn wieder auf den Boden und erinnerte ihn daran, dass ihnen für eine Räuberbande leider die Mitglieder, also die Freunde, fehlten.

Obwohl Labensky im ganzen Dorf als Schwachkopf galt, schaute Rita nie auf ihn herab. Sie bezeichnete ihn nie als nutzlos oder beknackt, so wie die anderen. Und Rita schien ihn irgendwie zu brauchen. Jedenfalls beschlich Labensky das Gefühl, dass er für seine einzige und beste Freundin da sein musste. Rita umgab etwas, das sie draufgängerisch mit frechem Mundwerk überspielte. Zwar fehlten Labensky gripsmäßig die Mittel, hinter ihr unerschrockenes Gesicht zu gucken, aber irgendetwas in ihm spürte, dass sie jemanden an ihrer Seite brauchte. Wenigstens einen Menschen auf der Welt, der auf sie achtgab, so wie ein großer Bruder auf seine kleine Schwester oder wie der Große Bruder auf die DDR.

»Im Sozialismus braucht jeder Mensch seine Aufgabe.«

Das hatte Labensky von klein auf gehört. Und seine Aufgabe, so schrieb er sich hinter die Ohren, seine Aufgabe war Rita. Sie zu beschützen, dachte er, das war seine ganz persönliche Planerfüllung.

Als er selbst elf Jahre alt wurde, Rita war noch zwei Jahre jünger, trennten sich ihre Wege, zumindest was den Schulweg anging. Es war noch vor der sechsten Klasse, noch vor den Fächern Staatsbürgerkunde und Produktive Arbeit, als Labensky den Platz neben Rita räumen und vorzeitig die Grundschule verlassen musste. Ein Arzt hatte sich mit ihm unterhalten, auf Anraten der Lehrer. Der Weißkittel hatte ihm Fragen gestellt, um seine Möglichkeiten in der Schule abzuschätzen. Das ebenso ernüchternde wie auch erwartbare Ergebnis, schwarz auf weiß, lautete *Schulbildungsunfähigkeit.*

Im Gutachten des Arztes, es las sich wie eine Bankrotterklärung, war von einem *schulbildungsunfähigen, förderungsunfähigen Intelligenzgeminderten* die Rede, was seine Mutter ganz schön auf die Palme brachte. Auch sie redete nun von einer Strafe, raufte sich das Haar und klagte, womit sie das verdient habe. Auf dem Land gab es nicht eine Sonderschule der Volkssolidarität, und so musste er seinen großen Traum, eines Tages eine Lehre zum Milchmann der Handelsorganisation zu machen – denn HO-Milch trank er für sein Leben gern –, bereits im Alter von elf Jahren begraben und stattdessen zu Hause bleiben, bis er alt genug war, Hilfsarbeiten als intelligenzgeminderter Erwachsener zu übernehmen.

Die sogenannte Förderungsunfähigkeit ließ ihn zwar nicht mehr mit Rita zur Schule gehen, doch das hinderte ihn nicht daran, sie jeden Nachmittag von der Schule abzuholen und vor den Spießruten im Dorf zu schützen. Manchmal, wenn Halbstarke sie auf Motorschwalben umzingelten, wenn sie Rita eine »dreckige Rotarmistin« nannten und ihr in die Haare spuckten, plusterte Labensky sich vor ihnen auf, ballte die Fäuste und drohte ihnen mit Krieg.

Manchmal, wenn die Kerle ihnen im Gebüsch auflauerten und Rita einfach nicht in Ruhe ließen, sah Labensky nur eine Möglichkeit, ihnen das Maul zu stopfen: Er bewaffnete sich mit seiner selbst gebauten Gummischleuder und mit zerdrückten Hagebutten, feuerte mit Juckpulver und Kieselsteinen und matschigen Pferdeäpfeln, bis die gegnerische Meute brüllte wie die Kälber. Bis die Kerle entweder die Flucht ergriffen oder – was häufiger der Fall war, da sie in der Überzahl waren – gedrechseltes Kleinholz aus ihm machten.

Labensky gewöhnte sich daran. Er kassierte regelmäßig Dresche, doch egal, was es ihn kostete, er schlug sich immer auf Ritas Seite.

Sogar dann, wenn nicht nur andere Kinder, sondern Erwachsene auf einem Pionierfest oder Volkstanzfest die Nase rümpften, wenn sie behaupteten, dass Rita nicht in dieses Dorf gehöre, sondern zur Roten Armee, dann wollte auch Labensky viel lieber zu dieser berüchtigten Roten Armee gehören. Und wenn dieselben Erwachsenen ihn daraufhin fragten, ob man ihm ins Hirn geschissen hätte, ob er etwa einer von dieser

»Russenfreund-Fraktion« sei oder von der »Iwanknecht-Fraktion« oder von der »Besatzerspeichellecker-Fraktion«, ließ Labensky Rita nie allein, eher fror die Hölle zu.

Jedes Mal sah er die Wut in Ritas Gesicht kochen. Und jedes Mal kriegte auch er selbst dann eine schlimme Wut, ohne zu wissen, was das Wort Fraktion eigentlich bedeutete. »Jawoll«, schnaubte er dann immer und stampfte mit dem Fuß auf wie mit einem Presslufthammer. Grimmig stellte er sich vor Rita, ob es den Leuten passte oder nicht, und rief: »Wir sind die Rote-Armee-Fraktion!«

Drei Jahre später, als Rita zwölf Jahre alt war und Labensky vierzehn, kurz nach der Jugendweihe, waren sie immer noch die dicksten Freunde. In den Sommerferien, wenn auch Rita nicht zur Schule ging, verbrachten sie jeden Tag am Badesee. Die Tage kamen ihnen endlos vor, und beinahe jeden Tag herrschte Idiotenwetter. So nannten sie die brütende Hitze, bei der kein Handschlag zu machen war.

Labensky wollte am liebsten nur faul in der Sonne dösen, seinen schneeweißen Bauch von allen Seiten rösten lassen. Aber Rita redete ihm ins Gewissen, nur rumdämmern sei nicht genug, er müsse an sich glauben, müsse sich mehr anstrengen und trotz Grundschulausschluss etwas aus seinem Leben machen. Sie wollte ihre Ferien nutzen, ihm, der ja eigentlich immer Ferien hatte, wenn schon nicht das Rechnen, dann doch wenigstens das Lesen beizubringen.

Rita, die belesen war wie eine Verhungernde, die von Büchern gar nicht genug kriegen konnte, behelligte ihn nicht gleich mit den ganz dicken Schinken. Sie ließ ihn das Lesen einzelner Worte oder Sätze erst mal mit ihrer Lieblingszeitschrift üben, mit einer sogenannten Frauenzeitschrift, die sich *Sibylle* nannte und die sie so gut wie gar nicht aus der Hand legte, weil die *Sibylle* als heiße Ware galt, die nur alle paar Monate in Druck ging und immer vergriffen war, gesammelt und getauscht wurde wie Lebensmittelmarken.

Sibylle – Zeitschrift für Mode und Kultur stand auf dem Titel, den Labensky stotternd ablas.

Er las, natürlich unter Ritas Anleitung, von Tag zu Tag noch eine Zeile mehr, über *Modische Strickjacken zum Nacharbeiten,* über *Die mondänen Seiten der Industriestadt Bitterfeld,* über die *Neue Eleganz auf Berliner Straßen* und die *Eigenschaften der Frau von heute.* So erfuhr Labensky ganz nebenbei, dass die moderne Frau gepflegt und schön aussehen, aber nicht künstlich aufgedonnert sein sollte. Neben praktischen Körperpflegetipps – *Schön sein, schön bleiben* – erfuhr er auch, dass die selbstbestimmte Frau sich nicht länger mit Diäten rumschlug, nicht weil eine Diät kontraproduktiv für arbeitende Menschen war, sondern weil die moderne Frau ihren schwer erarbeiteten Lohn zunehmend für sich und ihren eigenen Genuss ausgab, um sich in ihrem Körper rundum wohlzufühlen.

Die *Sibylle,* ein Heft mit seitenweise Bilderwelten, die gerade noch als nicht zu verspielt, nicht zu französisch durchgingen, sei anders als die anderen Zeitschriften, erklärte Rita. Fernab der Parteinorm zeigte sie Außergewöhnliches und Dinge, die in der DDR gar nicht zu kriegen waren. Ausgefallene Abendkleider. Raffinierte Badeanzüge. Sogenannte Bluejeans. Für 2,50 Mark regte sie zum Träumen an, nahm sie die Leserin und neuerdings auch den Leseanfänger Heinz Labensky mit auf eine Reise. Rita bezeichnete die *Sibylle* als »*Vogue* des Ostens«. Sie sprach von »ästhetischer Republikflucht«. Dabei klang sie, als sei Republikflucht etwas Gutes.

Labensky verstand weder das eine noch das andere. Aber er verstand sehr wohl, warum Rita so gerne in dieser Zeitschrift abtauchte. Es war im Grunde doch das Gleiche wie mit seinen Wolkenkuckucksheimen: Die *Sibylle,* eine Vorlage für Fantasiereisen, entführte aus dem grauen Alltag an einen sorglosen und bunten Ort.

Die anderen Mädchen, die keine *Sibylle* lasen, wussten gar

nichts von diesem Ort, und so trugen sie am Badesee alle die gleichen einheitlichen, von der Partei genormten Schwimmanzüge. Am Sandufer auf dem Bauch liegend, winkten sie mit ihren Unterschenkeln, während Labensky dank Ritas Nachhilfe das Lesen lernte.

Ihre Körper, so beobachtete er über den Heftrand der *Sibylle* schielend von Jahr zu Jahr interessierter, nahmen jeden Sommer rundere Formen an, manche waren bereits hügelig wie die Vorläufer vom Erzgebirge. Nur Rita trug als Einzige immer eine Badehose. Es war, als wollte sie allen die Blutergüsse auf ihrer Haut präsentieren. Als wollte sie jedem ins Gesicht schreien, dass ihr Ersatzvater, der Autoschrauber Warnitzke, nach Feierabend auch an ihr rumschraubte.

In seiner Planfunktion als Aufpasser blieb Labensky – obwohl er mit Heuschnupfen zu kämpfen hatte, seine Nase ratterte wie ein Schießgewehr – zunehmend wie eine echte Leseratte am Ufer liegen, während sich Rita jeden Tag ins schlierige dunkelgrüne Wasser stürzte, als wollte sie am liebsten darin untergehen. Und einmal, gegen Ende eines Sommers, als der Weizen schon geerntet war, das Korn geschnitten auf den Feldern lag und die Bauern ihr Stroh gepresst, ihre Zweitakter und Brockenhexen in die Scheunen gefahren hatten, als Rita und er spätabends ganz allein am See waren – die Dunkelheit hatte sich längst ausgebreitet, aber zu Hause wartete kein Mensch auf sie –, geschah tatsächlich etwas Seltsames. Etwas, an das Labensky noch viele, viele Jahre später zurückdenken musste:

Es war ganz still unter den Sternen, das Wasser lag glatt wie eine gestraffte Decke. Labensky rollte die *Sibylle* zu einem Fernrohr, um zu beobachten, wie Rita ins tiefe Wasser stieg. Sie ging immer weiter, aber machte keine Schwimmbewegungen. Sie ruderte nicht mit den Armen, legte sich nicht auf den See, sondern tauchte Zentimeter für Zentimeter darin ab. Zuerst sah Labensky ihre Badehose im nachtschwarzen Wasser verschwinden. Dann ihren Rücken. Dann ihre Schultern. Und schließlich, als wollte sie ertrinken, ihren Kopf. Rita tauchte einfach unter, so wie die Halbstarken, die toter Mann spielten. Labensky zählte die Sekunden. Sie kamen ihm vor wie eine Ewigkeit, denn Rita tauchte nicht mehr auf. Irgendwann sprang Labensky hoch. Er rannte zum Ufer, stürzte sich in den See, mit kräftigen Zügen kraulte er zu der Stelle, an der er Ritas Kopf zuletzt gesehen hatte. Viermal, fünfmal tauchte er nach ihr, bis er sie zu fassen bekam. Er zog Rita, die noch immer keinen Versuch unternahm zu schwimmen, an die Oberfläche. Sie spuckte Wasser. Und dann, die Augen geschlossen, flüsterte sie ihm ins Ohr: »Mich musst du doch nicht retten …«

Labensky sah sie mit großen Augen an. Er hatte keine Ahnung, wie sie das wohl meinte, aber er sollte den Satz nie mehr vergessen.

Rita, erinnerte er sich, stand ihre Jugend irgendwie durch, aber froh war sie fast nie. Während anderen das Glück zufiel wie der Hunger im Magen, war es bei ihr, als würde sie eine schwere Last mit sich herumtragen. Eine Schuld, nach dem Freitod ihrer Mutter – so nannte man das in der DDR – überhaupt zu existieren.

Drei Jahre später, als Rita fünfzehn wurde, veränderte sich etwas. Es war nicht nur, dass Rita plötzlich anfing, neben Zeitschriften auch ganze schwere Wälzer von einem sogenannten Schopenhauer zu lesen, einem Schlaumeier, der in der DDR quasi verboten war, weil er die Welt als »Wille und Vorstellung« begriff und damit angeblich zu gefährlichen Gedankenreisen in den Westen einlud. Es war auch, dass ausgerechnet die Kerle, die Rita früher wegen ihrer Haut geärgert hatten, ihr plötzlich hinterherliefen wie dressierte Hunde. Es war das Jahr 1961, und vielleicht lag es daran, dass in dem Jahr die große Mauer gebaut wurde und viele Männer vom Circus Aljoscha die DDR verließen. Dass der Große Bruder sich langsam vom

Acker machte, aus dem Straßenbild verschwand und mit ihm auch die Abscheu gegen die, die Russenkinder hießen.

Vielleicht, dachte Labensky, hatte es einfach damit zu tun, dass mit der Zeit auch Ritas Körper hügeligere Formen annahm und dass die Halbstarken sie deshalb mit anderen Augen sahen. Jedenfalls blühte Rita auf wie eine Mohnblume in einem Weizenfeld, und plötzlich wollte jeder dieser Draufgängerburschen – die Partei nannte sie »Radaubrüder«, »Kofferradioträger« und »bildungsferne Eckensteher« – unbedingt mit Rita befreundet sein.

Sie hatte an jedem Finger drei von diesen Orgelpfeifen. Einige hingen ihr am Rockzipfel wie eine Saugglocke, schenkten ihr Kaugummis und Blumen. Andere luden sie zu Teenachmittagen in den Tanzsaal ein, zum staatlich verordneten Lipsi-Schwofen, einem brandneuen Gesellschaftstanz, der laut DDR-Führung den amerikanisch-dekadenten Modetänzen überlegen war. Die meisten Jungen ließ Rita zappeln wie Heringe im Netz, oder sie ließ sie einfach abblitzen. Für Langweiler hatte sie nichts übrig. Nur die verwegensten Burschen – die mit den Entenschwanzfrisuren und Club-Zigaretten im Mundwinkel – ließ Rita an sich ran. Was auch immer dieses »Ranlassen«, von dem alle immerzu sprachen, hieß, dachte Labensky.

Auf jeden Fall hatte sie eine Schwäche für Rabauken, so, wie seine Mutter eine Schwäche für Schnapspralinen hatte. Es kam sogar vor, dass Rita mit manchen dieser Kerle, die mit Eroberungen und Flachlegungen prahlten, die Köpfe zusammensteckte. Dass sie am selben Glimmstängel zog und mit den Burschen hinterm Spritzenhaus verschwand, um mal »ungestört zu zweit zu sprechen«.

Labensky verstand nicht, was dieser Firlefanz bedeuten sollte.

Als bester Freund plauderte er schließlich jeden Tag mit Rita, und dazu brauchte er nie mit ihr allein zu sein. Aber wenn auch Rita es so wollte, wenn sie ihren Kaugummi aus dem Mund nahm, ihm den klebrigen Klumpen zur Aufbewahrung in die Hand drückte und ihn dann augenzwinkernd darum bat, Schmiere zu stehen, solange sie mit einem der Jungen hinter dem alten Spritzenhaus wegtauchte, dann tat er ihr gern diesen Gefallen. Er hätte ja auch auf der Stelle einen Kopfstand gemacht, wenn sie ihn darum gebeten hätte.

Einmal jedoch, es klang, als sei eines dieser ungestörten Zwiegespräche ausgeartet zu einem handfesten Streit – jedenfalls glaubte Labensky, Rita lauthals schreien gehört zu haben –, ließ er den Kaugummi in der Hand vor Schreck zu Boden fallen. Er gab seinen Posten auf und tat, ohne zu zögern, was große Brüder eben tun: Er lief schnurstracks hinter das Spritzenhaus, um sicherzugehen, dass alles in Ordnung war. Verstohlen linste er um die Backsteinmauer und sah zuerst nur Ritas Beine im Gras liegen, im Schatten des alten Löschfahrzeugs. Er schlich sich näher heran. Ritas Rock, sah er, war hochgerutscht, und der Junge, dessen ausgefranste Niethose zufälligerweise bis zu den Kniekehlen heruntergerutscht war, lag auf ihr. Labensky dachte, der Kerl würde ihr wehtun. Ihm ging das Messer im Sack auf, er wollte den Kerl unangespitzt in den Boden rammen. Er stürmte aus seiner Deckung, direkt auf die beiden zu. Aber dann, plötzlich, sah er Ritas Gesicht, und etwas in ihrer Miene sagte ihm, das war ein Fehler.

Es war keine Angst, die ihn zurückhielt, es waren Ritas Katzenaugen. Ein Ausdruck, den er noch nie zuvor darin gesehen hatte.

Im Gesumm der Bienenschwärme bewegte sich der Bursche über ihr auf und ab, als würde er Liegestütze machen. Dabei gab er keuchende Geräusche von sich, so wie der Herrenbesuch, den Labenskys Mutter aus dem Bierhimmel mit nach Hause brachte, wenn sie allein nicht mehr den Ausgang fand. Rita und dieser Bursche hatten hochrote Köpfe, und als Rita hinter dessen Schulter aufsah, als sie Labensky zuerst mit halb geschlossenen, dann aufgeschreckten Augen ansah, da glühte auch Labenskys Kopf bis zu den Ohren.

Seine Kinnlade fiel runter. Mit offenem Mund stand er da und atmete die Gräserpollen ein. Erst irgendwann, nachdem er ratternd niesen musste wie ein Auspuff, ergriff er die Flucht wie ein Soldat auf feindlichem Gebiet. Er sprang ins dornige Gebüsch, schlug wilde Haken, rannte einfach wie vom wilden Wahn gepeitscht davon.

Wie vom Affen gebissen, ja wie ein Eierdieb, spurtete er durchs Dorf, vorbei an den Rübenackern und Kartoffelackern, er hörte gar nicht auf zu rennen. Er rannte, so weit ihn seine kurzen Beine trugen, ziellos wie ein Hahn ohne Kopf, sodass jeder Briesener, der gerade den Rasen mähte, und jede Briesenerin, die die Wäsche von der Leine nahm, endgültig überzeugt sein musste, dass dem Labensky-Jungen durch nichts und niemand mehr zu helfen sei.

Am liebsten wollte Labensky sich im Erdboden vergraben. Er hatte doch aufpassen sollen, dass Rita und dieser Junge ungestört sein konnten. Das war seine einzige Aufgabe gewesen, aber nun hatte er selbst gestört. Dabei wollte er Rita nur beschützen. Das Letzte, was er wollte, war, dass sie ihm böse wurde.

Zu seiner Überraschung hatte Rita keinen Zorn auf ihn. Es herrschte nur ein paar Tage Funkstille. Aber sie war ihm nicht böse. Sie verlangte keine Entschuldigung. Sie schien keinen Hals auf ihn zu haben wegen dieser »Sache«, wie Labensky die Angelegenheit in seinen Gedanken nannte. Rita und er taten, was sie zu Hause gelernt hatten, also was nach dem Krieg alle Erwachsenen eben taten, wenn es um Schuld oder um Schande ging: Sie stocherten nicht unnötig darin herum. Sie stellten einander keine peinlichen, unappetitlichen Fragen. Sie sprachen einfach nie mehr darüber, und durch das Nicht-darüber-Sprechen war es fast, als sei auch nie irgendwas gewesen.

Rita und er, erinnerte sich Labensky, blieben die allerbesten Freunde. Deckel und Topf! Rote-Armee-Fraktion! Da konnten diese Burschen noch so oft mit Rita rauchen, schwofen oder irgendwohin verschwinden – ihre Freundschaft war einmalig. Und eines Tages, es war im Sommer 1963, in dem so allerhand passierte – die Regierung der DDR erklärte den nationalen Kartoffelnotstand für beendet, das Zentralkomitee beschloss die Errichtung eines sogenannten Schutzstreifens entlang der Mauer, die Kosmonautin Valentina Tereschkowa startete als erste Frau in den Weltraum, und Rita wurde siebzehn Jahre alt –, war diese Freundschaft mit einem Mal vorbei.

Labensky erinnerte sich, wie Rita ihn damals nur Tage nachdem sie die Oberschule abgeschlossen hatte, natürlich als Jüngste und als Jahrgangsbeste, zur Steintreppe am Spritzenhaus bestellte. Zu der Treppe, an der sie einander zehn Jahre zuvor zum ersten Mal begegnet waren.

Rita trug wieder ein Kleid, aber diesmal ein knallbuntes und verboten kurzes, wie aus den Bilderwelten der *Sibylle*. Ein Stoffstück, wie Labensky es noch nie gesehen hatte und wie es laut Rita in Berlin, der Hauptstadt der DDR, nun alle trügen. Kurze Röcke seien da schwer angesagt, der letzte Schrei, sagte sie und vollführte vor seinen Stielaugen eine Pirouette, während sie erklärte, dass in Berlin neuerdings auch Niethosen und Beatmusik erlaubt seien.

In Labenskys Ohren sprach Rita von diesem Berlin wie von einem Abenteuerspielplatz, auf dem Paradiesvögel zu Hause waren. Und je begeisterter sie sprach, desto mehr klang es, als wollte sie bald selbst nach Berlin flattern, um sich ein eigenes Nest zu bauen.

Natürlich hatte auch Labensky schon viel von dieser berühmten großen Stadt namens Berlin gehört. Von Westberlin, das im Rundfunk der DDR abfällig als »Frontstadtsumpf« bezeichnet wurde und das erst Wochen zuvor sogar weltweit für Aufsehen gesorgt hatte, als nämlich der Große Vorsitzende

Amerikas – sein Name war John F. Kennedy, und Labensky kam nicht dahinter, wofür nur dieses F stand – mit einigem Getöse zu Besuch gekommen war.

Ein »emotional aufgeladenes Massenereignis zu antikommunistischen Propagandazwecken«, so hatte der Rundfunk der DDR diesen Besuch kommentiert. Labensky war aber vor allem in Erinnerung geblieben, dass der Große Vorsitzende Amerikas sich diesem Westberlin anscheinend noch näher fühlte als seinem Amerika. Jedenfalls hatte er vor vielen, vielen Zeugen steif und fest behauptet: »Ich bin ein Berliner!« Labensky dachte zuerst an einen Pfannkuchen. Dann begriff er, dass dieser Kennedy nicht etwa vorgab, ein glasiertes Spritzgebäck zu sein, sondern ein Einwohner Berlins.

Das war zwar ebenfalls Quatsch mit Soße, und doch jubelten die Menschen, als hätten sie seit dem Krieg auf diesen Satz gewartet.

Auch über das andere Berlin, das östlich der Mauer, war Labensky schon so einiges zu Ohren gekommen. Während der Große Vorsitzende Amerikas in Westberlin Station gemacht hatte, war gleich nebenan nämlich fast gleichzeitig der Große Vorsitzende der Sowjetunion dort aufgeschlagen. Nikita Chruschtschow war sein Name. Als Nachfolger des toten Josef Stalin kam er den ganzen weiten Weg aus Moskau, um sich angeblich, wenn man dem Rundfunk glaubte, vor doppelt so vielen Menschen zu präsentieren, die jubelnd und vor Freude heulend »Ni-ki-ta!«, »Ni-ki-ta!« skandierten. Dass er ein Berliner sei, behauptete dieser Nikita nicht. Mit kräftigem Schnapsbass erklärte er bloß: »Ich liebe die Mauer!«

Rita, das wusste Labensky, hielt die Mauer für ein Verbrechen.

Trotzdem erklärte sie ihm an diesem Tag, auf der Treppe am alten Spritzenhaus, nun auch nach Berlin gehen zu wollen. Das Dorf sei voll mit allem, wofür ihr Leben zu kurz sei, sagte sie ihm. »Ich hab das satt, will nicht in diesem Kaff versauern, hab keine Lust, mein ganzes Leben zwischen Plattgesichtern zu verbringen.«

Labensky verstand nicht, was Rita gegen das Dorfleben einzuwenden hatte. Ob es in der Großstadt so viel besser zuging, war ja nicht gesagt. Angeblich sollte es dort sogenannte Nichtrauchergaststätten geben, und gab es etwas Bekloppteres als das? Aber Rita, merkte er, meinte es todernst. Sie wollte in Berlin studieren, obwohl sie noch nicht volljährig war. Sie habe, so erklärte sie ihm stolz und strahlend, ein Karl-Marx-Stipendium bekommen, für die berühmte Kunsthochschule Weißensee.

Labensky zuckte die Schultern. Er wusste nicht, dass man so was wie Kunst nun auch studieren konnte, geschweige denn, wozu. Er brütete vor sich hin, wollte sich bockstur dagegenstemmen, denn ihm gefiel diese Idee nicht, dass Rita ganz alleine in die Hauptstadt ging. Wer passte da auf sie auf? Wer hatte ein Auge auf sie? Wer achtete darauf, dass sie in diesem Großstadtsumpf nicht unterging?

»Ich bau mir in Berlin ein eigenes Leben auf, verstehst du?« Rita klang, als sei ein Teil von ihr schon fortgegangen. Sie hatte sich das fest in den Kopf gesetzt, wollte das echte Leben ausprobieren.

»Na gut, dann komme ich eben mit«, erklärte Labensky also. »Dann«, sagte er in voller Überzeugung, »studiere ich eben auch!«

Rita lächelte nur, sie schüttelte nicht mal den Kopf. Stattdessen sah sie ihn an wie einen, der gar nicht wusste, was er da sagte.

»Berlin«, meinte sie, »das ist doch nichts für dich, Heinzi. Das ist die große Stadt, verstehst du? Da gehört einer wie du nicht hin.«

Labensky fragte sich, warum nicht. Klar, sein Aufzug und seine Manieren waren ausbaufähig. Aus Mettwurst machte man kein Marzipan, und genauso wenig konnte man einen

Karussellbremser zum Großstadtkavalier umbauen. Aber was hieß denn hier »einer wie er«? Wollen wir doch mal sehen, dachte er sich, doch ehe er protestieren konnte, zeigte Rita ihm den Fahrschein für die Reichsbahn, den sie schon die ganze Zeit in ihrer Hand gehalten hatte.

»Du hast ja nicht mal einen Schulabschluss. Und du bist hier doch nie rausgekommen. Wie willst du auf dich selbst aufpassen?«

Labensky wollte dagegenhalten, aber es verschlug ihm die Sprache. Es war wie Ladehemmung, über seine Lippen kam kein Ton.

»Du bleibst schön hier bei deiner Mutter, Heinzi«, beschwichtigte sie ihn wie den letzten Esel, »und ich fahre noch heute Abend!«

Es ging alles zu schnell. Labensky suchte nach Worten, die das, was Rita sagte, auslöschen konnten. Dann spürte er einen kurzen, viel zu kurzen Moment lang etwas sehr Warmes auf seiner Wange.

Rita gab ihm einen Abschiedskuss. Und ehe er verstand, dass es wirklich ein Kuss war – kein feuchter Schmatzer, wie ihn Großmütter aufdrückten, und auch kein sozialistischer Bruderkuss, wie ihn Große Vorsitzende einander gaben, sondern ein echter Kuss! –, lief Rita in ihrem bunten, viel zu kurzen Großstadtkleid davon.

Er hätte ihr nachlaufen sollen. Das sollte er in den Jahren darauf noch häufig denken. Aber er unternahm nichts. Er kapitulierte.

Erst Stunden später, als das gleichmäßige, im ganzen Dorf zu hörende Stampfen und Hämmern der Taigatrommel am Bahnhof ertönte, als der Dieseltriebzug der Reichsbahn sich quietschend in Bewegung setzte und mit fauchendem Getöse Richtung Hauptstadt rollte, als sich im Fahrtwind ringsum die Lindenbäume wiegten, in deren Kronen Rita und er sich früher versteckt hatten, da brach die Traurigkeit aus ihm heraus.

Labensky, angeblich zu dumm zum Weinen, heulte Rotz und Wasser. Er heulte noch mehr, als Rita damals als kleines Mädchen geheult hatte. Er hatte seine einzige und beste Freundin verloren und war sich sicher, sie nie, nie wiederzusehen.

Es sei denn, dachte er in seinem kindsköpfigen Kartonschädel dann doch, er würde eines Tages einen Weg finden, ihr zu beweisen, dass einer wie er, der nur Rosinen im Kopf hatte, der großen weiten Welt gewachsen war. Dass er die Dinge geregelt bekam und dass es keinen besseren besten Freund an ihrer Seite gab als ihn.

Labensky hatte, wie fast immer, seitdem Rita ihm das notdürftige Lesen beigebracht hatte, eine aufgerollte *Sibylle* in seiner Hosentasche, allzeit bereit, sich ein paar neue Wörter, Absätze und auch Erkenntnisse über das, was in modernen jungen Frauen vorging, draufzuschaffen. Er nahm die Zeitschrift und betrachtete den Titel. *Was Frauen wollen – Helden des Alltags, Helden des Sozialismus* stand darauf. Im Inneren eine bunte Fotoserie, die Sporthelden und Bauern, Fliegerkosmonauten und Fließbandschichtarbeiter präsentierte, als verdiene jeder Einzelne den gleichen Ruhm.

Die *Sibylle* erinnerte Labensky wieder daran, dass im Sozialismus jeder ein Held sein und werden konnte. »Auferstanden aus Ruinen und der Zukunft zugewandt«, so hieß es doch in der Hymne der DDR, erinnerte er sich, und wieso sollte das nicht also auch für ihn gelten? Er brauchte ja nur mal eine richtige Gelegenheit, um die PS, die in ihm schlummerten, auf die Straße zu bringen. Um sich auf die Hinterbeine zu stellen und endlich durchzustarten. Und dann, ja dann, so war er sich sehr bald nach Ritas Abreise schon sicher, würde er, der schwachsinnige, förderungsunfähige Labensky-Junge, ganz groß von sich reden machen und Rita und der ganzen Welt da draußen zeigen, dass er zu mehr imstande war, als alle dachten.

5

DEMARKATIONSLINIEN

»Bist du schon tot?«

Labensky spürte ein Kitzeln auf der Stirn und öffnete die Augen.

Der Junge mit der Zahnspange und den distelblonden Haaren, sah er, hatte sich zu ihm vorgebeugt und mit dem Zeigefinger über seinen Kopf gestrichen. Mit dem anderen Zeigefinger bohrte er noch immer in der Nase, ungeniert grub er nach einer dritten Röhre, während Labensky langsam aus seinen Erinnerungen aufwachte.

Die Sonne blendete, und der Stoffsitz unter ihm fühlte sich warm an. Er musste sofort eingedöst sein, dachte er, gleich nachdem der Reisebus Erfurt verlassen hatte und auf die Autobahn gerollt war.

»Schwitzen Sie nicht?«, fragte das Mädchen neben dem Jungen. Sein irritierter Blick verharrte auf Labenskys betongrauer Blousonjacke wie auf einem glitschigen Tier, vor dem sich Kinder ekeln.

Labensky schüttelte den Kopf. Heiß war ihm nicht, die Klimaanlage sorgte für kühle Luft, aber er brauchte einen Moment, um wieder in der Gegenwart anzukommen. Er drehte sich nach hinten, zu seiner Reisegruppe mit dem Gruppenfahrschein. Die Männer mit dem Bollerwagen waren immer noch an Bord. Im Dreisekundentakt gaben sie höhlenmenschenartige Geräusche von sich, die Labensky an gewerkschaftlich organisierte Schluckspechtabende im Bierhimmel erinnerten. Auch der Bus kam anscheinend gut voran. Die Autobahn glitt wie ein riesiges Laufband unter ihnen dahin, während die beiden Kinder, denen Labensky gegenübersaß, ihn ansahen wie einen, der noch nie zuvor von Erfurt nach Leipzig gefahren war und der beim Dösen gegen die Busfensterscheibe gesabbert hatte.

Hatte er wirklich, wie ihm beim Anblick der Scheibe auffiel. Eine Angewohnheit aus dem Feierabendheim. Er konnte die Zeit verschlafen wie ein Klotz. Sogar kleinste Nachmittagsnickerchen mündeten in feuchten Mundwinkeln und Träumereien, in denen die Wirklichkeit verschwamm wie in seinen Spinnereigeschichten. Für beides war es noch zu früh. Reiß dich zusammen, dachte Labensky.

»Wie heißt ihr beiden denn?«, fragte er die Kinder, während er sich anlehnte, um den Spuckefleck mit dem Ärmel wegzuwischen.

»Ich heiße Mila«, sagte das Mädchen, »mein Bruder heißt Ben.«

»Wir fahrn zu unserm Erzeuger«, erklärte der Junge, was seine Mutter ja bereits erklärt hatte. »Weißt du, was ein Erzeuger ist?«

Labensky runzelte die Stirn, während das Mädchen seinem Bruder den Ellbogen in den Bauch stieß. »Ben leidet an Borderitis. Sein Therapeut sagt, er hat wohl ein Problem mit Grenzen …«

Labensky nickte wissend. Davon konnte er ein Lied singen, schließlich kannte er dieses Problem nur zu gut noch aus der DDR. Da hatte ja auch manch einer so seine Probleme mit den Grenzen gehabt. Demarkationslinien, so nannte man die damals.

»Ich heiß Heinz Labensky«, erklärte er den Kindern, ohne auf den Erzeuger einzugehen, »ihr könnt gerne Heinzi zu mir sagen.«

»Heinziii«, prustete der Junge. Feixend schlug er die Hände vor die Stirn und lachte sich fast scheckig.

Labensky verstand nicht, was daran so witzig war. Er musste aber wieder daran denken, dass Rita schon damals, als sie einander als Kinder zum ersten Mal begegnet waren, die Meinung vertreten hatte, dass sein Name komisch war. Was Rita dazu sagen würde, dass auch heutzutage noch Kinder seinen Namen komisch fanden?

Leider konnte er sie nicht mehr fragen, dachte Labensky und musste wieder an diesen Brief denken, den Brief von ihrer Tochter.

Sein Herz fühlte sich an, als würden Gewichte daran hängen. Jedes Mal, wenn er sich auch nur vorstellte, dass Rita etwas zugestoßen sein könnte, dass sie womöglich diese Frau aus der Klärgrube sein könnte, sackte es verklumpt durch seinen Bauch nach unten.

»Und, sagt mal, wie alt seid ihr zwei denn?«, fragte Labensky die Kinder, um sich schnell wieder von diesen finsteren Gedanken abzulenken. Er versuchte sogar ein Lächeln, das kläglich verrutschte.

Das Mädchen sah ihn plötzlich kritisch an. »Finden Sie nicht, dass Sie damit jetzt auch ein bisschen eine Grenze überschreiten?«

»Hm?«, machte Labensky erschrocken. »Womit?«

»Na ja«, sagte das Mädchen, »Sie sind ein fremder weißer Mann und fragen ein Mädchen, also eine minderjährige, gleichberechtigte Vertreterin des weiblichen Geschlechts, einfach nach dem Alter?«

Labensky spürte, er hatte irgendetwas falsch gemacht. Aber was?

»So was zu fragen«, wurde er zum Glück belehrt, »ist diskriminierend. Auf jeden Fall ist es als alter Mann nicht gerade woke …«

»Hm?«, wiederholte Labensky begriffsstutzig.

Das Mädchen rollte mit den Augen, und doch ließ es sich herab, ihm dieses Wort, das er nicht kannte, trotzdem zu erklären. »Es zeigt, dass Sie sich Ihrer Rolle als Mann in dieser patriarchalischen Gesellschaft nicht bewusst sind. Dass Sie noch nicht erwacht sind.«

Labensky nickte wie ein Schuljunge. Er wusste auch nicht, was patriarchalisch heißt, aber er wusste, das Mädchen hatte recht. Wie bei den Fahrscheinautomaten war er einfach nicht auf dem neuesten Stand. Alte Männer waren wohl außer Mode. Und wenn »woke« also »erwacht« hieß, tja, dann war er so woke wie eine Kellerassel unter Tage, wie ein Ostlausitzer Grottenolm in Winterstarre.

Er bereute seinen Fehler und nahm sich vor, unbedingt aufzuwachen, um die Demarkationslinien der Jugend von heute einzuhalten.

»Ich bin dreizehn, und mein Bruder ist zehn«, antwortete das Mädchen, Mila, schließlich doch noch auf seine dumme Frage.

Vielleicht sah sie Labensky an, dass er in Sachen Bewusstsein und Erweckung noch etwas Nachhilfe gebrauchen konnte. Auf jeden Fall erklärte sie ihm nun, dass sie mit dreizehn Jahren zwar noch jung genug sei, um in diesem Bus zum Kindertarif mitzufahren, jedoch laut Gesetz schon alt genug, um entgeltlichen Tätigkeiten nachzugehen, also eigenes Geld zu verdienen. Das sei ja »paradox«, so sagte sie, und Labensky, der kaum hinterherkam, versuchte sich auch dieses Wort, das er nicht kannte, irgendwie zu merken, während sie so weiterredete und wie eine Erwachsene erklärte, dass die Welt an sich ja »paradox« sei und dass es dafür jede Menge Beweise gebe: »Die Tatsache zum Beispiel, dass viele BürgerInnen idiotische politische Parteien wählen, nur aus Protest, obwohl diese Parteien nichts für diese BürgerInnen tun. Oder die Tatsache, dass Leute an die Liebe glauben, dass Leute wie unsere Eltern heiraten, obwohl die statistische Wahrscheinlichkeit, dass sie sich wieder scheiden lassen, mindestens vierzig Prozent beträgt. Oder die Tatsache, dass VegetarierInnen kein Fleisch essen, um das Klima zu retten, aber gleichzeitig mit dem Flugzeug quer durch Deutschland fliegen …« Sie selbst, sagte Mila schließlich, habe daher als woke, also bewusst lebende Dreizehnjährige, die schon lange nicht mehr an die Liebe glaube, beschlossen, sich nicht nur achtsam zu ernähren, sondern auch ihren eigenen Vater, einen Devisenhändler, moralisch kritisch zu hinterfragen.

Labensky, jetzt immerhin gefühlt erweckt und aufgewacht und voller aufrichtiger Bewunderung für dieses nachdenkliche und rundum lebenskluge Mädchen, überlegte noch, was genau ein Devisenhändler ist und tut – er vermutete irgendwas mit Gartenbau und Landschaftspflege –, da erklärten ihm die Kinder, dass sie gar keine Lust hätten, das Wochenende bei ihrem Vater zu verbringen.

»Der nervt, nur am rumdarthvadern«, meckerte der Junge und zog den Rotz hoch, während Labensky versuchte, sich unbedingt auch dieses Wort – »rumdarthvadern« – irgendwie zu merken.

»Ben meint damit«, übersetzte die Schwester, »unser Vater ist eigentlich nie da, lässt aber gerne immer den Superdad raushängen.«

»Kein Bock auf Essengehen mit dem … Essengehen nervt«, erklärte der Junge, die Hände zu einem Lautsprecher formend.

»Was spricht denn gegen lecker essen?«, fragte Labensky. Sein eigener Magen knurrte, wie ihm auffiel. Er selbst konnte ja spachteln wie ein Scheunendrescher, war es gewohnt, jeden Morgen vier Scheiben Weißbrot mit Dosenschinken zu verhaften. Oft kippte er noch eine TrinkFix-Milch, Putenwurstscheiben mit Plastikgeschmack und Keksreste in sich hinein. An diesem Morgen hatte er vor Aufregung nicht mal den Süßkram geschafft. Hungrig wühlte er in seiner Jacke und fischte, neben benutzten Stofftaschentüchern, Reste von Nüssen und Rosinen daraus hervor, die er sich sofort in den Mund warf. Er schwor auf dieses leckere Studentenfutter, obwohl er ja nicht mal die Grundschule geschafft hatte.

»Unsere Mutter sagt, unser Vater benutzt uns für sein Ego«, sagte das Mädchen. »Er geht mit uns essen, um seine

Work-Life-Balance zu kompensieren. Der kann nichts außer Geld scheißen.«

Das Mädchen verschränkte die Arme wie eine dieser jungen Frauen, die Labensky aus dem Nachmittagsfernsehen kannte, aus Krawallsendungen, in denen Geheimnisse durch Vaterschaftstests gelüftet wurden und hinter Schattenwänden die Fetzen flogen.

Dabei fragte sich Labensky, ob der Vater überhaupt vom Ärger seiner Kinder wusste. Er verstand nicht genau, warum, aber er hatte das dringende Bedürfnis, etwas zu dessen Verteidigung zu sagen, etwas, was den Vater in nicht ganz so schlechtem Licht erscheinen ließ. Also erzählte er einfach von sich selbst, von seiner eigenen Kindheit und davon, wie es war, ganz ohne Vater aufzuwachsen.

Damals, als er noch ein kleiner Junge gewesen war, erzählte Labensky, hätte er seinen Vater liebend gerne kennengelernt oder besucht, aber das war leider nicht möglich. Einen, der Geld scheißen konnte, den hätten seine Mutter und er damals zu Hause auch ganz gut gebrauchen können, meinte er, aber leider war so jemand in der DDR nur schwer zu finden. Was er damit sagen wollte, war, dass die Kinder es eigentlich doch ganz gut hätten, sich freuen sollten, das Wochenende in Saus und Braus bei ihrem Vater zu verbringen.

»Ach ja, und warum?«, fragte das Mädchen wenig überzeugt.

»Na, weil ihr Kinder seid. Und Kinder brauchen ihre Eltern.«

»Und wofür?«, wollte der Junge wissen.

»Wofür?« Labensky verstand die Frage nicht.

»Ihre Freundin Rita …«, sagte das Mädchen plötzlich und wie aus dem Nichts, »die hatte keine Mutter mehr und auch keinen richtigen Vater. Die hat ja auch keine Eltern gebraucht …«

Labensky zuckte zusammen. Allein Ritas Namen aus einem

anderen Mund zu hören erschien ihm unwirklich, fast wie geträumt.

Es trieb seinen Puls sofort in den roten Bereich. Was wusste das Mädchen denn von Rita? Er hatte den Kindern doch gar nichts von ihr erzählt. Oder etwa doch? Hatte er etwa wieder laut vor sich hin gebrabbelt, so, wie er es im Feierabendheim oft machte, und hatte er dabei ganz zufällig vielleicht auch von ihr gesprochen? War er nicht ganz dicht gewesen während seines Nickerchens, und hatte er, mit geschlossenen Augen und mitgerissen von seinen Erinnerungen, unkontrolliert von allem Möglichen erzählt?

Die dünnen Härchen auf seinen Handrücken stellten sich auf. »Tja, also …«, stammelte er, »… also bei Rita war das ja was anderes …«

»Wieso?«, wollte das Mädchen von ihm wissen.

»Wieso?«, wiederholte Labensky, um Zeit zu gewinnen. »Na ja … Rita, die hatte keine Eltern, aber dafür hatte sie ja mich.«

»Deckel und Topf! Rote-Armee-Fraktion! Pommfritz mit Tomatensoße!«, schaltete sich Ben, der Junge, auch mal wieder ein.

Labensky staunte. Ihm war nicht klar, was er anscheinend alles erzählt hatte und was die pfiffigen Kinder sich gemerkt hatten.

»Sie waren in diese Rita verliebt«, behauptete das Mädchen, das doch angeblich schon lange nicht mehr an die Liebe glaubte.

Verliebt? Labensky wich den Blicken der Kinder aus und sah aus dem Fenster. Auf den vorbeiziehenden Wiesen drehten Windräder ihre Runden. Darunter eine einsame Kuh, die ihn direkt anglotzte.

Liebe, dachte er und ließ die Gedanken schweifen, da hatte er schon seit einer Ewigkeit nicht mehr dran gedacht. Denn eigentlich war in seinem Leben ja liebestechnisch nichts als Ebbe gewesen. Da war immer nur Rita. Da kreiste alles immer nur um sie wie in einem Karussell, aus dem er manchmal gerne ausgestiegen wäre, das aber kostenlose, endlose, erbarmungslose Extrarunden drehte.

War das Liebe? »Liebe ist, wenn es Landliebe ist« und »Backen ist Liebe, Sanella ist Backen«. Das wusste Labensky aus der Fernsehwerbung, wobei es ihm, je länger er darüber nachdachte, mehr Appetit auf Schmalzkuchen bereitete als anderweitig weiterhalf.

»Rita war meine einzige und beste Freundin«, versuchte er die Liebesbehauptung, die das Mädchen da in den Raum gestellt hatte, zu umschiffen. »Ich hab nur versucht, immer auf sie aufzupassen.«

Labensky spürte, noch während er diesen Satz aussprach, plötzlich ein Trommeln in der Brust, genau dort, wo sein Herz saß und wo auch der Brief in seiner Jackentasche steckte. Er musste plötzlich wieder an sein eigenes Versprechen zurückdenken, an seinen Kindheitsschwur in jener Gewitternacht, in der er Rita zum ersten Mal begegnet war: In seinen Häschenplüschpantoffeln stehend, hatte er sich geschworen, Rita immer zu beschützen, ganz egal wovor.

Aber was war dann aus diesem Kindheitsschwur geworden? Hatte er wirklich versucht, sie vor allen möglichen Gefahren zu bewahren? Was hatte er als junger Mann tatsächlich getan, nachdem Rita mit gerade mal siebzehn Jahren das Dorf Richtung Berlin verlassen hatte?

Er grub in seinen verschütteten Erinnerungen. Er selbst, so meinte er sich bald wieder zu erinnern, hatte damals noch einige Jahre auf dem Land verbracht, da, wo er laut Rita ja auch hingehörte. Die Dorfbewohner waren weiterhin der Meinung gewesen, mit ihm sei nicht viel anzufangen, aber das hatte ihn nicht davon abgehalten, für sich und seine Mutter zu sorgen und auch ohne Schulabschluss so viele Moneten ranzuschaffen, wie er mit wenig Schmalz in der Rübe, aber umso mehr in den Armen, eben berappen konnte.

Die Regierung der DDR hatte Wert darauf gelegt, dass jeder Mensch im Sozialismus, auch noch der förderungsunfähigste, irgendeiner Arbeit nachging. Vom »Recht auf Arbeit« war die Rede gewesen, und Labensky hatte gern davon Gebrauch gemacht. Fest entschlossen, Rita eines Tages zu beweisen, was so alles in ihm steckte, hatte er sämtliche Gelegenheitsarbeiten übernommen, die ihm vom Amt für Förderungsunfähige zugewiesen worden waren: Mit neunzehn Jahren schuftete er als Packer für den Sportartikelhersteller Sporett am VEB Goldfischwerk in Oberlungwitz. Mit zwanzig arbeitete er beim Instandsetzungsbetrieb Fürstenwalde als Hofarbeiter. Mit einundzwanzig verschlug es ihn zur Getränkefabrik in Langewahl, als Abfüller. Mit zweiundzwanzig malochte er als Eisengießer an der Kaltschmelze am Stahl-Brot-Frieden-Eisenwerk in Eisenhüttenstadt, damals noch Stalinstadt genannt. Mit dreiundzwanzig klopfte er Teppiche am Teppichwerk VEB Halbmond in Oelsnitz. Mit vierundzwanzig kam er zum Gasmessanlagenhersteller Gaselan, als Eidechsenfahrer. Und im Großen und Ganzen, erinnerte sich Labensky an seine Jahre als Gelegenheitsarbeiter, gefiel ihm eine Arbeit besser als die andere, aber keine dieser Arbeiten brachte ihn Rita näher; keine führte ihn mal in die Hauptstadt, und keine sorgte je dafür, dass Rita sich in Berlin an ihn erinnerte.

Sie ließ sich nie wieder im Dorf blicken, obwohl Labensky jedes Mal, wenn er ins Dorf zurückkam, am Spritzenhaus auf sie wartete, als wären sie beide dort fest verabredet. Sogar nachts, wenn es gewitterte, hielt er treu Wache, aber Rita tauchte nie wieder dort auf.

»Herr Labensky …?« Das Mädchen namens Mila winkte mit einem Arm vor seinem Gesicht wie mit einem Scheibenwischer, fächerte ihm Luft zu, um ihn wieder aufzuwecken. »Hallo, alles okay?«

Labensky biss sich auf die Lippe. Nicht weil seine Erinnerungen ihn wieder weggetragen hatten, sondern weil ihm jetzt war, als sitze er vor sich selbst, also vor seinem jüngeren Ich, auf der Anklagebank. Er bekam Magenstiche, machte sich Vorwürfe: Hatte er den Schwur gebrochen? Hatte er als junger Mann nicht alle Hebel in Bewegung gesetzt, wieder an Ritas Seite zu gelangen, so, wie es sein großer Plan war? Hatte er nicht alles, was in seiner Macht stand, unternommen, der gefeierte Held des Sozialismus zu werden, von dem Rita in ihrer Lieblingszeitschrift lesen sollte?

Labensky spürte ein Drücken im Kopf. Eigentlich war darin ja Platz genug, aber es war, als würde sich unterschwellig wieder dieser Gedanke darin breitmachen, den er noch nicht bereit war, zuzulassen, und gegen den sich beinahe körperlicher Widerstand formierte: die Angst, dass Rita die gefundene Frau in dieser Berliner Grube war. Die Ahnung, dass sie tatsächlich zu Tode gekommen sein könnte.

Der Bus rollte über die Autobahn, war schon auf Höhe Weimar.

Draußen flogen die Weinberge des Ilmtals vorbei, gingen über in einen dicht stehenden, dunklen Wald, der sich direkt neben der Autobahn erhob. Auf der Suche nach Antworten blinzelte Labensky in die Baumreihen. Sein Gesicht wurde plötzlich heiß.

Vielleicht braute sich in seinem Hirn nur wieder irgendwas zusammen. Vielleicht wurden die Demarkationslinien darin ein wenig weich und die Grenzen zwischen Vorstellung und Wirklichkeit mal wieder fließend. Vielleicht gingen einmal mehr die Pferde mit ihm durch, und doch war ihm jetzt, als käme ihm dieser finstere Wald, der ein Geheimnis in sich trug, bekannt vor. Als könnte er schwören, er sei vor langer, langer Zeit schon einmal hier gewesen – an einem geheimnisvollen, gespenstischen und unheilvollen Ort.

»Habt ihr in eurem Leben mal ein Monster gesehen?«, fragte er die Kinder ansatzlos, als sei es die normalste Frage der Welt.

Mila sah ihn an wie einen Märchenonkel, wie einen dieser fremden alten Männer, vor denen ihre Mutter sie immer wieder warnte, während Ben sich neugierig nach vorne beugte.

»Ein Monster?«

Labensky nickte ernst. Er glaubte sich plötzlich wieder zu erinnern, dass er damals ja nicht nur stumpfe Gelegenheitsarbeiten, sondern sogar einen streng geheimen Sonderauftrag im Dienst der Republik an sich gerissen hatte, um Rita zu beweisen, dass er zu Höherem berufen war. Aber dann, so erinnerte er sich, tja, dann war ihm genau hier in der Gegend leider ein echtes Monster in die Quere gekommen.

Er blickte sich um wie ein Geheimagent, sich vergewissernd, dass niemand im Bus zuhörte. Natürlich, was bildete er sich nur ein, hörte ihm, wie immer, keiner zu. Der Glatzkopf hinter ihm schnarchte wie ein kaputter Rasenmäher. Der Mann, der aussah wie Achim Mentzel, unterhielt sich halblaut und träge mit den Prickelwasserdamen. Die meisten dösten vor sich hin, als hätte sie eine pfundschwere Müdigkeit überfallen. Labensky holte Luft wie vor einem langen Tauchgang. Leise, flüsternd, tat er, was er sein Leben lang getan hatte, wenn sich die Not oder die Unruhe in ihm breitmachte: Er erzählte den Kindern und sich selbst eine Geschichte.

6

ZENTRALE SPEZIFISCHE KRÄFTE

Die Geschichte, die er erzählte, begann vor mehr als fünfzig Jahren.

Es war das Jahr 1969, sagte Labensky, und Deutschland bestand zu dieser Zeit noch aus zwei Teilen, die eine kolossale, riesengroße Mauer voneinander trennte. »Auf der einen Seite war der freie, aufregende Westen«, erklärte er den Kindern, »und auf der anderen Seite der nicht ganz so freie, aber noch viel aufregendere Osten ...«

In diesem Osten, erzählte Labensky, lebten damals gut siebzehn Millionen Menschen, die seit Jahren regiert wurden von einem Mann, der sich der »Große Vorsitzende« nannte. Er hatte kaum noch Haare auf dem Kopf, dafür umso mehr an seinem Kinn, weshalb viele auch »Genosse Spitzbart« zu ihm sagten. Walter Ulbricht, so lautete sein echter Name. Er sächselte und war eigentlich kein großer Anführer, sondern gelernter Möbeltischler. Aber während des Krieges war er im Widerstand gewesen, und nach dem Krieg hatte er das mit den Möbeln sein lassen und eine Partei gegründet. Diese Partei hieß SED, und der Große Vorsitzende war fast jeden Tag im Rundfunkempfänger zu hören, wo er über die Erfolge der SED redete. Dabei sächselte er mit Fistelstimme, sodass man, wenn er über sich selbst sprach, nicht »Großer Vorsitzender«, sondern »Großer Furzender« verstand. Vielleicht sollte man seinen Singsang auch nicht immer verstehen. Einmal, Jahre zuvor, hatte er vor Fernsehkameras behauptet, dass niemand die Absicht habe, eine Mauer zu errichten. Später, auch im Fernsehen, konnte das Volk ihm beim Ferienmachen im Ausland zusehen, während die Bürger dann irgendwann nur noch sehr schwer ins Ausland kamen.

Die meisten gelangten mit der sogenannten Ferkeltaxe, einer quietschenden Schienenbahn der Deutschen Reichsbahn, nur noch bis zur Ostsee, in den Spreewald oder in den Harz. Es lag daran, dass ihnen eines Tages plötzlich doch so eine Grenzmauer im Weg war und dass zum ersten Tag des Jahres 1969 auch überall dort, wo bisher noch keine Mauer gestanden hatte, Betonwachtürme errichtet wurden.

Die Wachtürme waren in diesem denkwürdigen Jahr längst nicht die einzige Überraschung gewesen, erzählte Labensky. Es habe damals auch noch ganz schöne und ganz vorteilhafte Überraschungen gegeben. 1969, erklärte er den Kindern, war das Jahr gewesen, in dem die berühmten Ampelmännchen erfunden wurden, die angeblich noch heute in Berlin herumspazierten. Es war das Jahr, in dem zum zwanzigsten Geburtstag der Deutschen Demokratischen Republik ein Textilstoff namens »Präsent 20« auf den Markt kam, knitterfrei und pflegeleicht, gefeiert als »Weltspitzenerzeugnis« und als »Stoff, aus dem die Träume sind«. Es war das Jahr, in dem die Thomas-Natschinski-Combo mit ihrem Schlager »In der Mokka-Milch-Eisbar« die Hitparade stürmte, während ein junges, blitzgescheites Mädchen aus Templin in der Uckermark, das auf den Namen Angela hörte und das nicht wie von der Partei gewünscht ein Arbeiter- und Bauernkind, sondern die Tochter eines Pfarrers war, beim nationalen Begabtenwettkampf der Russisch-Olympia siegte.

Die jedoch beste und allergrößte Sensation war, sagte Labensky, dass das Schwarz-Weiß-Bild des Fernsehrundfunkempfängers – als hätte jemand beim VEB Robotron-Elektronik endlich den Schalter entdeckt – von einem Tag zum nächsten Farbe bekam und die gewölbten Scheiben in den Holzkästen nicht nur gestochen scharf, sondern knallbunt wurden. Höchst bedauerlich war nur, dass diese schönen bunten Fernsehbilder ausgerechnet eines Nachts im Sommer 1969, ausgerechnet während die Amerikaner angeblich auf dem Mond landeten, aufgrund eines sehr seltenen Defekts aller Ochsenkopfantennen im Land ausfielen; dass in der DDR, anstatt der Amerikaner auf dem Mond, die ganze Nacht ein Testbild lief.

Er selbst, erzählte Labensky, war in jenem Sommer fünfundzwanzig Jahre alt gewesen. Ein höchstwahrscheinlich ungeplanter junger Mann in einem Land der Planwirtschaft, der für sein Leben nicht mal den Hauch von einem Plan hatte. Ein nachweislich Unterbegabter und Förderungsunfähiger mit sommersprossigem Zementmischergesicht. Ein Dorfbursche von mitterweile nicht mehr schmaler, sondern stämmiger, fast würfelförmiger Statur, dessen Bauch dank ewigem Heißhunger und viel zu vielen selbstgekochten Brühnudeln wackelte wie eine Butterkugel, wenn er sich die Zähne putzte. Ein allerbester Freund aber vor allem, der immer noch an seine allerbeste Freundin Rita dachte, die schon sechs Jahre zuvor das Dorf verlassen hatte.

Als Schulabgänger ohne Grundschulabschluss konnte er kaum bis zehn zählen. Neugierig in der *Sibylle* blätternd, übte er immer noch das Lesen. Als Gelegenheitsarbeiter, der seit Jahren auf seine große Gelegenheit wartete, hatte er eine Weile als Briefaufdampfer für die Postkontrolle gearbeitet, eine verschwiegene, mit undurchsichtigen Kontrollmaßnahmen befasste Unterabteilung der Post. Dabei war es durch sein Ungeschick zu höchst unglücklichen Fehlaufdampfungen und sogar Verbrennungen gekommen, und so kam es, dass er irgendwann, so sagte man, verstaatlicht wurde. Das Amt für Arbeit und Berufslenkung wies ihm eine neue Stelle als Hausmeister und Heizkraft zu, beim VEB Gebäudewirtschaft. VEB, das stand für »Volkseigener Betrieb«, was hieß, dass der Betrieb dem Volk gehörte. Und weil das Volk es wohl von ihm verlangte und weil der Volkswillen angeblich über allem stand, verließ Labensky seine Mutter und zog von Brandenburg nach Thüringen.

Zuerst arbeitete er hier in der Stadt Gera, als Heizer in einem Erziehungsheim namens Käthe Kollwitz. Von Gera gelangte er bald schon nach Mühlhausen, als Heizer am Jugendwerkhof Höngeda. In das Erziehungsheim, nur einem von Hunderten im Osten, wies das Referat Jugendhilfe Kinder und manchmal sogar Säuglinge ein, die zu Hause Probleme machten oder zur Adoption freigegeben worden waren. Oft war die Rede von »Funktionsfehlern«, von »Bettnässern« oder »Gören von Staatshetzern« und »Republikflüchtlingen«. In den Jugendwerkhof, auch »Lümmelheim« genannt, kamen vor allem ältere Jugendliche, die als schwer erziehbar galten und abweichendes Verhalten zeigten, Unangepasste, die eine Vorliebe für westliche Urwald- und Gitarrenmusik und lange Haare hatten, angeblich Gammler, Arbeitsscheue, Schulschwänzer, Klaukinder und Bummelanten, die Disziplin und Anstand lernen sollten.

Verwaltet wurden all diese Heime von einer Frau mit lila blauen Haaren, die selbst gerade mal die Volksschule besucht hatte. Ihr Name war Margot Honecker. Als langjährige Leiterin des Ministeriums für Bildung war sie nicht gerade beliebt. Die meisten Leute nannten sie »Miss Bildung« oder den »lila Drachen«. Drill, Bestrafung, Arrest oder auch Zwangssport, das stand in ihren Heimen auf der Tagesordnung, weil die Partei beschlossen hatte, sogenannte Rowdygruppen und »negativ-dekadente Jugendliche« mit allen Mitteln zu bekämpfen. Die Kinder, die zu Zehntausenden in so ein Heim kamen, obwohl sie nie vor einem Richter standen, konnten sich nicht dagegen wehren, sich nirgendwo beschweren. Sie durften ihren Eltern kaum mal Briefe schreiben, und beschwerten sie sich doch, so kamen ihre aufgedampften Briefe rein zufällig nie an.

Er selbst, sagte Labensky, habe viele Jahre später, erst nach der Wende, erfahren, was die meisten dieser Heime für dunkle Geheimnisse verbargen, was dort hinter geschlossenen Türen vor sich ging. Damals, schwor er, hatte er so gut wie gar nichts davon mitbekommen.

Als einfacher Heizer tat er nur seine Arbeit. Er konzentrierte sich aufs Heizen, was eine schwere und dreckige Arbeit war, schweißtreibender als alles, was er davor gemacht hatte. Und möglicherweise geschah es genau deshalb – weil er keulte und schuftete wie ein Berserker, aber ansonsten Augen, Ohren und Mund geschlossen hielt wie die drei Affen –, dass eines Tages ganz unverhofft ein paar Leute auf ihn aufmerksam wurden, die im VEB die Fäden zogen und angeblich Kontakte zu Genossen von ganz oben hatten.

Sie bewunderten seine Arbeit, sagten sie ihm. Und vor allem bewunderten sie seine Verschwiegenheit. Es war das erste Mal überhaupt in seinem Leben, dass Labensky für irgendwas bewundert wurde.

Die Männer, die auf ihn zukamen, trugen Schlapphüte und graue Mäntel, und sie stellten sich ihm vor als Mitglieder der Arbeitsgruppe des Ministers vom Aufgabenbereich »S«, kurz AGM/S.

Labensky dachte zuerst, das S stünde ganz sicher für Schwachsinn, weshalb sie wahrscheinlich auf ihn gekommen waren. Aber das S, erklärten ihm die Männer, ohne Einzelheiten zu erklären, stand für Sonderfragen und gelegentlich auch Sonderaufgaben. Dazu zählte die Auswahl sogenannter Zentraler Spezifischer Kräfte, ZSK. Gemeint waren Spezialkräfte für Sondereinsätze. Und haargenau so einen Sondereinsatz, genauer gesagt einen Geheimauftrag von ganz oben, hatten sie doch tatsächlich für ihn. Es gehe um einen Einsatz an einem streng geheimen Ort. Für diesen Einsatz suchten sie einen befähigten, hoch qualifizierten Mann. Und dieser Mann – das behaupteten sie steif und fest –, der sei eindeutig er.

Labensky schluckte. Er, befähigt und qualifiziert? Eine Spezialkraft? Wie kamen die denn darauf, dass ausgerechnet er, der nichts als Gülle verzapfen konnte, das Zeug dazu hatte? So was Verrücktes hatte er ja noch nie gehört. Aber was, dachte er dann doch, wenn sie recht hatten, ja wenn es stimmte? Was, wenn diese Leute mit Kontakten nach ganz oben, also diese grauen Männer vom Aufgabenbereich »S«, tatsächlich etwas in ihm sahen, was niemand sonst erkennen konnte? Wenn entgegen jeder Wahrscheinlichkeit doch tief verborgene Talente in ihm schlummerten, die selbst Rita und seiner Mutter jahrelang entgangen waren und die nur ganz geschulte Fachleute in ihm erwecken und auf die Kette ziehen konnten?

Labensky, in einem Anflug scheinbarer Klarsicht, witterte die Gelegenheit, auf die er seit Ritas Umzug gewartet hatte: Er wollte nicht länger kleinste Brötchen backen, sondern endlich mal ein ganzes Brot. Es war nicht so, dass er überhaupt eine Wahl gehabt hätte. Und doch zögerte er nicht, diesen Auftrag von ganz oben anzunehmen – worin auch immer der bestand. Als Spezialkraft im Dienst der Republik wollte er als förderungsunfähiger Intelligenzverminderter beweisen, dass mit ihm zu rechnen war. Dass er die Wurst vom Teller ziehen konnte. Als zu Höherem berufene Spezialkraft, so malte er sich die Sache aus, würden nicht nur die Dorfbewohner aufhorchen und staunen. So ein Geheimauftrag war zwar geheim, er würde nicht gleich auf dem Titel der *Sibylle* landen, doch so viel, wie überall getratscht wurde – Kneipen und Betriebe waren ja wie Nähkreise –, würde auch Rita davon Wind bekommen. Dass einer wie er mit staatlichen Sonderaufträgen zu tun hatte, das würde sich wie vom Neid gepeitscht herumsprechen, sogar die Spatzen in der Hauptstadt würden es vom Dach pfeifen.

Es gab ja die sogenannte Straße der Besten, Bekanntmachungen über Bestarbeiter, die in jedem Betrieb der DDR aushingen. Und wenn Rita ihn da finden würde, dann würde sie ihn mit anderen Augen sehen. Dann, hoffte Labensky, würde sie erkennen, dass es keinen besseren Freund an ihrer Seite gab als ihn.

»Der Arbeitsplatz, den diese Leute für mich vorgesehen hatten, war ein Spezialheim«, sagte Labensky, während der Bus am Wald vorbeirollte, »und das muss irgendwo hier versteckt gewesen sein …« Er trommelte mit den Fingern gegen die Fensterscheibe, deutete auf Kiefernbäume, die sich Ast in Ast stehend neben der Autobahn erhoben. Dieses Spezialheim müsse sich in der Nähe von Weimar befunden haben, erklärte er, weil sie ihn in Weimar abgeholt und durch den Wald kutschiert hätten, mit verbundenen Augen.

Labensky hielt beide Hände vors Gesicht wie ein Pantomime.

»Da hab ich mich vor Aufregung fast eingenässt, ich wusste ja nicht, wieso die mir extra die Rollos zuzogen. Aber, Mannomann, ich mochte Überraschungen! Meine Mutter sagte immer: ›Wer aus allen Wolken fällt, schafft wenigstens Platz im Himmel!‹«

Es war ein kristallklarer Herbsttag, so erinnerte sich Labensky. Väterchen Frost war bereits im Anmarsch, und der Fahrer, der ihn abholte, um ihn an seinen streng geheimen Einsatzort zu bringen, stellte sich ihm vor als Doktor Abuschenko. Ein rot aufgedunsener Russe mit tief dieselnder Traktorenstimme. Ein verdienter Soldat von altem Schrot und Korn, der für die Sowjetunion im Krieg gekämpft hatte und seitdem, also seit fast fünfundzwanzig Jahren, in der DDR die Stellung hielt. Er hatte schneeweißes Haar, trug eine prächtige, mit unzähligen Orden besetzte Uniform und eine Raketa-Armbanduhr in Gold. Das Zentrum seines fleischigen Gesichts bildete ein wild gewachsener Riesenschnauzer. Er war dick wie ein Sack Zucker, wiegte seinen Offizierswanst vor sich wie eine Trommel und hatte, wie er selbst zugab, eine Schwäche für gepanschten Ostfusel, der einem die Socken auszog, die Ohren lackierte und alle Lampen ausknipste: für Kristall-Wodka, auch »Blauer Würger« genannt, und für den gefürchteten »Kumpeltod«, einen echten Schachtschnaps und

Grubenfusel, mit dem sich eigentlich nur Bergarbeiter oder Tunnelgräber den Rachen putzten.

Zudem fuhr dieser Doktor Abuschenko einen originalen Geländewagen sowjetischer Bauart, einen Moskwitsch-410, auf dessen dunkelgrüner Kühlerhaube ein riesiger roter Stern prangte. Er habe ihn zu Ehren seiner Heimat aufmalen lassen, erklärte Abuschenko, als Zeichen seiner Verbundenheit zum Mütterchen Russland.

Während der kurvenreichen Fahrt, so erinnerte sich Labensky, sprach der Doktor nicht sehr viele Worte, und wenn, dann sagte er nicht Labensky zu ihm, sondern »Labansky«. Labensky, mit verbundenen Augen, rieb auf dem Beifahrersitz die Hände an seinen Knien. Er wollte heimlich die Sekunden mitzählen, um die Länge der Fahrt zu schätzen, aber er verzählte sich, war zu gespannt auf seine geheimnisvolle neue Stelle. Er konnte den Geruch von gefallenem Laub in der Luft riechen und die Würger-Fahne im Moskwitsch, der seinem Spitznamen »Rostquietsch« alle Ehre machte. Auch konnte er anhand der Erschütterungen des Russenkübels fühlen, dass sie am Ende nicht über eine asphaltierte Straße fuhren, sondern über achsenbrecherische Schlaglöcher und eine Schotterpiste.

Das Erste, was Labensky sah, als sie den Einsatzort erreichten und Abuschenko ihm das Tuch von den Augen riss, waren dessen gefletschte, halb verfaulte Zähne, kükengelbe Zacken, auf denen Kautabakbelag wucherte wie Schimmel.

»Willkommen«, sagte er breit grinsend, und Labensky sah sich neugierig wie ein Biber um.

Er sah ein umzäuntes Gelände, von meterhohem Stacheldraht bewacht, groß wie ein Fußballfeld. Darauf knorrige Eichen und kahle, vom Wind gekrümmte Obstbäume, die mit ihren Zweigen winkten wie dunkle Vogelscheuchen, die ihn vor etwas warnten.

Dazwischen, auf einem Hügel, hinter dem ein tiefschwarzer Wald begann, erhob sich eine alte, im Quadrat gebaute Villa, ein Haus wie aus dem Märchen. Es hatte vier Stockwerke, wenn man den Keller mitzählte. Die verwitterten, moosbedeckten Ziegeldachgiebel liefen spitz dem Himmel zu. Darunter, an den kalkgrauen Mauern, geschnitzte Balkone und Sprossenfenster, klein wie Schießscharten, von Kletterrosen und Schlingpflanzen umwuchert. Den Eingang, zu dem ein mit Backsteinen gerahmter Sandweg führte, trugen meterhohe Säulen, an denen der Raureif hing wie Puderzucker. Labensky strahlte, während sein Blick über die Fassade glitt. Alles in allem hatte er noch kein prächtigeres Haus gesehen.

Die Heizerwohnung, die er als Spezialkraft bezog, lag im Untergeschoss, direkt neben dem Heizkeller. Doktor Abuschenko führte ihn hinunter. Es war ein typisches Arbeiterschließfach: ein einfacher, kleiner Schlafraum mit Netzbett, Kommode, Fliesenboden und Rauputztapete in Aschgrau. Es gab eine Nasszelle, ein Klo und einen Kachelofen. Licht fiel durch ein Gitterfenster ein. Labensky musste sich aufs Bett stellen, um ebenerdig in den Hof zu gucken.

Aus dem Keller führte ein spiralförmiges Treppenhaus nach oben. Unter dem Gebälk verlief ein Geflecht aus Rauch- und Wasserrohren, das die im Ofen erzeugte Hitze im ganzen Haus verteilte: in die angrenzende Turnhalle, in den Werkraum und den Speisesaal im Erdgeschoss. In das Lehrzimmer mit seinen großen, u-förmigen Fenstern und in das Arbeitszimmer der Direktorin im ersten Stock. Bis in die Waschräume unter dem Dach und in die Schlafsäle der Kinder. Nur die Karzer, die Kammern zur Bestrafung, blieben kalt.

Es waren insgesamt zehn Kinder, die in dem Spezialheim wohnten. Je eine Handvoll nach Geschlecht, erklärte Doktor Abuschenko und spreizte die Wurstfinger. Er hatte nur noch acht davon. Die anderen seien im Krieg geblieben. Daumen und Mittelfinger seiner linken Hand, erzählte er, habe er als junger Soldat bei der Eroberung Berlins verloren. Nicht in der Schlacht, sondern beim Hissen der Sowjetflagge auf dem

Reichstag. Er ganz allein sei es gewesen, versicherte der Doktor, der damals, als sich der Führer der Deutschen in seinem Bunker weggepustet hatte, dort raufgeklettert sei, um Hammer und Sichel über der Stadt zu schwenken.

»Ich, Michail Alexej Abuschenko«, versicherte er Labensky, »habe den Krieg beendet.« Ein Kamerad, der zufällig Fotograf war, habe zufällig ein Bild davon gemacht. »Ein weltberühmtes Bild«, sagte der Doktor. »Historisch!«, sagte er und fletschte die Zähne.

Tatsächlich wusste Labensky sofort, welches Bild der Doktor meinte. Er kannte das Schwarz-Weiß-Foto noch aus dem Russischunterricht in seiner Grundschule. Da war von Anfang an immer von den »heroischen Erfolgen« des »Brudervolks« die Rede gewesen. Und da war dieses weltberühmte Foto natürlich in jedem Geschichtsbuch abgedruckt. Bilder waren das Einzige, was Labensky sich aus diesen Büchern merken konnte, und daher erinnerte er sich so genau an die Aufnahme des Soldaten mit der Flagge auf dem Berliner Reichstag, dass er sogar noch wusste, dass der Soldat von der Seite fotografiert worden war und dass man leider sein Gesicht gar nicht erkennen konnte. Aber nun, da der Doktor ihm gesagt hatte, dass er dieser junge, heldenhafte Mann gewesen sei, war er ja schlauer. Labensky fragte den Doktor nicht, wie er es geschafft hatte, beim Hissen der Flagge zwei Finger zu verlieren. Er fragte auch nicht, was ein Held der Sowjetunion, ein Mann, der den Krieg beendet hatte, ein Vierteljahrhundert später in einem Internat der DDR machte. Stattdessen gratulierte er dem Doktor aufrichtig, und Abuschenko nahm seine Glückwünsche verdientermaßen an.

In der ersten Nacht schlief Labensky tief und sorglos wie ein Dachs. In den kräftigsten Farben träumte er von der gewaltigen Heldentat des Doktors, während er in den hellhörigen Eingeweiden der Villa nicht den geringsten Mucks vernahm. Da staunte er am nächsten Morgen, weil es in den Heimen, in denen er zuvor geheizt hatte, nachts immer laut zuging, bis zum Alarm. Da rappelte es im Karton, gab es fast jede Nacht Bambule, Klassenkeile und Radau. Da wurde sich heimlich in die Küche geschlichen, um zu räubern, wurden die Doppelstockbetten umfunktioniert in Trampoline, waren die Schlafsäle wie Bienenschwärme. Dieses Heim aber blieb die ganze Nacht über friedlich, lautlos, totenstill. Hier musste keiner zur Ordnung rufen, wurden keine Abreibungen verteilt, auch kein Arrest. Hier waren die Schlafsäle wie Geisterschiffe.

Es war an seinem ersten Arbeitstag, als Labensky alle zehn Kinder des Heims zum ersten Mal zu Gesicht bekam. Er war gerade noch dabei, sich einzurichten und mit dem Heizofen vertraut zu machen, da hörte er draußen auf dem Hof Geräusche.

Er stellte sich auf sein Bett, streckte sich und kiebitzte durch das kleine Gitterfenster. Die Kinder spielten in der Oktobersonne Fußball. Vier gegen vier. Labensky war es eine Freude, ihnen zuzusehen, er fieberte am Fenster mit, war selbst ein leidenschaftlicher Fußballer, wenn auch kein guter. Ein glühender Bewunderer von Eberhard Vogel und Jürgen Croy war er, und so hätte er jetzt, da er die Kinder spielen sah, am liebsten alles hingeworfen und auf der Stelle mitgespielt, wenn die Arbeit am Kessel nicht gewartet hätte. Nur die Art und Weise, wie die Kinder spielten, merkte Labensky erst nach einer Weile, hatte etwas Eigenartiges: Sie rannten nicht wild und ausgelassen hinter dem Ball her. Sie grätschten nicht, dribbelten nicht und stürmten nicht eigensinnig auf ein Tor. Sie brachen keine Regeln, obwohl sie ohne Aufsicht waren. Sie veranstalteten auch keine Rauferei, so wie es Kinder in dem Alter früher oder später taten. Diese Kinder spielten kalt und mechanisch wie Maschinen. Jeder Sturmlauf folgte einem Plan, jeder Zweikampf einem Gesetz. Die Ältesten und Kräftigsten gaben Kommandos, alle anderen rannten oder passten stumm wie auf Befehl.

In ihren Bewegungen lag etwas Halsstarriges, Verstocktes. Es war, als hinge ihr Leben davon ab, keine Fehler zu machen. Als seien sie in Wahrheit keine Kinder, sondern kleine gehorsame Soldaten.

Nur zwei von ihnen fielen aus der Reihe. Zwei Kinder, ein Junge und ein Mädchen, passten nicht zu den acht anderen. Labensky nahm die beiden zuerst kaum richtig wahr. Sie spielten als Einzige nicht mit, standen neben dem Spielfeld, als gehörten sie nicht dazu.

Der Junge war einen Kopf größer als das Mädchen. Beide waren zaundürr wie Bohnenstangen, und beide hatten kurzes dunkelbraunes Haar. Ihre blassen Gesichter sahen aus, als versteckten sie irgendein Geheimnis hinter der Stirn. Sie starrten Labensky, der aus seinem Kellerloch hervorlugte, mit großen, neugierigen Augen an.

Er winkte ihnen sofort zu, denn er mochte ja Kinder und konnte immer gut mit ihnen, vielleicht auch, weil er sich selbst noch lange nicht erwachsen fühlte. Also juxte und alberte er herum, genauso, wie die Soldaten vom Circus Aljoscha damals auch für ihn herumgealbert hatten. Am Fenster stehend, machte er Possen wie ein Clown. Er streckte die Zunge raus, rollte mit den Augen, schnitt Faxen und Grimassen. Zuerst verzogen die Kinder keine Miene. Verlegen sahen sie zu Boden, als ginge sie der Schabernack nichts an. Aber je alberner Labensky wurde, je bunter er es trieb, je mehr er sich zum Esel machte, desto häufiger schielten sie zu ihm herüber. Labensky machte immer weiter so mit seinen Spaßen. Und die Kinder, seinen Grimassen ausgeliefert, konnten sich immer weniger dagegen wehren. Sie grinsten, kicherten, bis sie es irgendwann nicht mehr aushielten und es aus ihnen herausplatzte. Sie bogen sich, hielten sich die Hände vor den Mund und schließlich den Bauch vor Lachen. Und dann, auf einmal, geschah etwas mit ihnen.

Sie sahen von Labenskys Kellerfenster auf, zwei Stockwerke

höher, zum Fenster der Direktorin, und zuckten zusammen wie vom Blitz getroffen. Das Lachen auf ihren Gesichtern gefror starr vor Angst.

Labensky verdrehte sich den Hals, erschrocken, was in sie gefahren war. Stumm wandten sie sich um, als hätten sie etwas Verbotenes getan, für das ihnen eine schlimme Strafe drohte. Als hätten sie oben, am Fenster der Direktorin, ein Gespenst gesehen.

Unmöglich konnte Labensky sagen, was sie tatsächlich gesehen hatten. Und zunächst zerbrach er sich auch nicht weiter den Kopf darüber. Er schöpfte keinen Verdacht, als der dünne Junge und das blasse Mädchen sich von diesem Nachmittag an scheinbar in Luft auflösten. Als sie den nächsten Tag fortblieben und auch den übernächsten. Als aus Tagen bald eine Woche wurde und aus Wochen ein halber Monat. Als die Geschwister einfach so von der Bildfläche verschwanden und kein Mensch im Heim zu fragen schien, wohin.

In seiner ersten Woche in dem Spezialheim bekam Labensky von den Vorgängen in der Villa genauso wenig mit wie ein Schiffskohlentrimmer von den Vorgängen an Deck. Jeden Morgen, wenn die acht übrigen Kinder oben aus ihren Stockbetten mit Stahlmatratzen fielen, in Reih und Glied den Waschraum und den Speisesaal betraten, stand er unten im Keller schon stundenlang am Ofen. Es war ein kalter Herbst, und so hatte er rund um die Uhr zu tun, um die gesamte Villa warm zu halten. Die Heizerei, sie war zwar anstrengend, aber man musste kein Genie sein, auch wenn der Beruf landläufig zu den »schwarzen Künsten« zählte. Der Ofen wurde nicht mit Briketts, sondern mit rohen Kohlen angefeuert, die von Balkanziegen oder Karpatenschrecks, rumänischen Lieferwagen, gebracht wurden. Labensky schaufelte die zentnerschweren Kohlen auf eine Schubkarre oder auf einen Klaufix, schaffte sie ins Trockenlager und durch eine Luke in den Heizkeller.

Seine Vorgänger, sagte ihm Doktor Abuschenko, seien zu

zweit gewesen, hätten sich die Plackerei geteilt. Aber dann seien beide Mitarbeiter sehr plötzlich an Staublunge erkrankt. Abuschenko, als Arzt so was wie die rechte Hand der Direktorin, meinte, dass sie wahrscheinlich nicht mit Ruß und Asche zurechtgekommen seien.

Labensky machte das nicht stutzig. Ihm machten weder Staub noch Hitze etwas aus, und er konnte jede Mark gebrauchen, um seiner Mutter Geld zu schicken.

Die Schicht begann schon vor dem Morgengrauen. Er stach die Asche der letzten Nacht ab, hantierte mit Schubkarren und Kohlegabeln, schleppte, schaufelte und schippte. Er schürte die Glut, verfeuerte die Kohlen. Und jeden Abend, wenn der hoch aufragende Schornstein im Dach der Villa genug Rauchwolken in den Himmel gepustet hatte, wenn seine Schicht zu Ende war und sein Gesicht pechschwarz verrußt, fiel er zufrieden und erschöpft wie ein Sack Steine in sein Kellerbett.

So ging es tagein, tagaus, und in diesen Tagen blieben die zwei Kinder, mit denen Labensky im Hof herumgealbert hatte, wie weggezaubert. Manchmal, wenn er im Speisesaal zu Mittag aß, schielte er zum Esstisch hinüber. Vier Jungen und vier Mädchen aßen Soljanka, Buletten oder Bockwurst. An Wochenenden, wenn das Personal mitaß, kam auch Jagdwurst in den Eintopf, aber zwei Stühle blieben immer leer. Manchmal, nach der Mittagspause, stellte sich Labensky auf sein Bett im Heizkeller und hielt im Hof Ausschau, doch auch da spielten, still und freudlos, immer nur acht Kinder.

Es war eines Abends nach gut einer Woche, als Labensky nach der Arbeit nicht gleich in sein Bett fiel. Als Doktor Abuschenko die Kellertreppe hinabstieg und ihn drängte, sich anständig zu duschen und frische Kleider anzuziehen. Als die Direktion ihn, den neuen Heizer, kennenlernen wollte, um ihm unter vier Augen zu erklären, worum es bei seinem streng geheimen Sondereinsatz ging.

Labensky war der Direktorin bis dahin nie begegnet, aber er

hatte schon viele Geschichten über sie gehört. Alle, die in dem Heim arbeiteten, sprachen von ihr wie von einem Gespenst, das sich am Tag nicht zeigte und nachts durch die Gemächer schlich. Ein Deutschlehrer sagte, dass sie nie schlafe und tagsüber Schellackschallplatten höre, Klaviermusik und klassische Konzerte. Die mollige Köchin in Kittelschürze schwor, dass sie nie esse und mindestens acht Sprachen spreche, Russisch, Schwedisch und Französisch makellos. Ein Erzieher sagte, dass sie seit Jahren nicht mehr das Heim verlassen habe, nachdem ihre eigenen Kinder, ein Sohn und eine Tochter, den Strick genommen hätten.

Doktor Abuschenko, der an jenem Abend an Labenskys Kellertür hämmerte, um ihm Beine zu machen, rief: »Dawai, dawai, Labansky. Na los, Beeilung, alte Scheißhausfliege!«

7

KUNDSCHAFTER DES FRIEDENS

Labensky stürzte seinen Becher eiskalter HO-Milch, den er sich gewohnheitsmäßig nach getaner Arbeit genehmigte, die Kehle runter, dass er Hirnfrost bekam. Er biss die Zähne zusammen und sprang in seine eingelaufene Niethose. Das karierte Permaflotthemd, das er am Heizkessel trug, warf er aufs Bett. Stattdessen zog er einen blauen Nicki vom VEB Sportartikel Germina über, einen Pullover mit dem Wappen der DDR und der Olympischen Spiele 1968. Nicht gerade das feierlichste Teil, aber das einzige, das sauber war und nicht nach Ruß und Schweiß, sondern nach Spee-Vollwaschmittel roch. So eilte er die Kellertreppe hoch ins Erdgeschoss und noch eine Wendeltreppe weiter in den ersten Stock.

Die Direktorin erwartete ihn in ihrem Arbeitszimmer. Am Ende des langen, düsteren Korridors, an einer schweren Holztür, hing ein Schild mit der Aufschrift *Dr. Albrecht, Verdiente Lehrerin des Volkes.* Darunter ein Vierzeiler:

Getreu der Partei, die uns Kindern der Masse,
Proleten und Bauern ein Antlitz verlieh,
erstürmte die einige Arbeiterklasse
die Nester der Junker und Bourgeoisie.

Labensky klopfte und legte ein Ohr an die Tür. Er hörte Geräusche, als würden Akten zugeklappt. Was folgte, war eine beunruhigende Stille, so tief, dass Labensky hoffte, die Tür nie öffnen und eintreten zu müssen. »Nur herein«, hörte er dann aber eine Stimme sagen, und so blieb ihm leider doch nichts anderes übrig.

Das Arbeitszimmer der Direktorin war ein schummriger Raum, in dem es nach alten Kiefern roch. Draußen war es stockfinster, ein sternenloser Oktoberhimmel hing über der Villa. Durch eines der Sprossenfenster fiel Streulicht der Laternen ein und warf kreuzförmige Schatten. An den Wänden standen Bücherregale und Vitrinen.

Im Erker brannte eine kugelrunde Lampe, die aussah wie ein kleiner gelber Mond. Davor, neben der stolzen schwarz-rot-goldenen Flagge der DDR und hinter einem schweren Holzschreibtisch, auf dem Papierstapel akkurat nebeneinanderlagen, saß die Direktorin.

Sie hatte sich in ihrem Armstuhl zurückgelehnt, die Lehnen umfassend wie eine Königin auf ihrem Thron. Eine gnädig gealterte Frau von etwa sechzig Jahren, mit fein geschnittenen Zügen und hellem, porzellanhaftem Gesicht. Ihre Lippen lagen dünn aufeinander. Ihre nach unten strebenden Mundwinkel ließen vermuten, dass sie nur selten lachte. Sie trug eine hoch zugeknöpfte Bluse, das ergraute Haar hatte sie zu einem Dutt gebunden, was Labensky an die biestigsten Lehrerinnen seiner Grundschulzeit erinnerte und ihm zusätzlich Respekt einflößte.

Die Direktorin bat Labensky, näher zu treten und auf dem Lehnstuhl ihr gegenüber Platz zu nehmen. Sie wollte ihm erklären, was es mit diesem Ort auf sich habe, wofür dieses Spezialheim stehe und woran sie mit den Kindern arbeite.

Labensky setzte sich kerzengerade hin, wie es sich für eine Spezialkraft seines Kalibers gehörte. Seine Knie wackelten unter dem Tisch. Er war nervös wie ein Jungpionier, der beim Fahnenappell das Halstuch vergessen hatte, doch er fühlte sich geschmeichelt: Dass eine solche Person sich so spät noch für ihn Zeit nahm, dass sie sogar seinen Namen kannte, das war noch bei keiner Arbeitsstelle vorgekommen, hatte er noch nie erlebt.

Sie stellte sich vor als Dr. Charlotte Albrecht. Ihre Stimme klang klar wie ein Glockenton. Ihre Augen waren gletscherblau, fast ohne Lidschlag. »Die Kinder«, so sagte sie, »nennen mich Tante Lotte.«

Labensky kopierte ihr Lächeln, stellte sich einen Punkt hinter ihrem Gesicht vor, damit es aussah, als würde er ihr direkt in die Augen sehen. Der Trick war mit das Einzige, was er in der Grundschule wirklich gelernt hatte; Rita hatte ihm den beigebracht. Ansonsten zeigte er jetzt keinerlei Regung, um ja keinen schlechten Eindruck zu machen, Totenstarre wie das Kaninchen vor der Schlange.

Auf dem Schreibtisch vor ihm lagen Papierstapel, Briefumschläge, eine Siegellack-Verpackung des VEB Bürochemie und Trauben von Barock-Stempeln mit dem Wappen der DDR. Daneben zwei schwere Aktenordner in kaum unterscheidbaren Blautönen, in der die Direktorin gerade noch geblättert hatte. Sie nahm jetzt einen dieser beiden Ordner, auf dessen Rücken in schwarzer Drescher-Grotesk-Schrift *Historie* stand, klappte ihn auf, drehte ihn um und schob ihn Labensky zu. Stirnrunzelnd beugte er sich darüber. Was er sah, war ein vergilbtes Schwarz-Weiß-Foto von einem großen Haus, einem im Wald stehenden Gemäuer.

Diese Villa, erklärte ihm die Direktorin, sei nicht immer ein Kinderheim gewesen. Architekten des Kaisers hätten sie einst als Nervenheilanstalt erbaut, als Krankenhaus für verwirrte und kaputte Seelen. Während der Naziherrschaft, so drückte sie sich aus, hätten hochrangige Offiziere die Zimmer bewohnt, zur Erholung von den Massakern an der Ostfront und zur Sommerfrische mit ihren Familien. Erst nach dem Krieg, erst als der Kommunismus die braune Tyrannei beseitigte, als das Volk das klassenlose System durchsetzte und das Individuum sich endlich ganz im Kollektiv entfalten konnte, so sagte die Direktorin und klang dabei höchst feierlich, sei diese Villa in den Besitz der DDR übergegangen.

Labensky, politisiert wie eine Tonne Steckrüben, verstand

kein Wort. Er hatte diese ausgewalzten Wendungen schon hundertmal gehört, von hemdsärmeligen Leitern des VEB Gebäudewirtschaft wie von stiernackigen Genossen an der Kaltschmelze in Stalinstadt, auch in den Neujahrsansprachen im Deutschen Fernsehfunk, nach jeder *Tele Lotto*-Ziehung oder *Schlagerrevue* mit Heinz Quermann und nach der beliebten Reihe *Alte Liebe rostet nicht*. Und je häufiger er sie gehört hatte, je mehr Leute sie wie Perlen auf einer Kette aneinandergereiht hatten, desto mehr leuchteten sie ihm ein. Das wollte er gerne glauben. In Wahrheit aber konnte er, der eine Konzentrationsspanne hatte wie ein Buntspecht, mit Kaderwelsch so wenig anfangen wie Bäcker Süpke mit einer Rohrzange.

Wach auf, ermahnte sich Labensky. Er merkte, dass er durch die Direktorin hindurchsah wie ein Kind durch einen Softeisverkäufer.

Räuspernd setzte er sein informiertestes und interessiertestes Gesicht auf, was bedeutete, dass er den Kopf leicht schräg legte, die Lippen spitzte, die Nasenflügel anspannte, die Augenbrauen über die Stirn zog und dabei in der Mitte knickte, sodass sie aussahen wie die Vögel, die er als Kind immer erst ganz zuletzt rechts oben auf ein Bild gemalt hatte, wenn der Himmel eigentlich schon fertig gewesen war. Er hatte dieses Spezialgesicht sicher hundertmal vor dem Spiegel geübt. Er hatte es sich von seinem großen Vorbild Gojko Mitić abgeguckt, von dem berühmten DEFA-Schauspieler, dem sogenannten Winnetou des Ostens, dessen Indianerfilme er vor- und rückwärts mitsprechen konnte und der als Indianerhäuptling immer dieses eine ernste Gesicht aufsetzte, sobald er eine Friedenspfeife rauchte, Blutsbrüderschaft schloss, am Marterpfahl stand, das Kriegsbeil ausgrub oder wieder eingrub sowie fast immer dann, wenn es darum ging, als rechtschaffene Rothaut den bleichgesichtigen Kuhtreibern die Stirn zu bieten.

Das Häuptlingsgesicht tat seinen Dienst. Die Direktorin, glaubte Labensky, schien mit ihm zu reden, als sei er – dessen Hosenstall, wie er nun feststellte, offen stand wie ein Apachen-Wigwam in der Weite der Prärie – tatsächlich ein ernst zu nehmender Gesprächspartner. Sie dozierte immer so weiter, über Volksdemokratie und die Dekadenz des Westens, über die unverrückbare Klassenposition, die planmäßige Erziehung zum sozialistischen Menschen und auch, so verstand Labensky, während er entsetzt an sich herablinste in Richtung Schritt, über die Vorhaut der Arbeiterklasse.

ZK und DVK, FDJ und DSF, NVA und LPG, Abkürzungen wie diese streute sie immer wieder ein, und Labensky nickte jedes Mal, als hätte er diese Kürzel selbst erfunden. Dabei konnte er sich kaum mal eines merken. Oft schien es ihm, im Osten wimmelte es nur so von diesen Kürzeln, als hätten die Leute es sehr eilig oder als wollte man sie absichtlich durcheinanderbringen oder als sei die ganze Republik im Aküwa, im Abkürzungswahn. Das einzige Kürzel, das er herunterbeten konnte, selbst wenn man ihn nachts weckte, bestand aus gerade mal zwei Buchstaben: CA, Circus Aljoscha.

»Jedenfalls«, hob die Direktorin an, »in diesem Haus ringen wir darum, Kinder zu aktiven Erbauern des Sozialismus zu erziehen, zu tüchtigen und geistig gesunden Menschen, zu sozialistischen Persönlichkeiten. Margot Honecker, Ministerin für Volksbildung, wünscht, dass sich der Nachwuchs dem Planziel treu ergibt und seine Ideale gegen alle Volksfeinde und Klassenfeinde schützt.«

»Ja, sicher«, sagte Labensky, obwohl er keineswegs sicher war, wer diese Feinde sein sollten. Es war schon spät, und er war müde wie zehn Grenzer, sein Denkapparat lief längst auf Sparflamme. Er stellte sich nur das riesige Debakel vor, wenn er jetzt aufstehen und dieser verdienten Volkslehrerin sein Scheunentor vorführen müsste.

»Die begabtesten und treusten Kinder könnten eines Tages

in die Spitze der Partei aufsteigen«, prophezeite die Direktorin, »zu Führungskadern und vielleicht sogar zu Sekretären des ZK ...«

»ZK«, meinte Labensky und nickte beflissen, »jaja ...«

»Nun sind die Kinder, die hier wohnen, sehr besondere Kinder«, fuhr die Direktorin fort und kam Labenskys Rolle als Spezialkraft anscheinend endlich näher. »Sie sind wie gemacht dafür, dem Kollektiv zu dienen. Weil diese Kinder nie eine Familie hatten. Weil ihre Eltern tragischerweise nach ihrer Geburt verstorben sind. Weil die DDR die einzige Familie ist, die diese Kinder kennen.«

Labensky nickte wieder, als verstünde er jetzt, worum es ging. Natürlich verstand er hier noch immer nicht die Bohne.

»Schon bald werden uns diese besonderen Kinder dienen«, sagte die Direktorin und klang voller Hoffnung. »Schon bald werden sie unsere Operationen im faschistischen Westen zum Erfolg führen.«

Labensky hob den Kopf. Einen Moment lang dachte er, er hätte sich verhört. Hatte er aber nicht. »Operationen?«, gluckste er verklemmt, aber doch neugierig. »Was denn für Operationen?«

Die Direktorin drehte ihren Stuhl zur Seite.

Sie blickte aus dem Fenster und betrachtete den Mond. Sie sah jetzt für Sekunden aus wie eine Kartenspielerin, die kühl und überlegen ihr Blatt durchging. Feinfühlig wie ein Trabant-Wagenheber meinte Labensky zu erspüren, dass die Direktorin abzuwägen schien, was einer wie er wissen durfte. Sie drehte sich ihm wieder zu, schien sein verzogenes Häuptlingsgesicht zu sehen und die fünf bunten, ineinandergreifenden Ringe auf seinem Olympia-Nicki. Dann, auf einmal, setzte sie ein Lächeln auf, als gebe es in diesem Heim keine Geheimnisse, so wie es in diesem Staat überhaupt rein gar nichts zu verbergen gebe.

»Olympia!«, antwortete sie schließlich. »Ich spreche natürlich von den anstehenden leistungssportlichen Operationen bei den Olympischen Sommerspielen in München.«

Labensky, wachgerüttelt und wie elektrisiert, beugte sich vor. In seiner Kindheit, also in den Nachkriegsjahren, war der Osten leistungssportlich ja nicht gerade ganz vorne mit dabei gewesen. Aber das hatte sich irgendwann schlagartig geändert. Seitdem diese Mauer stand, schossen ostzonale Spitzensportler plötzlich aus dem Kraut, eilten von einem Welterfolg zum nächsten und machten aus der DDR ein echtes Sportwunderland. Es war, als seien alle DDR-Athleten kollektiv in eine Art Zaubertrank gefallen und als seien sie jahrelang nur viel zu bescheiden gewesen, ihr Weltniveau ganz ungeniert der Welt zu zeigen. Diplomaten im Trainingsanzug, so nannte man sie im Osten. Labensky dachte an Margitta Gummel, die berühmte Goldmedaillengewinnerin und Weltrekordhalterin im Kugelstoßen, und an Manfred Wolke, den amtierenden Olympiasieger im Boxen. Auch an Helmut Recknagel, den dreimaligen Sieger der Vierschanzentournee, den legendären Überflieger mit den nach vorne ausgestreckten Armen, Spitzname »Superman«, musste er denken. Begeistert spitzte er die Ohren, um mehr über die Pläne der Direktorin zu erfahren.

»Olympia?«, staunte er. »Mannomann!«

Wieder setzte die Direktorin dieses Lächeln auf. Ein Lächeln, das Labensky auch schon häufiger im Gesicht des spitzbärtigen Großen Vorsitzenden gesehen hatte. Das ihm zum ersten Mal dort aufgefallen war, als der Große Vorsitzende im Fernsehen versprochen hatte, dass niemand die Absicht habe, eine Mauer zu errichten.

»Der Leistungssport fördert die sozialistische Körperkultur und die Erziehung zum Staatsbewusstsein«, erklärte die Direktorin mit genau dem gleichen Lächeln. »Bei den jüngsten Olympischen Spielen in Mexiko hat die DDR den fünften Platz der Medaillenwertung errungen, drei Plätze vor dem Klassenfeind, der BRD. Nun ist es Ziel des DTSB, des Deutschen Turn- und Sportbundes, und auch des SKKS, des Staatlichen Komitees für Körperkultur und Sport, bereits in gut zwei Jahren, bei den Olympischen Spielen 1972, mit eigener Hymne und Flagge anzutreten, um vor den Augen der Welt die leistungsmäßige Überlegenheit der DDR und so auch die Vorreiterrolle des Sozialismus zu beweisen. Brasilianische Favelas und afrikanische Busch-Kinos sollen bezeugen, wie wir dem westdeutschen Imperialismus auf eigenem Boden eine vernichtende Niederlage beibringen. Das Forschungszentrum für Körperkultur und Sport hat in Abstimmung mit Labormedizinern des VEB Jenapharm einen Maßnahmenkatalog entwickelt, um den Trainingsauftrag umzusetzen und den Nachwuchs mit neuesten wissenschaftlichen Methoden zu Höchstleistungen zu treiben.«

Medizinische Abstimmung, Maßnahmenkatalog, Höchstleistungen. Für Labensky, wie erschlagen, klang das nach einem guten Plan, engagiert wippte er mit dem Kopf. Kurz fragte er sich, ob die Kinder nicht noch zu jung waren, um an Olympia teilzunehmen? Dann erinnerte er sich, dass die Dresdner Eiskunstlauf-Hoffnung Jan Hoffmann mit gerade mal zwölf Jahren bei den letzten Winterspielen mitgemischt hatte. Bei dem Gedanken an den blutjungen Jan Hoffmann musste Labensky auf einmal auch wieder an die zwei blutleeren Kinder denken, die nach dem Fußballspiel im Hof verschwunden waren. Er fragte sich, ob das auch so eine Maßnahme aus diesem Olympia-Maßnahmenkatalog gewesen war.

»Bestimmt fragen Sie sich«, sagte die Direktorin, als könnte sie sogar hinter seinem Spezialgesicht jeden Gedanken lesen, »wohin die zwei Kinder, die Sie gesehen haben, abkommandiert wurden?«

»Abkommandiert?«, meinte Labensky.

»Wir haben sie für ein Art Spezialtraining fortgebracht.«

»Spezialtraining?«, wurde er mit einem Mal hellhörig.

»Um die Kinder auf ihre historischen Herausforderungen im Westen vorzubereiten, müssen wir sie konditionieren.«

»Konditionieren?« Labensky kniff sich ins Knie, musste aufhören, alles zu wiederholen. Klar, für Olympia war Kondition gefragt.

Die Direktorin ging nicht weiter darauf ein. Sie zeigte nur auf die schwarz-rot-goldene Flagge neben sich, die mit dem Hammer, dem Zirkel und dem Ährenkranz. »Der Sozialismus ruft uns alle! Deshalb ist alles, was ich Ihnen hier über unsere Operationen sage, absolute Geheimsache. Deswegen legen wir allergrößten Wert darauf, die Kinder hier nur mit den besten und beschlagensten Genossen und Heimmitarbeitern in Kontakt zu bringen. Deswegen sind wir nach langer und gewissenhafter Suche auch auf Sie gekommen …«

Labensky hing gedanklich eigentlich noch bei Olympia und bei dem Spezialtraining für die verschwundenen Kinder fest, aber die Worte aus dem Mund der Direktorin gingen ihm runter wie warme Rahmbutter. Gleich war es so weit, dachte er, gleich würde sie ihm seinen geheimen Sonderauftrag als Spezialkraft der DDR verraten.

»Worum es hier bei Ihrer Arbeit also geht«, sagte die Direktorin, und Labensky pumpte den Brustkorb auf wie ein Held der Arbeit kurz vor der Medaillenübergabe, »es geht für Sie als Heizer eigentlich nur um absolute Verschwiegenheit. Kein Wort zu niemandem.«

Aha, dachte Labensky. Kein Wort. Nur Schweigen. Er wusste nicht, ob er erleichtert oder enttäuscht sein sollte. Ja, wenn das alles war? Das würde er schon hinbekommen, dachte er dann. Auch wenn er ja manchmal ein echtes Plappermaul sein konnte, von der Lunge auf die Zunge. Aber warum sollte er hier Scherereien machen? Was hatte einer wie er denn schon zu melden? Er war ja nicht einmal befugt, eigenmächtig das Gelände zu verlassen, da ihm bei der vertragswidrigen Entfernung vom zugewiesenen Einsatzort im VEB Gebäudewirtschaft der lebenslange Ausschluss drohte. Und überhaupt, dachte Labensky, was, außer den geheimen Olympia-Vorbereitungen, gab es denn hier schon zu verheimlichen?

»Kann ich mich auf Sie verlassen?«, fragte die Direktorin und sah ihn an.

In ihrer Stimme, fand er, lag mit einem Mal etwas Bedrohliches. Fast war es, als sitze er auf einer Falltür, die jederzeit wegklappen konnte, aber wahrscheinlich bildete er sich das nur ein, da das Gespräch ja nun zum Ende kam und die Niethosen-Situation noch immer nicht gelöst war. Dass sie jetzt, da er sich gleich erheben und mit offenem Hosenstall zur Tür gehen musste, heillos gefährlich wurde. Er suchte nach einer Lösung. Panisch streifte sein Blick die Schreibtischablage, wanderte über die Papierstapel und Aktenordner. Eine unvernünftige, verzweifelte, wahnwitzige Idee stieg in ihm auf wie ein sich lange ankündigender Rülpser. Er musste an Fußballspieler in der Freistoßmauer denken. Daran, wie diese ihre untere Partie schützten, indem sie die Hände davorhielten.

»Ist auf Sie Verlass?«, wiederholte die Direktorin streng.

»Jaja, ganz klar«, meinte Labensky. »Klar wie Kornbrand!«

»Das habe ich mir gedacht«, sagte die Direktorin, als hätte er mit der Antwort gerade noch den Hals aus irgendeiner Schlinge gezogen. »Dann auf gute Zusammenarbeit im Dienst des Volkes«, sagte sie und sah, wie um Labensky hinauszubitten, in Richtung Tür.

»Auf gute Zusammenarbeit!«, sagte Labensky viel zu laut, um seine Anspannung zu überspielen. Er sah nur eine einzige Möglichkeit. Er zögerte, hielt noch einen kurzen, schwindelerregenden Moment die Luft an wie ein Fallschirmspringer vor dem freien Fall. Dann tat er es wirklich: Er beugte sich über den Tisch und schnappte sich einen der beiden blauen Ordner. Im selben Moment sprang er vom Stuhl auf, hielt den Ordner wie ein Schutzschild vor die Hüften, meinte: »Ich nehm den hier mal mit …«

Die Direktorin starrte ihn an und sagte nichts. Kalte, eisige Stille.

Und Labensky reichte das, nur das, um zu begreifen, dass dies ein Fehler gewesen war. Er hatte schon immer ein Talent dafür gehabt, in die unmöglichsten Situationen zu geraten, aber hier war ja wohl klar, dass er so nicht aus der Nummer rauskommen würde. Dass er einen Ordner, der ihm nicht gehörte, nicht einfach entführen konnte, zumal er auch noch so geschickt war, sich nicht den Ordner zu greifen, den die Direktorin durchgeblättert hatte, sondern den anderen. Den, auf dessen Rücken nichts von Historie stand. Den, der gar nicht beschriftet war, als ginge der Inhalt niemanden etwas an.

»Sind Sie wahnsinnig?« Die Eisaugen der Direktorin erstachen ihn. Labensky zitterte und kam sich wieder vor wie damals im Bierhimmel, wie der kleine Junge im Schlafhemd, dem seine Mutter vor aller Augen eine Abreibung verpasste. Seine Arme zitterten, dass der Ordner in seinen Händen bebte, lose Papierseiten herausfielen, aufs Fischgrätparkett segelten wie Laub.

Die Direktorin wurde blass. Labensky, vor Scham rot wie ein Bolschewist, bückte sich, um sie aufzuheben. Heinzi, wieso bist du bloß so dumm, dachte er, während er mit seinem Schutzschild in eine komplizierte Hocke ging, um vor dem Schreibtisch abzutauchen. Heinzi, was bist du doch gewieft, dachte er, während er die Gelegenheit ergriff, den Reißverschluss seiner Hose unbemerkt zu schließen, ehe er Seite um Seite vom Boden aufsammelte und auf diesen Seiten wenigstens flüchtig ein paar einfache Worte las. Auf einem Blatt stand, in großer Schreibmaschinenschrift, KUNDSCHAFTER DES FRIEDENS. Darunter standen etwa zehn Namen, die alle mit IM begannen. Von zwei dieser Namen – sie lauteten »IM Schleicher« und »IM Schläfer« – führten Pfeile zum Foto eines Mannes, den Labensky noch nie zuvor gesehen hatte. Das Schwarz-Weiß-Bild zeigte einen freundlich aussehenden älteren Herrn im Anzug. In einer Hand hielt er eine Zigarre, in der anderen ein Glas Fusel. Über dem Foto stand, wie auf einem Kopfgeld-Plakat aus einem Indianerfilm: KOMMANDO WILLY BRANDT.

Aha, dachte Labensky, und viel mehr dachte er sich auch nicht.

Sorglos tauchte er mit den Seiten wieder vor dem Schreibtisch auf.

»Hinlegen«, befahl die Direktorin mit unbewegter Miene.

»Hinlegen, jaja, natürlich«, stammelte Labensky und legte die Schreibmaschinenseiten vorschriftsmäßig wieder auf den Tisch.

»Den Ordner!« Ihre Mundwinkel zuckten scharf.

»Den Ordner …? Ah, jajaja«, tat Labensky überrascht, als sei ihm dieses blaue Ding in seiner Hand noch gar nicht aufgefallen.

Die Direktorin riss den Ordner an sich und sah Labensky in die Augen. Es war, als sei ein Unwetter über ihr Gesicht gefahren. Misstrauisch schien sie zu sezieren, was in seinem Kopf vorging.

Ein Blick, den Labensky von seiner Mutter kannte. Von Sonntagvormittagen in seiner Kindheit, wenn seine Mutter aus der Bärenquelle nach Hause gekommen war und Herrenbesuch mitgebracht hatte. Wenn sie, sobald dieser Besuch wieder abgezogen war, mit feuerroten Wangen prüfte, was ihr Sohn gehört oder gesehen hatte.

»Also dann«, sagte Labensky, um vorsichtshalber so zu tun, als hätte er auf die Schnelle rein gar nichts gesehen, »Freundschaft!«

Er hielt die rechte Hand schräg über den Kopf, salutierte wie ein Jungpionier beim Fahnenappell. Dann, mit einem Diener, entfernte er sich eilig aus dem Arbeitszimmer und ließ im Hinauslaufen die Tür ins Schloss fallen. Der Blick der Direktorin, so bildete er sich ein, noch während er sich trollte und mit Hackengas die Treppe hinunterhuschte, klebte an ihm wie ein gefährlicher Verdacht.

8

WESTKUNDE

»Was ist eine Niethose?« Mila runzelte die Stirn, als interessierten sie weder der Verdacht der Direktorin noch die streng geheimen Vorbereitungen für die Olympischen Spiele oder dieser eigenartige Aktenvermerk um ein KOMMANDO WILLY BRANDT.

»'ne Niethose?«, sagte Labensky. »Na, also das war früher ein ganz heißes Eisen. Hauteng! Wie angegossen!« Er spannte die graue Bundfaltenhose über den Oberschenkel wie eine zweite Haut. »Nannte man auch Texashose oder Schwarzmarkthose. Gab es normal gar nicht zu kaufen, höchstens beim Kombinat Jugendmode, bei den Güstrower Kleiderwerken und angeblich bei Niethosenkopierern in Lichtenhagen. Die Teile hießen Wisent, Goldfuchs oder Boxer. Als ich so alt war wie ihr, da gab es damit Klubhaus-Verbote. Wenn ein Volkspolizist einen in so 'ner Hose erwischt hat, oha, der hat dann Kniebeugen verlangt, bis sie platzt! Niethosen, die kamen ja vom Klassenfeind. Dschiens, so hießen die Dinger da.«

Die Kinder im Bus sahen Labensky mit skeptischen Gesichtern an.

In den Fenstern zogen buckelige Weizenfelder vorbei, Mähdrescher in Staubwolken und tuckernde Traktoren. Dahinter geduckte Wäldchen und schnurgerade Ortschaften unter einem seichten Himmel.

»Mach mal das Indianergesicht!«, verlangte Ben.

Labensky zierte sich nicht groß und zog die Stirn in Falten, die aussahen wie Furchen auf einem frisch gepflügten Rübenacker.

»Und dieses angebliche Monster?«, fragte Mila. Als rundum

aufgeklärte Dreizehnjährige klang sie noch immer skeptisch, was seine Erzählungen anging. »Wo war denn da jetzt das große Monster?«

Labensky entspannte sein Gesicht, nur um es gleich wieder zu verzerren. »Will ich euch sagen …«, meinte er und sagte dann erst mal eine Weile nichts. Seine Lippen fühlten sich an wie Schleifpapier.

Seit Jahren hatte er nicht mehr so viel am Stück geredet. Dabei hatte er einmal gehört, dass Menschen, je älter sie würden, von Jahr zu Jahr mehr redeten. Eine Entwicklung, die er auch an sich selbst feststellen konnte, wenn man die vielen Selbstgespräche mitzählte.

Der Reisebus passierte die »Toskana Therme Bad Sulza« und ein Dorf namens Großheringen, überquerte einen breiten Fluss, die Saale, und gleichzeitig die Grenze von Thüringen nach Sachsen-Anhalt. *#moderndenken* stand auf dem Willkommensschild am Rand der Autobahn. Labenskys grüne Raumkapsel trat lautlos, beinahe schwebend ein in das nächste Bundesland, und er selbst musste jetzt an Sigmund Jähn denken, der als erster Deutscher überhaupt im All gewesen war, also modern war wie kein Zweiter. Jähn hatte in einer MDR-Sendung einmal berichtet, dass die seelische Belastung von Kosmonauten auf Langzeitflügen zunehme, sobald sie die Erde, also ihre Heimat, nicht mehr sehen könnten.

Labensky glaubte, das Gleiche jetzt auch an sich selbst festzustellen, da sein Puls Kilometer für Kilometer nach oben ging und seine Hände schwitzten. Er legte sie flach auf dem Tisch ab, sodass die Adern auf den Handrücken hervortraten und aussahen wie unförmige blaue Würmer, die unter seiner Haut wohnten und keine Miete zahlten. Labensky schenkte ihnen nicht weiter Beachtung.

Er räusperte sich und sammelte sich. Dann tauchte er wieder ein in seine Geschichte, in seine Erinnerungen an den Herbst 1969.

Es vergingen damals genau fünfzehn Tage, erzählte Labensky, bis die zwei verschwundenen Kinder wieder in dem Heim auftauchten. Bis sie eines Morgens, als seien sie nie fort gewesen, wieder im Speisesaal am Esstisch saßen. Die anderen Kinder fragten nicht, wo sie gewesen waren. Kein Lehrer, Erzieher oder Küchenhelfer verlor auch nur ein Wort darüber. Niemand traute sich darüber zu sprechen. Absolute Verschwiegenheit, so, wie es die Direktorin wollte.

Nur Labensky, als Heizer wie immer allein am Katzentisch, hatte keinen Schimmer. Spezialtraining, dachte er. Konditionierung, erinnerte er die Worte der Direktorin. Aber die beiden Kinder, die mit den anderen acht am großen Esstisch saßen, sahen nicht gerade aus wie Sportskanonen, die sich für Olympia die Lunge aus dem Hals trainiert hatten. Nicht so, als reichte ihre Kondition auch nur für die nächste Jugendspartakiade. Der dünne Junge mit dem dunklen, raspelkurzen Haar wirkte noch dürrer als zuvor, gezeichnet wie vom Gallenfieber. Auch in dem eigentlich zarten Gesicht des blassen Mädchens hatte etwas Hartes Platz genommen.

Labensky wollte die beiden aufheitern und wieder ein paar Faxen machen, aber diesmal sahen sie nicht zu ihm herüber. Eisern achteten sie darauf, ihn gar nicht erst anzusehen. Es war, als fürchteten sie, beobachtet zu werden. In ihren Bewegungen lag eine Angst, in ihren Blicken eine Leere, die nicht zu Kindern passte und die er bis dahin nur von seiner Mutter oder von Kriegsheimkehrern kannte.

IM Schleicher und IM Schläfer. Beim Anblick des Jungen und des Mädchens musste Labensky an die zwei seltsamen Namen denken, auf die er in dem Geheimordner der Direktorin gestoßen war.

Sind doch keine Namen für Kinder, dachte er, wohl wissend, was Rita über seinen Namen gesagt hatte. Auf jeden Fall würden IM Schleicher und IM Schläfer es mit den Namen bei Olympia schwer haben, vermutete er und überlegte, ob das der

Grund war, weshalb die Direktorin so ein Gewese und so einen Wind gemacht hatte, als dürfte der Ordner auf gar keinen Fall in fremde Hände gelangen.

Der Ordner war aber nun mal ausgerechnet in seine schmutzigen Heizerpfoten gelangt, und so erinnerte er sich jetzt wieder an die Überschrift KUNDSCHAFTER DES FRIEDENS, unter der etwa zehn Namen gestanden hatten, die alle mit IM begannen. So viele Namen, kombinierte Labensky, wie Kinder hier direkt vor seiner Nase saßen und artig in ihre Frühstücksstullen bissen.

Kein Zufall, dachte er, und doch wusste er nichts mit der Bezeichnung anzufangen. Kundschafter des Friedens – für ihn klang das nach Parteigedöns oder nach Indianerfilmen mit Gojko Mitić. Der schickte als Mohikaner-Häuptling Chingachgook ständig die jüngsten Indianer los, das Land des weißen Mannes zu erkunden.

Plötzlich fielen Labensky auch wieder die Fotos von dem freundlichen Herrn mit der Zigarre ein und der Vermerk KOMMANDO WILLY BRANDT. Aber auch da klickte nichts in seinem Oberstübchen, konnte er sich keinen Reim drauf machen. Willy Brandt, dachte Labensky. Er hatte beim besten Willen keine Ahnung, wer dieser Willy war. Der einzige Sport-Willy, der ihm jetzt einfiel, war Willy Tröger. Der hatte für Wismut Aue in der DDR-Oberliga gespielt und in zweihundertvierundzwanzig Partien sage und schreibe einhundertvier Buden geschossen.

Labensky zog den Kopf zwischen die Schultern. Bedächtig biss er ein großes U in seine gekratzte Honigstulle und trank seinen Becher HO-Milch in hastigen, kleinen Schlucken. Fast schien es ihm, als sei die Direktorin neben Olympia noch an einer anderen Geheimsache dran und als spielten dabei auch die zwei abkommandierten Kinder IM Schleicher und IM Schläfer eine Rolle. Aber er beschloss, nicht weiter darin herumzustochern. Immerhin, dachte Labensky und unterdrückte den säuerlich aufstoßenden HO-Milchrülpser, hatte seine Ahnungslosigkeit den Vorteil, dass er sich als Spezialkraft unter Schweigepflicht unmöglich verplappern konnte.

In den darauffolgenden Wochen ging der Herbst in Regen und Schnee über. Der Winter kam. Labensky buckelte am Ofen, heizte wie zehn Gussradiatoren gegen die Kälte an, und der Alltag in dem Heim ging weiter seinen verschwiegenen, geheimnisvollen Gang. Die Direktorin ließ sich im ganzen Haus kaum blicken, und tat sie es doch, beschlich Labensky das unheimliche Gefühl, sie hätte ihn wegen der Sache mit dem Ordner auf dem Kieker. Er wollte ihr lieber nicht im Dunkeln begegnen, auch nicht im Hellen. Tagsüber rief sie die Kinder einzeln zu sich, nachts brannte Licht im Fenster ihres Arbeitszimmers. Es war, als würde sie nie die Augen schließen, um rund um die Uhr über die Vorgänge im Heim zu wachen.

Doktor Abuschenko, ihre rechte Hand, kümmerte sich um den Unterricht der Kinder. Meist ging er mit verschränkten Armen, einen Flachmann hinter dem Rücken, durch das Lehrzimmer. Er war ein echter Sortiment-Trinker und machte keinen Hehl daraus: Er trank sich durch alles durch, was der Osten anzubieten hatte. Oft gönnte er sich einen Spreewaldbitter, einen Cottbusser Postkutscher oder ein Glas Danziger Goldwasser als Feierabendschnaps, und immer häufiger ging er bereits am Nachmittag dazu über, sich den einen oder anderen Klosterbruder, getarnt als Gesundheitstropfen, zu genehmigen. Manchmal, wenn er frühmorgens von nächtlichen Besprechungen aus dem Arbeitszimmer der Direktorin kam, kippte er sich schon vor dem Frühstück einen hochprozentigen Feuervogel oder Sachsenstolz in seinen Malzkaffee, um den Pegel zu halten und den Kreislauf hochzujazzen.

Labensky sah ihm mit einer Mischung aus Bewunderung und Sorge dabei zu. Eigentlich, so hatte er mal gelernt, bezeichnete die Partei so einen ausufernden Alkoholkonsum ja als »dem Sozialismus wesensfremd«, galt hemmungsloses

Trinken doch als »Überrest des Kapitalismus«. Der Große Vorsitzende der DDR wünschte sich Dörfer und Städte ohne »K«, ohne Kirchen und ohne Kneipen.

»Fortschritt ist gleich Sozialismus ist ungleich Alkohol«, so lautete die Losung, und die Partei hatte sie unter das Volk zu bringen. Soweit Labensky sich erinnern konnte, wurden allerlei Anstrengungen unternommen, den Konsum der Bürger einzudämmen: Werbeverbote für Hartstoff wurden erlassen, Wirtshäuser und Eckkneipen in »kulturvolle Gaststätten« umbenannt, das Trinken eines »kulturvollen Glas Weins« als Ausweis »niveauvoller gastronomischer Versorgung« propagiert. Aber beim Saufen hörte für die meisten Bürger der Spaß auf. Da ließ sich ausnahmsweise keiner etwas vorschreiben. Die Leute hielten am Hartstoff fest und ließen sich ihren »Weißen« oder »Braunen« oder auch »Harmlosen« nicht nehmen. Zu jeder Tageszeit wurde gebechert wie auf Weltniveau. Familienfeiern kamen mit ein paar »Spritzern« erst richtig in Schwung. Ackersleute kamen ohne ihren Flachmann gar nicht aus. Die Arbeiterschaft versammelte sich zum »Zehnuhrschluck«. Bei Handwerkern kreiste nach eisernen Gesetzen der Trinkpokal der Bruderschaft, und die vierteljährlichen Quartalstage, die monatlichen Krugtage sowie der arbeitsfreie »blaue Montag« galten als Pflichtveranstaltungen, wo außerbetriebliche Fragen flüssig geregelt wurden. »Schlückchen«, »Filmriss« oder »Ziehung« sagte man dazu, wann immer es einen Anlass gab oder auch keinen.

Als kleiner Junge hatte Labensky nie verstanden, warum sich die Erwachsenen ständig die Lichter ausknipsten. Aber die Sauferei des Doktors leuchtete ihm ein: Er erklärte sich das so, dass Abuschenko wegen seiner heldenhaften Flaggenaktion auf dem Berliner Reichstag nun mal ein Kriegsheld war und dass Kriegshelden ja viel zu feiern hätten und ihr Leben lang nicht aus der Feierei herauskämen.

Die Leidenschaft zum Feiern ließ Labensky auch an seine

Mutter denken. Er hatte sie in Briesen allein zurückgelassen. Er hoffte, dass sie sich im Bierhimmel gut amüsierte. Jeden Monat schickte er ihr die Hälfte seines Lohns. Als Spezialkraft machte er ja ordentlich Asche, und zwar nicht nur am Ofen. Die Leute vom Aufgabenbereich »S« hatten ihm ein Drittel mehr Gehalt geboten. Aber was war schon ein Drittel, wenn er genauso gut ein Viertel mehr verdienen konnte, hatte Labensky sich einfach mal gedacht und hoch gepokert und zu seiner eigenen Überraschung am Ende doch tatsächlich seinen Willen bekommen, nämlich eine Sondereinsatz-Gehaltserhöhung um ein Viertel anstelle eines kümmerlichen Drittels.

Noch häufiger als an seine Mutter dachte er an Rita. Er hatte ein paar ihrer alten Ausgaben der *Sibylle* mitgenommen, um seine Lesefertigkeiten auf eigene Faust auszubauen und um die moderne Großstadtfrau, ihre Träume und Bedürfnisse noch besser zu verstehen. Zwei Fliegen mit einer Klappe, dachte er, und manchmal, wenn er auf seinem Bett lag und in der Frauenzeitschrift blätterte, fragte er sich, wie es Rita in der Hauptstadt ging und was sie dazu sagen würde, dass er seine Sache als Spezialkraft bis hierhin unfallfrei erledigt hatte, jedenfalls noch nicht gefeuert worden war?

Er hätte ihr zu gerne einen Brief geschrieben, um ihr von seiner Arbeit zu berichten. Aber leider sollte er ja schweigen, und leider konnte er kaum schreiben. Außerdem hatte er nicht mal Ritas Adresse, hatte er schon viel zu lange nichts mehr von ihr gehört.

Es waren diese Momente, in denen den fünfundzwanzig Jahre alten Heinz Labensky die Einsamkeit und Wehmut packte. Es waren diese einsamen Augenblicke, in denen ihm auch der Gedanke kam, wie es wohl den zehn Waisenkindern gehen musste? Die Direktorin hatte erklärt, dass deren Eltern nach der Geburt gestorben waren. Die Kinder mussten ihr Leben lang allein zurechtkommen. Labensky, der selbst vaterlos aufgewachsen war, konnte sich das fast nicht vorstellen. Wie gut es doch war, dachte er, dass wenigstens die DDR ihnen eine Familie gab. Er hatte den Eindruck, dass man sie in diesem Heim nicht eine Sekunde aus den Augen ließ und offenbar große Pläne mit ihnen verfolgte. Die Kinder wurden nicht wie Kinder in anderen Werkhöfen behandelt. Sie hatten keine Freizeit, ihr Tagesablauf war streng geplant. Dafür durften sie jeden Tag todschicke hellgraue Tuchhosen und Jacken anziehen. Uniformen, wie sie sonst nur Soldaten oder Volkspolizisten trugen.

Der Unterricht der Kinder begann jeden Morgen Schlag acht Uhr, mit Fächern, die für gewöhnliche Bürger eher ungewöhnlich angemutet hätten. In diesen Fächern, das erfuhr er selbst erst nach und nach, ging es nicht etwa um Sozialismus, Marxismus, Kommunismus, also das, was den meisten längst zu den Ohren raushing. Vielmehr ging es um eine Welt, von der man in der DDR nichts mitbekam. Um den Alltag in einem abgeschotteten Land, das auf den Karten der Ostzone meist nur ein weißer Fleck war. Es ging um das Leben dort, wo die Diktatur des Klassenfeinds zu Hause war: Der ganze Schulunterricht drehte sich um die BRD. Jenes Land, wo schon bald die Olympischen Spiele stattfinden sollten, wie Labensky bemerkte, wenn er ein zufälliger Zaungast im Unterricht war.

Er saugte denn auch alles, was er mitbekam, auf wie ein trockener Schwamm. Ein Fach, das auf dem Lehrplan anscheinend weit oben stand, hieß »Sprecherziehung«. Darin sollten die Kinder lernen, ihren ostzonalen Akzent abzulegen, und hart daran arbeiten, genauso zu klingen wie Gleichaltrige im Westen. Ein noch aufregenderes Fach hieß »Kultur und Leben in der BRD«. Da bekamen die Kinder schwarz-weiße und manchmal sogar bunte, rotstichige Fotografien vorgeführt, die zeigten, wie der Alltag im Westen aussah. Die Kinder sollten erfahren, was den meisten Bürgern der DDR vorenthalten wurde, nämlich wie die Menschen in der BRD dem Arbeitsleben nachgingen und was sie in ihrer Freizeit machten. Sie sollten sehen, welche Autos die Leute in Köln, Hamburg oder Stuttgart fuhren, welche Parteien sie wählten, welche Kleidung sie trugen, zu welcher Musik sie tanzten, welche Möbel oder Amüsierprodukte sie am liebsten kauften und sogar, wie oft sie ihren Rasen mähten.

An manchen Tagen, wenn die Heizungsrohre im Lehrzimmer gefroren waren, machte Labensky sie in seiner Funktion als Heizer winterfest und reparierte sie während des Unterrichts. Bei der Gelegenheit beobachtete er, wie die Kinder an Zweiertischen vor der Tafel saßen und mit Tonbandgeräten übten, wie Westkinder zu sprechen. Währenddessen ging Doktor Abuschenko als Lehrmeister durch ihre Reihen, sog wie gewohnt an seinem Flachmann und verlangte, so »bayerisch«, »norddeutsch« oder »rheinländisch« zu klingen, dass kein Mensch in München, Hamburg oder Bonn nur das geringste Ostdeutsche an ihnen erkennen könne. Orte, die Labensky allesamt fremd waren und deren Bezeichnung er sich nicht merken konnte, die Kinder aber sehr wohl.

Die »Sprecherziehung« sah vor, nicht nur den Dialekt, so wie der Doktor sagte, »auszumerzen« und durch einen westdeutschen zu ersetzen. Es ging auch darum, konsequent westdeutsche Worte zu benutzen. Labensky begriff dadurch zum ersten Mal, dass es im Osten und im Westen ganz unterschiedliche Bezeichnungen für ein und dieselben Dinge gab. Dass im Westen, warum auch immer, die drolligsten, komplett verrücktesten Ausdrücke gebraucht wurden: Eine gewöhnliche Kaufhalle, erfuhr Labensky und wäre fast vom Glauben abgefallen, hätte er denn einen gehabt, hieß im Westen »Supermarkt«. Ein handelsüblicher Hartbrandwichtel hieß »Gartenzwerg«, ein Kombinat wurde »Konzern« genannt, und eine ganz normale Datsche nannte sich »Wochenendhaus«. Industrienebel wurde als »Smog« bezeichnet, ein Kulturschaffender galt als »Künstler«, ein Körperkulturist nannte sich »Bodybuilder«, und der Antifaschistische Schutzwall war die »Berliner Mauer«. Der Kosmonaut hieß »Astronaut«, der Stomatologe arbeitete als »Zahnarzt« und der Erntekapitän als »Mähdrescherfahrer«. Ein gefärbter Karpfen war ein »Lachs«, ein Roster war eine »Bratwurst«, eine Luftdusche ein »Föhn«, eine Sitzgruppe hieß »Garnitur«, Haftschalen wurden »Kontaktlinsen« genannt, und eine gesellschaftliche Aktivität lobte sich »Ehrenamt«. Im Westen wurden die Dinge nicht abgenickt, sondern »bestätigt«, statt eines Wurfrotationsflachkegels warf man ein »Frisbee«, statt Lipsi schwofte man »Rock 'n' Roll«, statt in die Kurmittelabteilung ging man ins »Spa«. Ein Werktätiger schaffte als »Arbeitnehmer«, eine Kinderkombination bedeutete »Krippe«, und ein Stuhltanz hieß »Reise nach Jerusalem«. Zur Jugendweihe wurde »Konfirmation« gefeiert, Würzfleisch ließ man sich als »Ragout« schmecken, eine Jahresendprämie hieß »Weihnachtsgeld«, ein Jahresabschlussbaum hieß »Weihnachtstanne«, und eine Jahresendflügelfigur nannten die Leute drüben, auf der anderen Seite der Mauer, einfach nur »Engel«.

Labensky konnte sich nicht alles merken, aber über das, was er sich merkte, konnte er sich noch tagelang schlapplachen und kringeln, sich ganz herzhaft beömmeln. Da sollte noch mal einer sagen, er hätte nicht alle Tassen im Schrank. Noch mehr aber als über die drolligen Bezeichnungen staunte er, wie anders der Westen aussah.

An manchen Tagen, wenn Labensky schon früh mit der Arbeit fertig war, stellte er sich mit seinen Heizerstiefeln in den dunklen Hof, in dem fast immer ein strenger Ostwind blies, der die Blätter von den Bäumen peitschte. Dann linste er von draußen in das Lehrzimmer, drückte sich am Fenster die Nase platt und sah heimlich dabei zu, wie Doktor Abuschenko eine Leinwand aufzog und den hochmodernen Polylux bediente, um den Kindern Aufnahmen vom geheimen Leben jenseits der Mauer zu zeigen. Die Kinder, sah Labensky, schrieben so eifrig mit, was es über den Westen zu wissen gab, als sollten sie eines Tages selbst dort leben. Nur Labensky kriegte vor Begeisterung über die Bilder, die er im Ostfernsehen aus irgendeinem Grund noch nie gesehen hatte, den Mund nicht zu.

Solange er denken konnte, und das war eine durchaus wackelige Zeitspanne, war ihm der Westen im Osten madiggemacht worden.

Schon in der Grundschule hatte er gelernt, dass die Bundesrepublik ein zukunftsloser Staat war. Dass die flache Kultur und die herzlose, materialistische Lebensweise im kapitalistischen System die Menschen dumpfbackig, kalt und krank machte. Er hatte verstanden, dass Frauen im Westen im Gegensatz zu Frauen im Osten nicht Kranführer, Maurer, Elektriker und Schlosser wurden, sondern überhaupt nicht arbeiteten, weswegen sie als Heimchen am Herd früher oder später aufgingen wie Hefeklöße. Kinder, auch das hatte man ihm eingetrichtert, würden von Geburt an zu höchst unglücklichen Objekten unsozialer Ausbeutung und amerikanisierter Kulturbarbarei herangezogen. »Der Fuchs ist schlau und stellt sich dumm, beim Wessi ist es andersrum.« Den Reim hatte Labensky immer wieder gehört, und alles in allem hatte er die Dinge so abgespeichert, dass der Osten nicht nur der bessere Staat auf Weltniveau war, in dem die besseren Menschen wohnten, sondern vor allem, dass man es im Osten rundherum sehr gut hatte und drüben, im bemitleidenswerten Westen, bedauerlicherweise furchtbar schlecht.

Die Fotos, die Doktor Abuschenko den Kindern vorführte, sprachen in Labenskys Augen aber eine andere Sprache. Die Bilder sahen gar nicht so übel aus. Zum einen erschienen ihm die Frauen im Westen kein Röllchen pummeliger als die im Osten. Zum anderen wirkten auch die Kinder gar nicht mal unzufrieden. Er sah, dass die Väter drüben, die ständig Zigarre rauchten und im Gegensatz zu ihren Frauen durchaus zum stolzen Dickbauch neigten, ihre Kinder zum Einkaufen mitnahmen in Kaufhallen, die rappelvoll waren mit funkelnden Produkten. Er sah auch, dass diese Väter nicht alle das gleiche Auto fuhren, das man in der Pfeife rauchen konnte; keine eckigen Fluchtkoffer und Zappelfrösche namens Lada, auch keine Rennpappen oder überdachten Zündkerzen namens Trabant, sondern ganz prächtige und schwergewichtige Modelle. Ein weltsensationelles Dickschiff nach dem anderen wurde da vom Band gescheucht. Manch so ein Westauto hatte einen Silberstern am Kühlergrill, andere pesten über den Asphalt wie riesige bunte Käfer.

Was Labensky verwirrte, war der Umstand, dass neben den Menschen sogar der Struwwelpeter und das Sandmännchen im Westen ganz anders angezogen waren als im Osten. Der Struwwelpeter im Osten sah ganz putzig aus und der im Westen ziemlich unheimlich. Das Sandmännchen im Westen dagegen trug keinen Spitzbart und bevorzugte eher bunte Anziehsachen statt graue. Labensky fragte sich, warum, und genauso fragte er sich, weshalb seine Kindheitshelden »Dig, Dag und Digedag« im Westen »Tick, Trick und Track« hießen, warum »Fix und Fax« im Westen auf die Namen »Fix und Foxi« hörten und keine Kobolde waren, sondern Füchse.

Noch viel mehr beeindruckte ihn jedoch die Tatsache, dass man im Westen offensichtlich nicht nur gewaltige Autos fuhr, sondern auch überall Pommfritz bekam. Labensky konnte es nicht fassen, doch drüben gab es Pommfritz anscheinend sogar im Automaten.

Begeistert stellte er fest, dass offenbar auch der Klassenfeind am liebsten Tomatensoße dazu aß, ganz so, als sei der Klassenfeind genauso versessen auf Pommfritz und auf Tomatensoße wie er selbst.

Was Labensky an den Menschen im Westen bei aller Bewunderung ganz eigentümlich vorkam, das waren die Frisuren. Da waren überall junge Männer, die hatten Haare bis zum Kinn oder zur Schulter. Einige, fand Labensky, sahen regelrecht aus wie Pilzköpfe. Vier junge Kerle, wohl Musikanten, die etwa in seinem Alter sein mussten und die haargenau solche helmartigen Pilzkopffrisuren trugen, mussten bei Westmädchen wohl gerade sehr beliebt sein. Jedenfalls jubelten die Westmädchen ihnen zu, wo sie auch auftraten und grölten, was vom Großen Vorsitzenden der DDR als seelenlose »Jääh-jääh-jääh-Monotonie« bezeichnet wurde. Bei Konzertaufführungen dieser vier Burschen, beobachtete Labensky, fiel die westliche Damenwelt im Kollektiv in Ohnmacht – fast genauso, wie es auch Ostmädchen am Tag der Republik erging, wenn der Große Vorsitzende im Leipziger Zentralstadion zum Volk sprach.

Ein anderer Herr, der deutlich älter war als die vier Pilzköpfe und die jungen Leute im Westen jedoch anscheinend nicht weniger begeisterte, sah Labensky, das war ein schicker Herr im Anzug. Er trug manchmal eine Hornbrille, und manchmal rauchte er auch Pfeife, und sein Gesicht guckte von Plakaten überall im Land herunter. Auf diesen Plakaten stand: *Damit Sie auch morgen in Frieden leben können,* und darunter, in dicken roten Buchstaben: SPD.

Wieder so ein Kürzel, das Labensky nichts sagte. Dann jedoch fiel es ihm wie Schuppen von den Augen, dass der Mann auf diesen SPD-Plakaten ja genau derjenige war, den er in dem Geheimordner der Direktorin gesehen hatte. Dieser Herr namens Willy Brandt.

Labensky nahm an, dass dieser Willy im Westen wohl ein ziemlich bunter Hund war, weshalb sich auch die Direktorin viel mit ihm befasste. Labensky hatte keine Ahnung, was in Dreiteufelsnamen ein KOMMANDO WILLY BRANDT sein sollte. Die Plakate und die jubelnden Menschen deuteten in seinen Augen aber darauf hin, dass dieser Willy Brandt im Westen, genau wie der Große Vorsitzende im Osten, das politische Kommando übernommen hatte.

Bei allem Staunen über das Leben auf der anderen Seite der

Mauer fragte sich Labensky zunächst nicht, was diese ganze Westkunde eigentlich mit Olympia zu tun hatte. Die Kinder sollten als aufrechte Sozialisten auf ihre sportlichen und repräsentativen Aufgaben im feindlichen Westen vorbereitet werden, so hatte die Direktorin es ihm ja erklärt. Dazu gehörte ganz offensichtlich auch, dialektfrei die Sprache zu sprechen und reibungslos alle Sitten, Bräuche und Benimmregeln zu kennen, um drüben nicht dumm aufzufallen. So schusterte Labensky sich das gutgläubig zusammen.

Zwölf Stunden am Tag wurden die Kinder unterrichtet. Danach lernten sie den Stoff auswendig wie die Nachteulen, um ihn dann runterzubeten, als seien sie gar nicht im Osten, sondern im Westen aufgewachsen. Labensky fand dieses Lernpensum enorm. Was ihn mit der Zeit aber stutzig machte, was an ihm nagte, war, dass die Kinder, die doch für die DDR Olympia gewinnen sollten, abseits vom Pausenhof keinen Sport trieben. Ein »Manöver Schneeflocke«, sportliche Pioniernachmittage im Gelände, gab es nicht. Turnen, weitspringen oder kugelstoßen sah er die Kinder nie. Auch das deftige Kantinenessen, das sie in sich hineinstopften – Schweizer Sahnebraten, Beamtenstippe mit Affenfett, Kochklopse mit Butterreis, Rotplombe-Rote-Grütze –, deutete kaum auf Medaillenhoffnungen hin. »Jeder Mann an jedem Ort, in der Woche einmal Sport« – dieses Motto, das jeder Sportsfreund kannte, weil es vom Großen Vorsitzenden persönlich stammte, predigte Labensky am Ofen vor sich hin und wunderte sich von Woche zu Woche einen Ast, dass die Turnhalle des Heims geschlossen blieb.

Tagein, tagaus saß er auf heißen Kohlen, also heizte er dem Ofen aus bocksturer Ungeduld ein wie ein Weltmeister. Er heizte, dass die Rohre nur so bullerten, und dabei stellte er sich vor, das akkordartige Verfeuern sei eine ganz neue olympische Disziplin.

Aber da konnte er sich als einfacher Befehlsempfänger noch

wochenlang gehackt legen, denn da gab niemand grünes Licht. Wieso nicht? Beim Turnvater Jahn, dachte Labensky, warum machte keiner Anstalten, »Sport frei!« zu rufen?

Es war eines Abends im Dezember 1969, zwei Tage vor Heiligabend, draußen fiel der erste Schnee des Winters, Labensky hatte die Kohlenschaufel niedergelegt und eigentlich schon Feierabend gemacht, da war ihm wie aus dem Nichts ganz plötzlich doch, als hätte irgendwer im Haus feierlich das olympische Feuer entfacht.

Der eisige Ostwind rüttelte an den Fenstern, und in der Villa herrschte wie jeden Abend geisterhafte Stille. Die Direktorin ließ sich nicht blicken. Die Kinder lagen oben in ihren Stockbetten und schliefen. Abuschenko hatte sich nach dem Abendbrot gewohnheitsmäßig mit einer Flasche Goldbranntwein zurückgezogen. Labensky, platt von der Buckelei am Kessel, hatte mit Kernseife geduscht und seinen olympischen Nicki übergestreift, als wollte er jeden daran erinnern, endlich mit dem Sporttraining zu beginnen. Er stand gerade in der Speisekammer im Erdgeschoss, bereit, sich sein allabendliches Glas HO-Milch einzuverleiben, da stieg ihm Rauchgeruch in die Nase. Er blähte die Nasenflügel und versuchte, den Gestank zu orten. Langsam ging er von der Speisekammer in die Küche und von der Küche in den Flur. Bald kam er der Sache näher. Im unteren Treppenhaus roch er es deutlich: Feuer!

Wie eine zittrige Serviertochter ließ Labensky seine HO-Milch fallen. Das Glas zersprang, barfuß hastete er durch die Scherben und jagte die spiralförmige Treppe hoch. Zuerst befürchtete er eine Explosion, er dachte an seinen rauchenden Heizkessel unten im Keller, aber die Rauchschwaden, die wie dichter Nebel durch die Villa zogen, kamen vom Korridor im ersten Stock. Sie drangen, stellte er erschrocken fest, aus dem Arbeitszimmer der Direktorin.

9

MIELKES FIRMA

Labensky stürzte zur Tür, klopfte und hämmerte mit der Faust dagegen. »Frau Direktorin? Hallo?«, rief er. Keine Antwort. Nichts.

Er drückte die Türklinke, aber die Tür war abgeschlossen. Er fackelte nicht lange. Hektisch versuchte er, das Schloss erst mit Gefühl, dann mit Geschick, schließlich mit roher brandenburgischer Urgewalt aufzuhebeln. Es funktionierte nicht, also entfernte er sich von der Tür und trat bis ans Ende des Korridors zurück. Er holte tief Luft und blickte an sich herab, betrachtete die bunten, ineinandergreifenden Ringe auf seinem Olympia-Nicki. Dann, spezialkraftmäßig, sprintete er mit Karacho los, genau wie Heinz Erbstößer, zweiundzwanzigfacher DDR-Meister, Spitzname »Erbse«, im Hundert-Meter-Finale von Mexiko 1968. Im Vollsprint schloss er die Augen, preschte gegen die Tür, das Schloss brach auf, flunderflach stürzte er ins Zimmer und landete bäuchlings vor dem Direktoratsschreibtisch.

Rauch, überall. Labensky rieb sich die Schulter, hustend sah er sich im Zimmer um. Der Stuhl hinter dem Schreibtisch war leer, die Direktorin nicht an ihrem Platz, während gleich daneben, lichterloh, die große, altehrwürdige Flagge der DDR in meterhohen Flammen brannte. Das Feuer wütete direkt über dem Rauchrohr der Heizungsanlage und über dem Rußabzugsrohr zum Schornstein. Das Rohr leuchtete hellrot.

»Heiliger Strohsack!«, fluchte Labensky und rappelte sich hoch.

Er eilte zum Fenster, hebelte es auf, rotierend blickte er sich um.

Wasser, dachte er. In der Glasvitrine neben dem Bücherregal standen Flaschen. Er griff sich irgendeine, zog den Korken raus und schüttete hochprozentigen Schilkin-Gin ins Feuer. Die Stichflamme schoss in alle Richtungen, stoppte nur knapp vor seinem Gesicht.

Labensky duckte sich weg wie ein Boxer und taumelte gegen den Schreibtisch, auf dem immer noch die blauen Ordner lagen. In der Not schnappte er sich einfach wieder einen der beiden. Er riss die brennenden Gardinen runter, stürzte sich mit der DDR-Flagge zu Boden, wälzte sich wie ein Ringer und versuchte, die Flammen mit dem Ordner zu erschlagen, bis ihnen die Luft ausging und von der Flagge mit dem Hammer, dem Zirkel und dem Ährenkranz nur noch versengte, schwarz-rot-goldene Fetzen überlebten.

Röchelnd betrachtete Labensky das Schlachtfeld. Das Rohr im Erker glühte noch immer. Das Feuer, ahnte er, war seine Schuld gewesen. Er hatte es mit der Heizerei übertrieben, hatte mit seiner tagelangen, übermotivierten Schaufelei zu viele Kohlen auf einmal durch den Ofen gekeult. Das Rohr Richtung Schornstein glühte wie bei einem Hitzestau. Es musste brennend heiß geworden sein, so heiß, dass es den aufliegenden Fahnenstoff entflammt hatte. Er hatte es nur gut gemeint, damit die Kinder es unterm Dach schön mollig warm hatten. Aber jetzt hatte er nicht nur die Tür zum Arbeitszimmer aufgebrochen, die stolze Fahne der DDR abgefackelt und beim Löschmanöver teuersten Bonzenfusel verschüttet. Er hatte es, wie ihm auffiel, auch fertiggebracht, den Ordner in seinen Händen zu verkokeln. Der Deckel war nicht mehr blau, sondern fast schwarz und stank nach verbranntem Leder. Labensky betrachtete ihn von beiden Seiten. Es war der Ordner, den er schon einmal in den Händen gehalten hatte, ausgerechnet der unbeschriftete Geheimordner.

Verdammte Axt, dachte Labensky. Die Direktorin hatte ihn sowieso schon im Visier. Und das hier würde garantiert auf ihn zurückfallen. Die verbrannte Flagge, graute ihm, würde als Hochverrat auf seinem Bockmist wachsen. Die Spuren waren nicht zu verwischen, der Gestank unmöglich wegzukriegen, nicht mal mit tonnenweise Blitzi, Elsterglanz und Wofasept. Der Schlamassel bedeutete für ihn in diesem schönen Heim das Ende. Es wäre nur eine Frage der Zeit, bis die Direktorin eins und eins zusammenzählte. Und dann würde sie ihn auf den Pott setzen und durch die Mangel drehen. Sie würde ihn mit Schimpf und Schande vom Gelände jagen, ihm lebenslange Förderungsunfähigkeit bescheinigen, ihm ewigen NVA-Latrinendienst aufbrummen. Und dann könnte er sich seinen Namen auf der Wandstraße der Besten abschminken und höchstens noch als Gespött vom Dienst Karriere machen. Das würde ihn als Held der Arbeit und damit auch als Aufpasser und allerbesten Freund an Ritas Seite ein für alle Mal unmöglich machen.

Es sei denn, dachte Labensky, er würde doch noch irgendeinen Weg finden, die Sache auszubaden. Um seine Haut zu retten, musste er sich mit der Direktorin gut stellen, musste er einen Weg finden, ihr seine Förderungsfähigkeit und Einsatztreue zu beweisen.

Labensky grübelte und musste bei den Worten »Einsatztreue« und »Förderungsfähigkeit« wie automatisch an Adolf Hennecke denken. An den berühmten Vorzeige-Bergmann, die Gruben-Lichtgestalt der DDR. Adolf Hennecke, ein einfacher Bergarbeiter aus Sachsen, das wusste im Osten jedes Kind, war drei Jahre nach dem Krieg in den Karl-Liebknecht-Schacht des Lugau-Oelsnitzer Steinkohlereviers im Erzgebirge eingefahren und hatte an seinem ganz persönlichen Sahnetag statt der durchschnittlichen 6,3 Kubikmeter Kohle pro Arbeiter unvorstellbare, ja unmenschliche und für immer unerreichte 24,4 Kubikmeter weggeackert. Eine bahnbrechende Glanztat, mit der Hennecke seine Arbeitsnorm zu 387 Prozent erfüllte und für die Partei zum »Held des Aufbaus« wurde. Er bekam nicht nur den Karl-Marx-Orden, einen Blumenstrauß des Kollektivs und unzählige Liebesbriefe. Er musste angeblich in seinem ganzen Leben auch nie mehr arbeiten. Sein Name war in der ganzen DDR derart berühmt – wenn es irgendwo im Osten mal in Strömen regnete, sagten die Leute: »Heut gießt es wie Hennecke!«

Labensky wusste: Ihm blieb nichts übrig, als vergleichbar Sagenhaftes zu leisten. Er musste der Direktorin zeigen, dass er mehr als nur verschwiegen sein konnte, nämlich eine echte Spezialkraft, ein Held der Arbeit, Fleißochse des Sozialismus, ein normbrechender Normübererfüller und hochleistungsbereiter Bestarbeiter, an Ort und Stelle unverzichtbar. Aber wie?

Labensky wog den angekokelten Geheimordner in den Händen wie einen verwegenen Gedanken. Er dachte an die stockenden Olympia-Vorbereitungen und an das Spezialtraining. Was, so dachte er, wenn die Anleitung in genau diesem Ordner steckte? Und was, wenn er nur einen flüchtigen Blick darauf würfe und sich das Trainingsprogramm ganz einfach merkte? Was, dachte Labensky, wenn er in Abwesenheit der Direktorin höchstpersönlich das Training übernähme und die Kinder für Olympia flottmachte wie Hennecke, um der stolzen DDR Ruhm und Ehre zu bescheren?

Labensky blickte an sich herab. Auf seinen Körper, der eine Form hatte wie ein Sack Schrauben. Sein Hosenbund zwickte. Er war im Laufe des Herbstes aus dem Leim gegangen wie Keksteig, hatte sich einen stattlichen Soljanka-Ranzen angefuttert. Er zog den Bauch ein wie ein Parteibonze am Baggersee und rief sich wieder ins Gedächtnis, dass er trotz seiner Neigung zur jungenhaften Fettbrust und trotz seiner von Kohle geschwärzten Arbeiterlunge und trotz seiner kurzen, haxenartigen O-Beine kein unsportliches Öl im Tank hatte. Sein Vater war ein durch und durch sportlicher Mann gewesen, so hatte seine Mutter es ihm immer wieder erzählt. Und so hatte Labensky sich seinen Vater stets breitschultrig und baumstark vorgestellt, in etwa so wie Gojko Mitić in dem Indianer-Streifen *Die Söhne der großen Bärin,* als kerniger Kriegshäuptling Tokei-ihto. Labensky dachte jetzt, dass er ja irgendwas von seinem Vater haben musste. Und wenn schon nicht die Statur oder den Grips, dann doch wohl mindestens den Wettkampfwillen.

Und den hatte er wirklich. Den hatte er schon als Junge unter Beweis gestellt, immer dann, wenn seine Mutter ihn auf ihrem Diamant-Fahrrad losgeschickt hatte, um ins Dorf zu fahren und Club-Zigaretten einzuholen. »Was man nicht im Kopf hat, das hat man in den Beinen!«, das hatte sie jedes Mal zu ihm gesagt und noch dazu behauptet – natürlich, um ihn anzuspornen –, er sehe nicht nur aus wie Täve Schur, er fahre auch genauso schnell wie der neunmalige DDR-Sportler des Jahres und größte Radrennfahrer aller Zeiten. Und genau das hatte er dann auch geglaubt. Davon war er restlos überzeugt gewesen, jedes Mal, wenn er mit dem Drahtesel durch die Feldmark geklappert war und sich windschnittig über den Lenker gebeugt hatte wie Täve Schur, Ritter des Pedals, auf der Zielgeraden.

Motivation ist alles, dachte Labensky, Kraftfutter des Erfolgs! Er stellte sich vor, die Kinder persönlich zu Höchstleistungen zu motivieren. Er hatte den Ordner schon wieder auf dem Schreibtisch abgelegt, nun juckte es ihn in den Fingern. Vorsicht war die Mutter der Porzellankiste, aber was, wenn man längst in den Scherben stand?

Er schloss das Fenster und lehnte die aufgebrochene Zimmertür an, er konnte jetzt keine Zeugen gebrauchen. Er setzte sich auf den Armstuhl der Direktorin, rückte ihn an den Schreibtisch. Kurz kam er sich ungewohnt mächtig vor, fast wie ein Kombinatsleiter im Eckbüro. Sein Blick fiel auf den rechten oberen Rand der Schreibtischplatte. Zwischen Stempelkissen und Briefumschlägen stand ein Bilderrahmen. Auf dem Bild, das die Direktorin Tag für Tag vor sich hatte, waren nicht ihre eigenen Kinder und auch nicht die Kinder aus diesem Heim. Da war auch kein Ehemann, keine Familie, kein Großer Vorsitzender. Da war nur ein Hund. Ein ausgewachsener Schäferhund. Der Köter war nicht gerade was fürs Auge, im Sozialismus ging Leistungszucht vor Schönheitszucht.

Grimmig starrte er Labensky an, als wache er über das Arbeitszimmer der Direktorin, jederzeit bereit, Alarm zu schlagen.

»Ruuuhig, Hasso«, flüsterte Labensky und klappte den Bilderrahmen um, sodass der Hund ihn nicht weiter anstieren konnte. Dabei kam hinter dem Bilderrahmen eine versteckte, randvolle Arzneimitteldose des VEB Berlin Chemie zum Vorschein. *Faustan (Diazepam)* stand auf den Pillenstreifen. Labensky konnte das lesen und erkennen, da er die Schlaftabletten und Beruhigungsmittel vom Nachttisch seiner Mutter kannte. Die Direktorin hatte sich einen hübschen Vorrat angelegt.

Hochkant legte Labensky den angekokelten Geheimordner vor sich hin und betrachte ihn fasziniert wie ein Kind, das mit dem Feuer spielt. Die Neugier loderte in ihm, er rutschte auf dem Stuhl der Direktorin hin und her. Den Ordner fixierend, musste er auf einmal an Nuklearraketen denken, an einen drohenden Atomkrieg und an ein Schaltpult mit einem roten Knopf. An eine abenteuerliche, aber doch wahre Geschichte, die ihm russische Kombinatsarbeiter an der Kaltschmelze in Stalinstadt einmal erzählt hatten.

Die Geschichte, an die Labensky mit Blick auf den Geheimordner denken musste, handelte von einem Mann namens Wassili Alexandrowitsch Archipow, einem Offizier und Vizeadmiral der U-Boot-Flotte vom Circus Aljoscha, der im Oktober 1962 mit einem ganzen U-Boot-Rudel durch den westlichen Atlantik tauchte.

Archipows U-Boot, B-59, mit siebzig Mann starker Besatzung, so ging diese Geschichte, wurde vor Kuba von amerikanischen Zerstörern aufgespürt und mit Wasserbomben eingedeckt. An Bord herrschte Todesangst. Keiner konnte wissen, dass die Amerikaner nur Übungsbomben warfen. Der Kommandant dachte, der Krieg habe begonnen. Er wollte zurückschlagen und alle Atom-Torpedos, die B-59 transportierte, abfeuern. Er war kurz davor, auf den roten Knopf zu drücken. Aber Wassili Archipow hielt irgendetwas ab, der Legende nach war es sein Bauchgefühl. Er verweigerte die Zustimmung und sagte, im Bombendonner in mehr als dreihundert Metern Tiefe: »Njet!« B-59 tauchte auf seinen Befehl hin auf. Archipow öffnete die Turmluke. An Deck der US-Schiffe, sah er durch sein Fernglas, standen keine Soldaten in Gefechtsstellung, nur nackte Matrosen lagen in der Sonne und tranken friedlich Coca-Cola.

Wassili Archipow, das hatte Labensky sich an dieser Geschichte gemerkt, hatte in höchster Not kühlen Kopf bewahrt, hatte widerstanden, den roten Knopf zu drücken und einen Dritten Weltkrieg anzuzetteln. Aber, auch das hatte Labensky sich gemerkt, der heldenhafte Archipow, der die Welt gerettet hatte, konnte sich leider nicht viel dafür kaufen. Als sein U-Boot wieder in die Sowjetunion zurückkehrte, das war das Ende vom Lied, begrüßte man ihn als Feigling und Verräter. Er bekam nicht den Leninorden, sondern kam vor ein Tribunal, fuhr nie wieder zur See.

Handeln oder Nichthandeln, Horchen oder Gehorchen, dachte Labensky und starrte auf den Ordner – das war die große Frage.

Admiral Archipow hatte auf seinen Bauch gehört. Und Labensky, der ja nur seinen Bauch zur Verfügung hatte, horchte jetzt auch in seinen. Er hörte nur das Gluckern seines Magens, der noch immer nach dem Glas HO-Milch japste.

»Von der Sowjetunion lernen heißt siegen lernen!« Den Satz hatte man Labensky schon in der Grundschule vorgebetet. Und vielleicht war es nun an der Zeit, sich diesen Satz einmal zu Herzen zu nehmen. Er dachte an Archipows dickschädelige Entschlossenheit und klappte den Ordnerdeckel auf wie eine Schatztruhe.

Die erste Seite, auf die sich seine Augen stürzten, kam ihm direkt bekannt vor. Sie trug den Titel »Operativ-Vorgang XII 1969/70 KUNDSCHAFTER DES FRIEDENS« und führte die zehn merkwürdigen Namen auf, die alle mit IM begannen. Ein Name, las Labensky jetzt, lautete IM Karate, ein anderer IM Rennfahrer. Er las auch IM Kriemhild, IM Adler, IM Schneemann, IM Schütze, IM Wikinger und IM Dynamit. Hervorragende Wettkampfnamen, dachte Labensky, furchteinflößender als IM Schleicher und IM Schläfer, die wahrscheinlich deshalb irgendwo ganz unten standen.

Labensky blätterte weiter. Er las kein Wort über das Sportprogramm. Er stieß jedoch, sein Gedächtnis für Gesichter war gut, auf noch mehr Fotoaufnahmen von diesem Willy Brandt. Auf einem Bild sah es aus, als würde dieser Willy einen Eid schwören. Auf einem anderen redete er von einem hohen Podest herab in Mikrofone.

Labensky schlug die Seite um und überflog die nächste, wo es von Politsprech wimmelte wie Hennecke. Das Wort Olympia suchte er vergebens. Noch einmal fuhr er mit dem Finger über die Zeilen, entzifferte mühsam Worte wie »Bundeskanzler«, »Referenten« und »Agenten«. Auch von »Spionage«, von »Offizieren im besonderen Einsatz« und von einem Ehepaar namens »Günter und Christel Guillaume« war beiläufig die Rede, doch diese Begriffe überstiegen fast sein Lesevermögen. Dafür tauchten unter der ihm bereits bekannten Überschrift KOMMANDO WILLY BRANDT wieder die Wettkampfnamen IM Schleicher und IM Schläfer auf. Die beiden, verstand er, mussten Bruder und Schwester sein. Jedenfalls hatten sie laut Aktenvermerk dieselben Eltern. Ihr Vater hatte in Karl-Marx-Stadt für den VEB Fettchemie gearbeitet, als Laborant, worunter Labensky sich nichts Genaues vorstellen konnte.

Ihre Mutter war beim VEB Spinnereimaschinenbau angestellt gewesen.

Labensky entnahm den Steckbriefen der Geschwister, deren echte Namen geschwärzt waren, dass sie einem »positiven Elternhaus« entstammten und »Ehrlichkeit und Zuverlässigkeit« erlernt hätten. Dass sie in Karl-Marx-Stadt die Schule besucht hatten und herausragende Schüler gewesen seien. Er las auch, dass sie als »positiv stabile Kinder« in hohem Maße »prädestiniert« seien für die »operative Arbeit«. Dass sie trotz ihrer »glücklichen, elterlich umsorgten Kindheit« die »Fähigkeit zur Verstellmöglichkeit« erlernen könnten. Dass sie, gerade aufgrund ihrer »unverdächtigen Fassade«, beste Voraussetzungen erfüllten, um als »Skorpione« eingesetzt zu werden und das Kommando Willy Brandt zu »exekutieren«.

Moment, dachte Labensky. Halt, stopp, dachte er und sprang mit dem Zeigefinger zurück. Er war nicht über »operative Arbeit« oder »Verstellmöglichkeit« gestolpert, auch nicht über »Skorpione« oder »exekutieren«. Was, zum Geier, dachte Labensky, bedeutete »glückliche, elterlich umsorgte Kindheit«? Er stutzte. Es wollte ihm nicht in den Kopf. Es waren doch Waisenkinder. Hatte die Direktorin nicht gesagt, dass die Eltern nach ihrer Geburt verstorben seien? Dass die Kinder nur deshalb im Heim aufwüchsen? Dass die DDR angeblich die einzige Familie sei, die diese Kinder hätten?

Labensky blätterte weiter und traute bald seinen eigenen Augen nicht: Aus den Schreibmaschinenseiten ging zwar verschwurbelt, aber doch schwarz auf weiß hervor, dass die Eltern von IM Schleicher und IM Schläfer keineswegs tot waren, sondern anscheinend noch immer lebten und als »politische Sonderhäftlinge« in der Sonderhaftanstalt Bautzen II einsaßen. Labensky las, dass man sie wegen »negativ-feindlicher Tendenzen« verhaftet und ohne Prozess als »Staatshetzer« eingebuchtet hatte. Er las auch, dass die Verhaftung auf Anweisung des »MfS« geschah, und zwar mit dem Ziel, die

Kinder »geräuschlos zu enteignen«, zu »rekrutieren« und zwecks »Indoktrinierung« auf ein geheimes Internat des MfS zu schicken. Ein Internat, das »Kinder von Staatshetzern und Republikflüchtlingen« zu »inoffiziellen Mitarbeitern« ausbildete, um sie für »Geheimoperationen« zu benutzen und »ins Land des Klassenfeinds« zu schicken.

Labensky schluckte. Wie durch ein grobes Sieb, seinen Verstand, sickerten all die Informationen ein. Er versuchte, sich einen Reim darauf zu machen. Indoktrinierung, hatte er an der Kaltschmelze in Stalinstadt einmal gehört, hieß nichts anderes als Rotlichtbestrahlung, also Gehirnwäsche. Aber wofür stand dieses Kürzel MfS?

Er stand auf dem Schlauch. Da war sie wieder, seine nervöse Angst vor Abkürzungen. Marktfrauenstand? Malereifachschule? Metzgereifeststube? Militärflugschule? Muttis Feierabendstampe?

Auf einmal hörte er den Groschen fallen. Er erinnerte, dass seine Mutter ihn mit seinem losen Mundwerk immer wieder vor »Mielkes Firma« und vor »Spitzeln«, »Schlapphüten« und »Sauhunden« gewarnt hatte, die für den Überwachungsstaat arbeiteten und Informationen aus den Menschen saugten wie listige Vampire.

Angeblich handelte es sich bei dieser Firma, deren Chef auf den Namen Erich Mielke hörte, um eine Geheimpolizei, die ihre Mitarbeiter überall im Land hatte und dazu anstiftete, Nachbarn zu verpetzen, Kollegen anzuschwärzen und sogar Freunde und Verwandte zu belauschen. Diese Polizei, das »Ministerium für Staatssicherheit«, wurde vom Großen Vorsitzenden als »Schild und Schwert der Partei« bezeichnet. Die einfachen Leute sagten »Stasi«, »Gedankenpolizei« oder »VEB Horch, Guck und Greif«, weil Andersdenkende sofort ergriffen wurden. Diese Firma, dämmerte Labensky, jagte nicht nur seiner Mutter eine Höllenangst ein.

Die Direktorin, begriff er, hatte ihn hinter die Fichte geführt. Dieses Heim war noch spezieller, als sie ihm hatte weismachen wollen. Es war ein Geheiminternat, in dem nicht Spitzensportler, sondern Spitzenspitzel gezüchtet wurden. Die Trainingspläne hatten nichts mit Laufen, Springen und Triumphieren zu tun, sondern vielmehr mit Lauschen, Singen und Spionieren.

Und das war der Moment, in dem Labensky feststellen musste, dass er seinen olympischen Nicki die ganze Zeit umsonst getragen hatte, weil es nie um Olympia ging. In Wahrheit plante die Direktorin hier eine ganz andere, ganz und gar unsportliche Operation.

Besorgt dachte Labensky an die beiden Kinder. Beim Heizen machte er sich die Hände gerne schmutzig, aber bei Kindesenteignungen nicht. Da konnte er nicht eisern wie ein Schraubstock schweigen. Ein Duckmäuser war er bestimmt nicht, also musste er Alarm machen. Er dachte an Rita, daran, wie es für sie gewesen war, ohne Eltern aufzuwachsen, da hörte er im Treppenhaus Geräusche. Geländerknacken. Er hob den Kopf. Jemand kam die Treppe hoch.

Die Stufen knarrten. Das Knarren wurde lauter, war schon bald am oberen Treppenabsatz. Stiefelabsätze pochten auf die gebohnerten Holzdielen. Jemand ging über den Korridor. Labensky kam sich vor wie ein Sack Zement. Er schaffte es gerade noch, den Bilderrahmen mit dem Schäferhund wieder aufzustellen, am verwüsteten Zimmer und am Brandgestank änderte es nichts. Die Schritte kamen näher. Er presste die Zähne aufeinander, krallte sie in seine Unterlippe. Er schloss die Augen, um auf der Stelle unsichtbar zu werden. Langsam, wie von Geisterhand, öffnete sich die Tür.

10

WILLY BRANDY

Labenskys Muskeln spannten, sein Herzschlag stockte. Er konnte seinen eigenen Atem hören und nahm Haltung an. Wie Gojko Mitić am Marterpfahl wollte er die ewigen Jagdgründe wenigstens aufrecht besuchen. Aber das, was sich bedrohlich durch die Tür schob, sah er blinzelnd, war keine zierliche Gestalt, sondern ein riesiger, runder Schatten. Ein Bauch, so dick wie eine Raumkapsel. Herein trat nicht die Direktorin, hereingestolpert kam Doktor Abuschenko.

Hinter ihm, auf dem Korridor, lag eine dünne Blutspur. Labensky dachte zuerst, der Doktor hätte sich verletzt. Dann spürte er einen stechenden Schmerz in seinen Füßen. Er selbst, fiel ihm nun auf, musste unten in der Speisekammer in das zerbrochene Milchglas getreten sein. Unfreiwillig hatte er die Fährte zum Tatort gelegt.

»Sieh einer an, der treue Labansky«, spottete der Doktor. »Direktor Labansky!« Abuschenko rieb sich die Hände, während er Labensky, der wie angewurzelt auf dem Armstuhl der Direktorin sitzen blieb, von oben herab betrachtete. »Verdienter Heimleiter des Volkes! Heizkraft des Vaterlands! Feuerlöscher der Republik!«

Labensky wagte nicht aufzusehen, verharrte in seiner Stellung, wartete auf seinen Urteilsspruch, während sich Abuschenko vergnügt im Zimmer umblickte. Der Doktor, merkte Labensky, als er doch vorsichtig aufsah, erschien auf eigenartige Weise wesensverändert.

Wie immer trug er Uniform, nach Feierabend spannte sie besonders. An diesem Abend musste er besonders tief ins Glas geschaut haben. Jedenfalls wirkte er, genau wie das Zimmer, angezündet. Wie er da wankend stand, die Arme in den Türrahmen gestemmt, schien er regelrecht angeschossen. Er schwankte wie ein Schiff, wie Archipows B-59, und vor allem schien er gar nicht wütend zu sein, als gingen ihn weder die verbrannten Vorhänge noch die geheimen Vorgänge, an denen die Direktorin hier arbeitete, irgendetwas an. Gleichgültig wanderte sein Blick vom Heizungsrohr über die Brandfetzen bis zu dem Ordner auf dem Schreibtisch. Labensky hatte ihn gerade noch zugeklappt und die Hände hinter dem Rücken versteckt, unschuldig wie ein Jungpionier, der in einem Schmuddelheft oder in einem streng verbotenen Karl-May-Schinken geschmökert hatte.

»Keine Angst. Die Direktorin wird dich nicht umbringen, jedenfalls nicht heute Nacht«, sagte Abuschenko und nahm den Ordner an sich. »Sie besucht eine Konferenz, wegen der Friedenspläne.«

Labensky wurde schummrig. Wie viel Blut hatte er verloren?

»Friedenspläne?«, stotterte er, sein Puls nahm vorerst wieder Fahrt auf. Er wollte den Platz hinter dem Schreibtisch in vorauseilendem Gehorsam frei machen, aber der Doktor hob die Hand, an der die beiden Finger fehlten, und bedeutete ihm, sitzen zu bleiben.

»Friedliche Koexistenz …« Abuschenko ließ sich Labensky gegenüber in den Stuhl fallen. »Der große Staatsratsvorsitzende Walter Ulbricht hat der Regierung der Bundesrepublik ein Angebot gemacht, das der Klassenfeind unmöglich ausschlagen kann.«

»Ein Angebot?« Vor Aufregung verfiel Labensky wieder auf unnötige, viel zu neugierige Nachfragen. »Was denn für 'n Angebot?«

»Einen Vertrag zur Aufnahme gleichberechtigter Beziehungen.«

»Gleichberechtigte Beziehungen?«

»Das Zentralkomitee der DDR erklärt sich gesprächsbereit, was innerdeutsche Entspannungspolitik, blockübergreifende Kooperation und territoriale Integrität angeht, aber vor allem Nichteinmischung und Gewaltverzicht«, erklärte Abuschenko und zückte den Flachmann aus seinem Revers wie einen Revolver. »Im Gegenzug dafür verlangt der Große Vorsitzende die vollumfängliche, völkerrechtliche Anerkennung der DDR.«

Labensky wollte den Tauschhandel »Gewaltverzicht« gegen »Anerkennung« unbedingt gutheißen. Ein Zentnergewicht fiel von ihm ab, da er vermutete, alle Unsportlichkeiten wären damit vom Tisch, die Spitzelausbildungen der Kinder abgeblasen. Er wähnte IM Schleicher und IM Schläfer bereits wieder bei ihren Eltern, er wähnte auch sich selbst schon so gut wie aus dem Schneider.

»Leider …«, sagte Abuschenko und ließ Labenskys Hoffnungen direkt wieder zerplatzen, »leider pfeift die Direktorin auf Völkerrecht und Anerkennung.« Der Doktor nahm einen langen, gurgelnden Trinkschluck. Dann erklärte er Labensky, dass die Direktorin überhaupt kein Interesse daran habe, die Beziehungen zwischen der BRD und der DDR zu normalisieren. Dass sie vielmehr alles, wirklich alles dafür tun werde, den Friedensvertrag zu sabotieren.

Labensky, hin und her geworfen, wollte beim besten Willen nicht in den Kopf, was die Direktorin gegen Frieden einzuwenden hatte. Und was wollte sie dagegen tun? Was bedeutete hier »sabotieren«?

Abuschenko holte Luft. Der Alkohol hatte anscheinend seine Zunge gelockert, brachte ihm plötzlich Wörter über die Lippen, ohne dass er sie zurückhalten konnte oder wollte. Labensky hörte ihn jetzt steif und fest und ungeheuerlich behaupten, dass die Direktorin in Wahrheit nicht die verdiente Lehrerin des Volkes sei, für die sie sich ausgebe. Dass in Wahrheit gar nichts an ihr echt sei – nicht ihr Titel, nicht ihr Parteiabzeichen, nicht ihre Gesinnung, ja nicht einmal ihr Name. »Ihr richtiger Name«, sagte Abuschenko, »ist nicht Charlotte Albrecht …«

»Nicht?«, haspelte Labensky und legte die Ohren an.

Der Doktor schüttelte den Kopf. »In Wahrheit heißt sie Elisabeth Albrecht. Und diese Elisabeth Albrecht trug früher viel lieber braune Kleider als rote, wenn du verstehst, was ich damit sagen will …«

Labensky verstand nichts, hatte in Farbenlehre ja nie aufgepasst.

»Sie war nicht immer Sozialistin …«, deutete der Doktor an.

»Sondern?« Labensky kapierte langsam überhaupt nichts mehr.

Abuschenko fletschte die Zähne: »Nationalsozialistin«, raunte er angewidert, »hart wie Kruppstahl, braun wie Hundescheiße.«

Labensky erschauderte. Seine Brust schnürte sich zu. Es lief ihm kalt den Rücken runter. Er wusste ja nicht viel, aber sogar er wusste: Nationalsozialisten waren nichts anderes als Monster.

»Schon unter Hitler war sie in diesem vornehmen Haus am Werke. Aber nicht als Lehrerin, sondern als Ärztin. Als Spritzerin, die mit Medikamenten herumexperimentierte. Als schwarze Witwe, die Geisteskranken und Behinderten den Tod brachte. Als du geboren wurdest, Labansky«, sagte Abuschenko, »da ist die liebe Tante Lotte im ganzen Führerreich berühmt gewesen: als Euthanasie-Liesel.«

Labensky japste nach Luft, wollte nicht glauben, was er da hörte.

»Nach dem Krieg, als Hitlers Nazireich zusammenbrach und das faschistische Gewürm von mutigen Kommunisten wie mir gejagt wurde, da hat sie es gemacht wie alle Deutschen: Sie hat schnell die Seiten gewechselt und sich eine blütenweiße Weste angezogen, um nicht am Galgen zu landen, sondern hinter diesem Schreibtisch. Sie hat als Aufbauhelferin und Parteimitglied Karriere gemacht und so getan, als hätte sie die paar Jahre Massenmord verschlafen. Sie hat sich fast fünfundzwanzig Jahre lang wie ein Chamäleon hier eingenistet, aber jetzt droht ihre Tarnung aufzufliegen. Der BND, der Geheimdienst des Klassenfeinds, weiß über ihre braune Vergangenheit Bescheid. Und wenn der Friedensvertrag zustande kommt, wird dieses Wissen mit der DDR geteilt. Dann wird die Direktorin als Kriegsverbrecherin vor ein Gericht gestellt. Dann bekommt sie ihre gerechte Strafe – und in der DDR gilt noch die Todesstrafe. Wer würde da an ihrer Stelle nicht den Frieden sabotieren?«

Labensky glaubte zu spüren, wie die Milch in seinem Magen sauer wurde. Dabei hatte er ja noch gar keine getrunken. Er erinnerte sich, wie die Direktorin über die braunen Horden geschimpft hatte. Nun hörte er, dass sie selbst ein Teil dieser Sippschaft gewesen war. Da hatte sie ihm also noch eine Legende aufgetischt. Sein Blick fiel auf den Bilderrahmen mit dem Schäferhund, hinter dem sie die Dose mit den Schlaftabletten versteckte.

Kein Wunder, dachte Labensky jetzt. Die Direktorin saß gewaltig in der Tinte, so viel stand fest. Und nun, da der Große Vorsitzende des Ostens dem Klassenfeind ein Friedensangebot gemacht hatte, musste sie verhindern, dass Tinte unter diesen deutsch-deutschen Vertrag kam.

Abuschenko hielt seinen Flachmann in die Luft, drehte ihn, sodass Resttropfen in seinen Mund purzelten. Seufzend sah er sich nach Nachschub um. Er ging zur Vitrine mit dem Bonzenfusel, schnappte sich eine goldgelbe Flasche, einen Korkenzieher von der Anrichte und zwei Kristallgläser, die er zwischen sich und Labensky aufbaute wie Schachfiguren. »Trink mit mir, Labansky!«, verlangte er. Mit einem lauten Plopp zog er den Korken raus und schenkte ein, als verspräche es ihnen beiden Erleichterung.

Labensky leistete keinen Widerstand. Ihm war eigentlich nicht danach, sich zu besaufen. Doch, dachte er, eigentlich war ihm sogar sehr danach, sich einen hinter die Binde zu gießen und sich die Latten aus dem Zaun zu treten. Ursprünglich hatte er an diesem Abend einfach nur seine allabendliche HO-Milch trinken wollen und dann ab ins Bett. Jetzt wusste er von enteigneten Kindern, Spitzenspitzeln, streng geheimen Stasi-Angelegenheiten und der höchst beunruhigenden Tatsache, dass die Direktorin über Leichen ging, ja sogar schon viele auf dem Kerbholz hatte. Auf den Schrecken konnte er einen Schluck vertragen. Vorsichtig führte er das Glas an seinen Mund. Es roch nach Rauch und Asche, als hätte jemand eine Zigarre darin ausgedrückt. *Falckner Whisky* stand auf dem Etikett.

»DDR-Malt«, sagte Abuschenko trocken, »twojo sdorowje!«

Labensky, der noch nie in seinem Leben Whisky getrunken hatte, spülte das amtliche Gerät mutig die Kehle runter, und wäre er nicht schon barfuß gewesen, hätte es ihm auf der Stelle Schuhe und Socken ausgezogen. Ein pelziger Strahl rauschte wie feuriges Öl durch seine Speiseröhre, brannte ein Loch in seinen Magen und schmeckte im Nachgang wie Medizin, die augenblicklich zu wirken schien.

»Sabotieren …«, stammelte er und atmete Luft an seinen Gaumen. Er verzog das Gesicht, aber der Whisky löste seine Brust. Schluckaufartig, ja wieder viel zu unvorsichtig fragte er: »Was genau heißt denn sabotieren? Wie will die Frau Direktorin diesen schönen deutschen Friedensvertrag jetzt noch verhindern?«

Der Doktor gurgelte genüsslich, während er den Geheimordner aufklappte, an dem gut sichtbar Labenskys quadratische und schweißgebadete Fingerabdrücke klebten. Abuschenko stellte ihn deswegen noch immer nicht zur Rede. Stattdessen blätterte er zu den Fotos vom Großen Vorsitzenden des Westens, Willy Brandt.

»Wie jedes Land, so hat auch jeder Mann seinen Schwachpunkt«, raunte Abuschenko tiefsinnig und ließ den Whisky in seinem Glas kreisen. »Mein Schwachpunkt sind die klaren Wässerchen, aber der Bundeskanzler mag es am liebsten dreckig, wie die meisten Deutschen.« Abuschenko tippte mit dem Zeigefinger auf ein Foto, auf dem dieser Willy aus dem Westen genüsslich eine Zigarre schmökte und dabei tief in ein Glas Weinbrand schaute.

Bereits seit Brandts Wahl zum Oberhaupt des Klassenfeinds, erzählte der Doktor, arbeite die Direktorin daran, ihn zu beseitigen und als Kanzler der Bundesrepublik aus dem Weg zu räumen.

»Brandts einziger Schwachpunkt, seine in Staatskreisen geradezu legendäre Liebe zum Brandy, wird ihr in die Karten spielen.«

Operation »Konfrontation«, raunte Abuschenko in staatstragendem Tonfall, so laute das Codewort, wenn Willy Brandt schon in wenigen Wochen, nämlich im März des Jahres 1970, zum ersten deutsch-deutschen Gipfeltreffen in Erfurt die Deutsche Demokratische Republik besuchen werde, als erster Bundeskanzler überhaupt.

Offiziell, sagte Abuschenko, komme Brandt der DDR entgegen, um das deutsch-deutsche Verhältnis zu entkrampfen, die Teilung aufzulösen und vor den Augen der Weltöffentlichkeit für Sicherheit und Frieden einzutreten. Aber selbstverständlich verfolge auch Brandt – wie jeder verblendete Sozialdemokrat – ein reaktionäres Programm, also die Sozialdemokratisierung des Sozialismus.

Im Regierungssonderzug, mit einer Delegation aus Spitzenbeamten und Vertretern der gekauften Westpresse, werde er vom westdeutschen Grenzbahnhof Bebra anreisen und exakt einhundertsiebzig Kilometer Richtung Osten fahren, den Todesstreifen passieren, durch Eisenach und Gotha rollen. Im Salonabteil des Kanzlers, zwischen Plüsch und Polstersesseln, werde es Kaffee, Kuchen und auch Cognac geben. Die Stimmung werde heiter, erwartungsvoll, beinahe euphorisch sein, so wie beim Polenfeldzug. Und schließlich, in Erfurt angekommen, würden SED-Spitzenfunktionäre Willy Brandt am Bahnsteig empfangen und dem Ehrengast vor Bildfunkkameras die Hand schütteln. Die Volkspolizei werde den Erfurter Hauptbahnhof weiträumig absperren. Die Stasi werde mehr als eintausend Mitarbeiter aussenden, um die Ankunft mit operativ-technischen Diensteinheiten zu überwachen. Ganz Erfurt werde sein Festkleid anziehen. Bläsergruppen würden in ihre Fanfaren blasen, thüringische Frauenchöre Brandt ein Ständchen singen, Jungpioniere würden Fähnchen schwingen. »Und zufällig, ganz zufällig«, sagte Abuschenko, »werden sich am Bahnsteig unter all das Jubelgemüse auch zwei Kinder mischen, ein Junge und ein Mädchen, blass und unauffällig. In Blauhemden werden sie sich dem Bundeskanzler nähern. Und dann werden sie dem Kanzler ein Gläschen Apricot-Brandy als Willkommensschluck überreichen: einen exklusiv für ihn gebrannten DDR-Weinbrand aus Firmenproduktion.«

Labensky öffnete den Mund und schloss ihn wieder. Er war ja nicht gerade der schärfste Spaten im Schuppen, doch er verstand ausnahmsweise sofort. Es handelte sich um einen vergifteten Willkommensschluck. Und für die Überreichung waren nicht irgendwelche Kinder vorgesehen. »Skorpione«, so wurden IM Schläfer und IM Schleicher in dem Geheimordner bezeichnet. Sie sollten sich an den Kanzler heranschleichen, und dann sollten sie ihn mit einem Tropfen seines Leibgetränks zum Schlafen bringen.

»Wenn Brandt diesseits der Grenze umfällt«, skizzierte Abuschenko die Pläne der Direktorin und wälzte dabei den Whisky auf seiner Zunge, »dann wird der Friedensvertrag vom Westen niemals unterzeichnet und sich nicht ausgesöhnt, sondern bis an die Zähne aufgerüstet werden. Dann gibt es keinen innerdeutschen Frieden, und dann wird die liebe Tante Lotte nie als Euthanasie-Liesel enttarnt.«

Labensky schnappte nach Luft, ihm wurde heiß und kalt, denn er begriff: Nicht nur das Schicksal der Kinder und das Leben von diesem Willy Brandt standen hier auf dem Spiel. Die Beseitigung des westdeutschen Bundeskanzlers auf dem Boden der DDR würde das Ende aller Friedenspläne bedeuten und obendrauf noch einen innerdeutschen Krieg. Er verstand nur nicht, warum das Mordkomplott der Direktorin den Doktor offenbar kaltließ. Wie konnte ausgerechnet er, der doch damals den Krieg beendet hatte, hier lustig angetütert rumsitzen, saufen und seelenruhig davon erzählen?

»Ich sitze hier und saufe«, sagte Abuschenko und rieb sich die Wampe, »weil mich bald nicht mehr angeht, was ihr Kartoffeln macht. Noch vor dem Anschlag auf den Bundeskanzler werde ich nicht mehr hier sein. Moskau hat mich zurückberufen. Nach fünfundzwanzig Jahren ist jetzt Schluss. Es gibt hier nichts mehr für mich zu tun. Ich muss für den Großen Bruder nur noch diesen letzten Auftrag erledigen«, brummte Abuschenko. »Ich muss dafür sorgen, dass das Attentat auf Willy Brandt durchgeführt wird und der Bundeskanzler die DDR nur noch im Liegewagen verlässt. Zu dem Zweck habe ich die Kinder in den Karzern eingeschlossen, bis die Direktorin wieder im Haus ist und sich ihrer annehmen kann …«

Labensky schüttelte den Kopf, wollte das nicht wahrhaben. Nicht mal auf einen Kriegshelden wie den Doktor war noch Verlass.

»Aber …«, stotterte Labensky schier verzweifelt, »aber warum?«

»Das Zentralkomitee meiner Heimat, also der Große Bruder in Moskau, befürwortet die Anschlagspläne«, antwortete Abuschenko. »Die Lager beider deutschen Länder sollen sich nach Brandts Ableben die Köpfe einschlagen, damit die deutsch-deutsche Frontstellung bestehen bleibt. Nur so fällt auch der Eiserne Vorhang nie, und der Westen kann Mütterchen Russland niemals wieder behelligen.«

Labensky schenkte der strategischen Erklärung keine Beachtung.

»Sie können doch nicht ...!«, knurrte er. »Sie müssen doch ...!«

»Taiga oder St. Petersburg«, kannte Abuschenko keine Gnade.

Labensky begriff nicht, unruhig wie ein Sittich auf der Stange.

»Taiga oder St. Petersburg«, wiederholte der Doktor ungerührt.

»Ich persönlich habe gar nichts gegen Willy Brandt. Was den Konsum angeht, könnten wir Brüder sein. Aber das Zentralkomitee stellt mich vor die Wahl: Entweder, ich verweigere den Auftrag und Brandt überlebt – dann verbringe ich den Rest meines Lebens auf einem Posten am hintersten Rand der Taiga, im Exil. Oder aber ich sorge dafür, dass dem Bundeskanzler das Licht ausgeknipst wird – dann steht mir eine Position als Adjutant des Marschalls von St. Petersburg in Aussicht, mit Ehrensold bis an mein Lebensende.«

Labensky wollte es nicht wahrhaben. Der Doktor machte sich die Hände schmutzig, er ging sogar über Leichen, nur um in Saus und Braus alt werden zu können. Als hätte er sein Leben lang nicht schon genug gefeiert. Labensky spürte die Wut in sich hochsteigen.

Er hatte sich eigentlich fest vorgenommen, als Spezialkraft der Republik keine Mucken zu machen, aber hier war seine rote Linie, das ging eindeutig zu weit. Er erhob sich und bestand darauf, IM Schleicher und IM Schläfer auf der Stelle aus den Karzern zu befreien.

Der Doktor erhob sich ebenfalls. Mit unwilligem Grunzen baute er sich vor Labensky auf wie eine Mauer. »Mir sind leider die Hände gebunden. Ich kann nicht genehmigen, dass der Weltgeschichte und meinem Lebensabend ein idiotischer, feuerlegender, in Verschlusssachen herumschnüffelnder Heizer in die Quere kommt.«

Labensky schüttelte den Kopf. Er wollte hinauseilen, um als offensichtlich Einziger das einzig Richtige zu tun, doch ehe er in Bewegung kam, griff der Doktor an seinen Gürtel und zückte eine Waffe, die Labensky bis dahin nur aus Filmen kannte. Weiß wie ein Knochen, als sei er selbst im falschen Film gelandet, blickte er in den kugelrunden Lauf einer schallgedämpften Makarow-Pistole.

11

AGENTENSCHLEUSUNGSTUNNEL

»Maka-was?« Ben, der Junge im Bus, riss die Augen auf.

»Makarow!«, wiederholte Labensky und machte gleich noch größere Augen, während Mila ihn kopfabwärts taxierte, als würde sie nach Einschusslöchern oder zumindest ein paar Narben suchen.

Der Reisebus verließ Sachsen-Anhalt, bog an der Landesgrenze ab auf die A14 und näherte sich Leipzig. In den Fenstern wichen Windräder auf sonnengelben Feldern bald sattgrünen Speckgürteldörfern und Vorstadtsiedlungen, während die Kinder mit glühenden Wangen lauschten, an Labenskys Lippen hingen und sich fragten, wie er es geschafft hatte, dem Doktor zu entkommen.

»Ich hab das nur mit ganz viel Mut geschafft«, sagte Labensky, noch ehe sie ihn fragen konnten. Er klang wie ein Kriegsversehrter, auf jeden Fall wie einer, der sein Leben riskiert haben musste. »Ich hab damals mein Leben riskiert«, sagte er sicherheitshalber dazu.

Die Busfahrt mit den Kindern neigte sich ihrem Ende zu, und Labensky spürte, dass auch er mit seiner Geschichte zu einem Ende kommen musste. Also erzählte er schnell weiter, sprunghaft jetzt, was nicht allein der Eile, sondern auch seiner unzusammenhängenden, teilweise wild zerschossenen Erinnerung geschuldet war.

Damals, dem bewaffneten Doktor gegenüberstehend, hob Labensky unvermittelt wieder an, sah er die auf ihn gerichtete Pistole vor seinen Augen und damit sein Ende. Er hatte innerlich schon abgeschlossen und alle Siebensachen gepackt, war auf halbem Weg in die ewigen Jagdgründe gewesen, so erzählte er, da, plötzlich, war es ihm eingeschossen: Keine Kugel. Ein Gedanke.

Er musste, wie immer, wenn er in Schwierigkeiten steckte, an Gojko Mitić denken wie an einen Retter, den er manchmal rief. Wie oft hatte der sich als Mohikaner Chingachgook in genau dieser ausweglosen Lage befunden. Und wie oft hatte der ganz einfach seinen Skalp und alle Stammesbrüder gerettet, indem er mit denen, die ihm ans Leder gewollt hatten, die Friedenspfeife geraucht und Feuerwasser geschluckt hatte? Labensky fiel wieder ein, was der Doktor über seinen Schwachpunkt gesagt hatte, über die klaren und die gelben Wässerchen. Er witterte in diesem Schwachpunkt eine Chance.

Er ignorierte die Waffe, die auf ihn gerichtet war, nahm die Flasche Falckner Whisky und schenkte sich und Abuschenko ein.

»Darauf muss man trinken!«, rief Labensky und hob das Glas.

»Worauf?« Der Doktor hielt mit seiner Drei-Finger-Hand die Pistole, die andere klimperte mit dem Schlüsselbund in der Tasche.

»Auf Ihre Jahre an der Front!«, meinte Labensky. In Genießermanier schwenkte er den Schluck. Dann, todesmutig, stürzte er die vierzig Umdrehungen die Kehle runter, als gäbe es kein Morgen.

Abuschenko sah Labensky prüfend an. Er betrachtete seine Pistole. Dann betrachtete er den DDR-Malt wie eine Geliebte, der er mit Haut und Haaren verfallen war und der er einfach nicht widerstehen konnte. »Auf meine fünfundzwanzig Jahre an der Front«, grinste der Doktor.

Er nahm die Pistole runter, ergriff das Glas und schlug offiziersmäßig die Stiefelhacken unter dem Tisch zusammen. »Twojo sdorowje!«

Labensky schenkte sofort nach. Der Doktor sollte gar nicht erst wieder auf dumme Gedanken kommen, und um ihn abzufüllen, musste ihm reichlich verabreicht werden. Abuschenko war am Glas eigentlich unbezwingbar, brachte ja fast doppelt so viel auf die Waage und war noch dazu ein erfahrener Hartstoffvernichter, der das allerstärkste Zeug gewohnheitsmäßig wegsoff wie die Kuh das Wasser. Aber er hatte schon zwei Tagesflaschen Goldbrand Vorsprung, was in diesem Fall ein Nachteil für ihn war. Und auch Labensky, der um Schnaps zwar meistens einen Bogen gemacht hatte, war immerhin kein ganz blutiger Anfänger. Jedenfalls hatte er aus Abspeckungsgründen bereits die eine oder andere Bockwurst-Wodka-Diät hinter sich gebracht: Jeden Morgen ein Glas Wodka, mittags ein großes mit Redukal-Grießmasse und dazu eine Bockwurst, abends wieder Wodka satt – solche Experimente hatte er durchgezogen, ohne auch nur ein Kilo zu verlieren.

»Wohlsein!«, prostete Labensky und spülte den Fusel weg, ohne sich die Überwindung seines Magens anmerken zu lassen.

»Na sdorowje!« Der Doktor war auf den Geschmack gekommen. Er legte die Pistole auf dem Tisch ab und lehnte sich im Stuhl zurück. Labenskys Politik der Entspannung zeigte Wirkung.

»Zum Wohl!«

»Twajo sdorowje!« Abuschenkos Pupillen verengten sich.

Auch auf Labenskys Kutter gingen bald alle Lampen an, aber da musste er jetzt durch. Er musste den Doktor außer Gefecht setzen.

»Auf die DDR!«, legte er stramm den Kopf in den Nacken.

»Auf Mütterchen Russland!«, besserte sich Abuschenkos Laune.

Labensky schüttelte sich. Er dachte an die zwei Kinder, die oben in den winterkalten Karzern hockten und demnächst zu Skorpionen würden, wenn er sie nicht rettete. Also schenkte er immer nach, holte noch mehr Flaschen aus der Vitrine, aus der er zuvor ja schon versehentlich den Schilkin-Gin gezogen hatte, und tischte dem Doktor die erlesensten, hochprozentigsten Tropfen auf: Cristal-Angélique-Likör. Gravensteiner Apfel. Echten Nordhäuser. Angostura Bitter. Ernte-Krone. Havana Club. Bärensiegel-Doppelweizen. Bussard-Champagner. In Labensky prickelte es vom Bauch bis in die Nase, und auch der Doktor ließ sich die Vorräte der Direktorin der Reihe nach gern schmecken. Er schwitzte und knöpfte die Uniform auf, um seinem Bauch Luft zu verschaffen. Labensky nutzte den Moment, griff in die Pillendose der Direktorin, bunkerte die Schlaftabletten in seiner Hand und zerbröselte sie mit seinen Wurstfingern.

»Trinken ohne Trinkspruch ist Sauferei!«, brummte der Doktor. Er war schon bald geladen wie eine Petersburger Strandhaubitze.

Labensky stimmte zu und schenkte nach. Dabei ließ er den Tablettenstaub in seiner Hand ins Glas des Doktors rieseln, um ihm den Rest zu geben und ihn friedlich in den Schlaf zu schaukeln. Er servierte einen Schlummertrunk nach dem anderen, konnte sich selbst bald kaum noch auf dem Stuhl halten. Das Arbeitszimmer drehte sich. Aus einem saufenden Doktor vor seinen Augen wurden allmählich zwei, und aus irgendeinem Grund fand er das furchtbar witzig, musste er prustend darüber lachen.

Abuschenko grummelte behaglich. Er steckte locker noch sechs oder sieben Runden weg. Erst dann stellten sich Anzeichen mittelschwerer Müdigkeit ein. Von Runde zu Runde hob er langsamer das Glas. Auf Trinksprüche verzichtete er bald ganz, und irgendwann war es, als wäre er nicht mehr Herr seiner Sinne, als würde eine Maske fallen.

Ins Gesicht des Doktors trat ein Ausdruck, den Labensky nur zu gut aus seiner Heimat kannte, aus den rotnasigen, pickepackevollen Tresengesichtern im Bierhimmel, von Nachkriegsmännern, blitzblau wie gestopfte Ferkel, die es ab einem bestimmten Pegel drängte, sich die Seele vom Leib zu reden und ihrem Beichtvater, also dem Wirt, die geheimsten Geheimnisse und Sünden zu gestehen.

»Weißt du was, Labamsky?«, brummte Abuschenko.

»Ich weiß von nichts«, behauptete Labensky vorsichtshalber.

»Die Finger liegen nicht auf dem Reichstag«, schnaufte der Doktor und präsentierte wieder seine linke Hand, an der Daumen und Mittelfinger fehlten. »Ich hab die Flagge nie gehisst. Bin auch noch nie wirklich in Berlin gewesen. Hab gar nicht den Krieg beendet.«

Labensky beugte sich über den Tisch und goss sich, aber vor allem dem Doktor sicherheitshalber noch ein Glas Schaumwein ein.

»Es war alles eine große Lüge«, gestand Abuschenko lallend. Er habe das nie einer Menschenseele erzählt, doch er sei überhaupt kein Doktor. Und erst recht kein Held der Sowjetunion. Er habe das alles nur erfunden, um ein gutes Leben in der DDR zu haben. Die Verbundenheit zum Großen Bruder? Der rote Stern auf der Kühlerhaube seines Moskwitsch? »Alles Scharade«, stöhnte Abuschenko.

Reumütig erzählte er, dass er die Finger in Wahrheit schon lange vor dem Krieg verloren habe, als ganz junger Mann. Es sei auf dem Bauernhof seines Onkels im Wolga-Tal passiert, genauer gesagt auf einer Kuhweide, beim Schließen des Viehgatters. Da habe er, damals schon an der Flasche hängend wie ein Säugling, einen Moment nicht aufgepasst und sich die Pfoten zu Brei zerquetscht. Und mit zerquetschten Pfoten hätten sie ihm kein Gewehr mehr in die Hand gegeben, ihn nicht mehr an die Front gelassen. Und das habe ihn, wenn er ganz ehrlich sein solle, auch nicht gestört. Sollten sich in Europa doch alle über den Haufen schießen, habe er sich damals im schönen, ruhigen Wolga-Tal gedacht und sich mit seinen zerquetschten Pfoten seine zerquetschten Selbstgedrehten angesteckt.

Labenskys Leber ächzte, winselte um Gnade. Er läutete die letzte Runde ein, bereit, dem selbst ernannten Doktor den Rest zu geben.

Nur als der Krieg vorbei war, fuhr Abuschenko fort, da habe es ihn dann doch plötzlich in die weite Welt gezogen. Und weil zu dieser Welt dann ja auf einmal auch die DDR gehörte und weil das erste Opfer des Krieges immer die Wahrheit sei und weil die Wahrheit in der DDR schon damals relativ gewesen sei, habe er es einfach gemacht wie die Direktorin und sich eine hübsche kleine Legende ausgedacht, um als einfacher Viehbauer, der sich als sowjetischer Kriegsheld ausgab, im Bauernstaat seinen Schnitt zu machen.

Labensky hörte schon gar nicht mehr richtig hin. Er war längst voll wie ein brandenburgischer Bürstenbinder. Er wartete nur noch, dass Abuschenko endlich satt war und er den Laden dichtmachen konnte. Bezecht sah er zu, wie so etwas wie Erleichterung im Gesicht des Doktors Platz nahm. Er schloss beim Erzählen immer häufiger die Augen, als hätte er nun seinen Frieden gemacht und sich von einer schweren Last befreit. Das Schaumweinglas lag schräg in seiner Hand. Labensky hörte ihn noch so was Ähnliches wie seinen Namen stöhnen: »Lawansky«, »Grabowski«, »Leninsky«. Dann gingen die Geräusche über in ein lautes, rummelndes Schnarchen. Atemzug um Atemzug schlief Abuschenko ein.

Labensky, bereit zur Flucht, aber breiter als ein Biberschwanz, stand auf. Er wollte zur Tür hinausrennen, als ein unsichtbarer Vorschlaghammer seinen Schädel traf, taumelnd fiel er zurück auf den Stuhl. Er probierte es noch mal, kämpfte, schwankte, torkelte.

Mit waghalsigem Schwung umrundete er den Schreibtisch. An den Geheimordner mit den Geheiminformationen verschwendete er keinen Gedanken mehr, ließ ihn einfach auf dem Schreibtisch liegen. Dafür schnappte er sich die Makarow, wedelte mit der Pistole vor Abuschenkos Augen, um sicherzugehen, dass der Doktor schlief. Er schnarchte wie ein sibirischer Braunbär nach der Brunft, gab Laute von sich, als hätte er das halbe Uralgebirge in der Nase.

Labensky versuchte, klar zu denken. Ihn hatte jedes Zeitgefühl verlassen.

Draußen vor dem Fenster tanzten dicke Schneeflocken. Er konnte unmöglich mit nackten, blutenden Füßen flüchten, also zog er dem Doktor die Offiziersstiefel aus, um sie ihm sozialistisch zu enteignen. Das Innenfutter stank nach totem Ziegenbock. Er schlüpfte hinein und musste aufpassen, in den riesigen Baikalkähnen nicht umzufallen. So würde er nicht weit kommen, dämmerte es Labensky, der beschloss, in der Uniform des Doktors nach den Türschlüsseln für die Karzer zu kramen. In der Brusttasche klimperte etwas. Und weil Labensky keine Zeit zu verlieren hatte und weil er dringend noch etwas zum Überziehen brauchte und weil Enteignungen ja nie bei einer einzigen Enteignung haltmachten, friemelte er Abuschenko nun auch noch die Uniform vom Leib.

Sie war vier Nummern zu groß, hing ihm bis über die Knie. Er sah aus wie eine sternhagelvolle Vogelscheuche, aber in den Innentaschen tastend, hielt er bald nicht nur die Schlüsselgewalt über das Internat in seiner Hand, sondern, wie auf Bestellung, auch den Schlüssel für den Fluchtwagen, für Abuschenkos Russenkübel.

Eigentlich alles, was danach geschah, erlebte Labensky buchstäblich wie im Rausch. Später, viel später, als er allmählich wieder zu sich kommen sollte, erinnerte er sich selbst nicht mehr genau, was in dieser Nacht im Dezember 1969 – zwei Tage vor Heiligabend, drei Monate vor Willy Brandts erstem Staatsbesuch in der DDR – wirklich geschah. Er sollte nur noch verschwommene Bilder vor seinem geistigen Auge sehen. Bruchstückhaft, fast wie im Traum, sollte sich bei rasenden Kopfschmerzen vor ihm abspulen, wie er sich irgendwie die Treppe des Internats hinaufschleppte. Wie er die Türen zu den Karzern aufschloss und wie er IM Schleicher und IM Schläfer weckte. Wie er sie an die Hand nahm und beschützte. Und wie sie ihn an die Hand nahmen und stützten.

Und schon das nächste Bild, auf das Labensky dann später noch Zugriff haben sollte – als sei der Film in seinem Kopf zwischenzeitlich gerissen –, war ein junger Mann in Olympia-Nicki und Offiziersuniform am Steuer eines sowjetischen Geländewagens.

Die Kinder, in Nachthemden und Schlafpantoffeln auf dem Rücksitz, klapperten mit den Zähnen. Schnee peitschte auf die Kühlerhaube, bedeckte Abuschenkos roten Stern wie ein Geheimnis. Labensky blinzelte durch die Windschutzscheibe. Mit Promille auf dem Kessel suchte er das Gaspedal. Er drückte es voll durch bis zum Anschlag, ließ den Moskwitsch von der Leine, die Tachonadel zitterte, und der Wagen begann zu fliegen wie ein geölter Blitz. Baumketten rasten vorbei, schwarze Vogelscheuchen in der Nacht.

Labensky hielt sich mehr am Lenkrad fest, als dass er lenkte, während sich die Villa rasant im Rückspiegel entfernte. Das Licht im Zimmer der Direktorin wurde schwächer, die Villa kleiner und kleiner, bis das Schneetreiben sie verschluckte. Bis das Internat, in dem immer noch acht Kinder schliefen, im Walddunkel verschwand.

Der Junge und das Mädchen auf dem Rücksitz sahen dem Ort noch in die Finsternis hinein nach. Nicht wie einem Zuhause, in dem sie ein paar Jahre gewohnt hatten und linientreu erzogen worden waren, sondern wie einem Gefängnis, in dem man sie gegen ihren Willen festgehalten hatte.

Labensky stellte sich den Kindern vor als Onkel Heinzi. »Ihr braucht keine Angst mehr zu haben«, keuchte er, während er in irrwitzigen, halsbrecherischen Schlangenlinien durch die Nacht bretterte. Er selbst hatte mehr Angst als die Kinder. Der Junge und das Mädchen saßen schweigend hinter ihm.

Er hatte keine Vorstellung, wohin er fuhr. Der Scheibenwischer kämpfte mit dem Schnee, der Moskwitsch schaukelte bedenklich, brachte ein Höllentempo auf die Straße, im Scheinwerferkegel die immer gleichen Abzweigungen und Bäume. Labensky kam es vor, als absolvierten sie eine herrliche Verfolgungsjagd, nur ohne Verfolger, dafür in einem Labyrinth, aus dem es keinen Ausweg gab.

Über die Schlaglöcher rumpelnd, die ihm schon bei seiner Ankunft aufgefallen waren, wurde ihm speiübel. Sein Magen protestierte. Der Bussard-Champagner schäumte in seinem Bauch, wollte zurück ans Licht, suchte ebenfalls einen Ausweg, und zwar schnell.

Labensky riss das Handschuhfach auf, wühlte nach irgendetwas, in das er bei voller Fahrt hineinspucken konnte, und fand nicht mehr als eine Flasche Kumpeltod, eine Packung Jubilar-Zigaretten und ein dickes gefaltetes Stück Papier. Labensky faltete es auf und hielt keine Brechtüte, sondern eine Art Landkarte in der Hand.

Er versuchte, die Übelkeit in Schach zu halten, die Rebellion in seinem Bauch so wie ein Großer Vorsitzender zu unterdrücken. Er drehte die Karte linksrum, rechtsrum. Er ging etwas vom Gas und nahm sie genauer unter die Lupe. Es war so was wie eine Straßenkarte, die Abuschenko mitsamt dem Grubenfusel offenbar immer mit im Beiboot hatte. Je länger Labensky sie inspizierte, desto mehr sah sie aus wie eine Schatzkarte, die vom Internat aus kilometerweit nach Westen führte, bis an die innerdeutsche Grenze. Bis zu einem winzigen Punkt, der wie eine geheime Zielmarkierung auf der Karte lag. »AST« stand da, in handschriftlichen Buchstaben.

Bitte nicht, stöhnte er, nicht schon wieder eine Abkürzung. An Labenskys Gedankentheke waren Klare gerade aus. Er hatte alle Hände und Füße voll damit zu tun, nicht Gas und Bremse zu verwechseln, den schlingernden Moskwitsch auf der Straße zu halten.

»AST …«, murmelte er. »Anschlusstor? Ausreisestelle? Arbeitersammeltreffpunkt?« Sein Schädel dröhnte bis in die Uckermark.

»Agentenschleusungstunnel!«, riefen die Kinder gleichzeitig.

»Agenten … was?«, hickste Labensky überrascht.

»Agentenschleusungstunnel«, wiederholten die Kinder. Es war das erste Mal, dass er die beiden sprechen hörte. Ihre Stimmen klangen hell und aufgeregt, als würden sie diesen Tunnel kennen. Sie baten Labensky, der Kartenführung zu folgen und sie bis zur Grenze zu bringen. Dann, warum auch immer, riss sein Film erneut.

Das Letzte, was er dann später noch in seinem Brummschädel zusammenbauen konnte, war, dass er plötzlich nicht mehr im Moskwitsch saß, sondern in viel zu großen Offiziersstiefeln durch ein verschneites Waldstück stapfte, mit den zwei Kindern an der Hand.

Die Nacht war eingebrochen, der Wind massierte ihre Gesichter. Es war so kalt, dass sie ihren Atem sehen konnten, und es musste irgendwo in Thüringen gewesen sein, in der Nähe eines Dorfes namens Wendehausen. Ein Trampelpfad führte durchs Unterholz bis an die Waldkante. Der Mond stand hell, und in der Ferne konnte man die Wachtürme des Schutzstreifens und Grenzzauns sehen.

Labensky und die Kinder folgten der Karte, und irgendwann, nach Minuten oder Stunden, standen sie vor einem schwarzen Loch.

Versteckt wie ein Fuchsbau lag es unter haufenweise Laub, eingezwängt in die verschlungenen Wurzeln einer Baumgruppe. Auf den ersten Blick sah es aus wie ein Wasserrohr, gebaut aus Stein, gut einen Meter breit und einen Meter hoch. Ein Kriechkeller. Ein Schlupfloch im Eisernen Vorhang. Labensky hatte schon die abenteuerlichsten Geschichten von Löchern dieser Art gehört, angeblich gab es Hunderte geheime Übergänge zwischen Ost und West. Nun stand er leibhaftig vor dem

Eingang zu einem Tunnel, der die Sperrzäune, Minenfelder und Selbstschussanlagen unterlief.

Es war wie eines dieser Wurmlöcher, die Labensky aus den Weltraumabenteuergeschichten von Dig, Dag und Digedag kannte und die von einer Galaxie in eine ganz andere führten.

Wie lang die Röhre war und was auf der anderen Seite des Grenzzauns auf einen wartete, das wusste nur der Geier, also der VEB Horch, Guck und Greif. Aber zu Labenskys Erstaunen schienen die Kinder keine Angst zu haben. Sie zögerten nicht. Furchtlos wie erfahrene Agenten stiegen sie in den Tunnel, der Junge voran, das Mädchen hinterher. Sie seien schon einmal drüben gewesen, erklärten sie ganz selbstverständlich, als GI im Operationsgebiet.

Labensky stutzte. Als was?

»Als Geheime Informatoren«, sagten die Kinder. Die Direktorin hätte sie fortgeschickt, und der Doktor hätte sie hierhergebracht. Dann seien sie auf ihren Befehl hin durch das Rohr gekrochen und hätten als Nachwuchsspione tagelang den Westen unterwandert, um Informationen für das Ministerium für Staatssicherheit zu sammeln.

Endlich kam Labensky auf den Trichter: Hierhin waren die Kinder abkommandiert worden. Man hatte sie für Spionageakte hinter feindliche Linien beordert. Das war mit Spezialtraining gemeint.

»Danke, Onkel Heinzi«, sagte das Mädchen, als hätte er ihre Leben gerettet. Die Kinder waren bereit, ein letztes Mal durch den Tunnel zu kriechen, um für immer auf der anderen Seite zu bleiben.

Labensky fragte sich, ob er ihnen reinen Wein einschenken sollte, dass ihre Eltern sich noch immer diesseits der Grenze befanden und in der Sonderhaftanstalt Bautzen II einsaßen. Aber dann beschloss er, dass er für einen Abend schon genug ausgeschenkt hatte und dass es nur darauf ankam, die Kinder in Sicherheit zu bringen.

»Komm mit uns mit«, sagte der Junge und streckte ihm die Hand entgegen. Sie wollten, dass der randvolle Onkel Heinzi sie begleitete, während die Wirkung in Labenskys Blut nachließ. Dumpf wurde ihm bewusst, dass Mielkes Firma, also die Stasi, nach dieser Aktion nicht nur die Kinder, sondern vor allem ihn jagen würde.

Er stellte sich vor, die DDR hinter sich zu lassen, überzulaufen und die Kinder in den Westen zu begleiten. Er dachte an all das, was er über das Leben dort erfahren hatte: an die funkelnden Kaufhallen, die schönen Autos und vor allem an die barbarisch leckeren, unbegrenzt verfügbaren Pommfritz. Ihm lief das Wasser im Mund zusammen. Er sah, wie die Kinder in den Tunnel krochen, der Freiheit entgegen. Jetzt oder nie, dachte Labensky. Was hielt ihn auf?

12

PRIVATISIERUNG DER ARBEITSKRAFT

Die Lautsprecheranlage im Bus knarzte. »Leipzig«, seufzte Busfahrer Muhibija ins Mikrofon, als sei ihm dort schon mal das Herz gebrochen worden. Der Rest der Durchsage ging in Lärm und Hektik unter.

Rentnerinnen tauchten aus ihren Illustrierten auf. Die Frauen mit den ananasgelben Haaren klirrten mit ihren Rotkäppchen-Sektflaschen, während der junge Achim Mentzel mit Plumpsklogeruch aus der Toilette gestolpert kam und manche Mitfahrer so eilig nach ihren Rucksäcken und Taschen griffen, die Ellbogen im Gang ausfuhren, als fürchteten sie, jetzt oder nie mehr aus dem Bus zu kommen.

Auch Labensky hob den Kopf und sah aus dem Fenster. Der Bus rollte stadteinwärts eine breite, dreispurige Straße entlang, vorbei an einem Zoo und einem Stadion namens Red Bull Arena.

In der Ferne erhob sich eine helle, dreischiffige Kirche zwischen Bürogebäuden, die sich angeberisch zum Himmel dehnten. Drei grüne Ampeln weiter näherte sich der Bus dem Zentrum. Geschmeidig durchkurvte er die Innenstadt und bog schließlich, gleich hinter dem Hauptbahnhof, in ein dreigeschossiges Betongebäude voller großer grüner Reisebusse. »Deutschlands modernster Fernbus-Terminal«, gab Busfahrer Muhibija durchs Mikrofon bekannt und brachte den Bus auf einem der vielen Parkplätze zum Stehen.

Widerwillig schoben sich Mila und Ben von ihren Sitzen. In Labenskys Augen sahen sie aus, als würden sie am liebsten weiterfahren, das Wochenende mit ihrem Vater sausen lassen und stattdessen noch eine Abenteuergeschichte von ihm hören. Suchend hielt er auf dem Bussteig Ausschau nach einem Mann, der aussah wie ihr Vater, während die Kinder überhaupt keine Anstalten machten, auszusteigen, ehe er ihnen verriet, wie seine Flucht aus dem Spezialheim denn nun endete. »Jetzt oder nie …«, wiederholte Ben genau die Worte, bei denen Labensky gerade abrupt stehen geblieben war.

»Sind Sie auch in den Westen geflüchtet?«, fragte ihn Mila.

Labensky runzelte die Stirn und horchte in sich hinein, als müsste er sich selbst vergewissern, wie er sich damals entschieden hatte.

Busfahrer Muhibija beugte sich von seinem Fahrersitz aus in den Gang und bat die Kinder auszusteigen, um für neu zusteigende Fahrgäste Platz zu machen, aber die beiden rührten sich nicht vom Fleck. Gespannt warteten sie auf Labenskys Antwort.

»Liebe ist, wenn es Landliebe ist«, sagte Labensky und machte ein Gesicht, als erklärte dieser Satz schon alles.

Der Junge und das Mädchen fixierten ihn mit fragenden Blicken, als erklärte dieser Satz noch überhaupt nichts.

Labensky seufzte. »IM Schleicher und IM Schläfer sind allein in den Westen gekrochen. Ich bin im Osten geblieben. Der Osten, also die DDR, das war ja mein Zuhause.« Ein Zuhause voll mit Mielkes Firmenspitzeln und geisterhaften Nazimonstern wie der Direktorin, dachte er still. Vielleicht, dachte er dann, war es das, was das Mädchen am Anfang dieser Busfahrt mit »paradox« gemeint hatte.

Labensky starrte vor sich hin. In seiner Brust, an einem noch weitgehend unerforschten Punkt links oberhalb der Magengegend, drückte jetzt ein dumpfer Schmerz. Ihm dämmerte, dass ja eigentlich die ganze Geschichte, die er den Kindern während dieser Fahrt erzählt hatte, in sich paradox war: Er hatte den Spezialeinsatz schließlich nur angenommen, um als Held der Republik berühmt zu werden. Um Rita zu beeindrucken und ihr zu beweisen, dass auch einer wie er fernab von zu Hause etwas aus sich machen konnte.

Aber alles, was er aus sich gemacht hatte, war kein Held der Nation gewesen, sondern ein Heizer auf der Flucht. Alles, was ihn in die Hauptstadt der DDR hatte befördern sollen, an Ritas Seite, hatte ihn bis an den innerdeutschen Grenzzaun getrieben. Alles, was ihn zu Rita hatte führen sollen, hatte ihn um ein Haar für immer von ihr weggeführt.

Busfahrer Muhibija war drauf und dran, die Kinder wie Leergut aus dem Bus zu schieben. Er packte die beiden jetzt an den Händen, um ihnen Beine zu machen. Ben sah Labensky zum Abschied an wie einen Kauz, der sich irgendwie in diesen Bus verirrt hatte.

Mila schüttelte den Kopf über ihn und betrachtete ihn irritiert.

»Diese Rita hatte recht«, meinte sie, ehe sie sich umdrehte und mit Sack und Pack hinausbefördert wurde. »Sie sind 'ne Marke!«

Auf dem Bussteig, erkannte Labensky, war weit und breit kein Vater der Kinder zu sehen, nicht mal ein Erzeuger, der auf sie wartete. Verloren trotteten sie über den Parkplatz, das Mädchen ging voran, der Junge hinterher. Labensky winkte und blickte den beiden nach, so, wie er auch IM Schleicher und IM Schläfer nachgeblickt hatte. Er fragte sich, wie die wohl damals im Westen zurechtgekommen waren, ganz ohne Eltern, ganz auf sich allein gestellt.

Und dann, wie automatisch, dachte Labensky wieder an diesen Brief, der in seiner Jackentasche steckte. An den Grund, warum er überhaupt in diesem Bus saß und nach Rostock-Warnemünde fuhr.

Auch Ritas Tochter hatte ihre Mutter nie kennengelernt. So hatte sie es ihm geschrieben. Und was, wenn der Grund dafür war, dass Rita vielleicht wirklich etwas zugestoßen war? Was, fuhr es ihm jetzt plötzlich noch stärker als schon am Morgen ein – er konnte den Gedanken nicht länger wegdrücken –, was, wenn sie tatsächlich diese unbekannte Frau in der Grube war, die in Berlin gefunden worden war? Labensky spürte einen Druck in seiner Brust, als sei zu viel Luft in seiner Lunge. Dann war es allein seine Schuld, dachte er. Dann hatte er Rita nicht genug beschützt.

Es schnürte ihm die Kehle zu. Da waren sie wieder, die Vorwürfe. Da war wieder diese Anklagebank, und noch immer saß er in der ersten Reihe.

Busfahrer Muhibija gönnte sich eine Raucherpause, sprach von dreißig Minuten Aufenthalt in Leipzig, aber Labenskys nagende Gedanken gingen schon wieder auf Durchreise. Er kramte in seinen Erinnerungen. Angestrengt versuchte er sich zu erinnern, wie die Geschichte damals, nach dem Ausbruch aus dem Spezialheim und seiner Flucht bis an den Grenzzaun, weitergegangen war.

Natürlich war er damals nicht aus reiner Landliebe, also aus Liebe zur DDR, im Osten geblieben. Natürlich, rief er sich wieder ins Gedächtnis, hatte er nur Rita zuliebe nicht das Land verlassen.

Zwar war der Einsatz, mit dem er sie von sich und seinen tief verborgenen Talenten hatte überzeugen wollen, unterm Strich nicht der Erfolg geworden, den er sich erhofft hatte. Genauer gesagt war dieser Einsatz ziemlich aus dem Ruder gelaufen und in die Grütze gegangen. Auszeichnungen hatte es nicht geregnet, stattdessen höchstwahrscheinlich einen Suchbefehl, auf dem »Diebstahl«, »Sabotage«, »Landesverrat« und der Name »Heinz Labensky« standen.

Und doch hatte sich etwas Entscheidendes verändert: Er hatte, bei allem Schlamassel, begriffen, dass Titel und Verdienstorden wie die von Abuschenko und der Direktorin doch nur Schall und Rauch waren. Dass die Welt da draußen noch bedrohlicher war, voller Lügen und Gefahren. Und dass er Rita in dieser Welt beschützen musste, auch dann, wenn sie es gar nicht wollte.

Nach Briesen, wo die Stasi ihn sicher als Erstes suchte,

konnte er sowieso nicht mehr zurück. Und wo sonst sollte er also hin?

Er hatte Rita damals schon seit sechseinhalb Jahren nicht mehr zu Gesicht bekommen. So viel hatte sogar er als Rechenniete raus. Das Letzte, was er von ihr wusste, war, dass sie kurz nach ihrem siebzehnten Geburtstag nach Berlin gefahren war, um nicht am Dorfmief zu ersticken, sondern in der Hauptstadt zu studieren.

Er hatte keine Anschrift von ihr. Keine Adresse. Nicht den Hauch einer Spur. Aber er war mittlerweile im Besitz von etwas, was in der DDR noch angesehener und noch begehrter, nämlich noch viel schwieriger zu kriegen war als Titel, Ehrungen, Auszeichnungen: Er hatte das, was man im Volksmund einen heißen Ofen nannte. Eine Benzinkutsche. Eine Schüssel zum Glück, wie manch einer im Osten sagte. Während andere seit Jahren auf ihre Trabant-Nuckelpinne warteten, hatte er – und das war ein echter Glücksfall, ein nicht zu unterschätzender Fortschritt! – einen funkelnden dunkelgrünen Straßenkreuzer, um Rita auf gut Glück hinterherzufahren. Ein Prachtauto, um sich ihr in Berlin als Held des Fortschritts, also als motorisierten und gemachten Mann von Welt zu präsentieren.

Für einen flüchtigen Heizer, dem Mielkes Schlapphüte an den Fersen klebten, gab es keinen unverdächtigeren Wagen als Abuschenkos Russenkübel, um unerkannt dem Labyrinth des Thüringer Waldes zu entkommen und ohne Personenkontrollen quer durch die halbe Republik zu fahren, über drei staatliche Verwaltungs- und Bezirksgrenzen hinweg durch Erfurt, Halle, Potsdam.

Und so kam es, wie Labensky sich jetzt im Bus zurückerinnerte, dass er es zu Beginn des Jahres 1970 einfach tat: dass er die sagenumwobene Hauptstadt der Republik ansteuerte, um Rita zu suchen und in diesem Großstadtkessel zu beschützen.

Das Erste, was er damals von diesem legendären Moloch

namens Berlin zu sehen bekam, als er im Moskwitsch die rauchenden Fabrikschlote der Stadtgrenze passierte, so meinte er sich noch immer lebhaft zu erinnern, während er im Bus wieder die Augen schloss, war nicht etwa die Mauer, von der er schon so viel gehört hatte.

Das Erste, was er kreisrund leuchtend hoch über der Hauptstadt sichtete, war ein gigantisches, rätselhaftes Flugobjekt am Himmel.

Wie ein Kapitän auf hoher See manövrierte er den Wagen durch den mehrspurigen Verkehr. Die Ostberliner Luft roch nach Braunkohle und Schwefel, nach Arbeiterwerkstätten, Kohleöfen und Zweitaktmotoren, nach Hunderten tuckernder Trabants, die wie Seifenkisten über den Asphalt krochen. Aufregung kroch auch in Labensky hoch, als er im Hupen und Verkehrsrauschen aufblickte und irgendwo zwischen den Wolken eine strahlend rote Kugel erspähte, die aussah wie ein Sputnik-Satellit.

Einen Augenblick lang dachte er an *Sputnik 1,* den berühmten Sowjet-Erdsatelliten, den ersten von sozialistischer Wissenschaft gebauten Himmelskörper, der laut Partei durch sein Erscheinen am Firmament Millionen und Abermillionen Menschen bewusst gemacht habe, dass der Sozialismus siegen werde – bis er urplötzlich spurlos vom Radar verschwunden war. Unmöglich, dachte Labensky und schüttelte den Kopf. Er sah genauer hin, und ihm ging auf, dass die strahlend rote Kugel, die er am Berliner Himmel sah, doch kein Satellit war, sondern zum neuesten, fulminanten Vorzeigebauwerk der DDR gehörte – nämlich zum Berliner Fernsehturm.

Der Große Vorsitzende persönlich hatte diesen Turm erst ein paar Monate zuvor eingeweiht, als Auftakt der Feierlichkeiten zum zwanzigsten Geburtstag der Republik. Im Rundfunkempfänger war wochenlang rauf und runter berichtet worden. Von einem »Wunderwerk der Technik«, einem »Meisterstück der Republik«, einem »Symbol der Leistungsfähigkeit der DDR« war da die Rede gewesen. Zweihundert Millionen DDR-Mark hatte die »Konstruktion auf Weltniveau« gekostet. Labensky beeindruckte am meisten, dass sich auf genau zweihundertsieben Metern Höhe ein sich drehender Speisesaal befand, ein »Tele-Café«, das in der Luft schwebte wie eine Raumkapsel und dabei um die eigene Achse kurvte, sodass man beim Essen mal im Osten war und mal im Westen. Ärgerlich war nach Labenskys Meinung nur, dass dieses Vorzeigeprojekt wohl so viele Devisen geschluckt hatte, dass bei Speis und Trank anscheinend gespart werden musste: Im Tele-Café auf Weltniveau gab es nicht etwa Klopse oder Marzipankuchen zu spachteln. Stattdessen bekamen Besucher doch tatsächlich Schwalbennestsuppe oder Schildkrötensuppe vorgesetzt. Manche, die extra nach Berlin kamen, um einmal im Leben in den Wolken zu essen, wurden angeblich sogar mit Froschschenkeln abgespeist.

Auf so einen Schwindel würde er nicht hereinfallen, schwor sich Labensky. So einen Fraß würde er sich für keinen Schnäppchenpreis andrehen lassen. Mit beiden Händen umklammerte er das Lenkrad und beschloss, sich als Provinzamsel mit Stallgeruch nicht von der neuen weltstädtischen Umgebung einschüchtern zu lassen.

Der Moskwitsch rollte stadteinwärts die kilometerlange, sich weit und wichtig machende Karl-Marx-Allee entlang, vorbei an überbreiten Bürgersteigen, in den Himmel auskantenden Arbeiterpalästen und Zuckerbäckerbauten. Es war die bekannteste Meile der DDR. Labensky kannte sie von Partei-Paraden und Aufmärschen der Nationalen Volksarmee. Wie auf seinem eigenen, ganz persönlichen Triumphzug fuhr er die Straßenschlucht hinunter, bis zu einem kargen, von einfachen Wohnbauten gefassten Platz, dem sogenannten Lenin-Platz, wo ein frisch enthüllter, knapp zwanzig Meter großer, aus rotem Granit gehauener Mann mit Spitzbart auf einem hohen Sockel stand und guckte, als verstehe er keinen

Spaß. Labensky kannte diesen Lenin-Heini, wie er ihn heimlich nannte, und er wusste, dass es überall da, wo dessen bierernstes Gesicht auftauchte, nie um Spaß oder Vergnügen, sondern immer nur um Arbeit ging.

Wodurch Labensky schlagartig wieder bewusst wurde, dass auch er sich eine neue Arbeit suchen musste. Er würde Rita in der großen Stadt nicht sofort finden, er würde Zeit brauchen, so viel war klar, und so lange brauchte er ein Einkommen zum Auskommen. Vor dem Fressen kam die Arbeit. Aber welche? Als Heizer hatte er verbrannte Erde hinterlassen. Die Schlapphüte der Stasi hatten sich beim VEB Gebäudewirtschaft ganz sicher schon nach ihm erkundigt. Da konnte er sich nicht mehr blicken lassen. Was blieb ihm also übrig?

Ziellos gondelte Labensky durch die Hauptstadt und bemaß seine verzwickte Lage: Er besaß keinen Grundschulabschluss, war ein Arbeiter in einem Arbeiterstaat, der vor der Arbeit geflohen war. Einer, der noch dazu Informationen über Geheimoperationen kannte, über Anschlagspläne gegen den Friedenskanzler Willy Brandt. Was hatte er sich nur wieder gedacht? Er war in diese Stadt gekommen, um Rita zu finden, aber alles, was er zu bieten hatte, waren ein Koffer voller Probleme, ein Suchbefehl, auf dem sein Name stand, und ein enteigneter sowjetischer Geländewagen.

Als es Abend wurde, brachte Labensky den Moskwitsch am Alexanderplatz zum Stehen, direkt unter dem Fernsehturm auf Weltniveau. Dunkelheit sank über die Stadt. In den Gaslaternen schimmerten die Glühstrümpfe, und in den Altneubauplatten, hinter denen Schornsteine aufragten wie Pfeile in einem Köcher, gingen Stockwerk für Stockwerk die Wohnzimmerbeleuchtungen an. Ein Schauspiel, das Labensky amüsierte und gleichzeitig auch traurig machte. Er war kaum angekommen, und schon fühlte er sich einsam in dieser fremden, uferlosen Stadt. Hatte Rita vielleicht doch recht gehabt? War dieses Berlin gar nichts für einen wie ihn?

Seine Augenlider wurden schwer. Er lehnte den Kopf ans Fenster. Sein Blick wanderte von den Peitschenlampen entlang der Straße zum Lichtkegel unter dem großen Fernsehturm. Am Alexanderplatz hielt jetzt, da es bald dunkel war, ein Wagen nach dem anderen. Türen sprangen auf und zu, Gestalten stiegen ein und aus. In der Parkbucht ging es zu wie in einem Taubenschlag.

Labensky beugte sich ganz nah an die Scheibe. Manche Autos, in der Regel schwarze Wolgas, hatten ein leuchtendes Taxischild auf ihrem Dach. Die meisten jedoch führten kein solches Schild, und doch hatte es den Anschein, als würden sie Fahrgäste transportieren. Labensky wollte gerade überlegen, was es wohl damit auf sich hatte, da sprang die rechte hintere Tür des Moskwitsch auf, ein fremder Herr mit Schlapphut und grauem Mantel stieg auf seine Rückbank und verlangte: »Zum Ostbahnhof, aber ganz schnell!«

Labensky, überrumpelt, wollte protestieren und den Fremden gleich wieder aus seinem schönen Wagen werfen. Da fiel ihm wieder ein, dass es genau genommen gar nicht *sein* schöner Wagen war. Dann dämmerte ihm, dass er mit den Bräuchen und Sitten der Hauptstadt so wenig vertraut war wie ein brandenburgischer Bürstenbinder mit Sputnik-Satelliten. Als Nächstes befiel ihn der Gedanke, dass der Mann auf seinem Rücksitz ja auch wer weiß wer sein konnte, ein Parteifunktionär vielleicht, den er als Landei einfach nur nicht kannte, ein ganz wichtiger Bonze, der standesgemäß ein Anrecht darauf hatte, »ganz schnell« durch die Stadt kutschiert zu werden.

Auf keinen Fall auffallen, bloß nicht schon wieder Ärger mit der Ordnungsmacht, zügelte sich Labensky. Anstandslos zündete er den Motor. Wie ein duldsamer Ochse leistete er der Aufforderung Folge und ließ sich auf schnellstem Weg zum Berliner Ostbahnhof navigieren.

Dort angekommen, verabschiedete sich der namenlose

Fahrgast und drückte Labensky ungefragt zehn DDR-Mark in die Hand.

»Trinkgeld«, sagte der Mann dazu und verschwand grußlos in die Nacht. Labensky nahm die Knete dankbar an, doch dabei sollte es nicht bleiben, nicht bei den zehn Schleifen und nicht bei dieser einen Fahrt. Denn kaum war der eine Herr ausgestiegen, klopfte schon der Nächste an seiner Hintertür und stieg frei Schnauze ein.

Es war an diesem Abend, die Lichter über Berlin funkelten, da nahm etwas Wunderliches seinen Lauf, das Labensky damals nicht verstand und auch später nie wirklich verstehen sollte: Allein in jener Nacht fuhr er, ohne Widerworte und Orientierung, aber mit klaren Kommandos seiner Fahrgäste, noch eine gute Handvoll Fremder durch die schlafende Hauptstadt der Republik. Am darauffolgenden Abend, er sollte mit dem Moskwitsch erneut am Alexanderplatz unter dem Fernsehturm Rast machen, beförderte er gleich doppelt so viele Passagiere. Überall, in welche Parkbucht er sich auch verirrte, um ungestört ein Nickerchen zu halten, klopfte es an seinem Fenster. Warum er? Wie kamen diese Leute – bei Tausenden Autos im Berliner Stadtverkehr – immer wieder auf ihn?

Labensky wollte sich wundern, aber er kam gar nicht dazu. Bald chauffierte er jede Nacht ein Dutzend Leute durch die Stadt, der Ablauf immer gleich: Jemand stieg ein, sagte, wo es langging, und drückte ihm am Ende der Fahrt Moneten in die Hand. Mal waren es fünf DDR-Mark, mal aber auch fünfzehn oder sogar fünfundzwanzig, je nachdem, in welchen Gegenden er herumkutschierte. Kam Labensky die Fahrerei anfangs wie eine lästige Genossenpflicht vor, der er stillschweigend nachzukommen hatte, fühlte er sich mit zunehmenden Beträgen in der Tasche, als hätte er das große Los gezogen: Alles, was er zu tun hatte, war ein Auto zu lenken, und doch ergab sich in guten Nächten, wenn er bis Sonnenaufgang auf der Piste war, ein Stundenlohn, von dem er als Heizer nicht mal hätte träumen können.

Was ihm wie schieres Glück erschien, sollte er damals nicht ansatzweise hinterfragen, geschweige denn begreifen. Sorglos schwamm er einfach mit dem Strom. Dabei war er unversehens in eine sozialistische Marktlücke geraten, in eines der einträglichsten Schattengewerbe der DDR: Es sollte ihm damals nicht klar werden, aber im Frühjahr 1970 verdingte er sich als namenloses, gewerbescheinloses Mitglied einer nur halb legalen Schwarztaxi-Flotte, die den Personentransport der Hauptstadt notdürftig am Laufen hielt.

Der VEB Kombinat Berliner Verkehrsbetriebe, das konnte Labensky als Neuankömmling unmöglich wissen, stellte den Bewohnern Berlins zu jener Zeit gerade mal ein paar Hundert zugelassene Taxis zur Verfügung. Wolgas mit leuchtenden Schildern, aber nie genug für den Verkehr. So kam es, dass Abend für Abend auch gewiefte Bürger mit ihren Trabants loszogen, ganz normale Leute in ganz normalen Autos, die nicht auf Rechnung, sondern auf eigene Faust und gegen ein unter der Hand gereichtes Trinkgeld fuhren.

Regeln für sie gab es kaum. Schwarzfahrer durften den Offiziellen nicht in die Quere kommen. Sie sollten sich auch nicht von der Straßenmeisterei oder Volkspolizei erwischen lassen, und sie durften keinen Preis verlangen, waren dem Gutdünken ihrer Passagiere ausgeliefert. Gefragt und gut bezahlt waren sie trotzdem, da sie kein Taxameter hatten, sich also unnötige Umwege ersparen konnten.

Als geheimes Erkennungszeichen der Schwarzen in Parkbuchten und auf der Straße, auch das ahnte Labensky nicht, diente stets ein kleiner, aber feiner Hinweis am Wagen, der an sowjetische Droschkenfahrer und Arbeitermilizen, also an den Bruderstaat, erinnern sollte. Es konnte ein rotes Band sein, das der Fahrer aus dem Fenster flattern ließ. Ein rotes Fähnchen, das am Rückspiegel oder am Kühlergrill befestigt wurde. Oder, wie bei Labenskys Moskwitsch, ein riesiger, jedem Fußgänger bereits auf fünfzig Meter ins Auge springender, knallroter Sowjetstern mitten auf der Kühlerhaube.

Ob Labensky bewusst war oder nicht, dass er sich mit seinem Tun schon wieder mit einem Bein außerhalb der Legalität bewegte – die Frage nach seiner Erwerbstätigkeit hatte er von der Backe. Förderungsunfähigkeit schloss Beförderungsfähigkeit nicht aus. Zwar arbeitete er gewissermaßen immer noch im Auftrag des Volkes, aber nicht mehr für einen Volkseigenen Betrieb. Er war sein eigener Herr und hatte seine Arbeitskraft, sozusagen, privatisiert. So konnte er sich endlich auf die Suche nach Rita konzentrieren.

Als Landei hatte er naturgemäß nicht den geringsten Schimmer, wo sich junge Kunststudentinnen wie Rita in Berlin aufhielten. Er kannte am Anfang ja nicht mal die einschlägigen Bezirke, Viertel und Lokalitäten, aber wenigstens das sollte sich schnell ändern.

Die einträglichen Schwarztaxitouren führten ihn bald in jeden erdenklichen Winkel der Hauptstadt: in die Proletarierviertel Friedrichshain und Prenzlauer Berg mit ihren kastenförmigen Mietskasernen. In die Industriebezirke Treptow und Köpenick mit ihren Gummifabriken, Gaswerken und Gießereien. Nach Lichtenberg, Weißensee und Hohenschönhausen, wo nach dem Krieg auf dem ehemaligen Gelände der nationalsozialistischen Volkswohlfahrt ein sowjetisches Speziallager errichtet worden war, das Mielkes Firma angeblich in eine Spezialanstalt für ganz spezielle Personenuntersuchungen der Stasi umfunktioniert hatte. Sogar Bonzenhausen, also die piekfeinen Siedlungen in Pankow rund um den berühmten, von Villen gesäumten Majakowskiring, bekam Labensky auf seinen privatisierten Fahrten zu Gesicht. Rita sah er nirgendwo.

Dabei hielt er überall die Augen auf. Wann immer er dunkelhaarige Fräulein über den Strausberger Platz schlendern oder in kurzen Kleidern an den Warenhausschaufenstern am Alexanderplatz vorbeispazieren sah, glaubte Labensky einen Moment lang, Rita zu erkennen, und immer wurde er enttäuscht. Er suchte, wenn er nachts nicht gerade seine Runden drehte oder tagsüber im Moskwitsch döste, an jedem erdenklichen Ort. Vor der Kunsthochschule Weißensee fragte er sich durch, vor der Akademie der Künste am Pariser Platz stand er sich die Beine in den Bauch und hoffte, Rita dort zufällig über den Weg zu laufen.

Sogar in die einschlägigen Amüsierlokale der Hauptstadt wagte sich Labensky vor. Er suchte sich dumm und dämlich im »Café Nord« in der Schönhauser Allee, wo jeden Abend fix was los war und die Leute zu fetziger Westmusik auf PVC-Fußboden abhotteten, bis die Füße dampften. Er steckte den Kopf auch in die »Schoppenstube«, ins »Café Senefelder« und in den »Burgfrieden«, wo hinter Türstehern, die Wache schoben, Arm in Arm kuschelnd nur Männer saßen und Waldmeister mit Sahne tranken. Er erkundete das »Restaurant Moskau« im Bezirk Mitte, eine edle Adresse, wo es sozialistisches Essen zu unsozialistischen Preisen gab. Er sah sich um im »Tanzcafé HEKO«, dem ältesten der Stadt, in der »Pudelbar« in der Friedrichstraße und in der »Hafenbar« am Alexanderplatz, in dem ein ausgestopftes Krokodil sowie ein Sägefischkopf an der Wand hingen. Auch in der Nationalitätengaststätte »Sofia«, in der quietschbunt tapezierten Nachtbar »Zu den Eichen«, im Weinrestaurant »Lindencorso« mit seinen Fünf-Uhr-Tanztees für tanzlustige Schichtarbeiter sowie in den HO-Gaststätten »Jagdklause« und »Mocca-Eck« in der Hans-Beimler-Straße suchte er nach Rita. Aber abgesehen von diversen Kuchen, Torten, Frühstücksgedecken und viel zu vielen Herrengedecken wurde er nicht fündig. Wo war sie?

Eines Tages, nach Wochen oder sogar schon Monaten, die Zeit erschien ihm schier endlos – er hatte die Hoffnung noch nicht aufgegeben, aber er war bald kurz davor –, steuerte Labensky im Moskwitsch durch die Stadt, während er wie immer, wenn kein Trinkgeldgeber auf der Rückbank saß, den Rundfunkempfänger eingeschaltet hatte. Das Ding knarzte zwar wie ein zwanzig Jahre altes Stahlrad, aber bescherte ihm oft Ablenkung und gute Laune. Am liebsten hörte er Radio DDR 1, »Sweet und Swing« mit Populärmusik, die Nachrichten mit Sportinformation oder die Sendung »Musik für junge Leute«. Blasmusik, das »Rhythmische Dessert« und den allabendlichen »Militärpolitischen Kommentar« schaltete er meistens stumm. Bei Letzterem erlosch schnell sein Interesse, verstand er ja sowieso kaum eine Silbe, zu unverständliches und auch verschwurbeltes Politsprech kam da über den Äther: Immer wieder ging es um einen ganz wichtigen Pakt in Warschau, um irgendeinen Breschnew und seine Doktrin. Von »imperialistischer Aggression« war da die Rede, von »amerikanischer Expansion« und vom »notwendigen Ausbau der Sicherheitsapparate«, von »militärischer Mobilmachung« und »verschärftem Korpsgeist« und wieder und wieder von »drängender Kriegsgefahr« und »Kaltem Krieg«. Labensky konnten solche Meldungen den Tag versauen.

Gelegentlich beunruhigten sie ihn sogar, doch zum Glück mischten sich zur Zerstreuung auch immer wieder ausländische Wettervorhersagen dazwischen. Dann, verstand Labensky, ging es nicht um Krieg, sondern um den Frühling in Prag, der vom Klassenfeind als »Ende der Eiszeit« und »anhaltendes Tauwetter« bezeichnet wurde.

Labensky war dankbar, als im Autoradio einmal nicht gerade schwere Politkost oder ausländische Wetterkost zu hören war, sondern Eingängiges zum Mitsingen und Schunkeln. Er freute sich, da ein noch junger Schlagerklassiker gespielt wurde, der im Jahr zuvor die Hitparade gestürmt hatte, eine Glanznummer und Hit-Sensation, die einem sofort ins Ohr ging und nie, nie, nie wieder heraus:

In der Mokka-Milch-Eisbar hat sie mich geseh'n
In der Mokka-Milch-Eisbar, da ist es gescheh'n
In der Mokka-Milch-Eisbar hat sie mich geseh'n
In der Mokka-Milch-Eisbar, da ist es gescheh'n

Labensky drehte den Pegel hoch und sang gedankenversunken mit.

Was hatte er nicht sein Leben lang gerne Milch getrunken, dachte er, und was hatte er nicht mindestens genauso gerne Eis gegessen.

In der Mokka-Milch-Eisbar hat sie mich geseh'n
In der Mokka-Milch-Eisbar, da ist es gescheh'n
In der Mokka-Milch-Eisbar hat sie mich geseh'n
In der Mokka-Milch-Eisbar, da ist es gescheh'n

Labensky dachte an Softeis und an halb gefrorenes Fürst-Pückler-Eis, das aus sozialistischen Gründen nur Pückler-Eis genannt wurde. Er trommelte aufs Lenkrad, und dann trällerte er diese Strophe:

In der Mokka-Milch-Eisbar hat sie mich geseh'n
In die Mokka-Milch-Eisbar muss man mitternachts geh'n
In der Mokka-Milch-Eisbar hat sie mich geseh'n
In die Mokka-Milch-Eisbar muss man mitternachts geh'n

Moment mal. Schlagartig hörte Labensky auf zu singen. Er trat in die Eisen, bremste und steuerte den Moskwitsch an den Straßenrand. Wo sah sie einen? Wo musste man hingehen? War das ein Zeichen? Ja, wenn das kein Zeichen war! Labensky, dessen launenhaftes Leben dem Zufall folgte, wollte an keinen Zufall glauben.

Endlich hatte er die Lösung. Endlich wusste er, wo Rita war.

13

EISBECHER »ROMANTIK«

Natürlich befand sich die Mokka-Milch-Eisbar, die berühmteste Eisgaststätte Berlins, nicht irgendwo. Natürlich lag dieser legendäre Besuchermagnet und Schlemmertempel direkt an der Prachtmeile namens Karl-Marx-Allee, gleich neben dem weltstädtischen Restaurant Moskau, dem Kosmetiksalon Babette, dem Hotel Berolina und dem ehrwürdigen Kino International. Kastenförmig, mit knallroten Markisen vor den hohen, bodentiefen Fenstern, lockte die Mokka-Milch-Eisbar nicht nur dicke Kinder oder Familien, sondern vor allem Ausgehlustige und frisch verliebte Paare an.

Es war ein Abend im März 1970, noch weit vor Mitternacht, aber der Himmel über Berlin hatte bereits eine dunkelblaue Farbe angenommen, als Labensky den Moskwitsch draußen am Rande der Karl-Marx-Allee einparkte. Aufgeregt bis in die Haarspitzen stellte er den Motor ab und malte sich Ritas überraschtes Gesicht aus: Er! Hier! In der Hauptstadt der DDR! Ja, war denn das zu glauben?

Er wollte ihr sagen, überlegte sich Labensky seine große Wiedersehensansprache genau, dass zu Hause in Briesen alles seinen sozialistischen Gang ging, was immer das bedeutete. Rita sollte wissen, dass er mit ein paar Jahren Verspätung nun ebenfalls das Dorf verlassen hatte. Dass der VEB Gebäudewirtschaft ihn von Brandenburg nach Thüringen versetzt hatte und dass er dort eine Zeit lang als Heizer in einem Kinderheim zugange gewesen war. Die Einzelheiten wollte er sich und Rita gerne ersparen. Auf jeden Fall wollte er sie jedoch wissen lassen, dass er den Osten nie verlassen hatte und dass er das auch nie tun würde, jedenfalls niemals ohne sie.

Briesen oder Berlin, das wollte er ihr sagen, Hauptsache, sie wären wieder zusammen, genau wie früher. Und auch für den Fall, dass Rita erneut behaupten würde, eine Großstadt wie Berlin sei nichts für ihn, legte er sich schon eine Antwort zurecht: Er würde ihr einfach das Gegenteil beweisen, indem er sie auf eine Spritztour in seinem schönen Moskwitsch mitnahm, so, wie es die angeberischen Entenschwanzfrisurenträger mit ihren Mädchen machten. Und dabei würde er lässig den Ellbogen aus dem Fenster hängen und ihr die aufregendsten Winkel der Hauptstadt zeigen, die er aufgrund der Trinkgeldtouren längst wie seine Westentasche kannte.

Labensky konnte es nicht erwarten, brannte darauf, Rita endlich zu begegnen. Er kratzte seinen Mut zusammen, nahm vom Parkplatz aus die leuchtende Fassade der Mokka-Milch-Eisbar ins Visier und ging mit kurzen, schnellen Schritten – als fürchtete er, seine Füße könnten es sich anders überlegen – zum Bareingang.

Das Erste, was Labensky wahrnahm, als er mit wackeligen Knien durch die Pendeltür der brechend vollen Eisbar trat, waren die orangefarbenen Mosaikfliesen an den Wänden, die großen, kugelrunden Hängelampen, die die gesamte Bar in warmes, gemütliches Licht tauchten, und der süßliche Duft frisch geschlagener Sahne, der ihm sofort in die Nase stieg. Labensky verstand gleich, was die Leute an diesem Ort so schätzten. Während er sich suchend nach Rita umsah, wunderte er sich nur, dass die vielen Tische und Stühle wie leer gefegt waren, nicht einmal Pärchen waren in den muschelförmigen Hartplastikgondeln abgetaucht, um ungestört zu turteln.

Stattdessen hatten sich so gut wie alle Gäste in dichten Reihen vor dem Cafétresen versammelt. Sie bildeten einen Halbkreis und drängten schaulustig in Richtung Theke, als gäbe es dort nicht Eiskaffee und Süßspeisen zu kaufen, sondern Südfrüchte umsonst.

Labensky sah nur ihre Rücken und Nackentapeten, hörte mal Stimmengewirr, mal andächtiges Schweigen. Irgendetwas ging da vor sich. Er trat näher und hob den Hals in der Hoffnung, zwischen all den haarigen Köpfen Ritas Haarpracht ausfindig zu machen.

Er sah sie nirgends. Nicht mal was zum Verwechseln. Keine Spur. Er reckte und streckte sich, aber Ritas Haare, braun wie Ersatzkaffee mit leichtem Schimmer, hätte er erkannt. Hier erkannte er gar nichts. Und schon fühlte er sich wieder furchtbar dumm, kam ihm seine vermeintliche Goldidee, allein vom Liedtext eines Schlagers auf Ritas Aufenthaltsort zu schließen, wie die reinste, jämmerlichste Schnapsidee vor.

Er wollte sich dafür schämen, während ihm auffiel, dass die Leute mit dem Rücken zu ihm gar nicht Schlange standen, um Kuchen zu bestellen, sondern um wie gebannt auf einen ausgestellten Farbfernseher zu glotzen, auf dem brandaktuelle Nachrichten über die Mattscheibe liefen.

»Kann das wahr sein?«, »Ist denn das zu glauben?«, »Sensationell!«, hörte Labensky manch einen murmeln, während andere auf Stühle kletterten, um besser zu sehen, und irgendwer den Fernseher lauter drehte, es schien um etwas wirklich Wichtiges zu gehen.

Labensky trat noch näher. Neugierig drängelte er sich vor, um einen Blick auf den Fernseher zu erhaschen. Aus ein paar Metern Entfernung kniff er die Augen zusammen, und da, auf einmal, glaubte er wie alle anderen Gäste auch, er sehe eine Erscheinung.

Diese Erscheinung war nicht Rita, wie er es sich erträumt hatte. Die bunten Flimmerbilder, auf die jetzt nicht nur in der Mokka-Milch-Eisbar alle Stielaugen gerichtet waren, sondern die an diesem Abend im ganzen Land rauf und runter liefen, zeigten einen Mann, der Labensky höchst bekannt vorkam. Dieser Mann, ein Herr mit Anzug, Krawatte und gewaltigen Geheimratsecken, stand am Fenster irgendeines Hotelgebäudes und winkte milde lächelnd Hunderten von Menschen zu. Die Menschen, es waren doch wohl eher Tausende, schwenkten schwarz-rot-goldene Fähnchen, jubelnd warfen sie Blumensträuße und Hüte in die Luft und riefen: »Willy! Willy!«

Labenskys Mund stand offen. Träumte er? Konnte das wirklich sein? Er dachte an ein Hirngespinst und wollte seinen eigenen Augen nicht trauen, also drängelte er sich weiter vor, bis nach ganz vorn. Er lauschte und hörte, was der Rundfunkkommentator sagte.

»... und so wird der 19. März 1970 in die Geschichte eingehen«, kommentierte dieser in staatstragendem Tonfall. »Das erste deutsch-deutsche Gipfeltreffen auf dem Boden der Deutschen Demokratischen Republik bedeutet einen Meilenstein für den Sozialismus und einen Triumph sozialistischer Friedenspolitik. Unter dem Jubel Tausender dem Sozialismus treu ergebener Bürger nahm Ministerpräsident Willi Stoph den Kanzler und seine mit dem Sonderzug eingetroffene Delegation am Erfurter Hauptbahnhof in Empfang. Die Begrüßung verlief feierlich, der Bedeutung dieses großen Tages angemessen. Nach dem Austausch brüderlicher Gesten und auch Gastgeschenke zogen sich die Vertreter beider deutscher Länder in das Hotel Erfurter Hof zurück. Später zeigten sie sich zufrieden mit den Ergebnissen des ersten deutsch-deutschen Meinungsaustauschs. Die Grundlagen für gemeinsame Beziehungen und gemeinsame Verträge wurden vereinbart. Bundeskanzler Willy Brandt, der ein Ende der Eiszeit beschworen und die Aufnahme von Gesprächen vorangetrieben hatte, trat als Zeichen seines Respekts vor dem Sozialismus im Hotel Erfurter Hof ans Fenster, um sich den DDR-Bürgern zu zeigen.«

Nicht zu fassen, dachte Labensky und staunte Löcher in die Luft.

In der Eisbar brandete Applaus auf, Freudentaumel, Gläserklirren, grenzenloser Jubel, obwohl die Grenzen nach wie vor geschlossen blieben. Die Gäste ließen sich klebrigen Sekt einschenken, kippten großzügige Schüsse in ihren Mokka und fielen einander wie Brüder und Schwestern in die Arme. Manche vergossen sogar Tränen, während sie sich zuprosteten und Labensky als Einziger wie benommen auf den Fernseher starrte. Er träumte nicht. Der winkende Herr im Fernsehen war es wirklich: aufrecht, nüchtern, quicklebendig und putzmunter – Bundeskanzler Willy Brandt.

Zwar begriff Labensky die geschichtsträchtige Bedeutung dieses Ereignisses nicht in all ihren Schattierungen. Aber allein die Tatsache, dass der westdeutsche Kanzler da irgendwo in der DDR an irgendeinem Fenster stand, konnte doch nichts anderes bedeuten, als dass die Anschlagspläne der Direktorin ins Kraut geschossen waren. Dass dieser Willy nach seiner Ankunft in Erfurt keinen vergifteten Willkommensgruß erhalten hatte und sich die Dinge zwischen Ost und West nun also doch nicht in Richtung Aufrüstung und Krieg bewegten, sondern in Richtung Frieden.

Und je länger Labensky diese erstaunliche Wendung auf sich wirken ließ, je mehr ihm dämmerte, was er womöglich dazu beigetragen hatte, desto schwindeliger wurde ihm. Hatte er als kleines, plattes Rädchen im System etwa am großen Rad gedreht?

Er konnte jetzt dringend etwas Hochprozentiges gebrauchen. Er suchte Halt am Tresen, stützte sich mit beiden Ellbogen dort ab und hob zwei Finger in die Luft wie ein Cowboy im Saloon, der mit Ach und Krach ein echtes Abenteuer überstanden hatte.

Labensky dachte an IM Schleicher und IM Schläfer. An Abuschenko und die Direktorin. An Willy Brandt und an den Westen.

An Rita, an die er die ganze Zeit über jede Sekunde gedacht hatte, dachte er ausnahmsweise einen kurzen Moment lang einmal nicht, und da, als wollte das Schicksal ihn jetzt endgültig veralbern und ihm den allergrößten Streich spielen, ihn für alle Zeit für dumm verkaufen, schoss sein Puls von einem Moment zum nächsten in die Höhe eines Sputnik-Satelliten, setzte sein Herz für fünf Schläge aus.

Arglos fiel Labenskys Blick auf die mandelbraunen Hände einer Kellnerin hinter dem Tresen. Auf ein junges, adrett zurechtgemachtes Fräulein, das direkt vor seiner Nase Eisbecher und Gläser spülte. Auf das wohl einzige unglückliche Gesicht im ganzen Laden.

Himmel, Arsch und Zwirn. Hatte er schon einen in der Mütze? Konnte das sein, oder hatte er ganz gewaltig einen in der Krone?

»Herzlich willkommen in der Mokka-Milch-Eisbar«, sagte das Fräulein, als hätte es den Satz schon tausendmal gesagt, aber nie wirklich so gemeint, während es die Menükarte gleichgültig über den Tresen schob, ohne auch nur flüchtig zu Labensky aufzusehen.

Er sah sie an. Nicht die Karte, sondern die Augen. Katzenaugen.

Er brauchte nur einen Augenblick, nur einen Wimpernschlag, und ihn traf der Blitz. Und dann, als diese Augen vom Spülbecken aufblickten, sah er, dass sie ihn auch erkannten, dass diese vertrauten Augen plötzlich groß und rund wurden und ihn mit einer Mischung aus Erstaunen und ehrlichem Entsetzen anstarrten: »Heinzi …?«

Labenskys Herz flatterte unter ihrem Blick, er drohte den Boden unter den Füßen zu verlieren und auf der Stelle umzukippen: Das warme Licht der Eisbar gab ihrem Gesicht einen Stich ins Rötliche, aber sie hatte noch immer diese Grübchen, die winzige Löcher in ihre Wangen bohrten. Ihre Augenbrauen waren ein breiter brauner Bogen. Ihre Haare, die immer noch die Farbe von Ersatzkaffee mit leichtem Schimmer hatten, hatte sie zu einem raffinierten Knoten aufgesteckt. Vielleicht war sie etwas gewachsen. Vielleicht war sie auch schmaler im Gesicht geworden und runder in der Brustgegend. Vielleicht sah sie in diesem rot-weiß karierten Kellnerinnenkleid, das ihre Figur betonte, einfach insgesamt erwachsener aus.

»Tach, Rita …«, stammelte Labensky mit halb erstickter Stimme. Seine feierliche, von langer Hand geplante Wiedersehensansprache warf er vor Fieberpuls und Schnappatmung gleich über Bord.

»Nee, oder?« In Ritas Stimme, die immer noch genauso liebenswert wie kratzig klang, genau wie früher, lag eine Mischung aus Überraschung und Bestürzung. Ihr verschlug es die Sprache, genau wie Labensky es erwartet hatte. Sie beugte sich über den Tresen, Labensky dachte, sie wollte ihn umarmen. »Heinzi, was machst du denn … Woher weißt du … Wieso bist du …«, Ritas Augen verengten sich zu engsten Schlitzen, »… und wie siehst du überhaupt aus?«

Als Reaktion auf seinen großen Aufschlag in der Hauptstadt hatte Labensky mit vielem gerechnet – zum Beispiel damit, dass Rita ihm einfach um den Hals fallen würde –, aber nicht mit dieser Frage. Er betrachtete sich im Wandspiegel hinter der Theke und sah, dass ihm die Haare vom Kopf abstanden, als hätte er mit einem Föhn gebadet. Dabei hatte er seit einer Ewigkeit nicht mal geduscht.

Sein ausgebeultes ockerfarbenes Permaflotthemd erreichte nicht gerade Weltniveau. Seit der Ankunft in Berlin war er wochenlang herumvagabundiert, hatte er räudig im Moskwitsch geschlafen, sich nicht gekämmt, sich nicht den Flaum rasiert, sich verwildert gehen lassen und sich seit Tagen nicht mehr im Rückspiegel betrachtet.

Er sah nicht gerade aus wie aus dem Ei gepellt. Der erste Wiedersehenseindruck war leider dahin. In Labenskys Wahrnehmung schien Rita sich trotzdem über seinen unerwarteten Besuch zu freuen. Sie sagte es nicht so direkt. Vielleicht konnte sie es nicht zeigen, jedoch freute sie sich allem Anschein nach so sehr, dass sie ihm in ihrer schneidenden Art, die sie über die Jahre offenbar perfektioniert hatte, immerhin erlaubte, auf das

Ende ihrer Schicht zu warten und sie nach Feierabend nach Hause zu kutschieren.

Rita wohnte im Bezirk Mitte, unweit des Fernsehturms, nur einen Steinwurf entfernt von der Mauer, im Windschatten der Sperrzone. Auf dem Nachhauseweg im Moskwitsch sprudelte die Neugier aus Labensky wie aus einer geschüttelten Flasche Brausepulver. Atemlos fragte er Rita aus, seit wann sie als Kellnerin ihr Geld verdiente, wie viele Kugeln Eis sie wohl tagtäglich unter die Leute brachte und was eigentlich aus ihrem Kunststudium mit Parteistipendium geworden war, für das sie doch das Dorf verlassen hatte?

Rita, vielleicht noch immer überrumpelt, verschränkte die Arme vor der Brust. Den Blick auf die Straße gerichtet, antwortete sie, dass sie das Studium abgebrochen und ihren Traum vom Kunstschaffen begraben habe. »In diesem Betonkopfland macht es keinen Sinn mehr, Künstlerin zu sein«, sagte sie und nahm noch immer kein Blatt vor den Mund, sagte laut, was sie dachte, obwohl die Gedankenpolizei, also die Firma, ja überall ihre Ohren hatte. Rita sprach von politischen Marschrichtungen und autoritären Leitbildern, von staatlich verordneten Denkmustern und sozialistischem Realismus, von Antiformalismus, Antikosmopolitismus und Repressionsinstrumenten. »Von einem revolutionären Genie wie Picasso«, meinte sie, »hat die Partei zwar das Symbol der Friedenstaube geklaut, ansonsten lehnt sie dessen Visionen als talentfreien, vulgären, staatsfeindlichen Unsinn ab. Unter der Herrschaft solcher Apparatschiks ist es Zeitverschwendung, Kunst zu machen. Da kann ich besser Eisbecher und Gläser spülen …«

Labensky versuchte, Ritas rasenden Gedankengängen zu folgen.

Er bedauerte, dass sie mit ihrem Kunststudium nicht glücklich wurde. Er verstand nicht genau, was am Sozialismus falsch war. Er dachte immer, der sei eine prima Sache. Vor allem fragte er sich, wer, zum Geier, dieser Picasso war. Er malte sich so einen langhaarigen Einfaltspinsel aus, den Rita an der Kunsthochschule kennengelernt hatte. Er grübelte, ob sie wohl mal mit dem in den Vergnügungspark gegangen oder zum neuerdings schwer angesagten textilfreien Baden an den Müggelsee gefahren war?

Rita stellte ihm umgekehrt fast keine Fragen. Sie erkundigte sich nicht, wie es zu Hause in Briesen zuging, wie ihr Ersatzvater mit der Werkstatt zurande kam oder wie es Labensky so ergangen war. Mit stockernstem Gesicht, hinter dem sie ihre ganze Wiedersehensfreude gut versteckte, wollte sie eigentlich nur wissen, was er in Ostberlin verloren hatte? Was einer wie er, so drückte sie sich wieder aus, hier ganz allein in der Hauptstadt machte und warum er, Heinz Labensky, der ja nicht einmal die Grundschule geschafft hatte, so einen protzteuren sowjetischen Geländeschlitten lenkte?

Labensky, stolz wie Bolle, steuerte einhändig durch den Verkehr und ging auf Ritas letzte Frage lieber gar nicht ein. »Ich bin nur wegen dir gekommen«, erklärte er. »Um auf dich aufzupassen!«

Rita, spürte Labensky, hörte diesen Satz so gerne wie ein Stück Kreide an der Tafel. »Danke, aber ich bin kein Kind mehr. Ich komme sehr gut alleine klar!« Sie habe ein eigenes Leben hier, erklärte Rita, und genau dafür sei sie nach Berlin gezogen; um Briesen, ihren Ersatzvater und ihre Kindheit hinter sich zu lassen.

Labensky traute sich nicht zu widersprechen. Jedoch wertete er die Tatsache, dass sie ihm dennoch eine Dusche und einen Schlafplatz anbot – »nur provisorisch, Heinzi!« –, als untrügliches Zeichen, dass seine Wiedersehensfreude auf Gegenseitigkeit beruhte.

Rita wohnte im siebten Stock einer Mietskaserne am oberen Ende der Friedrichstraße, gleich neben dem letzten Bahnhof vor der Grenze und dem streng bewachten Grenzübergang nach Westberlin, den der Volksmund ehrfürchtig die »Festung« nannte.

Ihr Zuhause war eine winzige quadratische Einraumwohnung. Labensky legte sich zum Schlafen neben die Ofenheizung auf die Kücheneckbank. Er machte in dieser Nacht kein Auge zu, aber vor Glück: Er! Hier! Und Rita, nebenan, hinter der Styroporwand! Nur *provisorisch*, das hatte sie zu ihm gesagt, aber Labensky hatte dieses Wort noch nie zuvor gehört, also beschloss er, dass es wahrscheinlich gar nicht weiter wichtig war.

Rita und er, dachte Labensky, hatten sich viel zu lange nicht gesehen. Also blieb er erst eine Nacht, dann zwei, dann drei, dann eine ganze Woche. Morgens frühstückte er mit Rita, tagsüber drehte er seine Trinkgeldrunden. Nach Feierabend holte er Rita von ihrer Schicht ab, und schließlich, wieder zu Hause angekommen, ratzte er zufrieden wie ein satter Säugling auf der Kücheneckbank weg.

Die Tage vergingen wie im Flug. Aus einer Woche wurde ein ganzer Monat. Und obwohl Rita ständig das Wort »provisorisch« wiederholte, ging Labensky dazu über, die Mietzahlungen zu übernehmen; er verdiente ja genug Asche, und Rita musste für ihr Geld hart schuften. Sie hatte keine größeren Einwände, also bildeten sie, sozialistisch gesagt, eine wohntechnische Genossenschaft.

Labensky zog, praktisch gesagt, einfach bei Rita ein und freute sich ein Loch ins Bein. Er fühlte sich in Berlin auf einmal pudelwohl, so wie ein Fisch im Wasser. Er genoss es, Rita jeden Morgen einen frisch gebrühten Muckefuck ans Bett zu bringen, ihr jeden Abend ein paar Absätze aus der *Sibylle* vorzutragen und ihr dann durch die Styroporwand eine gute Nacht zu wünschen.

Die schönsten Stunden, ja, den Höhepunkt der Woche, bedeuteten die Freitagabende, wenn er mit seinen Trinkgeldtouren durch war und in der Eisbar dabei zusehen durfte, wie Rita durch den belebten Laden flitzte. Wenn er an einem der gemütlichen Hartplastiktische auf sie wartete, in der *Sibylle* blätterte, sich über die neuesten Hauptstadttrends und Moden informierte und sich bis Schichtende durch alles durchprobierte, was die Barkarte zu bieten hatte.

Er begann, natürlich, so gut wie immer mit ein paar Gläsern eisgekühlter Milch. Sie schmeckte ihm ausgezeichnet, die beste Feierabendmilch, die er je getrunken hatte, aber auch der cremig-süße Honigflip musste sich nicht dahinter verstecken. Das »Gemischte Eis mit Sahne« ging ihm runter wie Gemischtes Eis mit Sahne. In den »Schwedeneisbecher« mit Apfelmus und Eierlikör, die Lieblingskreation des Großen Vorsitzenden, konnte er sich reinsetzen. Mit »Balkansplit« und »Pfirsich Melba« klebte er sich zu, das »Mokkaeis Spezial«, die »Schokosoße Othello« und das fluffig-weiche »Moskauer Sahneeis« schlabberte er weg wie ein Hund am Napf. Junge, Junge, Junge, wie herrlich das schmeckte! Labensky schlemmte, was das Zeug hielt, er hatte ja die Taschen voll. Vom hauseigenen, muffig-erdigen Kaffee-Mokka aus gerösteten Erbsen und vermutlich Zuckerrübenschnitzeln ließ er lieber die Finger. Dafür aß er so viele Eisportionen, wie in ihn hineinpassten, und sogar noch mehr. Die größte Sensation für seinen Gaumen war der »Fruchteisbecher« mit Erdbeereis, Kakaopulver und Mischobst aus der Dose. Noch lieber, also am liebsten, aß er, den Blick auf Rita geheftet, nur den Eisbecher »Romantik«, Vanilleeis und Schokoladeneis mit Curaçao Blue und einem mächtigen Schlag Zimtsahne.

Die Wochen mit Rita waren für Labensky die rundum herrlichsten seit seiner Kindheit. Allein ihre Gegenwart erfüllte ihn mit einem flatternden Gefühl, das er nicht kannte und für das er selbst gar keine Worte hatte. Es machte auf eigenartige Weise süchtig. Es war genau wie mit den Eisbechern, dachte er, man konnte davon einfach nicht genug kriegen. War es das, was die Leute *Liebe* nannten?

Labensky wusste nur, dass er die Zeit anhalten wollte und dass sie so schnell nichts mehr auseinanderbrachte. Kein Studium, kein Spezialeinsatz und hoffentlich, da war er sich leider nicht immer ganz so sicher, auch keiner dieser zwielichtigen Typen, mit denen Rita an den Wochenenden auf hohen Schuhen aus dem Haus ging: Kerle, die sie als »kreative, antiautoritäre Köpfe« bezeichnete und die er ja schon deshalb ganz genau unter die Lupe nehmen musste.

14

GENUSSHANDWERKSLEITER

Die meisten dieser Lackaffen, mit denen Rita um die Häuser zog oder die Nacht zum Morgen machte, waren keine Landeier wie er, keine Hühnerbrüste mit Flaum am Kinn, sondern ausgewachsene, backenbärtige Großstadt-Cowboys. Sie schenkten Rita allerlei Brimborium – Duftwasser namens Parföng und verbotene Rock-'n'-Roll-Schallplatten –, weshalb Rita sie gerne als »kultiviert« beschrieb. Aber Labenskys wachsamen Augen und auch Ohren waren diese Hallodris alles andere als geheuer. Sie nannten Rita ihre »Biene«, »Braut« oder auch »Bombe« und stierten dabei so ungeniert in ihren Ausschnitt, dass sie Labensky ganz und gar nicht kultiviert vorkamen.

Da war Erwin, ein Querulant, wie er im Parteibuch stand, und zwar zur Warnung: ein Langhaariger aus Köpenick, der Programmtechnik und Musikdramaturgie studierte, der verbotene Tanzmusik bei Tanzabenden abspielte und der ein sogenannter SPU werden wollte, ein *staatlich geprüfter Schallplattenunterhalter,* angeblich ein ganz neuer Beruf. Labensky war überzeugt, dass sich so ein Firlefanz nicht durchsetzen würde, aber eine Nachtschwärmerin wie Rita ließ sich natürlich gerne auf jede Art von Unterhaltung ein.

Da war Karl, ein Bürgerschreck aus Kreuzberg, Typ schnauzbärtiger Tresenritter, der als Stuckateur für den VEB Denkmalpflege und Naturstein arbeitete und Rita ins Lokal ausführte, ihr Bananenlikör, »Schlüpferstürmer« und stangenweise »Wilde Sau« spendierte, ehe er ihr nächtelang seine private Steinesammlung zeigte.

Und da war Kurt, ein Vorzeigeprolet aus Friedrichshain, ein

echter Kleiderschrank von einem Kerl, dem die Lederoljacke bis zu den Knien hing, der irgendwas mit Bauzeichnung studierte und der angeblich zu Studienzwecken ständig darauf aus war, in seiner Proletenwohnung auch Rohbauzeichnungen von Rita anzufertigen.

Diesen vergeistigten Bummelstudenten namens Picasso, von dem Rita zwar immer wieder begeistert erzählte und mit dessen kindischen Klecksereien und faxenhaften Kritzeleien sie sogar ihre halbe Wohnung tapezierte, bekam Labensky eigenartigerweise nicht ein einziges Mal zu Gesicht. Ein richtiger Stubenhocker war das wohl, was ihn nicht weiter störte, musste es sich doch um einen ziemlich aufgeblasenen Fatzke handeln, um einen selbstverliebten Blödelfritzen, der statt Rita viel lieber sich selbst malte und seinen lächerlichen Namen auf jedes noch so hingepfuschte Bildchen schmierte.

Pingelig genau registrierte Labensky trotzdem, wenn Rita nachts mal wieder irgendwo versackte, in unbekanntem männlichem Gelände. Wie ein Aufsichtsbeamter zählte er mit, wie oft sie sich bei einem dahergelaufenen Axel, Benno oder Rainer unterhakte, wie häufig sie bei Ernie, Jürgen oder Jurek übernachtete und, wenn es ganz schlimm kam, sogar Uwe oder Rudi mit nach Hause brachte.

Es gab Nächte, und sie waren nicht selten, da hörte Labensky durch die Styroporwand zwischen Schlafzimmer und Küche, dass Rita Besuch hatte, und er fühlte sich auf unliebsame Weise an seine Kindheit erinnert. An die Geräusche, die aus dem Schlafzimmer seiner Mutter gedrungen waren, wenn sie ein zahnloser Halunke vom Bierhimmel bis in ihr Bett verfrachtet hatte. Zwar klangen die Geräusche aus Ritas Schlafzimmer gleich um ein Vielfaches lebendiger, doch auch darauf hätte Labensky liebend gerne verzichtet.

Eines Nachts, mal wieder hatte Rita Besuch von einem dieser Großstadtarmleuchter, und mal wieder lag Labensky wie ein Platzhirsch ohne Geweih gleich nebenan auf seiner Kücheneckbank, passierte etwas Seltsames. Er hörte wieder diese Geräusche, die er nicht hören mochte, und er hielt sich die Ohren zu, aber es half nichts. Er konnte die Handflächen gegen den Kopf pressen, so fest er wollte, er hörte die Geräusche trotzdem: Laute wie beim Wettkampfrangeln. Ein quietschendes Bettgestell. Ein Seufzen oder Stöhnen, Ritas Stöhnen, er konnte es unmöglich überhören. Erst sorgte er sich, dann wollte er es als etwas abtun, was ihn nichts anging, aber Rita stöhnte immer lauter, und irgendetwas in Labensky, etwas ihm bis dahin völlig Unbekanntes, Dringendes, Naturgewaltiges, das er nicht stoppen konnte, kam jetzt in Wallung. Er kämpfte dagegen an. Er versuchte, an etwas anderes zu denken, und starrte aus dem Fenster. Draußen, am Nachthimmel über der Hauptstadt, leuchtete der Fernsehturm, der steif und aufrecht in die Höhe ragte und dessen mächtige, kerzengerade, nach oben hin kugelrunde Form ihm jetzt erstmals ganz besonders auffiel. Labensky spürte, wie sich seine Brustwarzen aufstellten und nicht nur die. Er schämte sich wie ein Schulknabe unendlich und drei Tage, während es in seiner Schlafanzughose rumorte, sich ganz wie von selbst ein Zelt auf Weltniveau aufbaute, das bei der Abnahme im Ferienlager wohl den strengsten Pionierkommandanten nachhaltig beeindruckt hätte.

Vielleicht war es dieser Berliner Frühling. Vielleicht war es die wilde, freizügige Umgebung. Auf jeden Fall setzte das Jahr 1970 die seltsamsten Erregungen und Gefühle in Heinz Labensky frei.

Er kam sich so aufgekratzt und so agil vor wie eine Mauereidechse in der Sonne. Er verstand zwar diese »Sachen« nicht, die Rita ab und an in ihrem Schlafzimmer anstellte. Aber es spielte keine Rolle, denn solange sie die allerbesten Freunde blieben, war seiner Ansicht nach alles in bester Ordnung. Er hätte nicht das Geringste an dieser Ordnung ändern wollen. Bis der Tag kam, an dem ihre Freundschaft auf die Probe gestellt wurde. Bis Labensky eines Abends, der Frühling war unversehens übergegangen in den furztrockenen Berliner Sommer, einen folgenschweren Fehler machte.

Es geschah an einem dieser Freitagabende. Rita hatte wie immer Spätschicht, und wie immer hatte Labensky seinen Wagen draußen an der Karl-Marx-Allee geparkt, um drinnen ganz in Ruhe einen Eisbecher »Romantik« zu verspachteln. Er hatte sich nie bei Rita erkundigt, ob ihr das überhaupt recht war, hatte nie um Erlaubnis gefragt. Doch auch an diesem Abend hatte sie zunächst keine Einwände gehabt, ihm seinen Eisbecher mit Zimtsahne sogar persönlich serviert. Er saß an einem guten Tisch, nicht zu nah am Klo und nicht zu nah am Eingang. Und demzufolge hätte es eigentlich ein angenehmer Freitagabend werden können, glücklich und harmonisch, wäre da nicht dieser eine unangenehme Kerl gewesen, der Rita vor aller Augen an die Wäsche ging.

Labensky, der Rita, von Tisch zu Tisch eilend, stets im Blick hatte, die Augen fest auf sie geheftet, sah ihn genau. Er sah einen Mann mittleren Alters, doppelt so alt wie Rita. Er wog mehr als ein halbes Pferd, trug Kurzarmhemd und Schlips, hatte gescheiteltes, leicht fettiges Haar, Arme wie ein Kuhentbeiner und eine Wampe, die ungeniert über den Gürtel hing. Er presste sie jedes Mal, wenn er an Rita vorbeiging, gegen ihre Hüften. Dabei schien er ihr irgendwas ins Ohr zu flüstern, und dabei fuhren seine Wurstgriffel über ihre Brust.

Sie schien den Kerl zu kennen. Jedenfalls langte sie ihm keine, wie es normalerweise ihre Art war, sondern schob nur seine Hände weg. Dabei warf sie Labensky, der all das wachsam und genau verfolgte, einen flüchtigen, verschämten Blick zu.

Er sah ihr Gesicht. Es sah jetzt einen Moment lang genauso hilflos aus wie früher.

Dann, statt weiter zu kellnern, verschwand Rita nach hinten Richtung Küche. Und der aufdringliche Fettwanst schlich ihr hinterher.

Die weiteren Vorgänge hatte Labensky nun nicht mehr im

Auge, zu seiner Beunruhigung. Er saß vor seinem Eisbecher »Romantik«, das Eis schmolz vor sich hin, und er spürte, dass hier etwas sehr Ungutes im Gange war. War dieser Blick von Rita ein Hilferuf gewesen? Und war er nicht genau dafür nach Berlin gekommen? Ihn sollte doch der Schlag treffen, dachte Labensky, wenn das hier keine Situation war, in der ein Aufpasser wie er gebraucht wurde.

Der Schlag blieb aus. Also stand Labensky auf und ging in Richtung Cafétresen. Ohne sich um Vorschriften zu kümmern und ohne dass irgendjemand Anstalten machte, ihn aufzuhalten, umrundete er die Theke. Ein gefliester, schmaler Gang führte nach hinten. Labensky setzte einen Schritt vor den anderen. Er folgte dem Geruch von warmem Streuselkuchen, und bald, je näher er der Backstube kam, hörte er wieder diese Geräusche. Sie kamen nicht aus der Küche, sondern aus der Abstellkammer. Labensky trat näher. Die Tür war angelehnt. Vorsichtig lugte er hinein, und da, zwischen Zuckerpaketen, Mehlsäcken und Curaçao Blue, machte sich der Fettwanst über Rita her. Er hatte sie mit seiner Wampe gegen ein Regal gedrückt, hielt ihre Handgelenke fest. Rita hatte die Augen geschlossen, ihr Gesicht hatte etwas Maskenhaftes, als sei sie gar nicht anwesend. Labensky sah wieder das kleine, vor Angst zitternde Mädchen vor sich, das sich von zu Hause wegträumte. Ihr rot-weiß kariertes Kellnerinnenkleid, er sah darin jetzt wieder das blutverschmierte Schlafkleid, in dem ihm Rita zum ersten Mal begegnet war. Und da, mit diesem Bild im Kopf, brannten ihm die Sicherungen durch. Er stieß die Tür zur Abstellkammer auf.

»Heinzi, nicht!« Rita schlug eine Hand vors Gesicht, die andere hielt sie schnell noch vor ihre nackte Brust, während Labensky sich den Typen packte und ihn durchschüttelte wie einen Obstbaum.

»Was zum Teufel!«, brüllte der Fettwanst und geriet in wilde Wut, kochte aus allen Poren. Seine Faust prallte auf Labenskys Nase, ein Hieb wie von einem Ochsen. Labensky taumelte,

Blut platzte aus seinem Gesicht. Er suchte sein Gleichgewicht, konnte der zweiten Faust ausweichen, sie schoss ins Regal, hüllte die Abstellkammer in eine Mehlwolke. Labensky nutzte die Chance, er hatte jetzt eine heiße Wut im Bauch und ging wieder zum Angriff über. Jetzt knallt's, jetzt regnet's Ohrfeigen, dachte er und boxte in die Fettschürze des Ochsen, trockene, ansatzlose Schläge in die Magengrube, dann nahm er ihn und rammte ihn mit dem Gesicht voran – so, wie er es bei diversen Dorfkrugschlägereien im Bierhimmel von der Pike auf gelernt hatte – gegen den Türrahmen.

»Heinzi! Bist du wahnsinnig!«, schrie Rita, und in Labenskys Ohren klang es, als feuere sie ihn an, während der Kerl in seinem Schwitzkasten schon bei der zweiten oder dritten Bekanntschaft mit dem Türrahmen aufheulte wie eine Mittwochmittagssirene, im ganzen Land zu hören. Aber Labensky ließ nicht locker, er hatte jetzt die Pfanne heiß. Am Schlafittchen führte er den schlipstragenden Schweinepriester nach vorne raus zum Cafétresen, damit alle etwas davon hatten und damit sich dieser ausgemachte Affenarsch nie wieder in der Mokka-Milch-Eisbar blicken lassen konnte.

»Hör auf, Heinzi! Spinnst du?« Rita stürzte ihm hinterher, flehte, auf der Stelle aufzuhören. Verzweifelt versuchte sie zu retten, was nicht mehr zu retten war, denn natürlich musste Labensky jetzt zu Ende bringen, was er angefangen hatte. Er musste diesem Kerl eine Lektion erteilen, die sich gewaschen hatte, damit der Rita nie, nie wieder anrührte. Und was bot sich für eine kalte Dusche besser an als so ein Spülbecken voll Sahnewasser? In der Eisbar erhob sich Gejohle, Gäste standen von ihren Tischen auf, und Labensky nahm den rot angelaufenen Kopf des Ochsen, tauchte ihn erst einmal unter, dann zweimal, dreimal. Labensky fragte, ob er satt sei oder noch einen Nachschlag brauche, er verlangte eine Entschuldigung.

Der Ochse japste, schwor, Rita nie wieder anzufassen. Erst da ließ Labensky von ihm ab. Dann, stolz wie ein Saloon-Held, sah er zu Rita, die nicht mehr schrie, nur stumm danebenstand. Er dachte, sie wäre ihm dankbar, aber in Ritas Gesicht war nichts als Zorn.

»Heinzi …«, sagte sie wie versteinert. Sie hatte aufgehört zu zittern, und dann – Labensky hielt den Sauhund immer noch am Schlips wie an der Leine – sagte Rita nur diesen einen, jedoch entscheidenden, für Labensky sehr überraschenden, für ihre Freundschaft leider verhängnisvollen Satz: »Heinzi, das ist mein Chef …«

Genusshandwerksleiter. So lautete die offizielle Bezeichnung für leitende Angestellte und Betreiber von Betriebsgaststätten in der DDR. Das wusste Labensky. Was er dagegen nicht mal im Entferntesten geahnt hatte, war, dass der Genusshandwerksleiter der Mokka-Milch-Eisbar, der aussah wie jeder dritte Durchschnittsgast, seine Hand auch gerne mal genüsslich bei seinem Personal anlegte.

Auf der Fahrt nach Hause, zu Ritas Mietskaserne in der Friedrichstraße, sprach sie kein einziges Wort. Ihr Blick war starr und ausdruckslos auf den Verkehr gerichtet, während sie so tat, als sei Labensky gar nicht da, während ihm das Nasenblut dickflüssig aufs Permaflotthemd tropfte wie aus einem kaputten Wasserhahn.

Es war das letzte Mal, dass er sie von der Mokka-Milch-Eisbar nach Hause fahren durfte. Der Genusshandwerksleiter, der bis zu diesem Abend Ritas Chef gewesen war, hatte ihr nach Labenskys Attacke nicht nur auf der Stelle gekündigt, er hatte ihr auch Hausverbot auf Lebenszeit erteilt. Labensky nahm an, dass das Gleiche für ihn galt und dass er den Eisbecher »Romantik« so schnell nicht wiedersehen würde. Vor allem stellte er mit wachsender Angst fest, dass Rita diesmal nicht so leicht über die Sache hinwegsehen würde wie damals hinter dem alten Spritzenhaus. Er sah ihre Wut.

Er hielt sich die Nase, die gebrochen sein musste, und er spürte, auch zwischen Rita und ihm war etwas kaputtgegangen.

»Ich dachte, der tut dir weh«, mühte Labensky sich zerknirscht.

Die Scham brannte in ihm, als er vor Ritas Mietskaserne parkte.

»Ich dachte, ich dachte, ich dachte«, blaffte ihn Rita an. So zornig hatte sie ihm gegenüber noch nie geklungen. »Hatte ich nicht gesagt, ich hab mein eigenes Leben? Und überhaupt, Heinzi, seit wann kannst du denn denken? Das wär ja mal was ganz Neues!«

Labenskys Finger krallten sich ins Lenkrad. Er war kein Mann der Worte. Worte waren vermintes Gebiet, waren wie Treibsand, fand er. Je mehr man sich damit abstrampelte, desto mehr versank man. Er dachte an dieses Gefühl, das er immer hatte, wenn Rita in seiner Nähe war; an das Gefühl, das süchtig machte und das er nicht kontrollieren konnte. Es erschien ihm plötzlich gefährlich, so wie ein schlimmes Fieber. War dieses Fieber schuld an allem?

»Ich wollte nur aufpassen …«, versuchte er es erneut.

»Aufpassen? Mir auf die Pelle rücken? Meinen Chef vermöbeln? Mein Leben ruinieren? Das nennst du aufpassen? Und wie kommst du darauf«, schrie Rita, »dass ausgerechnet du mir helfen sollst?«

Labensky sah sie an. »Na, weil …«, stotterte er und sah wieder weg. Den Hals wie zugeschnürt, entkam seinen Stimmbändern tatsächlich: »Weil ich dich lieb habe.« So, dachte er, jetzt ist es raus.

Rita sah ihn von der Seite an. Er hatte da jetzt einen Satz in den Raum geschleudert wie einen schweren Stein in trübes Wasser. Er war, so kam es ihm vor, in einen Ameisenhaufen getreten oder in ein Wespennest. Teigiges, drückendes Schweigen breitete sich aus.

Dann, irgendwann, schüttelte Rita heftig den Kopf und lachte.

Lachte ihn einfach aus. Hatte er das gerade wirklich gesagt?

Hatte er das lächerlicherweise allen Ernstes behauptet? Das fragte sich Labensky jetzt beinahe selbst, denn Ritas Lachen klang, als hätte er soeben angekündigt, mit Juri Gagarin zum Mond zu fliegen oder für das Amt des Großen Vorsitzenden der DDR zu kandidieren.

»Liebe?« Mitleidig, als könne sie ihn unmöglich ernst nehmen, verzog sie das Gesicht. »Du weißt doch gar nicht, was Liebe ist.«

Labensky fixierte und umklammerte das Lenkrad, so wie ein Ostseekrabbenkutter-Kapitän, der sich zu weit hinausgewagt hatte, dabei in einen Sturm geraten und nun bei schwerer See gezwungen war, am Steuerrad den Kurs zu halten. »Und wenn ich's vielleicht doch weiß?«, fragte er verschämt mit halber Stimme.

»Nein, weißt du garantiert nicht!«, blaffte ihn Rita an, als wollte sie ihm das Wort abschneiden und die Möglichkeit erst gar nicht zulassen. Sie machte eine abwehrende Handbewegung, wollte nichts mehr davon hören. Und noch ehe Labensky auch nur ein weiteres Wort, geschweige denn ein Argument vorbringen konnte, stieg sie aus dem Wagen und knallte die Tür vor seinem Gesicht zu.

Vom Bürgersteig aus zischte sie durchs Fenster: »Du glaubst als Einziger in diesem Land ja sogar an den Sozialismus, Heinzi, und du weißt anscheinend nicht mal, was provisorisch heißt. Wenn du es wüsstest, dann hättest du mich längst wieder in Ruhe gelassen ...«

Sie machte auf dem Absatz kehrt und drehte ihm den Rücken zu. Mit wütenden Schritten ging sie zum Eingang ihrer Mietskaserne.

»Hau einfach ab!«, hörte er sie rufen. Es waren die letzten, klipp und klaren Worte, die aus Ritas Mund noch durch die Nacht hallten, ehe im Treppenhaus das Licht anging und sie der aufragende Stahlbetonblock in seinem gähnenden grauen Maul verschluckte.

15

ABSTIMMUNG MIT DEN FÜSSEN

»Drei Stunden bis Berlin«, brummte Busfahrer Muhibija in sein Mikrofon. Er klang wie ein müder Fremdenführer, aber auch wie ein Prophet. Wieder wünschte er im gleichgültigen Singsang eine angenehme Fahrt, wieder bat er alle Fahrgäste, sich anzuschnallen und die Toilette rückwärts zu betreten, während der Bus die Leipziger Innenstadt hinter sich ließ. Labenskys Raumkapsel steuerte bereits die Autobahn A9 an, als er aus tiefsten Tagträumen erwachte. Er rümpfte die Nase, tastete sie ab. Sie fühlte sich erstaunlich heil an, während der graue Stoffsitz unter seinem Po vibrierte.

Überrascht, dass sein schlaffer Hintern und der Bus schon wieder in Bewegung waren, blickte er sich um. Draußen, wo Leipzig endete, stand die Sonne mittlerweile hoch am Himmel, brachte allmählich den Tag zum Kochen. Er sah nach hinten, in die letzten Busreihen, um sicherzugehen, dass seine Reisegruppe mit dem Gruppenfahrschein immer noch an Bord war. Die Männer mit dem Bollerwagen hatten sich nicht vom Fleck gerührt, waren nach wie vor im ganzen Bus zu hören. Beruhigt drehte Labensky sich zurück in Fahrtrichtung, war schon dabei, wieder in seine Gedankenwelt abzutauchen, erst da bemerkte er, direkt vor sich, eine neu zugestiegene Person.

Sie saß auf genau dem Platz, auf dem zuvor noch Mila und Ben gesessen hatten. Und sie betrachtete ihn, als hätte sie ihn schon eine ganze Weile so betrachtet. Als wäre sie seinen Träumereien gefolgt. Erst jetzt, da er sie ansah, senkte sie den Blick und tippte rasch in einen dieser neumodischen kabellosen Rechner, den sie zwischen sich und Labensky aufgebaut haben musste, während er weit weggetreten war. Seine neue Sitznachbarin war eine junge Frau, wie Labensky sie noch nie gesehen hatte. Sie trug kein ärmelloses Sommerkleid wie andere junge Frauen bei der Hitze, sondern ein weites hellblaues Gewand, das bis über die Handgelenke reichte und alles außer ihrem weichen, glänzenden Gesicht verhüllte. Ihre Haare hatte sie unter einem zitronengelben Tuch versteckt, das um ihren Hals lag wie ein Schal. Ihre Haut war so glatt und so gleichmäßig dunkel – noch viel dunkler als die von Busfahrer Muhibija –, dass Labensky sich ihr gegenübersitzend vorkam wie ein gesprenkelter Erfurter Milchkäse.

Er konnte die Augen kaum abwenden, hatte Menschen aus anderen Ländern zwar schon im Feierabendheim gesehen, als Pflegekräfte, aber noch nie in einer solchen Kostümierung. Wo seine Kleidung grau war, waren ihre Kleider bunt. Wo alles an ihm fahl war, war alles an ihr voll Farbe.

Labensky wollte die junge Frau willkommen heißen. So gehörte es sich doch, dachte er und überlegte, wie er das am besten anstellen sollte. Er hatte Angst, was Falsches zu sagen, etwas, was vielleicht nicht »woke« war. Im Feierabendheim hatte er die Erfahrung gemacht, dass Mitarbeiter, die aus einem fremden Land kamen, nicht ein Wort Deutsch verstanden. Labensky konnte aber kein Wort außer Deutsch. Er kannte höchstens ein einziges ausländisches Wort, um das Eis zu brechen. In seinen Ohren klang es wie »Hallo«, nur auf Sächsisch. Labensky räusperte sich, beugte sich der jungen, bunt verhüllten Frau entgegen. Freundschaftlich sagte er: »Hällo …«

Die Frau sah von ihrem kabellosen Rechner auf. Ein schüchternes Lächeln, das Labensky augenblicklich verzauberte, legte sich auf ihr Gesicht. Sie sah ihn höflich an und sagte: »Guten Tag.«

»Labensky, Heinz Labensky«, stellte er sich vor.

»Didinga«, sagte die Frau. Sie lächelte und vollführte eine Bewegung, die aussah, als mache sie im Sitzen einen Knicks.

Labensky machte die Bewegung einfach nach, so gut er konnte, einen Knicks im Sitzen bekam er ja gerade so noch hin.

Didinga, wiederholte er in seinem Kopf. Er war ganz hin und weg.

Auf seine alten Tage war er auch mächtig stolz, wie hervorragend dieses Gespräch verlief. Er hatte zwar gerade mal vier Worte gesagt – drei davon betrafen seinen Namen –, aber er kam sich vor wie ein Grußbotschafter auf internationalem Parkett, wie ein Held der Völkerverständigung. Sich seiner Verantwortung als Einheimischer bewusst, versuchte er, von Anfang an größtmögliche Gastfreundlichkeit auszustrahlen. Die fremde junge Frau sollte sich wohlfühlen in diesem deutschen Bus. Wer wusste schon, wie oft sie in ihrem Leben mit so einem Bus gefahren war, noch dazu entgegengesetzt der Fahrtrichtung? Um ihr die Orientierung zu erleichtern, hob Labensky routiniert drei Finger in die Luft, als wollte er Getränke ordern, staatsmännisch wiederholte er, was Busfahrer Muhibija über die Lautsprecher gesagt hatte: »Drei Stunden bis nach Berlin …«

Die exotische junge Frau sah wieder von ihrem Rechner auf. Sie nickte, ein wenig irritiert, aber ganz bestimmt nicht undankbar.

»Keine Ursache«, meinte Labensky. Er genoss diese Rolle, war jetzt ganz in seinem Element. Er ging davon aus, dass Didinga eine von den vielen, vielen Flüchtlingen sein musste, von denen seit ein paar Jahren immerzu die Rede war. Konzentriert sah er sie in ihre Tastatur tippen. Wahrscheinlich, spekulierte Labensky, bewarb sie sich auf einen Deutschkurs, füllte irgendeinen Antrag aus. Er kannte diese Antragstellerei ja aus dem Feierabendheim selbst nur zur Genüge: Von der Wiege bis zur Bahre, Formulare, Formulare …

»Hilfe?« Einfache, klare Worte, dachte Labensky und kam sich vor wie ein Schalterbeamter mit Dienstmütze. »Ich Ihnen helfen?«

Die junge Frau, die sich Didinga nannte, schwieg. Labensky glaubte, sie hätte ihn nicht verstanden, weshalb er dazu überging, allerlei Verrenkungen zu unternehmen, um seine Hilfsbereitschaft in Gesten und Grimassen auszudrücken. Er deutete auf sich. Dann auf Didinga. Dann auf den kabellosen Rechner. Machte Handbewegungen, als wollte er auf der Tastatur Klavier spielen. Eine Weile sah sich die junge Frau das Schauspiel an. Dann fragte sie ihn: »Wie gut kennen Sie sich aus mit Bilanzierung, Marketing und Unternehmensführung in internationalen Finanzsektoren?«

Labensky stellte seine Verrenkungen ein. Sie sprach eins a Deutsch. Sie kannte Worte, die er noch nicht mal dumpf gedacht hatte. Sie lächelte, als erwartete sie nicht ernsthaft eine Antwort.

»Interessieren Sie sich für Geld?«, fragte sie mit sanfter Stimme.

Geld? Labensky stutzte. Ja, aber hallo, immer her damit! Doch durfte er das sagen? Die Geißel des Sozialismus erwachte in ihm.

»Ich möchte in Berlin Wirtschaftsberatung studieren«, erklärte Didinga, »an der Hochschule für Management.« Ihr Blick wanderte zu einer hellblauen Mappe, die neben ihrem Rechner lag, und Labensky fühlte sich – Jahrzehnte nach der Flucht aus dem Spezialheim – auf unliebsame Weise an den Geheimordner der Direktorin erinnert. Kurz schwante ihm Böses, aber Didinga hatte so gar nichts Böses an sich.

Labensky stutzte. Sie wollte in Berlin studieren, genau wie Rita.

»Wirtschaftsberatung …«, murmelte er ohne jede Vorstellung.

Didinga lächelte und drehte ihren Rechner um, sodass Labensky selbst sehen konnte, womit sie sich beschäftigte. Der Bildschirm flimmerte, und er musste mit den Augen plinkern. Unter der rätselhaften Überschrift *Curriculum/Module* versuchte er blinzelnd Worte zu entschlüsseln, die er noch nie gehört hatte, geschweige denn gelesen: *Management and Consulting, Logistik und* SCM, *Bilanzanalyse, Wirtschaftsstatistik, Global Markets, Risikomanagement, Public Innovation and Entrepreneurship, Banking and Finance.*

»Ach so …«, konnte Labensky seine weltmännische Rolle jetzt nicht aufgeben. »Das heißt«, fragte er unwissend einfach mal hinein ins Blaue, »Sie interessieren sich wohl also auch für Geld?«

Didinga hob die Schultern. »Mein Vater sagt: Menschen wollen immer das am meisten, wovon sie selbst am wenigsten besitzen.«

Labensky dachte an Pommfritz und konnte da nur zustimmen.

»Ich komme aus Afrika, aus dem Südsudan. Das ist das ärmste Land der Welt, gemessen am Bruttoinlandsprodukt. Da hat keiner Geld«, sagte Didinga. »Die meisten haben nicht mal was zu essen.«

Labensky fasste sich an den Bauch. Er hatte nicht die geringste Vorstellung, was ein Bruttoinlandsprodukt war und wo sich dieser Südsudan befand. Schlimm, dachte er trotzdem, einfach nur ungerecht, dass die Menschen dort offenbar so arm waren, dass sie nicht mal genügend zu beißen hatten. Hunger geht bekanntlich durch den Magen, dachte Labensky und dachte an sich selbst im Feierabendheim, daran, wie grummelig er werden konnte, wenn der Leberwurstaufstrich aus war. Mmh, Leberwurst, dachte Labensky und war plötzlich bei seinem ganz eigenen Hunger angelangt, obwohl es doch gerade um den Hunger in Didingas Heimat ging. Reflexartig setzte er wieder das informierte Häuptlingsgesicht auf, welches er immer noch mühelos beherrschte. »Südsudan …«, murmelte er und versuchte, sich seine blanke Ahnungslosigkeit nicht anmerken zu lassen. »Dann sind Sie also wegen Geld hierhergekommen?«

Didinga schüttelte den Kopf, als hätte sie diese Frage schon häufiger gehört, nur noch nie so direkt, und als hätte sie noch häufiger den Kopf geschüttelt. Einen Moment lang hing Schweigen in der Luft. Dann, beinahe klang es wie eine Rechtfertigung – eine, die Labensky so noch nie zuvor gehört hatte –, erzählte sie ihm von ihrer Heimat und davon, wie sie von Afrika nach Deutschland gekommen war.

Es sei vor acht Jahren gewesen, sie war gerade mal elf Jahre alt, so erzählte Didinga, da hätte sie zum ersten Mal überhaupt von Deutschland gehört. Gemeinsam mit ihren Eltern, Ackerbauern, und sechs älteren Brüdern, ebenfalls Ackerbauern, habe sie damals noch in einer Lehmhütte in einem kleinen Dorf gelebt, das so erdbraun wie der Boden war, auf dem sie Baumwolle und Hirse pflanzten. Bis die Saat eines Tages nicht mehr aufging. Bis der Boden von Monat zu Monat trockener wurde und eine Ernte nach der anderen ausfiel. Die Dorfältesten sprachen von einer Dürre, weil auch die Ziegen im Dorf so dürr wurden, dass sie keine Milch mehr gaben. Den Menschen, erzählte Didinga, ging es nicht besser als den Tieren. Die Kinder hungerten, die Alten starben vor Durst. Elf Monate im Jahr fiel kaum ein Tropfen Regen, und dann, plötzlich, zogen so heftige Regenfälle über das Land, dass der Nil über die Ufer trat und Wassermassen das gesamte Dorf wegschwemmten.

Gebannt hörte Labensky zu, während Didinga weitererzählte, davon, dass sie und ihre Familie nicht nur vor dem Wetter flüchten mussten, sondern auch vor einem Bürgerkrieg. Jahrelang, so erzählte sie, hätten Rebellen und Regierungstruppen im Südsudan einander niedergemetzelt, seien nicht mal vor Massakern an Unschuldigen zurückgeschreckt. Viele, die den Südsudan verließen, flohen über die nächste Grenze, nach Äthiopien oder Uganda. Aber ihrem Vater, erzählte Didinga, war das nicht weit genug. Deutschland, habe er gesagt, sie müssten nach Europa gehen, nach Deutschland.

Und das hätten sie dann auch gemacht. Sie hätten alles zusammengepackt, was auf ihre Schultern passte, und hätten ihr Zuhause, ihre Heimat, zurückgelassen, um in ein fremdes, unbekanntes Land zu flüchten.

»Abstimmung mit den Füßen!«, warf Labensky ein.

Didinga hielt inne. »Abstimmung mit den Füßen?«

»Abdampfen. Die Kurve kratzen. Die Leine ziehen. Sich vom Acker machen. Republikflucht! Abstimmung mit den Füßen! So hat man früher hier im Osten gesagt, wenn man aus der DDR in den Westen rübermachen wollte.« Dass die Partei so eine Abstimmung als Sabotage und Verrat einstufte, das verschwieg Labensky lieber.

»Ach so?« Didinga guckte interessiert. Dann sagte sie: »Wir sind auch zu Fuß gelaufen. Fast dreitausend Kilometer.« Es begann mit einem langen Marsch nach Norden, so erzählte sie, vom Südsudan durch den Sudan, bis nach Ägypten. Von Ägypten aus marschierten sie nach Westen, quer durch die Wüste. In Libyen stiegen sie auf ein schwankendes Boot, klein wie eine Nussschale, um über das Mittelmeer zu fahren. Sie wollten eigentlich nach Italien, doch nach vielen Tagen erreichten sie nur Griechenland. Von dort aus durchquerten sie halb Europa, marschierten sie wochenlang durch Bulgarien, Serbien, Ungarn, Österreich. Die berüchtigte Balkanroute, unter Flüchtlingen auch Todesroute genannt, weil sie so gefährlich war. Und irgendwann, nach Monaten, sie spürten ihre Beine nicht mehr, kamen sie in Deutschland an.

Labensky versuchte sich das vorzustellen: Tausende Kilometer zu Fuß. Das bedeutete mehr als mal eben Onkel Werner im Westen zu besuchen und dann einfach nicht zurückzukommen. Gemessen an der Wegstrecke, die Didinga mit ihrer Familie zurückgelegt hatte, hätte ihre Abstimmung nicht eindeutiger ausfallen können.

In Deutschland angekommen, erzählte sie ihm, hätten sie zuerst in einem Container gelebt und dann in einem Asylantenheim. Und schon da hätte sie Deutsch gelernt und sich vom ersten Tag an angestrengt, einen Schulabschluss zu machen. Dafür habe sie insgesamt sieben Jahre Nachhilfe gebraucht, aber schließlich habe sie es geschafft: Sie habe ein deutsches Abitur gemacht, und dank eines Stipendiums könne sie – die Tochter eines Ackerbauern aus einer Lehmhütte im ärmsten Land der Welt – an einer Berliner Privatuniversität Wirtschaftsberatung studieren. »Nicht für Geld«, gab Didinga noch einmal zu verstehen, »es geht mir um Gerechtigkeit.«

Gerechtigkeit? Labensky kratzte sich am Kopf. Ja gut, dachte er, aber was schadete es, wenn dabei auch noch Asche raussprang?

Didinga griff seinen Gedanken vor und sagte: »Wenn Dörfer im Südsudan nicht überschwemmt werden sollen, muss klimafreundlicher produziert werden. Wenn Menschen im Südsudan nicht hungern sollen, muss der Handel mit Entwicklungsländern fair organisiert werden. Wenn Menschen in meiner Heimat sich nicht gegenseitig töten sollen, dann dürfen keine Waffen in Kriegsregionen exportiert werden. Ich will die Welt gerechter machen«, erklärte Didinga. »Ich will helfen, das kapitalistische System zu ändern.«

Donnerwetter, dachte Labensky. Didinga erinnerte ihn immer mehr an Rita. Auch sie war eine junge, blitzgescheite Frau aus schwierigsten Verhältnissen gewesen, die sich von unten hochgekämpft hatte wie eine Blume durch Schichten aus Asphalt. Und auch sie hatte etwas gegen dieses System gehabt, mit dem Unterschied, dass Didinga gegen den Kapitalismus war und Rita, wenn er sich richtig erinnerte, gegen den Sozialismus. »Mannomann«, wollte Labensky ihr jetzt gratulieren, »Ihr Vater ist wohl mächtig stolz auf Sie?«

Didinga verknotete die Hände ineinander, als hätte sie trotz Flucht über das Meer, trotz Abitur und Universitätsstipendium noch nichts erreicht. »Heute ist meine Aufnahmeprüfung für das Studium«, sagte sie und sah auf ihre Mappe mit den

Unterlagen. »Aber mein Kopf ist leer. Ich habe Angst. Ich glaube, ich weiß nichts …«

Endlich war Labensky im Thema. Endlich konnte er hier auch mal etwas beitragen, dachte er, schließlich wusste er ja nur zu gut, wie sich so ein leerer Kopf anfühlte; wie ein verlassenes Zirkuszelt nämlich, in dem nicht allzu viel passierte, oder wie eine einsame Westernstadt, durch die ein herrenloser Strohbusch wehte.

»Prüfungsangst kenn ich«, versuchte er Didinga zu beruhigen und dachte dabei nicht etwa an Schul- oder gar Universitätsprüfungen, eher an Gesinnungsprüfungen, die er an der Kaltschmelze in Stalinstadt durch bockstures, widerspruchsloses Kopfnicken bestanden hatte. »Nur Mut!«, versuchte er Didinga Mut zu machen. »Meine Mutter hat immer gesagt: Mit vollen Hosen stinkt es sich am besten!«

Didinga schien nicht ganz zu verstehen, was er ihr damit sagen wollte. »Ich bin nicht mutig«, wand sie sich. »Nicht so wie Sie …«

»Wie ich?« Labensky dachte, er hätte sich verhört. »Wie, ich?«, betonte er die Frage jetzt ein wenig anders. Einfache, klare Worte, dachte er wieder, diesmal an sich selbst gerichtet. »Ich … mutig?«

Didinga nickte fest überzeugt. »Sie sind mutig. Ein sehr mutiger Mann!«, sagte sie und nickte und sah ihn aufrichtig bewundernd an.

Labensky fand keinen Grund zu widersprechen, war aber erstaunt. Er fragte sich, wie Didinga, die ihn doch nicht kannte, darauf kaum.

»Was Sie getan haben, in dieser Eisbar …« Didinga machte eine vorsichtige Pause. Zärtlich fiel ihr Blick auf Labenskys Knollennase, die seit der Eisbar-Schlägerei im Sommer 1970 windschief wie ein Denkmal aus der DDR in seinem Gesicht stand. »Sie haben keine Angst gehabt vor diesem anderen Mann, vor diesem Chef. Der Mann war viel größer und stärker als Sie, aber Sie waren mutig und haben nicht weggesehen, sondern für Ihre Freundin gekämpft.«

Labensky brauchte ein paar Augenblicke. Woher wusste Didinga das? Er japste. Erschrocken stellte er fest, dass er schon wieder laut vor sich hin geträumt haben musste, noch als sie zugestiegen war. In dieser Art Wachkoma war er wohl wieder nicht ganz dicht gewesen, waren die Dinge einfach so aus ihm herausgesprudelt, und wie zuvor fühlte er sich aufs Peinlichste ertappt. Er musste dringend damit aufhören, schärfte er sich ein. Was sollte Didinga denken? Was hatte sie die ganze Zeit von ihm gedacht?

Sie lächelte sanft. »Es geht mich nichts an, aber …«

Auweia, dachte Labensky und ging schon in Habtachtstellung.

»Hat sie Ihre Entschuldigung noch angenommen?«

»Hm?«, machte Labensky irritiert. »Wer?«

»Ihre Freundin … Rita …«, sagte Didinga, und Labensky begriff, dass sie offenbar bestens im Bilde war.

Hatte Rita seine Entschuldigung noch angenommen? Labensky grübelte. Er wusste nur – nein, er wollte Stein und Bein schwören –, dass er Rita damals nach dem Debakel in der Eisbar nicht wieder alleine lassen und verlieren wollte. Um keinen Preis. Aber wie konnte er zulassen, dass er sie dann schließlich doch wieder verlor?

Labensky ging in sich. Fieberhaft suchte er für sich nach einer Erklärung. Da waren sie wieder, die Vorwürfe und Schuldgefühle, diese innere Anklagebank, auf der er Platz genommen hatte, seitdem er in diesen Bus gestiegen war, um Ritas Tochter aufzusuchen.

Busfahrer Muhibija, sah er, legte den Oberkörper in die Kurve. Der Reisebus näherte sich dem Autobahnkreuz Schkeuditz, bog ab auf die A9 Richtung Berlin, wo Didinga ihre große Prüfung hatte. Und da, wie zufällig, musste Labensky wieder an Didingas Worte denken: daran, dass sie die Welt gerechter machen und das System verändern wolle. Der Wunsch und auch der Satz kamen ihm ganz eigenartig bekannt vor. Es war ihm, als habe er genau diesen Satz beinahe wortgleich schon einmal von irgendwem gehört.

Plötzlich wurden in Labensky wieder tief verschüttete Erinnerungen wach. Plötzlich kamen aus den trüben Untiefen seines Bewusstseins Bilder zu ihm hinaufgeschwommen, die zu einer Geschichte gehörten, die er einmal erlebt zu haben glaubte. Schemenhaft tauchten vor seinem geistigen Auge jetzt ein paar junge, »woke«, langhaarige Leute auf, denen er vor langer, langer Zeit einmal begegnet sein musste: Er glaubte, sich an zwei Frauen und an einen Mann zu erinnern, die damals – an genau dem Tag, als Rita ihn in den Wind geschossen hatte – nicht etwa aus dem Südsudan, sondern aus der Bundesrepublik in die DDR geflüchtet waren. Diese drei Flüchtigen, die aussahen wie Bombenleger, mussten etwa in seinem Alter gewesen sein. Und wenn er sich jetzt richtig erinnerte, ja, wenn er sich nicht völlig täuschte, dann wollten sie das kapitalistische System der BRD nicht nur verändern, sondern mit Waffengewalt bekämpfen und in seinen Grundfesten erschüttern.

Labensky sah Didinga unsicher und zögernd an. Sollte er ihr von diesen drei systemkritischen Paradiesvögeln und selbst ernannten Weltverbesserern erzählen, die eines Tages nicht nur überall im Westen berüchtigt und berühmt wurden und die mit ihren radikalen Ansichten und Taten nicht nur ihn, also den jungen Heinz Labensky, sondern ganz Deutschland ein für alle Mal verändern sollten?

»Habe ich was Falsches gefragt?« Didinga sah ihn besorgt an.

»Nein, nein«, murmelte Labensky und hob den Kopf. Was seine Entschuldigung bei Rita anging, also die Frage, ob sie seine Entschuldigung damals doch noch angenommen habe, erklärte er, so sei die Antwort leider kompliziert. »Bei Rita und mir war es ja wie verhext«, sprach er in Rätseln. »Manchmal kamen mir die dollsten Zufälle und Knalltüten dazwischen …«

»Zufälle?« Didinga schien nicht zu verstehen. »Knalltüten?«

»Schon mal von der RAF gehört?«, fragte Labensky trocken.

Didinga schüttelte ebenso ahnungslos wie neugierig den Kopf.

»Tja«, meinte Labensky augenrollend, »wo soll ich anfangen?«

16

TRÄNENPALAST

Seine Nase, so fing Labensky an, sah etwa so aus, als hätte ihm ein brandenburgisches Brauereipferd das Gesicht zu Brei getreten.

»Aber das«, schwor er, »war ja noch lange nicht das Schlimmste.«

Damals, also an jenem Abend, nachdem er Ritas Chef in der Mokka-Milch-Eisbar vermöbelt hatte, nachdem sie ihn anschließend vor ihrer Haustür auf den Pott gesetzt und im Moskwitsch sitzen gelassen hatte, so erinnerte sich Labensky, blieb er wie angewurzelt die ganze Nacht über im Auto. Der Schmerz pochte zwischen seinen Schläfen. Schal lag ihm der metallisch-süßliche Geschmack von Zimtsahne, Curaçao Blue und Nasenbluten auf der Zunge. Es war eine warme Juninacht unter sternenklarem Himmel. Der Vollmond überstrahlte sogar den Fernsehturm, während ihm Ritas wutentbrannte Worte noch stundenlang im Kopf nachhallten.

»Seit wann kannst du denn denken?« Das hatte sie zu ihm gesagt. Auch dass er offenbar nicht wüsste, was »provisorisch« heiße, und dass er garantiert nicht wüsste, was »Liebe« sei. Labensky saß auf dem Fahrersitz, hielt sich die Nase, hielt sich mit der Hand auch immer noch am Lenkrad fest und schluckte. Was das Wort »provisorisch« anging, musste er zugeben, dass Rita leider recht hatte.

Aber in Sachen Liebe, das spürte er, hatte er seine eigene Meinung.

Er fühlte sich schuldig wegen Ritas Arbeit. Er kam sich vor wie das letzte Riesenrindvieh. Er wollte die Sache unbedingt wieder ausbügeln, aber dann war da noch dieser Satz, den Rita ganz zuletzt in die Dunkelheit geschleudert hatte, wie um ihn für immer aus der Hauptstadt und aus ihrem Leben zu vertreiben: »Hau einfach ab!«

Labensky zerbog sich den Kopf. Es kam ihm vor, als würde er sich in seinen Gedanken verfangen wie in dornigem Gestrüpp: Sollte er schlicht und einfach tun, was sie gesagt hatte? Sollte er den Moskwitsch nehmen, den Zündschlüssel umdrehen und sie in Frieden lassen? Sollte er Rita, auch wenn sich alles in ihm dagegen sträubte, diesen Gefallen tun und dahin fahren, wo der Pfeffer wuchs und wo er keinen Schaden mehr anrichten konnte?

Sternschnuppen segelten vom Himmel. Die Nacht schleppte sich ohne Abkühlung dahin, und Labensky tat kein Auge zu. Aufgewühlt wälzte er Ritas Worte und grübelte bis zur Hirnerweichung, was er tun sollte.

Erst als es langsam Morgen wurde, als die Sonne aufging und der Bezirk aus seinem kurzen Schlaf erwachte, glaubte er vielleicht zu wissen, was für Rita und also auch für ihn das Beste sei.

Der neue Tag hatte gerade erst begonnen, aber auf der Friedrichstraße herrschte bereits ein Auflauf, ein Schwung Reisender ergoss sich, und die Bürgersteige waren verstopft mit Menschen.

Die meisten, sah Labensky müde mit den Augen plinkernd, strömten mit Sack und Pack hinauf zur großen Festung, zum Grenzübergang nach Westberlin, wahrscheinlich, um nach einem Kurzbesuch im Osten durch das vom Militär bewachte Nadelöhr wieder zurück in den Frontstadtsumpf zu schlüpfen.

»Tränenpalast«, diese Bezeichnung für den abschiedserfahrenen letzten Bahnhof vor der Grenze, in dessen gläserner Ausreisehalle sich tagein, tagaus Tausende Menschen aus Ost und West umarmten und dann trennten, hatte Labensky während seiner Trinkgeldfahrten aufgeschnappt. Und genau so –

wie ein riesiger menschlicher Tränenpalast – kam er sich selbst an diesem Morgen auch vor.

Der Gedanke an Abschiede erinnerte Labensky an jenen Tag, den bis dahin traurigsten und sinnlosesten in seinem Leben, als Rita Jahre zuvor das Dorf verlassen hatte und ohne ihn Richtung Berlin gefahren war. Er fühlte, dass er nicht bereit war, so einen Abschied ein zweites Mal hinzunehmen. Auf keinen Fall. Zwar spielte im Prinzip ja keine Rolle, wozu ein Eierkopf wie er bereit war oder nicht. Doch seine innere Stimme sagte ihm deutlich, dass er mit dem Klammerbeutel oder so was Ähnlichem gepudert sein müsste, wenn er einfach das Feld räumen und Rita in diesem Gefahrensumpf, der sich Berlin nannte, wieder alleine lassen würde.

Labensky krempelte die Ärmel seines Permaflotthemds hoch. Er beschloss, nicht kampflos aufzugeben, sondern zu kämpfen und wenigstens noch mal an Ritas Wohnungstür zu klopfen. Er wollte sich gerade einen Ruck geben. Und womöglich wäre vieles, vieles anders gekommen – nicht nur in Heinz Labenskys Leben –, hätte er es auch nur einen Tacken eiliger getan. Stattdessen, sein Respekt vor Rita war zu groß, und vielleicht war es einfach dieses Schicksal, zögerte Labensky einen Moment, blieb er noch ein paar Sekunden lang im Moskwitsch sitzen. Und diese Sekunden, diese scheinbar ganz bedeutungslosen Augenblicke, genügten, dass der Zufall zuschlug: dass drei langhaarige, komplett in Schwarz gekleidete Gestalten, die nicht wie alle anderen die Straße hoch zum Bahnhof liefen, sondern offenbar geradewegs vom Bahnhof kamen, Labenskys Russenkübel mit dem großen roten Stern auf seiner Motorhaube für ein freies, abfahrbereites Trinkgeldtaxi hielten.

Wie Klappmesser rissen sie die hinteren Wagentüren des Moskwitsch auf, und ehe Labensky sich vor Schreck über die Augen streichen konnte, nahmen zwei dieser Gestalten auf der Rückbank Platz, während ein Dritter ruckartig die Beifahrertür öffnete. Labensky hielt die Luft an. Der Kerl sah zwielichtig und gefährlich aus wie ein Ganove auf der Flucht. Er dachte an einen Überfall.

»Weg hier, Meister, pennst du oder was?«, hörte er ihn brüllen.

»Sieh zu, dass du deine Scheißrussenkarre auf die Straße bringst!«

In dem Ton war Labensky noch keiner zugestiegen. Überfall hin oder her, er sah gar nicht ein, sich von so einem aufs Dach steigen zu lassen. Außerdem wollte er ja hoch zu Rita. Er wollte sich noch mal in aller Form entschuldigen. »Tut mir leid, heut fahr ich nicht«, erklärte er sich und seinen Wagen für beförderungsunfähig.

»Willst du mich verarschen?«, bölkte der Kerl. Er blies Labensky Qualm ins Gesicht, ballte die Faust, die ein paar frische Narben zählte. »Du hast ein Auto, du sitzt da am Scheißsteuer, du drückst jetzt aufs Gas, sonst polier ich den roten Stern auf der Scheißmotorhaube mit deiner Arbeiter- und Bauernvisage!«

Der Kerl, der es anscheinend so eilig hatte, dass er Labensky bereits am frühen Morgen Prügel androhte, wirkte etwas angespannt. Ein braunhaariger Schönling mit Verbrecherkoteletten, Karussellbremserbart und weit geöffnetem Oberhemd. Das Haar hing wild über die Ohren, er trug cowboyartige Lederstiefel, eine hautenge Samthose, wie Labensky sie sonst nur von Zirkusdirektoren kannte, und eine dunkle, verspiegelte Pilotenbrille, als wollte er sein Gesicht verstecken. Labensky fragte sich, warum, aber vor allem fragte er sich, weshalb diese großmäulige Type, die nicht viel älter sein konnte als er selbst, aussah wie ein ausgebrochener Bühnenunterhalter und warum, zum Geier, der so einen Wind machte. Er hätte ihm am liebsten einen Vogel gezeigt und sich von diesem verkleideten Pomadenhengst mal gar nichts sagen lassen. Aber dann fiel ihm wieder ein, dass er schon einen blutigen Zinken hatte und dass seit der Schlägerei mit Ritas Chef keine zehn Stunden vergangen waren. Er ließ sich lieber breitschlagen, als noch mal Schläge zu kassieren.

»Na gut«, grummelte er also. »Wo soll's denn hingehen?«

»Scheißt der Hund drauf, fahr einfach nach Schönefeld!«, bölkte das Großmaul mit der offenbar ganz kurzen Zündschnur und schlug auf das Armaturenbrett, damit Labensky und sein Wagen endlich spurten.

Lackaffe, dachte Labensky, während sein Blick andächtig hinaufwanderte zu Ritas Wohnungsfenster. Wehmut verengte seinen Bauch. Er wollte nicht weg. Aber was war schon eine kurze Trinkgeldfahrt? Die hatte er schnell erledigt. Und was sprach dagegen, Rita noch ein wenig Zeit zu geben? Vielleicht war das gar nicht so dumm, dachte er – vielleicht war es ausnahmsweise sogar schlau?

Er sprang über seinen Schatten. Folgsam setzte er den Blinker links. Mit rasselndem Motor scherte er aus der Parkbucht aus und steuerte die mittlerweile dicht befahrene Friedrichstraße hinunter.

Der enge Samstagmorgenverkehr, der die Werktätigen mit ihren Trabants wie aufgeschreckte Ameisen aus ihren Behausungen und aus der Stadt hinaus ins Grüne spülte, führte im Schritttempo durch den Bezirk, und es dauerte nicht lang, da qualmte der Moskwitsch aus allen Fenstern. Die drei zugestiegenen Mitfahrer rauchten wie die Schornsteine. Das Großmaul auf dem Beifahrersitz zog so nervös an seiner Zigarette, als ginge ihm das Vorankommen inmitten der Blechlawinen immer noch nicht schnell genug, während Labensky im Rückspiegel nun auch die beiden Fahrgäste auf dem Rücksitz unter die Lupe nahm.

Bei den langhaarigen, in schwarze Rollkragen versunkenen Gestalten, die ihre Augen ebenfalls hinter dunklen Sonnenbrillen versteckten und die Labensky auf den ersten Blick entweder für Räuber oder für typische Berliner Schmalspurphilosophen gehalten hatte, handelte es sich entgegen seiner ersten Einschätzung um Frauen.

Die eine, die hinter dem Großmaul saß, hatte lange blonde Haare, ein schmales Gesicht mit spitzer Nase. Eine Schönheit, vielleicht genauso alt wie Rita. Sie trug eine Fotokamera um den Hals wie eine Touristin und massierte dem Großmaul mit einer Hand den Nacken, mit der anderen rauchte sie wie eine verruchte Filmschauspielerin.

Die andere, die hinter Labensky saß, war brünett, aber nicht weniger geheimnisvoll. Sie trug die Haare nur gerade bis zur Schulter, hatte ein eher mondförmiges Gesicht und wirkte insgesamt älter, auf jeden Fall war sie schon über dreißig. Im Gegensatz zur Blonden strahlte sie etwas sehr Nachdenkliches und Ernstes aus. Im Rückspiegel glaubte Labensky zu erkennen, dass sie einen Kugelschreiber und einen Notizblock in der Hand hielt, sich Aufzeichnungen machte. Vielleicht, mutmaßte Labensky, arbeitete sie für eine Zeitung oder Frauenzeitschrift. Auf dem Rücksitz sah sie aus wie eine rasende Reporterin, die zum ersten Mal die DDR besuchte.

Als untrügliches Zeichen, dass seine Mitfahrer nicht aus dem Osten stammten, sondern gerade eben mit dem Interzonenzug aus dem Westen eingereist sein mussten, wertete Labensky nicht nur die unbekannte Zigarettenmarke, die sie rauchten – *Gauloises* stand auf der blauen Kippenschachtel –, sondern auch den Umstand, dass sie alle drei nicht den geringsten ostzonalen Dialekt mitbrachten.

Die Brünette mit dem Notizblock klang wie eine typische Bewohnerin des Frontstadtsumpfs, musste aus Westberlin sein, während die Blonde und das Großmaul bei jedem Wort das »I«, das »A« oder das »Ä« ausdehnten, wie es Labensky nur von hochnäsigen Touristen aus dem Süden Westdeutschlands bekannt vorkam, deren Akzent ihm vertraut war, weil er bei der Sprecherziehung im Spezialheim ja gelauscht hatte.

Was die drei, die so grundverschieden wirkten, wohl verband?

Und was dieses Gespann, das wie auf Durchreise ohne jedes Gepäck daherkam, wohl in der DDR verloren hatte? Labensky wusste noch immer nicht, wohin er eigentlich fahren sollte, also lenkte er den Wagen parallel zur Mauer einfach immer stur geradeaus. Er bog nicht links ab und nicht rechts, während hinten auf seinem Rücksitz bald ebenfalls so etwas wie ein Richtungsstreit entbrannte, bei dem es wohl auch um richtige und falsche Abzweigungen ging.

Es begann damit, dass sich die schöne Blonde der nachdenklichen, in ihre Aufzeichnungen vertieften Brünetten zuwandte und sagte: »Wenn wir das wirklich zusammen durchziehen wollen, dann musst du dich entscheiden: Willst du das System nur kritisieren, nur auf Papier theoretische Ideen ausarbeiten und weiter vom Schreibtisch aus deine Kolumnen schreiben? Oder willst du wirklich etwas dagegen unternehmen, willst du das Schweinesystem mit uns bekämpfen? Bist du eine von uns, oder bist du eine von denen?«

»Meinst du die Frage ernst?«, fühlte sich die Brünette hörbar angegriffen. Sie sah die Blonde an, legte ihre Notizen beiseite und deutete auf das Großmaul, das vorne auf dem Beifahrersitz breitbeinig vor sich hin qualmte, mit einer Hand in seiner Hose. »Wenn ich keine von euch wäre, warum hab ich euch dann geholfen, Andreas aus dem Knast zu holen? Warum hab ich dafür alles riskiert, und warum, glaubst du, will ich diese Reise machen? Ich will den verdammten Schweinen mit euch zusammen den Kampf ansagen!«

Labensky, dem die Nase und der Schädel dröhnten und dem neben der schlaflosen Nacht noch immer die Gedanken an Rita und diesen blöden Streit im Kopf hockten, horchte auf. Kampf?

Was denn für ein Kampf? Und was für verdammte Schweine?

Sorglos und noch nicht ganz auf der Höhe, dachte Labensky in seinem Brummschädel natürlich sofort an Wildscheine, denn Wildschweine waren seiner Meinung nach ja wirklich eine Plage.

In seiner Brandenburger Heimat Briesen, da ließen diese sogenannten Schwarzkittel immer schon die Sau raus. In Rotten zogen sie über die Felder, fraßen den Bauern den Mais weg, pflügten die frisch gesäten Acker um, trampelten Gärten, Zäune oder Palisaden nieder, verursachten Autounfälle am Fließband und vermehrten sich trotzdem wie die Hasen. Nur dass sie keine Hasen waren, sondern borstige, dickfellige Allesfresser. Kein Wunder, dachte Labensky, dass man mit diesen Krawallmachern jetzt also offenbar auch im Westen auf dem Kriegsfuß stand.

Es klang, wie er verstand und mit Erstaunen hörte, nach einem handfesten, organisierten Plan, nach einer wirklich großen Sache: Die Brünette, die wohl auch schon für ihre Zeitung über diese um sich greifende Schweineproblematik berichtet hatte, sprach von einer internationalen Bewegung. Von Schweinebekämpfern namens Ho Chi Minh und Che Guevara. Von der Invasion einer ganzen Schweinebucht auf Kuba und vom Widerstand gegen kaltblütige »pigs«, die in Amerika nicht nur auf schwarze Panther eindroschen.

Auch die Blonde sprach sich angesichts solcher Aggressionen entschieden für »handfeste Gegengewalt« und »radikale, subversive Aktionen« aus, zu denen, wie sie sagte, »jedes Mittel recht« sei.

Lebhaft diskutierten sie darüber, wie diesen skrupellosen Schweinen beizukommen sei, so leidenschaftlich, dass sich ihre Stimmen überschlugen und Labensky bloß noch jedes zehnte Wort verstand: »Bullen«, »Schah«, »Notstandsgesetze«, »Kommune«, »Sprengstoff«, »Springer«, »Kaufhaus«. Auch »APO« und »PLO« – zwei Kürzel, die ihm mal wieder nicht die Bohne sagten – konnte Labensky mitschneiden. Zudem meinte er herauszuhören, dass die Frauen glaubten, irgendeinem Benno oder Rudi den bedingungslosen Kampf gegen die Schweine schuldig zu sein, weil die Schweine diesen Benno und diesen Rudi auf dem Gewissen hätten.

Labensky sah in den Rückspiegel. Hier war so ungeheuer viel von Schweinen die Rede, da blickte ja kein Mensch mehr durch. Er geriet ein wenig durcheinander, und ihm kamen leise Zweifel, ob er das wirklich alles richtig verstand, also ob es hier bei den Schweinen, mit denen abgerechnet werden sollte, wirklich nur um Wildschweine ging. Er fasste sich ein Herz, um sich zu vergewissern: »Diese Schweine«, fragte er halb vorsichtig, halb rundheraus dazwischen, »das sind doch … Tiere, oder?«

Die Frauen auf der Rückbank drehten einander die Köpfe zu. Für Augenblicke, die sich wie gespannt anfühlten, war es ganz still im Wagen.

»Das kannst du verdammt laut sagen! Tiere sind das! Und was für welche! Besser kann man's nicht sagen«, grätschte das Großmaul in das Schweigen, ehe die Frauen auch nur irgendetwas sagen konnten.

Labensky, dankbar für diese eindeutige Auskunft, fühlte sich eigenartig erleichtert, dass er mit seiner ersten Vermutung also wohl ganz richtiggelegen hatte. Manchmal landete er mit seinen Gedanken ja in Sackgassen, die zu schmal waren, um darin zu wenden, aber hier schien er, wie er nun glaubte, direkt den richtigen Riecher gehabt zu haben.

»So, und ihr beiden haltet jetzt mal eure Fresse. Euer akademisches Weibergewichse geht mir nämlich gewaltig auf den Sack.« Abfällig blickte das Großmaul auf die ostdeutsche Frauenzeitschrift, die Labensky zur Lektüre hinter der Windschutzscheibe postiert hatte. »Unser Chauffeur hier sieht zwar aus wie so ein Ossi, der Bananen nicht von Gurken unterscheiden kann, der hat wohl noch nie 'ne echte Zeitung gelesen, aber auch der muss nicht gleich wissen, wer wir sind und was wir planen, kapiert?«

Labensky, der tatsächlich noch nie auch nur eine Zeitung aufgeschlagen hatte, nickte mechanisch. »Nee, muss ich nich«, stimmte er zu, obwohl er nicht gefragt worden war. Prüfend sah er auf den Tankuhr-Schwimmer hinterm Steuer. »Ich muss nur langsam wissen, wo wir eigentlich hinwollen, sonst bleiben wir gleich liegen.«

Der Breitbeinige mit der Pilotenbrille, der in einer Tour die größten Töne spuckte – er hieß also offenbar Andreas –, grinste überheblich. »Du Schießbudenfigur erkennst uns wirklich nicht, ne? Du Weihnachtswichtel hast echt keine Ahnung, wer wir sind, oder?«

Labensky zuckte mit den Achseln. Genauso gut hätte er ihn ausfragen können, wofür HaBäMFa stand, das längste Kürzel der DDR, oder was in aller Welt nun eigentlich »provisorisch« hieß.

Halb beleidigt, halb belustigt, fasste sich dieser Andreas in seine Samthose und hielt Labensky stolz drei hellgrüne, frisch gedruckte Transitvisa für das Hoheitsgebiet der DDR vor die kaputte Nase.

»Wir«, sagte er großmäulig, »wir machen mit freundlichster Unterstützung des Deutsch-Demokratischen Ministeriums für Staatssicherheit ein paar Wochen Ferien vom Westen, und zwar im Nahen Osten. Wir wollen da in ein nettes kleines Trainingslager bei den Experten der Fatah, also bei unseren lieben, bärtigen Palästinenser-Freunden ...« Er verteilte die Pässe nach hinten, ohne sich dabei umzudrehen. Euphorisch schlug er Labensky auf die Schulter. »Und du, mein treuer Arbeiter- und Bauernfreund, du chauffierst uns jetzt auf schnellstem Weg nach Schönefeld, zum Flughafen!«

17

RIO

Es war nur ein Gefühl, so erinnerte sich Labensky, und so erzählt er es jetzt viele Jahre später im Reisebus auch seiner Mitfahrerin Didinga, aber dieser Gockel, der damals auf seinem Beifahrersitz Platz genommen hatte, war ihm von Anfang an nicht ganz geheuer.

Irgendwas stimmte nicht mit diesem Andreas. Der war wahrscheinlich nicht ohne Grund bereits im Knast gewesen, dachte Labensky, auf jeden Fall benahm er sich wie der letzte Vollprolet. Vor allem der raue, aggressive Ton des Großmauls gefiel ihm überhaupt nicht. Dass andere Leute ihn anraunzten oder herumschubsten, dass er den Fußabtreter machte, das kannte er ja schon. Aber dass einer auf die Art auch mit Frauen umsprang, das hatte er noch nie erlebt.

Rita hätte sich solche Manieren nicht gefallen lassen, dachte er, nur um dann gleich wieder daran zu denken, dass Rita sich von ihrem handgreiflichen Chef ja noch ganz anderes hatte gefallen lassen.

Aus Labenskys Sicht ließ sich damals, während der Fahrt zum Flughafen, nicht eindeutig sagen, wer in diesem Dreiergespann aus dem Westen wohl die Hosen anhatte. Was ihm jedoch nicht entging, war, dass wenigstens der blonden Schönheit auch die deftigsten Sprüche offenbar nichts ausmachten, im Gegenteil: Unterwürfig schien sie das Großmaul für sein Gehabe zu bewundern und vorbehaltlos anzuhimmeln, hing ihm buchstäblich an den Lippen.

Immer wieder küssten sich die beiden auf den Mund, und zwar so, dass es eher an ein Schmatzen, Schlecken oder Beißen erinnerte, während Labensky und die schreibwütige Brünette betreten aus dem Fenster schauten wie zwei Ordensschwestern am FKK-Strand.

Der Flughafen Schönefeld, Zentralflughafen der DDR, lag außerhalb der Stadt, gut zwanzig Kilometer südlich von Berlin in Brandenburg, und Labensky war über dieses Ziel nicht unglücklich, hatte er seine Heimat doch schon viel zu lange nicht mehr gesehen.

Naher Osten, dachte er, als er bei der nächsten Minol-Tankstelle rechts ranfuhr, um dem Moskwitsch Zucker zu geben und sich das Nasenblut aus dem Gesicht zu waschen. Labensky hatte im ganzen weitläufigen Osten noch nie von einem nahen Osten gehört, auch nicht von einem fernen, sondern immer nur von einem, und so fragte er sich also, wozu seine drei Fahrgäste, wenn dieser Osten doch so ausgesprochen nahe war, dann in ein Flugzeug steigen wollten?

Gedankenversunken stand Labensky an der Zapfsäule und blickte einem aufgeblasenen, überdimensionalen gelben Vogel in Werkstattmontur ins Auge, der ihm beim Tanken auf die Finger schaute.

Stets dienstbereit zu Ihrem Wohl ist immer der Minol-Pirol stand auf seiner Brust, und Labensky bekam direkt ein schlechtes Gewissen: War es ein Fehler, Rita im Streit alleinzulassen, seinen Dienst als Aufpasser zu unterbrechen, auch nur für eine Fahrt?

Treudoof glotzte ihn der Vogel an. Labensky versuchte, ihn nicht zu beachten, und nahm sich vor, sich fürs Erste auch Rita aus dem Kopf zu schlagen, da er sonst überhaupt nicht mehr klar denken konnte. Eins nach dem anderen, dachte Labensky. Erst mal ging es ja zum Flughafen. Bärtige Palästinenserfreunde, dachte er dann noch, was zum Henker war das nun wieder? Und wie sah wohl so ein Trainingslager bei diesen Bärtigen im Nahen Osten aus?

Zurück im Moskwitsch, zurück auf der Straße, verkniff sich Labensky allzu neugierige Fragen. Das Spezialheim und auch die Rita-Problematik hatten ihn gelehrt, dass es nur Schwierigkeiten bedeutete, sich überall einzumischen, also konzentrierte er sich auf den Verkehr, der nach wie vor schleppend vorankam, während die Frauen auf dem Rücksitz auf einmal wehmütig und traurig klangen.

Die Blonde, hörte Labensky nun zunehmend aufmerksamer hin, erzählte aus irgendeinem Grund von ihrem Vater, der in ihrer südwestdeutschen Heimat wohl ein Pastor war, der insgesamt sechs Kinder hatte und an Sonntagen die Predigt hielt. Ein gebildeter Mann, so sagte sie, der während der Nazizeit in der oppositionellen Kirche aktiv gewesen sei, aber mittlerweile dermaßen »satt« und »selbstherrlich« und »derart bürgerlich verblendet« sei, so drückte sie sich aus, dass er Ungehorsam oder Nächstenliebe nur noch von der Kanzel predige, aber nicht mehr praktiziere. Er sei ein Feigling, schimpfte die Blonde, so wie alle, die in der Bundesrepublik gut lebten und das Unrecht, auf das sie ihren fetten Wohlstand bauten, einfach so geschehen ließen. Sie habe deshalb mit ihrem Vater gebrochen, erklärte die Blonde und klang, als meine sie es bitterernst.

In Labenskys aufmerksamen Ohren hörte sie sich an wie eine Tochter, die ihren Vater eigentlich doch lieb hatte, aber ihr Elternhaus verlassen musste, um ihren eigenen Weg zu gehen. Merkwürdig war nur, dass ihre Worte nach einem endgültigen Abschied klangen, als würde sie ihre Eltern mit Sicherheit nie wiedersehen.

Auch die Brünette, die hinter Labensky saß, trieb offensichtlich Kummer um. Aufgewühlt erzählte nun auch sie von sich, aber nicht von ihren Eltern, sondern von ihren beiden Kindern: Töchtern, Zwillingen, gerade mal sieben Jahre alt. Sie habe sie für diese Reise zurückgelassen, aber nicht etwa zu Hause, nicht bei ihrem Vater und auch nicht in Westdeutschland, sondern, um sie vor ihrem Erzeuger zu verstecken, an einem geheimen Ort auf einer Insel, die Sizilien hieß. Zwar hatte die Brünette mehr Hoffnung als die Blonde, dass sie ihre Kinder wiedersehen würde. Jedoch fürchtete sie ernsthaft, dass man ihr die beiden wegnehmen und ihr als Mutter, die in der ganzen Bundesrepublik gesucht werde, das Sorgerecht entziehen werde.

Mitfühlend fragte sich Labensky, warum diese so anständig und klug wirkende Frau wohl auf der Flucht war und weshalb eine wie sie vom Klassenfeind gesucht wurde. Aber es ging ihn ja nichts an, und außerdem wurde er höchstwahrscheinlich selbst gesucht.

»Könnt ihr da hinten mal die Luft anhalten mit euren Fotzenbedürfnissen?« Der Kerl auf dem Beifahrersitz, dieser Andreas, verlangte, das Gerede über Familienangelegenheiten einzustellen und sich stattdessen auf viel wichtigere Fragestellungen zu konzentrieren. Dazu zählte seiner Meinung nach, wie dieses Trainingslager, in dem sie sich im Nahen Osten für ein paar Wochen einquartieren wollten, organisiert sein würde. Ob die Betten schön bequem wären, ob es nur Kanten Brot und Körnerfraß zu essen gäbe oder ob dort anständig gekocht würde und vor allem, ob während der schweißtreibenden Übungen, die in der sengend heißen Wüstensonne auf sie zukamen, ein »verfickter Cola-Automat« bereitstünde.

Er erwähnte noch eine zweite Gruppe – er nannte sie die »Reisegruppe Mahler« –, die als sogenannte Vorhut anscheinend schon ein paar Wochen vor ihnen über eine ähnliche Route durch die DDR gereist und über einen Zwischenstopp in irgendeinem Beirut in irgendein Jordanien geflogen war, um das Lager zu beziehen. Die Reisegruppe Mahler, beziehungsweise ihr Reiseleiter namens Horst, hörte Labensky das Großmaul schimpfen, hätte daraufhin im Lagerbericht vermeldet, dass es in der Wüste leider weit und breit keinen Cola-Automaten gebe, dass die Feldbetten als schimmelige Restbestände noch aus einem längst vergangenen Sechstagekrieg stammten und dass vor allem die Frage der Bettenbelegung nach Geschlechtern Streitthema Nummer eins sei.

»Die Scheißpalästinenser, haben die nur Scheiße im Hirn?«, blaffte das Großmaul und drehte sich jetzt doch einmal der Rückbank zu – es schien ihm um etwas wirklich Wichtiges zu gehen. »Laut Horst bestehen die darauf, dass Typen und Weiber im Ausbildungslager getrennt pennen. Was denken die Ziegenficker, wer wir sind?«

»Die haben Angst vor nackten Frauen … Also, ich schlaf ganz bestimmt nicht ohne dich, Baby«, versicherte ihm die Blonde.

»Warum regt ihr euch so auf?«, fragte die Brünette und brachte das Großmaul mit ihrer Gleichgültigkeit gleich wieder auf hundertachtzig. »Ich dachte, wir ziehen in dieses Lager, um zu lernen, wie man kämpft. Wenn kümmert's da, wer mit wem schläft?«

»Wen's kümmert? Was ist denn das für eine scheißbourgeoise Fragestellung? Du bist echt die letzte bürgerliche Sau!«, ätzte das Großmaul. »Wenn ich als Tusse nur Lesen und Schreiben im Kopf hätte wie du, Ulrike, dann wär mir das natürlich auch scheißegal!«

»Voraussetzung für die klassenlose Gesellschaft ist die Selbstbefreiung«, versuchte die Blonde die Diskussion auf eine theoretischere Ebene zu heben. Sie sprach jetzt – warum auch immer – minutenlang von der Zahl Achtundsechzig und von einem Kürzel namens LSD.

Sie redete von sogenannten Kommunen, von Gruppensex, von irgendeinem Rainer und irgendeiner Uschi, von einem Jimi Hendrix, der manchmal zu Besuch kam, und auch von irgendeinem Burschen, der in Labenskys Ohren auf den Namen Kuni Lingus hörte und von dem sie wie besessen schwärmte. Sie kündigte an, sich von keiner palästinensischen Befreiungsfront vorschreiben zu lassen, mit wem sie nach den Lagerübungen ins Feldbett steige. »Es geht um die Einheit von

Theorie und Praxis, um revolutionäre Disziplin: Das Politische ist ohne das Persönliche nicht denkbar. Sexuelle Befreiung und antiimperialistischer Kampf gehören zusammen …«

»Genauso sieht's aus!«, bölkte das Großmaul, um in seinen Worten hinzuzufügen: »Ficken und Schießen sind ein Ding!«

Aufgerüttelt von den vielen neuen und ihm ganz unbekannten Ausdrucksweisen, Themen und Gedankengängen, wurde Labensky langsam wach. Sein eigener theoretischer Werkzeugkasten war ja eher dünn bestückt mit einfachsten Ansichten, und doch konnte er spüren, wie zwischen seinen drei Fahrgästen die Luft brannte.

Die Brünette, die offenbar Ulrike hieß und die gegen die beiden anderen kaum ankam, ging eingeschnappt nicht weiter auf die Bettenproblematik ein. Lieber vertiefte sie sich wieder in ihre Notizen.

Labensky betrachtete sie dabei im Rückspiegel. Er fragte sich, woran sie da wohl die ganze Zeit so eifrig und fast stürmisch schrieb?

Die langhaarigen Westler hatten etwas sehr Radikales an sich. Und alle drei, so verschieden sie auch waren, fand Labensky, wirkten auf ihre Weise wie besessen. Das Großmaul schien in erster Linie besessen von sich selbst, während den Frauen neben dem Thema Schweine auch das Thema Gerechtigkeit über die Lippen kam.

Das war Labensky natürlich nicht ganz fremd. Denn soweit er sich erinnern konnte, wurde Gerechtigkeit ja auch in der DDR stets groß beworben und stolz wie Bolle hochgehalten, um dem Klassenfeind die Überlegenheit des Sozialismus zu beweisen.

Ob im Osten wirklich alles so gerecht zuging, konnte Labensky gar nicht sagen. Er war zwar in diesem Glauben groß geworden, hatte gelernt, nie am sozialistischen Auftrag zu zweifeln, hatte außer von seiner Mutter oder von Rita nie etwas Gegenteiliges gehört. Aber nun, nach den Erfahrungen, die er selbst gemacht hatte, dachte er an das Spezialheim und an ein Monster wie die Direktorin, die es ihrer stinkbraunen Vergangenheit zum Trotz geschafft hatte, im Sozialismus eine glänzende Karriere hinzulegen. Er dachte auch an die Firma Mielke, laut seiner Mutter eine Saubande aus Petzen, als dessen Mitglied man aber ein durchaus vorteilhaftes Leben hatte.

Nicht zuletzt dachte Labensky auch an Rita. Was war gerecht daran, dass jemand wie sie, die so schlau und begabt war, dazu verdonnert wurde, Eisbecher zu spülen? Wo war die Gerechtigkeit, wenn ihr Chef ihr dabei an die Wäsche ging und am Ende nicht etwa ihr Chef den Dienst quittieren musste, sondern sie?

Was für die einen gerecht war, dachte Labensky, war es für die anderen noch lange nicht. Umso mehr zog er den Hut davor, dass diese beiden Frauen auf der Rückbank sich allem Anschein nach mit Haut und Haaren dem Kampf für allumfassende Gerechtigkeit verschrieben hatten. Labensky hörte sie von Ausbeutung und Unterdrückung reden, von der repressiven Gewalt des Systems, vom Krieg in Vietnam, vom Leiden der Dritten Welt und vom Elend des Kapitalismus. Zwar hatte Labensky noch nie von Vietnam gehört, geschweige denn von einer Dritten Welt – er wusste bis hierhin nicht mal, dass es auch eine zweite Welt geben sollte. Was aber den Kapitalismus anging, so zweifelte er nicht, dass die drei Freunde genau wussten, wovon sie sprachen. Schließlich waren sie selbst im Westen geboren worden und damit nicht gerade auf die Butterseite des Lebens gefallen. Vielmehr hatten sie das schlimme Pech gehabt, als Kapitalistenkinder mit all den Entbehrungen, Erschwernissen und Nachteilen aufwachsen zu müssen, die das Leben im Westen, wie jedes Kind im Osten wusste, für die bedauernswerten Menschen mit sich brachte.

Labensky erinnerte sich wieder an die Unterrichtseinheit »Westkunde« und an die Fotografien vom Alltag auf der anderen Seite der Mauer, die Abuschenko den Kindern in dem

Spitzelinternat gezeigt hatte. An die funkelnden Kaufhallen und an die Autos mit den silbernen Sternen auf dem Kühlergrill. Beim Gedanken an diese nicht gerade entbehrungsreichen Eindrücke konnte Labensky, wie ihm jetzt auffiel, eigentlich so gar nichts Nachteiliges daran finden.

Auf keinen Fall wollte er infrage stellen, dass die Art und Weise, wie der Klassenfeind lebte, als unmenschlich zu gelten hatte. Der Klassenfeind, hatte er gelernt, war raffiniert und heimtückisch, kam stets in strahlendem Gewand daher, um einfältige Seelen auf Abwege zu locken. Ganz im Stillen und weil Rita gesagt hatte, er sei der einzige Blödmann in der DDR, der noch an den Sozialismus glaube, fragte er sich nun aber doch, was eigentlich so verkehrt daran war, ein schönes, großes Haus oder ein schickes Auto zu haben und noch dazu einen Bauch voll Cola und Pommfritz?

Labensky hatte bereits einige Touristen in Berlin herumgefahren, aber nie war er mit waschechten Westlern wirklich ins Gespräch gekommen. Er wollte die Gelegenheit ergreifen, einmal aus erster Hand zu hören, wie es im Kapitalismus zuging und was dieses System ihnen dort drüben antat. Er hatte vor allem Letzteres noch immer nicht verstanden. Also überlegte er, wie er diese heikle Frage in den Raum stellen sollte, ohne mit der Tür ins Haus zu fallen.

»Was ist am Kapitalismus eigentlich so verkehrt?«, fiel er dann, wie es seine Art war, einfach mit dem ganzen Scheunentor hinein.

Die Blonde, die Brünette und das Großmaul schwiegen und sahen ihn an wie einen Geisterfahrer. Er spürte, plötzlich waren alle Augenpaare auf ihn gerichtet. Ungläubig nahmen sie ihre Sonnenbrillen ab, um nachzusehen, ob diese kreuzdämliche Frage wirklich aus seinem Mund gekommen war, aus seinem Spatzenhirn.

»Du fragst echt, was am Kapitalismus verkehrt sein soll?«

Labensky konnte jetzt ihre verständnislosen Augen sehen,

da sie die Gläser abgenommen hatten. Die Blonde hatte hellwache blaue Augen, umrandet von nachtschwarzer Schminke. Labensky, der so viel Schminke von jungen Ostfrauen gar nicht gewohnt war, dachte an Kriegsbemalung und zögerte mit seiner Antwort.

»Gudrun, Baby!«, lachte das Großmaul seiner blonden Freundin zu und zupfte an Labenskys Permaflotthemd rum wie an einem gebrauchten Waschlappen. »Na klar meint der das ernst, guck dir den Bauern doch mal an! Der hat in seinem kleinen grauen Ossileben noch überhaupt nichts Schönes gesehen. Der würde doch sofort rübermachen, wenn er könnte, um endlich mal aus diesem stalinistischen Scheißland rauszukommen, also kann einer wie der auch nicht kapieren, was drüben bei uns alles beschissen läuft.«

Labensky wollte widersprechen. Ihm lag auf den Lippen, dass er ja sehr wohl schon mal die Möglichkeit gehabt hatte, das Land zu verlassen, und dass er aus gutem Grund geblieben war. Doch er behielt das lieber für sich, während er die flatternden Ärmel seines Permaflotthemds auf einmal sehr selbstkritisch beäugte und sich fest vornahm, seine Garderobe bei nächster Gelegenheit um ein ausgesuchtes Zweithemd zu erweitern. »Na ja«, sagte er und sah lieber nicht mehr zum Beifahrersitz, sondern in den Rückspiegel, um vorsichtig noch einmal nachzuhaken und die Sache ein für alle Mal zu klären: »Ich hab gehört, der Kapitalismus, der macht die Menschen kaputt. Ich hab nur noch nicht geschnallt, wieso …«

»Wieso?«, schaltete sich jetzt auch diese Ulrike ein. Sie hatte schon wieder ihre Sonnenbrille auf und argumentierte aus dem Stand weg wie gedruckt: »Weil der Kapitalismus nur das Kapital sieht und nicht den Menschen. Und weil das Kapital konsequent falsche und mörderische Arbeits- und Lebensbedingungen schafft. Es geht nur um das Anhäufen von Profit. Also werden ständig wachsende Bedürfnisse produziert, die nie befriedigt werden können. Aber die Leute, die vom Kapital manipuliert werden und darunter leiden, merken es gar nicht. Und die, die profitieren, wollen auch, dass es niemand merkt. Sie wollen, dass wir alle vom Streben nach Besitz geblendet bleiben, von Konsumterror und Gier. Ein gutes Leben im Kapitalismus führt nicht der, der Gutes tut, sondern der viel hat. Das wird den Leuten in der Werbung eingeimpft, von Politik und Springer-Presse eingetrichtert, so lange, bis sie es selbst glauben, bis sie satt sind und aufhören, selbst zu denken. Und so führt der Kapitalismus, der auf moderner Versklavung und Ausbeutung beruht, genau wie der Materialismus, der auf Abstumpfung und Verdummung gründet, geradewegs in Monopolbourgoisie, Imperialismus, Faschismus, Totalitarismus und, wie Horkheimer mal sehr vorausschauend geschrieben hat, Rechtsradikalismus.«

»War das nicht Adorno, der das damals geschrieben hat?«, fragte die Blonde, die also auf den Namen Gudrun hörte, während Labensky abwechselnd in den Rückspiegel und auf die Straße schaute. Horkheimer und Adorno, dachte er, noch nie gehört. Diese Ulrike und diese Gudrun klangen aber, als redeten sie von Säulenheiligen, genau wie Rita, wenn es um diesen Picasso-Heini ging. Er selbst konnte da nicht mitreden, also kniff er die Augen zusammen und setzte in Gedanken an seinen eigenen Heiligen, nämlich an Gojko Mitić, sein beflissenstes Häuptlingsgesicht auf, um zu demonstrieren, wie sehr auch ihm dieser Kapitalismus an die Nieren ging.

Ging er in Wahrheit natürlich nicht. Das Großmaul hatte bei all dem Wortgeklingel ja ganz recht: Er hatte dieses System nie am eigenen Leib erlebt. Hinzu kam, dass ausgerechnet jene beiden Menschen, auf deren Meinung er am meisten gab – Rita und seine Mutter –, immer nur von den Vorzügen des Kapitalismus geschwärmt hatten, von Fortschritt, Wohlstand und auch Freiheit.

Labensky leuchtete ein, dass sich schicke Autos nur mit halb so gutem Gefühl fahren ließen, wenn Autobauer dafür bluten mussten. Er sah auch ein, dass die Pommfritz nur halb so lecker schmeckten, wenn Kartoffelbauern keinen gerechten Lohn erhielten. Andererseits, dachte Labensky dann, bekamen die Arbeiter im Sozialismus ja auch kaum einen Lohn, nur mit dem Unterschied, dass gerechterweise kollektiv einfach alle kaum einen Lohn bekamen. Schuften mussten sie trotzdem wie die Ochsen, nur mit dem Unterschied, dass dabei keine schicken Autos und auch keine Flugreisen in den Nahen Osten für irgendwen heraussprangen.

»Ich glaub, er hat's noch immer nicht kapiert«, murrte das Großmaul und sah Labensky an wie einen, mit dem wirklich nicht viel los war. »Bist echt so richtig dumm, oder? Seh ich das richtig?«

»Komm, lass ihn«, nahm Ulrike Labensky jetzt in Schutz.

»Dummsein ist keine Ausrede!«, legte das Großmaul nach.

»Könnte sich ja jedes Springer-Arschloch leicht hinter verstecken!«

»Es geht bei der richtigen Einstellung nicht nur um den Kopf, sondern ums Herz«, gab ihm seine Freundin Gudrun recht. »Es geht darum, genug Herz in sich zu tragen, um sich als Mensch im Kampf zu positionieren. Dafür muss man kein Genie sein.«

In Gedanken wiederholte Labensky diese Sätze. Dabei dachte er an Rita und an sich. Er war kein Genie, hatte aber ein Herz. So musste er im Kampf um Rita nur noch seine Position finden.

»Sag mal, Einstein«, unterbrach das Großmaul seine Gedanken, »wie ist eigentlich dein Name, wie heißt du richtig?«

»Ich heiße Heinz Labensky«, antwortete Labensky und wartete auf das, was als Reaktion auf diese Auskunft immer folgte.

»Heinz? Willst du mich verscheißern? Ist doch kein Name! Kommst du gerade von der Ostfront oder was? Wolltest du mit deinen Wehrmachtsfreunden Helmut, Fritz oder Hans-Werner mal eben Stalingrad erobern?« Dem Großmaul fiel vor Lachen die Kippe aus dem Mund, und auch die Frauen auf der Rückband kicherten belustigt. Es war immer das Gleiche, dachte Labensky.

»Mein Vater«, sagte er ernst, »der war in Stalingrad.«

Die Frauen hörten sofort auf zu kichern, während das Großmaul weiter vor sich hin gluckste. »Und, hat's ihm da gefallen? Oder 'n bisschen unbequem und kalt gewesen in seinem Schützengraben?«

Labensky hob die Schultern. »Hab meinen Vater nie gesehen.«

»Na«, sagte das Großmaul, »dann haste ja Glück gehabt, genau wie ich. Meiner war nämlich auch in Stalingrad, der ist auch nicht mehr zurückgekommen, war erst in Kriegsgefangenschaft und ist dann krank geworden, angeblich beim Heimtransport verschollen.«

»Glück?«, wollte sich Labensky wundern. Er hätte seinen eigenen Vater ja durchaus gerne einmal kennengelernt, hatte dessen Nichtanwesenheit bis hierhin immer als Pech abgespeichert.

»Ja, logisch«, schnaubte das Großmaul und zündete sich eine neue Zigarette an. »Was glaubst du, wie das gewesen wäre, wenn der Alte von der Front zurückgekommen wäre? Da wäre die ganze Scheiße doch hier weitergegangen. Guck dir die alten, gehirngewaschenen Säcke doch mal an! Die tragen jetzt keine Uniform mehr, keinen Stahlhelm, aber das heißt noch lange nicht, dass dieser ganze Nazidreck aus den Köpfen raus ist. Die haben alle mitgemacht, aber von Schuld will keiner was wissen. Stattdessen sitzen die heute in Chefsesseln. In der Justiz, in der Verwaltung, in Ministerien, an Universitäten. Die machen Politik! Die leiten Unternehmen! Die sind beschissene Ärzte, Anwälte oder Beamte und sitzen hinter irgendeinem fetten Schreibtisch.« Dieser Andreas musste Luft holen. »Schon mal was von Rio gehört, Einstein?«

Labensky hob die Augenbrauen.

»Nee, blöde Frage, kennt der natürlich nicht«, sagte Ulrike. »Wie soll ausgerechnet der denn hier im Osten Musik von Rio kennen?«

Tja, na ja, dachte Labensky. Ganz zufälligerweise kannte ausgerechnet er, der von Tuten und Blasen ansonsten keine Ahnung hatte, sehr wohl Musik von Rio, beziehungsweise von Günter Geißler, der mit seinem berühmten Gassenhauer »Was willst du denn in Rio?« nicht nur jahrelang im Bierhimmel, sondern auch auf dem Hitparaden-Album »Schlager-Cocktail 1961–1962« vertreten gewesen war. Zufälligerweise hatte der den Menschen in der DDR genau im Jahr des Mauerbaus gezeigt, dass nach fernwehschwangeren Nachkriegstiteln wie »Caprifischer«, »Komm mit mir nach Tahiti« oder »Maria aus Bahia« ein neuer, heimatverbundenerer Wind wehte, den man sich nicht länger in fremden Ländern, sondern tunlichst nur noch im eigenen Land um die Ohren wehen lassen sollte:

Was willst du denn in Rio
Was willst du in Milano
Was willst du am Sambesi und auf Trinidad
Schau hier in diesem Städtchen
Gibt's auch so manches Mädchen
Das deinetwegen ganz verweinte Augen hat
Drum lass doch dein Gepäck
Und fahr erst gar nicht weg
Die Liebe ist in Rio, in Grönland oder Kongo
Doch auch nicht anders als bei uns zu Haus
Man sitzt auch gern beim Vino
In Dresden und Berlino
Mit einer zuckersüßen Maus

»Bist du total behindert?« Das Großmaul fuhr Labensky, der aus purer Autofahrergewohnheit zu trällern begonnen hatte, deftig über den Mund. »Sind wir hier bei der ZDF-Hitparade oder was? Heiß ich vielleicht Dieter Thomas Heck? Die faschistische Schlager-Scheiße kannst du deiner Oma vorsingen, das ist doch nicht Rio!«

»Hab ich doch gesagt, Baby«, sagte Gudrun. »Die leben hier unter der Käseglocke. Ist wie in der Dritten Welt. Die warten zehn Jahre auf eine Wohnung, einen Telefonanschluss oder ein Auto! Und das Auto ist dann auch noch wie das Land, klein und eng…«

»Na, dann pass jetzt mal gut auf, Einstein«, verlangte das Großmaul und erklärte Labensky mit einer wegwerfenden Handbewegung, dass im Prinzip alles, was die beiden auf der Rückbank bis jetzt gesagt hatten, nur Müll sei. »Das ist am Ende alles akademisches Theoriegewichse, da hat keiner was von, außer die Schlampen selbst. Wenn du echt kapieren willst, worum es wirklich geht, dann merk dir einfach nur einen Satz. Der Satz, den ich dir sage, der stammt von Rio Reiser, bei uns drüben der abgefahrenste Rocker. Ton Steine Scherben! So heißt die Band von Rio. Und als ich deren Song zum ersten Mal gehört hab, da war auf einmal alles klar. Da musste ich kein Buch mehr lesen. Da konnte mich die Kommune mit ihren Stuhlkreisen und Räucherstäbchen am Arsch lecken, denn da hat's hier oben klick gemacht. Ich hab verdammt noch mal endlich kapiert, was der einzige Weg ist, und das hab ich nur Rio zu verdanken. Die Zeile ist so genial, die haut dich um. Die konnte, wenn schon nicht mir, dann echt nur Rio einfallen …«

Labensky, jetzt aber wirklich, wirklich gespannt auf diesen unerhörten und wegweisenden Jahrhundertsatz, hielt den Atem an.

»Macht kaputt«, sagte das Großmaul wie ein Erleuchteter über den Sinn des Lebens, »was euch kaputt macht!«

18

DAS KONZEPT STADTGORILLA

Tja gut, dachte Labensky, und viel mehr dachte er mal wieder nicht.

Nach außen hin versuchte er den Eindruck zu erwecken, er ließe diesen eindrucksvollen Satz noch auf sich wirken, sich die sinnstiftende Strahlkraft auf der Zunge zergehen wie ein Feinschmecker.

Innerlich konnte er in Wahrheit nicht viel damit anfangen, kam er sich lebensphilosophisch vor wie am Katzentisch ohne Besteck.

Die flirrende Luft sorgte trotz heruntergekurbelter Fensterscheiben für Temperatur im Moskwitsch. Der Wagen hatte den Bezirk Mitte hinter sich gelassen. Stadtauswärts rollte er über die Puschkinallee neben dem Spreeufer mitten durch den Plänterwald und die Industrieviertel von Treptow, die auch schon bessere Jahre gesehen hatten, vorbei an den Elektro-Apparate-Werken, der Werkzeugmaschinenfabrik und am Transformatorenwerk Karl Liebknecht.

Es war hier, in diesem typischen Berliner Malocherbezirk, daran musste Labensky statt an den Satz von diesem Rio nun auf einmal denken und seine frisch gebrochene Nase aus dem Fenster halten, dass man manchmal, wenn der Wind günstig stand, unwiderstehliche, grenzüberschreitende Gerüche aus dem Westen riechen konnte: Düfte der Keksmanufaktur Bahlsen, die angeblich direkt hinter der Mauer produzierte. Es war zufällig auch hier, dachte Labensky, dass angeblich immer wieder Bürger verschwanden und einfach aus der DDR abhauten. Der Große Vorsitzende nannte sie »Volksverräter«, nur weil sie dem Keksgeruch des Westens folgten.

Das Abhauen, also die Flucht, stand unter Strafe. Bekam Mielkes Firma auch nur den geringsten Wind davon wie manch einer von dem Gebäck, dann ging es ruckzuck hinter Gitter. Mutig und erfinderisch musste man sein, damit so eine Flucht gelingen konnte, weswegen manche Bürger auf die verrücktesten und waghalsigsten Ideen kamen, um sich klammheimlich aus dem Staub zu machen.

Labensky hatte einmal von dreizehn Leuten plus einem Säugling gehört, die im Sommer 1962 im Treptower Hafen den Ausflugsdampfer »MS Friedrich Wolf« zu Fluchtzwecken gekapert hatten. In Monteurs- und Reinigungsklamotten, so ging diese Geschichte, betraten sie das nagelneue Schiff, setzten Kapitän und Maschinisten unter Alkohol und sperrten sie unter Deck. Und dann schipperten sie unter DDR-Flagge ganz unverdächtig in Richtung Oberbaumbrücke über die Spree, um bei der Lohmühleninsel hart backbord in den Landwehrkanal einzubiegen und mit voller Kraft voraus die Obere Schleuse, also die Grenze, anzusteuern. Von Grenzbooten verfolgt, geriet die falsche Besatzung schnell unter Beschuss, Kugeln durchschlugen die Bullaugen, prasselten auf den Stahlrumpf und aufs Deck, aber die dreizehn jungen Leute und der Säugling schafften es tatsächlich bis nach Kreuzberg, erreichten im Kugelhagel den Frontstadtsumpf. Der rechtmäßige und vollgetankte Kapitän, so endete die Geschichte, hatte beim Anlegen westlich der Mauer dann angeblich die Wahl: das Schiff zurückbringen oder im Westen bleiben. Er entschied sich für sein Schiff, für seine Kapitänsehre und für die DDR. Zum Dank wurde er, wieder in den Osten zurückgekehrt, strafversetzt zur lebenslangen Frachtschifffahrt.

Es war ebenfalls im Jahr 1962, ebenfalls im gleichen Sommer, auch diese Legende hatte Labensky aufgeschnappt, dass nicht bloß dreizehn, sondern sage und schreibe fünfundfünfzig Personen nicht über das Wasser, sondern durch einen selbst gegrabenen unterirdischen Stollen rübermachten. Im oberen

Treptow, nahe der Heidelberger Straße, war der hell beleuchtete und streng bewachte Grenzstreifen gerade mal achtzehn Meter breit, und so verschwanden die Fluchtwilligen eines Tages im Keller der Gaststätte »Heidelberger Krug«, im Kriechgang unterwanderten sie die Mauer und kamen im Keller eines Neuköllner Fotogeschäfts, also im Westen, wieder raus.

Wenn die Gerüchte stimmten, die in Berlin kursierten, war dies bei Weitem nicht der einzige Tunnel unterhalb der Hauptstadt. Angeblich sollte es allein in Treptow ein ganzes Dutzend davon geben. Dem Gerede nach waren die Tunnel ein wachsendes Geschäft, denn angeblich stieg die Nachfrage nicht nur bei jungen Leuten. Am nördlichen Ende der Stadt, bei Frohnau, existierte angeblich sogar ein sogenannter Rentnertunnel, der bis zu 1,75 Meter hoch war und Alten oder Gehbehinderten erlaubte, die Republik nicht nur straflos, sondern auch aufrecht zu verlassen.

»Macht kaputt, was euch kaputt macht!« Labensky, der mal wieder abgeschweift war, dachte nun noch einmal über diesen Jahrhundertsatz nach, den das Großmaul ihm so feierlich gesteckt hatte.

Die falschen Steuermänner auf dem Ausflugsdampfer und auch die mutigen Treptower Tunnelgräber, so überlegte er, mussten im Osten sehr unzufrieden gewesen sein, ja vollkommen verzweifelt. Warum sonst wären sie solche Gefahren eingegangen? Aber so verzweifelt sie höchstwahrscheinlich waren, sie hatten nichts zerstört und niemanden verletzt, sondern waren einfach abgehauen. Sie hatten ihren Frust nicht beim Kaputtmachen, sondern beim Graben rausgelassen. Das Großmaul neben ihm, dachte Labensky dann, verfolgte offenkundig eine andere Strategie. Es war nicht nur, dass er und die anderen den genau umgekehrten Fluchtweg genommen hatten, nicht vom Osten in den Westen, sondern vom Westen in den Osten. Es war auch, dass dieser Andreas, diese krachlaute Haudrauftype mit der Pilotenbrille, seine Wut getreu dem

Motto, das er von seinem Kumpel Rio hatte, wohl eher in Krawall auslebte. Krawall gegen was, dachte Labensky, was wollte er kaputt machen?

»Gewalt gegen Sachen ist ein legitimes Mittel des politischen Protests. Schaut den Kommunisten nicht auf den Mund, sondern auf die Hände – das hat schon Lenin gesagt und damit gemeint, dass die Zeit der rein sprachlichen Auseinandersetzung vorbei ist und dass Taten folgen werden«, erklärte Ulrike, die mit ihrem Notizblock zumindest auf den ersten Blick gar nichts Gewalttätiges an sich hatte, eher etwas Verhuschtes. »Wenn ein Kaufhaus auf Ausbeutung gebaut ist, dann ist es nur legitim, wenn dieses Kaufhaus brennt. Wenn die Banken sich die Taschen vollmachen, gehen wir ebenso in eine Bank und machen uns die Taschen voll. Protest ist, wenn ich sage, das passt mir nicht. Widerstand ist, wenn ich dafür sorge, dass das, was mir nicht passt, nicht länger geschieht.«

»Die Ignoranz der Gesellschaft lässt sich nicht länger nur mit Worten bekämpfen«, gab ihr Gudrun recht. »Das System, in dem wir leben, ist ein reaktionärer Verblendungszusammenhang. Aber es gibt kein richtiges Leben im falschen. Deswegen müssen wir gegen die bürgerliche Moral notfalls etwas sehr Radikales tun.«

»Sag ich ja«, erklärte das Großmaul nun wieder in seinen beziehungsweise Rios Worten: »Macht kaputt, was euch kaputt macht! Frei sein, high sein, ein bisschen Terror muss dabei sein!«

Labensky kratzte sich am Kopf. Er fragte sich, was es bedeutete, dass es kein richtiges Leben im falschen geben sollte. Vielleicht konnte er auch deshalb so schwer folgen, weil ihn das ständige Gequarze im Wagen zunehmend benebelte. Die drei Westler rauchten Kette, und zwar nicht nur ihre harten Gauloises-Giftnudeln, sondern zwischendurch auch Selbstgedrehte. Gerade hatte diese blonde Gudrun auf der Rückbank so einen trichterförmigen Glimmkolben zusammengeschraubt, einen richtig dicken Brummer, und der Geruch davon, der war ganz blumig. Es roch nach trockenem Moos oder nach frisch gemähter Wiese. Das Geräusch beim Abbrennen der Fackel war nicht so sehr ein Knistern wie beim Anziehen eines DDR-Synthetikhemds. Es war eher ein Knuspern. Labensky, der in seinem Leben noch keine Zigarette angefasst hatte – ausgenommen derjeniger, die er als kleiner Junge seiner Mutter hatte anstecken müssen –, mochte den Geruch, und noch mehr mochte er das Knuspern, wenn die drei Westler den brennenden Kaventsmann rumreichten und nacheinander daran zogen. Es entspannte ihn. Es machte ihm, wieso auch immer, richtig gute Laune.

Dazu trug bei, dass auch der Moskwitsch jetzt viel schneller vorankam. Der Wagen rollte nicht mehr durch Treptow, sondern durch Köpenick, und je näher sie dem Flughafen in Schönefeld kamen, je weiter sie in den Berliner Süden fuhren, desto mehr lichtete sich der Stadtverkehr, was schließlich Ulrike auf den Plan rief, sich noch mal zu erkundigen, um wie viel Uhr eigentlich ihr Flug ging.

Gudrun wühlte in ihrer Tasche, bis sie die Interflug-Tickets hatte. Sie antwortete, dass die Tupolew-Maschine nach Damaskus um kurz nach sechzehn Uhr starte, und sie gab zu bedenken, dass sie nicht zu früh am Flughafen aufkreuzen sollten, um dort nicht zufällig erkannt zu werden oder in eine Volkspolizeikontrolle zu geraten.

»Ist nicht euer verfluchter Ernst?«, bölkte das Großmaul und sah auf seine dicke Armbanduhr. »Das sind noch mindestens vier Stunden! Was sollen wir vier verdammte Stunden in diesem besetzten, spaßbefreiten Scheißland machen?«

»Vielleicht essen wir noch was, oder vielleicht trinken wir irgendwo einen Kaffee«, schlug Gudrun vor und hielt zwischen den zugemauerten Fensterfronten der Köpenicker Funkwerke und Kabelkombinate vergeblich nach einem gemütlichen Café Ausschau.

»Bist du verrückt? Und wenn uns jemand sieht? Wir müssen auf jeden Fall raus aus der Stadt. Außerdem haben die hier gar keinen richtigen Kaffee«, sprach sich Ulrike eindeutig dagegen aus.

»Hast du eine bessere Idee? Vielleicht im Auto schwitzen?«

»Ich muss auch mal pissen!«, verkündete das Großmaul.

Gudrun schüttelte genervt den Kopf. Sie beugte sich jetzt schräg nach vorne zum Fahrersitz, paffte wieder diesen Moosgeruch über Labenskys Schulter. »Das hier ist dein Land, oder? Hier muss es doch auch schöne, ungestörte Ecken geben. Wo würdest du denn hinfahren, wenn zum Beispiel die Stasi hier hinter dir her wäre?«

Labensky sah in den Rückspiegel. Er verkniff sich eine schnelle Antwort, denn die hätte ja gelautet, dass Mielkes Schlapphüte ziemlich sicher hinter ihm her waren und dass der Ort, an den es ihn daraufhin verschlagen hatte, Berlin gewesen war. Das war natürlich nicht gerade ein Geheimtipp. Da kamen sie ja außerdem schon her, und obendrein wurde man als Wildpinkler dort schnell verpfiffen.

Also überlegte Labensky, ob ihm nicht irgendein zurückgezogeneres Fleckchen einfiel. Und ja, tatsächlich, er hatte da eine Idee.

»Der Müggelsee soll ja ganz schön sein …«, schlug Labensky kleinlaut vor. Er selbst sei zwar noch nicht dort gewesen, aber der See liege in der Nähe, und angeblich könne man da prima baden.

Verschwörerisch steckten die drei Westler die Köpfe zusammen.

Ausnahmsweise einigten sie sich ohne Diskussionen, dass das mit diesem Müggelsee nach einem guten Plan klinge und dass etwas Entspannung vor dem Kampftraining ganz sicher nicht schade.

»Okay, Einstein«, klopfte ihm das Großmaul auf die Schulter, »dann gib mal ordentlich Gas und zeig uns Wessis dein Revier!«

Labensky tat wie geheißen. Aus einer einfachen, kurzen Trinkgeldtour wurde so zwar ein Tagesausflug – und kurz überlegte er, ob das wirklich gut war, ob dadurch nicht zu viel Zeit verstrich, ehe er Rita wieder in die Augen sah, um das Ruder rumzureißen? Dann aber dachte er, dass sie es ja nicht eilig hatte, ihn wiederzusehen. Daher beschloss er, dass das auch bis zum Abend warten konnte.

Die Fahrt ins grüne, dünn besiedelte Berliner Umland dauerte eine gute halbe Stunde. Vorbei am Schloss Köpenick, über den Müggelheimer Damm, der durch ein lang gestrecktes Kiefernwaldstück nach Müggelheim hinüberführte, ließ der Moskwitsch die Enge der Stadt hinter sich. Zur Sonne, zur Freiheit! Der Fahrtwind kühlte die Gesichter. Hinter den Fenstern zogen Wochenendwanderer und Jungpioniere auf Fahrrädern vorbei, die idyllische Seite der DDR, während die von Systemfragen aufgeheizte Stimmung sich immer mehr entspannte, je weiter sie in die Natur vordrangen.

Auf den Müggelsee zusteuernd, peilte Labensky keinen der offiziellen, von Familien bevölkerten Badestrände an. Er hatte die Order, ein wildes und verstecktes Ufer anzusteuern, an dem man vor den Bürgerlichen seine Ruhe hatte. Also passierte er die Biergärten der HO-Gaststätten und auch die Anleger der Weißen Flotte, wo die motorisierten Fahrgastdampfer hielten. Nicht ohne neugierigen Schulterblick kachelte er vorbei an den FKK-Abschnitten für Freunde des hüllenlosen Badens sowie am Zeltplatz Kuhle Wampe, auf dessen Wiesen sich die Körper stapelten, sich Pärchen zum Picknicken und Schmusen trafen. Labensky fuhr instinktiv noch weiter, ehe er ruckartig eine Abzweigung nach links nahm. Von der Hauptstraße führte ein unbefestigter Waldweg hinunter zum Wasser. Bei leichtem Gefälle, zwischen Farn, der durch die Fenster griff, holperte der Moskwitsch über Baumwurzeln und Äste, bis sich der Wald auftat. Bis der Wagen an einem menschenleeren Strandabschnitt im Sand und Kies zum Stehen kam und sich der Müggelsee vor ihnen ausbreitete wie ein glitzernder blauer Spiegel.

»Heilige Scheiße«, befand das Großmaul und sprang jauchzend aus dem Auto. »Da hast du nicht zu viel versprochen, Einstein!«

Auch die Frauen zogen schnurstracks ihre Rollkragen und Stiefel aus und rannten durch den heißen Sand zum Wasser, um ihre Füße und Gesichter darin abzukühlen. Beim Plantschen machten sie kichernde Geräusche, während das Großmaul nur ein paar Meter neben ihnen stand wie ein Angler, der seine Rute ausgeworfen hatte, und in hohem, feierlichem Bogen in den See pisste.

»Du Pottsau! Bist du eklig!«, zischte ihn Ulrike an.

»Na, was denn? Seid ihr Schlampen immer noch zu bürgerlich? Und ihr wollt Revolution machen? Glaubt ihr Tussen, im Palästinenser-Lager gibt's ein Klo mit Seife? In Jordanien, da scheißen wir ab morgen in die Wüste, und übermorgen robben wir da durch, das sag ich euch!«, schien sich das Großmaul regelrecht zu freuen.

Labensky, der den drei Westlern bei ihren Wasserspielen zusah, malte sich dieses Trainingslager zur Schweinebekämpfung aus. Nach allem, was er gehört hatte, ging es um Ausdauer und Nahkampf, klang es nach einem einzigen, aufregenden Abenteuerspielplatz. Ihm war zwar nicht ganz klar, warum man als Lehrling dafür extra durch die DDR reisen und in die Wüste fliegen musste. Aber er erklärte es sich so, dass man in der Wüste nicht gestört wurde und dass diese Palästinenser eben Experten in Sachen Schweinebekämpfung waren, sich mit der Ausbildung am besten auskannten.

Die Sonne spiegelte sich im See. Der Vormittag war noch im Gange, aber schon lag ein demsiges Flimmern in der Luft, verzerrte wie durch ein Radiergummi das malerische Bild der Segelboote und Ausflugsdampfer, die in der Ferne über das Wasser krochen. Auf der anderen Seite, am Ufer gegenüber, schimmerten weiße Villen, und nur ein paar Buchten weiter war Badegeschrei zu hören. Labensky musste an Rita denken und daran, wie sie früher endlose Sommertage am Briesensee verbracht hatten. Wenn Rita doch nur sehen könnte, dachte er, mit was für antiautoritären Köpfen er hier unterwegs war! Was würde sie wohl dazu sagen? Und was würde sie von denen halten?

Dieser Andreas und diese Gudrun konnten kaum die Finger voneinander lassen. Beide zogen jetzt ihre Klamotten aus, nackt bis auf die Unterwäsche. Labensky blickte verlegen ins Gebüsch, als habe er dort irgendwo ein Reh gesehen, während Gudrun, die Pastorentochter, erst ihre Hose und dann die Bluse in den Sand warf und sich schließlich mit blanker Vorderseite auf den Rücken legte, um in der prallen Hitze wegzudösen. Das Großmaul machte es sich neben ihr bequem, ließ sich die Sonne auf den dicht behaarten Pelz scheinen, während Ulrike, die als Schriftführerin wohl angezogen bleiben musste, sich in den Schatten verzogen hatte.

Sie hockte oberhalb des Strandes im Schneidersitz unter einer Weide, eine Gauloise im Mundwinkel, Stift und Notizblock in den Händen. Sie schrieb und schrieb und schrieb. Ständig flitzte sie mit der Hand übers Papier, und Labensky, der sich mit seiner kreideweißen Haut nun ebenfalls in den Schatten unter den Bäumen flüchtete und sich ihr behutsam näherte, wollte nur zu gerne endlich wissen, was sie da die ganze Zeit so fieberhaft in Worte fasste.

»Eine Frage …«, erkundigte er sich mal wieder viel zu neugierig und hockte sich gleich neben sie, »was schreiben Sie da eigentlich?« Er siezte diese Ulrike, da sie ja nicht nur etwas älter war als er, sondern im Oberstübchen auch Lichtjahre von seiner Flughöhe entfernt.

»Musst mich nicht siezen, kannst einfach Ulrike sagen«, antwortete sie und zündete sich wieder so eine dicke, trichterförmige Knusperknispel an. Sie nahm einen Zug und reichte sie an Labensky weiter.

Er schüttelte den Kopf. Er hatte ja noch nie geraucht. Außer früher, am alten Spritzenhaus, da hatte er probeweise einmal Grashalme geschmökt und sich dabei fürchterlich die Flossen verbrannt. Andererseits: Er wollte jetzt auf keinen Fall kneifen. Wie sah das denn aus? Auch Gojko Mitić hatte in seinen Häuptlingsrollen schließlich nie eine Friedenspfeife ausgeschlagen. Und außerdem war der blumige Geruch dieser Speziallunten ja eigentlich ganz erfrischend. Labensky war in Probierlaune, also griff er schließlich zu. Er klemmte den Glimmstängel zwischen Daumen und Zeigefinger ein, führte ihn vorsichtig an den Mund und holte Luft, als wollte er durch einen Schnorchel atmen. Stoßartig brach der Husten aus ihm heraus. Seine Lunge rasselte wie ein altes Abgasrohr. Er keuchte, schnappte nach Luft, während Ulrike den Notizblock zur Seite legte und auf die flachen Wellen des Müggelsees blickte.

»Was ich hier schreibe, ist noch geheim«, sagte sie leise, doch gleichzeitig euphorisch. Sie nahm selbst wieder einen Zug und stieß den Qualm durch ihre Schneidezähne aus. »Aber eines Tages wird die halbe Bundesrepublik das, was ich hier schreibe, zu lesen kriegen. Die Bullen, die Bonzen, die Bürgerlichen, jeder Altnazi und Kapitalistenknecht. Und eins ist sicher: Wenn dieser Text gedruckt wird, dann wird das kolossal einschlagen wie eine Bombe. Das ist das Ende der Ohnmacht, der Aufruf zum Aufstand, die Erweckung des Proletariats, sich zu befreien, zu organisieren und sich zu bewaffnen. Es ist eine Kampfschrift, verstehst du? Es geht um Agitation durch die Avantgarde und darum, wie Mao schon einst schrieb, zwischen uns und dem Feind eine klare Trennlinie zu ziehen …«

Labensky keuchte noch aus voller Kehle, während ihn eine angenehme Benommenheit überkam. Sein Kopf fühlte sich schwerelos an, wie vom Hals aufwärts abgetrennt, sein Hirn regelrecht aufgeweicht. Es war ein eigenartiges Gefühl, aber diese Schwerelosigkeit fühlte sich ziemlich gut an. Kurz fragte er sich, wer noch mal diese Avantgarde war und wer eigentlich der Feind?

»Die Avantgarde sind wir, und der Feind, das ist das Schweinesystem der BRD«, erklärte sie, als könnte sie Gedanken lesen.

Ach ja, die Wildschweine, sortierte Labensky seine Sinne.

»Sobald wir aus dem Nahen Osten zurückkehren, werden wir in Deutschland knallhart Revolution gegen die Schweine machen. Das Manifest, das ich hier schreibe, das wird unsere Kriegserklärung!«

Donnerwetter, staunte Labensky. Er wollte nicht unhöflich sein, aber er musste nun ganz schrecklich grinsen, konnte gar nicht aufhören zu grienen und verstand es selbst nicht. Sein Blick war angenehm glasig und vernebelt. Er wollte fragen, wie eine Revolution gegen das Schweinesystem denn aussah, an was für Maßnahmen sie da so dachten – ob mit der Trennlinie zum Feind ein herkömmliches Schwarzwildgatter gemeint war oder ein Drahtgehege, ein stabiler Buchtenpfosten oder sogar ein Elektrozaun –, da ging in der drückenden Mittagshitze plötzlich eine Brise, ein Windstoß, der die flachen Wellen des Müggelsees zum Zucken brachte, die Baumwipfel über dem Ufer schüttelte und die Seiten des im Sand liegenden Notizblocks umschlug, zurück auf Seite eins.

Hastig griff Ulrike nach ihren Aufzeichnungen. Es war, als wollte sie die geheime Titelzeile ihrer Kampfschrift vor Labenskys Augen schützen, aber neugierig, wie er war, konnte er nicht anders, als trotz ausgeprägter Leseschwäche reflexartig daraufzuglotzen.

Das Konzept Stadtgorilla meinte er als Überschrift zu lesen.

19

MICHAIL TIMOFEJEWITSCH KALASCHNIKOW

»Gorilla?«

Der grüne Reisebus hatte Sachsen-Anhalt durchquert, fuhr in gleichmäßigem Tempo die A9 hinauf durch Brandenburg und näherte sich bereits Potsdam, als sich Didinga ungläubig zu Labensky über den Tisch beugte und mit noch viel ungläubigerer Miene fragte: »Die haben ihr Konzept wirklich nach einem Affen benannt?«

Labensky hob die Hände, als stecke er auch nicht drin. Als sei er damals ja nur Zeitzeuge gewesen, nicht aber Konzeptschreiber.

»Und was ist dann passiert?«, wollte Didinga wissen. Die Geschichte über die drei langhaarigen Revoluzzer aus dem Westen schien sie persönlich aufzuwühlen. Vielleicht, weil sie bewaffnete Aufstände aus dem Südsudan gut kannte und wusste, wie die fast immer endeten. »Haben Sie nicht versucht, die Leute aufzuhalten?«

Labensky faltete die Hände. Am Autobahnkreuz Potsdam, wo die flache, nichtssagende Landschaft Brandenburgs vorbeizog und die A9 endete, bog Busfahrer Muhibija mit einem Schwung auf die A10, um gleich danach die AVUS Richtung Hauptstadt anzusteuern. Bis zur Ankunft in Berlin waren es noch vierzig Kilometer. Genug Zeit, dachte Labensky, um zu Ende zu erzählen.

Seine Erinnerungen an jenen denkwürdigen Ausflug im Juni 1970 waren ab diesem Punkt der Geschichte etwas verschwommen. Es musste an der Knusperzigarette liegen, an der er damals in seinem jugendlichen Leichtsinn gezogen hatte. Trotzdem spannte er Didinga nicht länger auf die Folter. Bereitwillig erzählte er ihr, was an diesem hitzigen und folgenschweren Tag dann noch geschah.

Die ebenso ausgiebige wie ungestörte Mittagsstunde am Müggelsee, nahm er den Faden jener Begegnung vor mehr als fünfzig Jahren wieder auf, schien für die drei Freunde aus dem Westen damals genau das Richtige zu sein. Sie genossen die frische Luft, die grüngelben Farben der ostdeutschen Natur und die Abgeschiedenheit jenseits der Stadt. Fast war es, als saugten sie diese unbeschwerten Augenblicke in scheinbar grenzenloser Freiheit auf wie etwas, was ihnen früher oder später genommen werden könnte; wie einen Zustand, der endlich war und niemals wiederkommen sollte.

Die Brünette namens Ulrike schrieb weiter, ohne abzulassen, am *Konzept Stadtgorilla*. Die Blonde namens Gudrun lag ausgestreckt im Sand, qualmte wie ein Schlot, ließ sich fast splitternackt von heißen Sonnenstrahlen braten und fummelte an ihrer Fotokamera herum, während sich dieser großmäulige Andreas bald doch tatsächlich daranmachte, ein kleines, speckiges Büchlein in die Hand zu nehmen. Es ließ ihn in Labenskys glasigen Augen gleich eine Spur geistreicher aussehen. Auf dem blutroten Buchdeckel stand hochtrabend und wichtig: *Worte des Vorsitzenden Mao Tse-tung.*

Das Großmaul schien diese Worte zu studieren, schien hinter seiner verspiegelten Pilotenbrille fieberhaft vertieft in dieses Werk, hielt dann und wann den Atem an, so lange, bis ihm ein erleichtertes Seufzen und gar nicht selten auch ein vergnügtes Schmunzeln über die Lippen ging. Labensky hatte keine Vorstellung, wer dieser Vorsitzende Mao Tse-tung sein sollte. Der Große Vorsitzende der DDR jedenfalls nicht, so dachte er, denn der hieß mit Vornamen ja nicht Mao, sondern Walter und war mit seinen kreuzlangweiligen Rundfunkansprachen nun wirklich alles andere als ein Unterhalter.

Auch das schmökernde Großmaul war Labensky bis dahin

nicht gerade durch Feinsinnigkeiten aufgefallen. Gudrun und Ulrike machten in Labenskys Augen einen deutlich aufgeweckteren, gebildeteren Eindruck, und doch gab diese Hohlfrucht pausenlos den Vordenker, der sich zum Chef aufspielte, der breitbeinig die Richtung vorgab, sich auf die Brust trommelte wie der König im Affenstall. War etwa das gemeint mit dem Konzept Stadtgorilla?

Erstaunt stellte Labensky fest, dass dieser Andreas sehr wohl mit dieser Masche durchkam. Ulrike schien sein Gehabe zu durchschauen und duldete ihn doch als Tonangeber. Gudrun dagegen war wie vernarrt, kuschelte ständig mit ihm rum, stellte ihn förmlich auf ein Podest und bezeichnete ihn als »Anarchie in Person«, als »Moral der Erniedrigten«, als »kollektives Bewusstsein des Metropolenproletariats«. Er wiederum hatte etwas kürzere und einfachere Spitznamen für sie, nannte sie umgekehrt »Baby«, »Tusse«, »Alte« oder »Puppe«, was ihr jedoch nicht weniger zu schmeicheln schien.

Labensky grübelte, ob er sich nicht doch mal eine Scheibe von diesem Samthosen-Macker abschneiden sollte. In so eine Hose passten seine Haxen zwar nie im Leben, aber vielleicht, so dachte er, hatte auch Rita einfach mehr für brusthaarige, raubeinige Ganoven übrig. Vielleicht wollte sie gar keinen wie ihn, der immer auf sie aufpasste. Vielleicht wollte sie einfach nur so einen Stadtgorilla.

»Sag mal, Heinz«, sprach ihn Gudrun auf einmal direkt an, als sie am Strand liegend die Kamera beiseitelegte und sich in den Arm des Großmauls kuschelte, »hast du eigentlich ’ne Freundin?«

Labensky fuhr mit der Hand durch den Sand, seine Finger gruben bis zu dem Punkt, ab dem die Sonne die Körner nicht mehr wärmte.

Er schüttelte den Kopf und hoffte, das genügte schon als Antwort.

»Freundin, was heißt das?«, schaltete sich bei dem Thema auch Andreas ein und sah von seinem Büchlein auf. »Entscheidend ist doch: Hat er eine Alte, die ihm das Hirn rausvögelt – ja oder nein?«

Die Luft kam Labensky auf einmal brütend heiß vor. Er rieb sich den Nacken, der sich klitschnass anfühlte. Er war es nicht gewohnt, über solche Dinge nachzudenken, geschweige denn auch noch zu reden. Unentschieden schwang sein Kopf von links nach rechts.

»Soll das heißen, nichts Festes? Das nenne ich die ganz richtige Einstellung!«, schlug ihm das Großmaul auf den Rücken, wobei Labensky wie ein Sandsack nach vorne wegkippte. »Wer zweimal mit der Gleichen pennt, der bumst mit dem Establishment!«

Gudrun und Ulrike, die sich mit ihrem Notizblock aus dem Schatten dazugesellt hatte, sahen Labensky an, als wüssten sie, was sein Kopfwiegen und Schweigen tatsächlich zu bedeuten hatte. Etwas, was sich das Großmaul anscheinend gar nicht vorstellen konnte.

»Du warst noch nie mit einer Frau zusammen, oder?« Gudrun drehte sich Labensky jetzt mit ihrem nackten, leicht geröteten Oberkörper zu, und Labensky prickelte der Schweiß wie Nadeln auf der Stirn, brach ihm aus allen Poren. Er wollte jetzt lieber wieder über Wildschweine oder Kapitalismus reden. Wenn es sein musste, auch über Sozialismus und Kommunismus, aber bitte nicht darüber.

»Ich pack mich weg!«, ächzte das Großmaul und nahm die Pilotenbrille ab. »Tote Hose oder was? Du Trockenpflaume hast noch mit keiner Tusse gepennt, weißt also gar nicht, wie das ist?«

Nervös dachte Labensky an die Geräusche, die aus dem Schlafzimmer seiner Mutter oder aus Ritas Schlafzimmer gekommen waren. Aber das waren nur Geräusche. Eine Vorstellung hatte er nicht.

»Da würde ich mir ja sofort die Kugel geben.« Dieser Andreas streckte Daumen und Zeigefinger, hielt sie wie einen Pistolenlauf an seine Schläfe und drückte, ohne mit der Wimper zu zucken, ab.

»Würdest du wirklich?«, fragte Ulrike und sah von ihren Notizen auf. »Meine ich ernst, wärst du jemals zu Selbstmord in der Lage?«

»Glaubt ihr Tussen, ich hab Angst? Ich hab mal vor gar nichts Angst«, brüstete sich das Großmaul und verpasste Gudrun einen Klaps auf den Hintern, was sie mit einem feuchten Kuss belohnte.

»Aber vorher nehmen wir so viele Schweine wie möglich mit!«

Die Schweineproblematik ging den drei Freunden nicht aus den Köpfen, und sie hingen offenbar auch gar nicht sonderlich am Leben. Was hatte das grausame System des Klassenfeinds nur aus diesen doch eigentlich so lebenshungrigen, jungen Westlern gemacht? Das fragte sich Labensky ernsthaft, während Andreas jetzt den Strand hinauf zum Moskwitsch schlurfte, um Gauloises zu holen und den Schock über Labenskys Unbeflecktheit wegzurauchen.

»Hast du denn niemanden, den du magst?«, fragte Gudrun, als das Großmaul gerade außer Hörweite war. Sie sah Labensky an.

Er zuckte mit den Achseln.

»Soll das heißen, ja, aber sie mag dich nicht?«

»Weiß nicht«, murmelte er. Wusste er ja wirklich nicht genau.

»Du meinst, du weiß nicht, ob sie dich auch mag?«

»Sie hat gesagt, ich soll einfach abhauen …«

»Einfach so?«

Labensky zögerte. Dann deutete er auf seine Nase, die mittlerweile einen lilablauen Farbton angenommen hatte, so wie eine überreife Pflaume, die mitten in seinem Gesicht hockte.

»Hab ihren Chef vermöbelt. Aber nur, weil der ihr an die Wäsche wollte!«

Die Frauen sahen ihn an, nicht verurteilend, eher bewundernd.

»Bist wohl ein richtiger Feminist, was?«, meinte Ulrike.

Labensky wich den Blicken aus. Er hatte in der *Sibylle* mal was von Feminismus gelesen, wusste aber noch nicht, ob das gut war.

»Klingt jedenfalls nach einer echt radikalen Aktion! Andreas hätte das Gleiche mit so einem Dreckschwein gemacht, der wäre stolz auf dich!«, sagte Gudrun anerkennend. Ihr Blick schweifte zum Großmaul, das oberhalb des Ufers feixend um den Moskwitsch schlich und sich bei einer Zigarette den Wagen ansah, fast wie ein Volkskontrolleur der ABI, der Arbeiter- und Bauerninspektion.

»Und nur wegen der Prügelei hat dich deine Süße in den Wind geschossen und einfach abserviert?«, erkundigte sich Ulrike.

»So in der Art«, grummelte Labensky, wobei seine Aktion ja der Grund gewesen war, weshalb Rita nicht mehr servieren durfte.

»Liebst du sie denn?«, fragten ihn die beiden.

Labensky sagte nichts. Er spürte, wie sein Kopf rot anlief wie ein Brandenburger Apfel. Da war es wieder, das Thema Liebe. Er hatte sich Rita gegenüber, was das anging, ganz schön aufs Glatteis begeben. Aber wenn es die Wahrheit war? Wenn er nicht anders konnte? Wenn es das Einzige im Leben war, was er ganz sicher wusste?

»Oje, dich hat's ja voll erwischt …«, seufzte Gudrun. Es klang wie ein Gerichtsurteil, sie sah ihn an wie einen hoffnungslosen Fall.

Verschämt stocherte er im Sand herum. Eine hilflose Stille senkte sich über ihn. Er wollte am liebsten aufstehen und sich unter einem Pinkelvorwand in Richtung Schilf verdrücken, da stellte Ulrike eine Behauptung auf, die ihm in jeder Hinsicht unlogisch, abwegig, ja vollkommen idiotisch vorkam: »Vielleicht hat sie einfach Angst?«

Labensky wischte sich übers Gesicht. Rita? Angst? Vor ihm?

»Angst vor sich selbst«, präzisierte Ulrike ihre Überlegung.

Auch das klang für Labensky nicht weniger idiotisch. Rita, dachte er, die hatte doch immer keine Angst vor gar nichts. Und dann sollte eine wie sie ausgerechnet Angst vor sich selbst haben?

»Der Mensch ist Angst«, behauptete Gudrun.

Labensky legte die Stirn in nachdenkliche Falten.

»Das hat Sartre geschrieben«, erklärte sie bedeutungsschwer.

Aha, dachte Labensky und fragte sich, was das jetzt weiterhalf.

Dann aber erzählte Ulrike mehr von diesem Mann, der wohl ein Philosoph war, was laut Ulrike so viel hieß, dass er nichts anderes machte, als auf irgendwas herumzudenken. Labensky fand, dass er selbst ja eigentlich auch nichts anderes machte, und er fragte sich, ob er also auch ein Philosoph war, aber Ulrike sagte, dass dieser Sartre ein ziemlich helles Köpfchen hatte und dazu auch noch genügend Zeit, den einen oder anderen Gedanken über das Menschsein zu durchdenken. Er hatte sich, verstand Labensky, wohl schon ausführlich mit dem Thema Angst befasst und auch mit dem Thema Liebe. Dabei sei dieser Sartre, seine Anhänger nannten ihn Jean-Paul, nach langem Hin und Her zu dem Ergebnis gekommen, dass zwar jeder Mensch auf dieser Welt geliebt werden wolle, aber deswegen nicht zwangsläufig auch fähig sei zu lieben.

Labensky hatte Mühe zu folgen. Was sollte das heißen?

»Ich meine«, sagte Ulrike, »vielleicht hat deine Freundin dich nur weggeschickt, weil sie weiß, dass sie zu Liebe nicht imstande ist. Weil sie sich vielleicht nicht einmal selbst lieben kann …«

In Labensky arbeitete es wie im Treptower Elektro-Apparate-Werk an einem Dienstagmorgen. Er versuchte, diesen irrwitzigen, ja aberwitzigen Gedanken von diesem Sartre irgendwie zusammenzuschrauben und mit Rita übereinzukriegen. Er dachte an Ritas Ersatzvater, der sie nur auf seine Weise lieb gehabt hatte. Und er dachte an ihre Mutter, die sie vielleicht wirklich lieb gehabt hätte, hätte sich nicht das ganze Dorf das Maul über sie zerrissen. Und dann, plötzlich, schoss Labensky diese Erinnerung von damals wieder ein. Der Vorfall am Briesener Badesee. Dieser eine Abend, als Rita im nachtschwarzen Wasser untergegangen war, als wollte sie geräuschlos darin ertrinken. »Mich musst du doch nicht retten«, das hatte sie ihm ins Ohr geflüstert, und nun, so viele Jahre später, begriff Labensky, dass Rita diesen Satz ganz ernst gemeint hatte.

»Ja, leckt mich doch am Arsch, ihr Fotzen!«, riss ihn mit einem Mal proletenhaftes Gebölke, das nicht über den Briesener Badesee, sondern im Hier und Jetzt über den Müggelsee hallte, aus seinen erhellenden Gedanken. »Heilige Scheiße! Guckt euch das an!«

Breitbeinig stand das Großmaul oberhalb des Ufers, gleich neben dem Moskwitsch. Die Heckklappe des Wagens war weit offen, während dieser Andreas mit einem Gewehr in ihre Richtung zielte.

»Eine Kalaschnikow!«, grölte er und tänzelte vor Freude giggelnd durch den Sand, während Gudrun und Ulrike reflexartig in Deckung gingen und während Labensky sich mit einigem Erstaunen fragte, wo dieses Schießeisen auf einmal herkam. Er hatte im Rahmen seiner unzähligen Trinkgeldtouren doch unzählige Koffer ein- und ausgeladen. Wie konnte ihm das im Kofferraum nie aufgefallen sein?

Die Waffe musste in einem Versteck gelegen haben. Vielleicht unter der Ablage? Oder hinter dem Reserverad? Auf jeden Fall musste das Sturmgewehr Abuschenko gehört haben. Wem sonst?

Auch wenn der kein Kriegsheld war, lag das Kriegsgerät in seinem Wagen, und so hatte der selbst ernannte Doktor an manchem alkoholgeschwängerten Abend doch ausführlich von diesem Gewehr geschwärmt. Er hatte es sogar als das beste Gewehr der Welt bezeichnet, glaubte sich Labensky zu erinnern, als automatische Donnerbüchse und Jahrhundertwaffe, in der ganzen Welt berühmt.

Michail Timofejewitsch Kalaschnikow, hatte Labensky verstanden, lautete der Name ihres Erfinders. Und die abenteuerliche Geschichte, die hinter diesem Namen stand, die ging laut Abuschenko so, dass dieser Michail Timofejewitsch Kalaschnikow im Jahr 1919 in Sibirien geboren wurde, als siebzehntes Kind einer zu reichen Familie, die man nach der Revolution als Staatsfeinde in ein Arbeitslager steckte. Dem jungen und talentierten Michail Timofejewitsch gelang die Flucht. Er wurde angeblich erst Lehrling, dann Techniker in einer Eisenbahnfabrik, bevor ihn eines Tages das Militär einzog. Nach einer Ausbildung zum Panzermechaniker und nach Ausbruch des Krieges wurde er mit der Roten Armee an die Front geschickt und in der Schlacht von Briansk schwer verwundet.

Im Lazarett, so wollte es die Legende, befragte er andere Soldaten, die von deutschen Kradschützen unter Beschuss genommen worden waren, nach der Waffe ihrer Träume – und entwarf anschließend ein kleinkalibriges, robustes Schnellfeuergewehr aus Blech, mit gerade mal dreieinhalb Kilo buchstäblich kinderleicht, in der Hand liegend wie eine Stradivari-Geige, doch nahezu unkaputtbar.

AK-47, unter diesem Kürzel, das Labensky sich ausnahmsweise mal gemerkt hatte, nahm der weltweite Siegeszug des »Automat Kalaschnikow Modell 1947« seinen Lauf. Der große Weltkrieg war vorbei, aber Bürgerkriege wurden ja überall geführt, und so wurde das Modell im ganzen Ostblock exportiert. Von Albanien bis nach China, an Aufständische und an Regierungstruppen, überall kam dieses Gewehr zum Einsatz, für das es fast keine Übung brauchte, weil es das Zielen überflüssig machte: sechshundert Feuerstöße pro Minute, sechshundert Kugeln bei minimalem Rückstoß, bei jeder Gefechtsbedingung oder Wetterlage, im Schneesturm und in der Wüste, im Urwald und im Häuserkampf, im Sand, im Staub, im Schlamm, im Eis und sogar unter Wasser. Dieser talentierte Herr Kalaschnikow hatte laut Abuschenko eine Marke auf den Markt gebracht, die als sowjetischer Verkaufsschlager sogar noch erfolgreicher als Wodka wurde.

Labensky hockte am Strand und fantasierte heillos vor sich hin: Ob wohl sein Vater diesen Kalaschnikow gekannt hatte? Ob die beiden sich mal in einem kalten Schützengraben begegnet waren, das heißt, ob sie einander durch irgendein beschlagenes Zielfernrohr direkt in die Augen gesehen hatten? Darüber dachte er ernsthaft nach, während das Großmaul mit dem Gewehr im Anschlag vor Gudruns Fotokamera die verschiedensten Schießpositionen ausprobierte; erst stehend, dann liegend, dann kniend, dann aufgelegt, dann freihändig, dann in Bewegung. Gudrun knipste Schnappschnüsse, und das Großmaul warf sich in Positur, plusterte sich auf wie ein König beim Ortsschützenfest.

»Nur die Knarre löst die Starre!«, rief er stolz. »So machen wir die Schweine fertig!«

Labensky glaubte, ihm quoll die Milz über. Wildschweinjagd? Mit einer Kalaschnikow? War das nicht reichlich übertrieben? Und nicht auch ziemlich brutal? Gab es nicht andere, weniger radikale Lösungen, um diese blöde Schweineplage in den Griff zu kriegen?

»Da, wo ich herkomme«, machte er jetzt mal einen Gegenvorschlag, »funktionieren auch käfigartige Saufänge und selbst gebaute Fallgruben mit Lockfütterung. Kommt nur auf dicke Köder an!«

Ulrike, Gudrun und Andreas schüttelten die Köpfe, als redete er Pappe. Beim Kampf in den Städten, so argumentierten sie, halfen ihnen Käfige und Fallgruben nicht weiter. »Mit Schweinen ist nicht zu reden, wir machen keine Gefangenen. Wir schlagen los, und alles andere sehen wir dann. Und wenn es sein muss, also wenn die Frage lautet, wir oder die«, sagte das Großmaul kalt, »dann lautet die Antwort immer *die*. Dann knallen wir die Säue einfach ab.«

Er meinte es todernst. Labensky konnte es spüren, und mit einem Mal taten ihm all die dickfelligen Bachen, Frischlinge und Keiler leid. Vielleicht wirkte die Knusperzigarette in ihm noch immer nach, aber er war auf jeden Fall für eine friedlichere Lösung. Seiner Meinung nach sollten die Tiere nur vertrieben, nicht aber getötet werden. Nicht mit einer streuenden Kalaschnikow. Und schon gar nicht mit *seiner* Kalaschnikow. Er wollte kein Wildschweinblut an seinen Händen, brachte das nicht übers Herz, also gab er seine Zurückhaltung auf und nahm dem Großmaul mit einer zackigen, beherzt zupackenden Bewegung das Gewehr ab. Wenn es sein Moskwitsch war und wenn es im Kofferraum gelegen hatte, war es ja wohl auch sein Gewehr. Dann, schlussfolgerte Labensky, hatte also auch nur er darüber zu bestimmen, was damit gemacht wurde.

»Im Ernst, Einstein? Für wen hältst du dich?« Auf einmal stand dieser schießwütige Andreas mit leeren Händen da, sofort brach die Wut aus ihm heraus. »Das ist konterrevolutionär, ist dir das klar?«

»Weiß nicht«, meinte Labensky und überlegte. »Bin auf jeden Fall gegen Blutvergießen«, argumentierte er und dachte dabei an Gojko Mitić, für den Blutvergießen als friedliebender DEFA-Chefindianer ja wirklich immer das Allerletzte war, weswegen er regelmäßig sogar seine schlimmsten Feinde brüderlich verschonte.

»Sagt dir die Französische Revolution was, Einstein? Oder die Russische? Die Chinesische? Oder die Revolución auf Kuba?« Andreas sah ihn in seiner Raserei herausfordernd und stechend an.

Kuba? Bei Labensky klingelte nichts. Er hatte zwar einmal von einer »Kubanischen Rennbahn« gehört, die sich in der Genthiner Spee-Vollwaschmittel-Fabrik in Sachsen-Anhalt befinden sollte und die ihren Namen angeblich Gabelstaplerfahrern aus Mittelamerika verdankte, aber von einer Revolution war nie die Rede gewesen.

»Hab ich mir gedacht. Denn wenn dir diese Ereignisse was sagen würden, wüsstest du nämlich: Ohne Blutvergießen geht in jeder großen Revolution gar nichts«, polterte das Großmaul, baute sich vor Labensky auf und verlangte auf der Stelle das Gewehr.

»Nur über meine Leiche«, blieb Labensky standhaft, wobei er das mit der Leiche, noch während er es aussprach, schon wieder bereute. »Mir haben die Schweine doch gar nichts getan …«

Er sah, wie das Großmaul kochte, kurz vorm Tobsuchtsanfall, also legte er das Gewehr vorsichtshalber auf der Motorhaube ab, so, wie es Gojko Mitić in seiner grenzenlosen Weisheit auch getan hätte, um das Kriegsbeil aus dem Spiel zu nehmen.

Der Stadtgorilla, der Widerworte anscheinend nicht gewohnt war, schien bereit, die Fäuste fliegen zu lassen. Er trat ihm nun auf die Füße, packte ihn am Permaflotthemdkragen. »Ich zähl jetzt bis drei«, drohte er und deutete mit einer Faust auf Labenskys Knollennase. »Wenn die Kalaschnikow dann nicht hier rüberwächst …«

Labensky schnaubte widerwillig, er stand jetzt seinen Mann.

»Eins.« Das Großmaul hob ihn an wie eine klobige Marionette.

Labensky strampelte, angelte mit Armen und Beinen in der Luft.

»Zwei.« Labensky sah schon wieder Sterne. Er kniff die Augen zu, stellte sich den bolzenschussartigen Schmerz vor, der oberhalb seiner Kauleiste eintreten und in Schrecksekundenbruchteilen metallisch seinen Kopf erobern würde, das Blutvergießen in seinem Gesicht, da, plötzlich, hörte er Ulrike rufen: »Leute! Ich hab's!«

Das Großmaul hielt Labensky fest und wandte sich genervt zu allen Seiten. »Was hast du? Was soll die Scheiße heißen?«

»Ich weiß jetzt endlich, wie wir uns im Kampf ausflaggen!« Sie stand direkt vor dem Moskwitsch und deutete auf die Motorhaube.

Gudrun trat näher und betrachtete die Abdeckung. Und was sie da sah, das zauberte ein Funkeln in ihre Augen, das war scheinbar so magisch und unfassbar schön, es machte alles andere unwichtig und klein. »Baby«, sagte sie, »das solltest du dir ansehen …«

Auch Andreas hielt jetzt nichts mehr zurück. Er ließ von Labensky ab. Sein Blick fiel auf die Lackierung. Auf den großen roten Sowjetstern, der Abuschenkos Auto zierte, und auf die Kalaschnikow, die Heinz Labensky mitten auf dem roten Stern platziert hatte.

20

RAF

Der Anblick ließ die Zeit stillstehen, musste etwas Hypnotisches haben. Die drei Freunde standen da wie geblendet, ja wie vollkommen verzaubert, als hätten sie gerade einen Schatz entdeckt.

Irgendwann, halb nackt, sie hatte sich nur die Stiefel wieder angezogen, kletterte Gudrun auf die kochend heiße Motorhaube des Moskwitsch. Wie eine trinkende Giraffe beugte sie sich mit ihrer Fotokamera über das weltberühmte Schießeisen auf dem nicht weniger berühmten Sowjetstern. Ehrfürchtig drückte sie auf den Auslöser, um dieses zufällige Motiv, wozu auch immer, festzuhalten.

Labensky, mal wieder gerade noch davongekommen, verstand die Aufregung nicht ganz, aber es war ihm auch egal. Sobald die Knipsereien erledigt waren, nahm er das Kriegsgerät rasch wieder an sich und verstaute es im Kofferraum, da, wo es hergekommen war. Am liebsten hätte er es an Ort und Stelle gleich verschrottet und einfach im Müggelsee versenkt, aber damit keine Halbstarken so eine Waffe in die Finger kriegten, damit herumfuhrwerkten und wer weiß was anstellten, behielt er sie vorerst lieber bei sich.

Manchmal reichte ja der dümmste Zufall, dass daraus eine Katastrophe wurde. Manchmal, dachte Labensky, genügten die harmlosesten Ereignisse, dass buchstäblich ein Funke übersprang und aus einer blauäugigen Mücke einen tollwütigen Elefanten machte.

Während die drei Freunde sich noch diebisch über ihre Entdeckung freuten, glitt Labenskys Blick über den Müggelsee. In der Ferne krauchten Ruderboote und Ausflugsdampfer über das Wasser, und ein paar Buchten weiter, dort, wo Badegeschrei herkam und wo die offiziellen Badestrände und HO-Gaststätten lagen, musste sich auch das legendäre Gasthaus »Rübezahl« befinden. Eine Schankwirtschaft, deren Namen jeder im Osten kannte. Eine Lokalität, die legendär war, weil der Arbeiter- und Volksaufstand im Jahre 1953 genau dort, in einem stinknormalen Biergarten, begonnen hatte.

Der landläufigen Legende nach, an die Labensky im Beisein der drei aufständigen Revoluzzer jetzt natürlich denken musste, waren es damals rund einhundertvierzig Arbeiter der Bau-Union gewesen, die mit ihren Familien an einem Samstagmorgen an der Berliner Jannowitzbrücke zum Betriebsausflug abgelegt hatten, bei herrlichem Sonnenschein und mieser Stimmung. Auf den Fahrgastschiffen »Triumph« und »Seid bereit«, so ging die Legende, schipperten sie raus zum Müggelsee, während an Bord über bevorstehende Normerhöhungen und Lohnsenkungen diskutiert wurde, die die Partei des Großen Vorsitzenden am Tag zuvor beschlossen hatte.

Am Ausflugslokal Rübezahl angekommen, wurde deftig gegessen und kräftig getrunken. Bei Korn, Pfefferminzlikör und Gerstensaft gingen die Besprechungen zunehmend hitzig weiter, wurden allmählich die Zungen locker. Die Empörung schaukelte sich mit den Stunden hoch, bis im Biergarten die Wut kochte und manch einem der Kragen platzte. Und irgendwann, zu gar nicht mal so fortgeschrittener Stunde, stieg ein entweder sehr mutiger oder sehr vollgetankter Maurerbrigadier, der wohl die Schnauze voll hatte – sein Name war Alfred Metzdorf, stämmig, fünfundvierzig Jahre alt – auf einen Gartentisch und redete von »Streik«.

Laut angeblichen Stasi-Protokollvermerken angeblich ebenfalls anwesender Schlapphüte von Mielkes Firma wurde Metzdorf unverzüglich vom Tisch gezogen und daran gehindert, weiterzureden. Der Aufruf zur Arbeitsniederlegung jedoch, nur einmal unverhohlen ausgesprochen, war nun in der Welt, und so verweigerten Metzdorfs Kollegen schon am darauffolgenden Montag auf ihrer Baustelle in der Friedrichstraße die Maloche. So standen einen Tag später wie als Signal an alle Arbeiter auch in der Stalinallee die Kräne und die Bagger still, stiegen Bauarbeiter von ihren Gerüsten, legten Maurer ihre Kellen nieder und riefen zum offenen Protest.

So schlossen sich tags darauf Tausende am Alexanderplatz dem Demonstrationszug an, formierten sich Horden vor dem Haus der Ministerien und brüllten: »Nieder mit den Normen!«, und: »Rücktritt der Regierung!« So kam es am denkwürdigen 17. Juni 1953, einem Mittwoch, vier Tage nachdem ein bedeutungsloser Maurerbrigadier im Biergarten des Gasthauses Rübezahl am Müggelsee auf einen Gartentisch geklettert war, zur Revolution gegen den Staat.

Nicht nur Bauarbeiter, auch Bauern, Bergleute und ganz normale Bürger verlangten freie und geheime Wahlen und den Abzug der Besatzungsmacht. Die rote Flagge des Großen Bruders wurde vom Brandenburger Tor geholt und von Aufständischen verbrannt. Parteigebäude wurden gestürmt. Das Vorzeige-HO-Kaufhaus »Columbushaus« sowie der Restaurantbetrieb »Haus Vaterland« am Potsdamer Platz gingen in Flammen auf. Und noch am selben Tag griff das Feuer der Berliner Straßen auch auf andere Zentren über, auf die Bezirkshauptstädte Dresden, Leipzig, Magdeburg. In Görlitz, Bitterfeld und Halle übernahmen selbst ernannte Streikkomitees die Macht. Woanders wurden Polizeireviere, Bürgermeistereien und Kreisleitungen besetzt. In insgesamt siebenhundert Städten und Gemeinden gingen eine Million Menschen auf die Straße, um gegen das System zu rebellieren. Der Große Vorsitzende sprach von einem Putsch. Die Besatzer vom Großen Bruder riefen das Kriegsrecht aus, übernahmen die Regierungsgewalt über die DDR und schlugen den Aufstand nieder. Vierunddreißig Menschen wurden erschossen, mindestens fünfzig kamen ums Leben.

Alfred Metzdorf, der entweder sehr mutige oder sehr vollgetankte Maurerbrigadier, der den Generalstreik im Biergarten mit angezettelt hatte, das war das Ende vom Lied gewesen, wurde nie wieder auf einer Berliner Baustelle gesichtet. Niemand konnte sagen, was nach dem Volksaufstand, der mit einem harmlosen Betriebsausflug zum Müggelsee begonnen hatte, aus ihm geworden war.

Manchmal, dachte Labensky, genügte schon ein Augenblick oder auch nur ein Wort. Manchmal reichte das kleinste Missverständnis, dass die Dinge einen unvorhersehbaren Lauf nahmen und dass dieser Lauf einen förmlich überrollte, nicht mehr zu stoppen, nicht mehr einzufangen, ja überhaupt nicht mehr zu kontrollieren war.

Er dachte dabei nicht nur an diesen Metzdorf auf dem Gartentisch im Gasthaus Rübezahl. Er dachte auch an das glühende Heizungsrohr in dem Spezialheim, an den zufällig entflammten Fahnenstoff im Arbeitszimmer der Direktorin. Er dachte an den flüchtigen, doch alles ins Wanken bringenden Blick, den Rita ihm hinter dem Tresen der Mokka-Milch-Eisbar zugeworfen hatte. Und er dachte, während Ulrike, Gudrun und Andreas sich am Strand jetzt langsam wieder anzogen und fertig machten, um wie geplant zum Flughafen zu fahren, an diese drei Gerechtigkeitsverfechter, bei denen ja pausenlos die Funken flogen wie im Schweiß- oder im Schmiedewerk. Eine hitzköpfige, hochexplosive Mischung war das, dass es nur so krachte – was da alles passieren konnte!

Bestimmt war es goldrichtig gewesen, ihnen nicht das Gewehr zu überlassen, dachte sich Labensky. Wer ernsthaft auf die durchgeknallte Idee kam, mit einer donnertrommelnden Kalaschnikow auf Wildschweinrotten loszugehen, der hatte sich ja nicht im Griff, der war doch gewalttätig und unberechenbar, etwa zu allem fähig?

Dazu kam das ständige Gebölke, das Labensky mittlerweile gehörig auf den Zeiger ging. Die Gespräche mit Gudrun und

Ulrike – insbesondere ihre wertvollen Denkanstöße in Sachen Rita – wollte er nicht missen, und doch war er nicht unglücklich, am Müggelsee jetzt aufzubrechen und die drei Funken schlagenden, auffällig gewaltbereiten Westler geradewegs nach Schönefeld zu fahren.

Als Labensky den Moskwitsch juckelnd wieder auf die Straße brachte, als der Wagen mit dem Sturmgewehr im Kofferraum aus dem Waldstück hinter Köpenick auftauchte und zügig durch den südlichen Berliner Stadtrand rollte, herrschte an Bord auf einmal eine Stimmung wie auf einem Klassenausflug. Die Knusperzigarette kreiste. Andreas grölte das Lied von diesem Rio und trommelte wie ein wilder Affe auf das Armaturenbrett. Gudrun legte sich über die Rückbank, streckte die langen, nackten Beine aus dem Fenster und paffte Rauchringe in die Luft wie Seifenblasen. Ulrike, nun ebenfalls aufgetaut, hielt die Haare nach draußen und ließ sich mit geschlossenen Augen den Fahrtwind ins Gesicht pusten.

Den drei Freunden, erholt von den entspannten Stunden in der ostdeutschen Natur, war die Vorfreude auf ihre bevorstehende Reise in den Nahen Osten anzumerken, und am meisten freuten sie sich, ihre Mitstreiter in diesem Wüstenübungslager mit ihrem neuen, abfotografierten Schweinebekämpfungslogo zu überraschen.

Labensky leuchtete vollkommen ein, dass so ein schmuckes Zeichen wichtig war. Nicht ohne Grund, so dachte er, hatte das Wort Motivation ja irgendwie mit diesem Wort Motiv zu tun. Und nicht umsonst, dachte er dann, hatten die weitsichtigen Anführer der DDR das Staatswappen ja also mit einem Hammer, einem Zirkel und einem Ährenkranz ausgestattet. Der Hammer stand für die Arbeiterklasse, der Ährenkranz für die Klasse der Bauern und der Zirkel für die Schicht der Intelligenz. Das alles wusste Labensky, obwohl er gerade mit Letzterem nun wirklich nichts am Hut hatte.

Auch andere Vereine, die ihm jetzt spontan einfielen, trugen genau das auf ihren Wimpeln, worum es bei ihnen im Wesentlichen ging: Beim FC Hansa Rostock, der bei anhaltender Flaute durch die Untiefen der Fußball-Oberliga segelte, war es eine Kogge. Bei den lernbereiten Jungen Pionieren waren es eine flammende Fackel oder ein roter Stern auf einem Buch. Und bei der Partei des Großen Vorsitzenden, der SED, waren es zwei Hände, die freundschaftlich ineinandergriffen und sich vetternhaft wer weiß was zuschoben.

Labensky stellte sich jetzt während der Fahrt vor, dass sich auf dem Wappen seiner Mutter und ihrer Bekanntschaften im Bierhimmel wahrscheinlich leere Kornflaschen und Aschenbecher und viele kleine Gläser drängeln würden. Er wollte sich auch gerade ausmalen, was wohl auf dem schönen Wappen von Rita und ihm abgebildet wäre, was genau eigentlich den Kern ihrer Freundschaft ausmachte, als Ulrike ihre verwehten Haare aus dem Fahrtwind nahm und nervös durch ihre Notizen blätterte wie eine, die hektisch nach etwas suchte oder etwas ganz Wichtiges vergessen hatte, und plötzlich mit aufgeschreckter Stimme rief: »Ein Kampfname!«

Die anderen drehten sich um. Labensky sah in den Rückspiegel.

»Unser Zeichen ist der Stern mit der Kalaschnikow. Damit unterschreiben wir mein Manifest. Aber wir haben keinen Namen. Wie konnte ich so dumm sein, wie konnte ich das übersehen? Wie sollen wir Revolution machen ohne einen gottverdammten Namen?«

Gudrun und Andreas zogen nacheinander an der Knusperzigarette, schmusten herum.

»Denkt doch mal nach! Denkt doch mal an die Black Panther! Oder an die Palästinensische Befreiungsfront! An die Sandinistas in Nicaragua! An die FARC in Kolumbien! An den Vietcong … Verflucht, sogar die Stones oder die Beatles haben natürlich einen Namen!« Ulrike raufte sich die Haare, erschrocken über sich selbst.

»Haben die Beatles sich nicht gerade aufgelöst?«, fragte Gudrun.

»Ist doch nicht der Punkt!« Ulrike nahm ihr die Knusperzigarette weg und schmiss sie aus dem Fenster, um den Ernst der Lage klarzumachen. »Welche Amateure ziehen in den Kampf ohne anständigen Kampfnamen? Der Name ist so wichtig wie das Manifest!«

Wo sie recht hatte, dachte Labensky, hatte sie recht. Ein guter Name, konnte er aus eigener Kriegsspielerfahrung sagen, war das A und O. Er dachte dabei natürlich nicht an »Heinz«. Vielmehr dachte er an Gojko Mitić, der in seinen jüngsten DEFA-Chefindianerrollen zum Beispiel »Weitspähender Falke« hieß – ein Name, in dem richtig Musik war. Und genau darauf kam es ja wohl bei einem guten Namen an. Er sollte nachklingen und gleichzeitig vorauseilen wie Donnerhall.

Das Großmaul ruckelte sich auf dem Beifahrersitz zurecht.

»Denkt ihr hysterischen Weiber wirklich, ich hab keinen Namen für uns? Was glaubt ihr, was ich die ganze Zeit hier mache? Ich kümmer mich um die großen Fragen.« Angeberisch hielt Andreas das speckige rote Büchlein in die Luft, das mit den Worten des Vorsitzenden Mao Tse-tung. Dann fasste er sich in seine Samthose und zog gönnerhaft ein kleines zerknittertes Stück Papier aus seiner Tasche, Papier für Selbstgedrehte, auf das er irgendetwas Bahnbrechendes gekritzelt hatte. »Hier ist der Name. Geniale Eingebung von mir, absoluter Kracher …«

Gudrun nahm das Stück Papier. Sie setzte sich aufrecht hin, faltete es auseinander. Ihre Hände zitterten. Mit fester, feierlicher Stimme las sie: »›Baaders Bande‹.«

Keine Reaktion, nichts. Ulrike nahm die Sonnenbrille ab und verdrehte die Augen, als hätte sie nichts anderes erwartet. Ratlos betrachtete auch Gudrun das Zettelchen in ihren Händen.

»Na, haut euch das um?«, gratulierte sich das Großmaul selbst.

Gudrun presste die Lippen zusammen und zwang sich zu einem Lächeln. »Doch, klar, Baby. Absolut … genial. Nur … irgendwie kommen Ulrike und ich da nicht so richtig vor?«

»Ist mal wieder typisch! Können ja auch nicht alle vorkommen! Da dürft ihr Weiber halt mal nicht so eitel sein! Jede Bewegung braucht einen Anführer. Und nach dem wird die Gruppe benannt, war schon immer so. Fragt mal auf Kuba nach oder in China!«, tönte Andreas und fuchtelte wie zum Beweis mit seinem Mao Tse-tung herum, wobei ihm das kleine rote Büchlein aus der Hand flog und speckig in den Fußraum platschte, aber nicht zwischen seine, sondern zwischen Labenskys Beine.

Auf der Straße vor ihnen fuhr kein Auto, freie Sicht und freie Bahn, also angelte Labensky nach unten und bekam das Buch … nein, Moment, bekam zwei Bücher zu fassen. *Lustiges Taschenbuch* stand auf dem Band, den er mitsamt dem Mao Tse-tung aus seinem Fußraum fischte. Auf dem kunterbunten Buchdeckel waren eine Maus mit großen Ohren und noch größeren Handschuhen, eine weißhaarige Ente mit Spazierstock, Brille und Zylinder sowie drei maskierte, dickbäuchige Gestalten abgebildet, die aussahen wie Einbrecher.

Das eine Buch musste im anderen gesteckt haben. Nicht ganz unabsichtlich, kombinierte Labensky, musste das Großmaul sein *Lustiges Taschenbuch* in seinem Mao Tse-tung versteckt haben.

Kommentarlos reichte er die beiden ungleichen Lektüren an ihren Besitzer weiter, wobei Andreas ihn grimmig anblickte wie einen, der zufällig etwas gesehen hatte, was er besser ganz schnell wieder vergessen sollte.

»Wenn schon die Ganovenschiene, Baby«, machte Gudrun jetzt auch mal einen Namensvorschlag, »warum dann nicht so was Ähnliches wie *Bonnie und Clyde?*«

»*Gudrun und Andreas?* Das könnte euch so passen! Wir sind kein durchgedrehtes Gangsterpaar, sondern eine revolu tionäre Bewegung«, protestierte Ulrike und verlangte dringend mehr Disziplin. »Unser Name, der muss größer klingen als wir selbst, der muss politisch sein und international, so wie *Die Roten Brigaden* oder *Die Armee der Roten Sterne.* Wir brauchen einen Namen, der die verlogene Nachkriegsgesellschaft aufstachelt und jeden Nazideutschen maximal hart provoziert.«

Der Moskwitsch erreichte Schönefeld. Am Nachmittag herrschte am Stadtrand so gut wie kein Verkehr, und Labensky drückte auf die Tube, um rechtzeitig am Flughafen zu sein. Dabei lauschte er den Diskussionen, und dabei wünschte er sich spätestens jetzt, auf den letzten Kilometern, Rita würde ebenfalls mit ihnen in diesem Auto sitzen. Maximal aufstacheln, maximal provozieren, dachte er, das konnte sie ja immer schon wie keine andere, darin war sie bereits als junges Mädchen eine echte Meisterin gewesen, wenn auch nicht immer freiwillig. Sie musste ja im Grunde gar nichts dafür tun, denn damals genügten schon eine etwas andere Hautfarbe, etwas zu dunkle, schlitzförmige Augen und eine nicht ganz geklärte Herkunft – also schmutzige Gerüchte, die sie mit den Besatzern vom Circus Aljoscha in Verbindung brachten –, damit das halbe Dorf aufgeschreckt wie eine Tarantel über sie herfiel.

Labensky erinnerte sich, wie Ritas bloßer Anblick manch einem Deutschen noch Jahre nach dem Krieg das Gift in die Augen trieb und wie diese kartoffeligen Deutschen, jung oder alt, ihr daraufhin das Leben schwer machten, sie drangsalierten, sie wieder und wieder eine »dreckige Rotarmistin« schimpften. Und dann, natürlich, musste er unweigerlich daran denken, wie er sie schon damals um jeden Preis beschützen wollte, wie er sich immer dann, wenn Rita irgendwo am Pranger stand, einfach nur vor sie stellte, mit dem Fuß aufstampfte und sich mit grimmigem Gesichtsausdruck auf ihre Seite schlug, indem er drei ganz bestimmte, maximal provokative Worte bellte, bei denen jedem Einheimischen die Luft wegblieb:

»Rote-Armee-Fraktion«, murmelte Labensky und starrte gedankenverloren auf die Straße.

Die drei Freunde im Moskwitsch hielten inne. Sogar das Großmaul hielt den Atem an. Erst da dämmerte Labensky, dass er das gerade wirklich laut ausgesprochen hatte.

»Was war das?« Ulrike klappte den Notizblock auf, setzte den Bleistift an wie beim Diktat. »Kannst du das bitte noch mal sagen?«

»Rote-Armee-Fraktion«, wiederholte Labensky die von ihm selbst zusammengebaute, vor allem komplett sinnbefreite Titulierung, die Rita und er früher benutzt hatten, um sich als Außenseiter zu verbünden und als zweiköpfige Bande, die an so mancher Front zu kämpfen hatte, gegen des Rest des Dorfes zu verschwören.

Ulrikes Mund stand offen. Sie fuhr mit dem Stift über ihre Notizen, als notierte sie einen Geniestreich. Gudrun zerriss das Papier mit Andreas' Vorschlägen, als gebe es nichts mehr zu diskutieren.

»Rote Armee? Fraktion? Was soll denn der Scheiß heißen? Kann sich ja kein Schwein merken«, meckerte das Großmaul, biss die Zähne aufeinander und presste die Worte hindurch, wohl immer noch beleidigt, dass die Welt, vor allem aber Gudrun und Ulrike für seine Genie-Eingebung einfach noch nicht ganz bereit waren.

»Na ja«, merkte Labensky an, »hier in der DDR wird alles, was zu lang ist, einfach abgekürzt, damit man es sich merken kann.«

Dass er selbst sich Abkürzungen erst recht nicht merken konnte, ließ er unter den Tisch fallen, während das Großmaul die Buchstaben R und A und F nun wenigstens als Möglichkeit mal probeweise auf sich wirken ließ und Ulrike hektisch offenbar noch letzte, grundsätzliche Textänderungen an ihrem Konzept vornahm.

Mit quietschenden Reifen, keine Minute zu früh, bog der

Moskwitsch auf das Flughafengelände ein. Labensky schaltete zwei Gänge runter und drosselte das Tempo. Die ausgedehnte Trinkgeldfahrt, die in den Morgenstunden vor Ritas Mietskaserne in der Nähe des Grenzübergangs begonnen hatte, kam zu ihrem Ende.

In Schrittgeschwindigkeit passierten sie die offiziellen Parkplätze und Taxistände. Labensky steuerte direkt den Eingang der Abflughalle an. Ein aufregender Vorgang, fand er, denn er war ja noch nie geflogen, vom gelegentlichen Rausfliegen mal abgesehen. Er stellte sich vor, was das für ein Gefühl sein musste, hoch über den Wolken, und natürlich dachte er dabei an seinen Vater. In der Haltezone fuhr er routiniert rechts ran, bremste und schaltete den Motor ab, woraufhin die Türen nach allen Seiten aufsprangen, als könnten die drei Westler das Abenteuer, das ihnen bevorstand, kaum erwarten.

»Dein Trinkgeld und deine Müggelsee-Zulage«, sagte Gudrun und reichte ihm großzügig zwei Handvoll Westscheine nach vorn.

Labensky bedankte sich, ohne nachzuzählen. Zählen war ja sowieso nicht seine Stärke, und er wollte nicht als Kapitalist gelten.

»Du musst im Leben immer machen, was dein Herz sagt, Heinz Labensky«, hörte er Gudrun beim Aussteigen noch sagen, doch ehe er sich zu ihr umdrehen konnte, war sie schon aus dem Wagen.

»Also, das war's dann wohl, Einstein …«, meinte das Großmaul.

Salutierend nahm Andreas seine beiden Bücher, klemmte sie sich unter den Arm wie Scheißhauslektüre und rutschte vom Beifahrersitz, wobei die Samthose nach unten rutschte und er Labensky zum Abschied seine Kimme zeigte. »Denk immer an Rio und seine Worte«, gab er ihm zu verstehen. »Wirst bestimmt noch von uns hören!«

Labensky fragte sich, was diese Ankündigung nun wieder

bedeuten sollte, während hinter ihm auch Ulrike den Block mit ihrem Manifest zusammenklappte. Sie nahm jetzt noch einmal die Sonnenbrille ab, im Rückspiegel trafen sich ihre Blicke.

Labensky sah Ulrike in die Augen, und er witterte, wenn er ganz ehrlich war, Unheil. Ihn überkam dieses dringende Gefühl, ja diese Ahnung, dass der Kampf, für den sie im Nahen Osten üben wollten, für niemanden gut ausgehen konnte. Dass er ein blutiges, katastrophales Ende nehmen würde. Es ging ihn ja nichts an, aber er ließ deshalb jetzt alle Scheu fahren, fasste sich ein Herz und fragte:

»Wollt ihr euch das nicht noch mal überlegen? Kann man das mit den Schweinen nicht auch anders regeln, friedlicher und ohne Rambazamba?«, wagte er einen letzten Vorstoß, um die Freunde von ihrem gewalttätigen Feldzug abzubringen. Labensky übte sich in der ungewohnten Rolle des Bedenkenträgers, und es war das erste Mal in seinem ganzen Leben, dass ihm seine Stimme wie die Stimme der Vernunft vorkam. Was leider kein gutes Zeichen war.

Ulrike sah ihm in die Augen. In ihrem Blick lag keine Angst, nicht der geringste Zweifel, nur feste, bittere Entschlossenheit.

»›Es gibt Wirklichkeit nur in der Tat.‹ Auch das ist ein Zitat von Sartre. ›Nicht das Bewusstsein bestimmt das Leben, sondern das Leben bestimmt das Bewusstsein.‹ Das hat schon Karl Marx geschrieben«, erklärte sie Labensky, und Labensky horchte auf. »Wenn man nämlich über die richtige Theorie verfügt, sie aber nicht in die Tat umsetzt, weil man zu feige ist, dann ist die beste Theorie bedeutungslos. Irgendwann muss man Position beziehen, sonst ist man kein Mensch. Entweder wir sind Teil des Problems, oder wir sind Teil der Lösung. Dazwischen gibt es nichts. Das Einzige, was zählt, ist der Kampf – jetzt, heute, morgen. Die bürgerlichen Spießer sagen, man kann nichts tun gegen das Unrecht in der Welt, aber das sagen sie ja nur, weil sie nichts tun wollen«, sagte Ulrike und stieg als

Letzte aus dem Wagen. »Ich will nicht länger wegsehen, sondern die Welt und das System verändern. Ich will etwas getan haben!«

Labensky kurbelte die Scheibe runter und hielt zum Abschied seinen Kopf durchs Fenster. Er sah Gudrun, Ulrike und Andreas mit einem unguten Gefühl im Magen nach. Ahnungsvoll sah er die drei kampfbereiten, jetzt wieder ganz in Schwarz gekleideten Freunde auf das Flughafengebäude zugehen wie dunkle, verhängnisvolle Schatten, deren eigentliche Reise erst noch begann.

»Wer, wenn nicht wir?«, riefen sie ihm mit erhobenen Fäusten zu. Dann verschwanden sie in der Abflughalle, um vor der Jagd auf Schweine im zollfreien Intershop auf Schnäppchenjagd zu gehen.

21

BESONDERE VORKOMMNISSE

»Berlin«, nuschelte Busfahrer Muhibija über die Mikrofonlautsprecher. Es klang, als begegneten sich eine Handvoll Gummibären und Lakritzschnecken in seinem Mund. Gleichgültig überfuhr er zuerst eine gelbe und dann eine rote Ampel. Er hupte, winkte, ruderte sich durch den Verkehr, zeigte hier und da einen Scheibenwischer, einen Vogel oder eine Faust, als funktioniere in diesem modernen und wiedervereinten Berlin nichts ohne Zeichensprache.

Der Reisebus erreichte die Hauptstadt, und Labensky, in Gedanken gerade noch am Flughafen der ehemals geteilten Hauptstadt, kam aus der Vergangenheit nun wieder in die Gegenwart zurück.

Berlin, dachte er und atmete tief ein. Es war das erste Mal seit rund fünfzig Jahren, dass er wieder in dieser Stadt war. Und es war das erste Mal überhaupt, ging ihm jetzt auf, dass er nicht von Osten her, sondern von Westen in die Stadt gefahren kam. Wie durch einen lang gestreckten grünen Tunnel rauschte der Bus mitten durch den Grunewald, ehe er irgendwo am Stadtrand auftauchte.

Labensky sah nach draußen, sah Verkehrsschilder, auf denen *Charlottenburg* und *Westend* stand. Er versuchte, sich zurechtzufinden und irgendetwas wiederzukennen, einen Intershop, eine Milchbar oder einen Schwarztaxistand, aber natürlich erkannte er nichts wieder, da er noch nie in Westberlin gewesen war.

Nur der lähmende Verkehr kam ihm bekannt vor. Der Bus schleppte sich von Ampel zu Ampel, und erst nach einem halben Dutzend wurde Labensky klar, dass er Rita hier im alten

Frontstadtsumpf so nahe war wie seit einer Ewigkeit nicht mehr.

Berlin, das war die Stadt, in der er sie vor vielen, vielen Jahren zum letzten Mal gesehen hatte. Sein Herzschlag bollerte, während der Bus eine leichte Anhöhe erreichte und dort, wo ein Funkturm in die Höhe ragte, gleich neben einer Waschanlage namens »Cosy Wasch« auf einen zubetonierten, weiträumig umzäunten Parkplatz einbog. Der Zentrale Omnibusbahnhof der Hauptstadt, von Kennern ZOB genannt, trug nicht gerade ein Willkommensschild um den Hals, und doch sprang die halbe Passagierladung wie aufgescheucht von den Sitzen, noch ehe Busfahrer Muhibija die Parkbucht ansteuern, geschweige denn den Motor abstellen konnte.

Nur Didinga, die eigentlich auch in Berlin aussteigen wollte, um Wirtschaft zu studieren und das kapitalistische System von innen zu verändern, blieb wie gefesselt sitzen. Sie hatte den Rechner aufgeklappt und hing mit dem Gesicht über dem Bildschirm. Leise, fast zu leise für Labenskys Ohren, flüsterte sie dieses Wort:

»Guerilla …«

»Hm?», machte Labensky.

»Das Manifest … dieses Konzept …«, sagte Didinga und fixierte den Bildschirm, »es heißt *Stadtguerilla* und nicht *Stadtgorilla.*«

Labensky legte den Kopf schräg, so, wie er es in der Grundschule gemacht hatte, wenn Grammatik abgefragt wurde und wenn er beim Wort Grammatik an das Rechnen mit Gewichten dachte.

Didinga, sah er, trieb irgendetwas um, und es hatte wohl mit den drei Langhaarigen zu tun, die er damals zum Flughafen chauffiert hatte. Sie schob den Rechner zwischen sich und Labensky, sodass auch er den Bildschirm sehen konnte. *Google* stand da in drollig bunten Buchstaben. Sie sagte, sie habe die Namen Gudrun, Andreas und Ulrike in eine Suchmaschine eingegeben, und Labensky staunte. Eine Suchmaschine? Er stellte sich alles Mögliche darunter vor.

Rote Armee Fraktion: Das Konzept Stadtguerilla, las Didinga die Überschrift. Ihre Augen glitten über das abfotografierte Wappen mit dem Sturmgewehr über dem roten Stern und über eine Textwüste darunter. Mit konzentrierter Stimme las sie vor:

»Das Konzept Stadtguerilla stammt aus Lateinamerika … Stadtguerilla geht davon aus, daß es die preußische Marschordnung nicht geben wird …

Stadtguerilla heißt, sich von der Gewalt des Systems nicht demoralisieren zu lassen. Stadtguerilla zielt darauf, den staatlichen Herrschaftsapparat an einzelnen Punkten zu destruieren, stellenweise außer Kraft zu setzen, den Mythos von der Allgegenwart des Systems und seiner Unverletzbarkeit zu zerstören …

Stadtguerilla machen heißt, den antiimperialistischen Kampf offensiv führen … Stadtguerilla setzt die Organisierung eines illegalen Apparates voraus, das sind Wohnungen, Waffen, Munition, Autos, Papiere … Stadtguerilla ist bewaffneter Kampf, insofern es die Polizei ist, die rücksichtslos von der Schusswaffe Gebrauch macht … Stadtguerilla heißt, trotz der Schwäche der revolutionären Kräfte in der Bundesrepublik und Westberlin hier und jetzt revolutionär intervenieren!«

Didinga machte eine Pause. Sie schien ganz dringend Luft holen zu müssen. Hektisch flogen ihre Augen weiter über den Text. Und nicht nur über den Text, auch über eine andere Schrift der Roten-Armee-Fraktion, die den bewaffneten Kampf in Westeuropa ausrief.

»Die Parole der Anarchisten ›Macht kaputt, was euch kaputt macht‹ zielt auf die direkte Mobilisierung der Basis, der Jugendlichen in Gefängnissen und Heimen, in Schulen und in der Ausbildung, richtet sich an die, denen es am dreckigsten geht, zielt auf spontanes Verständnis, ist die Aufforderung zum direkten Widerstand … Der revolutionäre Terror richtet sich ausschließlich gegen Exponenten des Ausbeutungssystems und gegen Funktionäre des Unterdrückungsapparates, gegen die zivilen und militärischen Führer und Hauptleute der Konterrevolution … Die Bomben gegen den Unterdrückungsapparat schmeißen wir auch ins Bewusstsein der Massen … Durch geeignete Aktionen muss die Guerilla klarstellen, dass sich die Angriffe grundsätzlich gegen alle Institutionen des Klassenfeinds, alle Verwaltungsdienststellen und Polizeiposten, gegen die Direktionszentren der Konzerne richten, dass der Krieg in die Wohnviertel der Herrschenden getragen wird.«

Kalter Schrecken huschte über Didingas Augen. Sie las weiter, las ein Zitat, das Ulrike, die mit Nachnamen Meinhof hieß, einem großen westdeutschen Nachrichtenmagazin gegeben hatte: »›Wir sagen, natürlich, die Bullen sind Schweine, wir sagen, der Typ in der Uniform ist ein Schwein, das ist kein Mensch, und so haben wir uns mit ihm auseinanderzusetzen. Das heißt, wir haben nicht mit ihm zu reden, und es ist falsch, überhaupt mit diesen Leuten zu reden, und natürlich kann geschossen werden.‹«

Labensky kräuselte die Stirn und legte den Kopf jetzt noch schräger, sodass er fast waagerecht von seinem Hals abstand.

Didinga machte eine Pause, sah ihn halb ungläubig, halb hilflos an. »Sie wussten bis heute nicht, wer diese drei Leute waren?«

Er hob die Schultern. Woher sollte er das wissen, die kamen damals ja direkt aus dem Westen, und was bekam man im Osten schon vom Westen mit? Labensky ging in sich, wühlte in seinen Erinnerungen. Wie vergilbte Memory-Karten drehte er sie um. Und da, irgendwo vergraben, erinnerte er sich doch zumindest an einen aufwühlenden Bericht im Deutschen Fernsehfunk, den er Jahre später zufällig einmal gesehen und nie mehr ganz vergessen hatte.

Es war im Herbst 1977, gut sieben Jahre nach dem Ausflug

an den Müggelsee, berichtete er Didinga, da tauchten diese drei langhaarigen Freunde ganz plötzlich in der Flimmerkiste auf. Sie waren in der Zwischenzeit im Westen anscheinend berühmt geworden, hatten es jedenfalls geschafft, dass ihre Gesichter jahrelang auf Wandzeitungen und Plakaten im ganzen Land ausgehangen hatten, genau wie das Gesicht von diesem Willy Brandt. Er hätte sie auf den ersten Blick fast gar nicht wiedererkannt. Auf den schwarz-weißen Fahndungsfotos, die im Fernsehfunk gezeigt wurden, waren alle drei ganz schön gealtert. Etwas Hartes hatte in ihren Gesichtern Platz genommen. Sie hätten im Gefängnis gesessen, in Isolationshaft, hieß es, sie seien sogar in Hungerstreik getreten. Warum sie hinter schwedischen Gardinen gesessen hatten, das blieb Labensky schleierhaft. Entsetzt hörte er nur, sie hätten eines Nachts in jenem Herbst, der als »Schweineherbst« bezeichnet wurde, ganz plötzlich Selbstmord begangen, jeder für sich.

Ulrike war die Erste gewesen. Sie hatte sich an Handtuchstreifen am Gitter ihrer Zelle aufgehängt. Gudrun hatte es ihr nachgemacht, man hatte sie an einem Kabel am Fensterkreuz hängend gefunden.

Andreas hatte sich, genau wie er es am Müggelsee schon angekündigt hatte, mit einer Pistole erschossen. Allerdings nicht in den Kopf, so wie er es damals vorgemacht hatte, sondern ins Genick, was zwangsläufig die Frage aufwarf, ob er selbst abgedrückt hatte, ob das überhaupt ging oder ob der Staat da nachgeholfen hatte.

Labensky stockte, zog den Kopf zwischen die Schultern und sah Didinga aus weit geöffneten Augen an. »Ist das denn zu glauben?«

Busfahrer Muhibija schob wieder durch den Bus wie ein Kapitän über sein Schiff, machte Handbewegungen, um auch die Letzten hinauszubitten, woraufhin Didinga ihren Rechner zuklappte. »Im Südsudan ist Selbstmord Sünde«, sagte sie, »wegen der Religion.«

»In der DDR auch«, sagte Labensky, obwohl Religion in der DDR kaum eine Rolle spielte. Genauso wenig wie Selbstmorde, denn die waren ebenfalls tabu, dienten ja nicht der großen Sache.

Natürlich musste er an Ritas Mutter denken, bei der die Leute im Dorf jedoch nie von Selbstmord, sondern von »Freitod« getuschelt hatten. Was ja gleich ganz anders klang, nämlich fast so, als hätte sie nicht etwa keinen anderen Ausweg mehr gesehen, sondern als hätte sie eine prächtige Palette voller gepflasterter Auswege direkt vor sich gehabt und sich einfach den leichtesten herausgepickt.

»Tod durch die eigene Hand«, dachte Labensky, das war in der DDR auch so eine geläufige Umschreibung gewesen. Dabei fiel ihm wieder ein, dass er nach der Wende einmal im gesamtdeutschen Fernsehen gehört hatte, wie viele Selbstmorde es in den Werkhöfen, Jugendheimen und auch Spezialheimen der DDR tatsächlich gegeben hatte, ohne dass das zahlenmäßig aufgefallen war.

Und das wiederum sollte daran gelegen haben, dass die Selbstmorde in diesen Heimen, wie Labensky erst nach der Wende hörte, nämlich nicht etwa als Selbstmorde und auch nicht als Freitode geführt worden waren, sondern in der Rubrik »Besondere Vorkommnisse«, womit technisches oder gar personelles Versagen ausgeschlossen war wie bei einem Blitzschlag – niemand wirklich verantwortlich.

»Personenunfälle«, dachte Labensky jetzt im Bus. Das war auch so eine Bezeichnung, die ihm noch heutzutage aus dem Radio vertraut war, wo so was regelmäßig vermeldet wurde: »Auf der Bahnstrecke zwischen Erfurt und Leipzig kam es zu einem Personenunfall«, hieß es da etwa, oder: »Auf der A6 fünf Kilometer Stau wegen eines Personenunfalls.« Es hatte ein paar Jahre gedauert, bis Labensky im Feierabendheim dahintergekommen war, was in Wirklichkeit damit gemeint war; bis er verstand, warum man den Leuten nicht einfach die

Wahrheit um die Ohren haute, sondern ihnen mit nur einem Wort – »Personenunfall« – eine kleine Geschichte erzählte, die die wahren Umstände verschleierte. Der Zweck war der, war sich Labensky sicher, die Leute nicht auf noch mehr dumme Gedanken zu bringen. Das Thema sollte lieber gar nicht angeschnitten werden, als käme so was überhaupt nicht vor. Und umso verblüffender erschien Labensky jetzt, also im Nachhinein, die Tatsache, dass nach dem plötzlichen und rätselhaften Gefängnistod von Gudrun, Ulrike und Andreas in aller Öffentlichkeit ganz unverblümt von Selbstmord die Rede gewesen war, so lauthals und ausgesprochen deutlich, dass man es damals sogar im Osten hatte hören können. Zwar hatten Ulrike, Gudrun und Andreas angeblich alle drei keinen Abschiedsbrief in ihren Zellen hinterlassen – bei Andreas wurden nur ein paar der bunten *Lustigen Taschenbücher* mit der Ente und der Maus gefunden –, doch wurde vom Klassenfeind so schonungslos herausposaunt, wie die drei Freunde sich angeblich selbst ermordet hatten, dass Labensky fast zu glauben meinte, der Klassenfeind wolle die Bürger nicht bloß über den Hergang informieren, sondern unbedingt von einem Selbstmord überzeugen.

»Das Gewehr, von dem Sie erzählt haben …«, holte Didinga ihn wieder heraus aus seinen geradezu verschwörerischen Gedanken.

»Die Kalaschnikow?« Labensky sah sie an und grinste: »Mumpelspritze, so haben wir im Osten früher dazu gesagt!«

Didinga stand von ihrem Sitzplatz auf, sie grinste nicht. »Das war keine Kalaschnikow«, sagte sie nüchtern. »Im Südsudan gibt es mehr Kalaschnikows als Hühner, sogar Kinder tragen das Gewehr, Kindersoldaten! Ich erkenne es, aber das Gewehr, das diese Leute für ihr Abzeichen fotografiert haben, das war keine Kalaschnikow.«

Auf Labenskys Gesicht wuchs plötzlich ein großes Fragezeichen.

»Das Gewehr auf diesem Stern ist eine Maschinenpistole MP5«, erklärte ihm Didinga. »Es ist ein deutsches Gewehr. Von einem deutschen Rüstungsunternehmen: Heckler & Koch.«

Ungläubig verzog Labensky die Miene, während Didinga erklärte, dass diese deutsche Firma nach dem Krieg zunächst Ersatzteile für Fahrräder und Nähmaschinen produziert habe, heute aber Marktführer bei Handfeuerwaffen sei, mit mehr als zweihundert Millionen Euro Jahresumsatz durch Exporte in die ganze Welt.

Labensky staunte. Didinga schien sich nicht nur mit Wirtschaft auszukennen, offensichtlich hatte sie auch viel mehr Ahnung von Waffen als er und die drei waffenverliebten Westler. Was die wohl dazu gesagt hätten, wäre ihnen damals bewusst gewesen, dass sie in Wahrheit keinen kommunistischen, antifaschistischen Schnellfeuerkarabiner auf ihrem schönen Wappen hatten, sondern ausgerechnet einen imperialistischen, original westdeutschen Exportschlager?

Wie Didinga jetzt so dastand in ihrem bunten Gewand, das ihren ganzen Körper in die leuchtendsten Farben hüllte, die Umhängetasche mit ihrem Rechner auf der Schulter, die Unterlagen für ihre Aufnahmeprüfung unterm Arm, da hätte Labensky sie am liebsten gefragt, ob sie nicht noch eine Runde mit ihm weiterfahren wolle, bis zum nächsten und auch letzten Halt, also bis Rostock. Er hatte ja, wie ihm jetzt auffiel, noch so viele Fragen. Und irgendwie hatte er das Gefühl, Didinga wusste viele Antworten. Aber nun hatte er fast die ganze Zeit von sich erzählt beziehungsweise von seiner Begegnung mit diesen Revoluzzern. Und jetzt war die Zeit um, und Didinga musste aussteigen, um sich ihren Traum vom Studium in der Hauptstadt zu erfüllen. Um eines Tages als Wirtschaftsexpertin die Welt zu verbessern, nicht mit der Waffe in der Hand, sondern mit ihrem klugen Köpfchen. Labensky, der mit einem Bein noch immer in der Rolle des einheimischen Fremdenführers feststeckte, stemmte sich aus seinem Sitz und geleitete sie vorangehend nach draußen. Seine Beine kribbelten. Seitdem der Bus am Morgen in Erfurt losgefahren war, hatte er mindestens fünf Stunden lang ohne Unterbrechung gesessen. Frische Luft konnte nicht schaden.

Busfahrer Muhibija grummelte vom Fahrersitz irgendwas von einer Stunde Aufenthalt, ehe er selbst rausging auf einen Schmauch und Didinga und Labensky durch die Hintertür ausstiegen.

Die breite Nachmittagshitze prallte ihnen mit hochsommerlicher Wucht entgegen, und Labensky, dessen Körper sich an die Kühle im Bus gewöhnt hatte, wurde kurz schummrig. Er zog seine Blousonjacke aus, hängte sie sich an einem Finger über die Schulter, sodass sein käseweißer Oberarm aus dem Kurzarmhemd hervorlugte.

Die Sonne hing über der Stadt wie eine Glühbirne, aber die Berliner Luft war nicht stickig, nicht vom Industrienebel verstopft wie noch zu DDR-Zeiten. Sie schmeckte nicht nach Gummi oder Schornstein, eher nach Fettgebäck. Und während Labensky sich instinktiv nach diesem umsah, überlegte er, ob die Luft hier im Westen wohl immer schon so gut gerochen hatte, viel besser als die im Osten, oder ob es ganz einfach daran lag, dass ein halbes Jahrhundert ins Land gegangen war und sich entweder der Stadtmief oder sein Riechkolben mit der Zeit verändert hatte.

Auch seine Reisegruppe mit dem Bollerwagen, die Saufbrüder, die ihn am Morgen am Erfurter Bahnhof aufgegabelt und mit ihrem Gruppenfahrschein überhaupt in diesen Bus gelockt hatten, waren jetzt ausgestiegen. Die Kästen Schluntz-Bier hatten sie geleert, nun standen sie am nächsten Bauzaun, um sich zu erleichtern. Der Mann im Kleid, dessen Glitzerkrone auf den Hinterkopf verrutscht war, machte beim Wasserlassen Faxen wie ein Halbstarker unter der Gruppendusche. Hauptsache, sie überließen ihm wie abgemacht das Ticket, dachte Labensky. Hauptsache, er vergaß nicht, sie vor der Weiterfahrt unbedingt danach zu fragen.

»Hat mich gefreut, Sie kennenzulernen.« Wieder legte Didinga ihre Hand an die Brust, diesmal zum Abschied. Ihre Prüfungsangst, also ihr leerer Kopf, schien längst verflogen. Labensky war es anscheinend gelungen, sie mit seiner Geschichte abzulenken.

»Machen Sie's gut, Fräulein Didinga.« Kurz überlegte er, ob es angemessen wäre, ihr als Held der Völkerverständigung auch noch die Hand zu reichen, aber dann ließ er es doch bleiben. Verlegen wippte er von einem Bein aufs andere und hoffte, dass Didingas Träume in Erfüllung gingen, wobei er ganz besonders hoffte, dass ihr Umzug nach Berlin ein besseres Ende nehmen würde, als es Rita womöglich vergönnt gewesen war. Natürlich sprach er das nicht aus. Natürlich sagte er nur, was man als einheimischer Deutscher auf sich allein gestellten Zuwanderern eben so sagte: »Sie schaffen das!«

Er hob den Daumen. Didinga lächelte. Dann drehte sie sich um und entfernte sich von ihm. Labensky sah ihr noch eine Weile nach. Dabei spürte er, wie seine Augen allmählich glasig wurden wie nach einer Knusperzigarette. Er war jetzt wieder mit seinen Gedanken allein. Und das bedeutete bei Rita.

Bis jetzt hatte er nicht eine echte Träne verdrückt. Am Morgen dieses Tages, nachdem er im Feierabendheim den Brief gelesen hatte, der in seiner Jackentasche steckte, hatte etwas in ihm begriffen, dass Rita zumindest theoretisch diese Frau sein könnte, die man in dieser Grube in Berlin gefunden hatte. Aber wirklich angekommen, also gefühlsmäßig, war es nicht.

Plinkernd wühlte Labensky in seiner Jacke und kramte zuerst nicht nach dem Brief darin, sondern nach einem benutzten Stofftaschentuch. Zackig wischte er sich damit durch sein Gesicht, ehe er den Kopf andächtig in Richtung Osten drehte, sodass die Sonne von Süden her auf seine rechte Wange brannte.

Ein wärmendes Gefühl, das mit dem Gefühl eisiger Kälte

kollidierte, wenn er nur daran dachte, wo Rita all die Jahre abgeblieben war; wenn er sich ausmalte, ja nur einmal die Möglichkeit zuließ, dass er einfach so weitergelebt hatte, nichts ahnend, während ihr möglicherweise schon vor vielen Jahren etwas zugestoßen sein könnte.

Labensky wollte noch immer nicht daran glauben. Er wollte, dass Rita nicht diese gefundene Frau war, und doch kam der Gedanke näher. Vielleicht lag es daran, dass er dieser Klärgrube in Pankow, aus der das Skelett geborgen worden war, nun tatsächlich nahe war.

Labensky blinzelte in den Berliner Himmel. Im Osten zogen Wolken auf wie graues Moos, die ersten an diesem bislang sonnenklaren Junitag, und in seinen Gedanken trat er so weit weg, dass er gar nicht bemerkte, wie neben Didinga auch seine Reisegruppe mit Bollerwagen wegtrat, sich stillschweigend von ihm und auch vom Busparkplatz entfernte. Wie sie im Strom der Umsteigenden und Ankommenden ganz langsam unterging, zur nächsten U-Bahn-Haltestelle schlurfte, sich mit dem Gruppenfahrschein im Gepäck vom Acker machte, auf einer Rolltreppe abtauchte, ohne Bescheid zu geben.

Entrückt nestelte Labensky in seiner Jackentasche. Er zog nun doch wieder den Brief daraus hervor und faltete ihn auseinander.

Rosa Warnitzke, las er. So lautete der Name der Frau, der Name von Ritas Tochter. Er betrachtete ihre Handschrift. Sie war rund und weich und bei einigen Buchstaben regelrecht verspielt.

Labensky versuchte, sich die Frau vorzustellen, die diesen Brief geschrieben hatte. War sie so hübsch wie ihre Mutter? Hatte sie die gleichen Augen? War sie genauso schlagfertig und frech, und strich sie sich auf die gleiche, liebenswerte Art das Haar aus dem Gesicht? Trug sie die gleiche Wut mit sich herum, den gleichen Zorn auf die Welt, ganz ohne Vater und Mutter aufwachsen zu müssen?

Labenskys Beine waren wie Pudding. Vielleicht hatte er zu lange im Bus gesessen, aber Thrombose fühlte sich anders an.

Ritas Tochter, dachte er kühn, wie das überhaupt klang! Er schüttelte den Kopf. Es klang ja eigentlich wie ein Witz. Er konnte sich jedenfalls nicht erinnern, dass Rita jemals über Kinder gesprochen hätte, geschweige denn über Familie. Das war doch so gar nicht ihre Sache, passte ja überhaupt nicht zu ihr. Sie war immer dieser Wildfang, dieses wechselhafte und flatterhafte, ständig ruhelose und gar nicht einzufangende Geschöpf, das Vorgezeichnetes nicht duldete und seinen ganz eigenen Willen hatte; das sich durch nichts und niemanden an die Kette legen ließ. Ein Mensch, das Bild hatte sich in Labensky eingebrannt, dem kein anderer Mensch auf dieser Welt je wirklich nahekommen konnte. Oder doch?

22

HUNDEJAHRE

Ein unentschiedener Himmel senkte sich über Berlin. Im Osten braute sich etwas zusammen, Donner rollten heran, und Gewitterwolken nahmen ihren Kurs, während über dem Busbahnhof im Westen immer noch die Sonne schien. Es war, als wollte sich die Regenfront nicht an die Wiedervereinigung halten. Als sei Berlin, zumindest was das Wetter anging, nach wie vor eine geteilte Stadt.

Auch Labensky fühlte sich auf einmal seltsam unentschlossen.

Am Morgen, nachdem er nochmals den Brief gelesen und erfahren hatte, dass Rita eine Tochter hatte, als er daraufhin, ohne groß nachzudenken, in diesen Bus gestiegen war, da war es ihm vorgekommen wie das einzig Logische und Richtige. Nun, nach zwei von drei Etappen und nur noch einer Strecke bis Rostock-Warnemünde, machte sich Unsicherheit in ihm breit. Nervös kroch eine Frage in ihm hoch, die er die ganze Fahrt über verdrängt haben musste: Was wollte er die Absenderin des Briefes, also Ritas Tochter, fragen, wenn er ihr gegenüberstünde? Was in Dreiteufelsnamen sollte er ihr sagen? Und überhaupt: Was genau wollte sie eigentlich von ihm?

Auf dem Briefumschlag, den er wie eine Schneekugel in den Händen drehte, standen zwar ihr Name, eine Telefonnummer und die Adresse des Hotels Neptun. Auch dass sie sich freuen würde, wenn er sich unbekannterweise bei ihr meldete, hatte sie ihm geschrieben. Aber das Wort »Einladung«, die Formulierung »Bis ganz bald in Warnemünde« oder sogar die Wendung »Steigen Sie bitte auf jeden Fall sofort in den nächstbesten Bus und kommen Sie am besten ganz ohne Vorankündigung hierher« waren nirgends zu lesen.

War diese Reise nur wieder eine tolle Spinnerei, eine Schwachsinnsidee, die nur einem verflausten, nach wie vor förderungsunfähigen Feierabendheimbewohner wie ihm in den Kopf gelangen konnte?

Labensky musste wieder an den talentierten Herrn Kalaschnikow denken. Ein Mann von Welt, das hatte Labensky immer angenommen. Bis er irgendwann vor einigen Jahren im Feierabendheim gesessen und doch tatsächlich im Radio gehört hatte, dass dessen Jahrhundertgewehr mehrere Hundert Millionen Mal gebaut worden sei, aber dass dieser Kalaschnikow auf seine alten Tage nicht etwa stolz darauf war, sondern seine Erfindung, die so viele Menschen das Leben kostete, bereute. »Hätte ich doch bloß etwas anderes erfunden«, klagte er im Nachhinein, »zum Beispiel einen Rasenmäher.« Das sagte er wirklich, waren wahrhaftig seine Worte, nur einige Monate bevor er angeblich einem Magengeschwür erlag.

Es gab Entscheidungen im Leben, wurde Labensky auf einmal ungewohnt tiefsinnig, da ließ sich erst hinterher ausmachen, ob sie goldrichtig oder grottenschlecht waren. Wie bei der Erfindung von Kalaschnikow oder der Revolution von Ulrike, Gudrun und Andreas. Oder wie bei der Frage, ob er tatsächlich nach Warnemünde weiterfahren sollte, so wie es der Plan war. Ob es wirklich eine gute Idee war, Ritas Tochter zu treffen. Was sollte er ihr antworten, wenn sie ihn fragte, warum niemand auf ihre Mutter aufgepasst hatte? Was, wenn er keine Antwort hatte?

Mit eingeklappten Schultern stand Labensky da. Suchend wanderte sein Blick in den bewölkten Himmel über dem Osten der Stadt. Ein heftiges Gewitter kündigte sich an, und seine Gedanken irrten wieder in die Vergangenheit zurück.

Damals, im Sommer 1970, als er noch ein junger Mann gewesen war, als er die Revoluzzer aus dem Westen am Flughafen in Schönefeld abgeliefert hatte, meinte er sich nun zu erinnern, hatte es für ihn kein Zweifeln, kein Hadern, nicht mal das geringste Überlegen gegeben.

Zwar hatte Rita ihm klipp und klar zu verstehen gegeben, dass sie besser ohne ihn zurechtkam und nicht weiter behelligt werden wollte. Zwar hatte sie ihm auch unmissverständlich eingebläut, dass er seine Siebensachen, die er nicht hatte, nehmen und einfach nur abhauen sollte. Aber, und dieses Aber war nach Labenskys Meinung und Ermessen alles andere als klein: Nach diesem denkwürdigen Ausflug an den Müggelsee erschien ihm alles, was Rita ihm an den Kopf geworfen hatte, in einem anderen, vollkommen neuen Licht. Wenn er schließlich bedachte, was laut Gudrun und Ulrike dieser Sartre gesagt hatte, so dachte Labensky, wenn er also annahm, dass Rita ihn nur deshalb fortgeschickt hatte, weil sie alle Menschen, die ihr zu nahe kamen, früher oder später von sich wies, und wenn man in Betracht zog, dass sie das nur tat, weil sie Angst hatte, Angst vor sich selbst oder vor zu viel Liebe – tja, war dann nicht sonnenklar, was er zu tun hatte? Labensky dachte an das, was Gudrun ihm mit auf den Weg gegeben hatte, nämlich, dass er auf sein Herz hören und Position beziehen sollte. Und er dachte an Ulrikes letzte Worte, die besagten, dass die besten Überzeugungen wertlos waren, wenn man sie nicht in die Tat umsetzte. Er dachte an die zwingend notwendige Einheit von Theorie und Praxis.

»Wer, wenn nicht wir?«, das hatten sie ihm zum Abschied zugerufen, und in Labenskys Kopf schwirrte dieser Satz im Kreis herum wie eine Liedzeile, während er nun an Rita und sich selbst dachte.

Es war noch am selben Abend, die Sonne war gerade erst untergegangen, dass Labensky vom Schönefelder Flughafen zurück zu Ritas Wohnung fuhr, zurück in die Stadt, wo er den in der Dunkelheit leuchtenden Fernsehturm schon wieder über Berlin aufragen sah. »Protzstengel«, »Sankt Walter«, »Telespargel«, »Langer Lulatsch«, diese Spitznamen auf Weltniveau hatten sich im Volksmund eingebürgert, und Labensky, der kaum mal einen vollen Tag lang fort gewesen war, staunte bei seiner Rückkehr selbst, dass der stolze Anblick dieses Wunderwerks sozialistischer Baukunst sogar ihm als Landei ein vertrautes, heimeliges Gefühl verschaffte.

Angekommen in der Friedrichstraße, parkte er den Moskwitsch vor Ritas Mietskaserne, unweit des Grenzübergangs, an genau der Stelle, wo sie ihn am Abend zuvor sitzen gelassen hatte und Andreas, Gudrun und Ulrike ihn am Morgen aufgegabelt hatten.

Gorillamäßig entschlossen stieg er aus dem Wagen und nahm die sieben Stockwerke im Treppenhaus. Er wollte Rita versprechen, keinen Bockmist mehr anzurichten und nie wieder den Helden zu spielen und ihr auch nie wieder zu viel zu werden. Er wollte wirklich Besserung geloben. Was »provisorisch« hieß, wusste er noch immer nicht. Dafür hatte er in der Zwischenzeit herausgefunden, dass auch im Sozialismus noch nicht alles rundlief. Vor allem glaubte er endlich begriffen zu haben, wovor Rita Angst hatte, und diese Angst wollte er ihr nehmen. Stolz wollte er ihr berichten, dass er wunderliche Knusperzigaretten mit waschechten Westlern geraucht hatte und dass diese Westler ihm von diesem Sartre erzählt hatten, von dessen Ansichten zum Thema Liebe. Er fühlte, er hatte das theoretische Rüstzeug dazu jetzt beisammen.

Das würde Rita überzeugen, hoffte er auf den letzten Stufen.

»Wer, wenn nicht wir?«, das wollte er ihr sagen, und wenn das kein Argument war, dann wusste er auch nicht, dachte er, als er atemlos oben ankam und, ohne Luft zu holen, an Ritas Wohnungstür klopfte.

Nichts. Gar nichts. Er klopfte erneut. Nicht zu fest, nicht wie ein Volkspolizist, um Rita keinen Schrecken einzujagen, aber doch entschieden genug, sie notfalls auch aus dem Schlaf zu wecken. Er klopfte noch einmal. Und noch einmal. Und erst beim fünften oder sechsten Klopfen, das schon einem leichten Hämmern nahekam, merkte er, dass die Tür gar nicht verschlossen war, nur angelehnt.

Er konnte einfach über die Schwelle treten und hineinspazieren.

»Rita? Hallo?« Nichts. Wieder nichts.

Vorsichtig schob er die Tür auf. »Ich bin's, Heinzi … Hallo?«

Das Licht war aus. Labensky kam sich vor wie ein Einbrecher.

Hatte er sich nicht gerade vorgenommen, sich nicht mehr einzumischen? Er setzte einen Schritt vor den anderen. Ob Rita Besuch hatte? Er horchte, aber hörte keinen Mucks. Er warf einen Blick in die Küchenzeile. Die Eckbank war leer, der Esstisch ebenfalls. Er ging weiter. Auf der Kommode lag der Wohnungsschlüssel.

»Rita?«

Auch im Bad brannte kein Licht. Die Schlafzimmertür stand offen. Auf ihrem Bett, sah Labensky im einfallenden Mondschein, lag nur das karierte, aufgerissene Kellnerinnenkleid aus der Mokka-Milch-Eisbar, das sie am Abend zuvor zum letzten Mal getragen hatte. Rita selbst, stellte Labensky fest, war nicht in ihrer Wohnung.

Beunruhigt drehte er sich im Kreis. In seinem Kopf arbeitete es.

Nach einer Weile fiel ihm auf, dass die Wohnung eigenartig kahl war. Der Kleiderständer war nackt und genauso die Garderobe.

Die Schuhpaare, die Rita immer hinter der Wohnungstür im Flur ablegte, fehlten, und auch ihr Zahnputzbecher auf dem Waschbecken war weg. War sie verreist? Aber wohin und warum so plötzlich? Labenskys Gedanken rasten, für seine Verhältnisse, und er betrachtete die beigefarbene Tapete. Je länger er sie ansah, desto mehr kam es ihm vor, dass die Tapete verändert aussah.

Es lag daran, dass die Kritzelbilder von diesem Picasso nicht mehr an den Wänden hingen, sondern wie geraubt verschwunden waren.

Die Welt ging unter. Jedenfalls kam es Labensky in diesem Augenblick so vor. Draußen schoben sich Wolken vor den Mond, und für Sekunden wurde es ganz düster. Da, auf einmal, schoss es Labensky ein: Rita war nicht mal eben Zigaretten holen gegangen. Sie war auch nicht mit einem dieser Künstler unterwegs, und sie war auch nicht verreist. Sie war von einem Tag zum nächsten ausgezogen, Hals über Kopf. Sie hatte mal wieder alles hinter sich gelassen, so fluchtartig, dass sie wohl nicht einmal daran gedacht hatte, die Wohnungstür zu schließen. Labensky wanderte in die Küche. Bedröppelt wie ein Sputnik-Satellit, dessen Fliehkräfte verbraucht waren und der mit einem Mal die Schwerkraft spürte, ließ er sich auf die Kücheneckbank fallen. Er hielt den Wohnungsschlüssel, den Rita zurückgelassen hatte, fest in der Hand. Wie ein nutzloser und nasser Sack hockte er da. Am Anfang wollte er noch glauben, es wäre bloß eine Frage von Tagen, bis Rita wiederkommen würde. Und sei es nur, weil sie etwas vergessen hatte, zum Beispiel, sich von ihm zu verabschieden.

Aber Rita kam nicht am nächsten Tag zurück. Und auch nicht am übernächsten. Trüb und träge plätscherte die Zeit dahin. Aus Tagen wurde eine Woche. Aus einer Woche wurden zwei. Aus zwei Wochen wurden bald vier. Tagein, tagaus hockte Labensky angewurzelt in der Küche, als würde Rita nur zurückkehren, wenn er genau dort auf sie wartete, doch sie tauchte nicht mehr in der Wohnung auf.

Der Sommer ging vorbei. Monate verstrichen. Die lausigsten, die Labensky je erlebt hatte. In ihm sah es aus wie nachts im Kohlenkeller.

Treudoof wie ein dreibeiniger Hund hielt er die Stellung, doch Rita kam nicht mehr durch die Tür. Stattdessen kam der Winter.

Auch das Jahr 1970, das nach der Flucht aus dem Spezialheim und nach dem Wiedersehen in der Mokka-Milch-Eisbar so turbulent und vielversprechend für ihn begonnen hatte, ging irgendwann zu Ende.

Labensky harrte aus, blieb in der Wohnung, einsam ging er seiner Wege. Was blieb ihm sonst übrig? Er hatte ja keine Suchmaschine.

Um nicht ganz tatenlos herumzusitzen, drehte er die eine oder andere Trinkgeldrunde, hielt an jeder Ampel Ausschau, ob Rita nicht zufällig über die Straße ging. Nachts schlief er seinen dünnen Schlaf nicht etwa in ihrem Bett, sondern auf der Kücheneckbank, seinem Stammplatz.

Und wie er da so Wache schob, schon unruhig wurde, wenn er im Treppenhaus nur Schritte hörte, kam er sich bald vor wie ein echter Mauerhund. Wie einer jener willenlosen Vierbeiner des GKM, des Grenzkommandos Mitte, denen er vom Küchenfenster aus in der Ferne dabei zusehen konnte, wie sie bei Wind und Wetter an Abschnitten des Grenzzauns patrouillierten, um als Nahaufklärer anzuschlagen und wie verrückt zu bellen, sobald ein Mensch sich näherte. Es waren Doggen, Rottweiler und Riesenschnauzer, vor allem jedoch ostdeutsche Schäferhunde, die, je nach Dienstplan, bis zu acht Stunden täglich am Drahtseil einer Hundelaufanlage auf und ab gingen. Ihre Arbeit im Schatten der Mauer und der Suchscheinwerfer war einsam, ihr Radius begrenzt. Angeleint und angekettet, waren sie lediglich imstande, hundert Meter nach links oder nach rechts zu laufen. Ein Vor oder Zurück war ausgeschlossen, und vielleicht konnte Labensky sich deshalb gut in manchen Mauerhund hineinversetzen. Er trug zwar keine Leine, aber auch er fühlte sich festgebunden, betrachtete es als seine Pflicht, die Position zu halten, bis Rita wieder nach Hause käme.

Natürlich kam weder dieser Tag noch Rita. Die Warterei dehnte sich wie ein Kaugummi, die Zeit wurde ein zähflüssiger Brei.

Ein Hundejahr entsprach in etwa sieben Menschenjahren, hatte Labensky mal gehört, und so kam ihm das auch vor. Während in seinem Leben nämlich nichts passierte, drehte sich die Welt der DDR fortlaufend weiter, und zwar so rasant, dass er nur gerade so viel davon mitschneiden konnte, dass es in seinen Kopf passte.

Es kam das Jahr 1971, und es geschah etwas Historisches: Nicht nur die erste Folge der Krimireihe *Polizeiruf 110* flimmerte über die Mattscheibe. Auch ein neuer Großer Vorsitzender, sein Name war Erich Honecker, feierte Premiere. Der alte Große Vorsitzende, Walter Ulbricht, ging in den Ruhestand – wenn auch nicht freiwillig und nicht ohne Gerangel –, und Honecker, der deutlich jünger, drahtiger und also auch besser im Rangeln war, kam an die Macht.

Manche nannten ihn, den Ersten Sekretär des Zentralkomitees der SED, vom ersten Tag an »Onkel Erich«, weil er mit seiner Hornbrille und den grauen Haaren so etwas Onkelhaftes an sich hatte – aber nur hinter vorgehaltener Hand, weil dieser grauhaarige Onkel auch richtig böse werden konnte. Er hatte, wie Labensky hörte, ursprünglich mal Dachdecker werden wollen, aber die Lehre abgebrochen. Er stammte eigentlich auch gar nicht aus dem Osten, sondern aus dem tiefsten Westen – aus einem fernen, sonderbaren Land, das Saarland hieß –, aber das alles spielte nun, da er ja Chef der DDR war, auf einmal keine Rolle mehr. Zu seinem Amtsantritt am 3. Mai 1971 versprach er allen Bürgern nicht nur Wohnungen und stabile Preise, er genehmigte ihnen auch hundertfünfzigtausend Bluejeans, die es im Centrum Warenhaus am Alexanderplatz zu kaufen gab.

Wie sein spitzbärtiger Vorgänger war auch Onkel Erich nicht gerade der begabteste und größte Redner. Er ging lieber der Hirschjagd nach und auch der Hasenjagd und angeblich sogar der Menschenjagd. Er schätzte Büchsenbier, Buletten und klassenfeindlichen Langnese-Honig. Wen er dagegen überhaupt nicht mochte, das war Bundeskanzler Willy Brandt. Der hatte für seine Stippvisite in Erfurt und für seinen Einsatz für den Frieden gerade erst einen ganz wichtigen Preis bekommen. Eine Auszeichnung, die so nobel war, verstand Labensky, dass man sie einfach »Nobelpreis« genannt hatte. Onkel Erich dagegen hatte noch keinen Preis, hatte ja nicht mal die Dachdeckerlehre in der Tasche und war wohl auch aus reinem Neid nicht allzu gut auf Brandt zu sprechen.

Ein Jahr später, 1972 – Labensky blieb in ständiger Bereitschaft und wartete auf Rita –, unterschrieben die Anführer von BRD und DDR einen Vertrag, der »Grundlagenvertrag« genannt wurde und die Staatsgrenzen offener machen sollte. Zwar wurden sie nur offener für Güter oder Menschen, die Güter transportierten. Aber auch die, für die die Grenze dicht blieb, sollten nicht länger zu kurz kommen: Staatstragend wurde der »Deutsche Fernsehfunk« umbenannt in »Fernsehen der DDR«. Auf Geheiß von Onkel Erich galt es, »eine bestimmte Langeweile« zu überwinden. Statt *Wünsch dir was* flimmerten nun Volksmusiksendungen über die Mattscheibe und allmonatlich *Ein Kessel Buntes,* große Samstagabend-Unterhaltung mit Klamauk, Tanz und Artistik, wobei auch Gojko Mitić als DEFA-Chefindianer seinen Auftritt hatte.

Ein ganz anderer Chef, dessen Auftritt im Sommer jenes Jahres noch für viel größeres Aufsehen sorgen sollte, war der Große Vorsitzende von Kuba, der eines Tages nach Berlin kam und mit Pauken und Trompeten als Held der Revolution empfangen wurde.

Sein Name, verstand Labensky, war »Genosse Fidel Castro«, manche nannten ihn auch »Comandante«. Er trug eine Schirmmütze wie ein Erntekapitän und einen Rauschebart wie ein Pirat. Mit Zigarre zwischen den Zähnen besichtigte er den Fernsehturm der Hauptstadt, bestaunte Bauwerke in Dresden, besuchte Weinkeller in Halle und machte schließlich einen Ausflug an die Ostsee, um Matrosen der Volksmarine die Hand zu schütteln. Gemeinsam mit Funktionären der Partei fuhr der fidele Comandante nach Rostock-Warnemünde, umringt von Kameras und Menschenmengen spazierte er den Strand entlang. Beim Festakt mit Musikorchester hob er die Faust zum Kampf gegen das Kapital. Danach bezog er die Präsidentensuite im neu gebauten Hotel Neptun, in dem sonst nur Geschäftsleute vom Klassenfeind abstiegen. Dort trank er Rum und Whisky in der Sauna, planschte im Wellenbad mit Meerblick und aß der Legende nach auf der hoteleigenen Kegelbahn ein Steak.

Den allergrößten Auftritt des Jahres 1972, vom Besuch des Comandante einmal abgesehen, hatten jedoch nicht Staatsgäste, sondern Turner, Ringer, Leichtathleten: Bei den Olympischen Sommerspielen in München, von Labensky lange schon herbeigesehnt, erreichte die DDR in der Medaillenwertung sensationell den dritten Platz, noch vor der BRD, und stieg als »Arbeiter- und Bauernstaat« zur Weltmacht unter Sportlern auf. Labensky bewunderte die auffällig muskulösen Hochleistungswettkämpfer, die körperlich ein ganz besonderes Spezialtraining absolviert haben mussten und in blauen oder gelben Leibchen entweder mit zartem Damenbart oder mit leichtem Herrenbusen auf dem Siegertreppchen standen. Er wunderte sich nur, dass die Stimmen der Frauen und Männer nach der Siegerehrung klangen, als hätten sie ihre Stimmlagen getauscht.

Auch das Jahr 1973 zog so ins Land. Labensky rührte sich nicht vom Fleck, die Tage schleppten sich dahin, doch er folgte beständig seinem Trott. Um die Zeit totzuschlagen, las er so gut wie jede neue und auch alte Ausgabe der *Sibylle* rauf und runter. Er kam nie auf die Idee, etwas anderes zu lesen. Schuster, bleib bei deinem Leisten, sagte er sich, und je besser er des Lesens mächtig wurde, je mehr er mit den Jahren auch auf die Inhalte achtete, je besser er das rätselhafte Innenleben der aufgeklärten Großstadtfrau allmählich zu verstehen glaubte, desto stärker war die Sogkraft dieser Zeitschrift.

Sie wandelte sich rasant, genauso wie die DDR. Immer frecher und verspielter wurde die Mode auf den Fotostrecken, und in den Kolumnen, Interviews und Reportagen fiel immer häufiger das Wort »Individualität«, das Labensky stets dreimal lesen musste.

Auch die Porträts handelten nicht länger nur von Schichtarbeiterinnen, sondern von Akademikerinnen, Schauspielerinnen oder real existierenden Schallplattenunterhalterinnen. Einmal fand Labensky sogar eine Yoganastik-Serie zum Herausnehmen, durchnummerierte Einzelsportübungen für die sportwillige, werktätige Frau, die vom Deutschen Turn- und Sportbund eigentlich verboten waren. Die Partei geißelte diese sogenannte Yoganastik als »denkfeindlichen Okkultismus« und »schlimmen Mystizismus«, als »faules Nichtstun« oder »Krankheit«. Die individuelle Sportart, die nicht mal einen wissenschaftlichen Anstrich hatte, entzog sich der staatlichen Kontrolle, ließ sich nicht steuern, also galt sie der Stasi als verdächtig. Die *Sibylle* aber, die sich auf altindische Medizin und auf bulgarische Vorturner berief, lobte die »Selbstmeisterung von Geist und Körper« als »spirituellen Stressabbau«, der westlichen Aerobic-Welle überlegen. Labensky, neugierig, versuchte sich an dieser neuartigen Turntechnik, er versuchte sich am »Lotussitz«, am »Gekreuzten Kuhsitz« und am »Gruß zur Sonne«. Er fing sich einen Muskelkater ein, der sich gewaschen hatte, und versuchte es nie wieder.

Glück im Unglück hatte er, dass ihn in all den Jahren niemand aus Ritas vier Wänden hinausbugsierte, dass die sogenannte Freilenkung von Wohnraum an ihm vorbeiging, obwohl Mietwohnungen in ganz Berlin knapp waren wie Bückware. Der Wohnraummangel galt als Problem, das durch ein groß angelegtes Wohnungsbauprogramm beseitigt werden sollte. So begann zehn Jahre nach dem Bau der großen Mauer eine zweite staatliche Bauoffensive in der DDR, wobei ein ganz neuartiger, einheitlicher Plattenbautyp auf der Bildfläche erschien – die sogenannte Einheitsplatte.

Zur Massenfertigung wurden die Wohnungen, im Fernsehen als architektonische Meilensteine angepriesen, nach einem standardisierten Modularsystem errichtet: WBS 70, auf dieser Wohnbauserie basierte alles von der Einzimmerklause bis zur Fünfraumwohnung.

Im Frühjahr 1973 zogen die ersten Mieter, eine sozialistische Modellfamilie, in der Koszaliner Straße in Neubrandenburg in so ein Schmuckstück ein. Was folgte, war der Siegeszug der sechsgeschossigen, bald bis zu elfgeschossigen Betonklötze, so nachgefragt und so beliebt, dass sich die Leute Ansichtskarten davon schickten.

Stolz präsentierte auch die Hauptstadt ihre Einheitsplatten, als im Sommer 1973 acht Millionen Menschen nach Berlin kamen, um sich von Baukunst und Weltoffenheit der DDR zu überzeugen. Zu den Weltfestspielen der Jugend bevölkerten Schüler und Studenten aus aller Herren Länder neun Tage lang die Stadt. »Die junge Welt ist in Berlin zu Gast, und sie schert sich nicht drum, ob es dem Feinde passt«, so ging das Lied zum Festival. Von Beatkonzerten auf fünfundneunzig Bühnen war die Rede und vom Anbruch einer neuen Zeit. Onkel Erich hockte auf der Ehrentribüne. Er las seine Ansprache vom Zettel ab und lobte den »real existierenden Sozialismus« als »Ort der Freiheit für Meinungen und Informationen«.

Dass man es in Sachen Freiheit aber besser nicht zu weit treiben sollte, das merkte Labensky schon im darauffolgenden Jahr, im Mai 1974, als die Mauerhunde immer öfter aufjaulten vor Schreck.

Nicht wegen der Gestalten, die nachts entlang des Grenzzauns auf sie zukamen, sondern wegen Gewehrsalven, die von den Wachtürmen auf Republikflüchtlinge hinunterpeitschten. Der zehn Meter breite Kontrollstreifen, also die Sperrzone, hieß bald nur noch »Todesstreifen«, denn Onkel Erich hatte den Schießbefehl gegeben.

Die DDR wurde ihm dann wohl doch etwas zu offen. Sein Befehl sah vor, bei Grenzdurchbruchsversuchen von der Schusswaffe »rücksichtslos Gebrauch« zu machen und alle Genossen, die den Befehl befolgten, mit Geldprämien und Sonderurlaub zu belohnen.

Urlaubsreif, verstand Labensky, schien drüben im Westen zur selben Zeit auch dieser Willy Brandt zu sein, ausgerechnet der größte Experte für Entspannungspolitik. Der trat nämlich nach gerade mal gut vier Jahren als Bundeskanzler schon wieder zurück.

Der Grund dafür war angeblich ein treuer Freund und Mitarbeiter gewesen, der ihn während seiner Amtszeit auf Schritt und Tritt begleitet hatte, auf Dienstreisen und sogar in die Ferien mit seiner Familie. Bis irgendwann herauskam, dass dieser treue Freund und Mitarbeiter seit Jahren eine heimliche Funkverbindung in den Osten hatte. Dass er ein ostdeutscher Offizier der Nationalen Volksarmee war, ein Agent im verdeckten Einsatz. Günter Guillaume, so hieß dieser Spion, von dem bald weltweit die Rede war, und Labensky kam der Name doch bekannt vor. Er erinnerte sich, dass er Jahre zuvor in dem Geheimordner in dem Spezialheim schon einmal über den Namen Guillaume gestolpert war, sich aber nichts dabei gedacht hatte. Auch sogar da hatte die Direktorin also ihre Finger mit im Spiel gehabt, dachte Labensky – was es nicht alles gab!

Und, tja, es gab ja wirklich alles, selbst das war noch lange nicht das größte Ereignis dieses Jahres gewesen. Das sollte nämlich erst noch kommen und das ganze Land in grenzenlosen Taumel stürzen.

Es geschah am 22. Juni 1974, einem Samstag, an seinem dreißigsten Geburtstag. Die Menschen im Osten hatten seit Monaten auf dieses Datum hingefiebert. Nicht weil Heinz Labensky Geburtstag hatte, sondern weil es bei der Fußballweltmeisterschaft im Westen zu einem historischen Kräftemessen kam: Im letzten Vorrundenspiel in Hamburg – nur Wochen nach der »Guillaume-Affäre«, über die die westdeutsche Regierung stürzte – trafen die besten elf Spieler der BRD und der DDR zum direkten Duell um die deutsch-deutsche Fußballvormachtstellung aufeinander. Rein sportlich ging es nur noch um den Gruppensieg, und doch: Hochgeputscht zum Kalten Krieg der Systeme, zum neunzigminütigen Klassenkampf, war die Partie größer als ein Fußballspiel. Um sich vor den Augen der Welt keine Schlappe zu leisten, überließ das Zentralkomitee gar nichts dem Zufall: Mielkes Firma sollte das Turnier »absichern«. Unter dem Codenamen »Aktion Leder« wurde angeblich ein ideologischer Maßnahmenkatalog entwickelt, um Spieler, Trainer und auch mitreisende Zuschauer zu überwachen. Onkel Erich, hieß es, ließ den Sieg über den Klassenfeind sicherheitshalber per Dekret verordnen.

Labensky, dem trotz dieser spannungsgeladenen Begegnung mal wieder ein einsamer Geburtstag drohte, der nunmehr vierte schon in Folge, kam sich eigentlich so gar nicht vor wie dreißig Jahre alt.

Sein Haaransatz war zwar geschmeidig nach oben gewandert, und seine Bauchpartie sackte durch anhaltenden HO-Milchkonsum zunehmend nach unten. Doch alles in allem fühlte er sich eher so, als sei die Zeit stehen geblieben, als Rita noch in seinem Leben gewesen war; als stecke er noch immer irgendwo da fest. Er konnte ja unmöglich ahnen, dass ausgerechnet jener Tag, an dem sich die größte Sensation deutsch-deutscher Fußballgeschichte abspielen sollte, auch seinem Leben die weltsensationellste aller Wendungen geben würde.

23

GENOSSE BERNSTEIN

Labensky war an seinem Geburtstag eigentlich nicht nach großem Bumsfallera und danach, vor Spaß die Tische einzutreten. Aber er hatte gerne ein klein wenig Gesellschaft, um wenigstens an seinem runden Ehrentag mal vor die Tür zu kommen. So passte es, dass der Fußballgipfel im Volksparkstadion in Hamburg nicht nur in ostdeutsche Wohnzimmer, sondern auch in Amtsstuben und Kneipen übertragen wurde.

Bereits am frühen Abend war Berlin-Mitte wie leer gefegt, kein Mensch mehr auf dem Bürgersteig. Labensky, der nach Jahren noch immer dasselbe Permaflotthemd trug, vergrub die Hände in seiner durchgewetzten Wisent-Hose, schlurfte in Heizerstiefeln durch den Bezirk, der sein Erscheinungsbild – ganz im Gegensatz zu ihm – zum Besseren verändert hatte und drauf und dran war, sich von seinem Mauerblümchendasein zum Vorzeigeviertel für Devisenschlepper zu mausern. Unweit der Friedrichstraße waren begehrte Intershops, also Devisenläden, in denen neben Gästen aus dem Westen neuerdings auch Einheimische ein begrenztes Angebot an Westwaren einkaufen durften, nur so aus dem Kraut geschossen. Sogar Exquisit-Läden für hochpreisige Bekleidung und Delikat-Lebensmittelläden für den gehobenen Bedarf, die dem Bezirk Mitte den Spitznamen »Neu-Delhi« einbrachten, hatten in der Gegend aufgemacht. Das Beste an diesen Warenparadiesen war für Labensky der Geruch aus Waschmittel, Schokolade, Seife, Originalkaffee und, so verstand er immer, sogenannten Neulonghemden. Er kaufte nie irgendetwas davon, aber der Duft konnte ihn in eine andere Welt versetzen.

Er entfernte sich von der Sperrzone, stromerte in Richtung

Spreeufer und überquerte die Brücke über den Fluss, der braun und ölig dahinfloss. Der Monbijoupark auf der anderen Seite war geisterhaft still. Labensky ging weiter, vorbei an den Hackeschen Höfen, die ein Bild des Jammers abgaben, weil die Stadt nichts mit ihnen anzufangen wusste. *Der Sozialismus ruft uns alle!* stand auf einem Parteiplakat an einer Häuserwand, wobei irgendwer ein kleines p ergänzt und aus dem »ruft« nachträglich ein »rupft« gemacht hatte. Auch die Parole *Lieber geile Punkerfeten als Sowjet-Atomraketen!* hatte irgendwer auf den Beton geschmiert, wie um Labensky zu erinnern, weshalb er eigentlich unterwegs war. Er war nicht wählerisch, wenn es um Kneipen ging, um seinen Geburtstag zu begießen, aber beim Gehen waren seine Gedanken in Gang gekommen, und wie immer dachte er an Rita: Vier Jahre waren ins Land gezogen, seit er sie zum letzten Mal gesehen hatte, und ihr Verschwinden bereitete ihm noch täglich Kopfzerbrechen.

Irgendwann, er bog unterhalb des Scheunenviertels gerade von der Neuen Schönhauser in die Münzstraße, begann es zu schütten, als wollte der Regen auch noch den letzten Sportverweigerer vor den Fernsehempfänger treiben. Niedergedrückt versuchte Labensky, sich ins Trockene zu retten, und fasste eine Bierstube ins Auge, über der ein rostiges Schild mit dem Namen *Alt-Berlin* hing.

Eine ehrliche Kneipe, dachte er, genau richtig, um das deutsch-deutsche Kräftemessen auf dem grünen Rasen zu verfolgen.

Das Spiel in Hamburg hatte bereits begonnen, als er eintrat und sich im Dunkel der holzvertäfelten Spelunke umsah. Ein rotgesichtiges Herrenrudel saß qualmend um einen langen, hufeisenförmigen Tresen und starrte auf den dahinter aufgebauten Fernseher, der so klein war, dass die blauen und weißen Leibchen, die auf dem Bildschirm hin und her huschten, aussahen wie Zahnstocher. Ein Hocker war noch frei, und der Mann hinter dem Zapfhahn, ein massiger Kerl mit Lockenmähne, winkte ihn mit einer Bewegung, die das Spültuch gekonnt auf seiner Schulter landen ließ, zu sich heran.

Labensky bekam ein frisch gezapftes Berliner Pilsener auf Zimmertemperatur vorgesetzt. Ein paar bierselige Augenpaare am Tresen drehten sich zu ihm um, andere waren bereits geschlossen, während er die Molle sofort abtrank, da sie sonst überschäumte. Dabei rempelte er tollpatschig seinem Sitznachbarn zur Linken, einem Mann mit Nickelbrille, Exquisit-Oberhemd und blitzender Krawattennadel, gegen die Schulter. Der Mann, der nicht zum Fernseher schaute, sondern in einem schweren Buch zu lesen schien, das er wichtig vor sich ausgebreitet hatte, sah ihn scharf und missbilligend an.

»'tschuldigung«, stammelte Labensky, wischte sich die Schaumkrone vom Mund und ruckelte sich auf seinem Platz zurecht. Vorsichtig drehte er sich in Fahrtrichtung zur Mattscheibe und hielt sich an seinem Bier fest. Gebannt schaute er zu, wie sich die Außenseiter aus dem Osten gegen den haushohen Favoriten aus dem Westen schlugen, während aus dem Fernseher die Stimme von Heinz Oertel durch den verqualmten Schankraum drang.

Oertel, bekanntester Sportkommentator der DDR, erkannte einen »starken Start der BRD-Auswahl«, eine »erste Drangperiode«, die es zu überstehen galt. Vor allem schien er sich darauf zu konzentrieren, den Namen jedes BRD-Spielers, der gerade am Ball war, vorzutragen wie eine kleine Sensation: »Breitner!«, »Müller!«, »Beckenbauer!«. Die Namen hallten wie Donner durch die Kneipe, wenngleich Labensky auf dem Spielfeld eher ein nervöses Abtasten ausmachte. In der ersten halben Stunde taten die Mannschaften beider Länder in erster Linie das, was ihre Regierungen seit Jahren taten: Sie hielten die Positionen, wachten über den Gegner, neutralisierten sich gegenseitig, ohne ins Risiko zu gehen. Die BRD ließ das Leder überheblich in den eigenen Reihen zirkulieren. Die DDR mauerte. Torraumszenen blieben, wie alles im Osten, Mangelware.

Das bleischwere Abtasten unter den Augen von sechzigtausend Zuschauern im Stadion endete erst, als sich zur Mitte der ersten Halbzeit ein BRD-Spieler mit roten Wangen und blond gelocktem Haar, ein Jungspund mit der Rückennummer acht, ein Herz fasste. Von rechts außen kommend, ließ er artistisch zwei, drei Gegenspieler stehen, legte sich selbstbewusst den Ball vor und preschte auf das zur Sperrzone erklärte Tor der DDR zu. Dieser Uli Hoeneß war pfeilschnell, auf den musste man aufpassen, fieberte Labensky mit. Passt bloß auf den auf, dachte er, wieso, zum Geier, passt niemand auf den Hoeneß auf, wollte er rufen. Der flinke Außenstürmer zog schon in den Strafraum, da, plötzlich, fuhr Siegmar Wätzlich von Dynamo Dresden genau auf der Strafraumkante die Sense aus und fällte Hoeneß um wie eine Tanne; der Ball landete auf der Tribüne.

Applaus in der Kneipe, Holzklopfen am Tresen. Wie elektrisiert durchzuckte es auch Labensky, wobei er mit seinem langstieligen Humpen hin und her schwenkte, sodass der Bierschaum durch die Luft flog und im hohen Bogen auf die hochglänzenden Buchseiten seines wie aus dem Ei gepellten Sitznachbarn zur Linken platschte.

»Können Sie nicht aufpassen?«, tadelte ihn der Bücherwurm mit der Nickelbrille und der piekfeinen Exquisit-Garderobe. »Wie kann man nur so ungeschickt sein? Sie sehen doch, ich arbeite hier!«

Offenbar saß der Mann, der dünn war wie ein Bleistift, wirklich nicht zum Fußballschauen am Tresen. Er war wohl um die fünfzig, hatte ein fliehendes Kinn und aschenbecherfarbenes, akkurat nach hinten gezogenes Haar, in das sich stattliche Geheimratsecken schoben. Seine Augen waren zwielichtdunkel, kleine Gräben hatten sich darunter eingemeißelt. Ein fuchsartiges Aktenzählergesicht oder Volksaufsichtsbeamtengesicht, das auf schmalen Schultern saß und nicht zu den von Schnaps und Bier dahingeschwemmten Kneipengesichtern der Hartgesottenen passte.

»Tut mir leid«, entschuldigte sich Labensky schon wieder und leckte sein Bierglas sicherheitshalber von außen ab, um nicht den Tresen einzusauen und um den leckeren Schaum nicht zu vergeuden.

»Ist ja nicht zu glauben …«, empörte sich der Mann und sah Labensky an wie einen schlichten Brandenburger Backsteinstoßer.

Der Mann selbst, fiel Labensky auf, trank ein kulturvolles Glas Wein, und er rauchte keine Inka, Jubilar oder F6, sondern westdeutsche Marlboro, während er mit der Nickelbrille auf der Nasenspitze wieder in seinem Buch abtauchte. *Mythos Bernsteinzimmer – Auf der Jagd nach dem achten Weltwunder* stand auf dem Einband, soweit Labensky das entziffern konnte, ehe er sich nun wieder gerade machte und auf das Fußballspiel im Fernsehen konzentrierte.

Die blauen und die weißen Leibchen begannen allmählich, den Rasen umzupflügen. Auch über Hamburg schüttete es jetzt. Dieser Beckenbauer konnte mit der Kugel umgehen, dachte Labensky aufrichtig bewundernd, der ließ die DDR-Spieler stehen wie Pappkameraden. Und dieser Overath erst! Er wollte doch wohl wetten, dass ein Zauberer und Sohlenstreichler wie der einen stocksteifen Abwehrgaul wie Siegmar Wätzlich, der mit einem Storch um seine Beine geknobelt und verloren haben musste, auch noch in einer Telefonzelle schwindelig spielen konnte.

»Das Spiel geht eins zu null für unsere Nation aus, kein Grund zur Aufregung, meine Herren«, prophezeite der Mann neben Labensky in die Runde und nippte am Wein, ohne von seinem Buch aufzusehen, aber vor allem ohne zu verraten, wie er auf so ein tollkühnes, aberwitziges Ergebnis kam – auf einen Sieg der DDR!

»Nation, was soll denn das heißen, Enke?«, schimpfte irgendeiner aus der hinteren dunklen Ecke, in der Nähe der Musikbox. »Das Wort Nation ist in beiden deutschen Staaten doch längst restlos verhurt!«

»Vorsicht bei der Wortwahl, Biermann!«, warnte der Mann mit der Brille und den stattlichen Geheimratsecken. »Da kann in dieser Republik doch so leicht was passieren. Das müssten gerade Sie als Kulturschaffender doch mittlerweile wissen, Biermann. Wenn die falschen Leute so was mitbekommen, dann …« Drohend sah er jetzt doch einmal von seinem Buch auf, und zwar zu einem Mann, der anscheinend wirklich auf den Kneipennamen Biermann hörte.

Dieser sogenannte Biermann hockte hinter einer Holzsäule, die den Laden notdürftig vor dem Einsturz bewahrte. Er saß ganz allein vor der Musikbox wie vor einer verflossenen Geliebten. Nach Labenskys Schätzung war er höchstens Ende dreißig, mit seinen zotteligen Haaren sah er selbst aus wie ein Musikant. Er stützte den Schnurrbart in die Hände, drehte als Einziger den Rücken zum Fernseher, als wollte er nicht nur gegen das Wort Nation, sondern gegen einfach alles protestieren. »Willst du mir mit der Staatssicherheit drohen, Enke? Drohst du mir mit deinen Staatskontakten? Ich lass mir nicht das Wort verbieten!«, rief er aus seiner Ecke. »Ich kusche nicht, bin kein Mitläufer oder Systemköter wie du!«

»Biermann, Sie sollten vorsichtiger sein! Destruktive Einstellungen. Politische Unruhestiftung. Ärger mit der Ordnungsmacht. Haben Sie nicht schon genug auf dem Kerbholz mit Ihrer dissidenten Poesie und Liedermacherei? Reicht Ihnen das Auftrittsverbot noch nicht? Beleidigen Sie jetzt etwa auch noch einen Historiker im Dienst der Republik?«, erkundigte sich der Mann neben Labensky.

»Ruhe im Schiff!«, rief der Mann hinter dem Zapfhahn jetzt dazwischen. »Freunde, Freunde, Freunde, wenn der Herr Enke hier sagt, das Spiel geht eins zu null für uns aus, dann wird das natürlich stimmen«, versuchte er die Lage zu beruhigen, indem er eine Runde Nordhäuser aufs Haus spendierte. »Der Herr Enke hat ja, wie wir hier alle wissen, eine echte Spürnase, einen richtigen siebten Sinn für Dinge, die einfach zu schön sind, um wirklich real zu sein …«

Gelächter am Tresen. Geierndes Gejohle auch aus der Musikbox-Ecke, in der dieser Biermann hockte. Nur der Mann neben Labensky, der mit dem Buch, den sie offenbar Herrn Enke nannten und auf dessen Kosten da jetzt wohl gelacht wurde, lachte überhaupt nicht.

»Eines Tages wird Ihnen die Feixerei vergehen, meine Herren«, kündigte er an und verzog nicht eine Miene. »Dann präsentiert Erich Honecker, der große Staatsratsvorsitzende der DDR, hier in Berlin das achte Weltwunder, das Bernsteinzimmer, und die ganze Weltöffentlichkeit erfährt, dass ich es schon immer wusste. Dass ich jahrelang gesagt habe, es ist niemals verschollen, nie zerstört worden, sondern noch immer hier, hier unter uns, in diesem Land!«

Der Halbzeitpfiff ertönte. Mit einem auch in der Höhe verdienten null zu null verabschiedeten sich beide Mannschaften in die Kabinen, scharfsinnig machte Heinz Oertel »Probleme im Mittelfeld« aus. Dieser Herr Enke bestellte mit einem Fingerzeig noch einen Roséwein, schmallippig steuerte er dann ebenfalls die Keramik an.

Labensky leerte sein Bier und bekam sofort noch eine Molle hingestellt. Trockener Schlund ist nicht gesund, dachte er sich, und der Durst kam ja beim Trinken. Außerdem hatte er genug Penunsen zu verjubeln, also trank er sich seinen dreißigsten Geburtstag schön. Er wusste weder, was ein sogenannter Roséwein war, noch hatte er je von diesem Zankapfel namens achtem Weltwunder gehört, um das da gerade gestritten worden war. Er stellte fest, dass er nicht einmal die sieben anderen kannte, obwohl der Berliner Fernsehturm seiner Meinung nach wahrscheinlich dazugehörte.

Neugierig und mit einiger Verrenkung beugte er sich über das abgewetzte Holz des Tresens und schielte auf das Buch, das offen aufgeschlagen dalag. Er betrachtete die Bilder, und was da abgebildet war, groß, leuchtend, das hatte er noch nie gesehen: ein goldener Raum, ein Raum voll Gold. Verzierte, glänzende, meterhohe Wände mit Dutzenden vergoldeten Leuchtern, Uhren, Spiegeln, Schachfiguren. Kunstvoll gedrechselte Kommoden, Kästchen und Mosaike noch und nöcher. Ein Thronsessel, nussbraun, honiggelb, pommfritzfarben. Gold, Gold, Gold, ergötzte sich Labensky. Ihm gingen die Augen über, er stellte sich vor, wie viel Arbeit das war! Was der Spaß gekostet haben musste!

Und wer wohl der Glückspilz war, der darin wohnte? Wenn das in WBS ging, also in Wohnbauserie, dann müsste sich der Staat mit seiner neuen Einheitsplatte aber ganz warm anziehen, dachte Labensky, dann wollten aber ruckzuck alle so was haben!

»Wenn du mich fragst, ist der nicht ganz dicht«, raunte ihm der Mann hinter dem Tresen zu, während er ein halbes Glas Rotwein und ein halbes Glas Weißwein zusammenkippte und diesen Wein Rosé nannte. »Den Herrn Enke meine ich. Genosse Bernstein …«

»Genosse Bernstein?«, wiederholte Labensky unwissend.

»So nennen wir den hier. Der selbst nennt sich Historiker im Dienst der Republik. In Wahrheit ist er ein Jäger und Sammler …«

»Jäger und Sammler?«

»Schatzsucher. Den haben sie von ganz oben beauftragt, Kunstschätze aufzuspüren, die von den Nazis verschleppt wurden. Allen voran das Bernsteinzimmer. Der Tresen hier hat ja schon viele Verrückte gesehen: Alfred Döblin, Bertolt Brecht und wie sie alle heißen. Haben alle schon hier gesessen, ihre Molle getrunken und groben Unfug erzählt. Aber der Herr Enke, also Genosse Bernstein, der schlägt dem Fass den

Boden aus. Der ist mit Abstand der Verrückteste. Besessen ist der! Völlig verbohrt! Der sitzt hier jeden Abend, trinkt seinen Roséwein, blättert in seinen Büchern. Der sucht locker schon seit mindestens fünfzehn Jahren nach diesem Bernsteinzimmer, da hieß dieses Lokal noch ›Zu den drei Ritzen‹, weil nämlich drei Damen hier am Zapfhahn standen. Auch denen hat der schon in den Ohren gelegen mit seiner Schatzsucherei und seinem Weltwunder und so weiter. Ich schwöre, der hat noch nie auch nur ein Teil von diesem Weltwunder gefunden und glaubt trotzdem, dass das ausgerechnet hier in der DDR rumfliegt. Der größte Kunstschatz überhaupt! Hunderte Millionen wert! Das Bernsteinzimmer! In der DDR!« Der Mann hinter dem Tresen klopfte sich dreimal hölzern hohl an die Stirn. »Ist doch wohl vollkommen beknackt!«

Labensky nahm einen langen, ausgiebigen Schluck und ließ den Schaum an seiner Oberlippe kleben. Nachdem er die Bilder in dem Buch betrachtet und all das Gold gesehen hatte, konnte er nur zu gut verstehen, was einen an diesem Bernsteindingsbums juckte. Und wenn dieser Herr Enke, den sie Genosse Bernstein nannten, schon seit fünfzehn Jahren danach suchte, ohne auch nur irgendwas zu finden, dann musste dieses Weltwunder ja wirklich gut versteckt sein, dachte er und versuchte sich gleich vorzustellen, wo. Er dachte an das Tele-Café hoch oben im Fernsehturm oder an die Hackeschen Höfe, die so unverdächtig vor sich hin faulten, während sein Sitznachbar vom Klo zurückkam, dem aufmüpfigen Kneipenbruder Biermann noch im Vorbeigehen einen strengen, herausfordernden Blick zuwarf und sich dann wieder auf seinen Stammplatz setzte.

Wachsam schien er zu registrieren, dass sein Bernsteinbuch vor ihm leicht schräg lag und dass jemand es angefasst haben musste. Er hob die aufgeschlagene Seite an und sah die Abdrücke von Labenskys Speckgriffeln. »Haben Sie etwa … Was fällt Ihnen ein?«

»Hab so ein Weltwunder noch nie gesehen«, versuchte Labensky diesmal gar nicht erst, sich zu entschuldigen. Stattdessen patschte er fasziniert gleich noch mal auf die Abbildungen. »Wenn man so einen Schatz hier in der Hauptstadt über Jahre sucht, aber nie findet«, meinte er und dachte dabei nicht unbedingt nur an dieses Bernsteindingens, sondern unweigerlich an Rita, »vielleicht ist der Schatz dann einfach weg und schon längst über alle Berge?«

»Bloß weil ein Schatz nicht sichtbar ist«, seufzte dieser Herr Enke auf und schob Labenskys Flossen weg, »heißt das noch lange nicht, dass er unauffindbar bis in alle Ewigkeit verschollen bleibt.«

Beruhigt nuckelte Labensky an seiner Molle. Irgendwie machte ihm das in Sachen Rita Mut. »Also, wenn Sie mich fragen«, meinte er, ohne dass ihn irgendwer gefragt hätte, »ich würde ja auch nie aufgeben, nie im Leben aufhören, so einen Schatz zu suchen …«

Stirnrunzelnd nahm dieser Herr Enke für einen Augenblick seine Nickelbrille ab. Eben noch hatte er Labensky angesehen wie einen, dessen Gehirnzellen längst über alle Berge waren. Nun sah er ihn beinahe an wie einen Gleichgesinnten, dem es lediglich an Kapazitäten mangelte.

»Verstehe ich richtig«, vergewisserte er sich, »Sie sehen das Bernsteinzimmer hier in meinem Buch heute zum allerersten Mal? Dann wissen Sie also praktisch gar nichts darüber?«

Labensky quittierte nickend. Man hätte ihm auch sagen können, es sei das Wohnzimmer vom Onkel Erich – er hätte es geglaubt.

»Wie ist das möglich?«, fragte dieser Herr Enke. »Dass die Nazis unserem Bruderstaat das achte Weltwunder im Krieg gestohlen haben, das lernt doch jeder Halbgescheite noch in der Grundschule?«

»Vor Ende der Grundschule als förderungsunfähig entlassen«, erklärte Labensky zu seiner Verteidigung. Wenn er es nur richtig aussprach und betonte, klang es fast wie eine Auszeichnung, dachte er, während die Stimme von Heinz Oertel wieder aus dem Fernseher ertönte und die zweite Halbzeit des Jahrhundertspiels ankündigte.

Bei strömendem Regen betraten die blauen und die weißen Zahnstocher den aufgeweichten Acker. Oertel verlangte gegen das bundesdeutsche Abwehrbollwerk »mehr Schüsse aus der dritten Reihe«, und dieser Enke sah Labensky prüfend von der Seite an.

»Förderungsunfähig, ja?«, wiederholte er nach einer Weile und schien zu überlegen, was zwischen Labenskys Segelohren vor sich ging. Gerade noch hatte er sich über dessen Tollpatschigkeit und ausgewiesene Ahnungslosigkeit mokiert. Nun, plötzlich, da das Wort Förderungsunfähigkeit gefallen war, betrachtete er ihn über den Rand seiner Nickelbrille forschend interessiert, als ließe ihn die Tatsache, dass Labensky die Intelligenz nachweislich nicht gerade gepachtet hatte, auf einmal etwas sehr Nützliches in ihm erkennen.

Etwas, was einem Schatzsucher im Dienst der Republik, der in fünfzehn Jahren noch keinen einzigen Schatz zutage gefördert hatte, ganz wie gerufen kam, ja rein zufällig allerbestens in die Karten spielte.

Er presste die Lippen aufeinander. Unverhohlen taxierte er Labensky vom Kopf bis zu den Stiefeln, als hätte er haargenau so einen Proletarier, der nicht mal die Grundschule geschafft hatte und auch nicht ansatzweise wusste, was das Bernsteinzimmer war, der aber für hartnäckige Schatzsuchen zu brennen schien und offenbar sehr leicht zu begeistern war, bereits seit einer Ewigkeit gesucht.

»Paul Enke mein Name, erfreut, Sie kennenzulernen«, war dieser Genosse Bernstein von einem Augenblick zum anderen wie verwandelt, ja wie ausgewechselt. Labensky verstand nicht, wo diese ausladende Freundlichkeit so plötzlich herkam, aber der Mann, der sich eben noch verächtlich über die Fettfinger in seinem Buch beschwert hatte, reichte ihm jetzt sogar die Hand, die wächsern war und schlaff wie ein Lappen, als hätte er in seinem ganzen Leben nie gearbeitet.

»Helfen Sie mir: Was bedeutet Förderungsunfähigkeit konkret?«

Labensky blies die Backen auf, konnte es ja selbst nicht sagen.

»Können Sie rechnen?«, sog dieser Enke scharf die Luft ein.

Labensky schüttelte den Kopf.

»Können Sie lesen?«

»Kommt drauf an, wie viele Wörter.«

»Können Sie schreiben?«

»Kommt drauf an, wie viele Wörter.«

»Als was haben Sie bisher gearbeitet?«

»Als alles, wofür man keine Schule braucht.«

»Also können Sie mit Schaufel und Spaten umgehen?«

Endlich konnte Labensky einmal nicken, aber wie!

»Sehr interessant! Und darf ich auch fragen, wie Sie heißen?«

Labensky wusste nicht recht, zögerte plötzlich. Nicht, weil er sich für den Namen Heinz schämte, sondern weil er hier doch beinahe verhört wurde, als säße er einem als Schatzsucher getarnten Stasi-Schlapphut gegenüber, der ihn nur aushorchen und anschließend verhaften würde. Labensky wollte seinen Namen vorsichtshalber lieber nicht rausrücken. Er war aber auch nicht in der Lage, gut zu lügen. »Manche nennen mich Einstein«, sagte er schließlich mit knallroten Ohren, weil ihm so schnell nichts Besseres einfiel.

Dieser Herr Enke sah ihn an und strich seine Krawatte glatt.

»Einstein, ja …? Na, das ergibt natürlich Sinn!« Sein Blick fiel auf Labenskys Oberarme, die sich unterm Hemd abzeichneten wie dralle Schinken, und sein Gesicht nahm einen Ausdruck an, als sei ihm gerade eine verwegene Idee gekommen. »Junger Mann, ich glaube, Sie müssen nur gefördert werden. Mit einer Aufgabe, die Sie richtig fordert. Und je länger ich darüber nachdenke: Genau so ein Förderer könnte ich für Sie sein, denn genau so jemanden wie Sie, einen waschechten Arbeiterstaatsvertreter, brauche ich bei der Arbeit im Gelände, als Adjutant der Bernsteinzimmersuche!«

Labensky überfiel ein Kribbeln. Er, ein Schatzsucher? Auf der Jagd nach dem achten Weltwunder? Das war Musik in seinen Ohren.

»Es ist eigentlich Geheimsache, strengster Operativvorgang«, sagte dieser Herr Enke und begann zu flüstern, »ich habe da gerade eine heiße Spur. Ich glaube, ich weiß jetzt endlich, wo das Bernsteinzimmer ist.« Raunend erzählte er Labensky von einem halb vergessenen, sagenumwobenen Ort namens »Carinhall«, einer gigantischen Nazifestung mitten in der Schorfheide, nur sechzig Kilometer nördlich von Berlin. Er erzählte von Hitlers Stellvertreter, der bis Kriegsende dort residiert und tonnenweise Raubkunst gehortet hatte.

Labensky machte große Augen. Er witterte ein Abenteuer.

»Ich könnte da schon morgen zwei starke Hände gebrauchen«, machte dieser Herr Enke ihm jetzt doch tatsächlich ein Angebot. »Sonderauftrag im Dienst der Republik. Was sagen Sie, Einstein?«

Labensky versuchte ein Lächeln, das sich hilflos in die Breite zog. Er wollte nicht unhöflich sein, aber seine Begeisterung hielt sich in Grenzen. Bei aller Abenteuerlust, die in ihm schlummerte, hatte er seit der Erfahrung in dem Spezialheim von diesen geheimen Sonderaufträgen im Dienst der Republik erst mal die Nase voll.

»Als Entdecker des Bernsteinzimmers gehen Sie mit mir in die Geschichte ein«, war dieser Herr Enke plötzlich und aus irgendeinem Grund, der sich Labensky noch immer nicht erschloss, ganz versessen darauf, ihn als Suchgehilfen zu gewinnen. »Als Held der Republik bekommen Sie selbstverständlich auf jeden Fall auch einen Trabant geschenkt«, machte er ihm die Sache schmackhaft.

Labensky schüttelte den Kopf. Er konnte ja schlecht sagen,

dass er statt so eines Trabants längst einen dicken Moskwitsch hatte.

»Ich kann Ihnen im Erfolgsfall, das heißt, wenn wir das Bernsteinzimmer gemeinsam finden, natürlich auch das höchste Privileg der DDR verschaffen«, hörte dieser Herr Enke gar nicht wieder auf, ihn anzubaggern. »Was halten Sie davon«, warf er den größtmöglichen Köder aus, »als Reisekader nominiert zu werden?«

»Reisekader?« Labensky hatte den Begriff noch nie gehört.

»Ein Privileg, das nur den wichtigsten Personen dieses Landes vorbehalten ist. Als Reisekader erhalten Sie die Erlaubnis, ins Nichtsozialistische Wirtschaftsgebiet auszureisen, in den Westen. Es gibt wohl niemanden, der nicht von einer solchen Reise träumt.«

Auf einmal wurde Labensky hellhörig. Eine Reise in den Westen, das war ja ein dolles Ding. Er wollte sich schon ausmalen, wie die Mauer wohl von der anderen Seite aussah, da rief er sich gleich wieder ins Gedächtnis, dass er Berlin ja unter keinen Umständen verlassen konnte, nicht für eine Reise ins kapitalistische Ausland und auch nicht für diese Bernsteinzimmersuche. »Ich kann hier nicht weg«, sagte er entschlossen und verschränkte die Arme vor dem Bauch, als müsste man ihn notfalls mit Gewalt wegtragen.

»Warum nicht? Was kann so wichtig sein?«, fragte dieser Herr Enke, als sei ein solches Reiseangebot unmöglich auszuschlagen.

Labenskys Brustkorb hob und senkte sich unter den Schultern.

Dann, während Heinz Oertel das Geschehen auf dem Platz zunehmend angespannter kommentierte, ein null zu null bereits als »Sensation« verkaufte, erzählte Labensky in aller gebotenen Ausführlichkeit von Rita. Davon, dass er sich versprochen hatte, auf sie aufzupassen. Davon, dass sie nach einem höchst unglücklichen Vorfall in der Mokka-Milch-Eisbar spurlos verschwunden war, und davon, wie sehr sie ihm in den vier Jahren seither, die ihm wie echte Hundejahre vorgekommen waren, fehlte. Dass er hier auf sie warten musste. Dass er sie wiedersehen musste. Und dass er alles, wirklich alles, dafür tun würde, ihr wenigstens noch einmal ins Gesicht zu sehen.

»Spurlos verschwunden?« Dieser Herr Enke lächelte amüsiert. »Sie wissen, dass in diesem Staat nichts und niemand einfach so verschwinden kann. Schon gar nicht, ohne Spuren zu hinterlassen. Wie lautet denn der Name dieser Freundin?«, erkundigte er sich in einem Ton, als könnte er vielleicht jemanden kennen, der unter Umständen rein zufällig auch sie kennen könnte. Aus der Jackentasche seines gestreiften Herrensakkos, das wie ein erlegtes Stinktier auf dem Kneipentresen lag, zog er einen Bleistift und einen Notizblock.

»Rita Warnitzke«, gab Labensky zu Protokoll. Alles in ihm wollte daran glauben, dass dieser umtriebige Herr Enke, angeblich ja der größte Schatzsucher der Republik, ihm weiterhelfen könnte.

»Vielleicht kann ich was für Sie tun«, sagte der tatsächlich und notierte Ritas Namen. Er warf sein Sakko über und ging mit schnellen Schritten zur Kneipentür. Er müsse nur ein paar Anrufe machen, sich ein wenig umhören, rief er im Hinausgehen und verschwand zur Telefonzelle auf der anderen Straßenseite, die wie eine leuchtend gelbe Zapfsäule im prasselnden Berliner Regen stand.

Labensky, überrumpelt von den unerwarteten, sich nun tatsächlich überschlagenden Wendungen dieses Abends, versuchte, falsche Erwartungen zu ersticken, aber die Hoffnung in ihm war stärker.

Unruhig tippelten seine Stiefel über den Hockerabsatz. Vier Jahre keine Spur von Rita. Vier Jahre Funkstille. Und nun, ausgerechnet an seinem Geburtstag, vielleicht so etwas wie ein Lebenszeichen?

»Nimm dich bloß in Acht. An dem Genossen Bernstein ist

was faul«, hörte Labensky auf einmal eine Stimme in sein Ohr raunen.

Er drehte sich und sah, dass dieser Kneipenbruder namens Biermann aus dem Halbdunkel an ihn herangetreten war. Er hatte offenbar gelauscht. »Lass dich von dem nicht anwerben. Der hat ein flexibles Gewissen, ist glatt wie 'n Aal, stramm linientreu wie eine Eins und hat Kontakte wie 'ne Vogelspinne. Glaub mir, ich weiß, wozu diese Arschkriecher fähig sind. Wenn du nicht höllisch auf deinen Rücken aufpasst, dann ...« Biermann wurde mitten im Satz unterbrochen von ohrenbetäubendem Gebrüll, dass es nur so schepperte.

Labensky sah noch, wie sich seine Lippen weiterbewegten wie hinter einer Glasscheibe, wie er in dem Lärm irgendetwas sagte, während im Jahrhundertspiel in Hamburg jetzt tatsächlich ein Tor gefallen war und im Fernseher bereits die Wiederholung lief.

Es war die siebenundsiebzigste Spielminute, und Jürgen Sparwasser, Spitzname »Spari«, ein Magdeburger Maschinenbauer, hatte einen Flugball mit Gesicht und Schulter angenommen, war in den gegnerischen Strafraum eingedrungen, an der Abwehrreihe Höttges–Vogts vorbeigezogen und hatte den Ball aus fünf Metern ins Netz geprügelt.

»Eine meisterliche Aktion!«, lobte Oertel. Eine Bierdusche jagte die andere, während Sparwasser das Tor, das ihn unsterblich machte, mit einem Purzelbaum vor klassenfeindlicher Kulisse krönte.

Labensky, jubelnd, wollte diesen Biermann unbedingt noch fragen, wie sein Satz zu Ende ging, was also geschehen würde, wenn er sich doch anwerben ließe und nicht auf seinen Rücken aufpasste, da spürte er im selbigem Jetzt eine Hand, die sich kalt und feucht anfühlte wie ein toter Fisch. Dieser Herr Enke war vom Münzfernsprecher zurück, stand wie ein Schlapphut auf leisen Sohlen hinter ihm und sagte: »Ich glaube, ich weiß jetzt, wo wir Ihre Freundin finden.«

Labensky drehte sich um. Er vergaß das Tor für die Geschichtsbücher, vergaß auch sämtliche Warnungen von diesem Biermann und fiel fast vom Hocker.

»Wo ist sie?«, brach es aus ihm heraus.

»Prenzlauer Berg, im Hotel Lilli Put …« Enke, den sie Genosse Bernstein nannten, zahlte die Zeche, als gebe es keine Zeit zu verlieren. »Sie arbeitet in einem Etablissement für HwG-Personen.«

24

HOTEL LILLI PUT

Der Regen hatte die Leuchtschrift *Lilli Put* ausgeknipst, und von außen, also von der Straße aus betrachtet, fand Labensky, sah das Gebäude, in dem Rita angeblich neuerdings ihrer Arbeit nachging, eigentlich genauso aus wie ein ganz normales Berliner Mietshaus.

Ein sechsstöckiger Altneubau in farbloser Pracht, von dessen Fassade der Verputz wegbröckelte, der Risse und Sprünge hatte wie eine alte Vase und der eingezwängt zwischen den anderen Häusern offenbar seit Jahren auf seine Ablösung durch die neue Einheitsplatte wartete. Vor den Fenstern im Erdgeschoss hingen blickdichte Vorhänge, in den Stockwerken darüber Gardinen, durch die warmes, beinahe bernsteinrotes Licht sickerte. Die Eingangstür stand offen, sodass anscheinend nicht nur Bewohner ein und aus gehen konnten, sondern auch Passanten, die es an diesem Abend in Heerscharen auf die Straßen getrieben hatte, um Sparwassers Jahrhunderttor und den Sensationserfolg über den Klassenfeind zu feiern.

Herr Enke hatte das eins zu null als Endergebnis haargenau vorhergesagt.

Daran erinnerte Labensky sich jetzt wieder und konnte es nicht fassen, während das Taxi, das sie vorm Alt-Berlin genommen hatten, zwischen parkenden Luxuskarossen am Straßenrand haltmachte.

Enke reichte ein paar Geldscheine nach vorne, und Labensky, der zum ersten Mal überhaupt in einem offiziellen Wolga-Taxi gesessen hatte, trat auf den Bürgersteig. Die nass glänzende Straße spiegelte das fahle Licht der Gaslaternen. Es war schon spät, und die Luft war nach dem Regen abgekühlt. Labensky atmete tief ein und überlegte, dass dieser Herr Enke wohl wirklich einen siebten Sinn haben musste. Woher sonst wusste er so genau, wie das Jahrhundertspiel ausging, und woher sonst konnte er wissen, dass sich Rita ausgerechnet hier, in diesem Haus, aufhalten sollte? Wie hatte er sie ausfindig gemacht? Mit wem hatte er telefoniert?

Labensky hatte ihn die ganze Taxifahrt über gelöchert, aber Enke hatte sich bedeckt gehalten wie ein frisches Grab. Er hatte nur von ominösen »Kontakten« geredet, mehr nicht. Er hatte ihm auch nicht verraten wollen, was sogenannte HwG-Personen waren, womit Rita also neuerdings ihr Geld verdiente. Von einem »mondänen Amüsierhotel für Leibesvisitationen der Hauptstadtprominenz« hatte er schleierhaft gesprochen, um Ritas Arbeitsplatz zu beschreiben, von einem »Freudenhaus für Geschäftsleute und Diplomaten«, und Labensky fand das ja wirklich ganz enorm: Von der Mokka-Milch-Eisbar in ein Hotel nur für die Hauptstadtprominenz, dachte er, der ja noch nie ein echtes Hotel von innen gesehen hatte, das war doch allerhand. Es leuchtete ihm nicht nur gewerbemäßig ein, es klang vor allem auch nach einem steilen Aufstieg. Er selbst hatte ja vier Jahre auf der Stelle getreten, hatte weniger erlebt als ein Brandenburger Briefaufdampfer in einem langen Winter. Umso gespannter war er, von Rita persönlich zu erfahren, wie sie zu diesem Hotel gekommen war und was genau sie da eigentlich so machte.

»Das Beste ist, ich gehe voran, und Sie folgen mir unauffällig«, schlug Enke vor. Er warf die Marlboro auf den Bürgersteig, trat sie mit seinem polierten Kombinatslederschuh aus und hielt sein Bernsteinzimmerbuch jetzt wie eine Schatzkarte unter dem Arm.

Labensky tat das Gleiche mit seiner *Sibylle*. Kurz dachte er noch mal an diesen Biermann, der ihn vor Enke und seinen berüchtigten Kontakten warnen wollte. Aber was sollte an denen so verkehrt sein, dachte er, wenn die dabei halfen, Rita wiederzufinden?

Außerdem hatte er ja klargestellt, dass Enke das Bernsteindingsbums auf dieser geheimnisvollen Nazifestung auch ohne seine Hilfe finden musste. Dass er als Adjutant der Schatzsuche nicht zur Verfügung stand, weil er nicht aus Berlin wegkonnte. Jetzt, da er Rita hoffentlich gleich wiedersehen würde, erst recht nicht mehr, dachte Labensky und folgte ihm aufgeregt durch den Hoteleingang.

Eine unverdächtige Mietshaustür führte in das Haus. Nach zwei oder drei schweren Vorhängen, zwischen denen sie nacheinander durchtauchten, nahm sie ein schummriger, schlauchförmiger Raum auf, in dem eine ältere, rothaarige, aufwendig zurechtgetakelte Dame wartete, die in einem Kegelrobbenkörper steckte und eine langstielige Zigarette paffte. Sie hieß nicht Rita, sondern Roswitha. An einer Theke aus rotem Samt legte sie Geldscheine zu gleichmäßigen Haufen. Auf der Wandtafel in ihrem Rücken waren Zimmernummern eingetragen. Labensky konnte sie nicht zählen, aber die Ziffern gingen hoch bis dreißig.

Die Dame, die offenbar die Empfangsdame dieses Hotels war, so dachte er, machte nicht gerade den gastfreundlichsten Eindruck, und doch schien das Geschäft zu brummen. Jedenfalls gaben sich die Gäste hier allem Anschein nach die Klinke in die Hand. Labensky sah junge, leicht bekleidete Damen, die sich schon bettfertig gemacht hatten, mit einem verdrucksten Anzugträger nach dem anderen die Treppe hochhuschen. Manch einer dieser Streifenhörnchen und Krawattenhelden, dachte Labensky, blieb nur eine Nacht oder bloß für ein kurzes Nickerchen. Jedenfalls hatten die allermeisten, offenbar Stammgäste, nicht einmal Gepäck dabei.

»Schönen guten Abend, Gnädigste«, trat Enke an die Rezeption, an der Bademäntel und Handtücher auslagen wie in der Russensauna. Auch sogenannte Mondos vom VEB Gummiwerke lagen parat.

»Wir suchen eine Rita Warnitzke«, las Enke vom Notizblock ab.

»Rita? Neee, 'ne Rita ham wa nich«, berlinerte die Rothaarige, wobei ihr Blick von links nach rechts pendelte, als versuche sie, das ungleiche Paar, das vor ihr stand, unter einen Hut zu kriegen.

»Ich bin mir aber sehr sicher, dass sie hier arbeitet«, ließ sich Enke nicht beirren, legte seinerseits Geldscheine auf die Theke.

»Wir müssen zu ihr, und zwar noch heute Abend. Es ist dringend!«

»Dit gloob ick sofort, aber bestümmt nich alle beede«, zog die Dame die Augenbrauen zusammen, sodass sie einen geraden, vorwurfsvollen Strich ergaben, beinahe wie eine Warnschranke.

»Doch, natürlich, Sie hören richtig, alle beide«, sagte Enke und lehnte sich wichtig mit dem Ellbogen auf den Empfangstisch.

»Wir sind doch keen Interhotel. Für so wat können Se in die Mulackritze jehen. Doppeldecker und so 'n Schweenkram macht hier keene«, wiegelte die Dame ab. »Und Rita schon ma jarnüscht.«

Labensky spürte ein Kribbeln. Rita, sie war also doch da!

»Ich hoffe, wir finden da eine Lösung, Gnädigste«, beharrte Enke in galantem Ton. »Ihnen sagt doch ganz sicher der Paragraf 249 StGB etwas? Gewerbsmäßige Unzucht und Gefährdung der öffentlichen Ordnung durch asoziales Verhalten? Hat sich eigentlich schon mal die Volkspolizei hier umgesehen?« Er setzte ein Lächeln auf, zog einen Ausweis aus dem Sakko und präsentierte ihn der Dame, woraufhin sich ihr Gesichtsausdruck schlagartig verfinsterte und die Aschewurst an ihrem Glimmstängel vor Schreck abfiel.

»Na jut«, gab die Dame nach einer langen, nachdenklichen Pause von sich und winkte zwei kraftmeiernde Muskelberge zu sich heran. Kurz fürchtete Labensky, Enke und er würden jetzt hochkant rausgeworfen werden. Aber die Dame wies die Kleiderschränke nicht etwa an, sie vor die Tür zu setzen, sondern in ein exklusives, anscheinend nur für die Prominenz der Hauptstadt reserviertes Hinterzimmer zu geleiten, das sie geheimnisvoll den »Konferenzsaal« nannte.

An der Seite von Herrn Enke – der seinen Ausweis mit einer angedeuteten Verbeugung wieder einsteckte und der offenbar ein erfahrener Hotelgast war, der ganz genau wusste, wie hier der Hase lief – folgte Labensky den beiden über einen langen Flur und durch ein Labyrinth aus dunklen Gängen. Der Teppich, über den sie gingen, verschluckte ihre Schritte, und Labensky zupfte nervös sein Permaflotthemd zurecht, plättete sein Haar, um den Wiedersehenseindruck vor Rita nicht schon wieder zu vermasseln. Er wollte ihr diesmal nicht nur vorzeigbarer gegenübertreten. Er wollte ihr unbedingt auch so viel sagen: vor allem, dass es überhaupt gar keinen Grund gab, noch einmal mir nichts, dir nichts zu verschwinden und jahrelang vor ihm zu flüchten. Abstimmung mit den Füßen, musste er ihr klarmachen, tat überhaupt nicht not, so dachte er und glaubte bald, von irgendwoher Musik zu hören. Swing-Musik, wie sie manchmal aus dem Autoradio im Moskwitsch perlte und ihn hüftabwärts in ganz eigenartige Schwingungen versetzte. Labensky hörte sie zuerst nur gedämpft, doch mit jedem Schritt, den sie über den Hotelflur gingen, wurden die Bässe und Trompetenklänge lauter. Irgendwo hier steppte noch der Bär. Es war zwar schon bald Mitternacht, aber von Bettruhe und Zapfenstreich gar keine Spur.

Am Ende des Flurs, die Musik war jetzt ganz nah – Labensky merkte es an seinem Herzbullern, das vor Aufregung den Takt aufnahm –, öffneten die schwarz gekleideten Kraftprotze, die ihnen vorangingen, eine unscheinbar verbaute Tür, die Tür zum sogenannten Konferenzsaal, hinter der sie eine verbotene, scheinbar nie schlafende Welt aufnahm: ein wohnbauseriengroßer Raum mit schummrigem, gedimmtem Licht und einer kleinen, warm angestrahlten Bühne. Unter der tief liegenden Decke hing Zigarrenqualm wie dichter Nebel, machten rund zwei Dutzend Hotelgäste, vor allem Herren, bei einer Art Privatvorstellung die Nacht zum Morgen.

Enke und Labensky traten ein. Kurzatmig beobachteten sie das frivole Treiben, verschafften sich im graublauen Nikotindunst zwischen roten Lampions einen Überblick: Auf der Bühne standen Musikanten in festlich weißen Oberhemden, die an ihren Instrumenten zupften, und vor der Bühne, von Lichtstrahlen durchschnitten, tänzelte eine Sängerin mit schulterlangem blondem Haar, die nichts außer einem nachtschwarzen Hauch von einem Kleid trug.

Mit Mikrofon am Mund bewegte sie sich leichtfüßig von Tisch zu Tisch. Mit lieblicher, dann wieder keck verruchter Stimme sang sie fremdsprachige Lieder und zog dabei nicht nur den Lichtkegel, sondern alle Blicke im Saal auf sich; die Augen wichtig aussehender Herrschaften in Lackschuhen und Abendgarderobe. Gut betuchte Silberrücken, die sich mit Einstecktüchern an kleinen runden Tischen verlustierten. Dekadent nuckelten sie an Zigarren, schlürften Champagner, schütteten so was wie Puderzucker zu feinen weißen Linien und balancierten dabei junge, leicht bekleidete Fräulein auf ihren Knien wie im Offizierskasino. Labensky dachte an Servierdamen, die sich wohl eine Pause gönnten, oder an erschöpfte Zimmermädchen, die sich auf dem Schoß der kultivierten Kavaliere ausruhten, zumal ihnen offenbar so heiß war, dass sie sich ihrer Kleider weitgehend entledigt hatten. Auch die Herren aus Bonzenhausen trugen ihre Krawatten weit aufgebunden wie ein Lasso um den Hals, und Labensky, der so viel nackte Haut seit längst vergangenen, hochsommerlichen Tagen am Briesensee nicht mehr zu Gesicht bekommen hatte, fing bei diesem Anblick gleich wieder an zu schwitzen wie ein Sektkübel, ja wie ein gehetzter Stier.

Ihm war das alles fast eine Spur zu heiß. Er wollte am liebsten gleich verduften und vorschlagen, vielleicht doch besser vorne an der Rezeption auf Rita zu warten. Aber Enke sah das vollkommen anders. Es gebe überhaupt gar keinen Grund, wieder zu gehen. »Junge, nicht so schüchtern!«, meinte er und knöpfte sein Sakko auf wie eine zu enge Hose. Begeistert dampfte er direkt in die erste Reihe, um diese freizügige Swing-Darbietung aus nächster Nähe zu verfolgen und sich ebenfalls Zigarre und Champagner zu genehmigen.

Labensky trottete ihm hinterher. Verlegen blickte er nach links und rechts in die halbdunklen Reihen. Er hielt an den kleinen runden Tischen Ausschau, ob er nicht irgendwo Ritas Gesicht erkannte. Einige der leicht bekleideten Zimmermädchen, die er dabei auf dem Weg zur Bühne irrtümlich wohl etwas zu lange ansah, schenkten ihm ein Lächeln und fragten, ob er sich gerne amüsiere. Labensky musste nicht überlegen, er nickte mit großem Hallo und ging weiter, denn natürlich amüsierte er sich gerne. Andere wiederum, die ihn nicht anlächelten und auch nicht gerade leicht bekleidet waren, sondern von Kopf bis Fuß in einem eng anliegenden Kostüm aus Lack und Leder steckten, fragten streng, ob er unartig gewesen sei und deswegen bestraft werden müsse. Labensky schüttelte den Kopf, versicherte hoch und heilig, er habe überhaupt nichts angestellt, bei seinem Indianerehrenwort gar nichts gemacht. »Bin nur hier, um wen zu suchen«, versuchte er sich zu erklären und um seine Bestrafung herumzukommen. Aber noch ehe er sagen konnte, wen genau er eigentlich suchte, blafften und pfiffen ihn die Hauptstadtprominenten an, sich endlich hinzupflanzen, still zu sein, nicht wie ein Bauerntrampel den Höhepunkt der Vorstellung zu stören.

Herr Enke hatte sich nach ganz vorn gesetzt, sein Bernsteinzimmerbuch neben einem Champagnerkübel abgelegt, um freie Sicht und freie Hand zu haben. Eines dieser Zimmermädchen ruhte sich gleich auf seinem Schoß aus, während er sich genüsslich eine Zigarre ansteckte und dem Fräulein ein paar Scheine Trinkgeld in die Schürze schob. Er hatte ganz offensichtlich reichlich davon eingesteckt, als hätte er gewusst, dass dieser Abend teuer werden würde.

Labensky platzierte sich direkt daneben. Er öffnete sein gerade noch zurechtgezupftes Permaflotthemd, um Luft an seine Brust zu kriegen und vor lauter Aufregung im Nikotinnebel nicht umzukippen. Sofort wollte eines dieser offenbar wirklich schwer erschöpften Zimmermädchen sich auch auf seinen Knien ausruhen. Aber Labensky, der das gar nicht mit ansehen konnte, zog kavaliersmäßig einfach noch einen Stuhl heran. Er sagte, ein Stuhl sei ja zum Sitzen viel bequemer, woraufhin das Fräulein säuerlich die Augen rollte und es sich bei einem anderen Herrn bequem machte.

Unruhig sah sich Labensky vor der Bühne um. Er betrachtete die Servierdamen, sah eine nach der anderen im knappsten Röckchen von Tisch zu Tisch hampeln, aber nicht Rita. Wo steckte sie nur?

Die Swing-Band spielte flott, energisch, munter vor sich hin. Die Sängerin in dem nachtschwarzen Kleid tänzelte handschweißtreibend durch die Reihen, zwinkerte den Hauptstadtprominenten zu, strich ihnen im Vorbeigehen über den Kopf und um den Hals, verdrehte ihnen alle Sinne. Manch einer pfiff ihr hinterher. Manch einer schmachtete sie an wie unter Hypnose. Manch einer versuchte, sie mit seiner Krawatte einzufangen oder ihre Hand zu greifen. Jeder glotzte sie an, als wollte er sie auf der Stelle wegheiraten, aber sie ließ sich nicht einfangen und auch von niemandem berühren, sondern machte, was sie wollte, spielte mit ihnen, wie es ihr passte.

Der Swing hob an, und die Blondine kam wieder vor die Bühne, kam wohl zum Vorstellungshöhepunkt, was immer das bedeutete.

Es bedeutete offensichtlich, dass sie sich aus dem Halbdunkel jetzt doch tatsächlich Labenskys und Herrn Enkes Saaltisch näherte, ausgerechnet ihnen. Rückwärts, den nackten, weit ausgeschnittenen Rücken ihnen zugewandt, kam sie mit tänzelnden Schritten auf sie zu und machte Bewegungen mit ihrem Körper, die sogar den nüchternen Herrn Enke ruckartig ins Schwitzen brachten.

Die Trompeten und das Schlagzeug bereiteten den großen Tusch vor. Die Herren an den Tischen beugten sich mit offenem Mund vor, als wüssten sie ganz genau, was jetzt gleich käme, während die Blondine zuerst den linken Kleidträger von ihrer Schulter schob und dann, langsam, als sei es ein Spiel, auch den rechten.

Labensky, der sich wild umblickte, nach links und rechts schielte, hatte nicht wirklich Augen dafür. Er saß eher unbeteiligt da wie ein Schluck Wasser in der Kurve und räusperte sich, suchte immer noch nach Rita. Da, auf einmal, drehte sich die Blondine zu ihm um. Der Lichtkegel fiel auf ihr Gesicht, das plötzlich einfror. Noch während sie ihn im Lichtschein ansah, hörte sie auf zu singen.

Labensky hielt den Atem an. Vom Licht geblendet, konnte er nur ihre geschminkten Augen sehen. Ungläubig rieb er sich die eigenen. Er beugte sich vor und sah noch genauer hin. Konnte das sein? War er so blind gewesen? Ja, war das denn die Möglichkeit?

»Heinzi?« In Schockstarre sah sie ihn an wie einen Außerirdischen, der durch Raum und Zeit in diese Amüsiervorstellung gekommen sein musste, aber auf keinen Fall durch die Vordertür. Erstarrt hielt sie mit einer Hand das Kleid vor ihrer Brust fest und ließ das Mikrofon einfach vor ihre Füße fallen, sodass ein Pfeifton durch den Saal hallte, der das gesamte Hotel Lilli Put aufschreckte.

»Rita?«, stammelte Labensky und sprang auf, sein offenes Permaflotthemd hing traditionell längst wieder auf halb acht.

Den Trompeten ging die Luft aus. Auch Bass und Schlagzeug dämmerten ohne Gesang bald hilflos vor sich hin, während sich im Publikum Tumult breitmachte. Die Herren an den Tischen hinter ihm fluchten, verlangten ihr Geld zurück, warfen mit Eiswürfeln und Schaumweinkorken. Nur Herr Enke, mit nun zwei Zimmermädchen auf den Knien, grinste triumphierend. Er prostete Labensky zu, als hätte er es wieder gleich gewusst und ihn bei dieser Vorstellung natürlich nicht ohne Grund bis nach ganz vorn geschleppt.

Labensky rieb sich immer noch die Augen. »Schwachkopf, zieh Leine!«, hörte er die Lackschuhbrigade hinter sich rufen. Er konnte gerade noch seine Frauenzeitschrift greifen, dann ging das Licht aus, es wurde zappenduster, und er wurde ruckartig aus dem Saal gezogen.

Es waren, anders als Labensky im Dunkeln zunächst vermutete, nicht die beiden Kleiderschränke, die ihn schleunigst vom Parkett zerrten. Es war Rita, wenn sie es denn wirklich war, die ihn hier wie eine Kuh vom Eis schleifte, hinter die Bühne, hinter den Vorhang, hinter die Kulissen, raus aus dem Stimmengewirr, aus der Gefahrenzone. Labensky konnte so schnell gar nichts dagegen tun, er sah nur diese engelsblonden Haare auf und ab wippen und lief ihnen einfach hinterher. Wo kamen die blonden Haare her?, dachte er und staunte, wie Rita sich verändert hatte und wie er sie nicht mal im Geringsten erkannt hatte. Sie war gar kein Zimmermädchen, sondern, viel besser: Alleinunterhalterin der Hauptstadtprominenz! Wer hätte das gedacht, dachte Labensky.

Und dann, während sie ihn noch an den Armen über den Hotelflur zerrte, schon wieder durch ein Labyrinth aus Gängen, fragte er sich, warum sie ihm eigentlich nie Bescheid gegeben hatte. Warum bloß hatte sie ihn all die Jahre nie in dieses aufregende Hotel Lilli Put zu einer ihrer ganz besonderen Amüsiervorstellungen eingeladen?

25

WANDEL DURCH ANNÄHERUNG

»Heinzi, was zur Hölle machst du hier?«, kam sie mit einer Gegenfrage, die nicht ganz unberechtigt war und mit der er Hornochse mal wieder so wenig gerechnet hatte wie mit einem Brett vorm Kopf. Sie war ganz außer Atem, und sie begrüßte ihn genau wie vier Jahre zuvor, als er am Tresen der Mokka-Milch-Eisbar vor ihr gestanden hatte: mit einer Standpauke.

Rita klang auf vertraute, liebenswerte Weise wütend, und jetzt erkannte er sie wirklich. Jetzt, da sie nicht länger liebliche fremdsprachige Lieder sang, sondern genau wie früher mit ihm schimpfte, erkannte er wieder ihre Stimme und brachte vor Aufregung und Glück nicht einen Ton heraus.

Sie hatte ihn, nach dem abrupten Vorstellungsabbruch wie auf der Flucht, vom sogenannten Konferenzsaal durch das halbe Hotel geschleift, ihm buchstäblich im Schnelldurchlauf ihren neuen Arbeitsplatz gezeigt. Ein paar Treppen rauf. Ein paar Gänge runter. Die Flure schienen immer länger zu werden. Dann, er hatte die Orientierung längst vollkommen verloren, so rasant war sie mit ihm an der Hand da durchgerauscht, hatte sie ihn eilig in dieses Zimmer im dritten oder vierten Stock geschoben. Ein Zimmer, das wohl Ritas Zimmer in diesem Hotel sein musste, vermutete Labensky, jedenfalls schloss sie sofort die Tür hinter sich ab, als sei es ihr eigenes.

»Heinzi, antworte!«, verlangte sie, schüttelte ihn und sah ihn immer noch entgeistert an. »Was willst du hier? Was hast du dir dabei gedacht? Wie bist du verdammt noch mal hier reingekommen?«

Labensky hob die Schultern. So genau wusste er das ja selbst nicht. »Kontakte«, murmelte er vielsagend und ließ das mal versuchsweise so stehen, genau wie Enke es ja auch so im Raum stehen gelassen hatte, woher er wusste, dass Rita überhaupt hier war.

»Kontakte?«, wiederholte sie. Ihre blau geschminkten Augen verengten sich zu den wutengen Schlitzen, die Labensky der Erfahrung nach signalisierten, dass hier gleich jemand explodierte, wenn er nicht bald damit rausrückte, was einer wie er in einer Amüsiervorstellung für die Hauptstadtprominenz verloren hatte.

Dass Rita sich nach so langer Zeit über seinen Besuch freute, konnte Labensky einmal mehr nicht zwingend ausmachen. Er kannte das ja schon. Viel eher kam es ihm so vor, als mache sie sein plötzliches Aufkreuzen nervös. Als sei er hier in etwas reingeplatzt, in das er nie hätte reinplatzen dürfen. Als hätte er unten im Konferenzsaal Dinge gesehen, die einer wie er nicht sehen sollte.

Aufgebracht ging Rita im Zimmer auf und ab. Dabei zog sie sich einen Bademantel über ihr Kleid und raufte sich ihr schulterlanges blondes Haar vom Kopf, das anscheinend doch gar nicht ihr Haar war, nur eine Verkleidung, als hätte sie eine Rolle gespielt.

Ihr richtiges Haar, sah Labensky, hatte sie darunter zusammengebunden. Es war noch immer dunkel wie Ersatzkaffee, stellte er erleichtert fest. Sie öffnete den Knoten, ließ es in ihr Gesicht fallen und wurde der Rita, die er kannte, immer ähnlicher. Ihre klitzekleinen Grübchen in den Wangen nahmen ihn sofort wieder gefangen.

»Hab seit der Eisbar-Sache auf dich gewartet«, sagte Labensky. »Hab immer gedacht, du kommst zurück. Wieso bist du einfach weggegangen? Und wieso hast du mir gar nicht Bescheid gesagt?«

Rita lief schweigend durch das Zimmer. So freizügig ihr Auftritt unten vor der Bühne war, so zugeknöpft gab sie sich jetzt. Es dauerte ein paar Minuten, bis sie sich beruhigte. Dann, irgendwann, blieb sie mitten im Zimmer stehen, senkte die Stimme und sagte: »Ich hatte keine Wahl. Ich musste da weg. Ich hätte mich von dir verabschiedet, aber es ging nicht. Ich konnte dir nichts sagen.«

»Wieso nicht?«, fragte Labensky.

»Weil du das nicht verstanden hättest«, antwortete Rita knapp.

Aha, dachte Labensky. Weil er das nicht verstanden hätte. Da war sie wieder, die Erklärung für alles. Aber wie sollte er *das* denn auch verstehen, wenn er nicht mal wusste, was? Er konnte ja keine Gedanken lesen, häufig nicht mal seine eigenen. Wenn er das nämlich könnte, also wenn er so eine Art siebten Sinn hätte wie offenbar Herr Enke, dachte er, dann wäre ja wohl vieles einfacher.

»Es ist kompliziert«, sagte Rita. »Es hatte nichts mit dir zu tun.«

»Nicht?«, stutzte Labensky. Zuerst war er erleichtert. Dann, je länger er darüber nachdachte, machte es ihn nur noch ratloser.

»Ich habe damals diese neue Arbeit angenommen …«, wand sich Rita. »Eine Arbeit, über die ich nicht mit dir sprechen kann …«

Labensky kapierte nicht. Wieso, zum Geier, sollte sie nicht mit ihm darüber sprechen können, dass sie hier die halbe Hauptstadtprominenz praktisch alleine unterhielt? Da konnte sie doch mächtig stolz drauf sein, oder etwa nicht? Dann fiel ihm wieder ein, dass Herr Enke dieses Hotel als »Etablissement für HwG-Personen« bezeichnet hatte und dass er Banause immer noch nicht wusste, wofür dieses seltsame Kürzel überhaupt stand. Hochwichtige Genossen, vermutete er im Stillen, aber sicher war er sich nicht.

»Was genau heißt eigentlich HwG?«, fragte er Rita nun also einfach freiheraus.

Sie gab keine Antwort. Stattdessen drehte sie ihm den Rücken zu. Wortlos ging sie zum Fenster, vor dem ein Glastisch mit einer Auswahl verzierter Fläschchen stand. Es klang, als würde sie Getränke zubereiten, irgendetwas Hochprozentiges, während sie ihn weiter auf die Folter spannte wie einen neugierigen Ziegenbock.

Labensky blieb wie angewurzelt stehen, wo Rita ihn abgestellt hatte. Sein Blick patrouillierte durch das Zimmer. Er hatte so ein richtiges Hotelzimmer, das sich zweifellos edel, aber fremd anfühlte, ja überhaupt noch nie gesehen. Es duftete nach Parfüm, nach »Rotem Moskau« oder »Casino de luxe«, so wie im Intershop. Die Decke, von der ein Leuchter hing, war mindestens drei Meter hoch, die Wände silbern schimmernd tapeziert. Einen Kleiderschrank, ein Bücherregal oder eine Nachtkommode, um den Wecker abzustellen, gab es nicht. Dafür stand mitten im Zimmer eine Badewanne, und auch das Bett, mit frischen, schaumweinfarbenen Laken mit Rosenmustern überzogen, war größer als ein Fenster am Palast der Republik.

»Ist ja ein piekfeines Hotel«, stellte Labensky fest, da er merkte, dass er mit seiner bohrenden Fragerei nicht wirklich weiterkam.

Rita zuckte die Achseln, zeigte ansonsten keine Reaktion.

»Wohnst du hier auch?«, bohrte er dann doch gleich wieder nach. Er konnte es nicht lassen, es interessierte ihn einfach brennend.

»Du stellst so viele Fragen …«, seufzte Rita und versuchte nun von sich und ihrer Arbeit abzulenken. Geschickt wechselte sie das Thema, indem sie einfach ihm die Fragen stellte: »Du bist also in Berlin geblieben … Was hast du denn die ganze Zeit gemacht? Du hast ja wohl auf keinen Fall vier Jahre lang auf mich gewartet …«

Labensky überlegte einen Moment. »Doch«, sagte er dann.

Rita drehte sich um und sah ihn an. Erst verwundert, dann

vertraut. Sie wusste, dass das stimmte und dass er die Wahrheit sagte. Sie kannte ihn noch immer gut genug, um ihm genau so viel hirnverbrannte Sturheit zuzutrauen.

»Setz dich doch«, sagte sie und deutete auf das Bettende, die einzige Sitzgelegenheit im Zimmer.

Sie kam jetzt mit zwei Kristallgläsern voll giftig grüner Flüssigkeit auf ihn zu, auf denen jeweils ein Löffel mit einem Zuckerwürfel lag. Sie setzte sich neben ihn und tränkte die Zuckerwürfel nacheinander in die Flüssigkeit. Dann, sie schien das alles nicht zum ersten Mal zu machen, riss sie ein Streichholz an und zündete den Zucker an, sodass der unter einer blauen Flamme schmolz und über den Löffelrand in das Kristallglas tropfte. »Komm, lass uns trinken«, sagte sie, halb auf das Wiedersehen, halb auf den Schrecken.

Auweia, dachte Labensky. Echtes Feuerwasser, so wie in den Indianerfilmen. Vorsichtig nippte er an dem brennenden grünen Fusel, der nach Kräutern roch. Der bittere Geschmack zog ihm die Wangen ans Kinn, während Rita das Zeug in einem Rutsch herunterspülte, als erhoffte sie noch immer schnellstmögliche Betäubung.

»Entschuldige, ich wollte dich nicht anschreien«, seufzte sie in ihr geleertes Glas hinein. Ihre Stimme klang gleich etwas versöhnlicher und friedlicher als noch Augenblicke zuvor. »Eigentlich bin ich froh, dass du mich gefunden hast. Das hast du gut gemacht!«, lobte sie ihn jetzt sogar. Brosamen für seine Seele. Es war, als hätte dieses eigenartige Getränk die Anspannung in ihr gelöst. »Weißt du, warum ich froh bin, dich zu sehen, Heinzi?«, fragte sie ihn.

Erwartungsvoll sah er sie an. Ihm fielen ja tausend Gründe ein.

»Weil es wohl das letzte Mal ist«, sagte Rita und zündete sich eine Zigarette an. Ihre Katzenaugen flackerten im Streichholzlicht.

Labensky glaubte zu spüren, wie ihm das grüne Feuerwasser in den Kopf stieg. Wie es ihm ganz und gar falsche, unlogische Worte in den Gehörgang legte. Er rieb sich die Ohren. »Das letzte Mal?«

Rita stand auf und ging erneut zum Fenster. Sie holte jetzt die ganze Flasche. Labensky hatte sein Glas noch gar nicht leer gemacht, da zündete sie gleich noch einen dieser schnapsgetränkten Zuckerwürfel an. Dabei sah sie sich konzentriert im Zimmer um und betrachtete so misstrauisch die Wände, dass Labensky einen kurzen und ganz eigenartigen Moment lang beinahe den Eindruck hatte, sie fürchtete, hier nicht ganz allein zu sein. Als hätten die Wände in diesem Hotel Lilli Put versteckte Ohren und als könnte ihr außer ihm noch jemand zuhören. Als würde die Firma Horch und Guck direkt hinter der Wand hocken und sie belauschen.

Rita nahm noch einen Schluck. Sie musste sich wohl Mut antrinken. Dann sagte sie leise: »Ich verschwinde aus der DDR, Heinzi. Ich gehe weg und mache rüber, in den Westen.« Sofort schenkte sie ihm nach, wohl um ihm Zeit zu geben, ihre Worte zu verarbeiten.

Labensky verschluckte sich und hielt sich an seinem Glas fest. Ihm fiel gar nicht auf, dass es flammend heiß war.

»In den Westen?«, haspelte er. »Was willst du denn im Westen?«, fragte er verblüfft.

»Nicht so laut«, hielt sie ihm den Mund zu wie ein Einbrecher dem anderen, obwohl es hier ja, wenn Labensky richtig verstand, eher ums Ausbrechen zu gehen schien. Jedenfalls erklärte ihm Rita, dass die DDR nichts anderes als ein Gefängnis sei. Dass das Leben diesseits der Grenze ein unfreies Leben in Mauern bedeute, in einer Diktatur. »Ich halte dieses Leben nicht mehr aus«, flüsterte sie so leise, dass Labensky die Worte von ihren Lippen ablesen musste.

»Es gibt kein richtiges Leben im falschen«, sagte nun auch sie auf einmal, genau wie Ulrike, Gudrun und Andreas. Deshalb würde sie nicht länger warten, sondern ihr Schicksal in die Hand nehmen und tun, was jetzt alle täten, die von einem freien Leben träumten.

Labensky hörte sie so flüstern, hörte sie sagen, dass das Leben auf der anderen Seite der Mauer reich, bunt und voller Möglichkeiten sei. In seinem Kopf rotierten die Gedanken. Er selbst dachte an die Eindrücke aus Abuschenkos Westkunde-Unterricht, aber er dachte auch an all die Nachteile des Westens – zum Beispiel an diese wirklich schlimme Schweineplage, von der Ulrike, Gudrun und Andreas ihm berichtet hatten. Natürlich sagte er das nicht, er wollte Rita doch nichts madigmachen. Er sah die blitzende Begeisterung in ihren Augen, und er spürte: Sie hatte sich wieder etwas in den Kopf gesetzt, genau wie damals, ehe sie das Dorf verlassen hatte. Und wenn sie sich erst mal etwas in den Kopf gesetzt hatte, das kannte er ja schon, war sie durch nichts mehr davon abzubringen.

Er selbst war begeistert wie ein Stockfisch. Ihm war das alles nicht geheuer. Vor allem fragte er sich beunruhigt, wie Rita das anstellen wollte, also das Rübermachen. Das war ja nicht nur eine Entscheidung für das ganze Leben, sondern auch lebensgefährlich.

Rita schenkte sich noch ein Glas ein und goss auch Labenskys wieder auf, während sie ihm erklärte, dass bereits alles vorbereitet sei. Sie habe Fluchthelfer bezahlt, alles organisiert, um mit einer Handvoll Leuten, die die DDR genauso satthätten wie sie, für immer zu verschwinden. Durch einen geheimen Tunnel im Berliner Süden würden sie schon in wenigen Tagen oder Wochen die Sperrzone unterwandern, genau wie andere Republikflüchtlinge auch.

Labensky starrte Rita an. Seine Ohren wollten sich weigern, sich das anzuhören. Ihm blieb die Spucke weg. Wieder mal ging ihm das alles mindestens drei Umdrehungen zu schnell. Wieder kam es ihm vor, als würde er den Dingen nur hinterhersehen wie ein Rindvieh einem langen Güterzug. Erstens verstand er nicht, warum Rita überhaupt schon wieder wegwollte, ausgerechnet jetzt, da sie einander doch gerade erst wieder getroffen hatten. Zweitens konnte er dem unwirklichen Gedanken, dass sie demnächst im Westen leben würde und er hier weiterhin im Osten, dass also die Mauer zwischen ihnen wäre, nichts abgewinnen. Drittens dachte er mit einem grausigen Gefühl im Magen an den berüchtigten Todesstreifen, an all die bisswütigen Mauerhunde und an den Schießbefehl, den Onkel Erich ausgegeben hatte, um jeden Republikflüchtling, der unerkannt das Land verlassen wollte, notfalls mit Waffengewalt und mit Gewehrsalven daran zu hindern. Er dachte schließlich auch an die Selbstschussanlagen, die sogenannten Tötungsautomaten.

»Schau mich nicht so an. Ich weiß, was du jetzt sagen willst«, meinte Rita und sah ihn an, als stünde es bereits groß und breit auf seiner Stirn geschrieben. »Du kannst nicht mitkommen, Heinzi!«

»Wieso nicht?«, fragte Labensky. Er hatte nach der Flucht aus dem Spezialheim ja sogar schon mal persönlich vor so einem Tunnelloch gestanden und sich Rita zuliebe gegen die Auswanderung entschieden. Aber wenn sie jetzt selbst rübermachen wollte …

Sie starrte in ihr leeres Glas, als suchte sie darin nach einer Antwort. »So eine Flucht braucht Vorbereitung. Dafür ist es zu spät«, antwortete sie, »außerdem brauchst du die richtigen Kontakte.«

»Kontakte?«, wiederholte Labensky und klang jetzt genauso, wie Rita geklungen hatte, als er ihr erklärt hatte, wie er hier überhaupt reingekommen war. Anscheinend ging in diesem Land nichts ohne Kontakte, wenn man irgendwo rein- oder auch rauswollte, dachte Labensky. Und dann musste er daran denken, dass Herr Enke genau genommen sein einziger Kontakt war, der in seiner Funktion als Schatzsucher der Republik jedoch über so einige Kontakte zu verfügen schien. Über Beziehungen in Kreise, die einem sogar ganz ohne Fluchthelfer ein paar Wochen Urlaub im Westen verschaffen konnten, als sogenannter Reisekader.

Labensky versuchte sich zu konzentrieren und seine Gedanken, diese störrischen und flatterhaften Biester, zu sortieren. Kaum war mal einer da, ging er schon wieder flöten. Angestrengt gab er sich Mühe, nur einen Gedanken zu Ende zu denken, und da, tatsächlich, ging ihm ein Licht auf. Jedenfalls kam ihm eine Idee: Was, so blitzte es in ihm auf, wenn Rita gar nicht durch einen Tunnel kriechen und ihr Leben riskieren müsste, um in den Westen zu gelangen? Was, wenn sie nicht flüchten, sondern ganz legal und ganz gemütlich ein wenig Westluft schnuppern könnte, wann immer ihr danach war? Was, dachte er kühn, wenn nicht etwa er, sondern Rita so eine Reisekader-Erlaubnis in die Hand bekäme, um sich die BRD mal ganz in Ruhe aus der Nähe anzusehen, als Touristin?

»Wandel durch Annäherung.« »Politik der kleinen Schritte.« Das hatte Labensky diesen Willy Brandt im Fernsehen immer wieder predigen hören, wenn der vom sogenannten Ost-West-Konflikt sprach. Und obwohl Labensky nicht wirklich wusste, was damit gemeint sein sollte, so erschien es ihm doch sinnvoll, das Leben im Osten nicht gleich für immer aufzugeben, sondern sich der schönen neuen Welt jenseits der Mauer in kleinen Schritten anzunähern.

»Vielleicht musst du gar nicht flüchten«, meinte Labensky und sah Rita an, als hätte er da eine viel bessere Lösung, bei der keine Mauerhunde auf sie warteten und bei der auch nicht auf sie geschossen würde. »Ich besorg dir eine Reisegenehmigung, mit der du in den Westen kannst, sooft du willst. Zum Ferienmachen!«

Rita lächelte milde und schüttelte belustigt den Kopf. »Du Quatschkopf«, meinte sie und knuffte ihn in die Seite, dabei hatte er gar keinen Scherz gemacht. »Das wär schön, aber wie soll das gehen? Wo willst du denn eine Reisegenehmigung herbekommen?«

Tja, dachte Labensky und verzichtete diesmal darauf, schon wieder von Kontakten zu sprechen. Stattdessen erzählte er Rita einfach direkt von Herrn Enke, diesem hellseherischen Roséweintrinker im Dienst der Republik, der ihn auf verschlungenen Wegen überhaupt hierhergebracht hatte und der sich unten im Konferenzsaal wohl noch immer mit den Zimmermädchen amüsierte. Abgeklärt erklärte er, dass Enke zufällig das Bernsteinzimmer suche, das achte Weltwunder, das höchstwahrscheinlich in der DDR zu finden sei.

Rita, der das Bernsteinzimmer als Kunstschaffender ja wohlbekannt sein musste, sah ihn an, als redete er Chinesisch, also versuchte er ihr zu erklären, was das eine mit dem anderen zu tun hatte. Also berichtete er ihr, dass Enke, der Schatzsucher, eine ganz heiße Spur zum Bernsteinzimmer habe und dass er rein zufällig ihm, Heinz Labensky, neben Weltruhm und einem Trabant rein zufällig obendrauf noch eine Reiseerlaubnis versprochen habe, wenn er ihm dabei behilflich wäre, das achte Weltwunder zu finden.

Rita lächelte stumm, wie früher auf dem Schulweg, wenn er ihr mal wieder eine seiner vogelwilden Spinnereigeschichten aufgetischt hatte, um sie zum Lachen zu bringen. Dabei war das hier keine Spinnerei. Es war sein voller Ernst.

Sie trank ein drittes Glas von diesem amtlichen grünen Feuerwasser. Sie musste eigentlich längst davon hinüber sein. »Heinzi, du willst das Bernsteinzimmer finden?«, fasste sie noch mal zusammen, was er da gerade vorgetragen hatte. »Und zwar nur, damit ich an deiner Stelle im Westen Urlaub machen kann?« Sie sah ihn an, als hätte er nun endgültig nicht mehr alle Hunde in der Hütte.

Labensky nickte umso entschlossener. Es kam ihm vor, als hätten sich alle Nebel, die sein Leben lang sein Hirn umflogen, gelichtet.

Es war die beste Idee, die er je gehabt hatte. Eine Idee auf Weltniveau.

»Ich will nicht, dass dir was passiert«, sagte er, als sei das das Wichtigste. Tausendmal wichtiger als so ein schnödes Weltwunder.

Rita hörte auf zu lächeln. Sie betrachtete ihn lange und eindringlich. Aus irgendeinem Grund hatte er das Gefühl, dass sie ihn auf einmal ansah, wie sie ihn noch nie zuvor angesehen hatte. Mit anderem Blick. Mit anderen Augen. Weder wütend noch belustigt, so wie er es kannte, sondern beinahe so, als sehe sie ihn gerade zum allerersten Mal an. »Heute ist dein Geburtstag, oder?«, fragte sie.

Labensky nickte. Ein paar Minuten noch, dann ging dieser ereignisreiche Tag, der voller Überraschungen gewesen war, zu Ende.

Rita schüttelte den Kopf. Ausnahmsweise nicht über ihn, so hatte es den Anschein, sondern über sich selbst. »Ich bin nicht gut für dich, Heinzi«, sagte sie, und ihre Stimme wurde auf einmal brüchig. »Ich bin einfach weggegangen, ohne dir Bescheid zu sagen. Ich hab dich warten lassen, jahrelang. Wenn du nicht hergekommen wärst, dann wäre ich einfach in den Westen abgehauen, ohne dir ein Wort zu sagen. Und jetzt sitzen wir hier. Und ich vergesse fast deinen Geburtstag, während du sagt, du willst das Bernsteinzimmer finden. Nur für mich …« Sie machte eine Pause, schluchzte, atmete tief aus.

Dann sah sie ihn an, plötzlich mit Tränen in den Augen. »Weißt du eigentlich, dass du der einzige Mensch bist, der so was für mich tun würde? Der Einzige, der immer nur das Beste für mich will? Ich hab das nicht verdient, Heinzi. Warum bist du so gut zu mir?«

Labensky schluckte. So hatte er Rita ja noch nie erlebt. Und so hatte sie auch noch nie zuvor mit ihm geredet. Er sah jetzt, wie ihr die Tränen über die Wangen kullerten, eine nach der anderen. Aber er verstand nicht, warum. Ferien im Westen, dachte er noch immer, da konnte sie sich doch drauf freuen. Aber sie weinte trotzdem, weinte, wie er sie zuletzt als kleines Mädchen weinen gesehen hatte, als sie vor ihrem Ersatzvater geflüchtet war. Eigentlich, dachte Labensky nun, während sie einander ansahen, war Rita nicht erst jetzt, sondern schon ihr ganzes Leben auf der Flucht gewesen. Eigentlich war sie seit ihrer Zeit in Obhut nie irgendwo angekommen.

»Kannst du mich in den Arm nehmen?«, fragte sie ihn. Erschöpft legte sie sich auf das Bett, als wollte sie neben ihm einschlafen.

Labensky zögerte. Er hatte so was ja noch nie gemacht. Noch nie neben einer Frau auf einem Bett gelegen, geschweige denn dabei den Arm um sie gelegt. Kerzengerade, als hätte er einen Besenstiel verschluckt, legte er sich ebenfalls auf die Bettdecke. Dann, vorsichtig, legte er den Arm um Ritas Schulter und hielt sie fest.

Vielleicht war es nur das grüne Feuerwasser in seinen Adern, aber er spürte plötzlich wieder dieses fiebrige Gefühl. Das Gefühl, das so schön war, dass es süchtig machte. Wandel durch Annäherung, dachte Labensky, während sich Rita an ihn schmiegte.

Ihr Gesicht fühlte sich warm an. Sanft hob und senkte sich ihr Atem direkt an seiner Brust. Draußen vor dem Fenster leuchtete der Fernsehturm, und im Hotel Lilli Put war es ganz still. Allein Labenskys Herz pochte, nahm auch ohne Musik wieder den Swing-Takt auf, während er Rita mit großen, ungläubigen Augen ansah, als würde sie sofort verschwinden, wenn er auch nur blinzelte.

Er hätte sie für immer so ansehen können. Nichts hätte er lieber getan. Aber um sie von der Flucht abzuhalten, ja um sie zu beschützen, musste er sie wieder loslassen. Er war bereit, gemeinsam mit Herrn Enke die ganze Republik nach diesem Bernsteinzimmer abzugrasen, jeden Stein und jeden Gully danach umzudrehen, die gesamte DDR umzupflügen. Irgendwo musste dieser Schatz ja sein, und umso besser, wenn Enke sich todsicher war, dass er in dieser ominösen Nazifestung außerhalb Berlins versteckt war. Nichts würde ihn stoppen, dachte Labensky und spannte seine Brust. Nichts würde ihn aufhalten, Rita die Ausreiseerlaubnis zu beschaffen. Ihre Augen fielen zu, und also schloss Labensky, selig, seine Augen auch. Jedenfalls erschien ihm alles, was in dieser Nacht geschah, unwirklich. Es war, als würde er die ganze Nacht, die Rita in seinem Arm verbrachte, träumen.

26

BRATKARTOFFELVERHÄLTNISSE

Ein lauter Knall weckte ihn, dröhnte in seinen Ohren, fuhr ihm in die Eingeweide. Labensky, dessen Kopf vornübergekippt war und der schlafend in seinem Gurt hing wie ein Boxer in den Seilen, zuckte zusammen. Er zitterte und riss vor Schreck die Augen auf.

Hektisch drehte er den Kopf nach beiden Seiten. Vom Himmel krachten Blitze, am Fenster klebten Regenfäden. Draußen goss es laut und senkrecht. Die Straße war unter den aufprasselnden Wassermassen versunken. Busfahrer Muhibija hielt den Kurs, kämpfte sich mit seinem Bus voran, während Labensky, der über seine Tagträume in einen tiefen Schlaf gesunken war, auffiel, dass er die Arme dabei so liebevoll und zärtlich fest um seinen eigenen Rumpf geschlungen hatte, als hielte er sich selbst im Arm.

Verschämt befreite er sich aus seiner eigenen Umklammerung.

Hatte er nicht gerade eben noch am Berliner Busbahnhof gestanden und in den Osten geschaut? Er gähnte und musste sich über sich selbst wundern, wie er, ohne aufzuwachen, wieder in den Bus gekommen war. Hektisch wandte er sich um. Die letzte Sitzreihe ganz hinten, sah er, war jetzt leer. Seine Reisegruppe mit dem Bollerwagen war nicht mehr an Bord. Wo war bloß der Gruppenfahrschein?

Der Bus bog zwischen Charlottenburg und Westend auf die Stadtautobahn nach Norden. Die Silhouette der Hauptstadt verschwand im Regen, und Labensky tastete sich ab. Erschrocken stellte er fest, dass er als Schwarzfahrer unterwegs war. Sofort rutschte er in seinem Sitz tiefer in der Hoffnung, wie ein

U-Boot unterm Radar zu bleiben und ja nicht angesprochen zu werden.

Wobei die Hoffnung leider nicht sehr lange hielt, denn bald tauchte ein Mitfahrer, der ihm nun gegenübersaß, hinter seiner Zeitschrift auf. Die Zeitschrift nannte sich *Focus Money,* und der Mitfahrer zwinkerte ihm zu, als wollte er gerne ein Gespräch anfangen.

»Sie schätzen wohl auch gute Hotels?«, fragte ihn der Mann, der jetzt dort saß, wo auf der Etappe zuvor Didinga Platz genommen hatte.

Labensky, noch immer dabei, wach zu werden, überfiel ein peinlicher Verdacht. Hotels? Hatte er im Tiefschlaf etwa schon wieder laut vor sich hin geredet? Hatte er träumend schon wieder nicht ganz dichtgehalten wie schon bei Mila und Ben und bei Didinga, und hatte er in diesem unkontrollierten Dämmerzustand zwischen Wach und Traum etwa von jener Nacht im Hotel Lilli Put erzählt?

Prüfend betrachtete Labensky sein neu zugestiegenes Gegenüber. Der Mann hatte nichts Schläfriges an sich, sah eher wie ein ausgeschlafener Erfolgsmensch aus. *Erfolg kennt keine Öffnungszeiten,* dachte Labensky, und: *Erfolg ist eine nasse Seife.* Zwei Weisheiten, die er im Privatfernsehen gelernt hatte, in einer grellen RTL-Show, die sich *Die Höhle der Löwen* nannte und in der es, kurz gesagt, wohl darum ging, stinkreiche Leute von Geschäftsideen zu überzeugen, die sie noch reicher machen sollten. Als Kind des Sozialismus hatte Labensky sich die Erfolgsformeln gemerkt, und zufälligerweise erinnerte ihn der Mitfahrer, der ihm nun gegenübersaß, an einen halbwegs bekannten Mann aus dieser Fernsehsendung, der angeblich höchstpersönlich sogar eine »Millionärs-Formel« erfunden hatte und der als sogenannter Investor mit haifischartigem Gewinnerlächeln regelmäßig in *Die Höhle der Löwen* auftrat, also offenbar einer der Löwen war. Irgendwas mit Müller oder Meyer war sein Name, und der Mann im

Bus hatte genau das gleiche Lächeln, strahlte ebenfalls puren Erfolgswillen aus.

Er mochte vielleicht fünfzig sein, vermutete Labensky. Er hatte grau meliertes, dünnes Haar, das er aufwendig zu einem jugendlich-agilen Spoiler geformt hatte. Sein perfekter Zahnstand korrespondierte mit dem Haifischkragen seines cremefarbenen, eng anliegenden Manschettenhemds, in dem er zugleich wichtig und dynamisch wirkte.

»Ich frage nach Ihrem Hotelgeschmack, weil wir anscheinend denselben Weg haben. Sie wollen auch nach Warnemünde, ins Hotel Neptun?«, meinte der Mann und deutete auf Labenskys Briefumschlag, der zwischen ihnen auf dem Tisch lag und auf dessen Rückseite in Schreibschrift die Hoteladresse stand.

Jetzt begriff Labensky. Erleichtert richtete er sich gleich wieder ein paar Zentimeter auf. »War noch nie in Warnemünde«, sagte er und nahm den Briefumschlag nun wieder fest in die Hand. »War auch noch nie im Hotel Neptun. Ist heute das allererste Mal ...«

Der Mann schaute ihn überlegen an. »Ich kann das Hotel Neptun nur empfehlen«, sagte er. »Hervorragender Komfort. Fünf-Sterne-Zimmer. Dazu die Aussicht auf die Ostsee. Ich will wetten, wenn Sie einmal da übernachtet haben, werden Sie das nicht vergessen.«

Labensky wusste nicht, ob er die Wette eingehen sollte, aber es klang vielversprechend. Dass Ritas Tochter eine so legendäre Adresse ihr Zuhause nannte, beeindruckte ihn aufrichtig. Dass sie überhaupt in einem Hotel wohnte, rührte ihn jetzt auch deshalb, weil es doch zeigte, wie viel sie von ihrer Mutter hatte. Schließlich, so dachte er, hatte Rita ja einst ebenfalls in einem Hotel gewohnt.

Labensky fragte sich, ob der Mann in dem cremefarbenen Manschettenhemd, der im Hotel Neptun ja allem Anschein nach so etwas wie ein Stammgast war, Ritas Tochter vielleicht rein zufällig kannte. »Kennen Sie eine Rosa Warnitzke?«, fragte Labensky geradeheraus, kaum war ihm der Gedanke in den Sinn gekommen.

»Nein, nie gehört«, musste ihn der Mann enttäuschen. Mit dem Kopf deutete er auf den Briefumschlag, den Labensky jetzt mit beiden Händen festhielt. »Ist das die Frau, die Sie dort treffen?«

Labensky nickte. Es kam ihm noch immer unwirklich vor.

»Eine alte Bekannte?«

Labensky schüttelte den Kopf. »Jung und unbekannt«, murmelte er und spürte, wie augenblicklich Farbe in seine Wangen sickerte.

»Jung und unbekannt? Soso …«, wiederholte der Mann sichtlich überrascht. Er legte nun seine Zeitschrift aus der Hand. »Das heißt, Sie haben diese Frau, die Sie da treffen, noch nie zuvor gesehen?«

Wieder nickte Labensky, noch schüchterner diesmal.

»Ein anonymes Treffen im Hotel? Mit einer jungen Frau, die Sie gar nicht kennen?« Elektrisiert beugte sich der Mann nach vorn, so, wie sich auch dieser Millionärsmeyer aus *Die Höhle der Löwen* bedeutungsschwer nach vorn beugte, wenn ihn eine Idee reizte. »Was Sie nicht sagen …«, meinte er verblüfft. Seine Mundwinkel zogen sich haifischmäßig in die Breite. Er sah aus, als hätte er Labensky in seiner mausgrauen Erscheinung eher eine Tupperfahrt zur Sassnitzer Kurmuschel auf Rügen zugetraut als so eine spannungsgeladene Hotelbegegnung mit einer sehr viel jüngeren Dame.

»Jaja, ganz schön aufregend«, gab Labensky zu, wobei das reichlich untertrieben war. In weniger als drei Stunden würde der Bus in Rostock ankommen. Er bekam schon feuchte Hände, wenn er nur daran dachte. Er hatte nämlich noch immer keinen Schimmer, was er Ritas Tochter sagen sollte, wenn er ihr gegenüberstand.

»Entschuldigen Sie meine Direktheit«, beugte sich der Mann jetzt noch ein Stück weiter zu ihm vor und sah ihm verschwörerisch in die Augen, »dann nehme ich mal an, Sie haben zu Hause natürlich niemandem von diesem netten kleinen Hotelabstecher erzählt?«

»Natürlich nicht«, antwortete Labensky und dachte an die strengen Ausgehregeln im Feierabendheim. »Ich bin heute Morgen einfach heimlich los. Sonst könnt ich mir das gleich abschminken.«

Der Mann griente Labensky an wie einen Gleichgesinnten.

»Also, ich muss schon sagen: Respekt!«, zwinkerte er Labensky zu, diesmal wie einem gewieften Schlitzohr, das den Bogen raushatte, mit allen Wassern gewaschen war und es auf seine alten Tage noch mal wissen wollte. »Klingt ja nach einer hübschen Eskapade!«

»Eskapade?«, wiederholte Labensky begriffsstutzig.

»Na, Sie wissen schon«, raunte der Mann vieldeutig. »Ein wenig Abwechslung im Alltag. Ablenkung von der Routine. Ein heimliches Abenteuer. Was man sich gelegentlich so gönnt als Mann ...«

Kurz war Labensky sich nicht sicher, ob sie vom Gleichen sprachen. »Abenteuer, jaja«, stimmte er dann trotzdem zu. »Das kann man wohl sagen!« Ein echtes Abenteuer war aus seiner Sicht schon alleine diese Busfahrt. Jetzt, als Schwarzfahrer, erst recht.

Noch immer fiel der Regen in Bächen auf die Straße, aber der Verkehr stadtauswärts lichtete sich nun, und so nahm auch der Bus allmählich Fahrt auf. Labensky versuchte, die Beförderungserschleichung, die er beging, zu ignorieren. Lieber hielt er Ausschau nach dem Berliner Fernsehturm, um sich von der Hauptstadt zu verabschieden. Ein Teil von ihm hing immer noch seinem Traum nach – dem Traum von dieser Nacht im Hotel Lilli Put –, während der Fernsehturm im Regenflor abtauchte. Der Bus näherte sich Reinickendorf, bald Tegel. Bald, zwischen Heiligensee und Stolper Heide, sollte er Brandenburg erreichen, vom Unwetter verfolgt.

»Hört das denn eigentlich nie auf?«, fragte ihn der Mann ihm gegenüber und sah Labensky jetzt mit aufrichtiger Neugier an.

»Was?«, fragte Labensky und dachte zunächst nur an den Regen.

»Na, dieses Spiel mit dem Feuer«, meinte der Mann. »Die Jagd nach immer neuen Kicks. Nach solchen Abenteuern. Nach diesem Nervenkitzel. Der Reiz des Verbotenen … Sie wissen schon …«

Wusste Labensky nicht. Zumindest war er sich nicht sicher. Er fragte sich, was der Mann damit meinte: Kicks? Reiz des Verbotenen? Spiel mit dem Feuer? War sein Gegenüber etwa im Bilde, dass er keinen Fahrschein hatte? So, wie das klang, konnte er nur diesen Nervenkitzel meinen, dachte Labensky, was sonst? Er fühlte sich auf frischer Tat ertappt und spürte, wie er rote Ohren bekam.

»Ich frage mich«, sagte der Mann, »ist man nicht irgendwann zu alt für dieses Spiel? Hat man, selbst wenn man Glück hat und nie auffliegt, nicht irgendwann genug? Kommt nicht mal dieser Punkt, an dem man sagt, das ist die ganze Heimlichtuerei nicht wert?«

Labensky schämte sich bis auf die Knochen. Peinlich berührt überlegte er lange, ehe er versuchte, sein Fehlverhalten zu rechtfertigen. »Na ja, es war keine Absicht«, stammelte er unbeholfen, »eigentlich wollte ich das gar nicht. Es ist einfach passiert. Ich hab das nicht geplant, bin da so reingerutscht. Und jetzt ist es zu spät, weil, jetzt sitz ich ja drin. Wenn man mal drinsitzt«, meinte er und meinte nur den Bus, »kommt man da nicht so einfach wieder raus.«

Der Mann in dem Manschettenhemd nickte, als wüsste er genau, wovon Labensky sprach. »Sie sagen es!«, stimmte er zu und sah ihn an wie einer, der im selben Boot saß und schon länger mit dem Ausstieg kämpfte. »Mir geht's genauso«, beichtete er. »Ich weiß ja, dass man so was eigentlich nicht macht.

Dass es moralisch falsch ist. Dass es Betrug ist und dass die meisten Leute das, was Männer wie wir gelegentlich tun, verurteilen. Ich schwöre, ich habe versucht, damit aufzuhören. Ich habe dagegen angekämpft, gegen diese Versuchung. Aber es ging nicht. Ich muss es immer wieder tun.«

Überrascht runzelte Labensky die Stirn. Er selbst fuhr ja als Passagier zum ersten Mal schwarz. Der Haifischkragen aber klang, als würde er es regelmäßig tun und nicht etwa versehentlich, sondern sogar gewohnheitsmäßig. Er klang wie ein Wiederholungstäter.

»Meine Frau würde mich natürlich umbringen, wenn sie es rauskriegt«, stöhnte der Mann. »Die würde mir den Kopf abhacken.«

Labensky hob die Augenbrauen. Sicher, Schwarzfahren war falsch. Das sollte man lieber nicht an die große Glocke hängen, dachte er, aber so schlimm war es ja nun auch wieder nicht.

»Ich bin seit zehn Jahren verheiratet. Ich habe drei Kinder, verstehen Sie?« Zerrissen fuhr sich der Mann mit beiden Händen durch den Haarspoiler, mit dem man Brot schneiden konnte. »Ich setze jedes Mal, wenn ich es tue, nicht nur mein Leben aufs Spiel, sondern auch das meiner Familie. Bin ich ein schlechter Mensch?«

Labensky wusste nicht recht. Er verstand zwar nicht, was am Schwarzfahren überhaupt so toll war, dass man derart süchtig danach werden konnte. Trotzdem fand er das reichlich übertrieben.

»Ich heiße übrigens Matthias«, stellte sich dieser Gewohnheitstäter vor und reichte Labensky die Hand wie ein Komplize.

»Heinz Labensky«, meinte Labensky und schüttelte die Hand.

»Ich weiß nicht, wie es Ihnen geht, aber beim ersten Mal hatte ich noch ein schlechtes Gewissen«, sagte dieser Matthias, als hätte er sich dieses Gewissen inzwischen abgewöhnt. »Ich bin Unternehmensberater, und es war nach einer Weihnachtsfeier. Ein Ausrutscher. Natürlich war Alkohol im Spiel. Ich war aufgeregt wie mit sechzehn, hab mich deswegen schlecht gefühlt. Ich musste das ausblenden, um es wirklich durchzuziehen, wissen Sie? Aber nach dem ersten Mal wurde es leichter. Auch die Ausreden. Die Lügen. Ich hab es wieder getan. Und noch mal. Und dann immer häufiger. Zuerst nur auf Geschäftsreisen. Aber dann auch im Alltag. Und sogar im Urlaub, wenn meine Frau dabei war und die Kinder. Das war wie eine Sucht. Ich hab die Grenzen ausgetestet, hab es drauf angelegt, erwischt zu werden. Es ging gar nicht immer um den Verkehr an sich. Oft war es nur der Nervenkitzel …«

Langsam bekam Labensky Mitleid. Wie war ein verheirateter Familienvater wie dieser Matthias nur in diesen Sumpf geraten?

Was hatte der öffentliche Nah- und Fernverkehr aus ihm gemacht? Und warum kaufte er sich nicht einfach ein Ticket?

»Als Unternehmensberater fahre ich natürlich zwei Autos: einen Firmenwagen und einen Privatwagen«, hörte Labensky ihn jetzt angeben. »Da werden Sie sich jetzt natürlich zu Recht fragen: Was macht ein erfolgreicher Mann wie ich, der genügend Geld und Autos hat, in diesem grünen Schrammelbus?«

Fragte sich Labensky eigentlich nicht. Oder er ahnte es schon, aber wollte es vielmehr lieber gar nicht genau wissen, hatte schließlich selbst keinen Fahrschein in der Hosentasche.

»Ihnen kann ich es ja sagen: Ich tue es schon wieder. Heute. Jetzt. In diesem Moment.« Er sah sich um. »Ich fahre ins Hotel Neptun, um mich da mit einer Frau zu treffen. Genau wie Sie.«

Labensky stutzte.

»Online-Flirt«, erklärte dieser Matthias. »Online hat man ja die freie Auswahl, noch mehr als bei der Weihnachtsfeier. Alter, Interessen, Vorlieben, Haarfarbe – man chattet, lernt sich kennen, und natürlich schickt man sich auch Fotos …« Er hielt Labensky sein Handy vor die Nase. »Die hier, sehen Sie …

die ist pures Dynamit. Da bin ich machtlos! Die macht Sachen …« Auf dem Bildschirm sah Labensky eine dralle junge Dame, die in Spitzenunterwäsche posierte und mit pfirsichroten Lippen einen Kussmund machte.

Stolz grinste dieser Matthias, so wie ein Jäger, der seine Beute präsentierte. »Ist natürlich mein Zweithandy, bin ja kein Anfänger«, sagte er zufrieden und bekam auf einmal wieder diesen haifischartigen Gesichtsausdruck. »Meine Frau ist nicht blöd. So oft, wie ich auf Geschäftsreise muss, hat die natürlich langsam ihre Antennen an, dass da was im Busch ist. Die passt auf wie ein Schießhund, kontrolliert mich, spioniert mir nach. Ihr Vater war bei der Stasi. Da liegt das Schnüffeln in den Genen, kriegt man nicht raus. Da darf ich keine Fehler machen, keine Spuren hinterlassen. Deshalb das Zweithandy. Und nur deshalb diese olle Busfahrt …«

Labensky versuchte zu verstehen. Langsam schwante ihm, dass dieser Matthias bei seinen heimlichen Abenteuern möglicherweise doch nicht vom Schwarzfahren gesprochen hatte, sondern von etwas anderem. Dass er mit noch gefährlicheren Feuern spielte.

»Meine Frau durchsucht nicht nur meine Mails und SMS, sie prüft auch Kontoauszüge, Tankquittungen, ja sogar Kilometerstände«, meinte er jetzt. »Egal, welches Auto ich nehme, die kontrolliert das. Und dann stellt sie mir Fragen. Dann macht sie mir die Hölle heiß. Mit meiner Frau ist nicht zu spaßen. Deswegen musste ich mir was einfallen lassen. Deswegen bin ich auf diese total geniale Idee gekommen«, klang dieser Matthias jetzt genau wie einer dieser erfinderischen Kandidaten aus *Die Höhle der Löwen,* die mit genauso roten Hälsen ihre genialen Geschäftsideen präsentierten: »Ich nehme für meine kleinen Ausflüge neuerdings nicht mehr das Auto, sondern den Fernbus. Da kann mir meine Frau nichts nachweisen. Da kann ich ja nicht mal in der falschen Stadt, in der ich gar nicht sein sollte, geblitzt werden. Da kann meine Frau in meinen Sachen rumschnüffeln, wie sie will, kommt die ja nie drauf, dass ich so schlau bin und einfach den Bus nehme!«

Labensky lief das Wasser im Mund zusammen. Er hörte plötzlich gar nicht mehr richtig zu, sondern musste an dicke, fette Bratkartoffeln denken. An solche, die seine Mutter früher immer dann gemacht hatte, wenn ihr Herrenbesuch über Nacht geblieben war und am nächsten Morgen etwas Deftiges zur Stärkung gebraucht hatte. Diese Bratkartoffeln waren wichtig gewesen, erinnerte sich Labensky. So wichtig, dass die Herren zwar nie länger als eine Nacht bei seiner Mutter geblieben und doch immer wiedergekommen waren. Dass sie, wenn sie als verheiratete Ehemänner im Dorf auf seine Mutter angesprochen worden waren, nie von Übernachtungen mit quietschenden Bettgestellen erzählt, sondern von einem »Bratkartoffelverhältnis« gesprochen hatten.

»Wie ist das denn bei Ihnen?«, fragte dieser Matthias, der ja allem Anschein nach so einige Bratkartoffelverhältnisse am Laufen hatte und dafür sogar heimlich von Berlin bis an die Ostsee reiste. »Ich meine, wie hat das bei Ihnen angefangen?«, wollte er wissen.

Labensky wusste nicht recht. Wenn es doch nicht um Beförderungserschleichung ging, sondern um Bratkartoffelverhältnisse, dann musste er passen. Da war er ja grün hinter den Ohren, konnte er null mitreden. Oder? Labensky dachte nach. Die einzige Nacht in seinem ganzen Leben, die er neben einer Frau verbracht hatte, war jene eine Nacht mit Rita gewesen, damals im Hotel Lilli Put.

Doch je länger er darüber nachdachte, desto mehr war es ihm, als hätte in jener einen Nacht gar nichts angefangen. Als sei jene Nacht vielmehr der Anfang vom Ende gewesen. Dem Ende von allem.

»Falsche Frage? Sie sehen blass aus …«, bemerkte dieser Matthias und wedelte mit seiner Zeitschrift vor Labenskys Gesicht herum.

Labensky hielt inne. Tatsächlich holte ihn plötzlich wieder dieses beklemmende Gefühl ein. Das Gefühl, mit sich selbst hart ins Gericht gehen zu müssen: Er hatte Rita damals im Hotel Lilli Put in seinem Arm gehalten – ja, wirklich. Und dann musste er sie aus völlig unerfindlichen Gründen einfach wieder losgelassen haben.

Wie hatte er so etwas Dummes tun können? Wie hatte er sie damals wieder gehen lassen können? Jetzt, im Nachhinein, verfluchte er sich dafür.

Mit beiden Händen knetete er den Briefumschlag. Er hatte Rita von der lebensgefährlichen Flucht aus der DDR abhalten wollen, rief er sich wieder ins Gedächtnis. Er hatte ihr Leben retten und dafür das Bernsteinzimmer finden wollen, nur für sie. Aber warum hatte er es nicht getan? Warum hatte er Rita nicht gerettet?

Am Oranienburger Kreuz wechselte der Bus vom Berliner Ring auf die A24, und Labensky ging wieder in sich, suchte nach einer Antwort. Dabei sah er diesem Schlitzohr Matthias in die Augen, sie hatten etwas Verschlagenes. Sein Doppelleben, die Heimlichtuerei, mit der er es vertuschte, ließen Labensky plötzlich wieder an diesen sonderbaren Herrn Enke denken, dem er damals begegnet war. Bei dem war ja auch nie klar gewesen, auf welcher Seite er eigentlich gestanden hatte. Der war genauso geheimniskrämerisch und fuchshaft aufgetreten, undurchschaubar und verkniffen wie eine Bügelfalte. Dabei hatte Enkes Auftrag als Schatzsucher der Republik ja offiziell darin bestanden, Spuren nachzugehen und nicht etwa Spuren zu verwischen. Jedenfalls hatte Labensky das damals, im Sommer 1974, felsenfest geglaubt. Er hatte fest angenommen, dass Enke dieses achte Weltwunder zum Glanz der DDR nicht nur händeringend suchen, sondern tatsächlich auch hatte finden wollen.

»Kommen Sie schon. Ich seh doch, dass Ihnen da gerade ein ganz bestimmtes Abenteuer durch den Kopf geht …«, ließ dieser Matthias ihm gegenüber einfach nicht locker. »Ich hab wirklich schon alles erlebt, mich kann nichts mehr schockieren. Also, raus mit der Sprache«, stachelte er Labensky an, »erzählen Sie schon!«

Labensky wusste nicht recht. Vor allem wusste er noch immer nicht genau, was hier denn nun eigentlich als Abenteuer durchging.

Ob nur Bratkartoffelverhältnisse mit Damen und allem Drum und Dran dazu zählten oder zum Beispiel auch groß angelegte, streng geheime, lebensgefährliche Schatzsuchen nach einem Weltwunder?

»Na ja, wenn Sie mich zwingen …«, murmelte er schließlich, ehe er sich schlagen ließ. Bei der größten Abenteuergeschichte, die er erzählen könne, so sagte er, gehe es um den größten Kunstschatz der Welt, ums Bernsteinzimmer. Das habe er nämlich einmal in der DDR gesucht, aber nicht irgendwo, sondern in Brandenburg, hier um die Ecke. Labensky trommelte mit den Fingern gegen die Fensterscheibe, deutete auf das sattgrüne Umland nördlich von Berlin, flach wie eine Münze. »Der Schatz war angeblich beim zweitgrößten Nazi der Welt versteckt, bei Hitlers Stellvertreter. Feldmarschall Hering, so wurde der genannt. Sagt Ihnen der zufällig was?«

Dieser Matthias schaute aus der Wäsche, als hätte er, der doch schon alles erlebt hatte, so was dann doch noch nicht erlebt. Als hätte er mit allerlei Saukram gerechnet, mit schmutzigsten Geschichten, aber nicht mit so einer. Vor allem sah er aus, als hätte er nie zuvor von Bernsteinzimmersuchen in der DDR gehört, geschweige denn von einem kunstbunkernden Obernazi namens Hering.

Labensky seufzte. Er zwang sich, wieder dahinterzukommen, was aus seiner großen Schatzsuche, um Rita zu retten, geworden war. »Tja«, sagte er, »das war vielleicht ein Abenteuer …«

27

FELDMARSCHALL HERING

Die Geschichte, die er erzählte, begann da, wo die Bratkartoffelabenteuer von diesem Matthias in aller Regel endeten – in den krausen Laken eines Hotelzimmers, und zwar am nächsten Morgen.

Es war der Morgen nach seinem dreißigsten Geburtstag, so erzählte Labensky und knüpfte unvermittelt an seine Traumerinnerungen an. Das Hotel, in dem er aufwachte, hieß Hotel Lilli Put, und die Hotelvorhänge wurden gerade erst ganz langsam hell, als er von unten, von der Straße, wildes, ungeduldiges Gehupe hörte, das ihn aus seinen Träumen riss. Als er sich schlaftrunken reckte, streckte, nach seiner besten Freundin Rita tastete, gähnend die Augen aufschlug und beim ersten Blick neben sich feststellte, dass er nicht etwa Rita im Arm hielt, so, wie er es geträumt hatte, sondern nichts weiter als ein zerknautschtes, von ihm persönlich platt gedrücktes Satinersatz-Kopfkissen.

Labensky richtete sich auf. Er rieb sich den Schlaf aus den Augen, sah sich im Zimmer um. Die Feuerwassergläser, aus denen Rita und er getrunken hatten, waren weg. Der Bademantel, den Rita über ihr Bühnenkleid gezogen hatte, ebenfalls. Alle Kleiderbügel schaukelten leer auf der Stange, und sogar ihre blonde Perücke fehlte.

Rita musste sich noch vor dem Morgengrauen rausgeschlichen haben, und zwar so leise, dass er keinen Mucks gehört hatte. Und nun fehlte von ihr jede Spur. Nun war es, als hätte Labensky sich das alles nur eingebildet. Als sei Rita in Wirklichkeit nie da gewesen.

Verwundert wälzte Labensky sich aus dem Bett und sammelte seine Klamotten ein. Sie lagen ringsum verteilt. Er musste sie in der Nacht ausgezogen und blindlings auf den Fußboden geworfen haben, so heiß war es wohl gewesen, dachte er, während er durch das offene Fenster in einer Tour dieses unerbittliche, nervtötende Gehupe hörte. Es klang, als wolle ihn jemand aus den Federn hupen.

Mit von der Nacht aufgestellten Haaren trat Labensky ans Fenster und kurbelte die Plastiklamellen hoch. Die Sonne ballerte ihm ins Gesicht. Er beugte sich vor und blinzelte nach unten zur Straße.

Direkt vorm Hotel Lilli Put stand das prächtigste Auto, das er je gesehen hatte: eine kastanienbraune Limousine, ein nigelnagelneuer Volvo 264, ein Parteibonzenschlitten vor dem Herrn. Daraus winkte ihm ein Mann zu, winkte ihn mit zackigen Handbewegungen zu sich heran, als solle Labensky auf der Stelle vor die Tür kommen. Kurz glaubte er, jetzt sei es so weit, jetzt kämen ihn die Stasi-Schlapphüte von Mielkes Firma holen. Dann aber erkannte er den Mann, der keinen Schlapphut trug, sondern Jackett und Nickelbrille. Er erkannte ihn an seinen Geheimratsecken, fleischfarbenen Haarinseln. Er sah, dass es der umtriebige Herr Enke war, der in der Parteikarosse hockte und wie besessen auf die Hupe presste.

Ratlos, was das nun wieder alles zu bedeuten hatte, ging Labensky im Zimmer auf und ab. Er rätselte, wohin Rita nun schon wieder verschwunden sein könnte. Wieso hatte sie das Hotelzimmer einfach still verlassen, ohne ihn zu wecken? Wo wollte sie so früh schon wieder hin? Sie hatte ihm nicht mal eine Nachricht hinterlassen. Fast schien es ihm, als hätte sie vor ihm die Flucht ergriffen.

Flucht war ja das Stichwort. War es ein Zeichen? Wollte sie ihm damit nur sagen, dachte er dann, dass er besser keine Zeit verlieren, sondern in die Aktion kommen und sich für ihre Ausreiseerlaubnis ins Zeug legen sollte, ehe sie es sich noch anders überlegte und doch die lebensgefährliche Tunnelflucht riskierte? Er kannte ja Rita. Er kannte ihre Wechselhaftigkeit. Die war unberechenbar, dachte Labensky und war sich fast sicher, dass es ein Zeichen war.

Herr Enke hörte nicht auf zu hupen, weckte das halbe Hotel auf.

Andächtig ließ Labensky den Blick ein letztes Mal durchs Zimmer schweifen, ehe er die Tür hinter sich schloss und nach unten lief, zur Rezeption. Dort saß noch immer, oder schon wieder, die rothaarige Empfangsdame und rauchte. Sie taxierte Labensky.

Ihr Blick erinnerte ihn an den seiner Mutter, etwas Kopfschüttelndes lag darin, ohne dass sie den Kopf bewegte. Labensky, der die Hände in den Hosentaschen vergrub wie die Unschuld vom Lande, bedankte sich für die angenehme Übernachtung, und selbstverständlich wollte er ordnungsgemäß dafür bezahlen. Aber die Dame signalisierte ihm mit einem Fingerzeig nach draußen, dass das schon jemand für ihn übernommen und, so sagte sie, »jeregelt« habe.

So verließ Labensky das Hotel Lilli Put, gereifter, als er es am Abend zuvor betreten hatte. Er fühlte sich aus irgendeinem Grund erwachsener, lebenserfahrener. Was so ein dreißigster Geburtstag mitsamt Ausflug ins Berliner Nachtleben nicht alles mit einem machte!

»Ausgeschlafen, junger Mann? Allzeit bereit, Geschichte zu schreiben?«, rief Enke ihm aus seiner Staatskarosse heraus entgegen, ein Grinsen ins Gesicht getackert. Er selbst klang ziemlich ausgeschlafen. Womöglich hatte eines dieser Zimmermädchen ihm auch ein Zimmer in diesem herrlichen Hotel fertig gemacht. »Na los«, meinte er, »worauf warten Sie?«

Das fragte sich Labensky auch. Er stutzte, wieso Enke hier auf ihn gewartet hatte. Sie waren doch nicht verabredet. Und er hatte ihm in Sachen Schatzsuche ja bereits abgesagt. Wie also konnte Enke wissen, dass er es sich über Nacht anders überlegt hatte?

Enke, als hätte er im Hotelzimmer gleich nebenan geschlafen und an der Wand gelauscht, wirkte nicht ansatzweise überrascht über den Sinneswandel. Er versprach, das mit der Reisegenehmigung zu deichseln. Labensky musste ihm nichts erklären. Der allwissende Enke, so hatte es den Anschein, hatte dank seines bemerkenswerten siebten Sinns schon alle Wendungen vorhergesehen.

Ohne sich den Kopf zu zerbrechen, wo diese hellseherischen Fähigkeiten am Fließband herkamen, stieg Labensky in den Volvo. Es war der protzteuerste Schlitten, in dem er je gesessen hatte. Ein Sechszylinder, frisch vom Band, mit Stufenheck und Klimaanlage.

Als Schatzsucher der Republik ließ es sich leben, dachte er, während Enke den Motor anließ und der Wagen knurrte wie ein Schäferhund. Ja, meinte Labensky, er klang nicht nur so, er roch auch so. Und bald verstand er auch, warum. Bald hechelte ihm von der Rückbank warmer Hundeatem in den Nacken. Er drehte sich um und blickte in treudoofe Augen über einer feuchten Schnauze, aus der eine lange, ausgestreckte Zunge hing.

»Darf ich vorstellen: Laika, ausgebildete Bernsteinhündin«, stellte ihm Enke seine sabbernde Kollegin vor wie eine zweite Adjutantin der Schatzsuche, auf vier Pfoten zwar, aber rangtechnisch auf Augenhöhe mit Labensky.

Enke jedenfalls, ihr Herrchen, schien voll und ganz auf den Riecher dieser dickfelligen Schnüfflerin zu setzen. Sie hatte ihm bei seiner Arbeit wohl schon viele gute Dienste erwiesen. Er schwärmte von Laikas »Leistungsbereitschaft« und »unbändigem Willen zum Erfolg«. Vor allem lobte er ihren einzigartigen Geruchssinn, angeblich darauf abgerichtet, den für Menschennasen gar nicht wahrnehmbaren Geruch von Bernstein, also versteinertem, Millionen Jahre altem Harz urzeitlicher Nadelbäume, unter widrigsten Bedingungen im Feld zu orten.

Donnerwetter, dachte Labensky und zollte seiner haarigen Mitstreiterin kopfnickend seinen Respekt. Mit also gleich zwei erstklassigen Spürnasen an Bord konnte ja eigentlich nichts schiefgehen. Er konnte es kaum erwarten, endlich auf Schatzsuche zu gehen. Er hoffte, nicht zu lange fort zu sein, Rita nicht zu lange allein lassen zu müssen. Er freute sich schon jetzt auf die Rückkehr nach Berlin, und vor allem freute er sich auf Ritas Gesicht, wenn sie die Ausreisegenehmigung, seine Belohnung für den Fund des Bernsteinzimmers, wie abgemacht in den Händen hielt.

Die Fahrt raus aus der Stadt, raus in die Schorfheide, zu dieser Nazifestung namens Carinhall, wo Enke das Weltwunder dank seiner geheimnisvollen heißen Spur dringend vermutete, dauerte den halben Morgen. Vom Prenzlauer Berg fuhren sie immer geradewegs nach Norden, die Fernverkehrsstraße 109 in Richtung Pankow, Bernau, Eberswalde. Vollen Mutes lenkte Enke den Volvo ins malerische, menschenleere Umland, während er Laika und Labensky darauf einschwor, dass es sich bei diesem Weltwunder und dessen Verbleib nicht einfach nur um ein verschollenes Kunstwerk handele, sondern um einen Mythos, eine Legende, also zusammengefasst: »Um das wohl größte Menschheitsrätsel aller Zeiten!«

Die abenteuerliche Geschichte dieses Rätsels, sagte Enke, der Historiker, reiche weit mehr als zweihundertfünfzig Jahre zurück. Es war damals, um das Jahr 1701, so holte er bei voller Fahrt weit aus, als der Preußenkönig Friedrich I. – Labensky kannte nur dessen Pommfritz liebenden Nachfolger Kartoffelfritze – ein barockes Prunkzimmer aus reinem Gold und Bernstein in Auftrag gab und zu Ehren seiner selbst im Schloss Charlottenburg einbauen ließ. Nach seinem Tod jedoch tauschte sein Namensvetter, der sich weniger für Kunst als viel eher für Kriegskunst interessierte, die handwerkliche Meisterleistung gegen ihm nützlicher erscheinende, groß gewachsene Soldaten ein. Der sogenannte Soldatenkönig suchte »lange

Kerls« für seine Leibgarde, und er bekam fünfundfünfzig davon aus Russland, von Zar Peter dem Großen. Der wiederum, also der Zar, bekam im Gegenzug das Bernsteinzimmer. Das Tauschgeschenk besiegelte das Kriegsbündnis zwischen Russland und Preußen gegen Schweden, und so gelangte das wundersame Bauwerk zunächst nach Sankt Petersburg und schließlich in den Katharinenpalast in Puschkin, der Sommerresidenz des Zaren. Dort blieb es fast zweihundert Jahre, erklärte Enke. Und es wäre wohl noch immer dort zu bestaunen, sagte er, wenn nicht 1941 die deutsche Wehrmacht in Russland eingefallen wäre und dabei auch die teuerste Wandtapete der Welt an sich gerissen hätte.

Von den Nazis erbeutet, demontiert und als Raubkunst in siebenundzwanzig Kisten verpackt, so Enke, wurde das Bernsteinzimmer auf achtzehn Lkw ins Deutsche Reich verschleppt, nach Königsberg. Dort blieb es nur drei Jahre. Als 1944 die Rote Armee vorrückte, als Königsberg in Reichweite der alliierten Bomberflotten geriet und britische Flieger die Stadt zerstörten, evakuierten die Nazis ihren geraubten Schatz.

»Seitdem verlor sich jede Spur. Seitdem, also seit fast genau dreißig Jahren«, sagte Enke, »gilt das Bernsteinzimmer als verschollen.«

Auf dem Rücksitz spitzte Laika ihre Bernsteinhundeohren, und auch Labensky war ganz Ohr, während Enke ihnen erklärte, dass es über dessen Verbleib seit nunmehr dreißig Jahren selbstverständlich auch allerhand Legenden, Theorien, Gerüchte und Spekulationen gebe: Die allermeisten glaubten, es sei im Bombenhagel und Feuersturm verbrannt, zusammen mit dem Königsberger Schloss in Schutt und Asche gelegt. Andere vermuteten, es sei an Bord des Lazarettschiffs »Wilhelm Gustloff« gemeinsam mit mindestens neuntausend Soldaten von einem sowjetischen U-Boot in der eisigen Ostsee versenkt worden. Wieder andere mutmaßten, es habe sich nicht auf der Gustloff, sondern auf dem Flüchtlingsfrachtschiff »Karlsruhe« befunden, das ebenfalls auf dem Grund der Ostsee landete.

»Alles theoretisch denkbar, alles nicht ganz ausgeschlossen«, gab Enke zu. Und doch treibe ihn viel eher der Gedanke an und um, dass das Bernsteinzimmer gar nie verschollen sei, sondern noch immer existiere. »Was, wenn das alles nur Nebelkerzen sind, um vom wahren Verbleib des Bernsteinzimmers abzulenken? Was, wenn es den Krieg in Wahrheit überlebt hat und ganz unbeschadet wieder zurück nach Deutschland kam? Was, wenn es hier noch immer irgendwo steht, verschleppt, versteckt, verborgen, an einen unbekannten, vergessenen oder schwer zugänglichen Ort gebracht?«

Enke inhalierte seine Marlboro und erzählte, dass er in den fünfzehn Jahren seiner Suche schon fast überall gesucht habe, um Heerscharen von Trophäenjägern zuvorzukommen. Er ganz allein habe mehr als sechzig mögliche Verbringungsorte besichtigt, im Auftrag der Republik an Dutzenden Orten Suchaktionen durchführen lassen: in Steinbrüchen, Silberminen und stillgelegten Bergwerkstollen. In Seen, Flüssen oder Teichen. Auf Burgen, Klöstern und Schlössern in der gesamten DDR. Im Tiefbunker und in den Katakomben des nationalsozialistischen Gauforums in Weimar. In gesprengten Stollen einer geplanten unterirdischen Fabrik in Deutschneudorf im Erzgebirge. In geheimen Kellern des Gothaer Jagdschlosses Reinhardsbrunn in Friedrichroda. In Stollenresten eines nie vollendeten Führerhauptquartiers im Jonastal in Thüringen. In einer Kapelle der Sachsenburg bei Chemnitz. Auf der Falkenburg im Kyffhäusergebirge. In der sagenumwobenen Barbarossahöhle. Nichts. Gar nichts. »Außer Spesen nichts gewesen«, fasste Enke das Ergebnis seiner akribischen Suche zusammen. »Schmuck, Platin, Naziraubkunst hier und da, aber von Gold und Bernstein keine Spur.«

Laika leckte sich die Schnauze, und Labensky runzelte die Stirn.

Die Hündin und er tauschten Blicke, als fragten sie sich gegenseitig, was Enke nach jahrelanger ergebnisloser Suche und so vielen Schüssen ins Kraut nun also so sicher machte, das Bernsteinzimmer ausgerechnet da draußen, in der Einöde der Schorfheide, zu finden?

»Der größte Fehler beim Schatzsuchen«, sagte Enke und holte zur Manöverkritik aus, »ist ja, die Suche voreilig aufzugeben …«

Labensky dachte an Rita und nickte voller Zustimmung.

»Der zweitgrößte Fehler«, sagte Enke, »ist, zu glauben, dass es dort nichts mehr zu finden gibt, wo alle Welt schon längst gesucht hat. Ist das beste und raffinierteste Versteck nicht immer das, was eigentlich zu einfach ist, zu abgegrast und naheliegend erscheint?«

Auf Labenskys Gesicht erschien ein Fragezeichen. Und so erzählte ihm Enke jetzt von jenem Ort, zu dem sie fuhren, und von dem Mann, der bis Kriegsende, also bis das Weltwunder von der Bildfläche verschwand, an diesem legendären Ort gewohnt hatte.

Er erzählte ihnen von einem Mann namens Hermann Göring, der während der Nazizeit General der SS, Oberbefehlshaber der Luftwaffe und Leiter des Reichswirtschaftsministeriums gewesen war.

Göring, sagte Enke, hatte als zweitmächtigster Mann im Deutschen Reich und erster Stellvertreter Hitlers nicht nur die Aufrüstung der Wehrmacht und den Überfall auf Polen, also den Zweiten Weltkrieg, vorangetrieben. Als Reichsführer der SA und General der SS, als Gründer der Gestapo und Verantwortlicher für die Errichtung der ersten Konzentrationslager in Deutschland hatte Göring, einer der schlimmsten Kriegsverbrecher aller Zeiten, die systematische Ermordung von Millionen Menschen in Auftrag gegeben. Aber nicht von Berlin aus, nicht vom Führerhauptquartier, sondern von seinem Jagd- und Wohnsitz in der Schorfheide.

Carinhall. Er hatte den einstigen Waldhof zwischen Wuckersee und Großdöllner See nach seiner verstorbenen Frau Carin und der Walhall, dem Götterpalast der Wikinger, benannt. Zwölf Jahre habe er von dort geherrscht und seine Residenz von einer Blockhütte im Forst zu einem Palast ausbauen lassen, zu einer luxuriösen Festung, die ihresgleichen suchte. Reichsmarschall Göring, selbstverliebt und überkandidelt, dass es krachte, noch dazu fett und faul wie eine Kröte – er war so schwabbelig, dass er hinter seinem Rücken nur Feldmarschall Hering genannt wurde –, gönnte sich gleich mehrere Gebäudekomplexe. Auf Staatskosten ließ er sich ein Anwesen aus Festküchen, Tanzsälen, Musikzimmern, Kegelbahnen, Kasinos, Bilderkellern, Jagdgalerien und zwei Kinos mit fünfzig Sitzplätzen errichten. Es gab auch einen riesigen Bibliothekssaal, Gymnastikräume, einen Tennisplatz, einen Schießstand, ein Schwimmbad mit Unterwassermassage, ein Zimmer für seine gigantische Modelleisenbahn, es gab Bootshäuser und Badehäuser, ein Fernmeldeamt, eine Kommandantur und Ordonnanzwache, eine eigene Kantine für das Wachbataillon, und natürlich gab es, wie bei Mittelalterkönigen oder bei römischen Cäsaren, auch ein großzügiges Löwengehege.

Mit den Raubkatzen an der Hand, Zeichen für Macht und Geltung, flanierte ihr Besitzer durch einen Garten, den zehntausend Rosenstöcke zierten. Mit hochadeligen Gästen aus aller Welt, darunter die Romanows und der König von Siam, so erklärte Enke, unternahm er ausgedehnte Kutschfahrten durch die umliegenden Lärchenwälder. Mit Gästen wie Italiens Diktator Mussolini, dem sogenannten Duce, ging er in selbigen zur Pirsch, schloss Allianzen bei der Hirschjagd. Damit die Faschisten dabei nicht gestört wurden, war das einhundertzwanzig Hektar umspannende Gelände mit Tarnnetzen abgeschirmt, von Reiterstaffeln und Flaktürmen bewacht. Sogar ein Scheincarinhall, ein zweiter, maßstabgerechter Kulissennachbau, wurde unweit des Originals errichtet, um feindliche Flieger in die Irre zu führen.

Labensky, dem beim blanken Gedanken an den ganzen Größenwahn und Schwachsinn dieses Görings oder Herings oder wie auch immer auch ganz flau und irre zumute wurde, fasste sich an die Stirn. Hinter den Fensterscheiben zogen einsame Landschaften vorbei.

Auf Höhe Eberswalde bog Enke auf eine Landstraße nach Westen. Sie näherten sich der Schorfheide, und ehe sie Carinhall erreichten, erklärte Enke, warum er sich so sicher sei, dass ausgerechnet Göring, der selbst ernannte »Barockmensch« und »Herr der Schorfheide«, neben all dem Prunk und Pomp natürlich auch das Bernsteinzimmer auf Carinhall gebunkert habe. »Schon mal von Vermeer, Caravaggio, Monet, Cézanne, Picasso oder van Gogh gehört?«

Andächtig blickte Labensky auf die Landstraße. Er wollte glauben, einige der Namen kamen ihm von der Fußballweltmeisterschaft, die gerade im Westen stattfand, lose bekannt vor, aber Nationen oder gar Positionen zuordnen konnte er die Burschen nicht. Nur dieser Picasso sagte ihm eindeutig was, so dachte er. Das war doch dieser Einfaltspinsel, von dem Rita immerzu erzählt hatte.

»Es handelt sich um die bedeutendsten Maler der Weltgeschichte«, sagte Enke, bevor Labensky überhaupt was dazu sagen konnte. »Und was glauben Sie, Einstein, wo deren Gemälde während des Zweiten Weltkriegs wohl gelandet sind?«

Labensky kam nicht drauf. Er hing noch bei diesem Picasso fest, den er offenbar doch unterschätzt hatte. Na ja, dachte er, Kunst war ja auch Ansichtssache. Und seine Sache war dieses Gekritzel nicht.

»Die Werke der alten Meister sind nicht die einzigen gewesen, die Göring seiner Großmannssucht einverleibt hat«, sagte Enke. »Seine Prunksucht und dekadente Raffgier waren unermesslich!«

Insgesamt rund eintausendsiebenhundert Gemälde, dreihundert Skulpturen, zweihundert Wandteppiche und Perserteppiche, dazu fünfundsiebzig farbige Fenster habe Göring als Raubkunst aus halb Europa mit Eisenbahnwaggons nach Carinhall verfrachten lassen. Kunstgüter im Wert von sechshundert Millionen Reichsmark, für die größte private Kunstsammlung im Deutschen Reich.

»Natürlich hatte der keine Ahnung von Kunst. Natürlich hat der sich auch Fälschungen andrehen lassen«, meinte Enke, »aber wenn einer so wenig den Hals vollkriegt, na, was wird so ein Prahlhans wie Göring sich vor Kriegsende natürlich auch geschnappt haben?«

Zuerst dachte Labensky an den Pommfritz-Schatz, weil dieser Hering oder Göring ja so eine fette Kröte war. Dann kam er auf den Trichter, dass Enke wohl doch eher das Bernsteinzimmer meinte. Er sah ihn aus vielsagenden Augen an.

»Wer sonst war in der Lage, einen derartigen Kunstschatz unbemerkt durchs Reich zu schaffen? Wer außer dem Reichswirtschaftsminister verfügte nicht nur über die Luftwaffe, sondern auch über Züge oder Schiffe? Wer hatte unter Carinhall extra riesige Ausstellungsräume und Kellergewölbe anlegen lassen, um Raubkunst zu horten, geheime Bunkeranlagen, von denen bis heute kaum eine Menschenseele weiß?«

Laika bellte alarmiert, und auch Labensky erkannte die Zeichen. Alles, was Enke sagte, ergab Sinn. Es musste dieser vollkommen übergeschnappte Göring oder Hering gewesen sein, der das Weltwunder noch in den letzten Kriegstagen an sich gerissen, es eingesackt und irgendwo auf seinem königlichen Gut versteckt hatte.

Der Volvo rollte die Landstraße hinunter. Die leicht hügeligen Weizenfelder rechts und links gingen über in dichte, ewige Wälder, und je verschwiegener und finsterer die Moore wurden, desto mehr dämmerte Labensky, worauf er sich eingelassen hatte. Er, Schatzsucher auf einer alten, sagenumwobenen

Nazifestung – das sollte ihm mal einer glauben. Unruhig rutschte er auf dem Beifahrersitz hin und her, während der Wagen nach einigen verschlungenen Weggabelungen im Wald einen alten Kontrollposten erreichte. Eine Lichtung, auf der zwei hohe, aus massiven Feldsteinen gebaute Säulen standen. Reste von Soldatenunterständen. Ruinen einer Mauer, zwischen denen mal ein großes Tor gewesen sein musste.

Das alte, einst schwer bewachte Eingangstor von Carinhall, durch das Hitler, Göbbels und manchmal auch ihr Führerkumpel Mussolini zu Führerlagebesprechungen ein und aus gefahren worden waren, war kaum noch als solches zu erkennen. Enke, Laika und Labensky fuhren langsam hindurch. Von der Waldschneise verschluckt, fuhren sie etwa siebenhundert Meter auf das Gelände, den baumlosen Streifen entlang, der durch den Wald führte. Enke drosselte das Tempo, er umklammerte das Lenkrad, während Laika auf dem Rücksitz Meter für Meter schneller, aufgeregter hechelte wie eine Dampflok. Labensky sah durch die Frontscheibe, sah etwas Grelles auf sie zukommen.

Er konnte nicht erkennen, was, doch am Ende des Waldes leuchtete es wie ein Feuer. Sein Atem stockte. Was es auch war, so dachte er und dachte gleichzeitig an Rita, umdrehen kam nicht infrage.

28

GRÖFAZ

Der Volvo hielt auf einer Anhöhe, dort, wo der Wald endete, und Labensky plinkerte mit den Augen, hielt sich die Hand vors Gesicht. Es war nicht etwa die dekadente Pracht von Carinhall, die ihn inmitten des Waldes blendete. Es war der Große Döllnsee, der ungerührt zu ihren Füßen lag und dessen spiegelglatte, quecksilberne Oberfläche in der Sonne glitzerte wie Tausende Kristalle.

Ehrfürchtig stieg Enke aus dem Volvo. Er öffnete die Hintertür der Limousine und ließ Laika aus dem Wagen. Die Bernsteinexpertin ließ sich nicht zweimal bitten, schien direkt Witterung aufzunehmen, wie es sich für eine professionelle Schnüfflerin gehörte.

»Hier ist es gewesen«, rief Enke und ließ den Blick schweifen.

Wie Laika entfernte er sich vom Volvo und stapfte über eine hohe Wiese, das Gras stand ihm bis zu den Knien. »Hier vor dem Hauptportal lag der Hirschplatz, das Zentrum von Carinhall. Hier hat Göring unter Bronzestatuen seine Gäste und Jagdgesellschaften empfangen, zum Zapfenstreich. Hier, gleich hier, erhob sich das Hauptgebäude mit der Empfangshalle, zweigeschossig, hufeisenförmig …« Enke breitete die Arme aus, als wollte er die Anlage umrahmen. »Da, dort drüben, neben dem Festsaal und dem Bibliotheksflügel, hat Görings kleine Tochter Edda geschlafen, gleich neben Hitler, wenn der zu Besuch war. Und da, auf der anderen Seite, im Wirtschaftsflügel, befanden sich die Jagdhallen und Kasinos und auch die riesige Kunstgalerie mit den alten Meistern.«

Enke stützte die Arme in die Hüften, nun beinahe selbst wie ein Feldherr. »Sie müssen sich das alles vorstellen: Es war gigantisch!«

Den Eindruck hatte Labensky auch. Nicht etwa, dass es gigantisch war, sondern dass hier seine ganze Einbildungskraft gefragt war und dass er sich das alles vorstellen musste. Denn seine Augen konnten weit und breit nichts davon sehen. Er war jetzt ebenfalls ausgestiegen und sah Laika nur über eine grüne, leicht hügelige Landschaft zwischen Wald und Wuckersee und Döllnsee streifen.

Hier und da noch Schutt und Reste von Ruinen. Zersplitterte, im Gras versunkene Marmorsockel. Herrenlose Steinquader, längst moosbewachsen, von der Natur zurückerobert. Irgendwie hatte Labensky sich so eine Nazifestung anders vorgestellt, lebendiger.

»Sprengkommando Carinhall«, sagte Enke mit Blick auf das, was noch von Görings einstmals stolzem Waldhof übrig war.

»Hm?«, machte Labensky und stand doof in der Gegend rum.

Enke spazierte über das Gelände und erklärte, dass der Hausherr nicht bereit gewesen sei, seinen Reichtum dem Feind zu überlassen. Also habe er, als die Rote Armee im Frühjahr 1945 immer weiter nach Westen vorgerückt war, den Großteil seiner Kunstsammlung mitsamt Unmengen Gold, Platin und Champagner auf drei Güterzügen abtransportieren lassen, nach Berchtesgaden, zum Obersalzberg. Er selbst flüchtete über Berlin, wo er Hitler in der Reichskanzlei zu dessen letztem Geburtstag gratulierte. Davor jedoch wies er sein Wachbataillon an, die Sprengung Carinhalls vorzubereiten und sämtliche Gebäude und Kellerräume mit achtzig Fliegerbomben zu verminen. Es sei eines Vormittags im April 1945 gewesen, zwei Wochen vor der deutschen Kapitulation, sagte Enke, als die ersten Rotarmisten den Waldrand erreichten und Göring seinen pompösen Wohnsitz mit mehr als vierhundert Zentnern Sprengstoff in die Luft jagte.

»Die Explosionen waren gewaltig, noch kilometerweit zu hören!«, versicherte Enke, fast so, als sei er selbst dabei gewesen.

Labensky, beeindruckt, versuchte, sich das auszumalen. Die Landschaft lag ganz friedlich da. Laika lief anscheinend ziellos im Zickzack über die Wiese. Auf Strauchblumen saßen Schmetterlinge, überall zirpte es im satten Gras. Labensky drehte sich im Kreis und sah sich auf dem Gelände um. Von der Zerstörung kaum noch eine Spur, aber vom Waldrand bis zum See auch nicht ein einziges noch stehendes Gebäude. Er fragte sich, was das für die Schatzsuche bedeutete. Denn wenn es hier keine Gebäude gab, ja nicht mal einen Bunker, wo sollte dann das Weltwunder versteckt sein?

Enke ging ein paar Schritte und bat Labensky, ihm zu folgen.

In den ersten Nachkriegswochen, erklärte er, habe die Rote Armee das ganze Gelände abgeriegelt. Es gebe so gut wie keine Informationen darüber, was in jenen Wochen an diesem Ort passiert war. Wahrscheinlich seien umfangreiche Plünderungen, von Whisky-Vorräten über Silberlöffel mit Hakenkreuzen bis hin zu Görings goldenem Nachttopf. Das meiste jedoch sei durch die Sprengungen zerstört worden. Und alles Übrige, sagte Enke, sei nach Abzug der Truppen und bei der Beseitigung der Trümmermassen ausgeschlachtet worden. Rund zehn Jahre nach dem Krieg hätte die Nationale Volksarmee schließlich begonnen, das gesamte Gelände einzuebnen und als Naturschutzgebiet wiederaufzuforsten. »Nichts mehr, nicht ein Grashalm sollte an den Reichsmarschall erinnern.«

Labensky nickte. Wenn aber alles entweder zerstört und dem Erdboden gleichgemacht oder bis auf die Knochen abgenagt und abgegrast und ausgeschlachtet worden war, so fragte er sich, woher nahm Enke dann die Hoffnung, hier auch nur einen Blumentopf zu finden, ja ausgerechnet hier den größten Schatz der Welt zu bergen.

Enke ging noch ein paar Meter. Dann, vor einem Löwenzahn, um den aufgereihte Kieselsteine lagen, die jemand in das Schleierkraut gelegt haben musste wie eine Markierung, blieb er stehen. Er deutete nach unten, auf die Wiese, auf den Löwenzahn, vor seine Kombinatslederschuhe. »Als Herr der Luftwaffe war Göring für sämtliche Luftschutzbunker im Reich zuständig. Da hat er es sich nicht nehmen lassen, sich selbst den allergrößten hinzupflanzen …«

»Hm?«, machte Labensky. »Wo?«

»Wir stehen drauf«, antwortete Enke.

Ungläubig ließ Labensky den Blick fallen und starrte auf die Grashalme. Sofort kribbelte und kitzelte es in seiner Nase. Er musste niesen, hatte nach Jahren in der Stadtluft seinen Heuschnupfen schon fast vergessen. Er nieste laut und heftig wie eine Kalaschnikow, während Enke die Wiese hinabdeutete, hinunter zum Seeufer.

Angeblich sollte Göring die Hälfte seiner Goldvorräte in den umliegenden Gewässern versenkt haben, sagte er, also sei vor allem da nach Reichtümern gesucht worden. Dabei jedoch seien Taucher im trüben Wasser bald auf Leitwerke von Fliegerbomben gestoßen, auf eindeutige Hinweise auf Sprengfallen. Woraufhin entschieden worden sei, unterhalb der Erde nicht weiter zu suchen, wegen erheblicher Eigengefährdung. Woraufhin auch Görings riesiger Privatbunker, der die Explosionen dank seiner tonnenschweren Konstruktion wohl nahezu unbeschadet überstanden hatte, einfach mit Sand und Erde zugeschüttet worden sei, um ihn darunter für immer zu begraben.

Labenskys Beine wurden auf einmal weich, so weich, wie sie sonst eigentlich nur wurden, wenn Rita vor ihm stand. Nach und nach dämmerte ihm, was Enke versuchte, ihm zu sagen – nämlich was in diesem vergessenen Privatbunker, dessen geheime Stelle Enke offenbar höchstselbst markiert hatte, direkt unter ihren Füßen lag.

»Sie meinen«, wollte Labensky nur zur Sicherheit ganz sichergehen, »das, was wir suchen, ist genau hier unter uns verbuddelt?«

»Richtig erfasst, Einstein, messerscharf kombiniert! Da soll noch mal einer sagen, Sie seien auf den Kopf gefallen, Junge!«

Enke klopfte ihm auf die Brust und erklärte, dass so eine weitverzweigte unterirdische Anlage ja beste Voraussetzungen biete, um das Bernsteinzimmer zu verstecken. Womit jedoch noch nicht geklärt war, wie sie in diesen Bunker reinkamen. Ganz zu schweigen von der Frage, was mit diesen Sprengfallen war, vor denen sogar die Rote Armee des Großen Bruders und die Nationale Volksarmee der DDR ja wohl nicht ohne Grund zurückgeschreckt waren.

Enke marschierte zurück zum Volvo, kramte im Kofferraum und kam zurück mit Spaten, Spitzhacke und Schaufel. »Damit Sie handfest unter Beweis stellen können«, sagte er und drückte ihm die Gerätschaften in die Hand, »wie förderungsfähig Sie wirklich sind!«

Labensky, geehrt und doch verunsichert, was diese Sprengfallen anging, zögerte. Was, wenn er beim Graben eine Falle traf?

»Keine Sorge«, meinte Enke und verwies auf das Verfallsdatum von Sprengstoff. »Wenn hier nach dreißig Jahren noch Fliegerbomben rumfliegen, dann sind die scharf wie Margot Honecker in lila Strapsen.« Er machte eine Pause. »Überhaupt keine Gefahr …«

So ganz traute Labensky dem Braten ja noch nicht. Allerdings blieb ihm nichts anderes übrig. Er dachte an Rita und daran, dass er ihre Flucht verhindern musste. Also krempelte er die Ärmel hoch.

Also nahm er das Werkzeug und fing auf der Stelle an zu graben.

Er stieß den ersten Spatenstich ins Gras, trat ihn mit der Fußsohle in den Boden, nahm eine volle Schippe und warf sie über die Schulter. Das Gleiche noch mal. Und noch mal. Und noch etwas schneller. Eine getaktete, flüssige Bewegung, Akkordarbeit wie beim Kohlenschaufeln. Labensky blendete das Thema Sprengstoff aus und schaltete auf stumpf, was ihm nicht gerade schwerfiel.

Er grub, ohne nachzudenken, fraß sich wie ein Bagger in die Erde, die noch aufgeweicht war vom Regen der letzten Nacht, während Enke wieder zum Volvo ging und diesmal einen Sonnenschirm, einen Klappstuhl mit Armlehnen und seine Schreibmaschine holte.

Es war eine orangefarbene »Erika« vom VEB Schreibmaschinenwerke Dresden. *Hinweg mit Tint' und Feder, mit Erika schreibt jeder!,* den Spruch kannte Labensky aus der Reklame. Er fragte sich, ob das wohl auch für einen Wortallergiker wie ihn galt?

Enke jedoch schwebte eine andere planmäßige Arbeitsteilung vor: Sie sah so aus, dass Labensky, der noch ein Frischling war und sich seine Sporen verdienen musste, das Graben übernahm, also die körperliche Arbeit, während Enke sich um den Papierkram kümmerte. Um die Berichte an das Ministerium, das ständig auf dem Laufenden gehalten werden wollte. Konkret bedeutete dies, dass Enke es sich in seinem Klappstuhl gemütlich machte, ein paar Sätze in die Maschine hackte, aber ansonsten alle viere von sich streckte, während Labensky sich immer weiter in die Erde bohrte.

Schon bald knietief in einem Loch stehend, wurde er nicht stutzig, dass Enke gar nicht mit anpackte, wo er es am selben Morgen doch noch so eilig gehabt hatte. Er wollte Enke einfach nicht enttäuschen, also konzentrierte er sich aufs Graben, wobei ihm weder Sprengfallen noch Fliegerbomben in die Quere kamen, einzig lästige Gräserpollen, die wie Schneeflocken über die Wiese waberten. Er nieste bei jedem Spatenstich. Mit jeder Schaufel, die er aus dem Boden hob, wischte er sich den Rotz aus dem Gesicht. Seine Nase triefte, ihm lief das Wasser aus den Augen, während Enke zwar keinen Handschlag tat, ihm aber stolz erklärte, wie hochempfindlich auch Laikas Nase sei. Angeblich sechzehnmal empfindlicher als eine Menschennase, was den Geruch von Bernstein anging.

Aus seinem Klappstuhl heraus, die Beine bequem übereinandergeschlagen, erklärte er Labensky so die Welt. Enke dozierte nicht nur über Bernsteinhundenasen. Er berichtete ihm auch, dass Göring, der die von ihm sogenannte Endlösung der Judenfrage in Auftrag gegeben habe, also den Völkermord an elf Millionen Juden, sein Leben in Wahrheit einem Juden zu verdanken hatte. Dass ihm nämlich beim München-Putsch in die Hoden geschossen worden war und dass es ein jüdischer Arzt gewesen sei, der seine Weichteile wieder zusammengeflickt hätte. Seitdem, erzählte Enke, sei Göring tablettenabhängig gewesen, morphiumsüchtig bis unters Kinn, was seinen Größenwahn nur noch verstärkt habe. Es ging so weit, erzählte Enke, dass der Reichsfeldmarschall zu Ehren seiner selbst sogar in eigens entworfenen, diamantenberingten Fantasie-Uniformen herumstolziert sei. »Rechts Lametta, links Lametta, und der Arsch wird immer fetter«, hätten die Leute getuschelt, aber der feiste, aufgedunsene Göring sei so eitel gewesen, der hätte nicht mal gemerkt, was er für eine Witzfigur war. »In seiner grandiosen Lächerlichkeit«, meinte Enke, »wurde er nur noch vom Gröfaz übertroffen.«

Labensky sah auf und hörte auf zu graben. »Vom Gröfaz?«

»Vom Größten Feldherrn aller Zeiten«, sagte Enke. So habe Hitler sich gerne von seinen Wehrmachtsuntergebenen betiteln lassen. Dabei sei er in Wahrheit ein miserabler Stratege gewesen, ein irrlichternder Dilettant, der die Rote Armee hochmütig unterschätzt und in Stalingrad Hunderttausende Soldaten in den Tod geschickt habe.

Labensky hielt inne. Nicht vor Erschöpfung, sondern weil

er beim Thema Stalingrad an seinen Vater dachte. Hieß das, dass dieser Gröfaz schuld war, dass er seinen Vater nie gesehen hatte?

»Auch der Führer hatte ja nur noch einen Hoden. Flickwerk wie bei Göring …«, meinte Enke, als sei diese Information von Wert.

Labensky stützte sich auf seinen Spaten. Er sah Enke an, sah in das mittlerweile metertiefe Erdloch, das er ausgeworfen hatte. Er wusste nicht, was er davon zu halten hatte. Alles hing miteinander zusammen, dachte er. Nicht die Klöten von diesen beiden Obernazis, die hatte es ja zerfetzt. Vielmehr dachte er an das Verschwinden seines Vaters und an das Verschwinden des Bernsteinzimmers. An das gebrochene Herz seiner Mutter und an das gebrochene Herz von Ritas Mutter. Er dachte auch an die Trennung von Ost und West. An den Mauerbau und an die Stasi. An die Schweineplage im Westen. An Gudrun, Andreas und Ulrike und an die Erfindung von Kalaschnikow. Ja, sogar die Tatsache, dass Rita überhaupt existierte, was für ihn selbst das größte Glück bedeutete, so dämmerte Labensky schließlich, hatte wohl irgendwie mit diesem Krieg zu tun.

Wie ein Strudel rissen die Gedanken in seinem Kopf an ihm, und ihm wurde schwindelig. War es die Hitze? Hatte er nicht genug getrunken? Oder hatte er mit Rita im Hotel Lilli Put zu viel getrunken? Schweiß sammelte sich auf seiner Stirn. Das giftgrüne Feuerwasser wollte aus ihm heraus, wollte zweimal in seiner Kehle brennen. Er taumelte, würgte, speiübel beugte er sich über das Loch.

»Na, wem wird bei zwei kastrierten Nazi-Eiern denn gleich blümerant zumute?«, lachte Enke. »Alles in Ordnung, Einstein?«

Labensky kam die Galle hoch. Er übergab sich direkt vor seine Füße. Im Strahl schoss sein gesamter Mageninhalt auf die Erde, ohne zu versickern. Stattdessen, wie bei einem verstopften Abfluss, bildete sich eine hässliche, braungrüne Pfütze. Die Hände in die Knie gestemmt, setzte Labensky eine Stiefelspitze vor und schob die Sauerei beiseite. Dabei setzte seine Sohle auf einer verdächtig festen, stahlharten Oberfläche auf. Da, zufällig, berührte er entweder das Dach des Bunkers, oder er trat direkt auf eine Sprengfalle.

29

OPERATION PUSCHKIN

Vielleicht war sich Enke selbst nicht so sicher. Vielleicht war ihm die Sache nicht ganz geheuer, und er wollte nicht gleich Kopf und Kragen riskieren, sondern auf Nummer sicher gehen. Womöglich merkte er auch, dass Labensky, der den ganzen Tag geschuftet hatte – buchstäblich bis zum Erbrechen –, wenigstens nach Einbruch der Dämmerung mal eine Pause brauchte. Auf jeden Fall bestimmte Enke, die Nacht über erst mal Quartier zu machen, um tags darauf, also bei Tageslicht, mit frischem, ausgeschlafenem Blick in aller Ruhe zu besichtigen, was für ein Geschenk ihnen Göring, der sowohl Bunker- als auch Bombenspezialist gewesen war, hinterlassen hatte.

Das Quartier, das sie bezogen, befand sich nur ein paar Hundert Meter von dem Gelände entfernt. Es war die alte Gästeunterkunft von Carinhall. Ein dreigeschossiges, hochherrschaftliches, prachtvoll anzusehendes Gebäude mit geklinkertem Giebeldach, das Sprengung und Besatzung unbeschadet überstanden hatte. Es befand sich am gegenüberliegenden, nordwestlichen Döllnsee-Ufer, gleich neben dem letzten verbliebenen Badehaus von Hermann Göring.

Laut Enke hatte die FDJ, die Freie Deutsche Jugend, das alte Gästehaus nach dem Krieg ein paar Jahre als Jugendherberge genutzt. Danach habe der Große Vorsitzende Walter Ulbricht, zusammen mit seinem späteren Nachfolger Erich Honecker, den Bau der Mauer in genau dieser Residenz beschlossen. Ulbricht habe dann sogar seinen Lebensabend in der geschichtsträchtigen Unterkunft verbracht, erzählte Enke, bis, ja bis er im vorangegangenen Sommer 1973 in diesem Haus gestorben sei.

Seitdem habe das Zentralkomitee der SED den Betrieb übernommen. Die exklusiven Zimmer des sogenannten Döllnkrugs, erklärte Enke, stünden neben hochrangigen Funktionären der Partei natürlich nur ausgewählten, herausragenden Gästen zur Verfügung.

Im Sommer 1974, wie es der Zufall wollte, schienen Enke und Labensky die einzigen beiden Gäste zu sein, die in dem großzügigen und luxuriösen Gästehaus in Sichtweite von Carinhall logierten. Sie konnten sich die Nobelzimmer praktisch aussuchen.

Enke, der als Leiter der Mission mit mehreren Koffern anreiste, als ginge er von einem längeren Aufenthalt aus, bezog die Suite im obersten Stock, ein kaum mehr sozialistisches Gemach erster Kajüte, mit Erker, Daunenbett, meterhohen Seidenvorhängen und fürstlichem Balkon, von dem aus einst auch Mussolini die Pracht von Carinhall bewundert haben sollte. Labensky dagegen, ihm war angesichts der schaurigen Vergangenheit des Ortes noch immer nicht ganz wohl im Magen, gab sich mit einer einfachen Kemenate im Erdgeschoss zufrieden, Hauptsache in Klonähe.

Er schlief, was so gut wie nie vorkam, unruhig wie ein Jungpionier vor der Gesangsprüfung. Es war die Vorstellung, wer vor ihm wohl schon alles an diesem unheilvollen Ort geschlafen hatte. Es war die Frage, ob es sich da draußen, in dem Erdloch, nun denn um eine Sprengfalle oder um den Bunker dieses Herings handelte. Falls Letzteres, dachte Labensky, dann hatte er dem schön aufs Dach gereihert. Wenn das mal keinen Ärger gab, dachte er abergläubisch und wälzte sich die halbe Nacht von rechts nach links.

Was ihn in dieser Nacht am meisten umtrieb, war jedoch nicht die Rache dieses Herings. Es waren die Gedanken an seinen Vater. An die schreiende, ja hundsgemeine Ungerechtigkeit, dass er ihn wegen diesem ollen Weltkrieg niemals hatte kennenlernen dürfen.

Er musste in dieser Nacht auch über Enke nachdenken, der oben, ein paar Etagen über ihm, gemütlich schlief. Enke, dachte Labensky, war zufälligerweise haargenau in jenem Alter, in dem auch sein Vater mittlerweile wäre. Die beiden wären genau gleich alt. Ein verrückter Gedanke, fand Labensky, aber vielleicht erklärte dieser Umstand, dass Enke offenbar etwas Besonderes in ihm zu sehen schien, so wie ein Vater in seinem Sohn. Umgekehrt stellte Labensky auch an sich selbst fest, wie er an Enkes Lippen hing, wenn der ihm fachkundig die Welt erklärte. Wie bereitwillig er folgte, wenn Enke ihn ins Nachtleben oder auf Schatzsuche entführte. Wie jedes Mal, wenn Enke »mein Junge« zu ihm sagte, seine Brust anschwoll. Wie sehr er ihm, seinem Lehrmeister, gefallen wollte.

Einen Moment lang geisterte wieder dunkel in Labenskys Kopf herum, dass die Kneipenbrüder um diesen Biermann ihn vor Enke gewarnt hatten. »Pass auf deinen Rücken auf!«, das hatte dieser zottelige Biermann ihm zum Schluss noch ins Ohr geflüstert. Aber Labensky konnte sich darauf noch immer keinen rechten Reim machen. Oder vielleicht doch, dachte er dann: Natürlich sollte er auf seinen Rücken aufpassen, denn beim Graben und beim Schatzsuchen holte man sich ja nur allzu leicht einen Hexenschuss.

Das musste er gemeint haben, dachte Labensky. Zumal, wenn man der Einzige war, der rackerte; nämlich wenn Enke gar nicht mit anpackte, sondern sich voll und ganz auf seine Berichte an das Ministerium konzentrierte. Was für ein Ministerium das eigentlich genau war und womit es sich wohl beschäftigte? Das wollte Labensky sich gerade einmal überlegen, da, im selben Augenblick, hörte er von draußen von irgendwoher ein Bellen. Es kam durch das geöffnete Fenster und durch die laue Sommernacht. Hundegebell. Fern, spitz, atemlos. Hektisch wie ein Mauerhund bei Grenzdurchbruch.

Laika!, dachte Labensky, um schon im nächsten Moment zu

denken, dass seine Adjutantin wohl nicht grundlos bellte. So, wie sie klang, so, wie sie kläffte, wollte sie ihnen dringend etwas mitteilen.

Aufgeregt wie ein Knirps am Weihnachtsmorgen sprang Labensky aus seinem Gästebett. Er zog sich an, schlüpfte in seine Arbeitsstiefel und sauste nach draußen vor die Tür. Der Morgen graute bereits, und in der Frischluft vor Sonnenaufgang hörte er das Bellen klar wie einen Glockenton. Es hallte über den flach liegenden See und kam von der anderen Seite, vom Hirschplatz, dem alten Zentrum Carinhalls, wo er am Tag zuvor gegraben hatte. Laika – Vollprofi, genau wie Enke gesagt hatte – hatte im Gegensatz zu ihnen wohl Überstunden gemacht. Und so, wie sie sich anhörte, war sie mit ihrer exzellenten, auf Bernstein getrimmten Spürnase auf etwas Aufregendes gestoßen. Labensky witterte die Sensation.

Enke, der größte Schatzsucher der Republik, schien das Anschlagen der Vierbeinerin hartnäckig zu überhören. Kurz überlegte Labensky, ihn zu wecken, aber dann zügelte er sich. Was, wenn es nur falscher Alarm war? Es war wohl besser, Enke ausschlafen zu lassen, schließlich brauchte der einen ausgeruhten Kopf für seine sieben Sinne. Aber konnte er selbst so lange warten? In Labensky brannte mal wieder die Neugier. Er war ja sowieso wach. Und was sollte er untätig im Bett rumbummeln. Was sprach eigentlich dagegen, auf eigene Faust schon einmal nachzusehen, was Laika so zum Toben brachte? Was, wenn er selbst ein paar Überstunden machte?

Was die Hündin konnte, das sollte er ja wohl auch können, dachte Labensky und nahm Schaufel, Spitzhacke und Spaten aus dem Volvo. Mit dem Werkzeug auf der Schulter marschierte er entlang des Seeufers durch den Wald, der im hochsommerlichen Dunst aus seinem dunklen Schlaf erwachte. Der Morgen schlüpfte durch die Bäume, und Labensky folgte dem Gebell wie einem Kompass, bis er den See fast halb umrundet hatte. Bis er an genau der Stelle, wo sich der Privatbunker befinden sollte, inmitten der hügeligen Wiese einen zweiten, frisch aufgeworfenen Erdhaufen ausmachte.

Aus der Kuhle daneben, sah Labensky, ragte der in die Luft gereckte Schwanz einer Schäferhündin empor und wedelte wie eine umgedrehte Wünschelrute. Er trat näher, beugte sich vor und sah, dass Laika sich mit vier Pfoten in sein Loch gestürzt hatte, um die Grabungsarbeiten fortzusetzen. Nicht nur das. Todesmutig, ohne sich um Sprengfallen zu kümmern, hatte seine haarige Kollegin die ganze Nacht geackert, um das steinharte Ding, auf das Labensky am Tag zuvor getreten war, wie einen dicken Knochen freizubuddeln.

Laika stellte das Bellen ein und trat zur Seite, wie um Labensky ihre Entdeckung zu präsentieren. Und was Labensky jetzt sah, während er sich mit weit offenem Mund noch weiter über die Grube beugte, das war ganz ohne Zweifel keine Granate, auch keine Fliegerbombe. Es war die Oberfläche einer waagerecht liegenden Eisenbetonplatte. Labensky musste an die neue Einheitsplatte denken, in die jeder in der DDR jetzt neuerdings einziehen wollte.

Aber diese hier, die mannstief unter der Erde lag und sich darunter wer weiß wie breit machte, sah schon ein paar Jahrzehnte älter aus. Und sie trug eine Inschrift, fast wie eine Grabplatte. Eine Gravur, die wohl besagte, dass sie schon irgendwem gehörte: »HG« stand da in protzstolzen germanischen Runen. Labensky erschrak. Ausnahmsweise nicht aus Angst vor Abkürzungen, es waren ja nur zwei Buchstaben, und bei diesen beiden schaltete er sofort: HG, das musste natürlich für »Hering« stehen, kombinierte er rasiermesserscharf, also für den Spitznamen von diesem Hermann Göring.

Es war der Bunker! Enke hatte es schon wieder gewusst!

Begeistert sprang Labensky in die Grube und beglückwünschte Laika zu ihrer Leistung. Wobei die Hündin keine Miene verzog, sich mit heraushängender Zunge nur die Erde von der Schnauze schleckte, als hätte sie genug geleistet. Ihr ungerührter Gesichtsausdruck schien Labensky mitteilen zu wollen, dass ihr Tagewerk erledigt sei. Alles Weitere, verstand Labensky, hing nun von ihm ab: Sie mussten den Eingang zu diesem Bunker finden. Und dazu galt es, den ganzen Betonklotz freizulegen wie ein Dinosaurierskelett. Dabei, wusste Labensky, kam es nicht länger auf Spürsinn oder Grips, sondern auf seine Kraft und Können an.

Er zögerte keine Minute, spuckte in die Hände, spannte die Arme und griff zu seinem Spaten, fing auf der Stelle an zu graben. Er wartete nicht auf Enke. Er ging davon aus, dass der erst mal in Ruhe ausschlief und anschließend seine Berichte schrieb. Labensky war das gar nicht unrecht, konnte er ihn so doch überraschen und sich als Adjutant der Schatzsuche genauso auszeichnen wie Laika.

Er legte los wie die Feuerwehr und grub, was das Zeug hielt. Er rammte den Spaten ins Gras, hinein in die sandige Erde, pflügte sich in den Boden, warf Schippe um Schippe in die Luft. Aus dem halben Quadratmeter Betondecke, den Laika freigebuddelt hatte, wurden bald zwei, dann vier, dann acht, dann zehn. Labensky machte keine Pause, keulte ohne Unterlass. Er nieste zwar schon wieder wie ein Schnupferneuling, doch ließ er sich vom Pollenflug nicht aufhalten, stattdessen grub er sich in einen Rausch. Die Bunkeranlage schien noch viel größer, als er gedacht hatte, aber das spornte ihn an. Er wollte nicht nur Enke, seinem väterlichen Förderer, seine Förderungsfähigkeit beweisen. Er wollte es vor allem diesem größenwahnsinnigen Hering zeigen, der seinen richtigen Vater – und nicht nur den – auf dem Kerbholz hatte.

Unbeirrt fräste und schaufelte Labensky den ganzen Morgen, auch noch den ganzen Vormittag bis hin zum Mittag, ohne dass Enke von sich hören oder sich an der Grabungsstelle blicken ließ.

Die Sonne stand schon senkrecht über dem Gelände, Laika schnarchte irgendwo im Schatten, als schliefe sie einen Rausch aus, und Labenskys Permaflotthemd ließ sich nach stundenlanger Schwerstarbeit auswringen wie ein Waschlappen, erst da kam Enke von der anderen Seeseite doch noch mit dem Volvo vorgefahren. Frisch rasiert und frisch geduscht, in tadellosen Zwirn gekleidet und sein Bernsteinbuch wie gewohnt unter den Arm geklemmt, stieg er aus dem Wagen. Federnden Schrittes trat er an die Grube, um zu besichtigen, was seine Adjutanten ohne ihn verrichtet hatten.

Labensky, krebsrot im Nacken, hielt inne. Er stützte sich auf den Spaten, wischte sich den Dreck aus dem Gesicht. Das Erdloch, in dem er stand, war mittlerweile breiter als der Schankraum jeder Trinkstube und tiefer als jeder Berliner Kneipentresen. Er blinzelte nach oben und erwartete gespannt, was Enke dazu sagte.

»Na, hab ich's doch gleich gesagt!«, sagte Enke. Seine Worte klangen wie gegähnt, er wirkte mal wieder alles andere als überrascht. Er setzte seine Nickelbrille auf und klopfte eine Marlboro aus seiner Schachtel. Anerkennend streifte sein Blick über das freigelegte Dach des Bunkers. »Nur weiter so, Genossen! Nur weiter!«, rief er, an Labensky gerichtet und wohl auch irgendwie an Laika. »Ich kann den Schatz schon riechen«, meinte er und zog die Luft gierig durch die Nase ein. »Riechen Sie ihn auch schon, Junge?«

Amseln flogen heran, um in der frischen Erde nach Regenwürmern zu suchen. Labensky schloss die Augen und spannte die Nasenflügel, als rieche er es jetzt auch. In Wahrheit roch er gar nichts, denn seine Nase war ja vom Heuschnupfen verstopft.

Er vertraute Enkes Instinkten trotzdem blind. Dessen Lob setzte nur noch mehr Kräfte in ihm frei. Beflügelt von seinem Erfolgserlebnis, spürte Labensky bald nicht mehr nur in seiner Nase ein aufgeregtes Kribbeln. Er spürte es überall. Es war zwar erst der zweite Tag der Schatzsuche, aber er kam sich vor wie ein Goldgräber und merkte, wie die reine Vorstellung von diesem Jahrhundertschatz Besitz von ihm ergriff. Er fühlte, wie ihn das Bernsteinfieber packte.

Nur weiter, dachte er und machte sich gleich wieder an die Arbeit. Weiter, immer weiter, wiederholte er in Gedanken Enkes Worte und buckelte restlos motiviert drauflos wie Adolf Hennecke.

Enke sah ihm aus seinem Klappstuhl noch eine Weile dabei zu. Ab und an gab er ihm Anweisungen, in welche Richtung er zu graben hatte. Hier und da skizzierte er die mutmaßlichen Umrisse des Bunkers in seinem Notizblock oder tippte Berichte an das Ministerium in seine Erika. Dabei protokollierte er, wie die Schatzsuche voranging, welche Fortschritte sie machten, wie viele Zentner Erde sie schon ausgehoben hatten. Die meiste Zeit jedoch saß Enke einfach nur da wie zur Erholung in der Sommerfrische. Im Kurzarmhemd ließ er sich die Junisonne ins Gesicht scheinen, während er Laika das Fell kraulte, Parteizeitungen studierte, mit sich selbst Schach spielte oder Patiencen legte, dabei entweder Kuchen, Käse oder Kaviarcremeschnitten aus dem Gästehaus in sich hineinschob und beim kulturvollen Glas Rotwein einnickte, in einen selig-düseligen Schlaf abrutschte wie ein Dachdecker am Tag der Arbeit.

Dabei arbeitete Enke ja fast gar nicht. Dabei machte er den ganzen Tag über nicht einen Finger krumm. So war es am ersten Tag der Schatzsuche gewesen, und so blieb es bis zur Abenddämmerung nun auch am zweiten. So kam es Labensky unten in seiner Grube bald so vor, als hätte Enke seit ihrer Ankunft eine bleierne Gemütlichkeit überfallen, die er so wenig mit dem größten Schatzsucher der Republik zusammenkriegte wie einen arbeitsscheuen Helden des blauen Montags mit der Wandstraße der Tüchtigsten und Besten.

Es war merkwürdig: Während Labenskys eigene Formkurve nun steil nach oben zeigte, schien Enke auch in den darauffolgenden Tagen nicht gerade aus fleißigem Holz geschnitzt. Während Labensky von Sonnenaufgang bis Sonnenuntergang bis an den Rand seiner Kräfte schuftete, rührte sich Enke nicht mehr, als er es musste, und schlief von Tag zu Tag länger aus. Danach frühstückte er ausgiebig. Während Labensky meist nur einen Teller Hafergrütze und einen Liter Milch zur Stärkung in sich hineinschüttete, bediente sich Enke am reichhaltigen Büfett des Gästehauses. In vollen Zügen genoss er all die Annehmlichkeiten, die sein Spezialauftrag im Dienst der Republik so mit sich brachte, um nicht vor Mittag an der Grabungsstelle aufzuschlagen. Er kam immer nur für zwei, drei Stunden, zur »Abnahme«, wie er es nannte. Diese Abnahme sah so aus, dass er entlang der Grube über die Wiese schlenderte, den Wert der sozialistischen Planerfüllung pries und Labenskys Arbeit kommentierte: »Wer rastet, der rostet!«, »Nur keine Müdigkeit vortäuschen!«, »Nur nicht lockerlassen, Einstein!«, »Vorwärts immer, rückwärts nimmer!«, zitierte er Parteilosungen, um Labensky anzufeuern, ehe er selbst wieder in die Limousine stieg und den Rückwärtsgang einlegte, um sich an Görings Badehaus am Döllnsee-Ufer bei Massage, Sauna oder Krabbencocktails zu entspannen.

In den ersten Tagen noch legte Labensky sich das so zurecht, dass Enke eben ein Lebemann war und Lebemänner im Gegensatz zu Plattgesichtern wie ihm viel besser wüssten, wie es sich gut lebte. Mit der Zeit fragte sich Labensky dann aber doch, was Enke eigentlich den lieben langen Tag so machte. Was in ihm vorging.

Die Grube, die Labensky entlang der meterdicken, felsartigen Bunkerwände praktisch im Alleingang aushob, erreichte bald die Größe eines großstädtischen Volksschwimmbeckens, während Enke, der größte Schatzsucher unter der Sonne, eine ruhige Kugel schob, von Tag zu Tag häufiger durch Abwesenheit glänzte, sich immer seltener blicken ließ. Es war nicht, dass ihm die Schatzsuche egal war. Immer wieder trieb er Labensky an, weiterzugraben, weiterzusuchen. Dennoch sah er wohl keinen Sinn darin, sich selbst nach dem Bunkereingang umzusehen. Wieso nicht? Wo war er mit seinen sieben Sinnen, und wo war vor allem sein siebter hin?

Manchmal, wenn Labensky nach einem langen Arbeitstag in seiner Kemenate lag und entweder von Rita oder vom Bernsteinzimmer träumte, hörte er im Gästehaus das Telefon rasseln. Oft hörte er dann mit an, wie Enke eilig an den Apparat gerufen wurde, wegen Anrufen entweder aus Berlin oder aus Ribnitz-Damgarten.

Labensky hatte noch nie von einem Ort namens Ribnitz-Damgarten gehört, aber ihm entging nicht, wie aufgeweckt und engagiert Enke jedes Mal am Hörer klang, wenn der Anruf aus Berlin kam. Wie anschaulich er von den aufwendigen Grabungen auf Carinhall berichtete, wie detailreich er über die Fortschritte der Bernsteinzimmersuche informierte. Es klang immer, als stünden sie bereits ganz kurz vor dem Durchbruch. Als hätten sie das Weltwunder schon so gut wie in der Tasche und als brauchten sie nur noch ein klein wenig mehr Zeit. Labensky fragte sich, wen Enke da immer wieder so spätabends an der Strippe hatte. Es musste irgendjemand sein, der ungeheuer wichtig war, denn jedes Mal sprach Enke mit belegter, angespannter Stimme. Jedes Mal sagte er »Jawohl!« oder »Wird erledigt!« oder auch: »Natürlich, Herr Minister, Sie können sich voll und ganz auf mich verlassen!«

Nicht auf den Namen des Ministers, jedoch auf den Namen Ribnitz-Damgarten stieß Labensky auch noch bei anderer Gelegenheit.

Einmal, es war am sechsten Tag der Schatzsuche, er wollte sich von der Dämmerung nicht ausbremsen lassen, sondern nach Sonnenuntergang noch Überstunden machen, da durchstöberte er Enkes Volvo, um im Kofferraum und Handschuhfach nach einem Kopflicht oder einer Taschenlampe zu suchen. Und da, während er das Handschuhfach durchforstete, fiel ihm ein Kästchen in die Hände. Eine edle, fast bernsteinfarbene Schatulle. Labensky wagte nicht, sie aufzumachen, obwohl der Inhalt ihn natürlich interessierte, wie eigentlich alles, was verschlossen und nicht für seine Stielaugen bestimmt war. Er konnte jedoch nicht anders, als das Schmuckstück wenigstens von außen zu begutachten. Er musste es ja in die Hand nehmen, um an die Taschenlampe heranzukommen, und dabei lasen seine Augen auf der Unterseite den Namen der Manufaktur: »VEB Ostseeschmuck«, und gleich darunter, in winzigen Buchstaben, kaum zu entziffern: »Ribnitz-Damgarten«.

Ein anderes Mal, es war am siebten Tag – Labensky grub sich seit nunmehr einer Woche dumm und dämlich, aber er fand diesen verflixten Eingang zum Bunker nicht –, bat Enke ihn um einen Gefallen. Wie jeden Abend ließ er den Tag bei einem prickelnden Getränk am Badehaus ausklingen. Malerisch fiel die Abendsonne auf den Holzsteg vor dem Gästehaus. Enke lag ausgestreckt auf seiner Liege, rührte in einem Glas mit Eiswürfeln und Schirmchen, blätterte in Labenskys *Sibylle* und genoss den Blick über den Döllnsee.

Er genoss den Augenblick so sehr – die Trägheit war ihm wirklich in alle Glieder gefahren –, dass er sich gar nicht erheben mochte und stattdessen Labensky schickte, die Schreibmaschine für seinen allabendlichen Tagesbericht aus seinem Schlafgemach zu holen. Die Erika, erklärte er ihm, befinde sich gleich neben seinem Bett. In einem »kubischen Holzkoffer« auf seinem Nachttisch, beschrieb er das Objekt nicht ohne Grund möglichst genau, wobei er Labensky untersagte, andere Gegenstände in seinem Zimmer anzufassen.

Labensky schlug die Hacken zusammen und tat, wie ihm befohlen. Er hatte mit dem Herumstöbern in fremden Angelegenheiten ja schon genug schlechte Erfahrungen gemacht. Einfach rein, das Gerät aus dem Koffer holen und dann wieder raus, nahm sich Labensky vor. So schwer konnte das ja nicht sein, dachte er, während er zum Gästehaus ging, die Treppe hinaufstieg und ehrfürchtig die Tür zum großen Balkonzimmer im obersten Stock öffnete. Er zog die Stiefel aus, bevor er eintrat und über den wahrlich großartigen Ausblick staunte. Er konnte von dort oben einmal quer über den ganzen See gucken – wie einst dieser Mussolini –, bis hinüber zur anderen Seite, wo der halb freigelegte Bunker röhrenförmig in der Landschaft lag wie ein aufgetauchtes U-Boot aus Beton in einem Krater.

Labensky wandte den Blick zu Enkes Bett und Nachttisch. Es waren genau genommen zwei. Nicht zwei Betten, aber zwei Nachttische. Einer links und einer rechts. Auf dem linken stand ein kleiner, würfelförmiger Holzkoffer. Auf dem rechten ein etwa gleich großer, eher länglicher Koffer, ebenfalls aus Holz. Labensky stutzte, welchen der beiden Enke wohl gemeint hatte. Versagensangst überfiel ihn. Warum mussten die einfachsten Dinge immer kompliziert sein, dachte er und nahm beide Koffer genauer unter die Lupe.

Der linke, würfelförmige war aus schwarz lackiertem Holz mit schmalem Ledergriff, vollkommen unauffällig. Der rechte, eher papierseitenförmige, war aus hellbraunem Holz mit einer verblassten aufgemalten Flagge. Sie war blau-weiß-rot mit einem Stern, und Labensky kannte sie. Es war die Flagge, die überall im Land geschwenkt worden war, als der sogenannte Comandante Fidel Castro, der Große Vorsitzende von Kuba, die DDR besucht hatte.

Labensky zögerte. Er wollte jetzt nichts falsch machen und kam darüber noch mehr durcheinander. Angestrengt versuchte er sich zu erinnern, was Enke gesagt hatte. Hatte er »kubischer« Holzkoffer gesagt oder »kubanischer«? Aber was sollte das heißen, kubisch? Das hatte er noch nie gehört. Kubisch oder kubanisch, wer stieg da noch durch und wo war denn da der Unterschied, dachte Labensky und klappte jetzt einfach mal den Koffer mit der Kuba-Flagge auf.

Es war leider der falsche. Labensky konnte es unschwer sofort daran erkennen, dass sich in dem Koffer nicht die Erika befand, nur ein paar edle Zigarren und stapelweise Papierseiten. Die Seiten waren bereits voll beschriftet, in Schreibmaschinenschrift. Labensky wollte die Augen gleich wieder abwenden, aber es ging nicht. Er las, gleich auf dem obersten Blatt: OPERATION PUSCHKIN.

Puschkin, dachte Labensky, war das nicht Abuschenkos Leibgetränk gewesen, Wodka mit Kirsche? Dann erinnerte er sich aber, dass Enke ihm auf der Fahrt nach Carinhall erzählt hatte, dass das Bernsteinzimmer in einer Stadt namens Puschkin ausgestellt worden war, zweihundert Jahre lang – bis die Nazis kamen und es raubten.

Labenskys Augen flogen weiter: »Vorgang AV 06/74«, »Geheime Verschlusssache: Bernsteinzimmer«, »Lokalisation: Carinhall, Schorfheide«, »Operatoren im besonderen Einsatz: Oberstleutnant Dr. Paul Enke und IM Einstein, Zivilbeschäftigter«.

Es war mal wieder viel zu viel Politsprech, aber Labensky zählte eins und eins zusammen und raffte, dass es sich um Enkes Berichte handeln musste, um seine Tagesprotokolle an das Ministerium.

Sie gingen ihn nichts an. Labensky wollte den falschen Koffer wieder zuklappen, da fiel ihm auf, dass ihm die Seiten sehr bekannt vorkamen. Das dicke Papier. Die Schrift. Die Zeilenabstände. Vor allem jedoch die Formulierungen »Geheime Verschlusssache« und »Operatoren im besonderen Einsatz«. Er hatte genau so was schon einmal gelesen, und zwar in den Geheimakten der Internatsdirektorin. In ihren Lageberichten an das Ministerium für Staatssicherheit.

Labenskys Herz schlug wie ein Hammer im Motorblock. Arbeitete Enke für die Firma Mielke? War er einer dieser Schlapphüte vom Guck und Greif? Aber suchten die nicht nur angebliche Volksschädlinge und Staatsfeinde? Seit wann suchten die Weltwunder?

Am liebsten wollte Labensky die Beine in die Hand nehmen und schnellstmöglich Land gewinnen, sich schleunigst verdünnisieren, nicht nur aus Enkes Zimmer. Er machte schon einen Schritt zur Tür, da zuckte draußen vor dem Balkonfenster etwas in seinem Augenwinkel, und er blieb stehen. Den Kopf zur Seite drehend wie eine Matrjoschka-Puppe, sah Labensky, dass sich da drüben, auf der anderen Seeseite, inmitten seiner Ausgrabungen etwas bewegte.

Labensky trat auf den Balkon, an das Geländer. Laus mich doch der Affe, dachte er und spähte in die Dämmerung, um auszumachen, was sich da in der Ferne regte. Er sah kleine dunkle Schatten aus dem Erdreich huschen. Erst dachte er an eine Einbildung oder an Laika. Aber er zählte gleich eine Handvoll, ja eine ganze Rotte.

Wildschweine? Hatten die Unruhestifter aus dem Westen rübergemacht? Labensky sah genauer hin und erkannte, es war keine Rotte, sondern ein Rudel. Die Schatten waren keine Schweine, sondern Wölfe. Sie kamen aus seiner Grube. Vom Balkon aus sah er, wie sie nacheinander aus der Rückseite des Bunkers krochen, aus einem Spalt unterm Beton. Die Räuber mussten sich darunter durchgegraben haben wie Republikflüchtlinge unter der Mauer. Sie mussten einen Schleichweg kennen, wie man in diese Nazihöhle reinkam.

30

LEUCHTFEUER DES SOZIALISMUS

Alles im Leben hat zwei Seiten. Außer die Mauer. Die hat nur eine.

Das hatte Labensky seine Mutter häufig sagen hören, damals, als die Mauer gebaut worden war. Er war sich nie ganz sicher gewesen, was genau sie damit hatten sagen wollen, aber er begriff jetzt, dass manches im Leben möglicherweise eine Frage der Perspektive war.

Hätte er weiterhin unten in seiner Grube gestanden und mit dem Kopf in der Erde unverdrossen vor sich hin gegraben – er hätte noch wochenlang schürfen können wie das letzte Trüffelschwein und den Eingang zum Bunker nie gefunden. Von Enkes Balkonzimmer auf der anderen Seeseite aus jedoch – also von oben betrachtet und aus der richtigen Distanz – bot sich ein anderes Bild, wodurch er den freigeschaufelten Betonklotz und dessen nachtaktive Bewohner ins Visier nehmen konnte wie ein Jäger auf dem Hochsitz.

War es mit Enke das Gleiche? Labensky sah ihn auf einmal in anderem Licht. Der Verdacht, Enke könnte von Mielkes Firma sein, veränderte seinen Blickwinkel. Aber wenn Enke ein Schlapphut war, warum hatte er ihn dann nicht längst verpetzt und ausgeliefert? Wieso hatte er ihn dann ins Hotel Lilli Put, zu Rita, und nach Carinhall gebracht? Warum hatte Enke unbedingt gewollt, dass ausgerechnet ein Schwachkopf wie er das Bernsteinzimmer sucht? Das ergab keinen Sinn.

Labensky verscheuchte den Gedanken mit der Stasi. Er durfte sich, schon Rita zuliebe, davon nicht aus dem Gleis bringen lassen. Er musste für sie das große Ziel im Auge behalten, ermahnte er sich, während er die Schreibmaschine aus dem anderen Koffer nahm und sich wieder vom Acker machte.

Auch in dieser Nacht, der siebten und letzten Nacht auf Carinhall, nahm Labensky kaum ein Auge Schlaf. Im Bett des Gästehauses warf er seinen Körper hin und her, als wüsste er nicht, wohin damit.

Natürlich hatte er Enke sofort von den Wölfen berichtet. Atemlos hatte er ihm erzählt, dass sie direkt aus dem Bunker gekommen waren und dass er sich die Stelle, an der die Tiere ein und aus gegangen waren wie Reisekader, genauestens gemerkt hatte. Und das hatte Enke dann schließlich doch mal hellhörig werden lassen und endlich auf den Plan gerufen. Er wollte alles wissen. Er wollte es unverzüglich in seine Berichte tippen und schon am Morgen darauf besichtigen, was es mit diesem Wolfsschlupfloch zum Bunker auf sich hatte.

Labensky kaute seine Fingernägel blank. Er sah Enke, Laika und sich selbst schon auf den Busch klopfen und durch die unterirdischen Gänge schleichen, sah sich vor bergeweise Prunk und Gold und schließlich vor dem Bernsteinzimmer stehen. Die wildesten Vorstellungen drängten sich in seinen Kopf. Auch weil er sich nun fragte, was eigentlich aus diesem Nazi Hering nach dessen Flucht aus Carinhall geworden war. Ob so einer nicht noch immer über sein Zuhause wachte und jeden, der es betrat, zur Strecke brachte?

Enke, Historiker, hielt das für nicht gerade wahrscheinlich.

Es wurde Morgen. Der Himmel über Carinhall war von heißem, unverschämtem Blau, als sie mit Laika in den Volvo stiegen, um gemeinsam zu inspizieren, wo ihnen die Wölfe den Weg in den Bunker und damit auch den Weg zum Weltruhm wiesen. Die Limousine ruckelte das Seeufer entlang, und Enke erklärte, dass Göring nach der Zerstörung seiner Festung nicht allzu weit gekommen sei. Wenige Tage nach seiner Flucht nach Süddeutschland habe ihn die 36. Infanteriedivision der US-Armee auf Schloss Fischhorn im Salzburger Land gefangen genommen, vollgepumpt mit Morphium.

Nur zwei Tage später, erzählte Enke, habe der Fettwanst in Kitzbühel im Hauptquartier der 7. US-Armee eine Pressekonferenz gegeben, um sich als Saubermann und Nazi mit menschlichem Gesicht der Weltpresse zu erklären. Dabei habe er gesagt, dass er den Krieg wie ein Fußballspiel betrachte, an dessen Ende die Gegner einander die Hände geben sollten. Die Gegner sahen das ein wenig anders und klagten Göring als ranghöchsten Nazi in den Nürnberger Prozessen an. Er wurde in allen vier Anklagepunkten schuldig gesprochen: Verschwörung gegen den Weltfrieden; Planung, Entfesselung und Durchführung eines Angriffskrieges; Verbrechen gegen das Kriegsrecht; Verbrechen gegen die Menschlichkeit. Die Richter verurteilten ihn zum Tod durch den Strang. Göring wollte lieber erschossen werden, und weil das Gericht ihm den Gefallen nicht tat, biss er in der Nacht vor seiner Hinrichtung auf eine Giftkapsel aus Zyankali. »Ihr werdet unsere Knochen einst in Marmorsärge legen!«, hatte er geprustet, als würde Deutschland ihm noch dankbar sein. Statt in Särge, sagte Enke, seien die Knochen dann aber doch nur ins Krematorium und seine Asche in den Fluss gekommen.

Da gehörte so ein Hering ja auch hin, dachte Labensky und fühlte sich beruhigter, dass dieser Mistkerl ihnen nichts mehr anhaben konnte und dass es nicht mal eine Gruft gab, aus der er wiederauferstehen und sie in seiner Lametta-Uniform erschrecken konnte.

Enke parkte den Volvo neben der Grabungsstelle. Mit Laika im Schlepptau marschierten sie um den Bunker bis zu der Stelle, wo Labensky die Wölfe gesichtet hatte. Sie folgten den Spuren in der Erde, Pfotenabdrücken, viel größer als bei Hunden. Labensky wollte sich noch fragen, wie Laika als Bernsteinhündin entgehen konnte, was ihre wilden Artgenossen mühelos aufspürten, da stoppten sie vor einem schmalen, freigescharrten Loch in der Betonwand.

Das Loch war nicht größer als ein Autoreifen. Durch meterdickes Mauerwerk, das tonnenschweren Bomben standhalten musste, schien es in eine Art Schacht zu führen. Enke, Laika und Labensky bückten sich und steckten abwechselnd die Köpfe hinein, aber sie konnten kaum weiter sehen, als ihre Arme beziehungsweise Pfoten reichten. Zuerst vermutete Enke einen Notausgang. Dann korrigierte er sich, dass Görings Elefantenhintern nie da durchgepasst hätte. Er nahm einen Kieselstein, schleuderte ihn hinein und lauschte.

Ein dumpfer Hall. Es musste sich um einen Belüftungsschacht handeln, meinte Enke, schließlich brauchte man ja sogar im totalen Krieg und Bombenhagel gelegentlich noch Luft zum Atmen.

»Hervorragend, mein Junge!«, lobte er Labenskys wachsame Augen. »Ich hab ja von Anfang an gesagt, dass man einen wie Sie nicht unterschätzen darf. Dass Sie zu Höherem berufen sind!«

Labensky ging das Lob runter wie eiskalte HO-Milch. Tatsächlich hatte Enke an ihn geglaubt, ihn ohne Vorbehalte eingestellt.

»Jetzt müssen Sie nur noch zu Ende bringen, was Sie angefangen haben«, meinte Enke und übergab ihm die Stabtaschenlampe wie einen Staffelstab. »Zeigen Sie, was in Ihnen steckt. Beweisen Sie, dass ich mich nicht in Ihnen getäuscht habe. Finden Sie, was nur waschechte Schatzsucher wie wir zu finden in der Lage sind!«

Labensky schluckte. Wenn er alles richtig verstanden hatte, dann war seit dem Krieg keine Menschenseele mehr da unten gewesen. Er starrte in den tiefschwarzen Schacht. Ihm war nicht wohl bei dem Gedanken, ganz allein da hineinzukriechen. Was war mit Laika und Enke? Und was war noch mal mit diesen Sprengfallen?

»Keine Bange«, versuchte Enke ihn zu beruhigen. Er selbst würde natürlich sein letztes Hemd dafür geben, persönlich in den Bunker zu steigen. Leider jedoch sei er zu alt für solche Turnereien. Leider mache sein Rücken da einfach nicht mehr mit, erklärte Enke und nahm eine ungewohnt gebeugte, katzbuckelige, betont greisenhafte Haltung ein. »Natürlich sollen Sie trotzdem nicht allein da hinein. Natürlich wird Laika Sie begleiten.« Er sah die Hündin an, die mit lustlosen und arbeitsscheuen Augen wegschaute, und er erklärte, dass Laika zufälligerweise nicht nur Bernstein wittere, sondern im Rahmen ihrer Spezialausbildung auch auf Sprengstoff spezialisiert worden sei. »Solange sie nicht hektisch mit dem Schwanz wedelt, gibt es überhaupt keinen Grund zur Sorge. Nur wenn sie doch ganz plötzlich mit dem Wedeln anfängt, sollten Sie aufpassen, wo Sie da unten hintreten. Am besten sollten Sie dann in Deckung gehen und einfach so schnell wie möglich wieder rauskommen …«

Labensky nickte, obwohl ihm eigentlich nicht danach zumute war. Sonderlich sicher klang das nicht. Es klang viel eher so, als könnten diese Sprengfallen sehr wohl noch immer scharf sein und als kreuchten und fleuchten da durchaus noch Blindgänger herum.

»Denken Sie an Republik und Vaterland, Einstein!«, empfahl ihm Enke. »Leisten Sie, was noch kein Förderungsunfähiger geleistet hat! Fördern Sie das Weltwunder zum Glanz der DDR zutage!«

Labensky grummelte. Er spürte ein Flattern im Bauch, ein Schlottern in den Beinen. Ein Gefühl, das er so gar nicht kannte und das sich vermutlich Angst nannte. Er hatte zum ersten Mal in seinem Leben gestrichen die Hosen voll. Auch Laika ließ schlaff die Ohren hängen, als ginge ihr die Muffe, und doch: ohne Mut und Mumm kein Bernsteinzimmer. Und ohne Bernsteinzimmer keine Reisegenehmigung für Rita. Und ohne Rita … Labensky brach diesen Gedanken ab. Er wollte sich nicht vorstellen, dass Rita bei der Republikflucht etwas zustieß. Lieber sollten ihn die Wölfe holen. Lieber kroch er in das Loch, riskierte er sein eigenes kleines Leben.

Sein Widerstand war gebrochen. Na los, Heinzi, worauf wartest du?

Er kratzte allen Mut zusammen, presste die Arschbacken fest gegeneinander. Er legte sich auf den Boden und knipste die Taschenlampe an. Bäuchlings, er hielt die Luft an wie ein Taucher, kroch er unter den Beton. Mit den Ellbogen voran, in raupenartigen Bewegungen wie Gojko Mitić als Apachen-Häuptling hinter feindlichen Linien, robbte er in den Belüftungsschacht, der Finsternis entgegen.

Er hörte Enke noch »Hals und Beinbruch!« wünschen und »Glückauf, Einstein!« hinter ihm herrufen. Dann, schon nach wenigen Metern, war Enke nicht mehr zu hören, war es ganz eng und still um ihn herum, war auch kein Lichtstrahl von draußen mehr in seinem Rücken, nur Laika, die ihm hechelnd an den Fersen klebte.

Das Licht der Taschenlampe flackerte in der Röhre, Labensky konnte sie kaum still halten. Mühsam arbeitete er sich vor. Er musste an die Kinder aus dem Spezialheim denken und an all die Republikflüchtlinge, die auf genau diese Weise rübermachten. Der Schacht lag zunächst waagerecht in der Erde, wurde nach und nach ein wenig breiter. Nach gefühlt zehn Metern – Labensky kam sich blind vor wie ein Maulwurf und konnte die Strecke kaum ermessen – machte die Röhre einen harten, senkrechten Knick nach unten.

Labensky leuchtete und sah direkt unter sich, im Lichtkegel mannstief unter dem Schacht, einen Gang aus glatt gezogenem Beton. Vielleicht der Verbindungsgang? Mit einer Hand klopfte er von oben an die Decke, sodass Schutt und Erde auf den Boden fielen. Ein muffiger Geruch schlug ihm entgegen, der Geruch eines Hohlraums, in dem seit dreißig Jahren keiner mehr gelüftet hatte.

Labensky zögerte nicht. Er versuchte, nicht innezuhalten, um gar nicht erst an seine gestrichen vollen Hosen zu denken. Er zog die Beine an, drehte sich auf engstem Raum um die eigene Achse, sodass seine Beine vorne waren. Geduckt schob er den Hosenboden an die Schachtkante und ließ die Füße in den Gang baumeln.

Er klemmte die Taschenlampe zwischen die Zähne und stützte sich an der Kante ab. Dann – planlos, wie er war, verschwendete er nicht einen Gedanken daran, wie er ohne Leiter später wieder nach oben kommen sollte – ließ er sich durch den Schuttkegel nach unten rutschen und wie einen Plumpsack in den Bunker fallen.

Er fiel mindestens zwei Meter tief, ehe er mit den Stiefelsohlen hart aufsetzte. Er wollte den Aufprall abrollen, so wie früher im Dorf, wenn er sich mit Rita in den Baumkronen vor den Halbstarken versteckt hatte und erst dann, wenn die Luft ganz rein war, mit einem gewagten Satz wieder heruntergesprungen war. Aber hier war es zu dunkel, hier schlug er sich die Knie auf. Die Taschenlampe knallte auf den Boden und verlor ihr Licht, es wurde stockfinster.

Grabesstille. Für Augenblicke fürchtete Labensky, es hätte ihn bereits ins Jenseits verfrachtet. Dann grunzte er vor Schmerzen, tastete um sich, ertastete die Lampe und machte wieder Licht.

Nervös leuchtete er im Kreis. Der Lichtschein flackerte. Es war seine Hand, die zitterte, oder ein Wackelkontakt. Wenn die Batterie hier unten den Geist aufgab, dann war er gelackmeiert, dachte Labensky und spürte, wie etwas Warmes über seine Schulter strich. Er zuckte zusammen, atmete wie ein gehetztes Tier. Sein Herz blieb stehen, aber es war nur Laika, die ihm hinterhergesprungen war.

Labensky atmete stoßweise aus und sah, dass sie nicht mit dem Schwanz wedelte, also noch kein Grund zur Panik. Er durfte nicht das große Zappeln kriegen. Beruhig dich, Heinzi, flüsterte er sich zu und leuchtete erst in die eine und dann in die andere Richtung.

Es war ein tunnelartiger Gang, zwei Meter breit, zweit Meter hoch. Der Gang war so lang, dass er sich im Dunkeln verlor. Es handelte sich offenbar wirklich um den Verbindungsgang, von dem nicht nur der Belüftungsschacht, sondern sämtliche Räume des Bunkers abgingen. Labensky richtete sich auf und staunte, wie gut die Wände erhalten waren. Mit einer Hand hielt er die Lampe, mit der anderen fuhr er über den sauber verspachtelten Rauputz. Sogar die Decke war ohne Risse und hatte die Explosionen oberhalb der Erde fast unbeschadet überstanden. Angenehm kühl war es hier unten, nur leider etwas stickig, dachte Labensky, als Laika plötzlich von seiner Seite wich, schnüffelnd den Gang hinunterdrängte, als verfolge sie ganz dringend eine Spur. Labensky ging ihr hinterher.

Seine eigene Nase war durch den Heuschnupfen noch immer dicht, aber das Aufspüren des Weltwunders war ja auch Laikas Sache.

Mit tastenden Schritten bewegte er sich vor. Diese Heringshöhle schien noch viel länger und verzweigter, als er sie sich ausgemalt hatte. Rechter Hand kam bald ein Türrahmen, in dem Spinnweben hingen. Labensky hielt die Taschenlampe mit beiden Händen wie eine Pistole und lugte um die Wand, um nachzusehen, was sich in dem Raum befand. Er sah ein Trockenklosett, Badewannen, Waschbecken mit Spiegeln. Sanitäranlagen, noch gut in Schuss, umringt von gemusterten Kachelwänden mit hakenartigen Kreuzen.

Geschmacksache, dachte Labensky und ging vorsichtig weiter.

Suchend lief Laika von Raumeingang zu Raumeingang. Linker Hand kam jetzt ein zweiter Raum. Labensky wischte die Spinnweben weg. Sein Blick fiel auf ein Bett, das noch viel größer war als Ritas Bett im Hotel Lilli Put und auch als Enkes

Bett im Gästehaus, nur war es nicht mehr ganz so frisch bezogen. Die Bettwäsche hatte das gleiche Hakenmuster wie die Kacheln im Waschraum. Auf dem Nachttisch lagen Pillendosen neben einer Luger. Auf der Kommode befand sich eine Gasmaske. An der Wand, von der die Farbe abblätterte, lehnte ein Jagdgewehr. Alles wie unberührt. Alles jahrzehntealt und gleichzeitig wie neu. Alles, als könnte der Hering hier jederzeit um die Ecke stolziert kommen, dachte Labensky und hörte plötzlich tatsächlich ein Geräusch. Ein Scheppern. Oder ein Klirren? Er hielt den Atem an. Ihm war, als lebte hier unten doch noch irgendjemand. »Laika?«, rief er und leuchtete den Gang hinunter.

Die Hündin war verschwunden, von der Dunkelheit verschluckt.

Labensky bekam es wieder mit der Angst zu tun. Er setzte einen Schritt vor den anderen, leuchtete den Boden ab, passte genau auf, wo er hintrat. Ein falscher Tritt, eine Drahtfalle oder ein gespanntes Seil vorm Schienbein – und der Bunker würde ihm um die Ohren fliegen.

»Laika, warst du das?«, rief er und ging weiter, vorbei an einem Sanitätsraum mit Erste-Hilfe-Apotheke. An der Wand hingen ein Handfeuerlöscher, eine Kreuzhacke und eine Axt. Er griff die Axt, um sich vorsichtshalber zu bewaffnen. »Laika? Sag doch was!«

Der nächste Raum, der aussah wie ein Ankleidezimmer, war vollgestellt mit Schränken und Kleiderständern, auf denen ballonförmige Uniformen hingen. Einen Raum weiter war eine Telefonzentrale eingerichtet, eine Kommandantur mit Funktechnik, Fernschreiber und Rundfunkempfänger. Labensky schlich auf leisen Sohlen daran vorbei, als funkten da noch immer Spießgesellen herum.

Wieder schepperte es, lauter diesmal. Das Klirren, es klang wie Glasflaschen, die ineinanderfielen, kam aus dem nächsten Raum.

»Laika?«, flüsterte er und trat langsam vor. Den Rücken an die Wand gepresst, näherte er sich einer offenen Schiebetür. Er umfasste die Taschenlampe und zählte innerlich bis drei. Dann, bei dreieinhalb, drehte er sich ums Eck und hielt den Lichtstrahl in den Raum.

Der Schein fiel auf eine mannshohe rote Flagge mit einem weißen Kreis und diesem schwarzen Hakenkreuz. Davor stand ein schwerer Schreibtisch mit einem verlassenen Stuhl. Daneben hingen allerlei Karten. Weltkarten, die vollgekritzelt waren mit Markierungen und Pfeilen. Es musste das Arbeitszimmer des Obernazis sein, mutmaßte Labensky und sah, dass der Krach tatsächlich von Laika kam. Sie hatte sich an den Schnapsvorräten im Blechregal bedient. Sie musste daran hochgesprungen sein und mit ihren Pfoten ein halbes Dutzend Flaschen heruntergekegelt haben. *Jägermeister* stand auf dem Etikett, das ein brauner Hirschkopf zierte und das anscheinend das Leibgetränk des Reichsjägermeisters gewesen war.

Auch Laika schmeckte es, jedenfalls schlabberte sie das Gesöff so gierig weg wie Labensky einst den Eisbecher »Romantik«.

»Laika, was machst du denn für Sachen«, meinte er und schüttelte den Kopf. »Wir turnen hier doch nicht zum Vergnügen rum.«

Labensky trat an den Schreibtisch, auf dem noch mehr Karten lagen. Der Hering hatte sich anscheinend vorgenommen, notfalls auch aus seiner Bunkerhöhle heraus zu kommandieren. Labensky betrachtete die Einzeichnungen, die aussahen wie Truppenbewegungen. Ihm sagte das ja alles nichts, aber die reine Vorstellung, dass auch sein Vater von irgendwelchen Schreibtischtätern hin und her geschoben worden war wie eine Spielfigur auf Enkes Schachbrett, bereitete ihm Magenkrämpfe. Er wollte weitergehen, da stieß er sich den Fuß an etwas Hartem. Er wollte schreien, hielt aber die Luft an, dachte: eine Sprengfalle. Ängstlich leuchtete er vor seine Füße. Es war keine Sprengfalle, stellte er fest, bloß ein Schemel.

Nein, ein Nachttopf. Geblendet hielt sich Labensky die Hand vor Augen. Er hatte so einen gelblich glänzenden Nachttopf noch nie gesehen. Der musste entweder aus Urinstein oder aus purem Gold sein, dachte er und versuchte, den Topf anzuheben, aber es gelang nicht. Er war viel zu schwer. So schwer konnte doch nur Gold sein.

Leck mir die Bollen, dachte Labensky. Dass der auch noch seine zerfetzten Kronjuwelen hier irgendwo vergoldet hatte, das fehlte ja wohl noch. Sein Blick fiel wieder auf den Schreibtisch, und er erkannte jetzt, dass alles, was dort glänzte, aus purem Gold sein musste: das Telefon. Der hirschförmige Briefbeschwerer. Der geweihartige Kerzenhalter. Ja, sogar der Füllfederhalter, mit dem dieser Hering Befehle unterschrieb und Menschen in den Tod schickte.

»Laika, ich glaub, wir sind hier goldrichtig«, meinte Labensky und wertete das viele Gold als Hinweis auf das Bernsteinzimmer.

Die Hündin hockte noch immer zwischen den Likörscherben und schlabberte ihren Jägermeister. Sie sah Labensky aus selig-dösigen Augen an und war ihm hier leider keine wirklich große Hilfe.

»Komm jetzt, Laika, lass den Quatsch! Besaufen können wir uns später«, forderte Labensky jetzt mehr Disziplin ein. Er war sich sicher, dieses Weltwunder war irgendwo hier unten versteckt, und er brauchte Laikas Bernsteinriecher, um es aufzuspüren. Vielleicht war er vom Bernsteinfieber selbst schon ganz benebelt, aber er glaubte jetzt, zwischen den Weltkarten an der Wand so was wie eine Skizze zu erkennen. Er leuchtete genauer hin und erspähte etwas, das aussah wie eine Art Bauplan, wie eine Rohzeichnung des Bunkers.

Labensky betrachtete den Plan und erkannte den langen, schlauchförmigen Verbindungsgang. Mit dem Zeigefinger fuhr er die Bunkerräume ab, die alle etwa gleich groß waren, bis zu einem weit abgelegenen, regelrecht versteckten Raum, der ganz am Ende des Ganges hinter einer schweren Tür zu liegen schien. Es war der einzige Raum, der unbeschriftet, gar nicht bezeichnet war, nicht mal mit einem Kürzel, als sollte niemand wissen, dass er existierte.

»Sieh mal einer an«, flüsterte Labensky, ehe er selbst von einem Augenblick zum nächsten überhaupt nichts mehr sehen konnte.

Null. Er sah urplötzlich nur schwarze, tintendicke Finsternis. Die Taschenlampe war ausgegangen. Er drückte den Knopf, klopfte dagegen, schüttelte sie rasch, um die Flachbatterie wiederzubeleben.

»Nein, nein, nein, nein, nein«, flehte Labensky. Zittrig pulte er die Batterie aus dem Gehäuse, rieb und leckte die Kontakte, ob noch Saft drauf war, und legte sie wieder rein. Er drückte erneut auf den Knopf. Und noch mal. Und noch mal. Immer hektischer, verzweifelter, aber die Lampe streikte, verweigerte ihren Dienst.

Laika jaulte auf wie eine Wolfsmutter bei Vollmond. Es ging kein Lichtstrahl, und Labensky ging die Düse. Er tappte buchstäblich im Dunkeln und tastete um sich wie ein Blinder. Wie sollte er so den Sprengfallen ausweichen? Wie sollte er hier jemals wieder rausfinden, wenn er nicht mal die eigene Hand vor Augen fand?

»Hallo? Hilfe! Kann mich hier jemand hören?«, rief er und war sich selbst nicht sicher, ob ihm jetzt ernsthaft eine Antwort lieb war.

Mit einem Mal war es totenstill, so still, dass Labensky sich vorkam, als sei er nicht nur blind, sondern auch taub geworden.

Sein Herz tuckerte. Er fühlte sich vergessen und verloren. In der tiefschwarzen Dunkelheit kam er sich vor wie Laikas weltberühmte Namensvetterin, wie die legendäre Weltallhündin

Laika, die für die Mission Sputnik 2 als Streunerin in den Straßen von Moskau aufgelesen und von der Sowjetunion im Jahre 1957 als erstes Lebewesen überhaupt in die Umlaufbahn der Erde befördert worden war. Die Raumkapsel, die sie umgeben hatte, war nicht viel größer als sie selbst gewesen, und Laika, die Weltallhündin, war nie wieder zurückgekehrt. Labensky hatte sich oft vorgestellt, wie sie im Universum einsam ihre Runden drehte, und für Momente glaubte er, das gleiche Schicksal drohe ihm nun auch. Dann erinnerte er sich, dass Laika in ihrem Raumfahrt-Hundeanzug leider nicht lange überlebt hatte. Schon vor der vierten Erdumkreisung, nur Stunden nach dem Raketenstart, so hieß es, sei sie an Hitze und an Stress gestorben. Das Verglühen beim Wiedereintritt in die Atmosphäre hatte sie angeblich nicht mehr mitbekommen, aber eine Heldin war sie trotzdem: Es waren die Erkenntnisse ihrer Mission gewesen, die die erste bemannte Raumfahrt mit Juri Gagarin an Bord überhaupt erst möglich gemacht hatten, und zum Dank kam Laikas Gesicht auf Schokoladenpackungen und Briefmarken. Der Große Bruder feierte ihre Reise zu den Sternen als »Leuchtfeuer des Sozialismus«.

Labensky kam eine Idee. Bei Briefmarken und Feuer dachte er an den Schreibtisch dieses Herings, der irgendwo neben ihm sein musste, und an den goldenen, geweihartigen Kerzenhalter. Er musste die Kerzen nur zum Brennen kriegen. Aber wie? Wo war das Leuchtfeuer des Sozialismus, wenn man es mal brauchte?

Er tastete sich vor, erfasste die Tischplatte und befühlte, was darauf herumlag. Er dachte an Gojko Mitić, der mit nichts als zwei Hölzern ein Feuer entfachen konnte, aber er war nicht Gojko Mitić, und hier war auch kein Holz, dummerweise war ja alles aus unbrauchbarem Gold. Labensky versuchte sich vorzustellen, wie der Hering am Schreibtisch hockte und den großen Führer spielte, wie der hier seinen Jägermeister nuckelte und dabei die eine oder andere Zigarre schmökte. Wie bekam der die wohl an?

Mit einer Hand stützte er sich am Schreibtisch ab, mit der anderen öffnete er der Reihe nach die Schubladen. Damit er sich dabei nicht ins Bockshorn jagte, redete er mit Laika, sagte wie als Pfeifen im Walde einfach leiernd reimende Reklamesprüche auf, so, wie seine Mutter es gemacht hatte, wenn er sich nachts fürchtete: »Hinweg mit Tint' und Feder, mit Erika schreibt jeder«, »Eine kleine flotte Biene ist die Teppichkehrmaschine«, »Stets dienstbereit zu Ihrem Wohl, ist immer der Minol-Pirol«.

Labensky wühlte die Schubladen durch, in denen sich die Spritzen und Ampullen des Morphinisten stapelten. Er wollte schon aufgeben, da, tatsächlich, ertastete er eine Streichholzschachtel.

Er schickte ein Stoßgebet nach oben, hoffte, dass es nicht doch Zahnstocher waren. Nein, es waren Streichhölzer. Er nahm die Schachtel und befühlte die raue Seite. Er nahm eines der Hölzer – es waren bloß noch drei übrig – und riss es über die Reibfläche.

Der Kopf brach weg, das Streichholz knickte. Er hatte zu fest gedrückt, seine Wurstfinger waren zu zittrig, versagten den Dienst.

Er nahm das zweite Holz, vorsichtiger. Wieder rieb er es am Briefchen, aber wieder kam kein Feuer, wieder knickte es gleich weg. War es zu feucht? Oder zu alt? Labensky erinnerte sich, dass die Soldaten vom Großen Bruder, die Männer vom Circus Aljoscha, ihm einmal erklärt hatten, dass Streichhölzer bis zu vier Jahrzehnte hielten. Am Alter konnte es also nicht liegen. Es lag an seinem Geschick. Er musste an Rita denken und daran, wie viel geschickter sie doch war. Er hatte jetzt nur noch einen Versuch.

Sachte, Heinzi, sagte er zu sich, du schaffst das! Er nahm das letzte verbliebene Holz, rieb es an der rauen Fläche, nicht zu zart und nicht zu fest, und diesmal – Wunder! – erblühte eine Flamme.

Labenskys Herz machte einen Sprung. Er wagte nicht, zu atmen.

Achtsam wie ein Fackelträger bei Olympia führte er das brennende Streichholz hinüber zum Kerzenhalter und zündete die Dochte an.

Erleichtert und mit dem ungläubigen Stolz eines Höhlenmenschen, der das Feuer entdeckt hatte, um das Überleben seiner Art zu sichern, sah er sich nach Laika um. Seine Augen mussten sich erst ans Licht gewöhnen, aber die Schnüfflerin war schon wieder weg.

»Hallo? Laika? Mensch, wo bist du denn jetzt wieder drauflos?«

Noch einmal fiel sein Blick auf den Bauplan an der Wand. Auf den verdächtig großen Raum am Ende des Verbindungsgangs. Wenn er hier einen Schatz verstecken wollte, so dachte Labensky, und so versuchte er jetzt, sich in die irre Denke dieses Herings hineinzuversetzen, dann ja wohl in genau so einem versteckten Hinterraum.

Labensky war überzeugt, es musste sich um das geheime Lager für das Bernsteinzimmer handeln. Warum sonst war Laika wieder vorgeprescht, um da hinten bestimmt schon an der Tür zu kratzen?

Er stieg über den Nachttopf und verließ das Arbeitszimmer. Mit dem geweihartigen Goldkerzenhalter in der ausgestreckten Hand leuchtete er sich vorsichtig den Weg durch den Verbindungsgang.

Er ging vorbei an weiteren Räumen, in denen allerlei Gerödel und Gerümpel stand: Porzellanvasen, Jagdgemälde, Nazikrempel.

Er leuchtete in Räume, in denen Gasmasken herumlagen. In anderen standen mannshohe Büsten oder Marmorstatuen, die aussahen wie in der Geisterbahn. Eine erinnerte mit Scheitel und Bärtchen an diesen Gröfaz, nicht zum Fürchten, eher zum Lachen. Labensky fragte sich, wie, zum Geier, so viele Millionen Deutsche diesem wohl größten Fatzke aller Zeiten auf den Leim gehen konnten?

Der Gang wurde immer länger, schmaler, enger. Rechts und links waren bald keine Räume mehr, nur noch Betonwände. Labensky stieg die Stufen einer Treppe herab. Es kam ihm vor, als würde er vom Gang verschluckt. Um seine Nerven zu beruhigen, wollte er wieder Reklamesprüche aufsagen, während er einen Schritt vor den anderen setzte. Beim Gedanken an diesen Hampelmann von Hering, hinter dessen Rücken sich im Reich lustig gemacht worden war, fielen ihm zur Ablenkung aber nur Witze ein, sogenannte Flüsterwitze, die man in der DDR nicht lauthals zu erzählen wagte:

»Warum gibt es in der DDR keine Überfälle?«, flüsterte Labensky vor sich hin. »Weil der Fluchtwagen zwölf Jahre braucht.«

»Wie groß ist die Flotte der DDR?«, flüsterte er. »Sechzehn Millionen Kohlendampfer, zwei Millionen Abdampfer und drei Zerstörer.«

»Was ist der Unterschied zwischen Schweinen im Westen und Schweinen im Osten?« Labensky antwortete sich selbst: »Im Westen werden sie gegessen, im Osten Genossen …«

Er rang sich ein Lächeln ab. Kaum einen Kalauer kapierte er, aber wenigstens kontrollierte er für Augenblicke sein Zittern.

Er schlich weiter. Warum er schlich, wusste er auch nicht. Als Schatzsucher machte man das wahrscheinlich automatisch, dachte er und leuchtete den langen Gang hinunter wie in einen Abgrund.

Die Röhre schien endlos, länger als auf dem Bauplan. Die Zielgerade zum Weltwunder, dachte Labensky, und ein Suppenkasper wie er stolperte mit mehr Glück als Verstand geradewegs drauf zu.

Der Gang machte noch einen weiten Bogen, zwanzig oder dreißig Meter – er fragte sich, wo unter Carinhall er sich wohl mittlerweile rumtrieb –, da holte er Laika doch wieder ein. Im Kerzenlicht sah er seine Kollegin in Schlangenlinien torkeln, als käme sie vom Skatabend im Bierhimmel. »Komm, ich brauch dich!«, meinte Labensky, ehe sie gemeinsam an das Bunkerende kamen und die Tür zu dem versteckten Lagerraum erreichten.

Es war eine stählerne Gasschutztür, die es zur Hälfte aus den Angeln gehoben hatte. Labensky hielt Axt und Kerzenhalter vor sich wie Schwert und Fackel. Nacheinander quetschten sie sich an der Tür vorbei und gelangten so zu einer zweiten, mit rohen Brettern vernagelt. TNT stand darauf, aufgemalt in knallroter Signalfarbe.

Labensky überlegte. TNT? Tonnenweise Nazi-Trödel? Netter Versuch, sagte er sich, aber so leicht ließ er sich nicht täuschen.

»Denkst du auch, was ich denke?«, sah er Laika fragend an.

Laika, im Kräuterlikörrausch, wedelte nicht mit dem Schwanz, verdrehte nur die Augen und sprang wie bekloppt im Kreis. Eigentlich war mit ihr nicht mehr viel anzufangen, aber Labensky wollte das als eindeutiges Zeichen werten. Er war sich sicher wie nur was, dass hinter dieser Brettertür das Bernsteinzimmer steckte.

Da war er also angekommen, dachte er ehrfürchtig. Da trennte Heinz Labensky nur noch dieser Verschlag vom wertvollsten und legendärsten Schatz der Welt. Was für ein Moment! Und wer hätte das gedacht? Er jedenfalls nicht, dachte er und stellte den Kerzenhalter an der Wand ab, um die Axt mit beiden Händen zu umfassen. Er war am Ziel. Wenn Rita ihn nur sehen könnte! Da wären keine Worte nötig. Da hätten all die umständlichen Gefühlsbekundungen mal Schweigepflicht. Da würde sie ja nur an seinen waghalsigen Taten sehen, was sie ihm immer schon bedeutet hatte.

Alles hing miteinander zusammen, dachte Labensky jetzt noch einmal. Die Gier dieses Herings und der verfluchte Weltkrieg. Der Krieg und die Teilung zwischen Ost und West. Die Teilung und die Mauer. Die Mauer und die Republikflucht. Die Republikflucht und die sich anbahnende Flucht von Rita. Wenn die Nazis ihm nach seinem Vater nun auch noch seine einzige und allerbeste Freundin nahmen, dachte er, dann wollte er für nichts mehr garantieren …

Breitbeinig positionierte sich Labensky vor der Tür. Bereit, dem Hering einen Strich durch die Rechnung zu machen, hob er die Axt.

»Macht kaputt, was euch kaputt macht!«, sagte er zu Laika.

Er warf der Hündin einen letzten, fest entschlossenen Blick zu. Und für Rita ließ er die Axt zwischen die Bretter fliegen.

Dann, ohrenbetäubend, als säße er in einer Mondrakete, flog alles um ihn in einer heißen Druckwelle grellster Feuerballen in die Luft.

31

ARBEITSBESCHAFFUNGSMASSNAHMEN

»So, da wär'n wir«, kam die Durchsage von vorne aus dem Cockpit. »Bitte bleiben Sie alle angeschnallt, bis wir in Position sind …«

Labensky, in seinen Sitz gepresst wie ein Kosmonaut, blickte sich nach allen Seiten um und sah ringsum nur eine karge, unwirtliche Gegend. Er fragte sich, wo er gelandet war. Dann dämmerte ihm, dass er in keiner Mondrakete saß, sondern immer noch im Reisebus, und dieser Reisebus erreichte gerade den Planeten Rostock.

Busfahrer Muhibija ließ routiniert das Lenkrad kreisen, er lenkte den Bus schon durch die Innenstadt. Mal wieder hatte Labensky das Gefühl, dass die Fahrt über die Autobahn wie im Flug vergangen war, wieder tauchte er mühsam aus seinen Erinnerungen auf.

»Der Bunker von Hermann Göring ist explodiert?« Dieser schlitzohrige Matthias, der ihm in seinem Haifischkragen noch immer gegenübersaß, bekam vor Sensationslust und Begeisterung den Mund nicht zu. »Sie haben da unten eine echte Nazisprengfalle erwischt?« Er hatte die Hemdsärmel aufgekrempelt, als sei er persönlich mit Labensky in den Bunker gestiegen, so hatte er bei dessen Erzählungen über die Bernsteinzimmersuche mitgefiebert.

»*Eine* Sprengfalle?«, meinte Labensky. Er winkte ab. »Das waren so viele, dass der ganze Herings-Hokuspokus mit einem Riesenknall in tausend Teile explodiert ist.«

Dieser Matthias, der zur Vertuschung seiner außerehelichen Bratkartoffeleskapaden ja selbst zum Flunkern und Erzählen von Geschichten neigte, musterte ihn.

»Wenn dieser Bunker explodiert ist«, fragte er, »wie kann es sein, dass Sie dann jetzt noch leben?«

Ratlos kratzte Labensky sich am Kopf. Tja, wie war das möglich?

Die Explosion, die seinerzeit angeblich noch kilometerweit in der gesamten Schorfheide zu hören gewesen war, lag zwar schon eine Ewigkeit zurück. Er hätte eigentlich genug Zeit gehabt, das mal in Ruhe zu durchdenken, aber so ganz genau wusste er es selbst nicht.

»Alles, was ich weiß, ist«, sagte Labensky, »dass TNT wohl doch für irgendwas mit Sprengstoff stand. Und dass mir der Schädel von Cottbus bis nach Neuruppin gedröhnt hat, als ich wieder aufgewacht bin. Aber ging ja nicht anders. Musste ja wieder aufwachen. Musste ja so schnell es ging wieder zurück zu Rita ...«

Labensky sah aus dem Fenster. Der Bus steuerte bereits den Rostocker Bahnhof an. Bald kam seine große Fahrt zu einem Ende.

Schon bald, so dachte er, würde er in Warnemünde sein, im Hotel Neptun an der Ostsee stehen und Ritas Tochter ins Gesicht sehen.

Was würde er ihr also sagen? Wie lautete seine Erklärung? Wie, in aller Welt, sollte er ihr erklären, dass er Rita damals, im Sommer 1974, für immer aus den Augen verloren hatte?

Labensky ging in sich. Er dachte an die Explosion und an seinen Brummschädel. Angestrengt versuchte er sich wieder zu erinnern, was damals geschehen war, nachdem er viele, viele Wochen nach der Explosion aus einem tiefen, jenseitigen Schlaf erwacht war. Aus dem mit Abstand traumlosesten und längsten Schlaf, den er je gehabt hatte.

Er hatte, so erinnerte er sich dunkel, geschlafen, geschlafen und geschlafen. Die Zeit war nur so an ihm vorbeigeflogen. Es musste nicht mehr Sommer, sondern schon längst Herbst gewesen sein, als er eines Tages wieder die Augen öffnete und für einige rammdösige Momente glaubte, im Bernsteinzimmer wach zu werden.

Das Gold, das er sah, war aber kein Bernstein, nur Herbstlaub, das gelbbraun von den Bäumen fiel, draußen vor irgendeinem Fenster, das er nicht verorten konnte. Er konnte nicht nur nicht klar denken, sondern auch kaum klar sehen. Es lag daran, dass ihm ein schwerer, helmartiger Kopfverband weit über die Augen reichte.

Sie hatten ihn vom Haaransatz bis zu den Füßen eingewickelt wie ein Paket, bestellt und nicht abgeholt. So kam er sich vor, als er allmählich wieder zu Bewusstsein kam und sich halsabwärts nicht in seinem Permaflotthemd wiederfand, sondern in Gipsschienen und Bandagen, an Schläuchen und Infusionsbeuteln, eingezwängt in eine Konstruktion aus Metallstäben, die aus seinen Oberschenkeln ragten, fest mit seinen Gelenkknochen verschraubt.

Am Anfang fühlte er sich wie einzementiert. Jede Bewegung wie eine Kreissäge, die durch seinen Körper sauste. Sogar das Schlucken, Sprechen oder Kauen unter der Halskrause bereiteten ihm Brandschmerzen. Glück hatte er, dass es die Mahlzeiten dort, wo er war, auch flüssig gab, aus Tropfen oder Schnabeltassen, als Kosmonautenkost. Er durfte so viel HO-Milch trinken, wie er wollte, damit er wieder zu Kräften kam. Man tischte ihm sogar pürierte Südfrüchte auf, alles vom Feinsten. Er hatte ganz den Eindruck, als sei er wieder in einem Nobelhotel gelandet, so dick war seine Bettmatratze und so erstklassig wurde er von jungen Fräulein in Schürzenuniform umsorgt, die in einem unklaren Reigen um sein Bett standen.

Tatsächlich aber war es kein Sterne-Hotel, sondern ein Sterne-Krankenhaus. Er war von Carinhall wieder nach Berlin-Mitte transportiert worden, in das Regierungskrankenhaus der DDR.

Die Edelklinik in der Scharnhorststraße, die mit Abstand

beste Klinik der Hauptstadt, war ausgerüstet mit modernster Technik, mit Medikamenten aus dem Westen und angeblich sogar Ärzten, die ihr Gehalt in D-Mark ausgezahlt bekamen. Für Normalsterbliche war so ein Krankenhaus ohne Passierschein eigentlich tabu. Behandelt wurden, wie man hörte, ausschließlich Regierungsbonzen und Funktionäre des Politbüros, Diplomaten oder Staatsgäste.

Umso mehr wunderte sich Labensky, wie, zum Geier, ausgerechnet er dorthin gekommen war. Wer oder was verschaffte ihm die Ehre?

Die Antwort lag, wie er überrascht feststellte, gleich neben ihm.

Durch seinen Verband blinzelnd, sah er ein zweites Bett in seinem Krankenzimmer. In diesem Bett lag noch ein weiterer Patient, hüftabwärts eingegipst, jedoch ohne Kopfwickel um die Stirn. Sein Bettnachbar starrte an die Decke, und Labensky kamen die Geheimratsecken seines Bettnachbarn bekannt vor. Auf dessen Beinen lag ein Buch – es war ein Bernsteinzimmerbuch –, und da, zu seinem ehrlichen Erstaunen, erkannte er doch tatsächlich Herrn Enke.

»Na, mein Junge«, begrüßte der ihn müde, als hätte er ebenfalls lange geschlafen. »Wusste ich's doch, dass Sie aus hartem Holz geschnitzt sind. Ihnen kann so eine Explosion nichts anhaben …«

Labensky wollte sich aufrichten, aber es ging nicht. Was machten sie hier? Wieso hatte es Enke auch erwischt? Hatten sie das Weltwunder in Sicherheit gebracht? Was war da passiert?

Seufzend klappte Enke das Buch zu, als sei die Schatzsuche jetzt abgeschlossen. Als gebe es nichts mehr zu suchen. Er sah jedoch nicht triumphierend aus wie sonst. Er wirkte eher mitgenommen, gezeichnet, wie unter Schock. Mit kraftloser und resignierter Stimme erzählte er Labensky, was auf Carinhall geschehen war.

Labensky hörte Enke sagen, dass die Detonation im Bunker

nicht nur den Bunker, sondern auch Görings Badehaus am Döllnsee-Ufer in Schutt und Asche gelegt habe. Und dass er, während Labensky mit Laika durch die Katakomben geschlichen sei, rein zufällig im Liegestuhl vor diesem Badehaus gelegen habe, als eine Druckwelle von unten gekommen sei und ihn mit seiner Schreibmaschine in die Luft gesprengt habe.

Die vom Personal des Gästehauses alarmierten Feuerwehr- und Rettungskräfte, erklärte Enke, hätten eine Ewigkeit gebraucht, bis sie ihn unter den Trümmerteilen gefunden und geborgen hätten. Und noch schwieriger sei es gewesen, die unterirdisch Verschütteten – Laika und Labensky – aus den Schuttmassen zu befreien.

Anscheinend, sagte Enke röchelnd, als hätte er sich ausnahmsweise doch einmal geirrt, hatte Göring seinen Privatbunker um keinen Preis der Nachwelt überlassen wollen. Offensichtlich hatte er ihn leider doch mit viel mehr Sprengstoff ausgestattet als gedacht.

Der Großteil, mutmaßlich bergeweise Dynamit, so hätten die Einsatzkräfte beim Aufräumen rekonstruiert, müsse in einem versteckten Lagerraum am Ende des Verbindungsgangs deponiert gewesen sein. Direkt hinter einem Verschlag, der mit einem Kettenzünder verdrahtet gewesen war, um bei der kleinsten Berührung durch Eindringlinge den ganzen Bunker in seine Einzelteile zu zerfetzen.

»Sie haben da unten nicht zufällig so eine Tür zum Dynamit-Lager gesehen, Einstein?«, fragte Enke mit teilnahmsloser Stimme.

Labensky dachte scharf nach. Er sah vor seinem geistigen Auge nur noch, wie er mit der Axt ausholte und wie dann alles schwarz wurde. Er murmelte jetzt irgendetwas Unverständliches in seinen Verband hinein, aber es war offenbar beinahe egal, was er zu sagen hatte, denn Enke schien seine Antwort gar nicht wirklich zu interessieren.

Er wirkte, wie er im Krankenbett so dalag, noch abwesender

als auf Carinhall. Er wirkte regelrecht wesensverändert, so als hätte ihn die Explosion in seinem Innersten erschüttert. Und da überfiel Labensky der Gedanke: Was war aus dem Weltwunder geworden? Hatte er mit dem Dynamit-Lager etwa auch das Bernsteinzimmer in die Luft gejagt? Labensky traute sich fast kaum zu fragen. »Haben wir den Schatz gefunden? Oder müssen wir noch weitersuchen?«

Enke starrte an die Decke, und Labensky schwante Böses.

»Junge, ich denke, Sie haben jetzt wirklich genug gesucht«, antwortete Enke knapp. Er machte eine lange Pause, was nichts Gutes verheißen konnte. »Die Bernsteinzimmersuche ist für Sie beendet.«

»Aber … aber wieso?«, wollte Labensky wissen.

Enke hatte den Blick an die Decke gerichtet. Es war, als suchte er dort irgendwas, vielleicht nur einen Punkt, um Labensky nicht ins Gesicht sehen zu müssen. Er legte das zugeklappte Bernsteinzimmerbuch beiseite, schob die Nickelbrille auf der Nasenspitze zurecht und holte tief Luft, als müsste diese Luft für eine lange, komplizierte Antwort reichen. Dann, nach einer weiteren bedeutungsschweren Pause, sagte er diesen Satz: »Es gibt gar nichts zu finden, Junge.«

Labensky stutzte. Es gab nichts? Wie hatte er das zu verstehen?

»Das Bernsteinzimmer ist schon vor langer Zeit verschwunden.«

Jaja, dachte Labensky. So viel hatte sogar er kapiert. Aber genau deswegen hatten sie es doch auf Carinhall gesucht.

»Sie verstehen nicht, Einstein. Das Weltwunder ist weg. Es existiert nicht mehr«, behauptete Enke und klang plötzlich wieder wie ein Hellseher. Er zögerte. Dann wandte er sich Labensky zu. Leise, als hätten die Wände in diesem Krankenhaus die allergrößten Elefantenohren, raunte er von Bett zu Bett: »Die DDR hat es bereits vor langer Zeit verscherbelt, damit der Sozialismus überlebt.«

Labensky wollte sich aufsetzen, aber die Schrauben hielten ihn fest.

Verscherbelt? Für den Sozialismus? Wovon redete Enke da?

Sein väterlicher Förderer und Lehrmeister räusperte sich, ehe er sich verschwörerisch zu ihm rüberbeugte, so gut es mit den kaputten Beinen ging. Enke, durch die Nahtoderfahrung der Explosion scheinbar wie ausgewechselt, erinnerte Labensky jetzt an Abuschenko, als der ihm reinen Wein einschenkte. Und tatsächlich hatte es den Anschein, als triebe auch den zugeknöpften Enke nun irgendetwas an, seine Seele zu erleichtern und die Karten, die er so lange in der Hand gehalten hatte, auf den Tisch zu legen.

»Das Bernsteinzimmer«, flüsterte er Labensky jetzt doch tatsächlich zu, »es war in Wahrheit nie verschollen. Es ist nach dem Raub der Wehrmacht aus dem Katharinenpalast in Puschkin schon Jahre nach Kriegsende im Osten Deutschlands wieder aufgetaucht …«

Labensky blieb die Spucke weg. Er glaubte, seine Halskrause sitze vielleicht zu eng oder all die Südfrüchte aus diesem Tropf benebelten seine Sinne. Doch Enke fuhr mit dem Ungeheuerlichen fort. Er räusperte sich. Die Wahrheit ging ihm schwer über die Lippen.

Es seien stinknormale sächsische Bergmänner mit mehr Glück als Verstand gewesen, so erzählte Enke, die das versteckte Weltwunder schon damals ganz zufällig bei Bohrungsarbeiten entdeckt hätten, in einem zweihundert Meter tiefen, trockengelegten Grubenschacht des Rothschönberger Stolln im Erzgebirge, nahe der Grenze zur Sowjetunion. Und weil diese Bergmänner aus Sachsen eben viel Glück gehabt hätten, aber leider nicht ganz so viel Verstand, seien sie genauso ehrlich wie naiv gewesen, ihren Sensationsfund nicht zu verschweigen und unter sich aufzuteilen, sondern pflichtbewusst dem Staat zu melden. Der wiederum, erklärte Enke, hätte in seiner grenzenlosen brüderlichen Dankbarkeit dafür gesorgt, dass die aufrichtigen Finder schon bald darauf spurlos von der Bildfläche verschwanden und mit ihnen auch das Wissen, dass sich der wertvollste Kunstschatz der Welt überhaupt jemals in der DDR befand.

Labensky streckte sich, um Enke einigermaßen zu folgen. Die ganze Zeit hatte er geglaubt, die DDR wäre stolz wie Bolle, das Bernsteinzimmer im eigenen Land zu präsentieren. Wozu in aller Welt sollte die DDR so einen Jahrtausendfund verheimlichen?

»Devisenbeschaffung«, antwortete Enke. Wieder zögerte er kurz.

Dann erzählte er Labensky, dass der Große Vorsitzende und dessen engste Funktionäre nach der Gründung der chronisch klammen DDR beschlossen hätten, dem Großen Bruder, also dem rechtmäßigen Besitzer, kein Wort über den Fund zu sagen, um das Weltwunder nicht etwa zurückzugeben, sondern zu behalten. Um es dann Stück für Stück in seine Einzelteile zu zerlegen und zur Existenzsicherung der Republik ins Ausland zu verkaufen.

Einzelteile? Stück für Stück? Für Labensky klang das nach Bauchladen oder nach Bückware. Er rief sich wieder dieses Bild vom Bernsteinzimmer ins Gedächtnis, und er fragte sich, wie das denn gehen sollte. Wie ließ sich so ein ganzer Prunkraum an den Mann bringen, ohne dass der Große Bruder davon Wind bekam?

Die Frage stand ihm, neben unzähligen anderen Fragen, anscheinend ins Gesicht geschrieben, denn Enke lieferte ihm die Antwort: Er kam jetzt ins Erzählen, es wollte alles aus ihm raus. Also erzählte er Labensky von einem kleinen, unscheinbaren Ort namens Ribnitz-Damgarten, der oben an der Ostsee lag und eigentlich nur für seine Schmuckmanufaktur bekannt war, für den VEB Ostseeschmuck, die größte Bernsteinschleiferei der DDR.

Labensky hörte den Namen Ribnitz-Damgarten und erinnerte sich sofort an Enkes umtriebige nächtliche Telefonate mit diesem wichtigen Minister, in denen der Name Ribnitz-Damgarten immer wieder gefallen war. Auch bei der Manufaktur VEB Ostseeschmuck horchte er auf wie ein Schießhund. Er dachte an die bernsteinfarbene Schatulle im Handschuhfach der Limousine. Er kam aber nicht dazu zu fragen, was es damit auf sich hatte, denn Enke erzählte einfach weiter, erzählte ihm jetzt frei heraus, wie das ganze Bernsteinzimmer im Auftrag der Regierung systematisch zerlegt, in Spreewaldgurken-Kisten nach Ribnitz-Damgarten transportiert und dort von sechshundert professionellen Bernsteinschleifern zu Tausenden von Schmuckstücken verwandelt worden sei.

Labensky spürte, wie seine Schläfen pochten und wie es in ihm dampfte. Ihm wurde dusselig zumute, wenn er sich all das auch nur ansatzweise vorzustellen versuchte: Da jagte die halbe Welt jahrzehntelang das Bernsteinzimmer, während ein paar Hundert ostzonale Goldverwerter längst heimlich, still und leise über dieses Kunstwerk hergefallen waren wie die Heuschrecken. Und das alles nur für Devisen. Nur damit sich der Staat die Taschen vollmachen konnte. Was war daran sozialistisch? Und wie war es möglich, damit durchzukommen? Fragen über Fragen. Allmählich dämmerte ihm, was Enke da erzählte, aber Labensky kam gar nicht hinterher.

Vor allem, weil auch die Frage in seinen Kopf prasselte, weshalb Enke seit mehr als fünfzehn Jahren als offizieller Schatzsucher der Republik nach dem Bernsteinzimmer fahndete, wenn er doch genau wusste, dass er es nie finden konnte. Warum hatten sie auf Carinhall ihr Leben riskiert, wenn dort in Wirklichkeit gar nichts zu holen war? »Wenn das Weltwunder gar nicht mehr da ist«, platzte es aus Labensky raus, »wieso haben wir es dann überhaupt gesucht?«

Enke richtete den Blick wieder zur Decke. Er seufzte tief, zog die Stirn in Falten, als habe er auch diese Frage erwartet und als sei sie leider nicht ganz leicht zu beantworten. »Wollen Sie die Antwort wirklich wissen?«, fragte er, ohne Labensky anzusehen.

Die Halskrause zwickte. In all dem Gips kam sich Labensky vor wie eingeklemmt in einem Schraubstock, aber er nickte, so gut er eben konnte, denn er hatte ja schließlich nicht zum Spaß gesucht.

Enke holte Luft. Er schien sich zu sortieren. Es sah so aus, als würde er hinter seiner Nickelbrille die Augen schließen, ehe er im Flüsterton von einer streng geheimen, staatlich angeordneten Spezialaktion erzählte, die auf den Namen »Operation Puschkin« hörte.

Der Geheimdienst der Sowjetunion, also der KGB, erklärte er, wisse genau, dass das Weltwunder nach dem Krieg in Deutschland gelandet sei, wahrscheinlich im Osten, also in der DDR. Deshalb verlange der Große Bruder das Bernsteinzimmer von der DDR zurück. Aber da diese es dummerweise schon vor Jahrzehnten auseinandergenommen und bis auf den letzten Bernsteinpfropfen regelrecht zerpflückt und ausgeschlachtet und systematisch gegen Devisen eingetauscht habe, sei so eine Rückgabe leider nicht mehr möglich. Und die Wahrheit unmöglich zu erklären. Das wiederum, fuhr Enke fort, sei nicht gerade besonders förderlich für die Beziehungen zum Großen Bruder. Das belaste das Verhältnis schwer. Weshalb die Machthaber der DDR in ihrer Not auf die Idee gekommen seien, den wahren Verbleib nicht etwa zuzugeben, sondern zu verschleiern und nur zum Schein der eigenen Bemühungen eine groß angelegte Suchaktion zu inszenieren. Weshalb man schon vor fünfzehn Jahren begonnen habe, für den Großen Bruder eine noch viel größere Scharade aufzuführen; ein Schauspiel, das darin bestehe, so zu tun, als glaube man noch an die Existenz des Bernsteinzimmers und fahnde überall im Land mit allen Kräften danach.

»Und da«, erklärte Enke trocken und ohne eine Miene zu

verziehen, »da bin dann irgendwann auch ich ins Spiel gekommen.«

Labensky versuchte zu folgen, auch wenn es ihm nicht recht gelang. Er hörte Enke jetzt sagen, dass die DDR für dieses natürlich wahnwitzige, aber für den Frieden im Ostblock unbedingt notwendige Schauspiel einen Hauptdarsteller brauchte. Einen Experten. Eine Person vom Fach, die sich glaubhaft als offizieller Schatzsucher der Republik ausgeben ließ, um die akribischen, ja unermüdlichen Anstrengungen der DDR zu untermauern. »Und diese Person, die den Schatzsucher zu geben hatte«, erklärte Enke, »die bin ich.«

Tatsächlich sei seine Leidenschaft für Kunst und Raubkunst nicht ganz aus der Luft gegriffen. In der Tat habe er schon lange vor dieser buchstäblich staatstragenden Rolle in einem der Schatzsuche verwandten Fachbereich gearbeitet. Zwar sei er in Wahrheit gar kein Historiker, sondern Jurist mit Staatsexamen. Als solcher jedoch sei er bereits in Labenskys Alter für das Dokumentationszentrum der Staatlichen Archivverwaltung tätig gewesen. Als Offizier im besonderen Einsatz habe er den Verbleib von Gemälden, Skulpturen und anderen Kunstgütern recherchiert, die nach Kriegsende von der Roten Armee aus der besetzten Ostzone entführt worden waren. Und weil er sich also mit derartigen Recherchen auskannte, habe man ihm eines Tages einfach auch die Suche nach dem Bernsteinzimmer anvertraut beziehungsweise das, was seither fünfzehn Jahre lang wie eine ernste und professionelle Suche auszusehen hatte.

Am Anfang, erzählte Enke, habe er gar nicht gewusst, wo er beginnen sollte. Wo suchte man als Erstes, wenn man genau wusste, dass es am Ende des Regenbogens gar nichts zu finden gab? Er habe versucht, sich in einen echten Schatzsucher hineinzuversetzen. Das habe ihm durchaus Spaß gemacht, er habe sich wieder gefühlt wie ein kleiner Junge. Denn ein echter Schatzsucher ging natürlich allen Gerüchten nach, die auf der Straße, in Bernsteinzimmerbüchern oder an Kneipentresen wie im Alt-Berlin kursierten. Dabei habe er von Suchaktion zu Suchaktion mehr Sicherheit gewonnen, mehr Routine und auch Einfallsreichtum.

»So eine Scheinsuche ist ja komplizierter, als man denkt«, erklärte Enke und klang ein wenig stolz. »Man muss ja nicht nur immer wieder geheimnisvolle, unerforschte Orte auftun und aktenweise an das Ministerium Bericht erstatten. Man muss, um das Theater am Laufen zu halten, ständig neue Fährten, Herausforderungen und Hoffnungen produzieren.«

Das Bernsteinzimmer, es sollte stets in Reichweite erscheinen wie eine fantastische, in Wahrheit unerreichbare Verflossene. Die DDR hatte dem Großen Bruder seine ständigen Berichte vorzulegen, als immerwährender Beweis der Suche, und so mussten sich seine detailreichen Berichte lesen, als sei er wie besessen an der Sache dran. Mit den Jahren sei er vollkommen in dieser Rolle aufgegangen. Manchmal habe er selbst nicht mehr ganz unterscheiden können, ob er wirklich suchte oder nur so tat. »Manchmal«, sagte Enke, »wollte ich selbst glauben, nicht nur ein Schatzsucherdarsteller, sondern der größte Schatzsucher der Nation zu sein.«

Labensky wollte jetzt allmählich auch etwas, und zwar sich die Haare raufen. Wie konnte Enke, den er für seinen Lehrmeister gehalten hatte, bei so einer Scharade mitmachen? Und wenn Enke am Ende nur ein Schauspieler im Dienst der Republik war – was war denn dann seine Rolle?

»Wofür haben Sie mich gebraucht?«, fragte Labensky. »Und was haben wir dann auf Carinhall gemacht?«

Enke sah ihm ins Gesicht. Er sah aus wie einer, der noch nicht genug gebeichtet hatte. »ABM«, antwortete er, »Arbeitsbeschaffungsmaßnahme.« Leise erklärte er, dass er die Suche dort nur arrangiert habe, um ein paar schöne und bequeme Arbeitstage auf Staatskosten zu verbringen. Man könne ihn für einen Blender halten, gab er zu, aber es gebe in der gesamten DDR wohl keinen besseren Beruf als seinen. Keinen, der mehr Ansehen und Annehmlichkeiten auf Spesenrechnungen versprach. Keinen, der einen in einer Limousine durch die Republik kutschieren und in den vornehmsten Hotels absteigen ließ, während das Ministerium, das ihn beauftragt hatte, bereitwillig für immer neue Expeditionen zahlte.

Das luxuriöse, hochherrschaftliche Gästehaus von Carinhall, das ja eigentlich nur Großen Vorsitzenden als Erholungsresidenz zustand, gab Enke unumwunden zu, hätte ihn schon immer angezogen. Er hätte unbedingt einmal in Mussolinis Zimmer übernachten sowie in Görings altem Badehaus das Blubberbecken und die Sauna nutzen wollen. Dem üppigen Frühstücksbüfett eilte sein Ruf voraus – und das zu Recht, wie er inzwischen aus eigener Erfahrung sagen könne. Doch so ein Luxusleben ließ sich natürlich nicht von ungefähr genießen. Dafür brauchte man den großzügigsten Suchauftrag. Und für den großzügigsten Suchauftrag brauchte man die schlüssigste, größtmögliche Geschichte.

»Und welche Geschichte ist noch schlüssiger und größer als die, dass das Bernsteinzimmer natürlich im Keller von Hitlers Stellvertreter, einem größenwahnsinnigen, vollkommen übergeschnappten Raubkunstfanatiker, zu finden ist?«

»Ich kapier das nicht«, funkte Labensky jetzt einmal dazwischen. »Wir hatten Laika dabei, eine echte Bernsteinhündin. Sie hat doch gewühlt und gebellt … sie hat das Bernsteinzimmer doch gerochen!«

Enke schüttelte den Kopf und eröffnete Labensky, dass auch die Sache mit der Bernsteinhündin ein klein wenig geflunkert war.

Zwar treffe es zu, dass Laika an der Elite-Hunde-Ausbildung der NVA teilgenommen habe. Allerdings habe sie ihren Spürsinn schon vor geraumer Zeit an ein schweres Alkoholproblem verloren. Ein Schicksal, das auf wundersame Weise unzählige Hündinnen mit dem Namen Laika in der DDR ereilt hätte, nachdem die Weltraumhündin Laika von Menschenhand ins All geschossen worden war. »Früher war Laikas Schnauze hochsensibel«, erklärte Enke, »seit dieser Tragödie riecht sie nur noch Hochprozentiges.«

»Aber sie hat uns in der ersten Nacht gerufen!«, wollte Labensky es nicht wahrhaben. »Laika hat doch Alarm geschlagen!«

»Vielleicht wegen der Wölfe? Oder sie hat was am Himmel gesehen, ein Flugzeug, das sie an ihre Artgenossin im Weltall erinnert hat. Am wahrscheinlichsten ist, dass es Ihr absinthgetränkter Mageninhalt auf dem Dach des Bunkers gewesen ist, der die arme Laika, die gerade trocken war, wieder rückfällig gemacht hat.«

Regungslos, ja wie versteinert lag Labensky in seinem Bett. Er dachte an die Jägermeisterflaschen, und plötzlich machte alles Sinn. Nicht nur Laikas Verhalten. Vor allem Enkes Tatenlosigkeit ab dem Moment, da sie Carinhall erreicht hatten. Enke hatte sich das mit dem Bunkerversteck alles nur ausgedacht. Er war in Wahrheit selbst ein Gröfaz – nämlich der größte Faulpelz aller Zeiten.

Und nun, endlich, dämmerte Labensky seine eigene Rolle in dem Schauspiel: Enke hatte ihn am Kneipentresen aufgegabelt, weil er einen nützlichen Idioten gebraucht hatte. Einen, der für ihn die Knochenarbeit erledigte, damit Enke die Füße hochlegen, aber dem Ministerium handfeste Grabungsarbeiten vorweisen konnte. So hatte am Ende auch das Ministerium dem Großen Bruder etwas vorzuweisen, was aussah wie eine echte, aufwendige Weltwunder-Schatzsuche.

Labensky fühlte sich verschaukelt. Er kam sich vor wie Falschgeld, so dumm und angeschmiert wie nie zuvor in seinem Leben. Aber vor allem musste er an Rita denken. Er hatte sie ja nur wieder in Berlin allein gelassen, um diesen Schatz zu finden. Und wenn er den gar nicht mehr finden konnte, was war dann mit der Reisegenehmigung für Rita, die Enke ihm beim Fund versprochen hatte?

»Was«, fragte Labensky, »ist denn jetzt mit meiner Belohnung?«

»Keine Sorge«, beschwichtigte ihn Enke. »Das Ministerium für Staatssicherheit wird sich für Ihre Mitarbeit erkenntlich zeigen.«

Labensky erschauderte. »Das … was?«, flüsterte er entgeistert.

»Na«, raunte ihm Enke zu, »welches Ministerium denn sonst?«

32

BLÜHENDE LANDSCHAFTEN

Eigentlich lagen alle Warnungen die ganze Zeit schon offen da. Eigentlich wurde Heinz Labensky von winkenden Zaunpfählen nur so erschlagen, und eigentlich hätte er nur seine Augen öffnen und der Wahrheit ins Gesicht sehen müssen, und dann hätte er es erkannt.

Da waren, schon als er Enke kennenlernte, die Warnungen von diesem Biermann gewesen. Da hatte er später selbst in Enkes Balkonzimmer die Berichte an das Ministerium gefunden, die Schreibmaschinenseiten im Sprech von Mielkes Firma. Vor allem hätte er doch mehr als stutzig werden müssen, woher Enke all seine hellseherischen Fähigkeiten und Informationen hatte. Über Rita und das Hotel Lilli Put. Aber auch über ihn, Heinz Labensky, und die Tatsache, dass er mit dieser Reisegenehmigung zu ködern war.

Enke arbeitete für die Stasi. Jedenfalls betrieb er die Scheinsuche in deren Auftrag. Ob er ein echter Schlapphut war, ließ sich nicht sicher sagen. Aber der hochrangige Minister, dem er in seinen nächtlichen Telefonaten mit Berlin ständig Bericht erstattet hatte – es musste Erich Mielke persönlich gewesen sein, der mächtige Chef der Staatssicherheit. Das erklärte, weshalb Enke jedes Mal am Apparat so ehrfürchtig geklungen hatte. Es erklärte auch, weshalb sie nach der Explosion wie hohe Funktionäre im Regierungskrankenhaus der DDR gelandet waren. Es erklärte nur nicht, wieso Labensky dort nicht auf der Stelle von Mielkes Männern verhaftet und als Staatsfeind eingebuchtet worden war. Eingegipst und an sein Bett gefesselt, hätte er ja nicht mal vor ihnen davonrennen können.

Es war theoretisch möglich, dass sie ihn, eingewickelt vom Kopf bis zu den Füßen, als steckbrieflich Gesuchten einfach nicht erkannten. Wahrscheinlicher war aber, dass Enke ihn als sein väterlicher Förderer aus irgendeinem Grunde deckte und weder Namen noch Herkunft seines Adjutanten und Krankenbettgenossen preisgab.

Warum tat er das für ihn? Hatte er ein schlechtes Gewissen, ihn schon genug ausgenutzt und an der Nase herumgeführt zu haben?

Aber warum in aller Welt erzählte er dann ausgerechnet ihm die Wahrheit über sich und über den Verbleib des Bernsteinzimmers?

Labensky konnte über diese Fragen noch viele Jahre spekulieren.

Zu einer eindeutigen Antwort sollte er nie kommen. Vielleicht, so überlegte er, konnte Enke ihm sein Geheimnis ja deshalb so leicht anvertrauen, weil er genau wusste, dass niemand in der DDR einem Förderungsunfähigen so eine Räuberpistole glauben würde. Vielleicht aber hatten die Geschehnisse auf Carinhall auch wirklich etwas in Enke ins Wanken gebracht. Womöglich hatte ihn die Nahtoderfahrung bewogen, den Schwindel, den er seit Jahren seinen Beruf nannte, wenigstens einer Menschenseele zu gestehen.

»Vielleicht«, sagte Labensky und stieg, neun Stunden nachdem er in Erfurt eingestiegen war, schließlich in Rostock aus dem Bus, »muss man sich einfach irgendwann mal alles von der Leber reden. Vielleicht braucht jeder irgendwen, der einem mal in Ruhe zuhört.«

Er sah diesen Matthias an, der ihm nun seit Berlin zugehört hatte und der sich zuvor ja auch schon bei ihm ausgeschüttet hatte, was seine Bratkartoffelabenteuer anging. Der Haifisch machte jedoch nicht den Eindruck, als wolle er mit diesen Eskapaden aufhören. Vielmehr hatte er es wohl eilig, denn er bemühte sich gleich um ein Taxi, um vom Busbahnhof in Rostock schnellstmöglich nach Warnemünde zu seiner Verabredung im Hotel Neptun zu gelangen.

Labensky irrlichterte über den Parkplatz. Er hatte zwar einen Weg gefunden, es von Erfurt bis hierhin zu schaffen, aber die letzten Kilometer bis zur Ostsee, die Zielgerade, hatte er versäumt zu planen.

Wehmütig betrachtete er den großen grünen Reisebus, der ihn so weit gebracht hatte. Busfahrer Muhibija sank erschöpft wie ein Sack Steine hinter seinem Lenkrad zusammen. Labensky versuchte ihm zu winken. Er wollte sich anständig verabschieden und für die reibungslose Fahrt bedanken. Aber der Busfahrer nahm ihn im Pulk der Umsteigenden gar nicht mehr wahr, verzog hinter seiner Sonnenbrille nicht eine Miene, machte seinen verdienten Feierabend.

»Sie wollen doch auch zum Hotel Neptun, zu Ihrem anonymen Treffen?«, stieß ihn dieser Matthias von der Seite an und warf neben dem Taxistand die Hand hoch, um ein Auto anzuhalten. Er sprach von einem »Uber«, das nach Labenskys Auffassung wohl so was wie ein Schwarztaxi sein sollte, und er bot ihm an, doch einfach mit ihm mitzukommen. Er würde die Fahrt bezahlen, aber nur, wenn Labensky ihm erzählte, was aus seiner damaligen Hotelbekanntschaft namens Rita geworden sei. Aus dieser einen Frau, die ihn an diesem einen Morgen in diesem Hotel Lilli Put allein zurückgelassen hatte; die eine Frau, derentwegen er sich überhaupt auf diesen Enke und die ganze Bernsteinzimmersuche eingelassen hatte.

Labensky zögerte einzusteigen. So eine schnelle Taxifahrt kam ihm eigentlich gut zupass. Aber wenn es um Rita ging, dann wusste er ja selbst nicht, wohin mit seinen vielen Fragen. Dann tappte er, was ihre Geschichte anging, immer noch im Dunkeln. Es war mit Rita wie mit dem Bernsteinzimmer, dachte Labensky jetzt: Sie war eines Tages einfach spurlos weg. Und dann war sie nie wieder aufgetaucht. Doch während er den Verbleib des Weltwunders ja nun geklärt hatte, blieb Ritas ihm immer noch ein Rätsel.

Labensky stieg in das moderne Schwarztaxi. Was blieb ihm anderes übrig, dachte er und schob sich auf die Rückbank, gleich neben diesen großzügigen Matthias, der die Fahrerin, eine junge Frau mit Schirmmütze, anwies, das Hotel Neptun an der Ostsee anzusteuern.

Das Auto rollte los, durch die nördliche Rostocker Altstadt, in der sich eine Klinkerplatte an die andere reihte und die Labensky gleich wieder an die gute alte Einheitsplatte in der DDR erinnerte.

Sogar vom vornehmen Regierungskrankenhaus der DDR, dessen Patient er gewesen war, sollte damals aus reiner Platte ein zweiter Krankenhauskomplex erbaut werden. Daran erinnerte sich Labensky und musste gleich wieder an die Zeit zurückdenken, die er damals im alten Klinikteil verbracht hatte, um nach und nach wieder zusammengeflickt zu werden. Es waren nicht nur Wochen, sondern Monate gewesen. Monate, in denen er Rita warten lassen musste.

Nicht nur auf ihn und auf ein Lebenszeichen, sondern vor allem auf die Reisegenehmigung, die er ihr versprochen hatte, damit sie nicht flüchten musste. Die Frage, die in jenen Monaten im Krankenbett sein Hirn zermarterte, war nur: Wie lange konnte Rita warten?

Labensky sah aus dem Autofenster und berichtete diesem Matthias, dass er damals ziemlich genau ein halbes Jahr im Krankenhaus habe abliegen müssen. Dass er dabei vor Unruhe und Langeweile fast gestorben sei und dass er das Sitzen, Stehen und Gehen erst wieder von der Pike auf neu lernen musste, ehe er am letzten Tag des Jahres 1974, rechtzeitig zum Jahreswechsel, schließlich als wieder lebensfähig aus dem Krankenstand entlassen wurde.

Enke, den es nur halb so schlimm erwischt hatte, war vor ihm entlassen worden. Genauer gesagt hatte er sich dank seiner Kontakte einfach verlegen lassen, und zwar zur Reha- und Entspannungskur aufs Kreuzfahrt-Traumschiff »MS Völkerfreundschaft«.

Er hatte sich nicht von Labensky verabschiedet. Eines Morgens, Labensky hatte vor sich hin gedöst, hatte er ihm nur ein kleines, dünnes Heftchen in dunkelblauem Einband auf seinen Nachttisch gelegt: Ritas offiziellen Reisepass, ihren Berechtigungsschein als Reisekader. Enke hatte damit, das musste man ihm lassen, Wort gehalten.

Mit der Ausreisegenehmigung für Rita in der Tasche, so erzählte Labensky, während das Schwarztaxi stadtauswärts rollte, habe er nach seiner eigenen Entlassung natürlich sofort den Ort angesteuert, an dem er Rita vor Carinhall zum letzten Mal gesehen hatte. Er habe keine Zeit verloren. Noch am Silvesterabend 1974 sei er vom Regierungskrankenhaus quer durch Berlin zum Hotel Lilli Put gehetzt, um Rita feierlich das größte Privileg der DDR zu überreichen. Endlich hatte er etwas in der Hand. Endlich stand er einmal nicht mit leeren Händen da, dachte Labensky, sondern mit dem besten, seltensten und kostbarsten Geschenk, das es wohl gab.

Aber er wurde dieses Geschenk nicht los. Denn Rita, so erinnerte er sich, war nicht mehr dort gewesen. Sie hatte, so sagte man ihm damals am Hotelempfang, das Hotel Lilli Put verlassen, war eines Nachts nicht mehr zur Amüsierarbeit erschienen. Niemand, so teilte man ihm mit, wisse, wo sie geblieben sei. Niemand habe auch nur die geringste Spur von ihr. Niemand habe sie seitdem gesehen.

Labensky, gerade erst genesen, wollte sich gleich wieder einliefern lassen. Es war sein Herz. Es fühlte sich an wie ein eitriger Klumpen, der in Zeitlupe in seinen Bauch sackte. Dass Rita mir nichts, dir nichts einfach so verschwand, das kannte er ja schon.

Und doch war es diesmal, als er von ihrem spurlosen Verschwinden hörte, etwas anderes. Diesmal, das sagte ihm sein

Bauchgefühl, war sie für immer weggegangen. Diesmal hatte Rita, genau wie sie es ja geplant und angekündigt hatte, die Republikflucht angetreten.

Er war nicht schnell genug gewesen. Er hatte sie im Stich gelassen.

Er hatte Rita auf gepackten Fluchtkoffern viel zu lange warten lassen, schoss es ihm ein. Und dann, so malte er den Teufel an die Wand, musste sie sich wohl irgendwann wieder daran erinnert haben, dass er förderungsunfähig war und sich das Warten auf einen wie ihn nicht lohnte. Dass sie ihr Glück allein versuchen musste.

Labensky hielt die Reisegenehmigung in der Hand und wusste nicht, wohin damit, wohin mit sich. Wenn Rita bei ihrem Fluchtversuch nun etwas zugestoßen war, dann war das seine Schuld, so dachte er. Dann hatte er dank Enke die Zeit auf Carinhall vertrödelt und gleichzeitig das Einzige, was wirklich wichtig war, verloren.

Das Schlimmste war die Ungewissheit. Nein, natürlich war die nicht das Allerschlimmste; das wäre ja gewesen, tatsächlich von irgendwem zu hören, *dass* Rita etwas zugestoßen war. So was kam vor. So was sprach sich schnell herum. Der oder die sitzt jetzt in Hohenschönhausen oder in Bautzen II, so hieß es manchmal, wenn wieder jemand verhaftet wurde. Den oder die hat Onkel Erichs Trommelorgel erwischt, so hieß es, wenn es am Grenzzaun nicht mehr zur Verhaftung kam. Doch obwohl Labensky weder das eine noch das andere hörte, gerade weil er einfach überhaupt nichts hörte – weil Rita ihn andererseits ja auch nicht wohlbehalten aus dem Westen grüßte, weil sie nicht anrief und ihm nicht einen Brief über die Mauer schickte –, gaben die Sorgen in ihm keine Ruhe.

Im ersten Jahr nach Ritas Verschwinden, so erinnerte sich Labensky und so erzählte er es auf der Fahrt zum Hotel Neptun auch diesem Matthias, wartete er täglich auf ein Lebenszeichen von drüben: Jeden Morgen, wenn der Briefzusteller ins Treppenhaus von Ritas Mietskaserne kam, flitzte er die Stufen runter, um nachzusehen, ob aufgedampfte Westpost für ihn dabei war. Jedes Mal, wenn in Ritas Wohnung das Telefon rasselte, weil sich jemand verwählt hatte, hoffte er, Ritas Stimme am Apparat zu hören. Aber nie meldete sie sich. Nie ließ sie ihn wissen, wie es auf der anderen Seite der Mauer zuging. Ob sich die Flucht für sie gelohnt hatte.

Warum nicht? Nahm sie ihm übel, dass er mit der Reisegenehmigung zu lange gebraucht hatte? Oder machte dieser sogenannte Frontstadtsumpf namens Westberlin seinem Spitznamen etwa alle Ehre, versank man dort gleich nach der Ankunft im kapitalistischen Konsumrausch, so, wie man in der DDR gewarnt wurde? Dass Republikflüchtlinge nach der Flucht alle Verbindungen kappten, das hatte Labensky oft gehört, und vielleicht machte Rita es genauso?

Er hörte auch im zweiten Jahr kein Sterbenswort von ihr. Er erhielt nicht eine Postkarte oder eine versteckte Botschaft in Geheimschrift aus Zitronensaft, obwohl es im Westen doch von Südfrüchten und also auch Zitronen wimmelte. Er bekam aber auch nicht ein Signal von ihr, dass sie dort drüben seine Hilfe brauche. Und je mehr Zeit verging, je länger er nichts von ihr hörte, desto stärker klammerte er sich an die Hoffnung, dass das nicht unbedingt ein schlechtes Zeichen, sondern wahrscheinlich sogar ein gutes sei.

Die Jahre vergingen, erinnerte sich Labensky, und natürlich vermisste er Rita wie einen verlorenen Arm oder ein amputiertes Bein.

Er wäre ihr am liebsten hinterhergereist, hätte sie wenigstens gerne einmal besucht, aber die Reisegenehmigung war ja nicht auf seinen Namen ausgestellt, der noch dazu bei der Staatssicherheit vermerkt war. Natürlich spielte er deswegen auch mit dem Gedanken, es Rita einfach nachzumachen. Natürlich hörte auch er sich hier und da nach Fluchttunneln und Schleichwegen nach drüben um. Aber seit Onkel Erich an der

Macht war, so hieß es, führten die Tunnel immer seltener nach drüben und umso häufiger nach Bautzen. Seitdem die Mauer von Soldaten bewacht wurde wie das neunte Weltwunder, blieb leider nur noch der Weg über die nasse Grenze: Schwimmend oder rudernd, mit Schlauchboot, Surfbrett oder Luftmatratze wagten Tausende die Flucht über die kalte Ostsee.

Viele von ihnen, die es an den Patrouillenschiffen zwischen Mecklenburger Bucht und Stettiner Haff vorbeischafften, fand man angeblich als Wasserleichen irgendwann in Fischernetzen. Die allermeisten tauchten nur noch in Vermisstendatenbanken wieder auf.

Labensky, der zwar im Müggelsee rumplanschen konnte, aber kein so guter Schwimmer war, dass seine Puste ihn bis nach Bornholm oder Fehmarn trug, machte sich keine falschen Hoffnungen. Sogar ein Traumtänzer wie er sah keine Chance. Anders als Rita hatte er, wie man unter Fluchtwilligen im Osten sagte, nicht rechtzeitig den Absprung geschafft, also musste er sich damit abfinden. Also musste er, getrennt von Rita, sein Leben in der DDR leben.

Über die Jahre und Jahrzehnte versuchte er, sich irgendwie damit zu arrangieren. Der Westen erschien ihm von Jahr zu Jahr noch unerreichbarer. Es war, als wäre Rita gleich nebenan und gleichzeitig wie auf dem Mond. Er ließ sie nie ganz los, dachte jeden Tag an sie, träumte von ihr, malte sich ihr Leben aus, stellte sich vor, wie sie nachts wohl in denselben Himmel schaute wie er. Aber er konnte nichts mehr für sie tun, er musste darauf vertrauen, dass es ihr im Westen auch ohne ihn gut ging, während er selbst im Osten weitermachte.

Die »Goldenen Jahre der DDR«, wie Onkel Erich die Siebzigerjahre unter seiner Führung nannte, liefen zwar langsam aus, und doch versuchte Labensky, auch ohne seine allerbeste Freundin das Beste aus allem herauszuschlagen.

Es war das Jahr 1978, also das Jahr, in dem vor den Augen der Welt die schillerndste Mission begann, die ein DDR-Bürger je unternommen hatte, als der gelernte Buchdrucker Sigmund Jähn als erster Deutscher ins Weltall flog und Labensky von seiner ganz persönlichen Mission aus der weiten Welt des Ostens heimkehrte.

Als er nicht länger in der Hauptstadt blieb, sondern zurück in seine Heimat Briesen fuhr, wo seine Mutter seit Jahren auf ihn wartete.

Als junger Mann war er einst aufgebrochen. Als gemachter Mann am Steuer eines Moskwitsch und mit reichlich Westtrinkgeld in der Tasche kehrte er beinahe zehn Jahre später ins Dorf zurück. Dass die staunenden Bewohner Briesens ihm aus blankem Neid die Anerkennung verwehrten und dass sie ihn zwar nicht länger den »schwachsinnigen Labensky-Jungen«, dafür aber den »Schwachmaten mit dem Russenkübel« nannten, das machte ihm nichts aus.

Vielleicht war es sogar sein Glück, dachte Labensky, denn je seltener sie ihn bei seinem Namen nannten, desto weniger sollte sich doch herumsprechen, dass Heinz Labensky wieder im Dorf war, und desto kleiner schien ihm die Gefahr, dass irgendein Schlapphut am Dorfkrugtresen davon Wind bekäme.

Der warme Schoß seiner Heimat, das einfache Leben auf dem Land, es half Labensky, mit der Zeit über Ritas Abgang in den Westen hinwegzukommen. Von dem Vermögen, das er sich in der Hauptstadt zusammengefahren hatte, renovierte er das Häuschen seiner Mutter. Das Geld reichte sogar, den Bauern eine Handvoll Kühe abzukaufen und einen halben Kuhstall zu pachten. So wurde Labenskys großer Traum, Milchmann zu werden, doch noch wahr. So melkte er bald eigenhändig seine eigenen Kühe, um seine eigenen Milchkannen mit seinem eigenen Moskwitsch von Dorf zu Dorf zu bringen. Dass es sich dabei genau genommen um nicht angemeldete Schwarzmilch handelte – als Erkennungszeichen ließ er den roten Stern auf der Motorhaube einfach milchweiß lackieren –, tat dem Geschäft keinen Abbruch. Im Gegenteil, die Leute in Briesen, und nicht nur dort, mussten den Gürtel ja immer enger schnallen, mussten sehen, wo sie blieben in einem Land, dessen staatliche Kommandowirtschaft mehr und mehr zu einer Mangelwirtschaft wurde.

»Den Sozialismus in seinem Lauf hält weder Ochs noch Esel auf«, so hatte es immer geheißen, und doch brachte er sich allmählich selbst zu Fall.

Es kam das Jahr 1980, und es brach ein neues Jahrzehnt an, während die Planwirtschaft von Jahr zu Jahr in sich zusammenbrach.

Im Westfernsehen, das außer im Tal der Ahnungslosen – im UKW-freien Dresdner Elbtalkessel – mittlerweile überall zu empfangen war, munkelte man von Produktionsverlusten und steigenden Schulden, von erschöpften Ressourcen und der Zahlungsunfähigkeit der DDR. Labensky dachte natürlich an das Bernsteinzimmer, dessen Einzelteile, also Ressourcen, ja auch endlich waren und vielleicht restlos verhökert worden waren.

Die Partei wehrte sich zwar gegen die »staatszersetzende Propaganda aus dem Westen« und behauptete einfach das Gegenteil. Aber der Druck auf den Apparat wurde noch stärker, als im Jahr 1985 im ZK der Sowjetunion, also quasi in den eigenen Reihen, ein Mann auftauchte, der Michail hieß, aber nicht etwa auf den Nachnamen Kalaschnikow hörte, sondern auf den Namen Gorbatschow.

Dieser Gorbatschow, den man an einem portweinfleckartigen Feuermal auf seiner hohen Stirn erkannte, redete von »Glasnost« und »Perestroika«, von Offenheit und Umgestaltung. Labensky hatte zwar keinen Schimmer, was das zu bedeuten hatte und wie dieser Portweinfleck, der seiner Meinung nach fast haargenau Form und Umriss der DDR hatte, auf diese Stirn kam. Aber offenbar sprach dieser Gorbatschow den Menschen im Osten aus der Seele, waren Offenheit und Umgestaltung genau das, was sich die allermeisten wünschten.

Onkel Erich und seine Partei wünschten sich natürlich etwas anderes. Um den Volkszorn zu besänftigen, also um weiter an der Macht zu bleiben, sprachen sie von einer »Wende«, von notwendigen »Kurskorrekturen«, aber die Wende, die dann tatsächlich kam, war die größtmögliche, die man sich vorstellen konnte.

Sie begann, angeblich, mit Friedensandachten in Kirchen, was im Nachhinein dann auch erklärte, weshalb der Staat schon bei der Staatsgründung am liebsten keine Kirchen wollte. Aus solchen Friedensandachten wurden oppositionelle Gemeinschaftstreffen, aus Montagsgebeten wurden Montagsdemonstrationen. In Berlin, Leipzig oder Dresden gingen bald Hunderttausende auf die Straße, so wie damals beim Volksaufstand, aber ganz ohne Krawall.

»Wir sind das Volk!«, hörte Labensky sie skandieren. Und je mehr im Westfernsehen darüber berichtet wurde, desto mehr Leute im Osten skandierten mit, desto heftiger geriet der Staatsapparat ins Wanken wie eine alte, morsche Ochsenkopfantenne, für die nicht mal im Tal der Ahnungslosen noch jemand Verwendung hatte.

Es war der 19. Januar 1989, da prophezeite Onkel Erich, dass die Mauer noch in fünfzig und auch in hundert Jahren bestehen werde.

Es war am 6. Oktober 1989, da hielt Onkel Erich zum vierzigsten Jahrestag der Gründung der DDR seine letzte, starrsinnige Ansprache im Palast der Republik. Keine zwei Wochen später erklärte er seinen erzwungenen Rücktritt, angeblich »aus gesundheitlichen Gründen«.

Es war am 7. November 1989, da trat auch der Ministerrat der DDR zurück, legten alle Regierungsmitglieder ihre Ämter nieder.

Es war in der Nacht vom 9. November 1989 – im Bierhimmel hatte sich das ganze Dorf vorm Fernseher versammelt, auch Labensky, seine Mutter und Ritas verwitweter, wiederverheirateter, inzwischen wieder geschiedener Ersatzvater waren anwesend und wie immer gut am Glas –, da genehmigte die Regierung der DDR, also das, was davon noch übrig war, eine »vorgezogene Ausreisegenehmigung«. Da wurde nicht nur der Bierhimmel, sondern die Welt Zeuge, wie Hunderttausende noch in der Nacht zu den Grenzübergangsstellen strömten und auf der Mauer tanzten: wie aus monatelangen »Wir sind das Volk!«-Rufen binnen nur einer Nacht jubelschreiende, tränenerstickte »Wir sind ein Volk!«-Rufe wurden.

Sogar einem kalten Fisch wie Erich Mielke, dem gefürchteten Chef der Staatssicherheit, der die Bürger jahrzehntelang hatte bespitzeln und verhören und verhaften lassen, wurde da auf einmal warm ums Herz. In der Volkskammer befragt zu den ihm zur Last gelegten Taten, rief er: »Aber ich liebe … liebe doch alle Menschen …!«

Ein Jahr später, am 3. Oktober 1990, war die DDR Geschichte.

Und es war jener Tag, der Tag der Wiedervereinigung, da gab nicht nur die DDR den Löffel ab, sondern auch Labenskys Mutter.

Jahrelang hatte sie am Leben festgehalten, als hätte es noch Schulden bei ihr. Aber vielleicht war das dann doch zu viel für sie gewesen. Vielleicht machte ihr altes, gebrochenes Trümmerfrauenherz den ganzen Zauber nicht mehr mit. Es geschah natürlich im Bierhimmel, dort, wo sie früher auf den Tischen getanzt hatte. Schon nach der vierten oder fünften Runde ließ sie verdächtig oft das Glas stehen, und irgendwann, im Radio lief »Ich will nicht vergessen« von den Puhdys, kippte sie still und stumm vom Hocker.

Die Beerdigung, dafür sorgte Labensky, wurde genauso ausgerichtet, wie seine Mutter es gewollt hätte, nämlich als Feier. Genauer gesagt als Urnengemeinschaftsfeier, so, wie es in der DDR ja üblich war, um nicht nur Zeit und Grabplätze zu sparen, sondern den Zusammenhalt über den Tod hinaus zu wahren.

Feierei war überhaupt das Stichwort. Wenn Labensky an die Zeit zurückdachte, hatte er den Eindruck, dass ganz Deutschland nur noch am Feiern gewesen war. So wurde mit dem Tag der Einheit ja nicht nur ein neuer Feiertag eingeführt, auch ließen sich die Ostdeutschen als Fußballweltmeister 1990 feiern. Es war schwer auszumachen, ob die Feierlaune vom Osten in den Westen schwappte oder umgekehrt. Noch Jahre später, schon Mitte der Neunziger, war zu besichtigen, wie Heerscharen von Feierwütigen mitten in Berlin zusammentrafen, um rund um Tiergarten und Siegessäule die größte Feier zu veranstalten, die Deutschland je gesehen hatte. Es waren noch mehr Teilnehmer als bei den Weltfestspielen der Jugend. Es müssen eine Million Menschen gewesen sein, die zu Fuß oder auf Lastwagen mit bunten Haaren, Knusperzigaretten und nackten, metallbehangenen Oberkörpern zu presslufthammerartiger Schallplattenunterhalter-Musik abtanzten, als hätten sie den Schuss nicht gehört und als hätte es den Schießbefehl an der innerdeutschen Grenze nie gegeben. »Liebesparade«, meinte Labensky zu verstehen, so wurde dieses alljährliche Rambazamba-Ereignis genannt, und dabei musste er, wie so oft in diesen Jahren, unweigerlich an Rita denken.

Er hatte sie zu der Zeit bereits seit mehr als zwanzig Jahren nicht mehr gesehen. Er dachte jeden Tag an sie, aber er wagte auch nach dem Mauerfall nie daran zu denken, einfach in den Westen zu fahren und Rita dort zu suchen. Er kam sich vor wie blockiert, traute sich nicht, Rita in ihrem neuen Westleben hinterherzusteigen.

Die legendären blühenden Landschaften da drüben, redete er sich ein, um gar nicht erst den Mumm aufzubringen, waren nichts für einen wie ihn, für einen Heuschnupfenallergiker. Zwar hieß es eine Zeit lang, dass diese schönen Landschaften auch überall im Osten erblühen sollten – Labensky bereitete sich schon auf das Schlimmste vor –, doch dann wurde doch nichts aus dem Versprechen, und er atmete erleichtert durch die Nase auf.

Er blieb, während er Rita ganz sicher im nun wieder angeschlossenen Westen wähnte, sein ganzes Leben lang im Osten. Stets mit der leisen, ihm meist verboten vorkommenden Hoffnung, dass Rita nun, da die Mauer nicht mehr da war und alles plötzlich ein Land war, vielleicht eines Tages doch noch wieder auftauchen und vor ihm stehen und wie durch ein Wunder zu ihm zurückkehren würde. In die nun ehemalige DDR. In ihr altes Heimatdorf, wo sie einander als Kinder kennengelernt hatten.

Er wollte nun auf der Rückbank des Schwarztaxis auch noch erzählen, wie alles weiterging und wie er eines Tages dann von Brandenburg nach Erfurt kam, ins Feierabendheim, als das Taxi schon die Altstadt Warnemündes erreichte. Da, endlich, hoch über dem Ostseebad, ragte der stolze Dreizack des Hotels Neptun übers Meer.

33

DER WINNETOU DES OSTENS

Die Wellen der Ostsee schlugen ungebügelt und mit Wind im Rücken auf den Strand. Ein weiter, fast grenzenloser Himmel spannte sich darüber auf. Im Schritttempo rollte das Schwarztaxi nur eine Armlänge vom Dünenrand entfernt die Seestraße entlang über die Promenade und die gepflasterte, mit Flaggen gesäumte Hotelzufahrt hinauf, bis vor den Eingang dieses weißen, fünf Sterne noblen Turmbaukastens, der seine berühmt-berüchtigte Linientreue noch immer neunzehn Stockwerke hoch unter Beweis stellte.

Labensky drückte die Nase gegen die Scheibe und blickte staunend an der Balkonfassade hinauf zum Himmel, während Matthias das Trinkgeld praktisch und modern mit seinem Handy zahlte.

Was hatte Labensky vor und nach der Wende nicht schon alles über das sagenumwobenste und prächtigste Hotel der DDR gehört: Koloss der Träume! Schloss der Spione! Eine Dreihundertfünfzig-Betten-Burg aus Schwedenstahl, mit Milch-Bar und mit Broiler-Bar, mit Panorama-Café und Wellenbad und allem Pipapo. Alle waren sie schon hier gewesen: Walter Ulbricht und Erich Honecker, Willy Brandt und Fidel Castro, Michail Gorbatschow und Sigmund Jähn. Auch Vertreter von Mielkes Firma und deren Stasi-Wanzen zählten neben Geschäftsleuten und Diplomaten angeblich zu den Stammgästen.

Und nun, mit mehr Glück als Verstand, war er selbst da, Heinz Labensky, neunundsiebzig Jahre alt, Ostzonengewächs, Feierabendheimbewohner.

Er stieg aus dem Auto. Der Wind fegte sein Resthaar kreuz

und quer. Der Geschmack von Salz lag in der Luft. Die Eingangstür zum Hotel Neptun öffnete automatisch, rollte ihm den Teppich aus.

Er hatte es von Erfurt, aus einem stinknormalen Feierabendheim mitten im Nirgendwo von Deutschland, bis an die Ostsee geschafft.

Das Ziel seiner Reise war jetzt nur noch Schritte entfernt, und doch war Labensky kaum in der Lage, auch nur einen Schritt zu machen.

Es lag daran, dass er während der Busfahrt stundenlang in seinen Erinnerungen gegraben hatte, um zu verstehen, was passiert war, wie er Rita immer wieder aus den Augen hatte verlieren können und irgendwann dann endgültig verloren hatte. Nur eine Antwort auf die Frage, was aus Rita geworden war, hatte er noch immer nicht.

Er wusste nicht, wie er Ritas Tochter so unter die Augen treten sollte. Er musste jetzt, da sie hier ja jederzeit vor ihm stehen konnte, wieder an den Brief denken, den sie ihm geschrieben hatte. Und wenn er daran dachte, musste er auch an den beigelegten Zeitungsartikel denken und an diese Klärgrube in Berlin-Pankow, in der man die unbekannte Frau gefunden hatte. Labensky hielt auf einmal inne, sein Gedankenlauf geriet ins Stolpern.

Pankow, dachte er plötzlich. Was sollte Rita denn in Pankow?

Die Frage schoss ihm in alle Glieder. Er mochte ja geistig nicht gerade auf der Überholspur fahren, aber der Gedanke kam ihm nach Hunderten Kilometern auf der Autobahn wirklich erst jetzt: Wie sollte Rita denn in Pankow, also im ehemaligen Ostberlin, gefunden werden können, wenn sie doch damals in den Westen geflohen war? Wenn stimmte, was in dieser Zeitung stand, nämlich, dass die gefundene Frau wohl im Jahr 1975 in Pankow gestorben sein musste … ja, hieß das dann nicht, dass …?

Labensky konnte den Gedanken nicht zu Ende denken, weil Matthias, sein Begleiter, ihn über den Eingangsteppich ins Hotel schob. Dabei hielt er Labensky wie ein Haifisch grinsend sein Handy vor die Augen, auf dem jetzt der Schriftzug *Amazon* aufflackerte.

»Wussten Sie das?«, fragte er belustigt und zeigte auf den Bildschirm. »Wussten Sie, dass dieser Enke niemals aufgehört hat?«

Labensky, verdutzt, wusste überhaupt nichts. Womit hatte Enke niemals aufgehört? Er kniff die Augen zusammen und betrachtete den Bildschirm. Er las etwas von einem Buch zum Gebrauchtpreis von 19,67 Euro und traute seinen Augen nicht: *Bernsteinzimmer-Report. Raub, Verschleppung und Suche eines weltbekannten Kunstwerkes. Von Paul Enke, erschienen am 1. Januar 1987.*

»Er muss noch jahrelang zum Schein weitergesucht haben«, meinte Matthias und lachte vergnügt. »Er hat jedenfalls kurz vor der Wende ein Buch darüber geschrieben, einen ganzen Report, um den Schwindel abzurunden und den Stasi-Bluff perfekt zu machen!«

Labensky staunte. Er hatte sich immer vorgestellt, dass Enke auf der MS Völkerfreundschaft gemütlich seinem Lebensabend entgegengeschippert war. Doch anscheinend hatte ihm das süße Lotterleben als Schatzsucherdarsteller der Stasi doch noch besser gefallen, weshalb er das Theater, wie er es nannte, bis zum Ende der DDR am Laufen gehalten hatte. Was für ein Aufwand! Was für ein Affentanz!

Begeistert kündigte Matthias an, sich das Werk auf der Stelle online zu bestellen, während sie gemeinsam die Hotellobby betraten.

Die Halle, wie man früher dazu sagte, wirkte beinahe genauso groß, wie das Hotel hoch war. Ganz rechts, den marmorgefliesten Gang hinunter, ging es zu Restaurants, Boutiquen und zur legendären Broiler-Bar. Die Milch-Bar, die

Labensky durchaus interessiert hätte, war offenbar geschlossen worden. Dafür befand sich links, gleich neben der bodentiefen Fensterfront, eine Lobby-Bar mit Barhockern und Tresen, mit Sofas, Sesseln und sogar einem Klavier, auf dem ein älterer Herr im Anzug klimperte, während Gäste mit Sektflöten um ihn herumstanden und sich berieseln ließen.

Labensky richtete den Blick geradeaus. Vor ihm, auf einem mannshohen Flimmerbildschirm zur Gästeinformation, zeigte ein Pfeil zum *Konferenzsaal* und ein anderer zum *Bernsteinsaal.*

Er schüttelte den Kopf. Veräppeln konnte er sich alleine. Auf so was würde er nicht noch mal hereinfallen. Ihm war jetzt weder nach einer exklusiven Amüsiervorstellung zumute, noch war er bereit, sich ein zweites Mal so leicht auf den Holzweg führen zu lassen. Stattdessen suchte er Matthias' Windschatten. Der kannte sich als Stammgast schließlich bestens aus und preschte gleich zielstrebig zur Rezeption vor. Er hatte es offensichtlich eilig, auf sein reserviertes Zimmer zu gelangen, damit ihn niemand sah und damit auch seine kontrollwütige, doch ahnungslose Ehefrau zu Hause unmöglich spitzkriegen konnte, dass er überhaupt hier war.

Hinter dem Empfangstresen stand ein junger Mann mit zu großem Anzug und einem Seitenscheitel, der sich im letzten Moment umentschieden hatte. Labensky sah aus sicherer Entfernung zu, wie sich Matthias bei der Hotelfachkraft erkundigte, ob seine Verabredung schon da sei. Er bestand auf ein Meerblickzimmer und auf Neptun-Pralinen. Er orderte zwei Flaschen Champagner, eisgekühlt, und wünschte, ab zwanzig Uhr nicht mehr gestört zu werden.

Es lief alles genau wie damals im Hotel Lilli Put, dachte Labensky, der seither kein Hotel mehr von innen gesehen hatte. Und dann musste er daran denken, dass er auch Rita seit jener einen Nacht im Hotel Lilli Put nie wiedergesehen hatte. Er war damals gerade mal dreißig Jahre alt geworden.

Nun wurde er bald achtzig. Und Rita? Labensky wollte den einschießenden Gedanken von eben wieder aufnehmen, wollte sich fragen, was es zu bedeuten hatte, wenn diese gefundene Frau in Pankow, also östlich der Mauer, ums Leben gekommen war, obwohl Rita seines Wissens zu der Zeit längst im Westen war?

Wieder prasselten zu viele Gedanken auf ihn ein. Wieder wurde er abgelenkt, indem er als Nächster an den Empfang gebeten wurde.

»Guten Tag, herzlich willkommen, Sie haben reserviert?«, hörte er den Mann, der in dem zu großen Anzug steckte, fragen.

Labensky drehte sich nach hinten um, ob er gemeint war, und ja, er war gemeint. Vorsichtig bewegte er sich auf die Rezeption zu.

»Wie viele Übernachtungen bei uns wünschen Sie?«

Tja, dachte Labensky. Er hatte im Bus ja schon genug gedöst.

Aber wenn er jetzt gleich sagte, weswegen er hier war, dann gab es endgültig kein Zurück mehr. Seine Handflächen fingen an zu schwitzen, doch er konnte jetzt nicht kneifen, er konnte diese ganze Reise nicht umsonst gemacht haben. Das war keine Möglichkeit. Er wollte Ritas Tochter wenigstens einmal persönlich in die Augen sehen. Er wollte ihr Rede und Antwort stehen und als Verantwortlicher alle Schuld, die er verdiente, auf sich nehmen. Er wollte sich für sein Versagen als Ritas allerbester Freund in aller Form bei ihr entschuldigen. Das war das Mindeste, so dachte er, das war er Rita und sich selbst schuldig. Er fasste sich ein Herz. Er sagte: »Ich möchte bitte gerne nur mit einer Frau Rosa Warnitzke sprechen …«

Der junge Mann am Empfang zog leicht den Kopf ein, sodass sein zu weiter Anzug Konfirmantenfalten warf. »Mit Frau Warnitzke?«, fragte er überrascht. »Ist etwas nicht zu Ihrer Zufriedenheit?«

Labensky stutzte. Nein, er war doch gerade erst angekommen.

»Ich fürchte, Frau Warnitzke hat leider wie immer wenig Zeit …«

Labensky runzelte die Stirn. Er war keineswegs erleichtert, wollte wirklich mit ihr sprechen. Dann erinnerte er sich, dass man ihn und Enke damals im Hotel Lilli Put ja auch zuerst gleich wieder hatte wegschicken wollen. Dass es da auch geheißen hatte, Rita sei nicht da, obwohl sie aber doch da gewesen war. Das war in diesen Hotels wohl Standard, eine Art Spiel, mutmaßte Labensky. Und dann erinnerte er sich wieder, dass Enke damals einfach ein Bündel Geldscheine auf den Tisch gelegt hatte, um etwas nachzuhelfen, und so beschloss Labensky, jetzt einfach das Gleiche zu tun. Er wühlte in seiner Blousonjacke, zückte seinen Geldbeutel und legte wortlos alles, was er hatte, auf den Tresen.

Der junge Mann richtete seine Krawatte, sah ihn aus ratlosen Augen an. Er versuchte, Labenskys Geld zu ignorieren, und sagte, es tue ihm leid, aber Frau Warnitzke sei immer sehr beschäftigt.

»Sie ist die Managerin dieses Hotels, verstehen Sie?«

Labensky drehte den Kopf schräg, als hätte er sich verhört. Er musste sich an der Rezeption abstützen. Erst mit der einen Hand, dann mit der anderen. Und dann auch noch mit beiden Ellbogen.

Ist nicht wahr, dachte er, und natürlich wollte er, dass es doch wahr war. Ritas Tochter, Managerin vom Hotel Neptun? War das zu fassen? Er war von den Socken. Was würde Rita dazu sagen? Er fasste sich an den Kopf. Und dann, um doch eine Audienz zu kriegen, fasste er sich in die Jackentasche. Er holte den Briefumschlag hervor. »Den hier hab ich von ihr bekommen …«, sagte er, nur für den Fall, dass das hier irgendwen interessierte.

Der junge Mann beugte sich vor. Er nahm den Umschlag,

den Labensky ihm entgegenstreckte, unter die Lupe, um den Namen Rosa Warnitzke auf der Rückseite zu überprüfen und sich auch den Namen Heinz Labensky in der Adresszeile zu merken. Er überlegte.

Dann, zögernd, nahm er den Telefonhörer in die Hand. Er könne nur versuchen, sie zu erreichen, sagte er vorsichtig. Er wisse nicht mal, ob sie im Haus sei, versprechen könne er nichts.

Höflich, aber bestimmt schob er das Geld zurück über den Tresen und bat Labensky, ein paar Minuten in der Lobby-Bar zu warten.

Labensky bedankte sich und tat, wie ihm geheißen. Er sammelte sein Geld ein, machte auf dem Absatz kehrt und wanderte in Richtung Sofaecke, immer den klimpernden Klaviertönen hinterher.

Auf dem Weg dorthin sah er Matthias. Der Haifisch stand schon vor den Aufzügen. In grienender Vorfreude auf seine verbotene Hotelübernachtung hatte er den Kragen seines Manschettenhemds weit aufgeknöpft. Es klang, als würde er noch kurz mit seiner Frau telefonieren. Labensky hörte ihn von einem »anstrengenden Tag« und »Überstunden« fabulieren. Er hörte ihn bedauern, leider, leider wohl wieder eine lange Nachtschicht einlegen zu müssen.

Labensky musste an Enke denken, an dessen geschäftige Telefonate mit Erich Mielke im Gästehaus von Carinhall. Je weniger in Wahrheit los war, desto mehr gab es also anscheinend zu erzählen.

Angespannt, Ritas Tochter vielleicht schon in wenigen Momenten zu begegnen, näherte er sich der Lobby-Bar, wo noch immer der grauhaarige Mann im Anzug am Klavier saß, um die Gäste des Hotels zu unterhalten. Labensky blieb am Rand stehen und beobachtete die Leute, die ganz im Gegensatz zu ihm festlich gekleidet waren. Die Damen onduliert und schmuckbehangen, die Herren kaum weniger herausgeputzt.

Im Takt wippten sie mit den Beinen, während der alte Grauhaarige leidenschaftlich in die Tasten haute.

Labensky wollte zuhören, aber er war zu aufgeregt, und zu viele unfertige Gedanken tummelten sich in seinem Kopf. Er kam gar nicht darüber hinweg, dass Ritas Tochter das Hotel Neptun führte.

Mit allem hätte er gerechnet, aber nicht damit. Und es machte ihn nur noch nervöser. Er fühlte sich ihr gegenüber jetzt noch kleiner. Vor allem aber hing er der Frage nach, was es zu bedeuten hatte, dass diese unbekannte Frau, die bereits 1975 gestorben sein sollte, in Pankow gefunden wurde, obwohl Rita da ja gar nicht mehr im Osten gewesen war. Bedeutete es nicht, wollte Labensky glauben, dass diese Frau unmöglich Rita sein konnte – dass also alles nur ein riesengroßer, albtraumhafter Irrtum sein musste?

Der Gedanke versorgte ihn mit einem warmen, flüssigen Gefühl.

Er wollte sich an dem Gedanken festhalten wie an einem Strohhalm. Dann schoss ihm ein anderer, ganz irrer Gedanke ein: Was, wenn Rita gar nicht geflüchtet war, so wie er immer angenommen hatte? Was, wenn er sich das nur erzählt hatte, um nicht verrückt zu werden? Was, wenn sie in Ostberlin geblieben war?

Je länger er diese Gedanken hin und her schob, desto lauter knarzte es in seinen Gehirnwindungen. Ein Geräusch, das ihn daran erinnerte, wie oft Bürger der DDR über seltsame Störgeräusche während privater Telefongespräche geklagt hatten, über ein regelmäßiges Rascheln, Knarzen oder Knacken in der Leitung, als hätte sich noch jemand zugeschaltet – so kam es Labensky nun in seinem Kopf vor. Hatte er sein Oberstübchen sein Leben lang auf Sparflamme beheizt, war jetzt zu viel Betrieb auf einmal. Und sosehr er sich auch bemühte, nicht die Nerven zu verlieren – ihm kam jetzt, zu seiner Verunsicherung, auch noch ein dritter Gedanke in den Sinn, den er hier, da er auf Ritas Tochter wartete und dabei nervös von einem Bein aufs andere trat, auch in Betracht ziehen musste: Konnte er sich überhaupt auf sich verlassen? Was wusste er wirklich, und was braute sich bloß in seinem Quadratschädel zusammen? Der Brief, den er erhalten hatte, hatte alles auf den Kopf gestellt. Sein halbes Leben lang war er davon ausgegangen, dass er als Ritas bester Freund und Aufpasser seine Pflicht getan hatte. Die Nachricht, dass er vielleicht doch versagt haben könnte, hatte ihn nicht nur angetrieben, diese Reise zu machen. Sie hatte ihn gezwungen, Erklärungen zu finden. Doch waren diese Erklärungen nicht wieder nur Geschichten? War das, was aus den Versenkungen seiner Erinnerung hochgeschwommen kam und was er Matthias und Didinga und Mila und Ben und nicht zuletzt sich selbst erzählt hatte, tatsächlich die Wirklichkeit? Oder war all das bloß seiner blühenden, hirnverbrannten Fantasie entsprungen, um sein Gewissen zu beruhigen? Je weniger in Wahrheit los war, desto mehr gab es anscheinend zu erzählen, dachte Labensky jetzt noch einmal. Vielleicht galt das ja nicht nur für Matthias oder Enke oder Abuschenko, sondern auch für einen Traumtänzer wie ihn?

Seine Beine gaben nach. Seine Knie kamen ihm auf einmal vor wie aus Gummi gemacht. Reiß dich zusammen, Labensky.

Er hörte, wie das Klavierspiel endete und die Hotelgäste begeistert klatschten. Er sah, wie der grauhaarige Herr hinter dem Flügel aufstand, um sich zu verneigen, und ihm war es, als gleite er nun, in diesem Augenblick, von einer Einbildung gleich hin zur nächsten: Der Klavierspieler, sah er, verzog nicht eine Miene. Er machte ein Gesicht, als sei ihm der Applaus peinlich. Labensky konnte sich nicht helfen, aber ihn erinnerte dieses markante, grundbescheidene und ihm doch bekannt vorkommende Gesicht an das von Gojko Mitić, wenn der als Indianerhäuptling mal wieder eine Heldentat vollbracht hatte. Kein anderes Gesicht – mal abgesehen von Ritas – hatte Labensky häufiger studiert. Kein anderes hatte er je versucht nachzuahmen. Und nun, je länger er die kantigen Züge des Herrn hinterm Klavier betrachtete, je länger er dabei an Gojko Mitićs unverwechselbare Mimik dachte, desto mehr kam es ihm vor, als sei es ein und dasselbe Gesicht, nur einige Jahrzehnte älter.

Labensky traute seinen Augen nicht. Laus mich doch der Affe, dachte er. Vollkommen unmöglich, sagte er sich: Stand hier denn wirklich der größte Schauspielstar der DDR leibhaftig vor ihm?

Als großes, unumstößliches Vorbild in nahezu allen Lebenslagen hatte Gojko Mitić ihn mindestens sein halbes Leben lang begleitet.

Mitić, als Bauernsohn in Jugoslawien geboren, so hatte Labensky mal gehört, war gerade mal vier Jahre älter als er selbst. Auch sein Vater hatte im Krieg gekämpft, als Partisane gegen die deutsche Wehrmacht. Er selbst hatte später in Belgrad Sport studiert, und weil die Deutschen keine zwanzig Jahre nach dem Krieg wieder nach Jugoslawien kamen – nicht um Krieg zu führen, sondern um Filme zu drehen –, trat Mitić als Stuntman und Komparse in so manchem Streifen auf. Seine ersten Rollen hatte er nicht in der DDR, sondern in der BRD. In Filmen wie *Old Shatterhand, Winnetou 2* und *Unter Geiern.* Danach baute man ihn zum Winnetou des Ostens auf, zum DEFA-Chefindianer, der bald einen Kassenschlager nach dem anderen jagte. Dreißig Jahre lang ritt Mitić tapfer durch die Prärie des DDR-Fernsehens. Dann kam die Wende. Dann löste er Pierre Brice als Winnetou des Westens ab, bei den Karl-May-Spielen in Bad Segeberg. Und dann verlor Labensky ihn fast aus den Augen. Dann verlor sich seine Spur in den ewigen Jagdgründen gesamtdeutscher Fernsehunterhaltung. Hier und da tauchte er noch im Vorabendprogramm auf, nicht mehr als Indianerhäuptling, sondern in Serien wie *Forsthaus Falkenau, Soko Leipzig* oder *In aller Freundschaft.* Und nun, eigentlich unmöglich, im Hotel Neptun?

Labenskys Verunsicherung war komplett. Wenn er wirklich der Meinung war, dass ausgerechnet Gojko Mitić hier Klavier spielte – tja, dann war ihm ja wohl wirklich nicht mehr zu helfen.

»Wie kann ich Ihnen helfen?«, hörte er da eine Frauenstimme in seinem Rücken fragen. Labensky, ahnungsvoll, traute sich kaum, ihr ins Gesicht zu sehen. Ritas Tochter? Er zögerte. Er zitterte. Vorsichtig, auf Beinen wie aus Wackelpudding, drehte er sich um.

34

EINSTEIN

Ihre Augen sahen genauso aus, wie er sie sich vorgestellt hatte – bis auf die Farbe der Iris. Die Katzenaugen, in die er blickte, waren nicht dunkelbraun wie Ritas Augen. Sie waren viel eher ostseeblau, so wie das Meer an einem klaren Sommertag, und genauso warm und freundlich schauten sie ihn an.

Labensky brachte nicht einen Ton heraus. Was hatte er sich während der langen Busfahrt nicht alles vorgenommen und nur für diesen einen großen Moment zurechtgelegt! Wo war das hin? Die Frau, die Ritas Tochter sein musste, ließ es durch ihr bloßes Auftauchen und gerade mal fünf Worte, die sie mit geübter Hotelmanagerinnenstimme aussprach, einfach aus seinem Kopf verschwinden.

»Sie hatten sich an der Rezeption nach mir erkundigt, richtig?«, fragte sie ihn noch einmal sanft. »Was kann ich denn für Sie tun?«

Labensky blies die Backen auf. Er wusste nicht, wie er das sagen sollte. Eher hätte er sich getraut, auf diesen Gojko-Mitić-Doppelgänger zuzugehen und ihn um ein Autogramm zu bitten. Aber Ritas Tochter sagen, wer er war und weshalb er extra hergekommen war?

»Ich fürchte, wenn Sie mir nicht sagen möchten, was Ihr Anliegen ist, dann kann ich leider …«, brach die Frau den Satz ab, ehe sie ihn zu Ende gesprochen hatte. Ihr Blick war an Labenskys grauer Erscheinung auf und ab gewandert und bei dem Briefumschlag, den er in seiner Hand hielt, abrupt stehen geblieben. Sie schien den Umschlag, den sie selbst vor gerade mal ein paar Tagen abgesendet haben musste, wiederzuerkennen. Ihre blauen Katzenaugen weiteten sich. Sie sah Labensky an, als erkenne sie jetzt natürlich auch ihn.

»Sie müssen … Herr Labensky sein …«, sagte sie leise, ohne dass er ein Wort gesagt hatte. Blankes Staunen legte sich auf ihr Gesicht. »Ich war mir nicht sicher, ob mein Brief Sie überhaupt erreicht …?«

Labensky nickte, als wollte er dessen Eingang hiermit persönlich bestätigen. Mehr brachte er nicht zustande. Er war wie gelähmt.

»Was halten Sie davon, wenn wir irgendwo in Ruhe sprechen?«

Wieder nickte Labensky. Es war ihm alles recht. Er musste daran denken, wie Rita früher als Mädchen mit diesen Draufgängerburschen hinterm alten Dorfspritzenhaus verschwunden war, um ebenfalls in Ruhe zu sprechen. Er wollte überall Ähnlichkeiten sehen.

Es war, als wollte er, dass mit Ritas Tochter jetzt auch Rita wieder vor ihm stünde. Dabei hielt sich die rein äußerliche Ähnlichkeit, abgesehen von den Katzenaugen, zumindest auf den ersten Blick in Grenzen: Natürlich war die Frau, die Ritas Tochter war, genau wie ihre Mutter eine Schönheit. Natürlich hatte auch sie diesen frechen, unverstellten Blick und diese Grübchen, die ihrem Gesicht, das schon im mittleren Alter sein musste, etwas Lausmädchenhaftes gaben. Aber ihre Haare waren dunkelblond, nicht dunkelbraun, und nicht gelockt, sondern glatt bis zu den Schultern. Auch ihre Haut war mindestens einen Farbton heller als die von Rita, ihr Gesicht nicht ganz so fein, doch umso feiner war ihre Kleidung. Sie trug elegante Schuhe mit hohen Absätzen und einen schicken dunklen Hosenanzug, den Rita wohl als Bonzenfummel bezeichnet hätte, wenn es so was wie Hosenanzüge schon in der DDR gegeben hätte.

»Sind Sie den ganzen Weg aus Erfurt gekommen? Sie müssen doch hungrig sein?«, erkundigte sie sich und winkte ihn einladend zu den Hotelaufzügen. Labensky folgte wie ein stummer Gast. Tatsächlich hatte er den ganzen Tag so gut wie nichts gegessen, aber Hunger war ausnahmsweise mal das Letzte, woran er gerade dachte.

In der Tür desselben Aufzugs, mit dem eben noch Matthias lüstern nach oben gesaust war, funkelten neunzehn Knöpfe für neunzehn Stockwerke.

Ritas Tochter, Labensky kam diese Bezeichnung noch immer höchst unwirklich vor, drückte den obersten Knopf, zur *Sky-Bar* und zum *Café Panorama*. Die Fahrstuhltür ging zu, Labensky suchte einen sicheren Stand, dann fuhren sie schweigend in die Höhe.

Schwindel erfasste ihn. Den ganzen Tag und die ganze Busfahrt über hatte er erzählt wie ein Weltmeister, aber jetzt fühlte sich seine Zunge an wie ein rauer, trockener Klumpen. Er bekam die Zähne nicht auseinander, und vor allem konnte er den Blick kaum halten. Er wagte nicht, sie richtig anzusehen. Seine Augen mussten ausweichen und auf seine grauen Klettschuhe starren. Nicht mal ein Räuspern ging ihm dabei über die Lippen, und zu seiner Beunruhigung sagte auch Ritas Tochter nun nichts mehr, um die lastende Stille, die sich Stockwerk für Stockwerk zwischen ihnen ausbreitete, zu durchschneiden. Labensky kam es vor, als werde die Luft immer dünner, je weiter sie nach oben fuhren, und dann, er kriegte kaum noch Luft, kamen sie ganz oben an.

Der Fahrstuhl gab einen leisen Piepton von sich, die Tür glitt auf.

Ritas Tochter ging voran. Auf ihren hohen Absätzen hatte sie die gleiche schwebende Art zu gehen wie ihre Mutter, meinte Labensky zu erkennen, das genaue Gegenteil seines plump stiefelnden Bauerngangs, als hätte er stets eine Schubkarre vor dem Bauch.

Sie gingen ein paar Schritte über einen Flur, vorbei an Wänden voller gerahmter kleiner Bilder prominenter Gäste, die seit der Wende im Hotel Neptun übernachtet hatten: Achim Mentzel, Roberto Blanco, Helmut Kohl. In Labenskys Augen eine hübsche Mischung aus Ost und West, wobei ein Grenzgänger wie Gojko Mitić fehlte, aber immerhin, so dachte er, ein Doppelgänger tat es auch.

Nach ein paar Metern, noch immer schweigend, betraten sie einen weiten, feierlich hellen Saal mit Teppichboden und cremefarbenen Tischdecken und Ledergarnituren. Der ganze Saal, das sogenannte Café Panorama, war lichtdurchflutet von der Abendsonne, die schon leicht rötlich und beinahe waagerecht auf der einen Seite der Fensterfront ein- und auf der anderen Fensterseite wieder hinausfiel.

»Wo möchten Sie sitzen?«, fragte Ritas Tochter und schlug die Sonnenseite vor, um noch den Blick über die Ostsee zu genießen.

Unsicher arbeitete Labensky mit den Augen. Dieser schnieke Panoramasaal war so gut wie leer, sah aus wie gar nicht geöffnet für Besucher. Genau genommen waren sie ganz allein hier oben. Er drehte sich zum Fenster. »Donnerwetter!«, entfuhr es ihm jetzt doch. Der Ausblick raubte ihm den Atem. Er kam sich vor wie in einem Wolkenkratzer oder wie im Tele-Café des Berliner Fernsehturms. Der Blick ging endlos über das Meer, das flach unter ihnen lag wie ein riesiges blaues Tuch. Am Horizont krauchten Frachter, vom Hafen legten Kreuzfahrtschiffe ab. Am herrlichsten fand Labensky all die Möwenrücken, denen er beim Segeln zusah.

»Dieser Saal ist unser Schmuckstück«, erklärte Ritas Tochter und führte ihn an einen Esstisch direkt am Fenster.

Labensky zog seine Jacke aus, um nicht zu schwitzen. Den Umschlag, in dem der Brief steckte, legte er vorsichtig auf den Tisch.

»Ich hätte nie gedacht, dass Sie hierherkommen …«, sagte sie und schüttelte den Kopf, als könnte sie es wirklich gar nicht fassen.

Labensky wollte direkt ansetzen, sich vollumfänglich zu entschuldigen. Nicht nur für sein Aufkreuzen, sondern für einfach alles. Er kam nicht dazu, weil gleich ein Kellner an den Tisch trat, der wie ein stummer Pinguin die Speisekarten verteilte.

»Bitte, Sie müssen etwas essen! Natürlich sind Sie eingeladen.«

Labensky klappte die Karte auf. Wo anfangen?, fragte er sich überfordert. Dabei dachte er nicht etwa an Vorspeisen oder gar Gänge, die von Würzfleisch in Blätterteigpastete bis zum »Beschwipsten Engel« reichten, sondern an die richtigen Worte, um Ritas Tochter zu erklären, was ihre Mutter ihm immer schon bedeutet hatte.

»Ich kannte Rita, also Ihre Mutter, gut«, fing er am besten ganz grundsätzlich an. »Sie war ja meine einzige und allerbeste Freundin …«

»Ja, Sie beide sind im selben Dorf aufgewachsen?«

Labensky nickte bedeutungsschwer.

»So bin ich überhaupt auf Sie und Ihren Namen gekommen, über das Heimatdorf meiner Mutter«, erklärte sie ihm. »Ich habe etwas recherchiert, wenn man das so sagen kann. Das heißt, ich bin vor ein paar Wochen sogar mal in dieses Dorf gefahren, um mehr über meine Mutter zu erfahren. Alle Leute da, die sie vielleicht noch flüchtig kannten, haben das Gleiche erzählt: dass meine Mutter wegen ihrer Herkunft einen schweren Stand hatte nach dem Krieg. Dass sie als Mädchen praktisch immer allein war, ohne richtige Eltern, aber auch ohne richtige Freunde. Die Leute in dem Dorf sagen, sie hatte wohl ihre ganze Jugend lang nur einen einzigen echten Freund, der sie in Schutz genommen und immer alles für sie gemacht hat. Und dieser eine Freund, hab ich gehört, der waren Sie.«

Labensky wollte noch mal nicken, denn genauso war es ja gewesen. Er fragte sich nur, was aus den alteingesessenen Briesenern, die Rita als Halbstarke auf ihren Motorschwalben umzingelt und ihn regelmäßig verdroschen hatten, geworden war? Und ob sie Ritas Tochter auch von diesen ungestörten Stunden hinter dem alten Spritzenhaus oder von seiner Schwachsinnigkeit erzählt hatten?

»Bitte entschuldigen Sie: Ich will Sie nicht in Verlegenheit bringen«, meinte sie. »Ich habe Sie sicher schon mit meinem Brief überfallen? Ihnen als völlig Fremde einfach zu schreiben, mit so einer Nachricht … das war unüberlegt. Wie eine Übersprungshandlung. Ich fürchte, so was passiert mir leider manchmal. Es war nur …« Sie machte eine Pause. »Ich dachte, wenn Sie damals der einzige Freund waren, den meine Mutter hatte, dann könnten Sie mir vielleicht verraten, was meine Mutter für ein Mensch war?«

Labensky sah sie fragend an. »Was sie für ein Mensch war?«, wiederholte er die Frage, ausnahmsweise nicht, weil er keine Antwort wusste, sondern weil ihm für eine Antwort viel zu viel einfiel. Den ganzen Tag hatte er Geschichten erzählt, aber hier wusste er nicht mehr, wo er anfangen sollte.

»Na ja«, sagte er und bekam nun endlich mal den Mund auf. Er suchte nach der besten Beschreibung, nach einem Bild, das für sich sprach und ihre Einzigartigkeit in Worte fasste. »Wie soll ich sagen … Wenn unser altes Dorf so eine Art Buckelkarpfenteich war«, versuchte er es so, »dann war sie so was wie ein echter Goldfisch.« Er dachte darüber nach, wollte sich korrigieren: »Also, natürlich kein richtiger Fisch. Kein echter Goldfisch, sondern ein menschlicher«, verknotete er sich in seinem Vortrag und machte sein Bild gleich wieder zunichte. »Na, jedenfalls, Rita war ja auch ein Querkopf. Wenn die sich was in den Kopf gesetzt hat, dann gute Nacht, dann hat sie das auch gemacht. Die hat sich von keinem etwas sagen lassen, im Dorf nicht und in der Hauptstadt der Republik erst recht nicht. Die war gerade mal siebzehn, da ist sie alleine nach Berlin gegangen, weil sie das echte Leben ausprobieren wollte. Muss man sich vorstellen! Was da alles passieren konnte! Aber Rita, die hatte keine Angst vor gar nichts, war mutig wie eine Herde Ziegen, und, tja, genauso schwer war sie ja oft zu greifen.«

»Was genau meinen Sie damit?«, erkundigte sich Ritas Tochter.

»Mit der Herde Ziegen?«, fragte Labensky.

Sie lächelte. Und, so fiel ihm dabei auf, sie hatte die gleiche kleine Zahnlücke zwischen den Schneidezähnen wie Rita. »Nein, nein«, sagte sie, »ich meinte, was bedeutet ›schwer zu greifen‹?«

»Na ja«, sagte Labensky, »ich wollte immer bei ihr sein, aber egal, wo ich hingekommen bin, war sie gleich wieder weg …«

»Dann war meine Mutter also eine schlechte Freundin?«

Labensky schüttelte den Kopf. »Sie war meine allerbeste!«

»Aber man konnte sich nie wirklich auf sie verlassen?«

Labensky wusste nicht recht. So hatte er das noch nie betrachtet.

»Es passt, ehrlich gesagt, zu allem, was ich über sie weiß. Sie muss ihr Umfeld auf Distanz gehalten haben. Sie hatte Geheimnisse. Warum? Ich meine, können Sie mir sagen, weshalb sie so geworden ist?«

Konnte Labensky nicht. Oder, besser gesagt, er wusste nicht, wie er das in Worte fassen sollte. Er selbst glaubte ja dunkel, dass Rita ihr Leben lang mit ihrer Zeit in Obhut und der Zeit als ungewolltes Russenkind bei ihrem saufenden und prügelnden Ersatzvater zu kämpfen hatte. Dass sie deshalb immer anders war als alle anderen.

»Ich weiß, dass meine Mutter es als Kind alles andere als leicht hatte. Ich weiß, dass ihre Eltern sie nicht wollten und dass sie nach dem Krieg erst mal in einem Kinderheim aufwachsen musste«, sagte Ritas Tochter, »genau wie ich nach meiner Geburt und nachdem sie einfach so verschwunden ist …«

Labensky schluckte. Er spürte einen heißen Knoten durch seinen Bauch wandern. Ihm war, als wäre das jetzt der Moment, reinen Tisch zu machen, Verantwortung zu übernehmen, sich zu seinem Versagen zu bekennen. Er wollte gerade dazu anheben, da kam der Kellner wieder an ihren Tisch, um die Bestellung aufzunehmen.

Labensky hatte gar nicht richtig in die Karte geguckt. Er guckte jetzt schnell noch mal. Eilig überflog er die Gerichte, um sich einfach für den günstigsten Happen, den Toast Hawaii, zu entscheiden.

Ritas Tochter lächelte sanft. »Für mich bitte auch nur eine Kleinigkeit.« Sie klappte die Karte zu. »Sie wissen schon, was ich meine. Ein bisschen Nervennahrung kann gerade nicht schaden ...«, sagte sie und bedankte sich.

Der Kellner schob ab, und Labensky überlegte noch, was hier im Hotel Neptun wohl als Nervennahrung durchging, da strich Ritas Tochter die Tischdecke mit beiden Händen glatt, wie um jetzt etwas darauf auszubreiten. Da, plötzlich, hörte er sie sagen: »Als ich den Zeitungsartikel gelesen und verstanden habe, dass es möglicherweise die Überreste meiner Mutter sind, die jetzt gefunden wurden ... Sie wissen schon, in dieser Grube in Berlin ... da war ich im ersten Moment schockiert und gleichzeitig erleichtert. Als ich mir vorgestellt habe, dass die gefundene Frau meine eigene Mutter sein könnte, war ein Teil von mir, ehrlich gesagt, fast wie befreit.«

Wieder schluckte Labensky. Er verschluckte sich fast.

Ihr Blick ging durch das Fenster, raus auf die Ostsee, über die sich wieder ein paar Wolken schoben, sodass es von oben betrachtet aussah, als tauche unten ein ganzes Rudel Blauwale durchs Wasser.

Sie schwieg eine Weile. Dann sah sie ihn wieder an. Mit fester und doch angeknackster Stimme erklärte sie ihm, dass sie sich ihr Leben lang gefragt habe, warum ihre Mutter sie damals im Stich gelassen habe. Warum ihre Mutter sie so kurz nach ihrer Geburt allein gelassen habe und einfach für immer von ihr weggegangen sei.

»Ich war mir immer sicher, sie ist aus der DDR geflohen

und hat mich dafür verlassen.« Ihr Blick flackerte, während sie Labensky ansah. »Es gab Jahre, da habe ich meine Mutter deswegen gehasst«, erklärte sie. Aber jetzt, nachdem in Berlin-Pankow diese Frau gefunden worden sei, die zufällig genau zu jener Zeit gestorben sein müsse, als ihre Mutter damals verschwand, sei da auf einmal diese Möglichkeit, dass sie doch nie weggegangen, sondern ums Leben gekommen sei. Die Möglichkeit, dass die Geschichte in Wahrheit eine andere sei und dass ihre Mutter sie doch geliebt habe. »Ich weiß, es klingt absolut furchtbar, aber ein Teil von mir wünscht sich fast, dass …« Sie brachte den Satz nicht zu Ende. »Etwas in mir will noch immer daran glauben, dass sie mich damals nicht freiwillig verlassen hat.«

Labensky versuchte, alles, was er hörte, zu sortieren. Mühsam kam er dahinter, was Ritas Tochter ihm zu sagen versuchte. Und je mehr er dahinterkam, desto mehr musste er sich erinnern, wie Rita früher selbst darunter gelitten hatte, dass ihre Mutter sie nach ihrer Geburt allein gelassen hatte. Und sprach nicht gerade das eindeutig dafür, dass sie ihrer Tochter so etwas nie angetan hätte?

»Sie und ich, wir kennen uns gerade mal zehn Minuten …«, schüttelte die Tochter über sich selbst den Kopf. »Bestimmt halten Sie mich jetzt schon für einen schlechten Menschen?«

Labensky versuchte, den Kopf noch heftiger zu schütteln.

Wenn er hier jemanden verurteilte, dann ja wohl sich selbst. Vor allem aber wollte er, nein musste er das tun, was er immer schon getan hatte – er musste Rita in Schutz nehmen: »Ich glaub ja nicht«, verteidigte er sie, »dass Rita Sie freiwillig allein gelassen hätte.«

»Nein?« Die Tochter sah ihn an. »Was macht Sie da so sicher?«

Labensky überlegte nicht großartig. Er verwies ganz einfach auf ein Gefühl, das ihm schon manchen Dienst erwiesen hatte.

»Ich hab das im Bauch«, sagte er. »Rita hatte vielleicht ihren eigenen Kopf, aber mich hat sie nicht im Stich gelassen. Ohne sie hätte ich die halbe Grundschule doch nie geschafft. Ohne sie könnte ich nicht mal meinen Namen lesen. Und schon gar nicht Ihren Brief. Rita hat immer an mich geglaubt. Für Rita leg ich meine Hand ins Feuer! Beide Hände!«

Er streckte sie aus, wie um sie jederzeit als Faustpfand anzubieten.

Ritas Tochter mühte sich zu einem unentschiedenen Lächeln. Ihr Gesicht sagte ihm, dass sie seine Worte nur zu gerne glauben wollte, es aber nicht konnte. »Sie reden ausschließlich gut über meine Mutter. Sie müssen sie wirklich gern gehabt haben.«

Labensky nickte. Wenn hier eines sicher war, dann das.

»Ich wünschte, ich hätte Ihre Sicht auf die Dinge und könnte sie genauso sehen wie Sie. Wahrscheinlich bin ich selbst schuld daran, dass ich das nicht mehr kann. Wahrscheinlich«, sagte sie auf einmal leise, »hätte ich niemals die Akte meiner Mutter lesen dürfen.«

Labensky verstand nicht. Akte? Welche Akte? Rita, dachte er, hatte mit Bürokram ja so viel am Hut gehabt wie er mit Unterhaltungstanz.

»Ich habe lange mit mir gerungen, das zu tun. Ich habe mich schlecht gefühlt, so mies, wie man sich eben fühlt, wenn man in Hunderten von Seiten und Dokumenten herumblättert, die ein Überwachungsstaat über die eigene Mutter zusammengetragen hat.« Sie machte eine Pause. »Es war aber die einzige Möglichkeit, mehr über sie zu erfahren.« Also habe sie bereits vor etwa einem halben Jahr, als dieser Zeitungsartikel erschienen war und plötzlich wieder all die Fragen in ihr hochgekommen waren, einen Antrag auf Akteneinsicht beim Stasi-Unterlagen-Archiv gestellt. Einen Eilantrag zur Klärung des Schicksals einer vermissten DDR-Staatsbürgerin. »Ich habe beantragt, Einsicht in die Stasi-Akte meiner Mutter zu bekommen.«

Labensky legte den Kopf wieder leicht schräg. Es ging um die Akte bei Mielkes Firma?

Er hatte schon von diesen sehr persönlichen Personenakten gehört, die willkürlich über Bürger der DDR angelegt worden waren und die irgendwelche Schlapphüte im Zuge jahrelanger Verfolgungsmaßnahmen und Lauschangriffe verfasst hatten. Er kapierte nur nicht, wieso die Firma auch eine Akte über Rita angelegt haben sollte. Und wozu? Labensky überlegte. Weil Rita fast nie ein Blatt vor den Mund genommen hatte, wenn sie über das System schimpfte? Weil sie fluchtwillig gewesen war und irgendjemand sie verpfiffen hatte?

Die Überwachung ihrer Mutter, so erzählte Ritas Tochter, habe den chronologisch sauber abgehefteten Berichten nach noch in den Sechzigerjahren begonnen, nur wenige Jahre nachdem sie nach Berlin gegangen war. Sie hätte damals an der Kunsthochschule Weißensee studiert, sei eine erfolgreiche Studentin mit Parteistipendium gewesen. Eine Hochbegabte, der viele Wege offenstanden, aber nach Einschätzung der Stasi auch eine junge Frau mit »instabilem, selbstzerstörerischem Charakter« und also »angreifbarem Wesen«.

Sie pflegte offenbar Verbindungen zu Gruppen der internationalen Achtundsechziger-Bewegung, die den Unterdrückungsapparat der DDR ablehnten und künstlerisch dagegen vorgingen. Durch gezielte Flugblatt- und Protestaktionen anlässlich des Prager Frühlings und durch ihre Kontakte in oppositionelle, intellektuelle Kreise sei sie ins Visier der Staatsmacht geraten, ohne es zu merken. Und als sie es irgendwann gemerkt habe, da sei es zu spät gewesen. Sie sei festgenommen worden, verhaftet wegen staatsfeindlichen Verhaltens.

Labensky legte die Hände nun ebenfalls auf die Tischdecke. Er legte sie so hin, dass er die flachen Handflächen zur Beruhigung auf den Tisch pressen konnte, ohne dass man ihm das ansah.

»Meine Mutter war keine gewöhnliche Staatsfeindin«, sagte die Tochter, »die Stasi muss etwas Besonderes in ihr gesehen haben.«

Sie sei in die Berliner Untersuchungshaftanstalt Hohenschönhausen gebracht worden, wo man sie festgehalten und tagelang verhört habe. Und während dieser Verhöre, darauf deuteten die abgetippten Protokolle hin, hätten Vernehmungsoffiziere wohl nicht nur Gefallen an ihrer äußeren Erscheinung gefunden, sondern auch an ihrem Charme und Intellekt. Sie hätten »rekrutierbares Material« in ihr gesehen, und so hätten sie ihr, im Gegensatz zu anderen politischen Gefangenen, ein Angebot gemacht: Sie hätten ihr angeboten, nicht hinter Gittern für ihre staatsfeindlichen Taten zu büßen, sondern auf freien Fuß zu kommen, ihr Leben zurückzukriegen. Alles, was sie dafür habe tun müssen, war, ihre Loyalität gegenüber der Staatsmacht zu beweisen, also die Seiten zu wechseln und mit der Staatssicherheit zu kooperieren. Man habe ihre Mutter vor die Wahl gestellt: Entweder, sie blieb noch Jahre im Gefängnis eingesperrt, oder sie verpflichtete sich, als sogenannte IME, als Inoffizielle Mitarbeiterin im besonderen Einsatz, für das Ministerium zu arbeiten.

Labensky presste die Hände jetzt so fest auf die Tischdecke, als klebten sie daran. Er konnte nicht begreifen, nicht aushalten, was er da hörte. Er wollte auf der Stelle die Zeit zurückkurbeln, dazwischenfunken und Rita vor den Stasi-Sauhunden beschützen.

»Wenn stimmt, was in den Akten steht«, sagte ihre Tochter, »hat meine Mutter sich nicht lange mit ihrem Gewissen herumgeschlagen. Stattdessen hat sie sich entschieden, sich selbst zu retten und damit alles, woran sie mal geglaubt hat, zu verraten. Sie hat sich umdrehen lassen und eine Verpflichtungserklärung unterschrieben, der Staatssicherheit zu dienen. IME Treue Tanja, so lautete ihr Aktenname. Und der Name sollte wohl Programm sein: Ihr sogenannter operativer

Einsatzbereich, den Führungsoffiziere für sie vorgesehen hatten, bestand nämlich ausschließlich aus Männern …«

Am Anfang, erzählte ihre Tochter, sei ihre Mutter auf diverse Ziele – sprich männliche Personen, die für die Stasi von Interesse waren – angesetzt worden: auf ganz normale Männer aus dem Kunst- oder Studentenumfeld, mit denen sie oft ausging, um Informationen über sie und das Milieu zu sammeln. Aber auch auf ältere, wichtigere Persönlichkeiten der Berliner Planwirtschaft, zum Beispiel auf die Chefs einschlägiger Gastronomiebetriebe, in denen sich die Hauptstadt traf. Der Betreiber des Tanzcafés HEKO sei so ein Ziel gewesen und auch der Leiter des Restaurants Moskau. Die Stasi habe ihre Fühler überallhin ausgestreckt. Sogar auf den Betreiber der Mokka-Milch-Eisbar, in der ihre Mutter sogar zum Schein als Kellnerin gearbeitet habe, habe man sie angesetzt. Sie habe den Männern schöne Augen machen, sie um den Finger wickeln sollen, um sie gleichzeitig auszuleuchten.

In Labensky leuchtete es auch, er horchte schon wieder auf: Mokka-Milch-Eisbar? Er musste an diesen Genusshandwerksleiter denken, den er damals vermöbelt hatte. Hatte Rita in Wahrheit nicht für den gekellnert, um Eisbargäste, sondern Stasi-Führungsoffiziere zu bedienen? Wo war sie da nur reingeraten, in was für einen Sumpf?

»Sie hatte offensichtlich nicht nur das Aussehen dafür, sondern auch ein gewisses Talent«, meinte ihre Tochter kühl. In den Berichten sei die Rede gewesen von »ausgefeilten Verführungstechniken«, mit denen sie sich das Vertrauen von Zielpersonen gesichert habe. Sie sei anscheinend so gut darin gewesen, dass sie sehr bald sogar befördert wurde. Jedenfalls sei sie irgendwann, praktisch von einem Tag zum nächsten, aus dem Gastronomie-Milieu abgezogen und stattdessen ins Berliner Nachtleben eingeschleust worden. Zu den Zielen dort hätten nicht länger Studenten, Künstler oder Planwirtschaftsvertreter, sondern hochrangige Geschäftsleute, Diplomaten und Politiker aus Westdeutschland gezählt. Deren beliebtestes Ziel wiederum, wenn schon mal zu Besuch in Ostberlin, sei ein berüchtigtes, exklusives Edel-Etablissement gewesen, das zu einem Stasi-Bordell unter dem Dach einer Nachtbar namens Lilli Put gehörte.

Labensky versuchte, sich nichts anmerken zu lassen. Es kam ihm vor, als würde er die Orte, an denen er Rita damals wiederbegegnet war, jetzt der Reihe nach in seinen Gedanken noch einmal begehen und als stünden diese Orte und Begegnungen nun in einem anderen Licht. Die Bilder seiner Erinnerungen und die Bilder, die er jetzt vor sich hatte, überlappten sich, prallten gegeneinander, stießen einander ab wie zwei gleiche Magnetpole. Es war, als würde ein eiserner Vorhang in seinem Kopf gelüftet und dahinter eine Realität zum Vorschein kommen, die mit seinem Erleben gar nichts gemein hatte.

»HwG-Personen«, sagte Ritas Tochter, »so hat man Frauen, die in so einem Etablissement arbeiteten, damals in der DDR genannt.«

»HwG-Personen?«, wiederholte er, als sei ihm dieser Ausdruck damals, an der Seite von Herrn Enke, nicht schon einmal begegnet.

Sie zögerte, als sei ihr die Erklärung unangenehm. »Häufig wechselnder Geschlechtsverkehr …«, sagte sie dann. Die Stasi habe in dem Milieu wohl häufig Mitarbeiterinnen als sogenannte Honigfallen in sogenannten operativen Betten eingesetzt, um belastendes Material zu sammeln und ausländische Politiker zu erpressen.

»Aber meine Mutter hat da nicht mitgemacht. Jedenfalls deuten alle Berichte ihrer Führungsakte darauf hin, dass sie zumindest in der Hinsicht nie weit gegangen ist. Vielleicht musste sie das nicht. Vielleicht hatte sie andere Mittel, und vielleicht war sie geschickter. Nur ein einziges Mal, bei einem einzigen Mann, der sie in diesem Etablissement besucht hat und zu dem sie wohl ein sehr besonderes Verhältnis hatte, muss sie selbst schwach geworden sein …«

Ritas Tochter sah Labensky an. Dann blickte sie wieder aus dem Fenster. Sie sagte, dass dieser eine Mann, von dem sie spreche, anders gewesen sei als alle anderen Männer, mit denen ihre Mutter verkehrt habe. Er sei immer wieder an verschiedenen Stellen ihrer Führungsakte aufgetaucht, als rätselhafte, schwer zu fassende Gestalt.

Suchend blickte sie aufs Meer. Der Wellengang wurde stärker, über der Ostsee zog ein Wind auf, während sie Labensky nun von diesem einen rätselhaften Mann erzählte und während Labensky selbst noch gar nicht wusste, ob er von diesem ominösen Kerl, bei dem Rita anscheinend schwach geworden war, überhaupt hören wollte.

»Er muss ganz anders als meine Mutter gewesen sein«, sagte sie, »aufrechter und kompromissloser. Nach allem, was ich weiß, war er sogar im Kampf gegen den Staat noch viel entschlossener …«

Er sei, wenn man den Berichten dieser Akten Glauben schenken konnte, aus Sicht der Stasi wie ein Phantom gewesen. Ein Mann ohne Gesicht, der zu verschiedenen Zeitpunkten im Leben ihrer Mutter wie aus dem Nichts aufgetaucht und dann, noch ehe der Verfolgungsapparat zuschlagen konnte, genauso schnell wieder verschwunden sei. Ein Einzelgänger, der sich dem systemkonformen Leben in der Diktatur verweigerte und stattdessen im Untergrund quer durch die DDR streifte, um das Regime herauszufordern und durch radikale, subversive Aktionen gezielt zu torpedieren. Ein Kämpfer für die Stimmlosen und Schwachen, der sich unerkannt in ein geheimes Nachwuchsinternat des Ministeriums für Staatssicherheit einschleusen ließ, nur um es gezielt in Brand zu setzen und wehrlose Kinder, die dort gegen ihren Willen festgehalten wurden, zu befreien. Ein Gesetzloser, der mit alternativen Lebensformen experimentierte, wohl zeitweise nur in seinem

Auto schlief und schließlich als Anführer einer illegalen Transportflotte über Jahre hinweg mit endlosen, uferlosen Schwarztaxifahrten den öffentlichen Verkehr der Hauptstadt unterwanderte, um Staatseinnahmen abzuschöpfen und die Planwirtschaft des Systems zu schwächen.

Labensky bekam eine Gänsehaut. Er verstand so schnell nicht alles, was Ritas Tochter ihm da erzählte, aber an ihrer erregten, fast schwimmenden Stimme hörte er, wie ergriffen sie war. Er sah die Begeisterung in ihren Augen. Er spürte ihre Bewunderung.

Dieser Mann müsse durch und durch furchtlos gewesen sein, fuhr sie fort. Ein Rebell, der über Grenzen ging, sogar mit den in Westdeutschland gesuchten Anführern der RAF kooperierte und Drogen konsumierte, um neue Bewusstseinssphären zu erschließen. Ein ewiger Widerständler, der praktisch im Alleingang auch gegen das verbrecherische Erbe der Nazidiktatur vorging, und zwar viel raffinierter als die RAF; der nämlich unter Einsatz seines eigenen Lebens den ehemaligen Landsitz Hermann Görings, Hitlers Stellvertreter, in die Luft sprengte und mit der endgültigen Zerstörung letzter, wohl dort versteckter Goldvorräte auch das wirtschaftliche Ende der Deutschen Demokratischen Republik einläutete.

Labensky durchzuckte es im ganzen Körper. Er hatte tausend Gedanken und gleichzeitig keinen.

»Es überrascht mich überhaupt nicht«, meinte Ritas Tochter und drehte sich ihm wieder zu, »dass jemand, der so kompliziert war wie meine Mutter, so einem Mann verfallen war …«

Zwar seien in ihrer Akte so gut wie alle Stellen, die diesen Mann betrafen, aus irgendeinem Grunde lückenhaft, teilweise über einzelne Worte oder Absätze und teilweise über ganze Passagen hinweg geschwärzt. Fast sei es, als hätte irgendwer genau die Stellen, die sich um ihn drehten, nachträglich überarbeitet und umgeschrieben. Allerdings deuteten all diese Passagen darauf hin, dass es sich um einen ebenso charismatischen wie unnahbaren Freidenker gehandelt haben müsse; um einen Mann von enormer Aura und Präsenz, der allem Anschein nach nicht nur im Existenzialismus eines Jean-Paul Sartre zu Hause gewesen sei, sondern, ganz abgesehen von seinen bewundernswerten Taten und intellektuellen Fertigkeiten, in jeder Hinsicht einnehmend und anziehend gewirkt haben müsse. Er sei vermutlich groß gewachsen, breitschultrig und kräftig gewesen, wenn man den Vermerken in der Stasi-Akte glaubte, mutmaßte sie. Jedenfalls sei er wohl keiner Schlägerei aus dem Weg gegangen und habe sich mindestens einmal, bei einem Vorfall in dieser Mokka-Milch-Eisbar, sogar ihrer Mutter zuliebe geprügelt, es anscheinend mit jedem, die ihr zu nahe kam, aufgenommen.

Noch immer hörte Labensky einfach nur zu. Er merkte, wie Ritas Tochter schwärmte. Und er merkte, wie viele Gedanken sie sich um diesen sagenhaften Mann bereits gemacht hatte.

»Ich glaube, dass er um die Abgründe meiner Mutter wusste. Dass sie ihn als Einzigen nicht täuschen konnte. Jedenfalls hat er alles getan, um sie zu retten: Er ist überall dort aufgetaucht, wo meine Mutter war, und er hat alles versucht, um die Aufmerksamkeit der Stasi mit immer größeren, staatsfeindlicheren Sabotageakten auf sich selbst zu lenken, damit sich meine Mutter als Inoffizielle Mitarbeitern nicht länger mit anderen, wildfremden Männern einlassen musste, sondern mit ihm. Und das hat sie dann eines Tages auch gemacht – jedenfalls mindestens in einer Nacht …«

Sie stockte, als sei sie sich nicht sicher, ob und wie sie das Labensky gegenüber in Worte fassen sollte. Ob die Details wirklich hierhergehörten. Sie klang, als sei das alles eigentlich zu persönlich. Als sei ihr nicht wohl dabei.

»Es muss in diesem Etablissement gewesen sein, das Lilli Put genannt wurde …«, gab sie sich einen Ruck. »Vielleicht war meiner Mutter selbst nicht klar, dass jedes einzelne Zimmer in diesem Etablissement von der Stasi abgehört wurde. Vielleicht hat seine bloße Anwesenheit dort sie aber auch leichtsinnig und unvorsichtig werden lassen. Auf jeden Fall haben versteckte Wanzen in dem Zimmer, in dem sich die beiden damals begegnet sind, die ganze Begegnung dieser Nacht aufgezeichnet.« Wieder stockte sie. Wieder tat sie sich schwer, es richtig zu formulieren, als schämte sie sich vor Labensky. Dann, als sei ja eigentlich alles daran viel zu absurd und überhaupt nicht auszuhalten, schüttelte sie den Kopf und lachte: »Die Aufzeichnung, also eine Schreibmaschinenabschrift in Protokollform, befand sich in der Akte meiner Mutter. So habe ich unfreiwillig von dieser Nacht im Sommer 1974 erfahren, in der ich allem Anschein nach gezeugt worden bin. Ich habe durch die Stasi-Akte meiner Mutter nicht nur meine eigene Mutter kennengelernt, sondern ganz nebenbei wohl auch noch meinen Vater.«

Im Hotel Neptun, oben unter den Wolken, war es still. Labensky kam es vor, als würde ihn die Höhenluft zunehmend betäuben. Er musste alles, was er hier hörte, langsam zu Boden sinken lassen, um es nur ansatzweise aufsammeln zu können. Er wollte irgendetwas dazu sagen, aber die Worte schafften den Weg nicht über seine Lippen.

Er sah Ritas Tochter an. Wieder konnte er den Blick nicht halten.

Er hörte sie sagen, dass ihre Mutter diesem Mann, der wahrscheinlich ihr leiblicher Erzeuger sei, in dieser einen Nacht wohl nicht nur auf diese Weise nahegekommen sei. Sie habe ihm in jener Nacht wohl auch ein Geheimnis anvertraut. Sie habe von ihrem Plan erzählt, das Land zu verlassen, die Mauer durch einen Fluchttunnel zu unterwandern und aus der DDR in die Bundesrepublik zu fliehen.

Der Mann, hörte Labensky, habe laut Vermerken im Abhörprotokoll offenbar versucht, sie davon abzuhalten. Er habe ihr versprochen, ihr stattdessen eine offizielle Ausreisegenehmigung zu organisieren, einen richtigen Reisepass. Er habe dafür nur noch mal die Stadt verlassen müssen, um dringend irgendetwas ganz Wichtiges zu suchen oder zu erledigen. Was genau, ließ sich dem Bericht – ausgerechnet da wieder geschwärzt – nicht mehr entnehmen. Auf jeden Fall habe er ihrer Mutter das Versprechen abgenommen, unbedingt auf ihn und auf diese Genehmigung zu warten.

»Aber meine Mutter hat nicht gewartet«, sagte die Tochter. »Sie hat laut ihrer Führungsakte weiter für die Stasi gearbeitet, obwohl sie dann ja schwanger war. Und keine zehn Monate später, ich war gerade erst geboren, war sie dann plötzlich weg. Ohne mich. Und ohne meinen Vater, der da schon wieder in der Stadt war und mit der Reisegenehmigung anscheinend überall nach ihr gefragt hat …«

Die Sonne brach durch die Wolken, ein grelles Loch am Himmel.

Ritas Tochter hielt sich an einer Stoffserviette fest. »Na ja«, meinte sie und faltete die Serviette, als würde sie ein Buch zuklappen, »und was ist nun wahrscheinlicher: dass irgendwer, dem meine Mutter zu nahe gekommen war, ihr damals etwas angetan hat? Dass die Stasi, die ja genug andere Mittel hatte, jemanden zum Schweigen zu bringen, ausgerechnet meine Mutter in einer Klärgrube hat verschwinden lassen?« Sie machte ein Gesicht, als hielte sie beides nicht für sonderlich wahrscheinlich. »Ist nicht am wahrscheinlichsten, dass meine Mutter, die ja nicht nur viele Abgründe, sondern bereits seit Monaten den Fluchtplan hatte, ohne Rücksicht auf Verluste ganz von sich aus selbst verschwand?«

In Labenskys Kopf schlug es jetzt Funken, aber er hatte keine Antwort. Er saß einfach nur da und hörte zu und konnte nichts sagen.

»Der Artikel über diese Frau, die jetzt in Berlin aufgetaucht ist … der hat vieles in mir aufgewühlt. Ich musste plötzlich wieder über alles nachdenken, über diese ganzen Fragen. Aber das Nachdenken hat mir geholfen. Mir ist dadurch klar geworden: Es hilft nichts mehr, in der Vergangenheit zu stochern. Selbst wenn meine Mutter diese Frau sein sollte – was ich nie wissen werde –, was würde es an meinem Leben heute nachträglich noch ändern?«

Labensky versuchte zu verstehen, was sie versuchte, ihm zu sagen. Er glaubte, sie sagte ihm, dass sie sich damit abgefunden habe, wohl nie zu erfahren, was tatsächlich aus Rita geworden sei. Aber wenn dem so war, warum hatte sie ihm dann den Brief geschrieben? Er betrachtete den Umschlag, der auf dem Tisch lag, wie ein Rätsel.

»Ich habe nicht damit gerechnet, dass Sie mir sagen können, was damals passiert ist. Und was auch passiert ist, ich bin meiner Mutter wegen nichts mehr böse.« Ihre Stimme klang nicht bitter, eher befreit. »Ich glaube, ich will mir vorstellen, dass sie trotz allem ein guter Mensch war, genau wie Sie sagen. Ich will mir vorstellen, dass sie vielleicht genauso wunderbar war wie mein Vater, den ich auch nur aus diesen Berichten kenne, zu dem ich erst seit dem Lesen dieser Akte eine Spur habe. Er muss ein außergewöhnlicher Mensch gewesen sein. Ein Vorbild, vielleicht sogar ein Held. Einstein, das war sein Name in den Stasi-Protokollen. Sein richtiger, sein bürgerlicher Name war darin nicht zu lesen. Und das ist in Wahrheit, ehrlich gesagt, der eigentliche Grund, weshalb ich mich bei Ihnen gemeldet und Ihnen einfach diesen Brief geschrieben habe: Ich habe gedacht, als alter Freund meiner Mutter haben Sie diesen Einstein vielleicht auch gekannt?«

35

WOLKENKUCKUCKSHEIME

Labensky hörte die Frage. Er hatte alles gehört, was Ritas Tochter in den zurückliegenden Augenblicken gesagt hatte. Also tat er, was ihm nun, da sich die Wendungen langsam, aber sicher überschlugen, als das Vernünftigste erschien: Er entschuldigte sich knapp und verabschiedete sich vorsichtshalber erst mal auf die Toilette.

Den Umschlag mit dem Brief ließ er in seiner Zerstreuung mitten auf dem Tisch liegen. Er nahm ihn nur in seinen Gedanken mit. Sie hingen weiter daran fest, während er taumelnd über den Hotelflur ging, um nach den Waschräumen zu suchen. Schließlich war es dieser Brief gewesen, der ihn auf seine alten Tage überhaupt erst in Bewegung gesetzt und hergeführt hatte. Schließlich hatte ihn nur dieser Brief gezwungen, während der stundenlangen Busfahrt im Schweinsgalopp sein Leben zu beleuchten, alles auf links zu drehen und sich der Frage zu stellen, warum er Rita nicht beschützt hatte.

Und nun, da er mit sich ins Gericht gegangen war, ans Eingemachte, war diese Frage für Ritas Tochter anscheinend überhaupt nicht wichtig? Nun, da er hier angekommen war, waren diese Frau, die man gefunden hatte, und die Frage, ob Rita diese Frau war, gar nicht der eigentliche Grund für ihren Brief? Jetzt, da er Ritas Tochter endlich gegenübersaß, ging es vielmehr um eine andere, wirklich ganz andere Frage, die vielleicht auch mit ihm zu tun hatte?

Tief versunken trottete Labensky in Richtung Keramik. Der Kellner wies ihm galant den Weg, obwohl er ja eigentlich gar nicht zur Toilette musste; obwohl dieser Gang ihm ja nur Zeit verschaffen sollte, um sich seine Antwort auf die Frage gut zu überlegen.

Erst mal aber musste er, jetzt noch viel mehr als schon den ganzen Tag über, an Rita denken. Daran, dass er nicht wirklich schlauer geworden war. Nicht was die gefundene Frau anging. Und auch nicht, was Ritas Schicksal generell anging. Er konnte sich, anders als Ritas Tochter, fast nicht damit abfinden. Aber Ritas Tochter traf ja, anders als ihn, auch keine Mitschuld an Ritas Verschwinden.

Labensky dachte jetzt, während er über den Hotelflur wanderte, an alles, was ihre Tochter ihm über sie erzählt hatte, und er fragte sich, wie das eine wohl mit dem anderen zusammenhängen mochte.

Rita, ein Schlapphut? Was war das mit dieser Stasi-Bande bloß für ein Schlamassel! Wieso hatte sie ihm nie gesagt, dass sie in solchen Schwierigkeiten war? Und warum hatte er es nicht gemerkt?

Im Nachhinein, wenn er jetzt über sie nachdachte, erschien ihm Rita wie eine Matrjoschka, also wie eine dieser wandelbaren Holzpuppen, die verschachtelt ineinandersteckten: Machte man eine auf und blickte man hinein, kam immer eine neue darin zum Vorschein.

Nicht nur die geheimnisvollen Puppen stammten aus Russland, auch ihr weltberühmter Name: Matrjoschka, hatte Labensky mal gehört, das war Russisch und hieß auf Deutsch angeblich »Mütterchen«.

Er schluckte, denn sofort musste er an Rita und das Verschwinden ihrer eigenen Mutter denken, an deren sogenannten Freitod. Er fragte sich, ob sich, wie bei den Puppen, auch das wiederholt hatte?

»Mich musst du doch nicht retten«, erinnerte sich Labensky. Das hatte Rita früher, als sie ein Mädchen war, einmal zu ihm gesagt, als sie versucht hatte, im Badesee im tiefen Wasser unterzugehen.

War sie im Klammergriff der Stasi so verzweifelt, lebensmüde wie ihre Mutter, dass sie dafür gesorgt hatte, dass niemand sie mehr retten konnte? Oder hatte sie sich – ohne Rücksicht auf Verluste, so wie ihre Tochter glaubte – am Ende dann doch selbst gerettet?

Wenn er bei ihr geblieben wäre, dachte Labensky, hätte er sie retten können. Wenn er sich nicht auf diese bekloppte Bernsteinzimmersuche hätte locken lassen, ja wenn er nicht so dumm gewesen wäre, dann hätte er aufgepasst.

Oder, dachte er nun, hatte Rita das am Ende nie gewollt? Hatte sie ihn ganz bewusst auf diese irrsinnige Suche gehen lassen? Stand ihr Entschluss, entweder ihr eigenes Leben oder den Osten Deutschlands für immer hinter sich zu lassen, schon vorher fest?

Seine Gedanken sprangen wie ein Flummi. Er musste jetzt wieder an ihre letzte Begegnung denken, an diese Nacht im Hotel Lilli Put. Daran, was sie in dieser Nacht besprochen hatten. Wie er sie in den Arm genommen hatte. Und was danach geschehen war. Was er sein halbes Leben lang immer für einen Traum gehalten hatte.

Labensky konnte jetzt, fast ein halbes Jahrhundert später, noch weniger auseinanderhalten, was real war und was nicht. Was wirklich passiert war oder was er sich nur eingebildet hatte. Aber wie konnte das sein, wenn er sich doch an alles andere, was er während der Busfahrt durchgekurbelt hatte, so sicher zu erinnern glaubte?

Er musste nun, und das war für ihn selbst erst mal ganz überraschend, an DDR-Schlagerhitparaden denken. An eine beliebte Radiosendung namens »Beatkiste«, die bis zur Wende im DDR-Rundfunk ausgestrahlt worden war und Jahr für Jahr die schönsten Schlager auf einem Schallplattenalbum versammelt hatte. Auch an schrillbunte CD-Alben, die »Schlager-Diamanten« oder »Die 100 größten Ost-Hits« hießen und die lange nach der Wende den Osten im Zuge einer sogenannten

Ostalgie-Welle wiederaufleben lassen sollten, musste er denken, während er jetzt zu den Toiletten ging.

Es lag daran, dass er einmal gehört hatte, man sehe zum Ende seines eigenen Lebens, ganz kurz bevor man den Löffel abgebe und für immer die Augen schließe, noch einmal wie im Schnelldurchlauf, ja wie im Zeitrafferfilm, die größten Momente dieses Lebens vor seinem geistigen Auge. Labensky hatte sich das immer vorgestellt wie so eine Art »Best of«, genau wie bei den Schlagerhitparaden. Und so wie es da ja manchmal vorkam, dass ausgerechnet die allerbesten Riesenhits, die jeder auf so einem Hitmix-Album erwartete, irgendwie ganz unerklärlich durchrutschten oder vergessen wurden, fragte sich Labensky, ob es möglich war, dass man den schönsten und wohl wichtigsten Moment seines gesamten Lebens genauso einfach vergessen konnte.

Er dachte an das, was Ritas Tochter ihm erzählt hatte: an dieses anscheinend verwanzte Zimmer im Hotel Lilli Put. An das Abhörprotokoll, das sich offenbar in Ritas Stasi-Akte befunden hatte.

Und an die Tatsache, dass Ritas Tochter diesen ominösen Einstein, der damals bei ihrer Mutter übernachtet hatte, für ihren Vater hielt.

War ihm das, was in jener einen Nacht, an seinem dreißigsten Geburtstag, im Hotel Lilli Put geschehen war, in seinen Erinnerungen durch die Lappen gegangen? Hatte das hochprozentige grüne Feuerwasser, das Rita und er damals getrunken hatten, es von seiner Festplatte gespült? Oder hatte sich sein Gedächtnis diese Nacht, die ihm schon immer als zu schön und unwirklich erschienen war, um wahr zu sein, nur für das große »Best of« an seinem Lebensende aufgespart, hatte er sie deshalb bis jetzt nicht klar erinnern können?

Labensky nahm die Abzweigung zum Herren-WC. Ein schlauchförmiger, bronzegekachelter Raum, blitzblank gebohnert wie das Bernsteinzimmer. Eilig passierte er die Waschbecken und Pinkelbecken und verschwand in einer der verschließbaren Kabinen, um sich mit allem, was ihm durch den Kopf schoss, zu verschanzen.

Einstein, dachte Labensky und ließ sich auf den heruntergeklappten Klodeckel fallen. Mit diesem Einstein aus Ritas Stasi-Akte musste, wenn ihn jetzt nicht alles täuschte, er gemeint sein? Er musste dieser rätselhafte Mann sein, von dem Ritas Tochter sprach?

Er musste sich kneifen. Und dann musste er sich ohrfeigen. Er musste sich strecken wie ein Tag im Feierabendheim, um das alles irgendwie auf die Kette zu kriegen. Unruhe überfiel ihn, da ihm bald dämmerte, dass er ja doch nicht ganz dieser Mann war. Jedenfalls nicht der, den Ritas Tochter sich anscheinend gerne vorstellte.

Labensky rätselte nun selbst: Er rätselte, weshalb das, was in Ritas Stasi-Akte anscheinend auch über ihn stand, was darin über seine Wenigkeit zu lesen war, zwar grundsätzliche Ähnlichkeiten mit seinen Erinnerungen hatte und doch haarsträubende Abweichungen, fast wie in seinen Spinnereigeschichten. Wieso stimmten zwar die Eckpunkte, aber nicht einmal sein Name? Und warum erschien er wie eine Figur, die schillernd, schlau und heldenhaft war, kurzum nicht das Geringste mit dem Esel, der er wirklich war, zu tun hatte?

Er stützte die Ellbogen auf die Knie, stemmte sein Gesicht in die Handflächen. Brütend suchte er nach einer schlüssigen Erklärung. Er grübelte, bis er das Ächzen im morschen Gebälk seiner Gehirnwindungen zu hören glaubte, und dann, nach einer ganzen Weile, musste er schließlich mal wieder an Herrn Enke denken.

Er musste daran denken, dass Enke ja die einzige ihm bekannte Person gewesen war – mit Ausnahme von diesem RAF-Andreas –, die überhaupt jemals den Namen Einstein für ihn gebraucht hatte.

Er musste sich vorstellen, dass Enke als auserwählter

Scheinschatzsucher der Stasi, mit direktem Draht zum Firmenvorsitzenden Erich Mielke, vermutlich auch der einzige ihm bekannte Saubandenmitarbeiter war, der über Zugänge verfügte, eine Stasi-Akte – zum Beispiel Ritas Akte – im Nachhinein zu überarbeiten und an gewissen Stellen zu polieren. Wer außer Enke, dachte Labensky nun, kannte sich ja bestens mit so etwas aus? Wer außer ihm war ja nicht nur ein Meister darin geworden, die Spuren seiner Arbeit zu verwischen oder aufzuhübschen, falsche Fährten zu legen und Hinweise aufs Bernsteinzimmer zu erfinden? Wer außer Enke, hatte Labensky ja eben gerade noch erfahren, hatte offenbar sogar ein ganzes Buch verfasst über die Geschichte seiner angeblichen Arbeit? Einen Bernsteinzimmerreport, der, höchstwahrscheinlich ähnlich wie auch Ritas Stasi-Akte, leicht an der Wirklichkeit vorbeischrammte.

Es war die einzige Erklärung, auf die Labensky kam: Wer wie Enke in der Lage war, das eigene Leben umzuschreiben, der war auch in der Lage, die Geschichte eines anderen Lebens zu frisieren.

Labensky erinnerte sich, wie zielsicher Enke ihn dank seiner geheimnisvollen Kontakte damals ins Hotel Lilli Put geführt hatte, zielsicher genau zu Rita. Er schloss daraus, dass Enke schon vor ihrem gemeinsamen Amüsierbesuch in diesem Etablissement über Ritas erzwungene Firmenmitarbeit informiert gewesen sein musste.

Aber warum sollte er sich Ritas Akte nach der Explosion auf Carinhall noch einmal vorgenommen und sie eigenhändig manipuliert haben? Das Profil dieses aktenkundigen Einsteins klang, als hätte Enke die Stasi absichtlich aufs Glatteis geführt und schachzugmäßig raffiniert getäuscht, um seinen Adjutanten der Schatzsuche geheim zu halten und jede Spur, die zu ihm führte, abzulenken.

Wieso? Weil Enke ihn, Heinz Labensky, schützen wollte? Oder weil er ihm damals im Krankenbett, mit Stahlnägeln im

Leib, viel zu leichtfertig die Wahrheit erzählt hatte? Weil er dann schließlich doch befürchtet hatte, ein übereifriger Abschnittsbevollmächtigter könnte diesen redseligen Einstein eines Tages in die Finger kriegen, und dann würde alles auffliegen, seine ganze Fettlebe, sein schönes Lotterleben als Scheinschatzsucher der Republik zerplatzen?

Die Fragen drängelten sich in Labenskys Kopf. Und wieder wusste er keine Antwort. Wieder war es ähnlich wie mit den Fragen, die Rita angingen, ja auch: Sie waren, ob Labensky es so wollte oder nicht, wohl kaum mehr eindeutig zu klären. Er konnte die Wahrscheinlichkeiten oder auch Unwahrscheinlichkeiten abwägen. Er konnte sich entscheiden, das eine zu glauben oder doch lieber das andere. Er konnte einfach vom Guten im Menschen ausgehen oder von etwas anderem. Labensky entschied sich, ohne das andere überhaupt wirklich in Betracht zu ziehen, wie immer für das Gute.

Nur Sicherheit gab es keine. Schon gar nicht, was diese Nacht im Hotel Lilli Put betraf, in der er Rita zum letzten Mal gesehen hatte.

War es möglich, dachte Labensky, dass Enke auch die unschuldigen Ereignisse dieser Nacht ein wenig aufgebauscht hatte? Oder hatten sie sich entgegen jeder logischen Wahrscheinlichkeit tatsächlich zugetragen? War in dieser Nacht zusammengekommen – um es wie Willy Brandt zu sagen –, was zusammengehörte?

Sein Herz schlug bis in sein Genick. Ein Wirbel unbekannter Gefühle erfasste ihn. Er dachte an Ritas Tochter. Er nannte sie in Gedanken auch weiterhin nur Ritas Tochter, weil das fürs Erste abenteuerlich genug klang. Er versuchte sich darauf zu konzentrieren, was er ihr antworten sollte. Sie hatte ihn auf den Kopf zu gefragt, ob er diesen Einstein, der ihren Recherchen nach wahrscheinlich ihr Vater sei, nicht zufällig auch gekannt habe. Und das war eine gute Frage, dachte er, denn die Antwort war ja nicht ganz einfach.

Er kannte diesen Überflieger-Einstein schließlich kaum. Er kannte ja nur Heinz Labensky. Und wer war schon Heinz Labensky? Er war kein strahlender Held, kein Tausendsassa, so wie sie dachte.

Er war, beim Neonlicht betrachtet, nur ein stinknormaler Kauz, der sich auf dem WC versteckte und auf einem Toilettendeckel thronte.

Er hatte Angst, Ritas Tochter zu enttäuschen. Er fürchtete, das Bild, das sie sich von diesem Mann gemacht hatte, den sie für ihren Vater hielt, nicht nur leicht anzukratzen, sondern zu zerstören. Dieser Einstein war wie eine übergroße, fabelhafte, herrlich anzusehende Matrjoschka-Puppe. Und er selbst doch bestenfalls die letzte innere, winzig kleine Puppe davon.

Er hockte auf dem Klo und sinnierte. Na ja, sinnieren. Er dachte ausnahmsweise einmal über das Leben allgemein nach. Über den ganzen Sinn davon. Er war zwar kein Existenzialist wie dieser Sartre, dachte Labensky, aber besser spät als nie. Er fragte sich, was wirklich wichtig war im Leben. Worauf es ankam. Was am Ende dieser Veranstaltung, an der er seit bald achtzig Jahren teilnahm, zählte. Ob es die Wahrheit war, die vielleicht wehtun konnte, oder das, was man sich selbst am meisten wünschte? Ging es darum, nur nicht enttäuscht zu werden, also in einer schönen Vorstellung zu leben? Oder ging es darum, der Wahrheit ins Gesicht zu blicken?

Hilflosigkeit schüttelte ihn, da ging plötzlich die Tür zu den Toiletten auf, und irgendwer, den er hinter seiner Kabinentür nicht sehen konnte – eine Männerstimme, die telefonierte –, kam herein.

Labensky hielt die Luft an. Er versuchte, mucksmäuschenstill zu sein, als wären er und seine tiefschürfenden Gedanken gar nicht da.

Der Mann, dem die Stimme gehörte, klang erschöpft. Auf leisen Sohlen wanderte er vor den Pinkelbecken auf und ab. Er hatte wohl kein Geschäft zu erledigen, und doch schien er am

Telefon über irgendein Geschäft zu sprechen. Labensky sah die Schatten seiner Schritte in seine Kabine tauchen, und dabei hörte er den Mann sagen, dass er die Rolle, die er in diesem Geschäft einnehme, leid sei.

»Bin ich nicht mehr als diese eine Rolle?«, hörte Labensky ihn bald fragen. »Diese ganzen Indianerfilme sind so lange her. Ich hab seitdem doch so viel anderes gedreht, Fernsehrollen, total moderne Sachen: *Verbotene Liebe … Küstenwache … Notruf Hafenkante …* sogar in *Donna Leon* hab ich mal mitgespielt, um meine ganze Bandbreite zu zeigen. Aber die Leute, auch die Fans hier im Hotel, die sehen nur diese eine Rolle. Für die bin ich immer noch der Chefindianer.«

Labensky drehte den Kopf. Er wollte ja nicht lauschen, aber in seiner Kabine konnte er unmöglich weghören. Er vernahm jedes Wort.

»Diese langen Haare früher, das waren ja nicht meine Haare. Das war eine Filmperücke! Das müssen die Leute doch wissen! Du bist mein Manager, du hast das Klavierkonzert hier angeleiert und gesagt, die laden mich als Künstler ein. Aber weißt du was: Hier in der Lobby, da war eben einer, der wollte mir ein Feuerwasser an der Bar spendieren. Ein anderer hat nach einem Autogramm gefragt und wollte, dass ich *Von Winnetou für Peggy* schreibe. Schon bei der Anmeldung ist das losgegangen. Die haben gefragt, ob ich lieber in einem Meerblickzimmer oder in meinem Tipi übernachte …«

Der Mann, der telefonierte, klang verzweifelt. In Labenskys Ohren klang er wie einer, in dem die Leute offensichtlich etwas sehen wollten, was er nicht wirklich war oder nicht länger sein wollte.

Labensky schwante, er selbst gehörte auch zu diesen Leuten, denn er hörte die markante, unverwechselbare Stimme dieses Mannes. Staunend hörte er alles, was er sagte, und ahnte, wer der Mann war.

»Chefindianer! Wie das klingt … Ist das nicht rassistisch?

Darf man das überhaupt noch sagen? Sogar Journalisten schreiben das. Aber ich bin kein Apache! Und auch kein Mohikaner-Häuptling! Ich bin Serbe und wohne in Köpenick. Wieso versteht das keiner?«

Labensky überkam ein unentschiedenes Gefühl. Er glaubte jetzt, je mehr er hörte, sich tatsächlich doch nicht geirrt zu haben: Er glaubte, der Klavier spielende Mann, der das Gesicht von Gojko Mitić hatte, sei genau der, der hier gleich neben ihm telefonierte.

Er überlegte aufzustehen, sich auf den Toilettenrand zu stellen, um nachzugucken, ob er mit dieser Sensationsvermutung richtiglag.

Aber dann, es war ganz komisch, hielt ihn doch etwas davon ab.

Sein ganzes Leben lang hatte Heinz Labensky die Neugier im Nacken gesessen, in ihm geknattert. Immer wieder hatte sie ihn überwältigt und dazu verleitet, die unvernünftigsten Dinge zu tun: Schon als kleiner Junge, wenn seine Mutter im Bierhimmel auf den Tischen tanzte, konnte er es nicht lassen, einfach in den Schankraum reinzustapfen. Jahre später, als Heizer im Stasi-Nachwuchsinternat, trieb ihn eine unsichtbare Kraft an, im Geheimordner der Direktorin rumzuschnüffeln. In der Mokka-Milch-Eisbar, wo Rita mit ihrem Chef zugange war, musste er wie ein Stelzbock um die Ecke dieser Abstellkammer linsen und sich einmischen. Die Knusperzigarette, die Ulrike, Gudrun und Andreas aus dem Westen mitgebracht hatten, konnte er nicht ausschlagen, musste er natürlich auch probieren. Und bei diesem Nazibunker, angesteckt mit Bernsteinfieber, hätte er vor blinder Neugier um ein Haar ins Gras gebissen.

Nun aber, auf dieser Hoteltoilette, wo ihn nur noch die Kabinentür von seinem allergrößten Vorbild trennte, wo ihn doch alles drängen musste, diesem Vorbild nach dem Händewaschen sogar einmal die Hand zu schütteln, verweigerte sich etwas in ihm.

Es war nicht, dass er Gojko Mitić nicht gerne gedankt hätte für alles, was seine Rollen ihn gelehrt hatten. Es war nur, dass auch er ihn gerne genauso in Erinnerung behalten wollte, wie er ihn immer schon gekannt hatte: nicht als Köpenicker, sondern als Apachen. Nicht als Mann, der auf dem Hotel-WC mit einem Manager telefonierte, sondern als langhaarigen Abenteurer. Nicht als realen Menschen, sondern als Fantasie: als unsterblichen Indianerhäuptling.

Es war diese Vorstellung, die Einbildung von ihm, ja dieses Wolkenkuckucksheim, das Labensky immer dann, wenn er nicht weiterwusste, den Weg gewiesen, ihm immer wieder Mut gemacht hatte.

Er musste an Ritas Tochter denken. War ihr Gojko Mitić, also ihr persönliches Wolkenkuckucksheim, nicht diese Wunschvorstellung von diesem Einstein? Brauchte sie als Tochter, die ohne Eltern aufgewachsen war, diesen Einstein nicht mindestens genauso sehr?

Vielleicht, dachte Labensky, war die Wahrheit überschätzt. Vielleicht war er ja doch nicht der Einzige, der sich gelegentlich in Einbildungen oder Geschichten rettete. Vielleicht hatte ja jeder so seine Erzählungen auf Lager, um sich die Welt, die nicht leicht auszuhalten war, zurechtzubiegen. Luftschlösser brauchten keine Baugenehmigung, aber sie halfen einem, nicht die Hoffnung zu verlieren.

War das nicht der Grund gewesen, warum er sich immer erzählt hatte, dass sein Vater im kalten Stalingrad auf einer Wolke hockte?

War es nicht der Grund, warum man in der DDR landläufig Erdmöbel statt Sarg sagte, fast so, als könne man sich darauf freuen?

War es nicht mit ein Grund gewesen, warum die DDR, die ja ein einziges Wolkenkuckucksheim gewesen war und sehr geübt darin, die tollsten Geschichten zu erzählen, überhaupt so lange existiert hatte?

War es mit dem Kapitalismus, den Versprechen der BRD, den Fantastereien von blühenden Landschaften, nicht ganz genauso?

War es nicht der Grund, warum manche an die Liebe glaubten?

War es nicht auch der Grund, warum jeder Gojko Mitić und seine Indianerfilme liebte – weil sie den Wilden Westen nicht so zeigten, wie er wirklich gewesen war, aber wie er gewesen sein könnte?

Und was sprach eigentlich dagegen? Glaubte man denn jemals das, was wirklich war, oder glaubte man nicht immer das, was man gerne glauben wollte und was man beim letzten Mal erzählt hatte?

Das richtige Leben im falschen – vielleicht gab es so etwas in der Art ja doch? Vielleicht gab es immer diese eine Welt, die sich real anfühlte wie ein Schwarzbrot, und gleichzeitig aber auch die andere Welt, die in Gedanken aufging wie ein warmer Pustekuchen? Und vielleicht kam es ja gar nicht darauf an, ob dieses Leben falsch war oder richtig, vielleicht waren das keine hilfreichen Kategorien.

Vielleicht ging es nur darum, ob es am Ende gut war, ob man das Beste in sich selbst und auch in anderen zum Vorschein brachte?

Labensky spürte eine ungeahnte Weisheit und Erkenntnisklarheit bis unter die Schädeldecke in sich aufwallen. Er versuchte, all seine Gedanken zusammenzubinden. Angeschubst von diesen ungewohnten, hochphilosophischen Überlegungen, wurde ihm duselig vor überbordender Vergeistigung. Wie ein Existenzialist, der auf dem Stuhl rumkippelte, rutschte er vom Klodeckel.

Die Stimme hinter der Tür beendete abrupt das Telefonat. Vielleicht wegen der Geräusche, die aus der Kabine kamen, in der Labensky sich versteckt hatte. Vielleicht weil die Person, die sich hier anscheinend auch versteckte, sich nicht länger vor ihren Anhängern, die unten auf ihren Chefindianer warteten, verstecken konnte.

»Mach dir keine Sorgen. Ich bin Profi. Ich gehe jetzt da raus und weiß, was die Leute hier von mir erwarten …«, hörte Labensky sie noch sagen, während die Schrittschatten über die Fliesen wanderten, um vor den Waschbecken haltzumachen. Dann wurde es still.

Labensky stellte sich vor, wie Gojko Mitić sich jetzt im Spiegel betrachtete, angestrahlt von der Keramik. Wie er Luft holte und seine berühmte Stirn in Falten legte, sich selbstlos noch einmal aufschwang und bereit machte, den Leuten zu geben, was nur er ihnen geben konnte. Labensky stellte sich vor, dass er um seine Rolle, ja seine Berufung wusste und wieder sein Häuptlingsgesicht aufsetzte.

Und da, noch während er sich das vorstellte, wurde auch Labensky klar, was seine Rolle und seine eigene Berufung waren. Ihm wurde klar, worin der ganze Sinn seiner Reise hierhin bestand.

Er konnte hier nicht wokemäßig »rumdarthvadern« – so hatten Mila und Ben, die aufgeweckten Kinder auf der ersten Busetappe, es ja genannt, wenn man sich im Nachhinein als großer Vater aufspielte. Er konnte die Vergangenheit nicht mehr ändern, er konnte Rita nicht mehr zurückbringen, wo immer sie auch sein mochte.

Aber er konnte trotzdem etwas für ihre Tochter, die ihren Vater suchte, tun. Er konnte ihr zuliebe, genauso wie Gojko Mitić für seine Fans, eine Legende am Leben halten, ein Wolkenkuckucksheim: Er konnte tun, was er sein Leben lang gut konnte. Er konnte derjenige sein, der tatsächlich diesen Einstein kannte und der ihr alles, was sie hören wollte, über ihn erzählte.

Labensky richtete sich auf. Er wartete noch, bis die Luft rein war, bis er wieder ganz allein war. Dann drehte er das Kabinenschloss auf und trat aus der Tür. Bereit, noch eine letzte, vielleicht allerletzte Geschichte zu erzählen, ging er zurück in den Café-Saal.

Der Sirup des Abends tauchte den Raum in warmes violettes Licht. Die Sonne, die am Morgen über Erfurt aufgegangen war, hatte einmal den Himmel überquert und sank bereits aufs Meer, bald würde sie darin untergehen wie ein müder Sputnik-Satellit.

Ritas Tochter hatte sich, obwohl seine Sitzung länger gedauert hatte, nicht vom Fleck bewegt. Sie saß immer noch an ihrem Platz und blickte gedankenversunken auf die Ostsee. Labensky riskierte ein paar wackelige Schritte auf sie zu. Langsam näherte er sich wieder der langen, raumschiffartigen Fensterfront. Langsam, auch um sich selbst noch einmal in Erinnerung zu rufen, was dieser geheimnisvolle Einstein für ein echter Teufelskerl gewesen war, trat er wieder an den gedeckten Esstisch.

Das Essen, also die Nervennahrung, war serviert worden. Auf Labenskys Teller lag der Toast Hawaii. Auf dem anderen Teller, dem von Ritas Tochter, lagen fein frittierte, goldgelbe Kartoffelspalten mit einem Kleckser roter Soße. Sie hatte noch nicht angefangen, sondern auf ihn gewartet. In ihrer Hand hielt sie den Briefumschlag, den er auf dem Tisch liegen gelassen hatte.

Labensky entschuldigte sich noch mal und nahm seinen Platz ein. Dabei sah er, dass der Zeitungsartikel, den sie ihm geschickt hatte, nun nicht mehr in dem Umschlag, sondern auf dem Tisch lag.

»Nein, ich muss mich bei Ihnen entschuldigen«, sagte sie leise. »Es tut mir wirklich sehr leid …«

Labensky sah sie fragend an. Jetzt erst fielen ihm die Sommersprossen in ihrem Gesicht auf, kleine, gesprenkelte Punkte, die sie nicht von Rita haben konnte. Ein Rauschen ging durch seine Brust.

»Ich muss mich entschuldigen«, erklärte sie, »weil ich nicht einfach so in Ihren Sachen rumwühlen wollte. Ich wollte mir eigentlich nur noch mal den Zeitungsartikel anschauen. Ich dachte, der ist sicher noch in dem Umschlag, den ich Ihnen geschickt hatte. Ich wusste wirklich nicht … Ich konnte ja nicht ahnen, dass Sie darin auch noch etwas anderes mitgenommen hatten …«

Labensky stutzte. Er wusste nicht, was sie meinte. Er dachte an das Studentenfutter, das er frühmorgens im Feierabendheim in Hektik eingesteckt hatte. Vielleicht war etwas davon in den Briefumschlag geraten.

Zögernd nahm sie den Umschlag und zog ein kleines, dünnes Ausweisheftchen in dunkelblauem Kunststoffeinband daraus hervor. *Reisepass* stand auf dem Einband. Darüber das gelbe, längst verblichene Wappen der DDR aus Hammer, Zirkel, Ährenkranz.

Staunend senkte Labensky den Kopf. Es war Ritas Reisepass. Ihre Ausreisegenehmigung. Er hatte sie immer aufbewahrt. Und er hatte sie den ganzen Tag schon bei sich getragen. Unbewusst, ja wie im Blindflug, musste er sie noch in der Nacht, als seine Gedanken mit ihm Karussell gefahren waren, eingesteckt haben, um sie auf diese Reise mitzunehmen. Um etwas in der Hand zu halten, was seine Erinnerungen bezeugte. Um zu bezeugen, dass alles, was geschehen war, höchstens zur Hälfte seiner Einbildung entsprang.

Über der Ostsee ging das Licht unter, und in Labensky ging es auf. Er sah, wie Ritas Tochter den Pass ihrer Mutter fest in den Händen hielt wie einen Beweis. Dabei liefen Tränen über ihre Wangen, und dabei trat mit einem Mal ein Ausdruck in ihr Gesicht, als hätte sie diesen rätselhaften Mann, nach dem sie ihn gefragt hatte, gefunden.

Als hätte sie es schon die ganze Zeit, da sie hier saß und ihm von diesem Mann erzählte, gewusst.

Sie saßen gemeinsam da, sahen einander an und schwiegen.

»Dieser Einstein …«, meinte sie dann, irgendwann, und lächelte ihn an. »Was sollte ich wohl unbedingt noch über ihn wissen?«

Labensky blies die Backen auf. Er sah raus aufs Meer und überlegte. Die Wellen, so kam es ihm jetzt vor, wogten stürmisch auf und ab, genauso stürmisch wie das Leben von diesem Einstein.

»Tja«, sagte Labensky, »wo soll ich anfangen?«